Heide Solveig Göttner
Die Königin der Quelle

Zu diesem Buch

Das letzte Abenteuer auf der »Insel der Stürme«: Krieg droht zwischen dem Süden und dem Norden der Insel. Die Gefährten Jemren und Gorun, Beschützer der magischen Lillia, wollen die Schlacht um jeden Preis verhindern. Denn die Prophezeiung vom Verlorenen Kind besagt, dass der Krieg das Ende der Menschenwelt herbeiführen wird. Jemren bleibt als einzige Hoffnung, Lillias Volk zu finden. Die Verbündeten brechen in die Berge auf, doch der Feind ist ihnen auf der Spur. Es erweist sich, dass Lillias Geheimnis der Schlüssel zur Rettung sein wird – wenn die verfeindeten Völker nicht zuvor die Insel mit blindem Hass in den Untergang treiben.

Heide Solveig Göttner, geboren 1969 in München, wuchs mit Feensagen und Rittergeschichten auf und studierte Anglistik. Sie unternimmt regelmäßig Reisen zu archäologischen Stätten und Inselwelten. Für ihren Zyklus »Die Insel der Stürme« ließ sie sich von der sardischen Kultur inspirieren. Heide Solveig Göttner arbeitet als Dozentin für Englisch und Deutsch in Freiburg.
Weiteres zur Autorin: www.heidesolveig-goettner.de

Heide Solveig Göttner

DIE KÖNIGIN DER QUELLE

DIE INSEL DER STÜRME 3

Piper München Zürich

Von Heide Solveig Göttner liegen bei Piper vor:
Die Priesterin der Türme. Die Insel der Stürme 1
Der Herr der Dunkelheit. Die Insel der Stürme 2
Die Königin der Quelle. Die Insel der Stürme 3

FSC
Mix
Produktgruppe aus vorbildlich bewirtschafteten
Wäldern und anderen kontrollierten Herkünften
www.fsc.org Zert.-Nr. GFA-COC-001223
© 1996 Forest Stewardship Council

Originalausgabe
August 2009

Umschlagkonzeption: Büro Hamburg
Umschlaggestaltung: HildenDesign, München –
www.hildendesign.de
Umschlagabbildungen: Agentur Nele Schütz, München
unter Verwendung zweier Motive von Gérard Di-Maccio
Karte: Erhard Ringer
Satz: C. Schaber Datentechnik, Wels
Papier: Munken Print von Arctic Paper Munkedals AB, Schweden
Druck und Bindung: CPI – Clausen & Bosse, Leck
Printed in Germany ISBN 978-3-492-26696-3

Für die A.
Für H. und M., *who are part of this from the start*
Und für Ch., *simply for being there*

Insel der Stürme
Aránno
Tássran
Nárdas
Tegaréssos
Golóni
Thárraxi
Minéa
See Xórostrai
Vulkan Scyéyan
Scyé
Saréxi
Die Trockenen Hügel
Tenéxi
Caláxi
Altéru
Gärten von Nehraja
Geristáni
Corredános
Defágos
Kílmini
Ebene von Fesos
Martáxi
Historische Lage von Anáxi
Mandóxi
Cuétos
Mrauréssi
See Jaru
Taláxi
Zwillingsstädte
Millássan
Millássu
Vreréssi
Ájeri
Noárta

Erster Teil

1

Hölzchen, Stöckchen, Stein.

Der Alte Gott sang ein altes Lied, das Lied von der Reise. *Über Hölzchen, Stöckchen, Stein – immerfort, immerfort.* Es war eine Weise, wie man sie den Kleinsten vorsang, wenn sie nach dem Morgen fragten.

Anrynan vernahm den Gesang wie einen Windhauch, wie ein Echo aus großer Ferne. Sie schritt über den Platz am Blauen Turm. Die erste Frostnacht des Jahres glitzerte auf den Dächern von Defágos, von den heißen Quellen stieg Dampf zum Himmel auf, und über den Mauern funkelten die Sterne.

Seit unvordenklichen Zeiten hatte sie das Gewölbe unter dem Blauen Turm nur verlassen, wenn die Stadt in tiefem Schlummer lag. Sie lebte unter den Menschen wie ein Gespenst – das Gespenst der *Ya'aháren*, des Feenvolks, wie die Sterblichen sie einst genannt hatten.

Ich bin der Geist der verratenen Freundschaft, dachte sie traurig. Manche in der Stadt glaubten tatsächlich, an der Quelle unter dem Hauptturm spuke es und eine Blaue Frau streife des Nachts umher – so nannten sie Anrynan ihrer Gewänder wegen. Mehr als einen flüchtigen Schimmer der Hohepriesterin bekamen die Einwohner von Defágos nicht zu sehen, und Anrynan war es lange Zeit recht gewesen: Die Gerüchte hielten allzu Neugierige von Turm und Quelle fern.

Sie betrachtete die Statuen der Götter, die rings um den Platz aufgestellt waren. Die Abbilder der Ewigen wiesen Spuren des Überfalls auf: Amatha stand mit leeren Händen da, die Ziegenkrieger hatten das Sonnenrad der Göttin zerschmettert. Tiefe Schrammen entstellten Jaruks Gesicht, und Anrynans eigenes Abbild zeigte Risse, die sich vom Sockel aufwärts durch den Stein zogen. Beinahe hätten die Nraurn die *Nashan* von Defágos gestürzt. Nur der Mut und die Entschlossenheit der Menschen hatten ihr Ende verhindert.

Anrynan ließ sich zu Füßen des Gottes Elrel nieder und lehnte den Rücken an den kalten Stein. Mit geschlossenen Augen lauschte sie dem Gesang.

Über Holz und Stock und Stein, tönte die Stimme des Alten Gottes von fern.

Seit Lillias Verschwinden singt er ohne Unterlass, raunte Nemnos ihr zu. *Er wacht über den Weg des Einen Kindes.*

Anrynan schlug die Augen auf. Nemnos, der Gott der Ausgestreckten Hand, stand ihr gegenüber auf der anderen Seite des Platzes, eine Statue aus fahlem Stein – so sahen ihn die Menschen. Anrynan gewahrte jedoch das Funkeln in den Augen, den belustigten Zug um den Mund, als wolle der Gott von Mut und Übermut sogleich in Lachen ausbrechen.

Das Mädchen ist nicht länger verschwunden, erwiderte sie. *Sie ist hier, in der Kühnen Stadt.*

Hier? In der Stadt der Menschen? Wann und zu welcher Gelegenheit bist du ihr begegnet? Wie erging es ihr auf ihrer Reise? Plötzlich schwirrten Anrynan die Stimmen der Ewigen durch die Sinne, die Steingesichter rings um den Platz schienen sich zu regen und einander zuzuwenden.

Was hat sie gesagt?, wollte die Mondgöttin wissen.

Was hat sie gesehen?, fragte die Hüterin der Zeit.

War sie allein? Die Stimme des Kriegsgottes grollte wie Donner über den Platz, unhörbar für die Ohren der Sterblichen. Narduks Statue stand vor dem Haupttor. Von Anrynans Blickwinkel aus füllte sein breiter Rücken beinahe den Raum zwischen den Wehrtürmen beiderseits des Tors fast ganz aus.

Alles ist, wie es sein soll, erklärte sie. *Das Mädchen hat seine Begleiter gefunden: Bogenschützen, Speerkrieger und Laîren. Diese drei Menschen haben sich auf das Spiel des Wandels eingelassen. Aber nun sind sie selbst in Bedrängnis, denn Antiles befindet sich wieder an Land. Unser dunkler Bruder, den wir einst von der Insel verbannten, ist zurückgekehrt. Am eigenen Leib habt ihr den Zorn verspürt, mit dem der Herr der Schatten Einlass in meine Stadt begehrte. Nun treibt er die Heere gegeneinander: die Menschen gegen das Ziegenvolk, die Krieger aus dem Norden gegen die Bewohner des Südens und die Menschen gegen die Götter. Antiles unternimmt alles, um das Land von Neuem in Schreckenszeiten zu stürzen, wie sie während der Langen Kriege herrschten. Erst als sich damals der glutgefüllte Graben des Scyé auftat, endeten die Kämpfe, und die Menschen wurden einander fremd.*

Für eine Weile herrschte tiefes Schweigen, sodass Anrynan bereits meinte, der Rat der Ewigen habe sich zurückgezogen und sie sitze allein im Licht der Sterne – die Blaue Frau, das Spukgespenst der Stadt Defágos.

Hölzchen, Stöckchen, Stein, sang Elrel mit brüchiger Stimme.

Es ist immer das alte Lied, bemerkte Narduk missmutig. *Die alte Geschichte von Krieg und Vergeltung.*

Zwischen Jaruks Hörnern schimmerten die Sterne. *Bruderheere,* warf der Ziegengott ein. *Seltsame Bündnisse und Verrat. Solche Vorhaben nehmen kein gutes Ende.*

Wir wissen, was in Defágos geschah, ergänzte Nemnos. *An der Spitze der Nraurn, wenn nicht gar als ihr Verführer, drang Antiles in die Stadt der Menschen ein und schlug Amatha das Sonnenrad aus der Hand. Seitdem werden die Tage kürzer, und seine Vögel ziehen über Land. Dich aber wollte er stürzen.*

So ist es, nickte Anrynan. *Der Herr der Dunkelheit wollte mich vernichten, denn solange ich unter den Menschen lebe, kann ich ihm gefährlich werden. Die Stadt Defágos kämpfte für mich und das Eine Kind. Die Menschen setzten all ihre Kräfte ein, um uns vor dem Zorn des Schwarzen Gottes zu schützen, und viele ließen in dieser Schlacht ihr Leben. Deshalb hört mich an: Steht den Sterblichen in dieser Stunde bei! Gebt die Zurückgezogenheit auf und erscheint wieder unter ihnen!*

Die Runde schwieg erneut. Nur der Alte Gott summte vor sich hin: *Über Stock und Stein und Bein.*

Die Sterblichen haben unsere Macht schon immer überschätzt, meinte Celessedra schließlich. *Gegen den Zorn unseres Bruders vermögen wir ebenso wenig auszurichten wie sie.*

O du Fernste meiner Schwestern, dachte Anrynan. *Du Entlegenste aller Göttinnen und Götter – von dir habe ich keine andere Antwort erwartet. Du ruhst am Tag und zählst des Nachts die Sterne. Deshalb bist du der Ansicht, im Lauf der Zeit vergingen alle Sorgen von allein. Aber was denkt ihr anderen? Greift wenigstens ihr in die Geschicke der Insel ein?*

Nein, erklärte der Gott des Kriegs und der Waffenkünste. *Da Menschen und Nraurn den Streit aus eigener Kraft entfachten, mögen sie die Zwistigkeiten auch mit den Mitteln beilegen, die ihnen zu Gebote stehen. Erinnerst du dich noch, was zuletzt geschah, als wir unter den Sterblichen weilten? Sie missverstanden jedes unserer Worte und verkehrten alle unsere Eigenschaften ins Gegenteil, bis sie Dämonen in uns sahen, Unheilbringer und Diener eines finsteren Schicksals! Antiles widerfährt nun dasselbe Los, weil der Dunkle Gott nie die Klugheit besaß, sich von den anderen Bewohnern der Insel fernzuhalten.*

Anrynan sprang auf. *Die Gleichgültigen Götter – so wird man uns eines Tages nennen!,* rief sie. *Ihr irrt, wenn ihr glaubt, die jüngsten Ereignisse hätten nichts mit uns zu tun. Diesmal sind wir Teil des Spiels. Diesmal sind auch wir von jedem Zug betroffen, mit dem Antiles auf der Insel vorrückt. Der Herr der Dunkelheit fordert seinen Stammsitz an Land zurück. Mehr noch: Er will Herr über uns alle sein – der Einzige Gott. Ich weiß: Einst träumten wir davon, fernab der Welt vor allen Sorgen gefeit zu sein. Doch keiner dieser Träume ging in Erfüllung. Es ist wahr – ihr lebt an einem unerreichbaren Ort. Und dennoch ist es der Nraurn-Königin mit Antiles' Hilfe gelungen, das Eine Kind aus eurer Mitte zu entführen. Antiles versucht schon seit geraumer Zeit, an das Mädchen heranzukommen, weil er weiß, dass er nur dann über das Feenvolk zu herrschen vermag, wenn er die jüngste*

Ya'ahára in seine Gewalt bringt. Seht nur, was er Defágos antat!

Sie deutete auf die verwundeten Statuen: Zersplitterte Arme, Kerben auf Wangen und Stirn und manch tiefer Riss im Stein erinnerten an den Angriff des Schwarzen Gottes. *Ihr dürft diesen Ereignissen nicht tatenlos zusehen! Lillia benötigt eure Hilfe!*

Nemnos' Stimme drang an ihr Ohr. *Das Eine Kind findet seinen Weg von ganz allein. So wurde es bestimmt. Die Prophezeiung erfüllt sich mit oder ohne unser Zutun, und selbst wenn wir in die Ereignisse eingriffen, so wäre es uns doch untersagt, die Weissagung nach eigenem Gutdünken zu beeinflussen. Lautete so nicht deine Warnung an die Menschen?*

Die Prophezeiung. Anrynan schloss die Augen. Manchmal vergaß sie, dass auch sie der Weissagung unterlag, dass sie die Worte nur verkündet und nicht ersonnen hatte.

Antiles konnte seine jetzige Macht nur erlangen, weil Nraurn und Menschen ihn und seine düsteren Kräfte anriefen, sagte Narduk zu ihr. Der Gott des Kriegs blickte streng über die schlafenden Türme der Stadt hinweg. *Weil die Sterblichen an den Gaben des Dunklen Gottes festhielten, bedrängt er sie nun. Jetzt müssen sie die Entscheidung treffen, auf welcher Seite sie im Spiel des Wandels stehen.*

Das letzte Wort verklang und mit ihm die Gegenwart des Gottes. Anrynan spürte, wie Narduk, der Herr der Kriegskünste, sich aus Defágos zurückzog. Die Angehörigen des Alten Volks folgten ihm, die Statuen wirkten kälter und lebloser als eben noch – nichts weiter als behauener Stein.

Tu mir einen Gefallen, Any, raunte Nemnos ihr ins Ohr. *Begib dich noch nicht in den Blauen Turm. Verweile noch ein wenig – oder besser noch: Verlass die Stadt der Menschen und kehr zu den Ya'ahären zurück! Du lebst nun schon so lange unter den Sterblichen, dass dir unsere Welt wie ein Traum erscheint. Aber es ist gerade umgekehrt: Die Menschen träumen, und ihre Träume sind nur von kurzer Dauer.*

Du verlockst mich – beinahe, lächelte sie. *Ich bleibe jedoch in Defágos, denn die Menschen brauchen unseren Beistand. Sie rufen mich täglich in ihren Gebeten und zweifeln zur selben Zeit daran, ob ich sie hören kann. Aber ich höre sie, Nemnos, ich höre ihre Ängste, teile ihre Sorgen und erlebe ihre Freuden.*

Nemnos' Seufzen strich ihr wie ein Luftzug übers Haar. *Wie bedauerlich,* hauchte er. *Wirklich, es ist sehr bedauerlich, dass ich dich nicht mit meinen Freuden verlocken kann.* Noch immer spiegelte sich der Anflug eines Lächelns auf seinen Zügen, doch seine Stimme klang ungewöhnlich ernst. *Es steht nicht gut um uns,* ließ er sie wissen. *Auch das Feenvolk ist bedroht. In dem Maß, wie die Macht des Schwarzen Gottes wächst, schwinden unsere Kräfte – und der Schwarze Gott ahnt unsere Verwandlung.*

Anrynan runzelte die Stirn. *Also ist es wahr,* dachte sie. Die unruhigen Träume, die Vorahnungen und Befürchtungen spiegeln die Wirklichkeit wider. Sie blickte zu Nemnos' Statue hinüber. Plötzlich erstarrten seine Züge, die Statue verwandelte sich in leblosen Stein.

Erschrocken blickte Anrynan zum Himmel hinauf.

Die Sterne funkelten nicht länger. Kalt und weiß strahlte ihr Licht auf den Platz herab und verwandelte ihre Atemzüge in Eis. Die Dunkelheit wölbte sich zwischen den Gestirnen hervor, und der Blaue Turm schien ihr plötzlich viele Schritte weit entfernt. Die Kälte, die auf den Platz herabsank, lähmte sie.

Fürchtest du dich?, raunte der Dunkle Gott. *Gerade eben hast du unserem erlöschenden Geschlecht verkündet, dass ihm kein Rückzugsort mehr bleibt. Wie wahr, meine schöne Schwester! Bald wird dir auch der Turm, den die Menschen dir erbauten, keinen Schutz mehr bieten.*

Das Portal des Bauwerks war dunkel – zu dunkel. Anrynan hielt inne, ihre Atemstöße dampften in der kalten Luft. Die schmale schartige Mondsichel stand genau über ihr, und Antiles' eisiges Wispern strich durch sie hindurch.

Du ahnst nicht einmal, was ihr mir antatet, als ihr mich von der Insel verjagtet. Habt ihr etwa geglaubt, ich nähme die Verbannung hin? Eine Verlassenheit, wie ihr sie mir auferlegtet, ist nicht zu ertragen!

Anrynan stöhnte auf, als ihr Frost und Kälte in die Glieder krochen und auch sie in eine Statue aus Stein zu verwandeln drohten. Sie vermochte sich kaum mehr zu regen. *Dann gib Hass und Rachsucht auf!*, flehte sie. *Kehr als jener zurück, der du früher warst! Was nutzt dir ein Reich, das unter Eis und Schutt begraben liegt?*

Stille, erwiderte ihr Dunkler Bruder. *Weißt du, wie sehr ich in meinem einsamen Boot auf dem Meer die Stille zu schätzen lernte? Du hast die Worte des Hohen Rats gehört – die Götter vergeben weder den Menschen noch ihresgleichen. Ihr lasst mir keine Wahl: Von nun an gibt es keinen anderen Weg mehr als den Weg zu mir.*

Plötzlich flackerten alle Sterne, als wolle der Herr der Dunkelheit der Welt das Lebenslicht ausblasen, und der Wind wurde schneidend wie eine Klinge aus Eis.

Da schloss sich eine kleine warme Hand um Anrynans Finger. *Warum stehst du denn hier draußen in der Kälte?*, erkundigte Lillia sich. *Warum sitzt du nicht in deinem Turm, wo es hell und gemütlich ist?*

Mit einem erleichterten Seufzen ließ sich Anrynan in die Hocke nieder und strich dem Mädchen über die Wange. *Hab keine Angst*, tröstete sie das Kind. *Das Spiel des Wandels ist noch nicht zu Ende. Antiles hat noch nicht gewonnen.*

Das Feenmädchen stand dicht vor ihr. Lillia trug bereits das Reisekleid und einen Mantel; die Kapuze verhüllte die Locken mit den silbrigen Strähnen.

Ich weiß, erklärte sie fröhlich. *Deshalb gehe ich jetzt Amra wecken – sie und ihre Freunde müssen mitkommen, wenn ich heute aufbreche.*

Anrynan schloss das Kind in die Arme. *Nimm dich in Acht, Lillia! Der Schwarze Gott ist ein mächtiger und gefährlicher Gegner. Du darfst dich von seiner List und Tücke nicht täuschen lassen. Ich habe dir gezeigt, was in meiner Macht stand, aber den letzten Teil des Wegs musst du allein bewältigen.*

Lillia nickte. *Mach dir keine Sorgen,* erklärte sie voller Selbstvertrauen. *Jetzt finde ich bestimmt den Weg nach Hause.* Sie schmiegte sich an Anrynan wie ein Kind, das der Mutter Lebewohl sagt, aber in dieser Umarmung fühlte die Feenpriesterin von Defágos, wie die Erfahrung vieler verlebter Jahre dahinschmolz wie Raureif in der Sonne: Das Eine Kind war das älteste Wesen auf der Insel, älter als alles Menschenwerk, älter als Defágos und seine sieben Türme – beinahe so alt wie die Insel selbst. Und wenn es für die Welt der Götter, der Menschen und des wilden Ziegenvolks eine Rettung gab, dann war das kleine Mädchen auch älter als der Schwarze Gott.

Anrynan warf einen Blick zum Himmel hinauf. Der Morgen, der in zarten Farben über der Mauer heraufdämmerte, verwischte die gespenstische Gegenwart der Schatten. Sie stand auf und fasste Lillia bei der Hand.

Komm, sagte sie. *Es wird Zeit, dass sich die Menschen zum Aufbruch rüsten.*

2

Auf den Hügeln vor der Stadt Defágos lag ein frisches Grab.

Amra hatte ihm die Stelle so gut beschrieben, dass Jemren den Platz auf Anhieb fand. In den letzten Tagen war er oft hierhergekommen, und dann stand er da und starrte auf die kahle Stelle am Hang. Er wartete – doch worauf? Auf Tarepins Vergebung für den Treffer? Das Töten eines Verwandten war nur schwer zu sühnen; das galt im Norden ebenso wie hier, auf der Südseite des Scyé. Oder hoffte er auf unbeschwerte Erinnerungen an die Freundschaft, die ihn und Tarepin einmal verbunden hatte? Nicht ein Tag wollte ihm einfallen, der nicht im Zeichen ihrer Bogenfertigkeiten stand, nicht ein Ereignis, das sie nicht in ihrer Eigenschaft als *Taú*-Schützen verband. Einst waren sie Bogengefährten gewesen, betraut mit dem Schutz ihrer Stadt. Und nun hatte er Tarepin erschossen.

Er hatte aus der Not heraus gehandelt, um einen anderen Freund zu retten – das sagte er sich immer wieder. Doch Erklärungen halfen nicht; keine Erklärung der Welt machte seine Tat ungeschehen. Das Entsetzen über den Treffer saß ihm in den Knochen. Der Gedanke an den abgeschossenen Pfeil machte ihn krank bis ins Innerste – bis ins *Taú*, wie der Schützensinn im Süden hieß.

Er ließ sich auf die Fersen nieder, nahm eine Handvoll Erde und zerrieb sie zwischen den Fingern. Eine flache Stelle am Hang, festgeklopfter Lehm und aufgeschichtete Steine, die Getier abhalten sollten – mehr erinnerte nicht an den Meisterschützen von Tegaréssos. Die Vorstellung von einem Grab in der Erde war seltsam. Der Norden bestattete seine Toten in Einbäumen auf See, und andere Bräuche hatte Jemren nie kennengelernt. Voller Dankbarkeit dachte er an die *Laîren* von Caláxi. Amra hatte einem Gegner die letzte Ehre erwiesen, indem sie ihn begrub – denn als Feind war Tarepin in ihre Heimat eingedrungen, und wie ein Feind hatte er sie behandelt. Als Verbündete des Ziegenvolks hatten die Schützen aus dem Norden Defágos überrannt.

Vor langer Zeit hatte es eine Insel ohne Hass und Kriege gegeben, eine Insel ohne den unüberwindlichen Graben des Scyé – ein unversehrtes Land in der Weite des Meers. Doch die Welt von einst ließ sich nicht neu beleben. Nichts lässt sich zurückholen, dachte Jemren, kein unbedacht ausgesprochenes Wort und kein abgeschossener Pfeil.

Er erhob sich und zog den Mantel fester um sich. Im Norden hätte er gewusst, wie er sich an den Verstorbenen wenden sollte. Im Norden hätte er Worte gefunden, um dem Toten seine Achtung zu bezeugen und sein Bedauern auszudrücken – und um sich zu verabschieden. Denn an diesem Morgen war er zum letzten Mal gekommen.

Ohne ein Wort wandte er sich von der Grabstätte ab und schritt zur Stadt zurück. Tautropfen drückten die Grashalme nieder, die von der Sommerglut verdorrt waren, Nebel trübte die Sicht auf die Ebene von Fésos und das hinter der Stadt ansteigende Küstengebirge. Ein scharfer Wind wehte aus Ost, Ghun genannt, was so viel bedeutete wie Frostbringer. Es war ein Wort der Alten Sprache, die von einem im Verborgenen lebenden Volk gesprochen wurde: von Lillias Volk, den *Ya'ahåren.* Hätte man ihm zu Beginn des Jahres von den Geheimnissen und Wundern berichtet, die sich ihm im Lauf eines Sommers enthüllt hatten – Jemren hätte am Verstand des Erzählers gezweifelt. Nun hatte er mit eigenen Augen gesehen, von welcher Beschaffenheit die Insel war, auf der er sein bisheriges Leben verbracht hatte.

Er war für einen Ritt in herbstlicher Witterung gekleidet. Der Umhang aus feinster Ziegenwolle fiel ihm bis in die Kniekehlen; der Stoff hielt die Nässe ab und wärmte ihn. Zudem trug er Stiefel mit langen Schäften, wie es bei den Reitern des Südens Sitte war, eine Hose aus weichem Leder, ein Leinenhemd und darüber ein aufwendig besticktes dunkelrotes Gewand, das mit Bronzeschließen zusammengehalten wurde.

Nicht ein Faden an diesen Kleidungsstücken gehörte ihm. Sie waren – samt seiner restlichen Ausrüstung – Gaben von Vrarras, dem Kriegerkönig der Stadt. Großzügige Gaben, gewiss, die Entlohnung für seinen Einsatz im Kampf gegen das Nraurn-Heer. Dennoch fühlte er sich unwohl wie ein Mann, der in eine fremde Haut geschlüpft war. Der einzige Besitz, den er aus dem Norden mitgebracht hatte, waren die beiden Silberringe, die er an der Pfeilhand trug. Sie waren ihm vor Jahren von seiner Stadt verliehen worden, als Zeichen, dass er sich auf die Bogenkunst des Nordens verstand und zum Kreis der *Taú*-Schützen gehörte – zu den Blindschützen, wie der Süden die Krieger aus dem Norden verächtlich nannte. Anhand der Ringe erkannte jeder Bewohner des Südens sofort, dass er ein Fremder war, der Inbegriff des Gegners aus langen und verheerenden Kriegen.

Nichts war mehr richtig. Die Feindschaft zwischen den beiden Gebieten der Menschen war von Neuem entflammt und teilte die Insel gerade so, wie sich der Graben des Scyé durchs Land fraß. Und nun fand er sich auf der falschen Seite wieder – im Süden. Er hatte sich die Ereignisse des vergangenen Sommers stets immer wieder durch den Kopf gehen lassen und war doch nur zu dem Schluss gelangt, dass alles Unheil mit einer einzigen unüberlegten Tat seinen Lauf genommen hatte: mit seinem Entschluss, Lillia aus dem Netz zu befreien, in dem die Nraurn das kleine Mädchen gefangen hielten. Manchmal wünschte er, diese schicksalhafte Begegnung hätte nie stattgefunden. Denn dann befänden sich die Dinge – und insbesondere er selbst – noch an ihrem angestammten Platz.

Er erkannte Gorun schon von Weitem. Der Reiter aus Caláxi schritt mit verschränkten Armen vor dem Haupttor auf und ab. Sobald er Jemren erblickte, winkte er ihn mit allen Anzeichen von Ungeduld herbei.

»Wo hast du gesteckt? Alle warten auf dich!«, rief er.

Jemren warf einen Blick durch das Tor. Auf dem Platz vor Anrynans Turm hatten sich sämtliche Einwohner von Defágos versammelt. Gesattelte Pferde warteten auf den Aufbruch, die Menschen standen in Gruppen zusammen und unterhielten sich. Das Gewirr vieler Stimmen, Lachen, Hufgeklapper und Hundegebell drangen bis vor die Mauern heraus. Goruns forschender Blick ruhte auf ihm, während sie durch den Innenhof des Tors schritten, und das *Taú* des Reiters schien voller Zweifel.

»Weshalb siehst du mich so an?«, fragte Jemren. »Hast du befürchtet, dass ich nicht wiederkomme?«

Gorun blieb stehen. Die schwarzen Mauern ragten um sie auf. Mosaiken prangten an den Wänden, und auf der Krone des Bauwerks schritten Wächter auf und ab.

»Wir alle wissen, wie schwer dir das Warten gefallen sein muss«, meinte der Reiter. »Aber es war richtig, dich nicht auf eigene Faust auf die Suche nach deiner Schwester zu machen. Nun gibt Vrarras uns so viele Reiter mit, wie die Kühne Stadt entbehren kann. Der Kriegsherr hat versprochen, alles Menschenmögliche zu tun, um Harat aus der Gefangenschaft der Gehörnten zu retten – und auf sein Wort ist Verlass.«

Das sagst ausgerechnet du, dachte Jemren. Laut entgegnete er: »Seit dem Überfall sind bereits Tage vergangen. Bis die Streitmacht Anáxi erreicht, verstreicht noch einmal so viel Zeit. Wir kommen zu spät, Gorun. Wir kommen in jedem Fall zu spät.«

Der Reiter schüttelte entschieden den Kopf. »Kajlyn-Gua ist in ihren Beschlüssen keinesfalls so frei, wie du vielleicht annimmst. Falls die Nraurin weiterhin auf die Schützen aus dem Norden zählt, wird sie sich hüten, deiner Schwester etwas anzutun. Grausamkeit würde das Bündnis zwischen den Gehörnten und den *Taú*-Schützen gefährden, und das kann die Nraurin sich nicht leisten – nicht, solange sie den Süden weiterhin herausfordert. Begreif doch: Harat ist durch dieses eigentümliche Patt geschützt.«

Ein eigentümliches Patt – dieser Ausdruck passte allerdings genau auf ihre Lage. Jemren hatte das Gefühl, als könnten sie weder vor noch zurück, als bliebe eine Fortsetzung der Kämpfe der einzige Ausweg. Nach der verlorenen Schlacht hatten sich die Ziegenkrieger wider Erwarten nicht in ihre Gebiete zurückgezogen. Mit den *Taú*-Schützen aus dem Norden verschanzten sie sich zwischen den Ruinen von Anáxi – in einer der bedeutendsten Stätten des Südens. Dort war es einst zum Ausbruch der Langen Kriege gekommen.

Er musterte die bewaffnete Heerschar, die sich auf dem Platz versammelt hatte, und das *Taú* zog sich ihm in der Brust zusammen. »Es ist eine Sache, eine Stadt gegen einen Angriff zu verteidigen«, sagte er. »Mit einer Streitmacht auf einen Rachefeldzug zu gehen – das hat ein ganz anderes Gewicht.«

Gorun beugte sich vor; er wirkte überrascht. »Du glaubst, der Süden will sich für den Überfall auf Defágos rächen? Nein, um Vergeltung geht es uns nicht. In Anáxi wurde vor langer Zeit die Große Prophezeiung verkündet. Sogar die Gehörnten wissen um die Bedeutung dieses Orts. Offenbar fasst Kajlyn-Gua die Berichte und Überlieferungen ähnlich auf wie wir, denn sonst hätte sie wohl kaum zwischen den Türmen der Stolzen Stadt Stellung bezogen. Wir haben gar keine andere Wahl, als gen Anáxi zu reiten. Die entscheidende Frage lautet allerdings: Was werden die *Taú*-Schützen tun? Welcher Ansicht bist du? Erhalten sie das Bündnis mit den Gehörnten aufrecht, oder kehren sie in den Norden zurück?«

Jemren zuckte die Achseln. »Ich glaube kaum, dass Kajlyn-Gua ihren Verbündeten Spielraum für eigene Entscheidungen lässt. Die Nraurin wird die Schützen zwingen, weiterhin aufseiten des Ziegenvolks zu kämpfen – ob mit Gewalt oder mit List. Ihr habt es also mit zweierlei Gegnern zu tun.«

»Wir«, verbesserte Gorun mit gerunzelter Stirn. »*Wir* haben es mit Nraurn und *Taú*-Schützen zu tun.«

Jemren antwortete nicht. Er musste nur an sich hinunterblicken, um festzustellen, dass die Frage nach dem *Ihr* und *Wir* zu einem äußerst verwickelten Sachverhalt geworden war.

Gorun ergriff ihn am Arm. »Weshalb bist du noch da?«, scherzte der Reiter und gab auch gleich die passende Antwort:

»Lillia braucht dich, Jemren. Die Prophezeiung hat Amra, dich und mich zu den Begleitern dieses kleinen Mädchens bestimmt. Wir können diese Verpflichtung wohl kaum zurückweisen.«

Unwillig wischte Jemren den Einwand beiseite. »Erzähl mir nichts von der Prophezeiung, Gorun! Du glaubst ebenso wenig an die Weissagung wie ich. Amra zuliebe hältst du den Mund und gibst vor, du hättest zeit deines Lebens auf keine andere Aufgabe gewartet. Aber ich weiß genau, was du denkst.«

Der Reiter hob eine Augenbraue. »So? Seit wann denn das?«

Es gelang Gorun tatsächlich, ihn zum Lachen zu bringen. Zugleich war es Jemren, als zerspringe das *Taú* beim nächsten Atemzug wie dünnes Glas.

»Ich glaube an die Prophezeiung«, erklärte der Reiter nun voller Ernst. »An die Prophezeiung, an die Götter, an die Reise ins Entfernte Land, die wir irgendwann alle antreten. So ist es im Süden üblich. Nur meiner selbst bin ich nicht mehr sicher.«

Er deutete auf die Brust, wo das Figürchen des Nemnos an einer Lederschnur hing, auf den Sitz des *Taú*. Eine Ahnung genügte, um Jemren zu zeigen, wie groß die Verunsicherung war.

Er betrachtete den Reiter aus Caláxi. Gorun unterschied sich in jeder Hinsicht von ihm – durch die Statur eines Speerkämpfers, durch Einfluss und Geltung innerhalb der engen Welt der Türme und durch das bisweilen ungezügelte Temperament. Die Geschichte der Insel hatte ihnen höchst ungleiche Geschicke zugewiesen und sie als Gegner ausersehen. Aber dann war alles ganz anders gekommen. Nichts, wirklich gar nichts befindet sich mehr am rechten Ort, dachte Jemren. Offenbar empfand Gorun dies ähnlich.

»Ich bin zurückgekommen«, erklärte er mit einem Achselzucken. »Ich schließe mich eurem Heer an und bleibe auch weiterhin Lillias Begleiter. Was man einmal angefangen hat …«

»... muss man auch zu Ende bringen«, ergänzte der Reiter lachend. Seltsamerweise wirkte er erleichtert. »Es gibt also tatsächlich eine Redensart, die dem Norden und dem Süden gemeinsam ist.«

Als sie unter dem Torbogen hervorkamen, richteten sich viele Blicke auf die beiden Männer. Unauffällig sorgte Gorun dafür, dass sie den Platz Seite an Seite betraten. Er war ein Meister solcher Gesten, mit denen der Süden das Ansehen seiner Würdenträger unterstrich. Alles im Land diesseits des Scyé war auf die Einhaltung von Regeln und Rangfolgen ausgerichtet, die in Jemrens Heimat ohne jede Bedeutung waren. Oft genug erschien dem Bogenschützen Goruns Welt fremd und verwirrend.

Wo warst du so lange?, begrüßte Amra ihn freundlich – und vollkommen lautlos. Sie hatte nicht einmal die Lippen bewegt, sondern benutzte die stumme Sprache im Innern; unmittelbar durch das *Taú* teilte sie ihm ihre Gedanken mit.

Dein Verschwinden heute Morgen hat allerhand Unruhe ausgelöst, fuhr die *Laîren* von Caláxi unbekümmert fort. *Du weißt doch, wie der Süden ist: Es wird immer nur geredet.*

Plötzlich wurde sie ernst. Sie musste ihn nur ansehen, und schon wusste sie, wo er sich an diesem Morgen aufgehalten hatte.

Es ist gut so, dachte er. Er war nicht sicher, ob Amra seine Gedanken umgekehrt ebenso klar und deutlich lesen konnte. *Es ist ein guter Platz. Ich danke dir.*

Die *Laîren* neigte den Kopf und lächelte abermals, als habe sie seine unausgesprochenen Worte sehr wohl vernommen.

Rasch vergewisserte Jemren sich, ob den Umstehenden ihr Austausch wirklich entgangen war. Der Süden hätte seine heimliche Freundschaft zur *Laîren* von Caláxi sicher missbilligt; zu viele Gebote und Tabus umgaben die junge Frau. Nur wenige Atemzüge lang hatten sich ihre *Taú* berührt, doch diese kurze Zeitspanne hatte genügt, um ein unverbrüchliches Band zwischen ihnen herzustellen. Wie ein Ast in einem schnell strömenden Fluss tauchten Amras Stimmungen und Gedanken bisweilen in seinem Innern auf. Die stumme Sprache floss zwischen ihnen hin und her, mit einer Eindringlichkeit, wie Jemren sie nur von seiner Schwester gewohnt war: Mit Harat fühlte er sich seit Kindertagen eng verbunden. Nur zwischen ihnen beiden hatte er diese Art der Verständigung für möglich gehalten, ein Geheimnis unter Geschwistern. Doch nun schuf diese Gabe eine Gemeinsamkeit mit einer Priesterin des Südens, und das *Taú* konnte nicht lügen: Mit jedem Seitenblick, den Amra ihm zuwarf, durchschaute sie ihn.

Gorun berührte ihn am Arm und machte ihn auf eine Kriegergruppe aufmerksam, die im hinteren Teil des Zugs auf den Aufbruch wartete. »Siehst du die Schar dort? Das sind die Bogenschützen, die Vrarras dir unterstellt.«

»Mir? Vrarras unterstellt *mir* Schützen?« Erstaunt betrachtete Jemren die Männer. Es waren über drei Dutzend Krieger, bewaffnet mit den Langbogen des Südens. Keiner verfügte jedoch über die Fähigkeit, das Ziel mithilfe des *Taú* aufzuspüren, wie es die Schützen des Nordens gewohnt waren, und so manch verdrießlicher Gesichtsausdruck ließ den Schluss zu, dass ihm die Bogenschützen keineswegs freiwillig folgten.

Jemren trat zu seinem Pferd. Trommelwirbel schwollen an, und der lange Zug setzte sich in Bewegung. Die Bewohner der Kühnen Stadt verabschiedeten sich von den Abreitenden; auch die Flüchtlinge aus den anderen Städten waren zum Tor gekommen. Der Bronzeschmuck der Männer glänzte, und die bunten Gewänder der Frauen hoben sich von den schwarzen Mauern ab. Die Zurückbleibenden riefen Segenswünsche, winkten und steckten ihren Angehörigen Kleinigkeiten zu: Andenken, Glücksbringer und Wegzehrung.

Hochrufe erklangen, als Vrarras auf der Brüstung über dem Torbogen erschien. Auch der Kriegsherr der Kühnen Stadt wünschte den Abreitenden Glück und gutes Gelingen. Gorun, der an der Spitze ritt, rief eine Bemerkung zu der Brüstung hinauf. Allgemeines Gelächter erscholl, und Vrarras' Entgegnung trug ebenfalls zur Erheiterung der Menge bei.

Als Anrynan neben den Kriegerkönig trat, wurde es plötzlich still. Jemren hatte mittlerweile genug über den Süden erfahren, um zu begreifen, dass dies ein außergewöhnlicher Anblick war: Die Hohepriesterin von Defágos zeigte sich den Einwohnern der Stadt üblicherweise nicht. Viele Menschen verspürten Angst vor den Angehörigen des Feenvolks, sobald diese leibhaftig unter ihnen erschienen – zu fremd war das Wesen der Ewigen, wie die Götter genannt wurden. In Goruns Stadt Caláxi hatte man sich sogar Lillia gegenüber feindselig und furchtsam gezeigt und das Kind aus der Stadt vertrieben. Jetzt ritt das kleine Mädchen neben Amra an der Spitze des Zugs und winkte unbeschwert zur Brüstung hinauf.

Anrynan hob die Hand. »Glück und Gelingen bei eurer Unternehmung!«, rief sie. »Das Wohlwollen der Götter möge euch begleiten.« Die Reiter murmelten die passende Antwort auf diesen Gruß, und die *Naszan* fuhr fort: »Ihr zieht nun aus, um das Eine Kind auf dem letzten Wegstück zu begleiten und die Große Prophezeiung von Anáxi zu erfüllen. Wie dieses Wagnis auch enden mag – die Freundschaft des Feenvolks ist euch gewiss. Durch euren Mut erneuert ihr das Band, das von alters her zwischen den Menschen und den *Ya'aháren* bestand – das Band zu den Göttern.«

Die Feenpriesterin lächelte Amra zu. Jemren gönnte ihr die freundliche Verabschiedung, denn er hatte oft genug erlebt, wie die Menschen im Süden die *Laîren* mit Abscheu und Verachtung behandelten, als sei sie es nicht wert, dass man das Wort an sie richte. Das Amt der Totengräberin war im Süden nicht hoch angesehen.

»Eine Aufgabe habt ihr allerdings noch zu erfüllen, bevor das Eine Kind heimkehren kann«, fuhr Anrynan fort. »Wie ihr wisst, ist Antiles seit Langem ein Feind des Alten Volks. Vor vielen Jahren schwoll seine Macht schon einmal bedrohlich an. Damals gelang es uns zwar, den Herrn der Dunkelheit aufs Meer zu verbannen. Zuvor setzte er jedoch den Weißen Stein gefangen. Seitdem ist das Herzstück des *Edú*-Spiels verschollen.«

Die Feenpriesterin beugte sich vor, ihre Stimme klang eindringlicher. »Das Spiel des Wandels ist weit mehr als nur ein Zeitvertreib: Es ist ein Spiegel eurer und unserer Welt. Der Weiße Stein *muss* gefunden werden! Ohne ihn hätte Lillias Rückkehr an ihren angestammten Platz keinen Sinn; sie würde nichts bewirken. Deshalb lautet der Auftrag an euch, den Stein zu finden und zu befreien.«

Unruhe erfasste die Menge. »Ein Stein? Die Krieger sollen die Insel nach einem Stein absuchen?«, raunte jemand in Jemrens Nähe. »Bei allen Göttern, Any ist verrückt geworden! Ebenso gut könnte sie von den Kriegern verlangen, einen verschütteten Schluck Wasser aus dem Meer zu schöpfen.«

Gorun drehte sich im Sattel um und musterte seine Gefolgsleute; die Züge des Reiters wirkten mit einem Mal angespannt. Von der Suche nach einem Weißen Stein war bislang nie die Rede gewesen. Anrynan hatte sich diesen Auftrag bis zum letzten Augenblick aufgespart.

»Vertraut euch weiterhin der Führung des Einen Kinds an!«, rief die *Naszan*. »Lillia vermag den richtigen Ort zu finden! Möge euer Vorhaben gelingen!«

Vrarras hob grüßend die Hand, und dann ritt die Vorhut unter dem Torbogen hindurch in den Innenhof und trabte vor die Stadt hinaus. Mit einem Schenkeldruck trieb Jemren das Pferd an. Die Menge teilte sich vor ihm, einige Menschen nickten ihm zu – das waren die Flüchtlinge, die zusammen mit ihm in der Kühnen Stadt eingetroffen waren. Andere, vor allem ältere Krieger, vermieden es, ihm ins Gesicht zu blicken. Für sie blieb er der Eindringling, der Fremde, der die wohlgeordneten Verhältnisse im Süden durcheinanderbrachte und von dem man insgeheim Schlimmes befürchtete.

»Jemren! Jemren! Warte auf uns!«

Als er die Rufe hörte, drehte er sich im Sattel um. Kimrin rannte aus Leibeskräften hinter dem Zug der Krieger her, gefolgt von Mrerem, Vraja, Kassan und den anderen jungen Bogenschützen – nur Vlessi fiel wie immer weit hinter der Gruppe zurück.

»Warte einen Augenblick! Wir müssen dir noch etwas geben!«, schrie Kimrin.

Jemren zügelte sein Pferd. Da waren sie, die Verhältnisse, die durch ihn aus den Fugen geraten waren: die Söhne – und eine Tochter – des Südens. Auf Vrarras' Geheiß hatte er sie in die Bogenkunst des Nordens eingeweiht, und zum Dank hingen sie nun wie eine Meute junger Hunde an ihm.

»Wir – hätten fast – den Aufbruch verpasst!« Kimrins Wangen glühten, und er rang nach Luft. »Wir waren auf – dem Sandplatz und haben – die Zielscheiben wieder aufgehängt. Wenn du – zurückkommst, holen wir dir – jeden Koron aus der Luft!«

Die Jungen umdrängten die Rappstute, bis das Tier ins Schwanken geriet. Die Umstehenden reckten die Hälse, während die Reiter in Viererreihen durch das Tor zogen.

Jemren nickte den Jungen zu. »Es ist gut, wenn ihr euch weiterhin mit dem Bogen übt. Ihr wart sehr gute Schüler«, lobte er. Insgeheim dachte er jedoch, wie viel lieber es ihm gewesen wäre, wenn die Knaben die verhasste Bogenkunst des Nordens so bald wie möglich vergaßen.

»Oh, du auch, du auch!«, riefen Vlessi und Kimrin wie aus einem Mund, und dann verbesserte sich der Junge aus Geristáni lachend: »Du warst ein ausgezeichneter Lehrmeister.«

Jeder wollte sich mit einem Händedruck von ihm verabschieden, Vraja allen voran, und als Jemren die Finger des Mädchens umfasste, spürte er die Schwielen und Blasen, die vom Halten des Bogens und vom Ausziehen der Sehne herrührten. Zugleich fühlte er etwas Hartes an ihren Fingern: Vraja trug zwei Kupferringe an der Pfeilhand. Sie waren klobig und kantig, ganz anders als der Silberschmuck, den er trug. Offenbar hatte sie das Metall selbst bearbeitet. Unverkennbar verlief eine Rille um jeden Ring: Durch diese Ritze wurde die Bogensehne geführt. Vraja hatte sich zwei Schützenringe gefertigt und trug sie nun voller Stolz – und in Unkenntnis ihrer Bedeutung. *Du hast getötet,* besagten die Ringe im Norden über ihren Träger. *Mithilfe des Taú hast du getötet.*

Das lasse ich also im Süden zurück, dachte Jemren bekümmert. Die verderbliche Kunst der *Taú*-Schützen. Und im Norden meine zerstörte Stadt.

Kimrin verabschiedete sich als Letzter von ihm. Der Junge druckste ein wenig herum und streckte ihm dann ein Bronzefigürchen entgegen, das auf eine Schnur aufgefädelt war – ein Bogenschütze.

»Wir wissen nicht, ob du das Geschenk annehmen willst«, meinte Kimrin verlegen. »Die Figur stellt Kerron den Jäger dar. Wir haben sie ausgesucht, weil ... nun weil ... du hast doch keinen Gott.«

Vraja und die Jungen sahen erwartungsvoll zu ihm auf. Behutsam nahm Jemren das Schmuckstück und drehte es zwischen den Fingern hin und her. Der Jäger war bis in alle Einzelheiten ausgearbeitet: Im Köcher steckten winzige Pfeile, und die Bogensehne bestand aus Kupferdraht. Ein überlebensgroßes Abbild des Gottes stand auf dem Platz, halb verdeckt vom Blauen Turm: Kerron, der seinen Bogen in den Himmel richtete.

»Ich danke euch. Vielen Dank, Kimrin. Ich werde euer Geschenk in Ehren halten«, sagte Jemren. Im *Taú* berührte ihn die Geste der jungen Schützen, doch die Vorstellungswelt des Südens blieb ihm fremd. Jeder Mann und jede Frau diesseits des Scyé entschied sich für einen der Ewigen, dem sie sich dann ein Leben lang verbunden fühlten. Gorun verehrte Nemnos, den Gott der Ausgestreckten Hand, Vrarras' Schutzherr war Narduk, der Herr des Kriegs, und Amra hatte den düstersten aller Götter gewählt: Als *Laîren* diente sie dem Totengott. Der Norden hingegen lehnte den Glauben an Übernatürliches und Übersinnliches ab.

Jemren reichte Kimrin die Hand, und plötzlich traten dem Jungen Tränen in die Augen. »Bis bald!«, wünschte er. »Komm bald zurück!«

»Auf Wiedersehen! Bis bald!«, riefen auch die anderen jungen Schützen und rannten eine Strecke neben dem Pferd her.

Jemren nickte kurz zu Vrarras und Anrynan hinauf; ihre guten Wünsche galten auch ihm. Dann hallten die Huftritte der Stute auf dem Pflaster des Innenhofs, und er atmete erleichtert auf, als sich die Mauern zwischen ihn und die Jungen schoben. Außerhalb des Tors fiel das Pferd sofort in eine wiegende Gangart und schloss mit dem Tross auf, der in die Ebene von Fésos hinauszog. Trotz des Trubels in der Stadt war die kleine Rappstute gelassen geblieben, lediglich ihre Ohren hatten gezuckt, wenn das Stimmengewirr und die Trommelwirbel allzu sehr anschwollen. Und das war gut so, denn Jemrens Erfahrung auf dem Pferderücken beschränkte sich auf eine Handvoll Tage, an denen Gorun ihn unterwiesen hatte, und einen halsbrecherischen Galopp über die Wege und Treppen der Kühnen Stadt.

Er warf einen letzten Blick auf die Sieben Türme und die Sieben Tore von Defágos. Für einen Mann aus dem Norden war er weit gereist. Er hatte Dinge gesehen, die in seiner Heimat niemand für möglich hielt, hatte Freunde gefunden, wo man im Norden nur Feinde vermutete. Aber der Preis für diese Erlebnisse war hoch.

Als er die Hand unter die Kleider schob, fühlte er sogleich die geschwollene Stelle an der Seite. Die Pfeilspitze drückte ihm bei jedem Atemzug gegen die Rippen. Der Schmerz hielt sich in erträglichen Maßen, aber das ständige Stechen machte ihn unleidlich und reizbar. Eine verfluchte Pfeilspitze, mit Antiles' Bann belegt – Tarepins Geschoss hatte ihn in jenem Augenblick gestreift, da er den Freund tödlich verwundete, um Goruns Leben zu retten.

Von außen war die Pfeilspitze nun nicht mehr zu ertasten: Sie saß zu tief zwischen den Rippen. Von dort aus wanderte sie weiter – bis zum *Taú*. Tage vielleicht oder ein Mondlauf – Anrynan hatte die ihm verbleibende Zeit nicht genau abschätzen können. Eines stand jedoch fest: Seine Rückkehr nach Defágos war ausgeschlossen.

ホミス

Seit dem Morgengrauen schritt Nesyn zwischen den verfallenen Türmen von Anáxi auf und ab. Er hielt Wache – ein Dienst, der sonst von jungen und unerfahrenen Nraurn versehen wurde. Kajlyn-Gua hatte ihm den Posten zugeteilt. Es war eine weitere von vielen kleinen Strafen, die sie ihm seit der verlorenen Schlacht um Defágos angedeihen ließ.

Er hatte die Königin des Gehörnten Volks enttäuscht – und zwar ausgerechnet an jenem Tag, da Kajlyn-Gua ihn zu höchsten Ehren berufen hatte: zum Feldherrn an ihrer Seite, zum Nachfolger ihrer gefallenen Schwester. Nun wirkte sich die Niederlage zweifach ungünstig aus: Die Menschen waren nicht besiegt und fühlten sich vermutlich in ihrer Vormachtstellung bestärkt. Zudem war ein Teil des Nraurnheers versprengt, denn die Mnek hatten die Gelegenheit zur Flucht genutzt. Das rotmähnige Ziegenvolk aus dem Süden war der *Nraur-a-Khae* niemals treu ergeben gewesen – und nun versteckten seine Angehörigen sich höchstwahrscheinlich in dem Gewirr ausgedörrter Täler und Schluchten, das bereits vor ihrer Unterwerfung ihre Heimat gewesen war.

Mürrisch schritt Nesyn auf und ab. Vielleicht hätten die Nraurn Defágos erobert, wenn sie länger standgehalten hätten. Doch ein Sieg wäre nur durch einen hohen Blutzoll zu erringen gewesen, und Nesyn war nicht bereit, diesen Preis zu entrichten. Er hätte der Fürstin der Gehörnten diese Umstände gern dargelegt, doch die *Nraur-a-Khae* ließ ihn nicht vorsprechen. Ihre Leibwache wies sein Ersuchen um eine Unterredung hartnäckig ab, die Kriegerinnen brachten ihm nur Hohn und kalte

Verachtung entgegen, und nun hatte Kajlyn-Gua ihn gar auf diesen Posten am äußersten Rand des Lagers verbannt, wo er ihr nicht mehr unter die Augen kam.

Als er auf seiner Runde an der Stelle vorbeikam, an der er den Schild gegen einen Mauerrest gelehnt hatte, fiel sein Blick auf das runde Täfelchen in der Mitte. Das spiegelblanke Messing gab seine Umrisse wieder; er erblickte einen schwarzmähnigen Bahak mit gebogenen glatten Hörnern. Das Ziegenvolk aus dem Umland des Scyéyan galt als ausgesprochen kraftvoll, gewandt und kampffreudig, und Nesyn war auch unter den eigenen Gefolgsleuten einer der größten.

Er ging vor dem Schild in die Hocke und betrachtete sein Gesicht. Länglich und dunkel war es, ganz anders als die blassen Züge der Menschen. Das Kahle Volk unterschied sich sehr von den Gehörnten. Wenn Nesyn durch das Lager ging, hörte er manchmal, wie seine Kampfgefährten sich über die Vasallen der *Nraur-a-Khae* lustig machten: Sie bemängelten das Fehlen von Stirnwulst und Gehörn und spotteten über die runden Köpfe und die nackten Gesichter der Menschen. Nur wenige Hörnerlose trugen Bärte, und sie besaßen auch keine Mähnen, die sie mit Lederbändern durchflechten konnten, wie es unter den Nraurn Sitte war. Am seltsamsten waren die Augen der Kahlen: In den Ecken zeigte sich das Weiß, als treibe die Menschen ständig die Angst um. Nachts schien dieser Sinn den Dienst zu versagen – dann stolperten die Hörnerlosen über Ausrüstungsgegenstände, die sie selbst vor ihrem Zelt liegen gelassen hatten.

Nesyn berührte die Narbe auf der Stirn mit dem Finger. Schräg über den Hörnerwulst verlief ein weißer Fellstreifen. Dort hatte er im Kampf eine Pfeilwunde erlitten. Die Verletzung hatte sich mittlerweile zwar geschlossen, aber das Haar wuchs in einer anderen Farbe nach. Die juckende Narbe erinnerte ihn an jenen Augenblick, da er seine Gefährtin verloren hatte. Syne-Ne war in der Kühnen Stadt der Menschen umgekommen – es war so schnell geschehen, dass ihm der Verlust noch immer unwirklich vorkam. Manchmal stand er da und starrte ins Land, als würde sie gleich von einem Erkundungsritt zurückkommen und ihm Bericht erstatten, als hätte sie sich nur einen Tagesritt vom Lager entfernt und würde am Abend ans Feuer treten. Ihr Tod hinterließ eine Narbe ganz anderer Art – eine Narbe im *Taú*.

Als Nesyn gedämpften Hufschlag vernahm, fuhr er herum. Binnen eines Atemzugs hatte er den Schild hochgestemmt und schwang den Haken in der Hand hin und her – doch er erkannte rasch, dass es sich bei den Näherkommenden um Vlyn und seine Schar handelte. Die Nraurn trabten die Anhöhe herauf, auf welcher die Stolze Stadt der Menschen lag. Der Krieger an der Spitze hob die Hand und hielt inne; die kurzen Schwänze der Nouk peitschten erregt hin und her.

»Sie kommen«, berichtete er. »Die Streitmacht hat Defágos verlassen. Die Menschen sind auf dem Weg hierher.«

Er hielt die Zügel seines Nouk straff. Das Tier schüttelte sich, das Zaumzeug klirrte. Noch vor zwei Mondläufen war Vlyn unter Nesyns Befehl geritten – wohl deshalb erstattete er nun einem einfachen Posten Bericht.

»Komm mit, Nesyn!«, bat er. »Wir müssen die *Nraur-a-Khae* über die jüngsten Ereignisse in Kenntnis setzen.«

Kajlyn-Gua thronte vor dem Eingang ihres Zelts auf dem hölzernen Podest, auf welchem das *kert* aufgebaut war. Es war windstill in der Stadt, die Banner und Wimpel hingen schlaff von den Stangen; die Dachklappe war aufgrund der Witterung geschlossen. Im Hintergrund waren die Ruinen von Anáxi zu sehen, die Überreste großer Gebäude und Tempel, sowie die Rundzelte der anderen Anführerinnen. Die Nraurn lagerten mitten in der verfallenen Stadt.

Verstohlen betrachtete Nesyn die Fürstin der Gehörnten. Im Laufe vieler Jahre hatten sie und ihre Schwester die Trockenen Hügel erobert und ein Ziegenvolk nach dem anderen unterworfen. Wer ihnen freiwillig folgte, den entlohnten sie großzügig; wer sich widersetzte, starb – so lautete das Gesetz der Bahak, und Kajlyn-Gua wandte es ohne Unterschied auf die

Gehörnten an. Nun scharten sich zahllose Kriegerinnen und Krieger um sie, die sich selbst zur *Nraur-a-Khae* gemacht hatte – zur Königin des gesamten Ziegenvolks.

Nesyn blieb zwischen den Zelten stehen. Hier beliebte es der *Nraur-a-Khae*, seine Gegenwart nicht zur Kenntnis zu nehmen. Sie bog die Reitgerte in den Händen und ließ sich Meldung machen: Wie rasch kamen die Hörnerlosen voran? Wie viele waren es? Und wer führte sie an?

»Gorun von Caláxi?«, schnaubte sie, als der Name des Reiters fiel. »Hat er noch immer nicht genug? Nun gut, wir werden diesem übereifrigen Krieger ein Gefecht liefern, an das er sich noch lange erinnert!«

Stolze Rufe antworteten ihr, die Gehörnten schwenkten die Waffen. Nesyn spürte die Woge der Kampfeslust, die durch das Lager ging: Kajlyn-Gua sprach so siegesgewiss, als hätte es die Niederlage in der Kühnen Stadt nie gegeben.

Durch die Unruhe wurden die Menschen auf die Versammlung aufmerksam. Die Kahlen hockten meistens vor ihrem Zelt und vertrieben sich die Zeit mit Würfeln, Wetten und übler Nachrede. Nun eilten sie herbei.

»Was ist geschehen? Die Späher sind zurückgekehrt? Was berichten sie?«, schwirrten die Stimmen durcheinander. Nur wenige der Hörnerlosen beherrschten die Sprache des Ziegenvolks hinreichend, um sich verständlich zu machen; die anderen mussten sich auf das Flüstern der Übersetzer verlassen. Es fiel Nesyn schwer, die Menschen auseinanderzuhalten. Zur Unterscheidung prägte er sich einzelne Merkmale ein: Bei dem Sprecher, der sich nun an die *Nraur-a-Khae* wandte, handelte es sich um einen hageren Mann mit auffallend langen Gliedern.

»Du wirst unsere Hilfe sicher bald wieder in Anspruch nehmen«, meinte er. »Diese alte Stadt mit den vielen leer stehenden Gebäuden und Mauerresten bietet eine ausgezeichnete Gelegenheit für einen Hinterhalt.«

Kajlyn-Gua schwieg. Aus großen Augen musterte sie den Menschen und dehnte die lederumflochtene Gerte in den Händen, bis Nesyn meinte, der Stock werde jeden Augenblick entzweibrechen. Der Schütze bemerkte die Anspannung der Fürstin jedoch nicht.

»Vor dem Feldzug gegen Defágos versprachst du uns reiche Entlohnung«, sprach er weiter und blickte seine Gefährten an, die zu jedem seiner Worte nickten. »Von Kupfer und Bronze, von Getreide, Öl und Stoffen war die Rede. Nichts haben wir bislang jedoch erhalten! Deine Krieger schleppten beachtliche Schätze aus der Stadt, während wir euch in Defágos den Rücken frei hielten. Wo sind die Güter, die du uns versprachst? Händige sie uns aus, Kajlyn-Gua, denn ohne einen angemessenen Anteil am Beutegut kämpfen wir nicht länger an deiner Seite!«

»Wir können diesen Krieg nicht gewinnen, Varca«, wandte ein Mann mit silbergrauen Schläfen ein. Er stand in gebeugter Haltung da, als drücke ihn der Tod seiner Klanschwester nieder. Tenon wurde der Mann von den Hörnerlosen genannt, und er brachte seine Bedenken zum wiederholten Mal vor – eine besonnene Stimme inmitten der Aufgeregtheit. »In der Kühnen Stadt hat sich der Süden erneut als übermächtiger Gegner erwiesen. Die Reiter sind uns in zahlenmäßiger Stärke und in der Art der Bewaffnung überlegen. Seht es doch endlich ein: Wir dürfen das Land diesseits des Scyé nicht länger herausfordern.«

»Deine Klanherrin ist in Defágos umgekommen – wie so viele unserer Schützen«, hielt ein jüngerer Mann dagegen. »Wir lassen ihren Tod nicht ungesühnt.«

»Die Übereinkunft mit den Nraurn bietet uns die Gelegenheit, den Feind im Süden endlich niederzuwerfen«, fiel eine weitere Stimme ein. »Varca hat recht: Setzen wir den Kampf fort – doch nur gegen ein gerechtes Entgelt!«

Aufmerksam lauschte Nesyn dem Streit der Menschen. Seit die Kahlen ihre Anführerin verloren hatten, schien die Ordnung innerhalb der Schar zerbrochen. Jeder Rede folgten Widerworte, und selbst wer als Sieger aus einer Auseinandersetzung hervorging, konnte seine Stellung höchstens bis zur nächsten Meinungsverschiedenheit behaupten. Offenbar waren die Menschen unfähig, eine neue Rangfolge zu erstellen – ein schwaches Volk.

»Kehren wir in den Norden zurück!«, schlug Tenon soeben vor. »Wir erwirken von den Nraurn die Zusicherung, dass sie die Grenze zum Süden abriegeln, wie sie es bisher taten – dann wären wir vor den Racheakten des Südens sicher und könnten das alte Leben wieder aufnehmen.«

»Das alte Leben aufnehmen?«, höhnte der erste Sprecher, der Mann namens Varca.

»Von welchem Leben sprichst du? Von den Entbehrungen in jedem Winter und vom Bangen, ob die Salzstürme nicht auch die nächste Ernte vernichten? Von den versiegten Brunnen und dem verendeten Vieh? Ihr habt gesehen, in welchem Überfluss der Süden lebt! Nein, ich sage euch, ein Rückzug kommt nicht infrage – oder wir geben unser Erbe auf der Insel für immer verloren.«

Erregte Reden hoben an, die Meinungen schwenkten bald in diese, bald in jene Richtung. »Das Bündnis mit den Nraurn bietet uns endlich die Gelegenheit, die Ungerechtigkeit, die seit dem Ende der Langen Kriege auf der Insel herrscht, wieder wettzumachen«, fuhr der hagere Schütze fort und richtete das Wort an die *Nraur-a-Khae*. »Doch bevor wir weiter mit den Gehörnten ziehen, stellt sich die Frage nach unserem Anteil an der Kriegsbeute.«

Kajlyn-Gua lehnte sich mit einem Atemzug zurück, ihre gelben Augen schlossen sich zur Hälfte. »Du willst mich erpressen«, stellte sie fest. Sie sprach die Menschensprache fließend, auch wenn die Silben aus ihrem Mund verändert klangen.

Der Mensch Varca lachte. »Nenn es, wie du willst, Nraurin. Falls wir mit euch weiterkämpfen, verlangen wir zuvor eine Gegenleistung für unsere Gefälligkeit.«

Zu Nesyns Überraschung winkte die Fürstin ihre alte Dienerin herbei. »Schreib auf!«, befahl sie. »Die Stadt ... wie hieß deine Stadt noch gleich, Varca?«

»Golóni«, erklärte der Mann, augenscheinlich verblüfft, dass seiner Forderung so ohne Weiteres entsprochen wurde. »Für unsere beiden Türme verlange ich Waffen, Gerste und Öl, so wie es unserer Abmachung entsprach.«

»Kupfer und Öl für Golóni«, wiederholte Kajlyn-Gua und sah zu, wie Hnyn-Qe ein Bronzestäbchen in die Tinte tauchte und die Forderungen des Mannes auf einem Lederstreifen vermerkte. Während die Schützen das Podest vor dem Zelt der *Nraur-a-Khae* umdrängten und ihre Forderungen stellten, schleppten junge Bahak Säcke und Krüge, Kisten und Ballen herbei – die eroberten Schätze aus der Kühnen Stadt.

»Wie ihr seht, halte ich mein Wort.« Mit der Gerte wies Kajlyn-Gua auf die aufgehäuften Güter. »Bedient euch! Nehmt euch, was ihr begehrt oder benötigt. Stärkt euch für den Kampf und nennt das Fehlende meiner Dienerin. Hnyn-Qe wird ein Verzeichnis aller noch offenen Forderungen anlegen und euch später eine Abschrift bringen. Sobald der Krieg zu Ende ist, erhaltet ihr eure restliche Belohnung.«

Der Schütze Varca öffnete eine verkorkte Flasche und überprüfte den Inhalt, als erwarte er, von der Fürstin der Gehörnten hintergangen zu werden. »Das nenne ich eine ausgezeichnete Ausbeute«, lachte er, während er das Öl verrieb und an seinen Fingern roch. »Wenn man dich erst einmal an die Abmachung erinnert, erweist du dich als ausgesprochen freigebig, Kajlyn-Gua.«

Die Königin der Nraurn neigte den Kopf und lächelte, wie die Kahlen es taten: Sie zeigte die Zähne. »Wie erfreulich, dass es mir schließlich doch gelingt, dich zufriedenzustellen«, bemerkte sie. »Aber was ist mit deinem Gefährten dort? Verspürst du nicht den Wunsch, für deine tote Klankönigin Vergeltung einzufordern, Tenon aus Thárraxi?«

Der Mann aus der Stadt am Nárdas hatte als Einziger keine Ansprüche erhoben. Mit hängenden Schultern stand er da und beobachtete die Erstellung der Liste. »Deine Stadt schloss sich unserem Bündnis als Erste an«, erinnerte Kajlyn-Gua ihn. »Sollen wir deine Türme nun als Erste aus unserem Abkommen ausklammern?«

Der Schütze zog die Brauen zusammen – die versteckte Drohung in den Worten der Ziegenfürstin war ihm nicht entgangen.

»Varca und die anderen kannst du vielleicht mit den geraubten Gütern kaufen«, erklärte er. »Ich hingegen kämpfe nicht länger gegen den Süden.«

»So kämpft der Süden gegen dich«, erwiderte Kajlyn-Gua kalt.

Bei diesen Worten zuckten die Hörnerlosen zusammen. Wer eben noch zwischen Stoffen und Münzen gewühlt hatte und die Dicke und Beschaffenheit von Sattelleder prüfte, richtete sich auf. Selbst die Gierigsten setzten die geschulterten Lasten ab. »Wie meinst du das?«, wollte Varca wissen. »Was soll das bedeuten?«

»Vor Kurzem brach eine große Streitmacht von Defágos auf – sie befindet sich auf dem Weg hierher. Nahmt ihr vielleicht an, der Süden ließe den Angriff auf seine mächtigste Stadt ungesühnt?«, fragte die Fürstin zurück. Langsam schwenkte sie das schwere Gehörn; die *nkemen* blinkten. »In Defágos zeigte sich eure Kampfkraft. Ihr habt dem Süden bewiesen, dass ihr ein ernst zu nehmender, ein gefährlicher Gegner seid – denn ihr versteht euch auf die alte Bogenkunst! Obwohl das Blindschießen lange Zeit geächtet war, beherrscht ihr diese Fähigkeit noch immer. Mit einer solchen Bedrohung wird der Süden nicht leben wollen.«

An den betroffenen Mienen las Nesyn ab, dass die Kahlen solche Überlegungen bisher weit von sich geschoben hatten. Kajlyn-Gua beugte sich vor.

»Es liegt mir nicht daran, Unstimmigkeiten unter euch zu schüren«, fuhr sie fort. »Wenn ihr voller Zweifel seid, nützt mir eure Gefolgschaft wenig. So hört denn mein Angebot: Jene unter euch, denen eine verlorene Schlacht genügt, mögen abziehen. Sie erhalten die volle Entlohnung und werden ehrenhaft aus meinen Diensten entlassen, ohne Nachteile für Ansehen oder Stadt. Diejenigen unter euch indes, die begriffen haben, worum es in diesem Kampf geht, ziehen mit mir gegen den Feind zu Felde, der euch einst alles nahm: das Anrecht auf Land und Besitz im Süden. Den Zugang zu euren ältesten Städten. Euer Erbe auf die Insel der Stürme. So wählt nun«, forderte sie die Menschen auf, »einen brüchigen Frieden oder den alles entscheidenden Sieg.«

Einige Atemzüge lang herrschte tiefes Schweigen. »Wir folgen dir«, erklärte Varca dann. »Wir schließen uns deiner Streitmacht an.« Die meisten Schützen stimmten dieser Entscheidung zu; die Kahlen bekräftigten ihren Entschluss mit lauten Rufen. Sie klatschten in die Hände und nickten der gehörnten Fürstin zu – so drückten sie ihr Einverständnis aus. Nur der Mann namens Tenon stand abseits und schüttelte betrübt den Kopf.

»Wahrlich, der Krieg ist eine Bestie, die immer mehr Leben verschlingt«, murmelte er. »Was bleibt mir anderes übrig, als hierzubleiben und mein Land zu verteidigen, da du den Großteil unserer Krieger auf deine Seite gezogen hast? Aber was geschieht mit dem Mädchen aus Tegaréssos?« Er nickte in Richtung des *kert*, in dem Kajlyn-Gua die junge Frau gefangen hielt. »Du versprachst, Harat freizulassen, sobald die Kämpfe vorüber sind. Wie verhält es sich nun damit?«

Kajlyn-Gua machte eine wegwerfende Handbewegung. »Sie hat keinerlei Wert für mich – ebenso wenig wie für ihren Bruder, wie es scheint, denn anstatt sich um ihr Wohlergehen zu sorgen, zieht der Schütze lieber mit seinen neuen Gefährten durch die Lande. Es steht Harat frei, mein Heerlager jederzeit zu verlassen. Allerdings« – an dieser Stelle richtete sie das Augenmerk voll und ganz auf Tenon – »geriete sie dann mitten in die Kriegswirren und wäre erheblichen Gefahren ausgesetzt. Bist du nicht auch der Ansicht, dass sie in meinem Zelt am sichersten aufgehoben ist?«

Tenon presste die Lippen aufeinander. Vermutlich durchschaute er die Hinterlist der Nraurin noch im selben Augenblick, da sie die Worte sprach – aber er wagte nicht, die *Nraura-Khae* inmitten ihres Gefolges der Lüge zu bezichtigen.

Kajlyn-Gua hatte mitnichten vor, der Menschenfrau die Freiheit zu schenken. »Ergreif das Eine Kind oder trenn es von seinen Begleitern – beides läuft auf dasselbe hinaus«, pflegte sie zu sagen. »Wenn die Menschen ihren Einfluss auf das Mädchen verlieren, wird die Prophezeiung sich nicht in ihrem Sinn erfüllen. *Wir* bestimmen, wie die letzte Partie im Spiel des Wandels endet.«

Die Königin der Gehörnten erhob sich und trat an den Rand der Plattform. »Höre, Tenon aus Thárraxi, was ich dir zu geben beabsichtige, denn auch du sollst deinen Lohn erhalten«, erklärte sie. Misstrauisch musterte der Schütze die *Nraur-a-Khae*. »Ich erinnere mich gut an das Anliegen deiner Klanschwester«, fuhr Kajlyn-Gua fort. »Nret wünschte sich nichts sehnlicher, als dass euch der Zugang zum Süden offen stehe, wie es vor den Langen Kriegen der Fall war. Ihr Tod soll nicht umsonst gewesen sein. Sobald der Süden besiegt ist, steht es euch frei, den Scyé jederzeit durch unser Land zu umgehen. Ihr könnt euch auf der Insel wieder frei bewegen.«

Einige Atemzüge lang herrschte vollkommene Stille; die Kahlen starrten die *Nraur-a-Khae* an. Seit vor vielen Generationen der Glutgraben des Scyé aufgebrochen war und den Langen Kriegen ein Ende bereitet hatte, war den Menschen dieser Weg verwehrt. Plötzlich redeten alle aufgeregt durcheinander und brachen schließlich in Jubel aus. »Endlich!«, riefen sie und reckten die Arme in die Höhe. »Es ist so weit! Der Bann ist gebrochen!«

Der Schütze Tenon stimmte nicht in das Geschrei ein. Kopfschüttelnd wandte er sich ab und schritt ohne ein Wort davon. Ein Mann, den es im Auge zu behalten gilt, dachte Nesyn. Die auf dem Boden ausgebreiteten Schätze hatte Tenon nicht angerührt. Seine Gefährten trafen ihre Auswahl und schleppten die Beute zu ihrem Zelt. Manche liefen sogar mehrmals hin und her, als bekämen sie nicht genug von dem prächtigen Tuch und den bronzebeschlagenen Zaumzeugen.

Die Anführerinnen der anderen Nraurn-Völker beobachteten schweigend und mit sichtlichem Missfallen, wie die Kahlen sich an der Kriegsbeute bereicherten. Keine von ihnen wagte Widerspruch gegen die Entscheidung der *Nraur-a-Khae* –

so etwas wäre nur Menschen eingefallen. Schließlich ließen die Hörnerlosen sich wieder vor ihrem Zelt nieder, das *kert* schwirrte von ihrem Stimmengewirr wie ein Bienenstock.

»Nesyn!«

Er zuckte unter der scharfen Anrede zusammen. Die Fürstin der Gehörnten hatte ihn zwischen den Zelten entdeckt und winkte ihn herbei. Hastig trat er auf den Platz vor ihrem Zelt, während sie mit schnellen Schritten das Podest verließ.

»Mein Feldherr für einen Tag«, grüßte sie ihn, Stimme wie *Taú* durchtränkt von Hohn. »Knie nieder!«

Langsam sank Nesyn auf den Boden. Die anderen Nraurn musterten ihn ausdruckslos. Die Menschen hingegen beachteten die Begegnung kaum; sie waren viel zu sehr mit ihren neu erworbenen Besitztümern beschäftigt.

Nesyn beugte sich nach vorn, bis er den Stirnwulst mit dem Ansatz der Hörner ins Gras presste: So bot er Kajlyn-Gua die volle Unterwerfung dar. Mit geschlossenen Augen lauschte er auf das Raunen und Rascheln ringsum, der Boden roch nach vergangenem Sommer. Sicher gab es etliche unter den Gehörnten, die ihm seine missliche Lage gönnten: Arrak und Ehnek beispielsweise, Angehörige jener Ziegenvölker, an deren Unterwerfung er beteiligt gewesen war. Auch manchen Bahak war sein Aufstieg zu rasch erfolgt; insbesondere erfahrene Kämpfer neideten ihm das Vertrauen, das ein junger Krieger wie er bei der *Nraur-a-Khae* genoss. Nun – ebenso schnell, wie sie ihn zum Nachfolger der Feldherrin ernannt hatte, war er bei Kajlyn-Gua in Ungnade gefallen.

Er verharrte in der Haltung, bis ihm der Nacken steif wurde. Die Fürstin der Gehörnten ließ sich mit seiner Bestrafung Zeit. Vielleicht erwartete sie sein Bedauern, das Eingeständnis seines Versagens – aber Nesyn brachte kein Wort über die Lippen. Regungslos lag er auf den Knien und wartete.

Als dicht vor ihm Schritte erklangen, hob er den Kopf, doch bevor er aufblicken konnte, packte jemand eines seiner Hörner und presste ihm das Gesicht gegen den Boden. Er schnaubte aufgebracht und versuchte, sich aus dem Griff zu befreien – dann wurde ihm bewusst, wer ihn gepackt hielt, und sein Widerstand erlahmte.

»Hast du auch nur einen Auftrag erfüllt, den ich dir erteilt habe?«, fuhr Kajlyn-Gua auf ihn los. Die Stimme der *Nraur-a-Khae* klang heiser vor Zorn. »Wir hätten Defágos erobert, wenn dich nicht im entscheidenden Augenblick die Verzagtheit überkommen hätte! Nun sitzen die Mnek, unsere einstigen Bundesgenossen, in den Trockenen Hügeln und spotten über uns, weil wir unser Heer nicht zusammenhalten konnten! Es war *deine* Aufgabe, Nesyn! Du solltest die Streitmacht der Gehörnten durch den Kampf führen – doch du hast erbärmlich versagt! Wie viel Blut ist in der Kühnen Stadt geflossen? Wie viele unserer Kriegerinnen und Krieger haben ihr Leben vergeblich geopfert? Hättest du, mein treuer Feldherr, die Fahnenflüchtigen zurückgehalten und meine Streitmacht entschlossen angeführt – die Stadt der Sieben Tore und der Sieben Türme wäre jetzt unser! Und nun seht her, ihr Angehörigen des Gehörnten Volks! Seht her und werdet Zeugen, wie es einem Krieger ergeht, der sich dem Willen der *Nraur-a-Khae* widersetzt.«

Nesyn bäumte sich auf, als er eine Metallspitze am Ansatz der Hörner fühlte. Augenblicklich sprang die Leibwache der Fürstin herbei, und ein halbes Dutzend Hände drückte ihn zu Boden. Kajlyn-Gua setzte die Spitze erneut an, ein Schlag traf das Metall, und ein stechender Schmerz durchzuckte Nesyn. Die Spange des *nkemen* sprang auf, und er spürte, wie Kajlyn-Gua die Windungen der Klingen von seinem Horn löste. Er wehrte sich voller Panik, als er begriff, worin seine Strafe bestand: Die *Nraur-a-Khae* nahm ihm die Hörnerklingen, das Ehrenzeichen eines Kriegers.

Die Wächterinnen hielten ihn nieder. Kajlyn-Gua schlug auch die Spange um das andere Horn auf und streifte die *nkemen* ab. Sie warf das Gewinde – Schmuck und Waffe zugleich – auf das Podest vor ihrem Zelt, wo es klirrend aufschlug. Die Kriegerinnen ließen Nesyn los, doch er erhob sich nicht sogleich. Zitternd wie ein neugeborenes Lamm blieb er vor der Fürstin auf den Knien liegen. Nie zuvor hatte er sich so bloßgestellt gefühlt, niemals war er derartig gedemütigt worden. Der Verlust der Hörnerklingen war die denkbar größte Schmach, die einem Krieger der Nraurn widerfahren konnte – das nackte Gehörn kennzeichnete einen Feigling.

»Steh auf!«, verlangte die Fürstin, und als Nesyn ihrem Verlangen nicht sogleich entsprach, half sie mit einem Tritt nach. Schwankend kam er auf die Füße; der Kopf drehte sich ihm. Ohne die Klingen erschien ihm sein Gehörn lachhaft leicht. Mit jeder Art von Strafe hatte er gerechnet – aber nicht mit einer Entehrung in Gegenwart des gesamten Ziegenvolks. Sogar die Menschen wurden Zeugen seiner Schande. Dort hinten standen sie neben ihren vergessenen Schätzen und begafften ihn. Vermutlich vermochten sie nicht einmal annähernd die Tragweite des Ereignisses zu ermessen.

»Glaub ja nicht, dass deine Eigenmächtigkeit mit dem Verlust deiner Ehre bezahlt ist!«, zischte ihm die Fürstin der Gehörnten zu. »Du stehst weiterhin in meinen Diensten, Nesyn. Deine Schuld ist erst dann abgetragen, wenn mit Blut aufgerechnet ist, was durch Blut verloren wurde.« Mit diesen Worten warf sie ihm den Lederstreifen zu, auf dem ihre alte Dienerin die Forderungen des Nordens verzeichnet hatte. Zu seiner Verblüffung las Nesyn dort nichts von den Wünschen und Ansprüchen der Hörnerlosen: Hnyn-Qe hatte lediglich die Lage und Anzahl der Türme vermerkt.

»Du ziehst nicht länger an meiner Seite in den Krieg«, fuhr Kajlyn-Gua fort. »Ich teile dir eine andere Aufgabe zu. Führ sie gewissenhaft aus, Nesyn! Dann gelingt es dir vielleicht, einen Platz an den Feuern der Bahak zurückzugewinnen. Entnimm dieser Liste die Lage und Größe jeder Siedlung jenseits des Scyé – all jener Städte, denen augenblicklich der Schutz der *Taú*-Schützen fehlt. Ich werde dir alle Krieger mitgeben, die gewillt sind, sich einem Anführer ohne Rang und Abzeichen anzuschließen. Macht diese Städte dem Erdboden gleich! Vernichtet die Türme und Quellen, und lasst niemanden am

Leben! Heute ist der Tag, der dem sturen Norden das Genick brechen wird.«

Sie verbannt mich, dachte Nesyn, während er sich verneigte. Die *Nraur-a-Khae* schickt mich fernab zukünftiger Schlachten. Sein *Taû* glich einem Klumpen Lehm, Hände und Füße wurden taub. Gleichwohl erwies er der Fürstin erneut die Ehrbezeugung.

Die Menschen standen so weit entfernt, dass sie Kajlyn-Guas Worte nicht vollständig verstanden hatten. Wahrscheinlich gingen sie davon aus, dass Nesyn sich um die Beschaffung weiterer Güter zu kümmern hatte, denn als er sich nun zwischen die Zelte zurückzog, stellte er fest, dass sich die Aufmerksamkeit der Kahlen bereits wieder anderem zugewendet hatte. Lediglich der Mann aus Thárraxi starrte ihm nach.

Erst als Nesyn außer Sichtweite der Menschen wie der Gehörnten war, straffte er sich und durcheilte das Lager mit raschen Schritten. Sein Nouk war bei den anderen Tieren am Rand der Stadt angepflockt; es war kräftig und ausdauernd genug, um einen großen Bahak-Krieger über weite Strecken zu tragen. Den Reittieren der Nraurn spross ein kurzes Geweih, wenngleich es mit den geschwungenen Hörnern des Ziegenvolks nicht vergleichbar war. An den Enden waren Metallspitzen angebracht, und dieser Umstand erschien Nesyn nun als zusätzliche Häme: Im Gegensatz zu ihm war sein Reittier bewehrt.

Er überprüfte die Ausrüstung des Nouk und zog den Gurt fest – er wollte keinen Augenblick länger verweilen. Wie ein Dieb verließ er das Heerlager der Gehörnten, denn wie ein Dieb hatte er der *Nraur-a-Khae* das Vertrauen gestohlen. Für eine solche Tat gab es keine Wiedergutmachung.

Als er sich in den Sattel schwang, hörte er ein Geräusch hinter sich. Vlyn führte sein Nouk herbei, und eine bunt zusammengewürfelte Schar folgte dem Bahak-Krieger. Die Nraurn gehörten verschiedenen Völkern an und wagten es kaum, Nesyn ins Gesicht zu sehen – und erst recht nicht, den Blick auf sein nacktes Gehörn zu richten.

»Wir begleiten dich«, erklärte Vlyn. »Wir reiten mit dir in den Norden.«

Während die Gehörnten den Nouk Vorräte und Waffen aufluden, zählte Nesyn die hellen und gestreiften Mähnen – sie waren zahlreich genug, um dem Land jenseits des Scyé ernsthaften Schaden zuzufügen. So weit war es nun also gekommen: Seine Krieger erwählten ihn und nicht umgekehrt, wie es sich für einen Anführer gehörte. Die Gehörnten schwangen sich in die Sättel und nickten ihm zu: Sie waren bereit.

»Reitet voraus!«, befahl Nesyn und deutete in die neblige Ebene hinaus. »Ich will nur noch meinen Speer holen und folge euch sogleich.«

Er hatte die Waffe bei den Zelten zurückgelassen. Sobald er den Speer an sich genommen und am Sattel befestigt hatte, lenkte er das Nouk zwischen den alten Mauern hindurch. Die Erste Stadt der Menschen bestand aus einem Gewirr von Ruinen – und sie war weitaus größer, als Nesyn angenommen hatte.

Der Weg führte ihn an der Rückwand von Kajlyn-Guas Zelt vorbei. Er zügelte das Nouk und lauschte. Aus dem Innern des *kert* drang kein Laut. Wie ungebärdig sich das Mädchen aus Tegaréssos seinen Kriegern gegenüber auch verhalten hatte – offenbar spürte Harat, dass sie jedes ungebührliche Betragen in Kajlyn-Guas Gegenwart in Lebensgefahr brachte.

Nesyn starrte auf die Muster der Zeltplane. Dann griff er unvermittelt in den Stiefelschaft und zog den Dolch hervor. Mit einem schnellen Schnitt zerteilte er den Stoff von oben bis unten und schob die Bahnen zur Seite.

Harat kauerte auf dem Boden hinter der Bettstatt. Sie trug nichts weiter als Lumpen und hatte die Knie eng an den Leib gezogen; ihre Hände waren an einen Zeltpfosten gefesselt. Als sie Nesyn erblickte, starrte sie ihn mit großen Augen an und formte mit den Lippen einen Laut. Rasch bedeutete er ihr, zu schweigen – und sie hielt sich daran.

Vom Sattel aus schwang er sich auf die Plattform des *kert*. Er bewegte sich mit großer Vorsicht, um auf den Bohlen kein

Geräusch zu verursachen. Der Zelteingang war lediglich mit einer Matte aus Noukwolle verhängt. Von außen drangen Stimmen herein, und durch einen Spalt sah er Kajlyn-Gua auf dem Schemel sitzen. Sie beriet sich mit ihrem Gefolge über die Verteidigung der Stolzen Stadt.

Er kniete neben dem Menschenmädchen nieder und band ihr die Hände los. Kaum vermochte Harat sich wieder zu bewegen, schnellte ihr Arm nach vorn, und Nesyn spürte einen Stich im Ellenbogen. Blut quoll an der Stelle hervor und verfärbte seinen Ärmel. Überrascht ließ er die junge Frau los – und schon kroch sie auf allen vieren von ihm fort. Bevor sie ihm durch den Schlitz in der Rückwand des Zelts entwischte, packte Nesyn sie am Knöchel und zog sie zwischen Kajlyn-Guas Besitztümern zurück. Ohne einen Laut von sich zu geben, kämpfte Harat gegen ihn an und versuchte ihn im Gesicht zu verletzen. Wütend bog er ihr den Arm nach hinten, bis sie sich in seinem Griff wand, doch schließlich musste sie die nadelspitze Klinge fallen lassen: Die Schneide war gerade einmal so lang wie ein Finger und nach Nraurn-Art mit Schriftzeichen verziert. Das Messer wurde zur Bearbeitung von Leder und zum Auftrennen von Nähten benutzt; offenbar hatte Harat es im Zelt der Fürstin gefunden.

Nesyn warf die Klinge durch den Schlitz in der Rückwand ins Gras. Falls Kajlyn-Gua das Messer fand, glaubte sie vielleicht, das Mädchen sei aus eigener Kraft geflohen. Er fasste Harat am Handgelenk und unter dem Kinn und zog sie auf die Füße. Selbst als er sich in den Sattel des wartenden Nouk schwang, ließ er sie nicht los, und nach etlichen Anläufen fand auch sie auf dem Rücken des Tiers Halt. Sogleich wendete Nesyn das Nouk und trabte zum Rand der Stadt. Wächter hatten zwischen den Türmen Stellung bezogen, er sah ihre Umrisse im nebligen Morgenlicht. Sorgfältig ging er ihnen aus dem Weg und antwortete auf einen trägen Ruf, er sei lediglich ein Nachzügler, der Vlyns Schar folgte.

Man ließ ihn ungehindert passieren. Sobald die Türme und Statuen von Anáxi im Dunst verschwanden, atmete Nesyn auf.

Wenn alles gut ginge, würde die *Nraur-a-Khae* seinen Streich nicht vor dem Abend bemerken – dann allerdings würde sich ihr Zorn über allen Unglücklichen im Umkreis entladen.

Harat sprach kein Wort, nur das *Taú* flatterte bisweilen in ihr. Sie hielt sich mit beiden Händen am Sattelknauf fest und blickte in der Ebene umher. Die stille, verlassene Landschaft schien einen unheimlichen Eindruck auf sie zu machen. Wie weiße Zaunpfähle ragten an manchen Stellen Knochen aus dem Boden und steckten die Felder des Kriegs ab. Jedes Mal, wenn das Nouk an solchen Gebeinen vorbeitrabte, den Überresten einer großen Schlacht, schrak Harat merklich zusammen. Sie hatte offensichtlich keine Vorstellung davon, wo sie sich befand; das Zelt der *Nraur-a-Khae* war seit Tagen ihr einziger Aufenthaltsort gewesen.

Bald tauchte die Kriegerschar vor ihnen auf. Vlyn und seine Gefährten zügelten ihre Tiere und betrachteten die Gefangene mit allen Anzeichen des Erstaunens.

»Vor Kurzem lautete unser Befehl noch, das Menschenmädchen umgehend zur *Nraur-a-Khae* zu schaffen«, stieß der Bahak-Krieger hervor. »Was hat sie nun auf deinem Nouk zu suchen?«

»*Ich* erteilte euch diesen Befehl«, grollte Nesyn. »Kajlyn-Gua gab uns die Gefangene als Führerin mit – Harat führt uns.« Er gab sich betont unfreundlich, um jede Widerrede oder gar Verdächtigungen von vornherein auszuschließen.

Die junge Frau verzog spöttisch das Gesicht, aber sie besaß genug Verstand, um zu schweigen. Erst als er ihr in den Sattel eines Packtiers half, raunte sie ihm zu: »Wohin soll ich dich denn führen, Nesyn? Etwa in den Norden? Und was willst du dort? In meinem Land freut sich niemand auf ein Wiedersehen mit dir und deinen Kriegern.«

»Schweig – oder ich setze dich in dieser Einöde aus!«, knurrte Nesyn. »Dann magst du zusehen, wie du allein in den Norden zurückfindest. Vermutlich wird dich Kajlyn-Gua schon vorher aufspüren, und glaub mir: Das wird keine angenehme Begegnung, denn es wird der *Nraur-a-Khae* ganz und gar nicht gefallen haben, was du mit ihren kostbaren Zeltplanen angestellt hast.«

Harat öffnete sogleich den Mund zur Widerrede – und schloss ihn wieder. Sie presste die Lippen aufeinander, während sie nachdachte. Schließlich schüttelte sie die wirren schwarzen Locken aus dem Gesicht und nickte: Sie erklärte sich mit seinen Bedingungen einverstanden.

»Vorwärts!«, befahl Nesyn den wartenden Kriegern. »Kajlyn-Gua verlangt, dass wir unseren Auftrag ohne Zögern ausführen – und wir wollen der *Nraur-a-Khae* doch getreulich Gehorsam leisten!«

3

Dichter Nebel lag über der Ebene von Fésos. Gorun erkannte gerade eine Handvoll Reiter hinter sich; die Umrisse der Krieger verschwammen im Dunst. Selbst das Klirren der Zaumzeuge und das Klappern der Waffen klangen gedämpft. Feuchtigkeit benetzte die Mähnen der Pferde und färbte die Schultern der Reiter dunkel. Sie ritten schnell, denn den Nraurn würde das Herannahen eines so großen Heers kaum entgehen, und es stand zu erwarten, dass sie alsbald in Gefechte verwickelt würden. Mehrere Reitertrupps trabten als Vorhut voraus und sicherten den Weg, Verbände aus Bogenschützen und Speerkämpfern deckten den Zug von beiden Seiten.

Trotz der schlechten Sicht fiel es Gorun nicht schwer, sich zurechtzufinden. Er kannte das Gelände von früheren Unternehmungen her. Da gab es die Silbernen Wäldchen, deren glatte Stämme im Abendlicht beinahe unwirklich schillerten. Zusammen mit Vrarras und dessen Kriegern hatte er vor Jahren das Grab des Riesen aufgesucht, von dem die Sage ging, ein Hüne aus grauer Vorzeit liege dort bestattet. Tatsächlich gab es nicht mehr zu sehen als eine Aufschüttung und einen verwitterten Steinbuckel, der sich aus einem Meer von Gras erhob.

»Der Süden birgt unzählige Plätze, deren Bedeutung wir nicht mehr kennen«, hatte Vrarras damals erläutert. Entspannt lehnte sich der Kriegsherr auf den Sattelknauf, während der Rappe Grashalme rupfte. An jenem Tag hatte die Sonne geschienen, der Bronzeschmuck und das seidige Fell der Pferde glänzten. Welch ein Genuss, am Leben zu sein und in der Welt umherzureiten – ohne einen kriegerischen Anlass, nur zum reinen Vergnügen!

Wie unwürdig nahmen sich dagegen Vrarras' Ausreden und Vorwände aus, mit denen er sich in den Tagen vor dem Aufbruch jedem Gespräch über die Prophezeiung zu entziehen versuchte. »Deine Mutter und ich ahnten ja nicht, unter welchen Umständen das Verlorene Kind erscheint und ob die Zeit für dieses Ereignis überhaupt reif war.« Oder: »Wie hätten wir deine Rolle in der Weissagung vorhersehen können, Gorun? Und hättest du sie bereitwilliger angenommen, wenn du eingeweiht gewesen wärst?« Solche Ausflüchte, von seinem Lehrmeister und Freund, vom Kriegsherrn der größten Stadt des Südens! Verdruss und Enttäuschung stiegen wie Galle in Goruns Kehle auf, und er ballte so unbedacht die Faust, dass sich das Pferd mit einem Satz gegen die Zügelführung wehrte.

Warum nur? Warum hatten Vrarras und Kaseira ihn über die wahren Beweggründe seiner Entsendung nach Defágos im Unklaren gelassen? Warum hatten sie ihm damals mit keinem Wort mitgeteilt, dass *er* der Diener des Nemnos sein könnte, der in der Weissagung erwähnt wurde? War er ihr Vertrauen nicht wert?

So muss es wohl sein, dachte er bitter. Alle meine Annahmen waren falsch. Im Grunde bin ich mein Leben lang im Nebel umhergeirrt.

Er lenkte den Rappen neben Amras Pferd. Das Missvergnügen sprach aus seinem *Taú*, aber er gab sich keine Mühe, seine Laune zu verbergen.

»Was hatte Anrynans Rede zu bedeuten?«, forschte er. »Vertraute die *Nashan* sich dir vor unserem Aufbruch an – oder war die Überrumpelung beabsichtigt?«

Bedauernd schüttelte Amra den Kopf. »Auch mir gegenüber erwähnte sie den Weißen Stein mit keinem Wort«, erklärte sie. »Aber Any hat sicher gute Gründe für ihre Zurückhaltung. Du darfst nicht vergessen, dass sich das Feenvolk während der Langen Kriege mit den Menschen überwarf und dass seine Angehörigen aus unseren Städten vertrieben wurden. Vielleicht ist es der *Nashan* untersagt, uns Auskunft zu geben.«

»Ein Wort von ihr, und wir hätten Klarheit über die Aufgabe, die vor uns liegt! Aber nein: *Vertraut euch ruhig weiterhin der Führung des Einen Kindes an*«, erregte Gorun sich. »Statt uns zu helfen, gibt Anrynan uns weitere Rätsel auf! Welch eine Zeitverschwendung – da doch Zeit das Einzige ist, woran es uns mangelt!«

»Es ist wie beim *Edú*«, versuchte Amra ihn zu beschwichtigen. »Im Spiel des Wandels führt selten der gerade Weg zum Ziel, und solange der Weiße Stein bedroht ist, können wir nicht gewinnen. Ich denke, Any wollte uns mit dieser Andeutung einen Hinweis geben.«

Angesichts solcher Einwände konnte Gorun nur den Kopf schütteln. »Einen Hinweis – worauf? Mit Lillia vertraut Anrynan uns das kostbarste Gut des Feenvolks an, und dann heißt es: Findet den Weißen Stein? Spielt eine Runde *Edú* mit dem Schwarzen Gott? Hält sie den Kampf gegen Antiles etwa für eine Partie im Spiel der Götter?«

Offenbar konnte Amra nicht länger an sich halten; und sie lachte. Etliche Reiter blickten mittlerweile zu ihnen herüber. »Willst du mit den Ewigen über diese Frage streiten?«, fragte die *Laîren*. »Es sähe dir ähnlich, Gorun: Angeblich hadertest du sogar mit deinem Gott, weil dir Nemnos' Eigenschaften missfielen.«

»Die Götter betrachten diese Insel vielleicht als ein Spielbrett, auf dem sie uns nach Belieben umherschieben«, meinte Gorun düster. »Der Unterschied besteht allerdings darin, dass ihre Züge uns sehr wohl das Leben kosten können.«

Amra beugte sich vor. »Es ist unsere Bestimmung! *Wir* sind Lillias Begleiter.«

Gorun betrachtete sie. Sie hielt sich sehr aufrecht und führte die Zügel mit einer Hand; die Falten ihres Reitrocks verdeckten die Steigbügel. Eine Locke hatte sich aus ihrer Haartracht gelöst und tanzte im Wiegeschritt des Pferds auf und ab. Gedankenverloren strich sie sich die Strähne hinter das Ohr, und schließlich lächelte sie wieder.

Er hatte nicht gewusst, dass sie so sicher im Sattel saß. Sie ritt den Kriegern mit einer Selbstverständlichkeit voraus, als hätte sie ihr Lebtag nichts anderes getan. In ihrer beider Heimatstadt Caláxi hatte Amra in einer Behausung gelebt, die kaum Hütte genannt werden konnte, und ihre Tage mit dem Anrühren von Salben und dem Auswendiglernen der Klagelieder verbracht – die Totenpriesterin, mit der niemand Umgang pflegte.

Der Augenblick im Blauen Turm kam ihm in den Sinn, als die Welt verloren schien und Amra seine Hand ergriff. Nichts war mehr wichtig gewesen, außer dass sie da war, atmete und mit jeder Geste das Richtige tat.

Es schien Gorun eine Ewigkeit vergangen zu sein, seit sein eigenes Leben so geradlinig verlaufen war. Einst war er der Überzeugung gewesen, es genüge, wenn ein Mann den Erwartungen entsprach, die das wechselhafte Geschick an ihn herantrug. Einbildung!, dachte er nun. Nichts als das Wunschdenken eines Kriegers.

»Gorun!«, flüsterte Lillia da.

Der eigene Name strich ihm wie ein Luftzug durch sein *Taû*, und er wandte den Kopf. Ein ernstes blasses Kindergesicht blickte ihn an, gerahmt von dunklen Locken, die unter der Kapuze hervorquollen; silberhelle Strähnen durchzogen das Haar. Das Mädchen wirkte wie ein kleiner Geist, wie ein Trugbild aus den Tiefen der Träume – das Kind ohne *Taû*. Ein Frösteln lief Gorun über den Rücken, denn es schien ihm, als könne er durch das lichte grünliche Blau ihrer Augen hindurchsehen – bis zu den Sternen.

Durchdringend starrte das Mädchen ihn an, bis er sich dem Bann kaum mehr entziehen konnte.

»Du bist wohl der Meinung, du könntest mich ebenso um den Finger wickeln, wie dir das mit Amra und Jemren gelungen ist«, sagte er streng. Er hatte beobachtet, wie Lillia ihr Pferd lenkte: Sie benötigte keine Zügel, sondern zupfte am glänzenden Mähnenhaar des Rappen, wenn sie einen Richtungswechsel wünschte. Am Ohrenspiel erkannte Gorun, dass sie dem Tier ihre Wünsche einflüsterte: Gehorsam trabte das Pferd schneller oder fiel ein Stück zurück, ganz, wie sie verlangte. Jetzt versuchte sie das gleiche Kunststück offenbar mit ihm.

»*Sgú*«, flüsterte sie ihm zu. »Du bist ein *Sgú-run*!«

»Was hat das denn nun wieder zu bedeuten?« Gorun zog die Brauen zusammen. Namen verliehen einem Sprecher Macht über die benannten Dinge, und Lillia wandte ihre Künste geradezu schamlos auf ihn an.

Ein Lächeln huschte über das blasse Gesicht des Mädchens. »Du findest immer einen Weg«, erklärte sie. »Du bist ein Wegfinder.«

Soll das etwa meine Aufgabe in der Prophezeiung sein?, fragte er sich. Der in der Prophezeiung erwähnte Diener des Nemnos ist der Wegbereiter für ein Kind? Dann waren Vrarras' Mühen mit meiner Ausbildung an Schild und Speer wohl kaum der Mühe wert.

Diese missmutigen Gedanken behielt er jedoch für sich. »O nein, meine Kleine, diesmal täuschst du dich«, sagte er. »*Du* musst uns den Weg zu diesem geheimnisvollen Stein weisen. So hat es die *Nashan* von Defágos verfügt, und ich bin gewiss nicht der Mann, der an Anrynans Willen rüttelt.«

Jetzt lachte Lillia. Die Spuren göttlicher Unnahbarkeit waren aus ihren Zügen verschwunden; sie wirkte nicht länger wie die Gebieterin über Wellen, Wind und Flammen, sondern wie ein unausgeschlafenes kleines Mädchen.

»*Sgú-run*«, wiederholte sie zufrieden und trieb den Rappen mit einem Schnalzen an.

Gorun ließ den Blick über seine Begleiter schweifen. Verstohlen musterten die Männer das Feenmädchen, das an der Spitze des Heerzugs ritt, und in ihren Mienen wie im *Taú* stand zu lesen, dass sie keineswegs glücklich über diese kindliche Führerin waren – ebenso wenig wie er selbst. Bislang hatte sich niemand offen über Anrynans rätselhaften Auftrag beschwert, doch Gorun war überzeugt davon, dass die Männer insgeheim Zweifel am Sinn und Zweck ihrer Unternehmung hegten.

Die meisten Krieger stammten aus Defágos. Er kannte sie seit vielen Jahren und konnte die Namen ihrer Klanhäuser und die lange Liste ihrer Vorfahren und Verdienste auswendig aufsagen – Defágos war eine alte und geschichtsträchtige Stadt. Die Reiter waren vornehm gekleidet und trugen reich verzierte Dolche im Gürtel, Zaumzeuge und Sättel waren mit Kupfer beschlagen. Akkans Abstammung ließ sich gar bis auf die Linie von Saogan zurückführen, der einst selbst Kriegsherr der Kühnen Stadt gewesen war.

Als der Reiter Goruns Aufmerksamkeit spürte, lächelte er und lenkte das Pferd zu ihm heran.

»Unser Kriegsherr muss große Stücke auf dich halten, wenn er dir Schild und Speer der Stadt überreicht«, bemerkte Akkan und wies auf die Waffen, die an seinem Sattel hingen – Vrarras' eigener Bronzespeer und der Schild mit dem Falken, dem Zeichen von Defágos. »Durch diese Geste erhältst du uneingeschränkte Befehlsgewalt über unser Heer. Keiner der Krieger wird es wagen, deine Anordnungen infrage zu stellen.«

Forschend betrachtete Gorun den Sprecher. Hörte er aus dessen Worten versteckten Ehrgeiz und Eifersucht heraus? So war es im Süden üblich: Man kündigte einem Gegner an, dass man ihn herauszufordern gedachte.

Akkans Lächeln vertiefte sich jedoch. Er besaß ein glattes Gesicht, helles Haar und ein jungenhaftes Wesen, das nicht recht zu seinem Alter passte: Der Krieger aus Defágos war ihm an Erfahrung voraus.

Mit einem Seufzen entspannte Gorun sich im Sattel. »Vrarras bestand darauf, dass ich die Reiter anführe, weil ich mit der Vorgehensweise der Nraurn vertraut bin und die meiste Erfahrung im Umgang mit dem Feenkind habe.«

»Gewiss«, meinte Akkan, während sein Blick zum Rand des Zugs glitt, wo Jemren zwischen den anderen Schützen ritt – stets in Sichtweite des Mädchens. »Und im Norden warst du auch, wie man hört.«

Gorun behielt die Verwünschung für sich, die ihm auf der Zunge lag. Lediglich das Pferd nahm seine Stimmung auf und schritt rascher aus.

»Das war ein feiger Überfall, dem die Kühne Stadt zum Opfer fiel«, fuhr Akkan fort. Er tat gerade so, als spräche er zu sich selbst. »Mein Haus hat schmerzliche Verluste hinzunehmen, und es ist gewiss nicht der einzige leidtragende Klan. Ein vergleichbares Unrecht hat es in der Geschichte der Insel noch nicht gegeben.«

Goruns Laune kühlte merklich ab. »Worauf spielst du an?«, knurrte er. »Spuck es aus, denn falls es etwas zu besprechen gibt, führen wir diese Unterhaltung besser gleich. Ich halte nämlich unter allen Umständen an der Zusammensetzung dieser Streitmacht fest.«

Höflich neigte Akkan den Kopf, als wäre er nicht soeben dabei, die erwähnte Befehlsgewalt anzuzweifeln. »Schläfst du des Nachts ruhig?«, wollte er wissen. »Oder wälzt du dich auf dem Lager hin und her und denkst an den Norden?«

Der Krieger zuckte vor dem Griff zurück, mit dem Gorun Zügel und Schildriemen packte. »Hör mir gut zu«, raunte er, »denn ich werde meine Worte gewiss nicht wiederholen! In diesem Jahr sah ich so manches, das einem Mann den Schlaf zu rauben vermag. Das meiste Kopfzerbrechen bereiten mir jedoch Weggefährten, die stets auf den eigenen Vorteil bedacht sind. Leute diesen Schlags sind beiderseits des Scyé zu finden.«

Akkans Schreck verblasste, und er lächelte wieder. »Genau darum geht es mir, Gorun«, sagte er. »In Zeiten wie diesen muss ein jeder wissen, wohin er gehört.«

Mit einem Ruck gewann der Krieger die Herrschaft über sein Pferd zurück und trabte davon. Missmutig starrte Gorun ihm hinterher.

Nun wird der Süden aufspringen wie ein verwundetes Tier, hatte Vrarras beim Abschied gesagt. *Die Städte diesseits des Scyé nehmen die Herausforderung an, die Nret und ihre Schützen an uns herangetragen haben – und sie werden es gewiss nicht bei Beratungen belassen.*

Wäre doch wenigstens die Haltung des Kriegsherrn eindeutig gewesen!, wünschte Gorun sich. Aber Vrarras ließ keineswegs alle Absichten erkennen. Er hatte sich über die Rechte und Rangfolgen in der Kühnen Stadt hinweggesetzt, indem er

Gorun die Befehlsgewalt über die Streitmacht übertrug, und doch war es ihm gelungen, seinem Zögling selbst den Augenblick der Ehrung zu vergällen.

»Auf ein Wort«, hatte der Kriegerkönig ihn zurückgehalten, als Gorun sich schon zum Gehen wandte. Die Zeremonie der Übergabe war soeben vorbei, und die geladenen Gäste zerstreuten sich.

»Vrarras, ich ...«, hob er an, denn zwischen ihnen gab es einiges zu bereden.

Der Kriegsherr ließ ihn jedoch nicht aussprechen. »Ich möchte, dass du deinen neuen Freund im Auge behältst«, sagte er.

»Jemren?« Gorun runzelte die Stirn. »Ich dachte, er genießt dein Vertrauen – so wie alle anderen, die für Defágos kämpften.«

Vrarras strich sich über das Kinn. »Ich vertraue ihm, denn sonst würde er diese Stadt nicht mit einem Bogen in der Hand verlassen. Allerdings gilt meine Zuversicht keineswegs ohne Einschränkung. Viele Häuser äußerten Bedenken, als ich dem Schützen auftrug, unsere Söhne und Töchter im Blindschießen zu unterweisen. Und wer sollte es ihnen verdenken? Ich konnte geradezu beobachten, wie Mrerem sich verschloss. Je länger mein Sohn mit dem Fremden Umgang pflegte, umso deutlicher zog er sich zurück. Zuletzt sprach er mit niemandem mehr – außer mit seinen Bogenfreunden.«

Gorun spürte, wie ihm Hitze durch die Adern strömte. »Hast du Jemren die Knaben deshalb geschickt? Damit sie ihn beobachten und dir jeden Tag über seine Ansichten und Äußerungen Bericht erstatten? Er rettete mir das Leben, Vrarras.«

»Das kommt in der Schlacht schon einmal vor«, erwiderte der Kriegsherr ungerührt. Da war sie – Narduks kalte, unbeugsame Schildkraft. Vrarras diente dem Gott der Waffenkünste und des Kriegs, dieser Schutzherr prägte seine Haltung, und als mächtigster Kriegerkönig des Südens konnte er sich wohl kaum eine andere Einstellung erlauben. »Anrynan warnte mich vor dem Verlauf, den die Verwundung des Schützen nehmen könnte. Jemrens Bogengefährte, der Meisterschütze aus Tegaréssos, wurde vom Wahn geradezu zerfressen. Dasselbe Unglück könnte deinem Gefährten widerfahren. Der Schwarze Gott wählt seine Opfer ohne Ansehen der Person.«

Einige Herzschläge lang starrte Gorun dem Kriegerfürsten ins Gesicht. Dann stieß er ein ungläubiges Lachen aus. »Und in uns sieht Any die erwählten Begleiter des Mädchens? Sie schickt uns mit Lillia auf die Reise und trifft zugleich hinter unserem Rücken Vorkehrungen für den Fall, dass wir unterwegs den Verstand verlieren? Das scheint mir – wie so vieles, Vrarras – reichlich verlogen.«

Ein schmerzlicher Zug wurde im *Taú* des Kriegsherrn spürbar und verschwand sogleich wieder. »Ich bedaure, dass der Süden nicht mehr Vertrauen aufzubringen vermag«, erklärte er. »Aber die Umstände sind nun einmal nicht zu ändern, und wir haben den erneuten Ausbruch des Kriegs nicht verschuldet. Für uns geht es um das Überleben, und ich erwarte, dass du die dir gestellte Aufgabe nach bestem Vermögen ausführst. Das bist du deinem Land schuldig.«

»Sei unbesorgt«, erwiderte Gorun frostig. »Ich erfülle meine Pflicht. Etwas anderes wird von mir wohl auch nicht erwartet.«

Mit diesen Worten ließ er den Kriegsherrn stehen. Auch wenn er diesen Abschied mittlerweile bedauerte – das Gesagte ließ sich nicht mehr zurücknehmen. Und es war mehr als ungewiss, ob Vrarras und er sich je wiedersähen.

4

Den ganzen Tag über ritt Lillia an der Spitze des Zugs, auch wenn Amra es lieber gewesen wäre, sie hätte sich zwischen den Schilden und Speeren der Reiter aufgehalten. Doch davon wollte das kleine Mädchen nichts wissen. Die vielen Waffen störten das Fühlen, erklärte sie. Genauso drückte sie sich aus: Sie *fühle* den Weg – unsichtbare Linien, die sich kreuz und quer über die Insel zogen. Selbst jetzt, da das Ziel feststand, vergewisserte sie sich ihrer Umgebung auf diese Weise.

Das Grasland dehnte sich eintönig aus, der Nebel dämpfte sogar die Huftritte der Pferde. Ab und zu neigte Lillia den Kopf zur Seite, als lausche sie. Plötzlich streckte sie den Arm aus.

»Da!«, rief sie. »Habt ihr gesehen?«

Amras Herz klopfte, während sie in den dichten Nebel spähte. Außer wabernden Schwaden war nichts zu entdecken. »Was war da? Was hast du bemerkt?«

Lillia antwortete nicht. Aufmerksam beobachtete sie Vorgänge im Nebel, die offenbar nur sie wahrnahm. Amra wandte sich an ihre Begleiter. »Dort drüben! Lillia hat einen Schatten wahrgenommen.«

Augenblicklich wendete Falrau das Pferd, griff nach der Waffe und galoppierte an. Mit wenigen Handgriffen spannte Jemren die Bogensehne ein, auch er blickte sich beunruhigt um.

»Da war kein Schatten, Amra«, widersprach das Mädchen. »Ich habe einen König gesehen.«

»Einen König?«

»Schwärmt aus!«, befahl Gorun. Der Speer lag in seiner Hand, und er trug den Schild mit Defágos' Falken am Arm. »Jemren, du bleibst bei Amra und dem Mädchen. Ihr anderen – folgt mir!«

Nach wenigen Galoppsprüngen hatte der Nebel die Reiter verschluckt. Amra lauschte angespannt. *Spürst du etwas?*, fragte sie Jemren – lautlos durch das *Taú*. Der Schütze ließ die Pfeilspitze langsam über die Nebelwände gleiten, sein *Taú* wirkte gesammelt und hellwach. Die zurückgebliebenen Reiter und Bogenschützen bildeten einen dichten Ring um sie, und ab und zu stampfte ein Pferd mit dem Vorderfuß auf.

Nein, erwiderte Jemren. *Da ist nichts.* Er wusste ebenso gut wie sie, dass dies keine Entwarnung bedeutete. Wachsam behielt er die Anspannung bei. Erst als Gorun und seine Reiter zurückkehrten, ließ er den Bogen sinken. Die Pferde gingen im Schritt, Flanken und Hälse dampften.

»Habt ihr etwas entdeckt?«, wollte der Schütze wissen. Den Kriegern war die Unruhe anzumerken. Jeder von ihnen hatte Gerüchte über den schrecklichen Verfolger des Mädchens vernommen, und manch einer hatte den Herrn der Dunkelheit gar auf dem Platz vor Anrynans Turm einreiten sehen. »Was war dort draußen?«

Falrau stieß den Speer in die Halteschlaufen am Sattel. »Gespenster«, knurrte er. »Die Kleine sieht Gespenster.«

Lillia starrte den Krieger an. »Das stimmt nicht!«, rief sie entrüstet. »Frag Gorun – er hat auch gehört, wie uns der König nachgeritten ist! Oder warum ist er eben in die richtige Richtung galoppiert?«

Bei diesen Worten richteten sich aller Augen auf den Ersten Reiter von Caláxi. Gorun legte den Speer quer über die Knie, sein Gesicht war unbewegt. »Wir setzen den Weg fort«, sagte er. »Ich will eine gewisse Strecke zurücklegen, bevor es dunkel wird.«

Er setzte sich an die Spitze des Zugs, der die gewohnte Gliederung wieder aufnahm: Die Bogenschützen ritten außen, die Speerkämpfer reihten sich hinter der Vorhut ein. Amra starrte auf den Rücken des Reiters. Nie zuvor hatte Gorun verborgen, was in ihm vorging; eine solche Verhaltensweise galt im Süden als äußerst unhöflich. Nie zuvor hatte er sein *Taú* verschlossen – bis zu diesem Augenblick.

Als die Nacht anbrach, hielten sie in einer geschützten Senke an. Ein aufgeschichteter Steinhaufen wies den Weg zur Wasserstelle, Büsche wuchsen am Rand des Tümpels. Eigenhändig sattelte Amra den Rappen ab, auch wenn einige Krieger ihr Hilfe anboten. Für die Männer war es offenbar ungewohnt, mit einer *Laîren* auf einen Feldzug zu gehen; dabei war dies während der Langen Kriege durchaus üblich gewesen. Wächter hatten am Rand der Senke Aufstellung genommen, die Reiter schlugen Zelte auf und entzündeten Feuer.

Lillia saß mit unterschlagenen Beinen auf ihrer Satteluntergage und starrte in die Glut. Hin und wieder bewegte sie die Lippen, als flüstere sie vor sich hin – da glomm die Kohle in der Feuerstelle auf. Orangerote Gestalten zeigten sich in der Asche und verschwanden wieder, Reiter und Herden zogen am Betrachter vorbei. Einmal wirkte der Glutberg wie eine Insel voll funkelnder Städte, wie ein Meer voll erleuchteter Boote. Im nächsten Augenblick verrutschte ein Bröckchen Asche – und mitten im Feuer schlug ein Gesicht die Augen auf. Es blinzelte dem Kind zu, die Züge bestanden aus glutroten Furchen.

Amra schrak zurück. Gebannt hatte sie auf die Erscheinungen gestarrt und ihre Umgebung völlig vergessen. »Bitte sei vorsichtig!«, raunte sie dem Mädchen zu. »Die Zeltplanen ringsum gehen sehr leicht in Flammen auf.«

»Ich passe schon auf«, gab Lillia zurück. »Ich sage dem Xyx, er soll sich ganz klein machen. Aber er weiß auch nicht weiter.«

Sie betrachtete die tiefroten Linien, die kreuz und quer über den Aschehaufen verliefen. Die Striche verglühten so rasch wie ein Schweifstern am Himmel.

»Du sprichst mit den Feuergeistern? *Sie* weisen dir den Weg?«, fragte Amra erstaunt.

Ein schräger Blick traf sie. »Was hast du denn gedacht?«, entgegnete das Mädchen. »Die Xyx und die Yku zeigen mir, wie die Linien verlaufen. Sie kennen die Insel doch am besten.«

Unwillkürlich zog sich Amra vom Feuer zurück. Sie hatte die Geister bereits einige Male mit eigenen Augen gesehen – wilde Wesen, die in den unzugänglichen Gegenden der Insel lebten. Unberechenbar und unheimlich waren sie, Geschöpfe aus Wind und Glut – und ebenso unheimlich erschien Amra das Kind, das solche Kräfte nach Belieben rufen und wieder verschwinden lassen konnte.

Gorun und seine Freunde hatten sich um eine Feuerstelle versammelt. Karten waren auf dem Boden ausgebreitet, auf denen der Grundriss von Anáxi dargestellt war. Soeben erläuterte der Reiter seinen Gefährten den Angriffsplan.

»Unser Ziel lautet, die Nraurn aus der Stadt zu drängen. Zu diesem Zweck rücken wir von drei Seiten vor: Falrau, du riegelst das Gelände nach Süden hin ab, ich übernehme den Mittelteil, Akkan die östliche Flanke. Jemren führt unterdessen die Schützen so dicht wie möglich an die Türme heran, damit wir ... Gut, dass du kommst, Amra! Wir benötigen deine Hilfe. Du verschaffst unseren Kriegern Deckung, Abwehr – irgendeinen Schutz gegen die Pfeile der *Taú*-Schützen.«

Amra hob die Brauen. »Deckung? Abwehr? Irgendeinen Schutz? So einfach, wie du dir das vorstellst, ist die Sache nicht, Gorun. Ich kann nämlich nicht zaubern.«

Ein Lächeln huschte über Jemrens Gesicht; Gorun zuckte die Achseln. »Du musst dir eben etwas einfallen lassen. Wir setzen jedenfalls nicht das Leben so vieler Männer aufs Spiel, wenn wir die Stadt stürmen.«

»Wir setzen Harats Leben aufs Spiel, wenn wir offen angreifen«, gab Amra zu bedenken. »Zwischen den Nraurn und den Schützen ist Jemrens Schwester jeder Willkür schutzlos ausgeliefert.«

In Goruns Wange spannte sich ein Muskel. »Daran haben wir bereits gedacht. Aber wir haben keine andere Wahl. Anáxi liegt im offenen Land, und ich sehe keine Lösung außer möglichst schnellem Vorrücken und einem großflächigen Angriff. Vielleicht gelingt es uns, die Nraurn derart in Atem zu halten, dass ihnen keine Zeit bleibt, ihrer Gefangenen etwas anzutun.«

Jemrens Heiterkeit war wie weggeblasen; er starrte auf die Karten.

»Vielleicht gibt es noch eine weitere Möglichkeit«, wandte Amra ein. »Wir verhandeln mit den Gehörnten. Wir bieten Kajlyn-Gua einen Austausch an. An einer jungen Frau aus dem Norden kann der *Nraur-a-Khae* bei Weitem nicht so viel gelegen sein wie an mir.«

»Ausgeschlossen!«, fuhr Gorun auf. »Ein solcher Handel kommt keinesfalls infrage. Du bist eine von Lillias Begleitern.«

»Genau deshalb wird Kajlyn-Gua auf unseren Vorschlag eingehen. Begreif doch, Gorun: Nur auf diesem Weg können wir Harat retten.«

»Nein«, widersprach der Reiter. »Schlag dir den Einfall aus dem Kopf!«

Jemren blickte sie an, und Amra spürte, wie er zwischen aufkeimender Hoffnung und Furcht hin- und hergerissen war. *Ich kann dein Angebot nicht annehmen,* entschied er schließlich. *Kajlyn-Gua würde dich sofort töten, wenn sie damit die Erfüllung der Prophezeiung verhindern könnte.*

Amra antwortete ihm ebenso lautlos durch das *Taú. Auf die Prophezeiung verlasse ich mich gerade,* erklärte sie. *Es wurde mir bestimmt, Lillia nach Hause zu begleiten. Was soll mir zustoßen, da doch alles Vorsehung ist?*

Der Schütze rieb sich die Schläfen. *Im Norden glaubt man auch nicht an Vorsehung, Amra,* entgegnete er. Laut erkundigte er sich: »Wie verläuft die Stadtmauer?«

»Es gibt keine Stadtmauer«, ließ Falrau sich vernehmen.

Verblüfft blickte Jemren auf. »Anáxi hatte keine Mauer?«

»Anáxi hatte keine Feinde«, gab der Speerkrieger zurück.

»Zumindest keine äußeren Feinde«, warf Gorun ein. »Zu jener Zeit lebten die Gehörnten mit unseren Türmen im Einklang, und die Feindschaft zwischen dem Nordteil und dem Süden der Insel bestand noch nicht.«

Der Schütze wandte sich den Karten zu. Er hatte den Mantel abgelegt; die Gewänder des Südens standen ihm gut zu Gesicht. Als er sich vorbeugte, um die Anordnung der Tempel und Plätze genauer in Augenschein zu nehmen, rutschte ihm ein Bronzefigürchen unter dem Kragen hervor. Der Feuerschein blitzte auf dem Anhänger.

»Sieh an!« Überrascht deutete Gorun auf die Figur. »Seit wann trägst du Schmuck aus dem Süden – ausgerechnet eine Statuette, die einen Gott darstellt?«

Jemren ergriff das Schmuckstück und drehte es zwischen den Fingern. »Das Amulett ist ein Geschenk von Kimrin und seinen Freunden«, erklärte er. »Kerron der Jäger.«

Gorun nickte anerkennend. »Eine Sache beschäftigt mich schon eine Weile«, sagte er, das *Taú* neugierig auf den Schützen gerichtet. »Wie lautete deine Frage?«

»Meine Frage?« Offenbar verstand Jemren nicht, was gemeint war.

»Man sagt, jeder Besucher im Offenen Turm von Defágos gehe einer bestimmten Frage nach«, warf Amra ein. »Wie ich hörte, verbrachtest du während deines Aufenthalts in der Stadt jede freie Stunde dort.« Der Offene Turm enthielt das überlieferte Wissen des Südens – sämtliche Aufzeichnungen, welche die Langen Kriege überdauert hatten. »Wonach hast du gesucht?«

»Warum gab es ...« Auf der Suche nach den richtigen Worten tastete der Schütze durch die Luft; er war das Redenhalten nicht gewohnt.

»Warum gab es einst Krieg zwischen unseren Ländern?«, half Gorun nach. »Nun, das ist rasch erklärt: In Anáxi kam es zum Streit über die Götter. Die eine Seite weigerte sich, länger an die Ewigen zu glauben. Diese Abtrünnigen zogen in den Norden, wo sie eine neue Heimat fanden. Die übrigen Einwohner der Stolzen Stadt hingegen ...«

»Das meine ich nicht«, unterbrach Jemren den Reiter. »Ich suchte nicht nach einem Grund für die Langen Kriege. Meine Frage lautete vielmehr: Warum begehrten wir – der Norden –

damals das Feenkind? In den Liedern heißt es, dass das Mädchen auf dem Höhepunkt der Auseinandersetzung entzweigerissen wurde – wie eine Ziege beim Opferfest.« So stand es wortwörtlich in den Aufzeichnungen aus Anáxi. »Warum aber forderten die Abtrünnigen, wie du uns nennst, die Herausgabe des Mädchens?«, fuhr der Schütze fort. »Wir wendeten uns von den Göttern ab und verließen Anáxi, angeblich weil wir die Ewigen nicht länger verehrten. Warum sollten wir dann ausgerechnet jenes Mädchen mitnehmen, das die Freundschaft zum Feenvolk verkörpert? Das ergibt doch keinen Sinn.«

»Daran ist etwas Wahres«, bemerkte Falrau und dehnte einen gerösteten Speckstreifen über den Daumen, um einen Bissen abzuschneiden.

Gorun betrachtete den Schützen. »Und zu welchem Schluss bist du gekommen?«, fragte er. »Warum verlangte der Norden das Mädchen aus Anáxi?«

Jemren hob die Schultern. »Ich weiß es nicht«, räumte er ein. »Ich habe keine Erklärung gefunden. Fest steht nur, dass das Feenmädchen in meinem Land heute nicht mehr willkommen wäre. In Tegaréssos beschimpfte man Lillia als Hexenkind. Die Stadt konnte sie gar nicht schnell genug loswerden, obwohl alle wussten, dass sie eben erst der Geiselhaft bei den Nraurn entronnen war. Wenn dem Norden die Freundschaft zu den *Ya'ahåren* je etwas bedeutete, dann ist dieses Wissen längst verloren gegangen.«

Die Gefährten blickten zu dem Mädchen hinüber. Lillia hatte den Kopf gehoben und starrte die Menschen an. Hell wie der Taghimmel war ihr Blick und machte Stein und Feuer gefügig.

»Wohin führst du uns?«, fragte Amra das Kind. »Weißt du, was vor uns liegt?«

»Wir reiten nach Anáxi«, erklärte das Mädchen sogleich.

Amra nickte. »Aber was suchen wir dort? Befindet sich der geheimnisvolle Weiße Stein etwa in der Ruinenstätte?«

Lillia musterte sie. »Du bist schlau, Amra«, befand sie. »Das hat auch Anrynan gesagt.«

Die *Laîren* lachte und berührte den Armreif an ihrem Handgelenk. Das gläserne Schlänglein war ein Geschenk der Feenpriesterin. »Es kommt stets auf die richtige Frage an. Also hör mir gut zu, Lillia: Wohin willst du? Wonach strebst du? Hast du auch eine Aufgabe zu erfüllen – so wie Gorun, Jemren und ich?«

Offenbar war sie auf der richtigen Spur, denn die seltsamen Augen des Mädchens leuchteten auf. Das Eine Kind verändere die Orte, die es aufsuche, hatte Anrynan ihr einmal erklärt. Wohl wahr, dachte Amra: Ein Erdbeben hatte das freundliche Caláxi in Schutt und Asche gelegt, Jemrens Heimat war von den Nraurn verwüstet worden, und in Defágos wären beinahe die Statuen der Götter gestürzt worden – kein Ort, den Lillia betrat, überstand die Begegnung unbeschadet.

»Jemren erzählte uns, dass du ihn mit Absicht nach Caláxi führtest – damit er uns begegnete«, hakte sie nach. »Du wusstest, dass es zu diesem Zusammentreffen kommt, oder zumindest ahntest du es, denn schließlich sind wir deine Begleiter. Nichts auf dieser seltsamen Reise geschieht zufällig, alles bezieht sich auf die Prophezeiung. Und du *fühlst*, welcher Schritt als Nächstes erfolgen muss.«

Lillia nickte eifrig. »Jetzt müssen wir zurückkehren«, erklärte das Mädchen.

»Zurückkehren?« Verwirrt setzte Amra sich am Feuer zurecht. »Aber ... keiner von uns dreien war je zuvor in der Stolzen Stadt, nicht einmal Gorun, der nahezu jeden Platz des Südens kennt. Man meidet die Stätte von Anáxi im Allgemeinen, niemand begibt sich gern in die Nähe der Ruinen – zu viel Unheil nahm von diesen Türmen seinen Ausgang.«

»Wir kehren zurück«, beharrte Lillia.

Schweigend musterte Amra das Kind. Die Worte ihrer alten Lehrmeisterin kamen ihr wieder in den Sinn: Ihr müsst zurückgehen – weit zurück! Hatte Draura sich etwa auf diesen Abschnitt ihrer Reise bezogen?

Lillia hat keine Vorstellung von der Insel. Sie sieht das Land nicht so, wie wir es sehen, bemerkte Jemren lautlos. *Es ist sinnlos, ihr Fragen nach dem Woher und Wohin zu stellen.*

Amra neigte den Kopf. *Auf geheimnisvolle Weise erfüllt Lillia die Regeln des Edú – so erklärte Anrynan mir das Wirken des Einen Kinds,* antwortete sie durch das *Taú. Deshalb ist sie unsere Führerin.*

»Tatsächlich?«, entfuhr es dem Schützen laut.

Gorun und Falrau hatten sich soeben über die vor ihnen liegenden Karten unterhalten; nun blickten sie verwundert auf. Ein *Taú*-Schütze, der Selbstgespräche führte, erregte vermutlich an jedem Ort der Insel Aufsehen.

Als Jemren schwieg, wandten sich die beiden Reiter wieder ihrem Gespräch zu. Der Blick des Schützen ruhte weiterhin auf Amra.

Ich habe nachgedacht, teilte Jemren ihr mit. *Wir sollten Gorun erzählen, was auf dem Weg nach Defágos geschehen ist.*

Oh, möchtest du den Anfang machen? Ich bin gespannt, wie der Reiter deine Beichte auffasst, gab sie zurück und lächelte, als sie seinen Gesichtsausdruck sah. *Gorun muss nicht unbedingt erfahren, was zwischen uns vorgefallen ist – zumindest nicht jetzt, da er die Verantwortung für so viele Krieger trägt und wir uns um die Erfüllung der Prophezeiung zu kümmern haben. Du wirst schon sehen: Eines Tages kommt der rechte Zeitpunkt für ein Gespräch ganz von selbst.*

Jemren war anderer Meinung, das spürte sie deutlich. Zugleich schien er erleichtert, dass sie die Verantwortung für ihr beider Geheimnis übernahm – schließlich war sie die Bewahrerin ihrer eigenen Geschichte.

Vielleicht solltest auch du Gorun das eine oder andere beichten, glitt ihr das Echo seiner Gedanken durchs *Taú* – und brachte sie abermals zum Lächeln. Jemren wusste mehr von ihr, als ihr lieb war. Und er scherte sich nicht um die Gebote, die im Norden oder auf der Südhälfte der Insel galten: Deshalb war er hier – Lillias Begleiter von Anfang an.

Da trat Akkan zu ihnen ans Feuer. »Eure Unterkunft steht bereit«, wandte der Krieger sich an Gorun. »Es ist das Zelt gleich neben dem Sattelplatz. Ich wünsche euch eine angenehme Nachtruhe.«

»Ich danke dir«, erwiderte Gorun. »Während der ersten Nachthälfte übernimmst du den Befehl über die Wachen. Schärf ihnen ein, dass sie das Lager beim geringsten Anzeichen von Gefahr wecken sollen – und wenn es in dieser Nacht zwei- oder dreimal geschieht! Ich werde in den Stunden vor dem Morgengrauen auf den Beinen sein.«

»Wie steht es mit den Bogenschützen?«, fragte der Krieger aus Defágos. Es gelang ihm, Jemren keines Blicks zu würdigen, obgleich dieser unmittelbar neben Gorun stand. Der Reiter runzelte die Stirn. Eine peinliche Stille entstand, erfüllt vom Knacken der Feuer, bis Jemren sich über sein Versäumnis klar wurde.

»Was ist üblich?«, fragte er. Die Vorgehensweise der *Taú*-Schützen unterschied sich in vieler Hinsicht vom Kampfstil des Südens.

»Die Männer tun sich paarweise zusammen und wechseln sich zu jedem Drittel der Nacht ab«, antwortete Akkan und blickte den Schützen auch weiterhin nicht an.

»Ihr verlasst das Lager nicht?«, erkundigte Jemren sich. Ohne eine Antwort abzuwarten, verfügte er: »Dann verfahrt auch in dieser Nacht so!«

»Im Namen der Reiter, Gorun.« Akkan schwenkte die Hand über das Lager hinweg. »Es ist uns eine Ehre, mit dir und Falrau zu reiten. Im Süden spricht man seit Langem von euren Verdiensten. Die Schlacht gegen die Nraurn hat diesen Ruf ein weiteres Mal bestätigt.«

Die Worte klangen, als habe der Speerkrieger etwas gutzumachen. Gorun nickte knapp. Reden, die zugunsten Einzelner vorgetragen wurden, behagten ihm nicht; das wusste Amra. Falrau grinste und strich sich über den schwarzen Bart. »Unser Ruf ist in mancher Hinsicht durchaus zweifelhaft«, schmunzelte er.

»Die Tatsache, dass Vrarras dir Schild und Speer der Stadt Defágos überreichte, erfüllt uns alle mit …«, hob Akkan abermals an. Gorun legte ihm die Hand auf den Arm und unterbrach die Ausführungen mit einem freundlichen, wenngleich unmissverständlichen Druck.

»Im Namen meiner Stadt nehme ich diese Worte gern an, Akkan«, sagte er. »Aber jetzt lass uns zusehen, dass wir zum Schlafen kommen, sonst erscheint uns der morgige Tag genauso trostlos und grau wie der Nebel von heute.«

Akkan stutzte, und dann begriff er. Mit einem verlegenen Lächeln verabschiedete er sich und wandte sich zum Gehen.

Eine Stichflamme schoss aus der Glut.

Prasselnd stieg die Lohe in den Himmel auf, ein Funkenregen ging über die Umstehenden nieder, und die Luft waberte vor Hitze. Bestürzt wichen Gorun und seine Freunde zurück – Akkan aber, der soeben an der Feuerstelle hatte vorbeigehen wollen, traf der Feuerstoß mitten ins Gesicht. Mit einem Aufschrei stürzte er zu Boden; das Haar bildete einen lodernden Kranz um seinen Kopf.

»Nein, Lillia! Nein!«, schrie Jemren.

Das Kind hob die Arme. Bläuliche Flammen flackerten auf ihren Handflächen, zuckten aus den Fingerspitzen hervor und leckten am Saum des Kleids. Eine Fratze zeigte sich mitten in den Flammen, ein Feuerdämon mit lodernden Augen und glutumrandetem Mund. Aus seinem Haupt quoll dichter Rauch. Die Krieger aus Defágos schrien auf, als der Xyx mitten im Lager auf den Kohlen tanzte; seine Arme wirbelten wie Feuerräder. Die Zeltplanen flatterten, und die Schnüre, mit denen sie befestigt waren, schwirrten wie Bogensehnen. Mückenschwärmen gleich stoben Funken zwischen den Zelten hindurch, und am Rand des Lagers scheuten die Pferde. Ihre Augen leuchteten wie Brocken aus Glut.

»Was tust du da?«, herrschte Jemren das Mädchen an. Kurz entschlossen griff er in das gespenstische Flackern, packte Lillia an den Handgelenken und zog ihr die Arme herab. Als der Xyx in sich zusammensank, zerrte Gorun den gestürzten

Reiter aus der Reichweite der Flammen. Wimmernd presste Akkan die Hände auf die Augen. Amra griff hastig nach ihrer Arzneientasche – da öffnete das Mädchen den Mund. Die Stimme, die aus ihr sprach, hatte mit ihrer kindlichen Tonlage nichts gemein; sie klang wie das heisere Fauchen der Flammen. *»Der König!«*, stieß sie hervor.

Amra erlangte als Erste die Fassung wieder. »Wo ist er, Lillia? Was siehst du?«

Das Keuchen wurde lauter, wie das Röhren eines Buschfeuers klang es nun. *»Der König aus dem Dunklen Reich!«*

»Bleibt auf euren Posten!«, donnerte Gorun die Männer an, die vom Rand des Lagers herbeirannten. »Ihr anderen – bringt Wasserschläuche! Beeilt euch!«

Jemren hielt Lillias Arme fest, obwohl ihm die blauen Flammen über die Hände leckten. Das Feuer flackerte noch einmal auf, als versuche sich der Geist abermals aufzurichten – dann zerstob sein Leib in einem Funkenregen.

»Nie wieder bringst du uns derart in Gefahr! Nie wieder, hörst du?«, fuhr der Schütze das Mädchen an. Offenbar fehlte nicht viel, und er hätte sie geschüttelt. »Du musst die Macht der Geister zügeln, wenn Menschen in der Nähe sind!«

Lillias Atem ging schwer. Lichter funkten durch ihre Augen, und es schien Amra, als blicke sie in einen Nachthimmel, der sich wie rasend drehte. »Der König hat sich heimlich an unser Lager herangeschlichen! Ich habe den Xyx herbeigerufen, und der Feuergeist hat ihn vertrieben.«

»Du hast ... *was* hast du? Hast du etwa das Öl ins Feuer gegossen?«, fragte Jemren fassungslos.

Erst jetzt bemerkte Amra den schlaffen Ledersack, der zu Füßen des Mädchens lag. An einer Ecke war ein metallenes Ausgussröhrchen angebracht, in dem ein Docht steckte – der Ölsack diente nachts als Lampe. Akkan stöhnte laut.

»Der Xyx hat einen meiner Krieger angegriffen!«, fuhr Gorun das Kind zornig an. »Weißt du nicht, dass die Männer nur zu deinem Schutz mit uns reiten? Wenn du deine Kräfte nicht zu beherrschen weißt ...«

»Da war ein mächtiger dunkler König!«, schrie das Mädchen. »Er folgt uns schon den ganzen Tag. Deine Krieger sehen ihn nicht, aber *ich* sehe ihn. Ich beobachte ihn die ganze Zeit.«

Sie zitterte an allen Gliedern. Die Reiter starrten sie an, und Amra spürte förmlich, was die Männer dachten. Unglücksbotin, Unheilbringerin, so nannte man das Verlorene Kind im Süden und fürchtete die Prophezeiung – seinetwegen. Aufschluchzend warf Lillia sich in Jemrens Arme, und dem Schützen, der eben noch die Handflächen gegen das kühle Erdreich gepresst hatte, blieb nichts anderes übrig, als sie zu trösten, bis sie sich wieder beruhigt hatte.

»Falrau, nimm zwei Handvoll Männer und such die Umgebung des Lagers ab!«, befahl Gorun. »Die Bogenschützen sollen Pfeile in den Nebel abschießen, wenn sich dort draußen etwas regt – sie werden schon das Richtige treffen.«

Amra kniete neben Akkan nieder und zog ihm behutsam die Hände vom Gesicht. Die Ränder der Zeltplanen schwelten, Dampf stieg aus dem feuchten Tuch auf. Reiter bemühten sich, die Pferde einzufangen, die das Wüten des Geists in alle Richtungen versprengt hatte.

Akkan hatte mehr Glück als Verstand gehabt. Der Feuerstoß hatte ihm Wimpern und Braue versengt, ein Lid war gerötet und geschwollen, aber er würde das Sehvermögen vermutlich nicht einbüßen. Am schlimmsten war sicherlich der Schreck über das plötzliche Auftauchen des Xyx.

»Reich mir das Heilöl, Jemren ... nein – das andere Fläschchen!«, bat Amra. Behutsam strich sie die Tinktur auf die verbrannten Stellen und sprach dem Verletzten Mut zu. »Wunden heilen ab, und das Haar wächst wieder nach. Du wirst sehen, Akkan: Es kommt alles wieder in Ordnung.«

Der Reiter schien ihre Worte nicht zu hören. Das unverletzte Auge richtete sich auf das kleine Mädchen, und Amra schrak zusammen, als ihr ein Wort durch das *Taú* zuckte: *Hexenkind!*

Das hast du dir eingebildet, sagte sie sich, während sie mit zitternden Fingern fortfuhr, die Verbrennung zu behandeln.

Dir ist im Gedächtnis geblieben, was Jemren vorhin über den Norden sagte. Für gewöhnlich vernahm sie nicht, was andere Menschen dachten; die enge Verbindung zu Jemren stellte eine Ausnahme dar. Nur zwischen dem Schützen und ihr bestand durch das *Taú* eine Brücke, doch für diesen Umstand gab es eine hinreichende Erklärung – die erste Begegnung dieser Art hatte sich auf dem Weg nach Defágos zugetragen. Zu Akkan hingegen gab es keinerlei Verbindung.

»Ich danke dir, *Laîren*«, sagte der Krieger schließlich förmlich. Er atmete ruhiger und schien sein inneres Gleichgewicht allmählich wiederzufinden. »Ich muss gestehen, dass ich anfangs Zweifel an unserer Unternehmung hatte. Doch Anrynan vom Blauen Turm hat recht, wenn sie uns aufträgt, dem Kind bedingungslos zu folgen. Lillias Kräfte sind – gewaltig.«

Mit diesen Worten entfernte sich der Mann; besorgt wurde er von seinen Gefährten aus Defágos in Empfang genommen.

Lillias Kräfte sind gewaltig? Weshalb nur beschlich Amra das Gefühl, dass Akkan eigentlich ein ganz anderes Wort auf der Zunge gelegen hatte?

»Bei allen Göttern – bisher hatten wir noch keinen Zusammenstoß mit den Nraurn, und schon beklagen wir den ersten Verwundeten«, zürnte Gorun. »Wenn das so weitergeht, wird das ein heiteres Abenteuer.«

Amra wischte die öligen Finger an einem Lappen ab und verstaute die Heilsalbe wieder in ihrem Gepäck. »Wisst ihr noch, wie Anrynan uns erzählte, sie unterweise das Mädchen?«, fragte sie. »Nun, soeben haben wir eine Kostprobe dieses Unterrichts erlebt: Die *Nashan* hat Lillia gezeigt, wie sie sich gegen den Schwarzen Gott zur Wehr setzen kann.«

Die Gefährten starrten sie an. »Bei der Quelle«, stieß Gorun hervor, »dieser Ritt kann allerdings heiter werden.«

5

»Wir hätten es ihnen sagen sollen«, meinte Vrarras.

Schon seit geraumer Zeit durchmaß der Kriegerkönig den Saal im Blauen Turm mit langen Schritten. Schließlich kehrte er zum Brunnen zurück und starrte mit gerunzelter Stirn ins Wasser. Die Ysh, die im Becken miteinander spielten, schien er nicht zu bemerken.

Die Menschen nahmen die Welt mit anderen Augen wahr, erinnerte Anrynan sich. Sie erkannten selten, von welcher Beschaffenheit die Insel war, und wenn diese Eigenschaften gelegentlich zutage traten, dann erschraken die Sterblichen – so befremdlich erschienen ihnen diese Kräfte. In den Augen der Menschen war die Welt unbelebt; Wasser, Stein und Wind galten ihnen als Dinge wie andere Gegenstände auch. Höchstens dem Feuer schrieben sie Lebendigkeit zu – und fürchteten es.

Das Alte Volk hingegen war mit den Geistern vertraut. Die *Ya'ahåren* hatten die Insel der Stürme als Erste betreten, lange vor den Ahnen der Menschen und dem Ziegenvolk. An Land hatten sie nichts weiter vorgefunden als die Xyx und ihre Gefährten – die Yku aus der Tiefe, die Yhv aus allen neun Windrichtungen und die Ysh, die in Flüssen und Quellen hausten. Das Feenvolk hatte es sich zur Aufgabe gemacht, die Geister zu zähmen, bis aus der Insel ein bewohnbarer Ort geworden war. So war es bis zum heutigen Tag.

Anrynan tauchte eine Hand in das Becken. Die Wassergeister schwammen auf sie zu, umklammerten ihre Finger und ließen sich in der Strömung treiben.

»Lillias Begleitern die Wahrheit zu verschweigen war ein Fehler, Any«, warf Vrarras sich abermals vor. »Diese drei jungen Leute hatten Vertrauen zu uns.«

»Was würde Gewissheit ändern?«, gab sie zurück. »Das Wissen um den Ausgang ihrer Geschichte erleichtert den Beteiligten die Aufgabe keinesfalls – im Gegenteil! Es würde Amra und ihren Gefährten nur belasten, wenn sie wüssten, was sie am Ende des Wegs erwartet. Glaub mir, Vrarras – es ist besser so.«

Die Wangen des Kriegsherrn spannten sich. »Wenigstens Gorun gegenüber hätte ich ehrlich sein sollen«, murmelte er. »Zu lange schon halte ich ihn mit Halbsätzen hin – viel zu lange.«

»Er wird es herausfinden«, bemerkte Anrynan. »Wenn Gorun wirklich die Wahrheit wissen will, findet er sie heraus.«

Vrarras hob den Kopf. Die Vieldeutigkeit ihrer Worte war ihm nicht entgangen. »Ach, Any«, seufzte er, »meine weise alte Freundin! Dein Trost ist gut gemeint, doch verstehst du mich wirklich? Was bedeutet dir ein Tag oder ein Jahr – oder ein ganzes Menschenleben? Ahnst du, wie lange uns eine Stunde werden kann, wenn wir von Hoffen oder Verzweifeln erfüllt sind? Du denkst nicht in den Zeitspannen, die uns zur Verfügung stehen.«

Anrynan betrachtete den Menschenkönig. Die verlebte Zeit hatte Spuren in seinen Zügen hinterlassen, und das *Taú* berichtete von Erfahrungen wie Freude und Leid, von Zuneigung und Zorn. Während vieler Jahre war die Freundschaft zwischen ihnen gewachsen, und Vrarras hatte sich angewöhnt, seine Priesterin in Fragen um Rat zu bitten, die nicht nur die Stadt betrafen, während Anrynan ihm manches Geheimnis der Quelle anvertraute – so gut kannten sie sich.

Aber die Verhältnisse in der Stadt waren nicht immer so günstig gewesen. Vor Vrarras hatte es Stadtkönige gegeben, die von Ängstlichkeit und Schwäche oder vom Wunsch nach dem eigenen Wohlbefinden angetrieben wurden. Vor dem kahlen Saogan hatte Anrynan sich gar in Acht nehmen müssen. Aus Sorge um ihre Sicherheit hatte sich damals eine ihrer Priesterinnen für sie ausgegeben: für die *Nashan* vom Blauen Turm. So war die Hohepriesterin der Kühnen Stadt in menschlicher Gestalt vor den Menschen erschienen, und Saogan hatte zeit seines Lebens niemals erfahren, wer wirklich Bewahrerin der Quelle war.

Die Sterblichen sind so sehr in ihrem kurzen Leben gefangen, dachte Anrynan. Die endlose Verkettung ihrer Verwandten erscheint ihnen stets am vordringlichsten; die Großherzigen und die Kleinmütigen leben innerhalb derselben Mauern und müssen ein Auskommen miteinander finden. Und wir vom Alten Volk? Wir sind kaum anders.

»Du kannst wieder einmal nicht abwarten, was die Zukunft bringt«, neckte sie Vrarras. »In dieser Eigenschaft ist dir Gorun überaus ähnlich. Auch unser junger Freund vermag dem Verlauf der Ereignisse nur schwer untätig zuzusehen. Aber eine Einmischung in die Prophezeiung steht uns nicht zu. Die Weissagung muss sich von selbst erfüllen – und sie *wird* sich erfüllen. Sei gewiss.«

Mit leichtem Kopfschütteln blickte der Kriegsherr sie an. »Manchmal vergesse ich, wie alt du in Wirklichkeit bist, Any, so jung und – verzeih mir – so schön, wie du hier vor mir stehst. Woher nimmst du diese Gelassenheit? Wenn du nach Belieben handeln könntest – wäre es dann verkehrt, die Geschicke der Insel zu beeinflussen, damit sich alles zum Guten wendet?«

Lächelnd beugte Anrynan sich vor. »Gorun *ist* dir ähnlich – sehr sogar. Er stellte mir genau dieselben Fragen, bevor er Defágos verließ, und glaub mir, er war ebenso wenig erfreut wie du, dass ich ihm keine Antwort geben konnte«, raunte sie Vrarras ins Ohr. Der Erste Reiter von Defágos schloss die Augen und lächelte ebenfalls, wenngleich ein wenig angestrengt.

»Vor uns liegt eine schwierige Aufgabe«, erinnerte sie ihn. »Es gilt nicht nur, den Süden zu Geduld und Besonnenheit anzuhalten, solange Lillia und ihre Begleiter auf dem Weg sind. Uns muss zugleich die Annäherung zwischen den Menschen und den Ewigen gelingen, oder alle Anstrengungen waren vergebens. Allerdings teilt mein Volk diese Ansicht nicht uneingeschränkt. Bei der letzten Beratung sprachen sich die meisten *Ya'aháren* gegen eine erneute Hinwendung zu den Menschen aus.«

Vrarras trat einen Schritt vom Brunnenrand zurück. »Bei der Quelle, du ... du sprichst mit den Göttern? Aber wann? Und wo? Wie ist das möglich?«

»Ich *gehöre* zu den Göttern«, erinnerte Anrynan ihn lächelnd. »Uns ist so allerhand möglich, und eines Tages, wenn Not und Sorgen der Vergangenheit angehören, verrate ich dir Geheimnisse, von denen hier niemand etwas ahnt, obwohl sie mitten in der Kühnen Stadt zu finden sind. Nun aber müssen wir uns auf unsere Aufgabe besinnen. Die Zeit drängt und ...«

Sie wurde unterbrochen, als ein Mann in den Saal stürmte. Auf dem Weg zum Brunnen verlangsamte er die Schritte, doch er musste sich sichtlich zur Ruhe zwingen.

»Vrarras ... *Nashan* ... verzeiht!« Er verneigte sich, als er bei ihnen anlangte. »Es ist dringend.«

Der Kriegsherr nickte ihm zu. »Sprich! Was gibt es?«

»Mrerem ist verschwunden«, sagte der Mann ohne Umschweife.

»Was?«, fuhr Vrarras auf. »Das ist unmöglich. Mein Sohn hatte den Auftrag, sich um die Bestandsaufnahme in den Waffenkammern zu kümmern. Wahrscheinlich steckt er irgendwo bei den anderen jungen Bogenschützen und hat über das Zusammensein mit seinen Freunden seine Pflichten vergessen.«

Der Bote schüttelte den Kopf. »Ich bedaure, Kriegsherr. Die Jungen sind heute nicht am Turm der Reiter erschienen. Deshalb suchte ich dein Klanhaus auf. Dort ist man außer sich vor Sorge, denn außer Mrerem ist auch der Junge aus Geristáni unauffindbar, den dein Klan bei sich aufnahm ... Kimrin. Die Knaben nahmen Köcher und Bogen mit, außerdem Decken und Wegzehrung. Während ich in der ganzen Stadt nach ihnen suchte, stieß Vrajas Schwester zu mir: Das Mädchen ist ebenfalls fort, und mit ihr Vlessi, Kassan und alle anderen jungen Schützen. Wie es aussieht, haben sich die Jungen heimlich aus der Stadt geschlichen.«

Vrarras hieb die Faust in die Handfläche. »Diese närrischen Kinder!«, schimpfte er. »Ausgerechnet jetzt begeben sie sich in die größte Gefahr! Ich schicke sofort Späher nach ihnen aus.«

»Das habe ich bereits veranlasst«, erwiderte der Reiter. »Das haben wir nun davon, dass wir unseren jungen Leuten gestatten, einem Fremden aus dem Norden nachzueifern«, setzte er ungefragt hinzu.

Vrarras, der sich bereits dem Ausgang zugewandt hatte, wandte sich um und musterte den Krieger. »Höre ich Missfallen aus deinen Worten?«, fragte er. »Gorun von Caláxi bürgt für den Schützen. Was spricht gegen ihn?«

Der Reiter hob unbehaglich die Schultern. »Ein Blindschütze spürt sein Ziel mit dem *Taú* auf – ausgerechnet mit dem *Taú*! Bei der Quelle, Vrarras: Wollen wir wirklich, dass unsere Söhne und Töchter über solche Fertigkeiten verfügen? Glaubst du, dass sie mit diesen Fähigkeiten stets dem Wohl des Südens dienen?«

»Das ›Wohl des Südens‹ ist ein gefährlicher Begriff«, warf Anrynan ein. Bisher hatte sie geschwiegen; Krieg und Kriegsführung waren keine Angelegenheiten der Quelle. Der Blick des Mannes glitt kurz über sie, und sie las Misstrauen und Furcht in seinem *Taú*, verschleiert durch einen merkwürdigen Respekt vor ihrer Stellung. Sie kannte solche Gefühle bei den Menschen. Kurzlebige Wesen, die sie waren, teilten sie die Welt in Alt und Jung, Freund oder Feind, in Gefallene oder Gott. Auf welcher Seite das Feenvolk stand, war noch nicht entschieden: Die Prophezeiung hatte sich noch nicht erfüllt.

»Soweit ich es beurteilen kann, setzt Jemren seine Gabe mit Bedacht ein«, meinte Vrarras. »Ich sehe keinen Grund, weshalb er den Jungen nicht dieselbe Vorsicht mit auf den Weg gibt. Seht lieber zu, dass ihr die Knaben aufspürt, bevor sie den Nraurn in die Hände fallen! Wenn du erlaubst, Anrynan.«

Mit einem Lächeln entließ sie die beiden Männer. Wenn sie unter sich waren, hielt Vrarras sich nicht mit solchen Förmlichkeiten auf. Sobald sie allein war, beugte sie sich über das Becken. Die Quellengeister schossen im flachen Wasser hin und her, schmiegten sich aneinander und teilten sich dann wieder in einen kalten und einen warmen Strom. Als Anrynan die Hand eintauchte, verringerte sich die Fließgeschwindigkeit der Quelle, das Kräuseln der Oberfläche verebbte, und sie konnte die Schrift auf dem Grund des Beckens lesen.

Die Große Prophezeiung von Anáxi war viele Zeilen lang. Ihre Auslegung oblag der *Nashan*, und obwohl Anrynan immer wieder über mögliche Lesarten nachgegrübelt hatte, enthielt die Weissagung viele Einzelheiten, über die sie nur unter Vorbehalt eine Aussage zu treffen wagte. Von dem Kind mit den tagblauen Augen war die Rede, von den Völkern an Land und der Spaltung der Insel. Sie studierte die Überlieferung ein weiteres Mal. Einst hatte die Quelle von Anáxi zu ihr gesprochen, in der Alten Sprache, in der jedes Wort ein Teil der Welt war: *Yhvn* war Wind und zugleich die Beschaffenheit von Wind. *Yshn* hieß das Wasser, sowohl in seiner Gesamtheit wie auch in seinen Bestandteilen, und *Ykun* bedeutete Stein sowie das Wesen von Stein. In der Sprache des Feenvolks war jedes Wort zugleich seine Erfüllung.

In den vergangenen Tagen hatte Anrynan die Weissagung immer wieder von Neuem erforscht, in der Hoffnung, eine Deutungsmöglichkeit übersehen zu haben; in der Hoffnung, es gebe eine Auslegung, die ihr bisher entgangen war. Aber der Schlusssatz der Großen Prophezeiung von Anáxi war unmissverständlich:

Wenn das Eine Kind zurückkehrt, ist das Ende der Zeit gekommen. Das Zerrissene wird sich fügen, und die Insel schüttelt das Übel ab, das sie befallen hat. Drei Begleiter folgen dem Kind: ein blinder Schütze, eine sehende Laîren und ein Diener des Nemnos. Und sie werden auf diesem Weg den Tod finden.

Nördlich des Scyéyan führte eine Furt über den Nárdas. Nesyn und seine Schar erreichten das Flussufer bei Tagesanbruch und strömendem Regen. Sie hatten die Strecke binnen weniger Tage zurückgelegt – deutlich schneller als erwartet. Doch Eile tat not, das wusste auch Nesyn. Sie vermochten den Norden nur zu besiegen, wenn der Angriffsschlag vollkommen überraschend erfolgte – und vernichtend.

Er warf einen Blick auf die Gefangene. Harat hockte auf dem Nouk und zitterte vor Erschöpfung. Die Decke, in die sie sich notdürftig gewickelt hatte, triefte vor Nässe, die Lippen waren blau vor Kälte, und der Regen rann ihr an den Beinen entlang. Offensichtlich hatte sie keine Vorstellung davon, wie nahe sie sich an ihrem Heimatland befand.

Auf der anderen Seite des Flusses lag der Norden. An dieser Furt hatte die Nraurn schon manche unliebsame Überraschung erlebt, und deshalb ließ Nesyn bei der Überquerung größte Vorsicht walten. Er teilte seine Schar in Gruppen ein: Vlyn und die Vorhut sollten das Gelände am anderen Ufer erkunden, während er selbst mit den restlichen Kriegern zurückblieb und wartete. Schweigend saßen sie auf den Nouk, gehörnte Schemen in der Morgendämmerung. Die langen Mähnen verschmolzen mit dem Faltenwurf der Mäntel, die Speerspitzen ragten über ihnen auf – allein der Anblick vermochte den Menschen Angst und Schrecken einzujagen. Nesyn hatte oft genug die Verzagtheit der Kahlen erlebt, sobald sie sich im Nachteil wussten. Lediglich vor den *Taú*-Schützen galt es sich in Acht zu nehmen; in diesen Männern und Frauen besaß der Norden äußerst gefährliche Wächter, denn weder Dämmerlicht noch Regen behinderten ihre Zielfertigkeiten.

Beunruhigt setzte er sich im Sattel zurecht. Das verabredete Zeichen ließ lange auf sich warten, und in der regnerischen Stille brütete er über allerhand Gedanken. Die *Nraur-a-Khae* brauchte ihn, um den Schlag gegen den Norden auszuführen – das war ihm auf dem Ritt zum Nárdas klar geworden. Zwar mochte sie ihn im Angesicht des ganzen Ziegenvolks demütigen und ihn der Ehre berauben, aber sie konnte nicht auf seine Dienste verzichten. Er war mit dem Land auf der ungünstigen Seite des Scyé bestens vertraut, denn an Quinda-Nas Seite war er an vielen Überfällen und Raubzügen beteiligt gewesen, die den Norden stets Menschenleben, Vieh und einen Teil der Ernte kosteten. Vermutlich nahmen die Kahlen an, dass die Nraurn solche Diebstähle nötig hätten, um ihr kärgliches Auskommen aufzubessern. In Wahrheit dienten die Überfälle vor allem dazu, den Norden nicht ebenso stark und mächtig werden zu lassen wie die Türme auf der Südhälfte der Insel. So lange verfolgte die *Nraur-a-Khae* ihr Ziel bereits; über Jahre hinweg hatte sie ihren Feldzug geplant und Vorbereitungen für den Sieg über die Menschen getroffen. Ganz allmählich hatte sie den Norden in eine Lage gedrängt, in der seinen Bewohnern gar nichts anderes übrig blieb, als sich den Gehörnten anzuschließen – oder unterzugehen.

Bei aller Schmach, die Kajlyn-Gua ihm angetan hatte, konnte Nesyn doch nicht anders, als die Voraussicht der Fürstin zu bewundern. Die Blindschützen des Nordens – und blind waren sie in der Tat – folgten der Königin der Gehörnten aus einem einzigen Grund: Sie wollten sich von dem Joch befreien, in das die *Nraur-a-Khae* sie doch eigenhändig eingespannt hatte. Und während sie den Träumen von Freiheit und Wohlstand nachhingen, fiel er in ihrem Rücken in das Land jenseits des Nárdas ein und zerstörte, was ihr bisheriges Leben ausgemacht hatte: ihre Türme, ihre Häuser, ihre Klane, ihre ganze Welt.

Endlich schwamm der gegabelte Ast vorbei – das vereinbarte Zeichen. Vlyn war am anderen Ufer auf keinen nennenswerten Widerstand gestoßen. Vorwärts!, winkte Nesyn den Kriegern. In einer Reihe ritten sie die Uferböschung hinab und trieben die Nouk ins Wasser. Von den Regenfällen der letzten Tage war der Nárdas stark angeschwollen, die schlammigen Fluten strömten rasch dahin. Bald bedeckten sie die Sattelgurte und die Knöchel der Reiter, dann stiegen sie bis zu den Knien, und ab der Mitte des Flusses mussten die Nouk schwimmen. Das Menschenmädchen keuchte, als sie ins Wasser tauchte – die Fluten des Nárdas waren eisig. Harat klammerte sich an den Sattelknauf und stieß mit den Beinen aus, während ihre Wächter dicht neben ihr herschwammen. Nesyn glitt vom Rücken seines Tiers, packte die Mähne und ließ sich durch die kalten, kalkigen Fluten ziehen. Zielstrebig hielt das Nouk auf das andere Ufer zu. Das Tier kniff die Nüstern zusammen, und Nesyn spürte, wie seine Beine durchs Wasser wirbelten. Dennoch wurden er und seine Krieger ein gutes Stück flussabwärts getrieben, ehe sie wieder festen Boden unter sich hatten. Nesyn saß auf und trabte an Land. Seine Mähne, sein Mantel und die gesamte Ausrüstung troffen vor Wasser, und in dem stetigen Nieseln würden Leder und Stoffe so schnell nicht wieder trocknen.

Er ritt mit seiner Schar das Ufer hinauf bis zu jener Stelle, an der die Vorhut wartete. Vlyn empfing ihn mit zurückgelegten Ohren und höchst misslaunigem *Taú*; der Bahak-Krieger war ebenso durchweicht wie er. Außer dem Regen und den Schritten der Nouk war kein Laut zu hören.

»Wie es scheint, verkriechen sich die Kahlen in ihren Häusern«, stellte Vlyn fest. »Wahrscheinlich behagt ihnen das Wetter nicht, und im Schutz ihrer Stadtmauern wähnen sie sich geborgen.«

Zustimmend neigte Nesyn den Kopf. Das Verhalten der Menschen kam ihrem Vorhaben entgegen.

Entlang dem Ufer wuchs ein Waldstreifen, und dahinter erstreckte sich gewelltes Grasland. Aufgehackte Stellen zwischen den Felsen zeugten von den Mühen der Stadtbewohner, dem kargen Boden Feldfrüchte abzuringen. Nesyn hielt sich nicht damit auf, die kümmerlichen Gewächse niederzutrampeln. Wenn sein Feldzug erfolgreich war, gäbe es im Norden ohnehin keine Notwendigkeit zu Ackerbau und Viehzucht mehr.

Als die Stadt Thárraxi zwischen den Regenschleiern auftauchte, deutete er mit dem Speer voraus. Grau und geduckt lagen die Türme am Nárdas da und wirkten an diesem Morgen wie ein glitschiger Felsen. Bei dem Gedanken an ein Leben, das sich stets am selben Ort vollzog, empfand Nesyn Unbehagen – und um wie viel erschreckender war die Vorstellung solcher Gleichförmigkeit, wenn der Ort aus Trostlosigkeit und Hässlichkeit bestand. Das Mädchen aus Tegaréssos betrachtete die Mauern jedoch mit einem hoffnungsvollen Ausdruck auf dem Gesicht; sie hatte wohl nicht mehr damit gerechnet, die Heimat je wiederzusehen.

Nesyn zog seine Kriegerschar in einer breiten Reihe auseinander. Die Gehörnten verständigten sich nur mit Handzeichen und hielten selbst die *Taú* ruhig, um eine vorzeitige Entdeckung zu verhindern. Da schreckte Nesyn ein Blöken auf, Hunde rasten bellend auf den Trupp zu. Hinter einer Buschreihe duckte sich eine Schafherde unter den Regenschauern; der Hirte, ein Knabe von höchstens elf oder zwölf Jahren, hatte Kopf und Schultern in eine Decke gehüllt und starrte die Nraurn mit offenem Mund an.

»Lauf!«, schrie Harat. »Lauf doch, du Narr, und warne deine Stadt! Die Ziegenleute wollen Tharračzi über…«

Bevor sie den Satz beendet hatte, prallte ihr Vlyns Speerschaft gegen den Hinterkopf. Sie kippte vornüber und rollte schlaff aus dem Sattel. Mitten zwischen den Nouk und den geifernden Hunden ging sie zu Boden und erhob sich nicht wieder.

Der Junge aber war aus seiner Erstarrung erwacht. So schnell ihn die Füße trugen, rannte er auf die Stadt zu und schrie seine Warnung mit hoher, heller Stimme hinaus. Vier oder fünf Nouk setzten dem Knaben nach; die Haken kreisten an den Lederseilen und schnitten pfeifend durch die Luft. Der letzte Aufschrei des Jungen klang spitzer und schriller als die vorherigen, dann verstummte er. Auch die Hunde lagen in ihrem Blut, die Krieger hatten die Tiere mit Speeren und Pfeilen getötet.

Nun war es wieder so still wie zuvor. Nesyn lauschte angespannt, das *Taú* auf die Mauerkrone gerichtet. Nichts regte sich; die Stadt lag in tiefem Schlummer. Ein einsamer Ruf erhob sich, doch als keine Antwort kam, verstummte auch diese Stimme wieder – der kurze Aufruhr vor den Toren war Thárraxi entgangen.

»Habt ihr gesehen, in welche Richtung der Knabe lief?«, raunte Nesyn seinen Kampfgefährten zu. »Er rannte nicht auf das Haupttor zu – vermutlich wollte er sich durch einen der Geheimgänge in die Stadt retten. Der Eingang muss irgendwo dort vorn liegen.«

Nachdem Tegaréssos gefallen war, hatte Quinda-Na sich ausreichend Zeit zur Erforschung der Stadtanlage genommen. Die Feldherrin hatte sogar eine Zeichnung der Tunnel und Verstecke angefertigt, in welche die Menschen sich bei drohender Gefahr flüchteten. Auf diese Weise hatte Nesyn sich mit allen Einzelheiten der Städte des Nordens vertraut gemacht und war sich nun seiner Sache sicher: Diesmal blieb den Kahlen der Ausweg durch ihre Schlupflöcher verwehrt.

»Verteilt euch!«, befahl er seinen Kriegern. »Riegelt das Haupttor ab und besetzt die unterirdischen Gänge. Lasst niemanden aus der Stadt entkommen. Ihr beide« – er wandte sich an zwei Bahak-Streiterinnen – »bleibt hier und bewacht das Mädchen.«

Harat war bislang nicht wieder zu sich gekommen. Auf der Fährte des Hirtenjungen ritt Nesyn auf die Mauern zu. Felsen, Buschwerk und der Bau eines Steinwälzers – das Gelände bot viele Tarnungen für einen Tunnelzugang. Schließlich stieß Nesyn auf einen unscheinbaren Haufen Gesteinsbrocken, der neben einem Feld lag und mit Unkraut überwachsen war. Es sah aus, als habe man die Klumpen aus dem Erdreich gelesen und achtlos weggeworfen. Als er mit dem Speer einige der hohen Gewächse niedermähte, bot sich ihm ein Eingang dar; Stufen führten unter die Erde.

Kommt her!, winkte er Vlyn und dessen Schar und bedeutete den anderen Kriegern zugleich, nach ähnlichen Aufschüttungen zu suchen. Die Nraurn hatten den Ring um Thárraxi nun fast vollständig geschlossen. Nesyn schwang sich aus dem Sattel und nahm den Haken zur Hand. Den Speer ließ er bei dem Nouk zurück, denn die sperrige Waffe hätte ihn in dem engen Gang nur behindert. Der Tunnel führte tief unter die Erde hinab und verbreitete sich dort, allerdings nur so weit, wie es für einen Mensch ausreichte. Nesyn musste sich bücken, um nicht mit dem Gehörn an der Decke entlangzuschleifen. Wasser tropfte ihm in den Nacken, die Wände bestanden aus klebrigem Lehm. Es roch nach Erde und Feuchtigkeit, doch dann witterte Nesyn noch etwas anderes – nasse Mauern, erkaltete Herdstellen und das Innere von Menschenhäusern.

»Wir sind fast da«, flüsterte er Vlyn zu, als er am Ende des Gangs graues Tageslicht erblickte und den Regen hörte, der auf Dächern und Wegen niederging. Pfützen bildeten sich auf den Stufen. Schritt für Schritt stieg er mit seinen Kriegern aus dem Tunnel hinauf, dicht an die Wand geschmiegt. Der Ausgang lag zwischen Häusern und der Außenwand eines Turms – so viel vermochte er bereits zu erkennen. Eine Gestalt schritt auf den Geheimgang zu, von Kopf bis Fuß in einen Umhang gehüllt.

»Ranni? Bist du das?«, fragte eine männliche Stimme. »Mir war vorhin, als hörte ich die Hunde bellen. Ist alles in ... Bei allen Lichtern des Himmels!«

Mit einem Satz stand Nesyn vor dem Menschen. Ein Nicken des Kopfs, und der Mann wurde gegen die Turmwand geschleudert und brach dort zusammen. Vlyn und seine Gefährten drängten aus dem Gang und verteilten sich im Laufschritt in den Schatten zwischen den Mauern. Hinter den Türmen, seitlich neben dem Tor, jenseits des Hauptplatzes – von allen Seiten drangen die Nraurn in die Stadt ein.

Auf der Mauer über dem Tor hockten Schützen in einem Unterstand. Die jungen Burschen hatten die letzte Wache vor dem Morgen inne, doch statt das Umland von Thárraxi im Auge zu behalten, zogen sie es vor, im Trocknen auf ein Nachlassen des Regens zu warten. Als sie den Feind bemerkten, der längst in ihre Stadt eingedrungen war, sprangen sie auf und schrien einander entsetzte Warnungen zu. Es waren keine erfahrenen *Taú*-Schützen, ihre überhastet gezielten Pfeile waren mit dem Schild ohne Weiteres abzuwehren. Haken schwirrten zur Mauer hinauf und rissen die Verteidiger von den Füßen; ein Mann stürzte über die Brüstung in die Tiefe und starb mit gebrochenem Genick.

Mit zwei Sätzen erklomm Nesyn die Treppenstufen unter dem Vordach eines Hauses und riss die Matte vor dem Eingang herab. Schlaftrunkene Gestalten wankten ihm entgegen, der Lärm in der Stadt hatte die Menschen offenbar aus tiefem Schlummer gerissen.

»Hinaus!«, donnerte er sie an. »Auf den Platz mit euch!«

Kreischend wich eine Frau vor ihm zurück. Nesyn trieb sie durch den Saal und schlug zugleich die Lampen von den Wänden. Öl schwappte über den Boden, der Geruch stieg ihm stechend in die Nüstern. Endlich fand die Menschenfrau den Ausgang ihrer Höhle und stürzte schreiend ins Freie. Nesyn wühlte in der Asche der Feuerstelle, bis er einen Glutrest fand, an den er einen Kienspan hielt. Im Hinausgehen warf er das brennende Holzstück in eines der Betten, und sofort fingen Kissen und Deckenfransen Feuer.

Überall in der Stadt stieg Rauch auf. Dichte Wolken quollen über den Mauern in den Himmel und verschluckten das schwache Morgenlicht, das durch die Regenschleier zu erahnen war. Vlyn hatte die Eingänge der Türme besetzen lassen, damit die Kahlen sich nicht ins Innere der Bauwerke flüchteten. Soeben trieben die Nraurn die entwaffneten Schützen vor sich her. Die Burschen reckten die Hände in die Höhe und wirkten noch immer überrumpelt. Männer, nur mit einem Hemd bekleidet und mit Hacken und Grabstöcken bewaffnet, stellten sich Nesyns gepanzerten Kriegern in den Weg.

»Ergebt euch!«, rief er den Stadtbewohnern zu, als er den sinnlosen Widerstand sah. »Ihr richtet nie und nimmer etwas gegen uns aus. Gebt eure Gegenwehr auf!«

Er benutzte die Sprache der Kahlen, und dieser Umstand löste bei einigen Umstehenden Überraschung aus.

»Wo sind unsere Schützen?«, rief ihm eine Frau zu. »Tenon und Nret haben die Stadt als Gefolgsleute eurer Königin verlassen. Weshalb dringt ihr nun mit Gewalt in unsere Häuser ein?«

Weitere Stimmen fielen ein. »Weshalb überfallt ihr Thárraxi? Wir sind Verbündete der *Nraur-a-Khae*!«

Nesyn ließ den Blick über die Menge gleiten, die seine Krieger auf dem Platz zwischen den Türmen zusammengetrieben hatten. Die wenigsten Menschen waren vollständig bekleidet. Der Regen tropfte ihnen aus dem Haar, und sie husteten in den öligen Rauchschwaden, die von ihren Häusern aufstiegen. Viele der Kahlen waren zu betagt oder zu gebrechlich, um für ihre Stadt zu kämpfen; etliche wirkten krank oder pressten ihre Jungen an sich. Ein dunkel gelocktes Mädchen hielt ein schwarzes Huhn auf dem Arm. Der Kopf des Vogels ruckte hin und her, der Schnabel pickte die Kleine in die Wange, und trotzdem ließ sie das Huhn nicht los.

Ein herber Geschmack stieg Nesyn im Mund auf. Hier war keine Ehre zu erringen. Kajlyn-Gua hatte ihn in den Norden geschickt, damit er gegen Kinder und hörnerlose Alte kämpfte.

»Schweigt! Seid still!«, herrschte er die Kahlen an. »Für wen haltet ihr euch, dass ihr nach den Absichten der *Nraur-a-Khae* zu fragen wagt? Die Anführerin eurer Schützen ist tot – Nret ist in Defágos gefallen, und somit gehört eure Stadt nun uns. Macht euch zum Abmarsch bereit! Niemand bleibt zwischen diesen Mauern zurück.«

Kaum waren seine Worte verklungen, als unter den Hörnerlosen lautes Wehklagen anhob. Die Männer umklammerten starrsinnig ihre Gerätschaften, die Angehörigen mancher Klanhäuser umarmten sich, wie um sich zu vergewissern, dass sie einander nicht geraubt wurden. Unterdessen rauschte der Regen auf Thárraxi herab, und das Feuer prasselte und knackte im Dachgebälk. Das Mädchen drückte das Huhn noch immer fest an sich und stand verlassen in der Menge, während Vlyn und seine Krieger die Halsstarrigsten entwaffneten und ihnen die Hände auf den Rücken banden.

Nesyn ritt vor das Stadttor hinaus.

Das Bitten und das Jammern der Menschen stießen ihn ab, und er wollte nicht mit ansehen, wie sich die Einwohner von Thárraxi sinnlos gegen das Unvermeidliche sträubten. Mittlerweile hatte Harat sich so weit von dem Schlag erholt, dass sie aus eigener Kraft stehen konnte, ein wenig wacklig zwar, aber sie hielt sich auf den Beinen und starrte auf die Rauchwolken, die über den grauen Türmen aufstiegen. Die ersten Gefangenen wurden bereits aus dem Tor getrieben, elende Gestalten mit tränenden Augen und rußverschmierten Gesichtern. Jedes Mal, wenn ein Dachstuhl in sich zusammensank, stob ein Funkenschwarm in den Himmel auf.

»Das gleiche Los wird jeder Stadt des Nordens widerfahren«, sagte Nesyn zu der jungen Frau, während er zu seinem Nouk trat und den Lederstreifen mit der Aufzählung der nördlichen Türme aus der Satteltasche zog. »Offenbar galt Thárraxi als eure bedeutendste Stadt«, stellte er fest, während er die Liste studierte. »Die Hoffnungsvolle nennt ihr sie? Nun ist eure Hoffnung dahin. In ein oder zwei Mondläufen ist der Norden besiegt. Dann gehört die Insel wieder dem Gehörnten Volk, wie es früher einmal war.«

Harats schwarze Augen ruhten auf ihm, Zorn und Empörung loderten unverhohlen in ihrem *Taú*. »Das Gehörnte Volk? So nennt ihr euch und seid auch noch stolz auf eure Kampfkraft? Feiglinge seid ihr! Ich habe noch nie einen hinterhältigeren Überfall erlebt. Und du willst der Anführer eurer Horde sein? Du hast noch nicht einmal Hörnermesser!«

Sie deutete auf seine Stirn. Mit einem Ruck riss Nesyn den Speer aus den Sattelschlaufen und stieß ihr die Spitze so heftig unter das Kinn, dass die Zähne zusammenschlugen. Er drückte ihr den Kopf in den Nacken, bis ihr der Regen ins Gesicht fiel. Sie blinzelte, und auf die Lippen trat ein wenig Blut.

»Wag es nicht noch einmal, über die *nkemen* zu spotten oder meinem Volk gegenüber eine Beleidigung auszusprechen!«, herrschte er sie an. »Vielleicht nimmst du an, ich hätte keinen Grund, dir und deinen Landsleuten übel mitzuspielen; vielleicht glaubst du, ich sei ein Handlanger der *Nraur-a-Khae*. Aber du irrst dich!«

An der Bewegung des Speers spürte er, wie sie schluckte. Furcht erfüllte ihr *Taú* – und dennoch starrte sie ihm über den Schaft hinweg in die Augen.

»Und jetzt rächst du dich an den Einwohnern von Thárraxi?«, brachte sie mühsam hervor. »Jetzt verübst du an den Wehrlosen genau dasselbe Verbrechen wie an den Angehörigen meiner Stadt? Ah, Nesyn, deine Königin hätte gut daran getan, mich aus dem Weg zu räumen, solange ich in ihrer Gewalt war, denn ich kann bezeugen, welche Schuld ihr in Tegaréssos auf euch geladen habt! Nachdem die Feldherrin abgerückt war, kehrte ich in die Stadt zurück, um nach meinen Freunden und Verwandten zu suchen. Und ich fand sie. Ich fand sie alle.«

»An dem Blutvergießen war ich nicht beteiligt!«, stieß Nesyn hervor. »Quinda-Na hatte mich zur Bucht entsandt, wo wir eure Boote versenkten. Als wir in die Stadt zurückkehrten, war die Tat bereits geschehen.«

Er rechtfertigte sich vor seiner Gefangenen. Als ihm dieses widersinnige Verhalten bewusst wurde, ließ Nesyn den Speer sinken. Harat holte tief Luft und wischte sich die nassen Haarsträhnen aus den Augen.

»Faule Ausreden machen unsere Toten nicht wieder lebendig. Und dir erleichtern sie keineswegs das Gewissen«, erklärte sie.

»Wie kommst du darauf, dass der Sieg über deine Stadt mein Gewissen belastet?«, knurrte er.

Da trat die junge Frau dicht an ihn heran. »Du hast Angst vor Kajlyn-Gua«, zischte sie. »Ich sah es genau! Du fürchtest dich vor deiner Königin und vor dem düsteren Gast, den sie bisweilen in ihr Zelt einlädt.«

Nesyn senkte den Kopf, bis sich der Hörnerwulst und Harats glatte Stirn nahezu berührten. »Unsere Angelegenheiten und Verhältnisse gehen dich nichts an«, knurrte er. »Du begreifst ohnehin nicht, was uns antreibt.«

Harat legte den Kopf schräg und schürzte die Lippen zu einem vieldeutigen Lächeln, das in Regen und Kälte freilich kläglich wirkte. »Du hast mich aus dem Zelt der *Nraur-a-Khae* befreit. Warum wohl, Nesyn? Ich bin doch nicht blind und merke genau, dass du etwas im Schilde führst. Und ich durchschaue ganz genau, wie dringend du mich für dein Vorhaben brauchst.«

Blind war sie allerdings nicht. Es liegt an ihrem *Taú*, dachte Nesyn. Es drang so zielstrebig in sein Innerstes vor, als würde sie einen Pfeil auf ihn richten. »Schweig!«, herrschte er sie an und streckte die Hand nach ihr aus. »Es wird Zeit, dass wir aufbrechen.«

Harat duckte sich unter seinem Arm hinweg und rannte los. Sie floh über Felder, Weiden und zwischen den Felsen hindurch in Richtung des Flusses, als wolle sie barfuß nach Golóni laufen und den Norden vor dem heranrückenden Feind warnen.

Augenblicklich setzte Nesyn ihr nach. Die junge Frau schlug einen Haken, zwängte sich zwischen Büschen hindurch und entwischte ihm abermals, aber in der nächsten Wendung bekam er sie zu fassen und riss sie zu Boden. Sie rollten durchs nasse Gras, bis Harat unter ihm zu liegen kam – und selbst dann wehrte sie sich noch. Sie kratzte, trat ihm gegen den Knöchel und sträubte sich gegen seinen Griff, während er sie mit einer Hand festhielt, und diesmal verbarg sie ihre Furcht gründlich vor ihm.

»Lass mich augenblicklich los – oder ich verrate deinen Gefährten, dass du mich deiner Königin gestohlen hast«, keuchte sie. »Ich bin gespannt, ob Vlyn und die anderen dir dann weiterhin so treu ergeben sind!«

Angesichts solcher Frechheit verschlug es Nesyn die Sprache. Er spürte, wie sich ihre Bauchdecke unter hastigen Atemzügen straffte und wie sie auf der Suche nach einer Waffe seinen Gürtel abtastete. Er ließ sie los und trieb sie mit einem Hörnerstoß auf die Füße. Stolpernd kam sie hoch und raffte das Kleid am Hals zusammen; der dünne Stoff bestand nur noch aus Fetzen.

»Ich verlange etwas Warmes zum Anziehen!«, fuhr sie ihn an. »Tag und Nacht friere ich, während es deine Krieger in ihren Lederpanzern und Umhängen schön behaglich haben. Und außerdem will ich etwas anderes essen als immer nur gekochte Distelköpfe und Körner! Davon wird kein Mensch satt! Wenn du Wert darauf legst, dass ich dir keinen Ärger bereite, will ich anständig behandelt werden – und dasselbe gilt für die Menschen aus Thárraxi.«

Man kann sie nicht zähmen – sie ist wilder als eine Bergziege. Vlyns Stoßseufzer klang ihm in den Ohren, während er das Mädchen musterte.

»Ich gewähre dir deinen Wunsch«, knurrte er schließlich.

Harat hob das Kinn, die Augen funkelten, und die Widerworte lagen ihr schon auf der Zunge – da ging ihr plötzlich auf, dass er ihrer Forderung entsprach. Verblüfft betrachtete sie ihn.

»Es ist dir untersagt, mit den anderen Gefangenen zu sprechen oder dich ihnen zu nähern«, fuhr Nesyn fort. »Dasselbe gilt für meine Krieger – auch ihnen gegenüber bewahrst du Stillschweigen. Ich warne dich: Ein falsches Wort über die Ereignisse im Heerlager der *Nraur-a-Khae*, und du erfährst niemals, was ich mit dir und deinesgleichen vorhabe. Und jetzt vorwärts! Meine Krieger sind längst zum Abmarsch bereit.«

Während sie auf die wartenden Nouk und die gefangenen Menschen zuschritten, strich Nesyn sich über Stirnplatte und Gehörn. Rau und wulstig fühlten sie sich an, und er nahm die Kerben wahr, welche die *nkemen* in die äußerste Hornschicht gewetzt hatten. Noch vor Einbruch des Winters würde er seine Ehre wiedererlangen, das hatte er sich geschworen. Und das Menschenmädchen würde ihm beim Erreichen dieses Ziels dienlich sein.

Während Harat sich von den schlanksten Bahak-Kriegerinnen Kleidungsstücke aushändigen ließ und mit sichtlichem Behagen in die Gewänder schlüpfte, beriet Nesyn sich mit seinen Kriegern über das weitere Vorgehen. Nach dem raschen Sieg über die Grenzstadt am Nárdas wagte er es nun, seinen Trupp aufzuteilen. Ein Teil zog gegen Minéa und die kleineren Ansiedlungen zwischen der Küste und dem Scyé, während er die Städte diesseits des Nárdas übernahm. Sobald Golóni und Tássran gefallen wären, hätten sie mit den kleineren Ansiedlungen wie Aránno sicherlich ein leichtes Spiel.

»Schafft die Kahlen zum Fluss!«, befahl er. »Vlyn bewacht das Gefangenenlager, bis wir alle Menschen am Ufer des Nárdas zusammengetrieben haben.«

Die Befehle der *Nraur-a-Khae* lauteten anders – das war seinen Begleitern durchaus bekannt. Keiner der Gehörnten stellte die Order jedoch infrage, sie nickten schweigend.

Nesyn blickte zu den Menschen hinüber. Die meisten Kahlen hockten im Gras und starrten stumpfsinnig vor sich hin – offenbar hatten sie sich in ihr Schicksal ergeben. Harat stand ein Stück von den anderen Gefangenen entfernt und kaute auf einem Stück Dörrfleisch aus den Vorräten, die die Krieger aus der brennenden Stadt geborgen hatten. Aufmerksam, als versuche sie die Absichten und Ziele der Gehörnten zu durchschauen, beobachtete sie die Vorbereitungen.

»Achtet besonders auf die Gefangene aus Tegaréssos!«, ermahnte Nesyn seine Gefolgsleute beim Abschied. »Sie ist ein ganz besonderes Faustpfand.« Mit diesen Worten schwang er sich in den Sattel.

»Vorwärts!«, rief er der gehörnten Schar zu. »Bald gehört der Norden uns!«

6

»Gebbu! Dort vorn sind Gebbu!«

Die Rufe waren kaum verklungen, als Gorun das hochbeinige schlanke Wild entdeckte. In gelenkigen Sätzen stürmten die Tiere durchs Gras. Das seidig braune Fell wurde an Beinen und Flanken von dunklen Strichen unterbrochen; über den Schultern erhob sich ein Höcker, und die zierlichen Köpfe waren von einem Geweih gekrönt.

»Entfernt euch nicht allzu weit vom Heereszug!«, rief er den Jägern zu, die bereits die Bogen spannten. Komm!, winkte er Jemren zu sich, und der Schütze trabte herbei. »Reite nicht ständig hinter uns her!«, mahnte Gorun ihn halblaut. »Defágos gibt dir den Befehl über seine Bogenschützen – also führ sie an!«

Jemren war nicht nach Anführen zumute, das spürte Gorun genau. Offenbar missdeutete der Schütze seine gerunzelte Stirn, denn er zog seufzend an den Zügeln und erklärte: »Ich bin noch immer kein geübter Reiter.«

Goruns Anspannung verschwand schlagartig, und er lachte. »Keine Sorge, auf diesem Ritt wirst du es bestimmt«, versicherte er.

Sie schlossen sich den Jägern an. Die Rappen preschten hinter dem fliehenden Wild her, bis die Speerkrieger in Wurfweite waren. Die Schützen hatten den Tieren in vollem Galopp die Zügel auf die Hälse gelegt – so hatten sie zum Gebrauch der Jagdwaffe beide Hände frei. Dennoch schwenkten die Pferde bei jedem Fluchtversuch unbeirrbar hinter den Gebbu ein. Inmitten des Treibens stand ein Rappe still. Dem Reiter war die Bogensehne gerissen, und er suchte soeben in aller Seelenruhe in der Satteltasche nach Ersatz.

»Weshalb bricht keines der Pferde aus?«, wunderte Jemren sich. »Wie gelingt es euch nur, die Tiere derart zum Gehorsam zu zwingen?«

»Das *Taú*!«, rief ein junger Mann im Vorbeireiten herüber. »Wir lenken die Pferde durch das *Taú*!«

Verblüfft starrte Jemren dem Schützen hinterher.

»Ich hatte eigentlich erwartet, dass du irgendwann von selbst auf diesen Gedanken kommst«, bemerkte Gorun belustigt. »Unter den Pferden des Südens gelten Defágos' Rappen als besonders empfänglich für die Wünsche ihrer Reiter. Hast du nie gemerkt, wie die Stute sich dir anbietet? Ich warte schon die ganze Zeit darauf, dass sie dich aus lauter Verdruss abwirft.«

Jetzt wandte Jemren sich zu ihm um. »Das *Taú*?«, wiederholte er. »Nein, es wäre mir im Leben nicht aufgefallen, dass ihr die Pferde mit dem *Taú* lenkt.«

Gorun grinste. Nachdenklich löste Jemren den Bogen aus der Halterung am Sattel, hakte die Sehne ein und trabte an. Sobald die Stute galoppierte, ließ er die Zügel Stück für Stück durch die Finger gleiten, bis er sie nur noch am äußersten Ende hielt, dann ließ er sie ganz los.

Gorun wusste, was der Schütze nun erlebte. Er hatte sich oft mit dem Ungestüm seines kleinen grauen Hengsts verbunden, während er durch das Tal von Caláxi ritt – im *Taú* boten sich alle Eindrücke unvermittelt dar. Beim Dahinjagen beobachteten die Pferde den vorbeiziehenden Horizont, sie wollten schneller laufen als die Wolken und der Wind. Dem Reiter schoss das Blut zum Herzen, und der Kopf wurde frei, weil alle Enge und Betriebsamkeit der Städte zurückblieben. Die Hufe lösten sich vom Boden, der Pferdeleib streckte sich, und man flog ... man *flog* über die Ebenen und durch die Täler dahin.

Gorun sog den Atem ein. Die Gebbu hatten sich längst zerstreut – bis auf ein Jungtier, das sich bis zum letzten Augenblick im Gras zusammengekauert hatte. Jemrens Stute stürmte unmittelbar neben ihm einher und hatte sämtliche Treiber abgehängt. Der Schütze drehte sich seitlich zur Laufrichtung des Pferds, der Pfeil zielte auf das Schulterblatt, und nun spürte Jemren sicherlich genau, wann er die Sehne loslassen musste: im höchsten Punkt des Galoppsprungs, wenn das

Pferd sich einen Herzschlag lang vollkommen vom Boden gelöst hatte.

Das Geschoss war zu schnell für das Auge. Das Gebbu tat einen senkrechten Satz in die Luft und brach zusammen – und zugleich zuckte Jemren zusammen, als sei er ebenfalls getroffen worden. Nur mit Mühe brachte er die Stute zum Stehen und krümmte sich über den Sattelknauf, während die Männer bereits den Jagderfolg bejubelten.

»Dort hinten liegt ein Tier, das ausgeweidet werden muss!«, rief Gorun, als er die Schar überholte. »Bringt Packpferde hierher!«

Jemren bekam kaum Luft. Er war kalkweiß im Gesicht und presste die Hand gegen die Rippen. Die Zügel hatte er nicht wieder aufgenommen. Die Stute nutzte seine Untätigkeit, um sich die Nase am Vorderbein zu scheuern.

»Was ist los?«, fragte Gorun und fürchtete, dass er die Antwort bereits kannte. »Was ist dir zugestoßen?«

»Die verfluchte Pfeilspitze!«, keuchte der Schütze. »Als ich das Gebbu traf, war mir ... als stieße Antiles mir den Finger in die Seite ... wie damals im Turm. Die Spitze ist ... ein Stück tiefer eingedrungen, fürchte ich.« Er schob die Hand unter die Kleidung und blickte anschließend auf seine Finger, als erwarte er, Blut zu sehen – aber da war nichts. Als er sich aufrichtete, verzog er erneut das Gesicht.

»Warte hier! Ich hole Amra, damit sie ...«, begann Gorun, doch der Schütze verhinderte sein Vorhaben bereits im Ansatz.

»Nein, Gorun, halt sie aus dieser Angelegenheit heraus! Was soll sie denn unternehmen, wenn nicht einmal die *Naszan* von Defágos Rat wusste? Sogar Anrynan ist machtlos angesichts des Hasses, den Antiles verströmt. Amra zerbräche sich den Kopf ganz umsonst, und sie hat im Augenblick wahrlich andere Sorgen. Blindschützen, die einander verraten, verfluchte Pfeilspitzen und jetzt auch noch das Bündnis mit den Nraurn – letztlich trägt der Norden ganz allein die Schuld an seinem Los.«

Regungslos hörte Gorun sich diese Aufzählung an. Dann beugte er sich vor. »Ich will dir einmal etwas über Schuld erzählen«, stieß er rau hervor. »Als du mit Lillia nach Caláxi kamst und die Versammlung der Häuser über ihr weiteres Schicksal beriet, da verlangte die Hohepriesterin meiner Stadt, ich solle das Kind töten.«

Er spürte förmlich, wie Jemren das Blut aus den Gliedern wich. »Das Kind? Du solltest Lillia umbringen ...« *... und nicht mich?*, wollte er vermutlich fortfahren. In Caláxi hatte man ihn und das Mädchen feindselig behandelt, und es hatte eine ganze Weile gedauert, bis Gorun sich zu einer anderen Haltung hatte durchringen können.

»Und warum hast du diesen Auftrag nicht ausgeführt?«, fragte der Schütze schließlich.

Gorun schüttelte den Kopf. »Bei allen Göttern, Jemren! Ein kleines Mädchen zu töten – und wenn es das Verlorene Kind ist, hättest du das an meiner Stelle zuwege gebracht? Das nehme ich doch wohl kaum an. Als ich den Beschluss der Versammlung hörte, war ich wie vor den Kopf gestoßen. Die Quelle meiner Stadt trug ein solches Ansinnen an mich heran – das *Taú* von Caláxi! Wegen der vielen Feste und Märkte sowie der zahlreichen Besucher während des ganzen Jahrs waren unsere Türme im Süden einst bekannt. Aber dann kam das Erdbeben, Mauer und Turm wurden vernichtet, und von da an musste ich mich fragen, ob Lillia vielleicht doch ... Nun warte, lass mich erst zu Ende sprechen! Dem Mädchen mache ich längst keinen Vorwurf mehr – wohl aber den Yku! Etwas hat diesen Erdstoß ausgelöst: Linien und flüsternde Steine, wie Lillia sagte, unterirdische Spannungen, die sich vom Scyé ausgehend durchs Land ziehen. Begreifst du nicht, was das bedeutet? Die *Geister* haben meine Stadt vernichtet, und ich kenne bis heute nicht den Grund dafür.«

Sein Atem ging schwer. Sie blickten einander an. Geraume Zeit zogen sie nun schon gemeinsam umher und waren auf die Lösung so mancher Rätsel gestoßen. Aber die Fragen, die ihnen am meisten im *Taú* brannten – ihm wie dem Schützen gleichermaßen –, waren bislang unbeantwortet geblieben.

Schließlich beugte Jemren sich vor und klaubte die Zügel aus der Mähne. »Nun wissen wir das also auch voneinander«, stellte er nüchtern fest. »Lass uns zu den anderen zurückkehren und weiter auf Lillias *Linien* entlangreiten, Gorun. Denn genau das erwartet Anrynan von uns.«

Der Jagderfolg besserte die Stimmung unter den Reitern merklich; die Männer scherzten und prahlten mit ihrer Beute. Mit einigen Körnchen Salz, die dem erlegten Wild auf die Zunge gestreut wurden, besänftigte man im Norden offenbar das *Taú* der getöteten Tiere. Gorun war dieser Brauch bislang unbekannt gewesen, aber Jemren führte die Handgriffe sorgfältig und sicher aus. Falrau hatte einen fetten Bock erlegt, und eine Gruppe junger Krieger hatte ein Kalb eingefangen. Das Tier blökte vor Angst und rannte bis zum äußersten Ende des Seils, das die Reiter ihm um den Hals geworfen hatten. Vom Ruck knickten ihm die Hinterbeine ein, und es fiel immer wieder ins Gras.

»Lasst es frei!«, rief Gorun den Männern zu. »Wir können nicht auch noch ein Kalb mitschleppen!«

Aber die Reiter hörten nicht auf ihn, sie vergnügten sich mit den Luftsprüngen und Verrenkungen des Tiers, das den Hals am Boden scheuerte und vergeblich versuchte, das Seil abzustreifen.

Auch wenn Jemren auf Amras Hilfe verzichten wollte, hielt Gorun es dennoch für ratsam, die *Laîren* von dem Vorfall in Kenntnis zu setzen. Bevor er und der Schütze sie jedoch einholten, gab Falrau ihm ein Zeichen.

»Hier verläuft eine Fährte«, erklärte der Speerkrieger. Der Spähtrupp hatte sich um einen Fleck aufgewühltes Erdreich versammelt. Die Männer hielten die Speere in den Fäusten und wirkten beunruhigt. Akkan war vom Pferd gestiegen und maß die Stelle mit Schritten ab.

Das Sattelleder knarrte, als Gorun sich zu der Fährte hinabbeugte. Der Boden war von zahlreichen Hufspuren zertrampelt, die eindeutig von zweizehigen Nouk stammten.

»Nehmt euch in Acht!«, ermahnte er die Krieger. »Wir befinden uns jetzt sehr nahe an der Stolzen Stadt – die Gehörnten könnten uns jederzeit in einem Hinterhalt auflauern.«

Als er in den Nebel deutete, zeigte sich ein befremdlicher Ausdruck in Falraus Zügen. »Anáxi liegt in dieser Richtung, Gorun«, raunte ihm der Freund zu, als fürchte er, ihn vor den anderen Gefährten bloßzustellen. Seine Speerspitze stach in die dunstigen Schwaden – viel zu weit nach Norden.

»Die Ruinen stehen einen halben Tagesritt von hier entfernt«, widersprach Akkan, der die halblaute Bemerkung gehört hatte. Nach Goruns Empfinden wies der Krieger jedoch ebenfalls in die verkehrte Richtung.

»Der Nebel über Fésos narrte schon manch erfahrenen Wanderer«, lachte er. Diese Redewendung war jedem Bewohner der Kühnen Stadt geläufig, und nicht wenige fassten den Spruch als Warnung auf.

Mittlerweile hatte der Haupttrupp mit ihnen aufgeschlossen, und man beobachtete ihn und seine Begleiter dabei, wie sie sich über Hufabdrücke beugten, die lediglich mit viel gutem Willen als solche zu erkennen waren. Sehr zu seinem Verdruss hatten es sich die jungen Krieger nicht nehmen lassen, das Gebbukalb mitzuschleifen. Es blökte kläglich, und das Fell an Hals und Schultern schäumte vom Schweiß.

Akkan scharte seine Kampfgefährten um sich. »Haltet das Kalb ruhig oder tötet es!«, befahl er den jungen Männern ungehalten. »Die Gehörnten befinden sich möglicherweise ganz in der Nähe – der Lärm verrät uns noch an die Feinde.«

Gorun wagte kaum, dem Krieger ins Gesicht zu blicken: Die verbrannte Seite wirkte wie das Antlitz eines Greises. Das Auge tränte, die Haut über der Stirn war faltig und verfärbt. Akkan hatte die Reste seines Haupthaars mit dem Messer abgeschabt und war nun vollständig kahl. Dennoch wollte er sich nicht in die Kühne Stadt zurückschicken lassen; er hatte auf dem Weiterritt bestanden, bis Gorun schließlich einlenkte.

Er trieb den Rappen an und trabte ein Stück auf der Fährte entlang. Nach einer Weile krümmte sie sich und verlor sich im Nebel. Die umgeknickten Halme welkten, und die Hufabdrücke verfielen durch Feuchtigkeit und Wind.

»Dort hinten wirkten die Spuren wesentlich frischer«, bemerkte ein Krieger.

»Aus dieser Richtung sind wir gekommen, und die Fährte verläuft schnurgerade nach Westen«, widersprach Gorun dem Mann. »Wie können die Abdrücke an dieser Stelle älter erscheinen als eben noch?«

»Er hat recht«, warf Falrau ein. »Vorhin waren die Spuren viel schärfer umrissen.«

Bei allen Göttern – das trübe Wetter schlägt uns allen auf die Sinne, dachte Gorun. Jetzt irren sich sogar erfahrene Fährtenleser. Die Fährte verlief eindeutig nach Westen – und verwischte zusehends, obwohl er und die Männer in dieselbe Richtung ritten. Schließlich hatte es den Anschein, als verschwänden die Spuren einfach, statt die Fährtenleser zu den Verursachern zu führen, als hätten diese sich in Dunst und Nebelschwaden aufgelöst.

Mit klopfendem Herzen starrte Gorun auf den Boden. Es war unmöglich, ein Widerspruch in sich, und gerade als er überlegte, ob er Amra zurate ziehen sollte, erscholl plötzlich ein vielstimmiger Schrei.

»Nraurn! Nraurn greifen an!«

Die Ziegenkrieger stürmten zu Fuß heran – es war nur eine Handvoll. In wenigen Sätzen waren sie mitten unter den Reitern, die vor Überraschung tatenlos zusahen, wie einer der Gehörnten das Gebbukalb einfing. Ein zweiter durchtrennte den Riemen, der das Tier fesselte, ein dritter Ziegenkrieger stahl eine prall gefüllte Tasche, die an einem Packsattel hing – und sogleich verschwand die Schar wieder in der nebeligen Dämmerung.

»Was war das denn?«, fragte Falrau verblüfft. »Ein Raubzug?«

»Akkan – hiergeblieben!«, befahl Gorun. Aber der Krieger aus Defágos sprengte den Dieben bereits hinterher. Mehr als zwei Dutzend Krieger folgten ihm, als er die Verfolgung der Nraurn aufnahm.

Fluchend wendete Gorun den Rappen. Die Gehörnten rannten in langen Sätzen vor den Reitern davon und versuchten, die Verfolger durch Ausweichen und allerhand Finten zu narren. Kaum hatten sie sich ein Stück vom Haupttrupp entfernt, als Gorun eine berittene Schar entdeckte, die auf die Flüchtenden wartete. Er schrie Akkan eine Warnung zu – mit einem derartigen Hinterhalt hatte er gerechnet. Die Nraurn wendeten ihre Tiere jedoch zur Flucht, noch während die Diebe in größter Hast aufsaßen. Nicht jeder der Gehörnten verfügte über ein eigenes Nouk, manche teilten sich den Platz im Sattel mit einem Gefährten. Sie dachten nicht ans Angreifen, denn die Menschen waren besser beritten und in der Überzahl. Da schnitten die Reiter ihnen auch schon den Weg ab und trieben sie in einem Bogen wieder auf den Heerzug zu.

»Schießt nicht auf sie!«, rief Gorun. »Treibt die Nraurn unseren Kriegern entgegen! Niemand schießt!«

Eine Schar bewaffneter Reiter preschte den Nraurn schräg von vorn entgegen. Binnen Kurzem hatten die Männer die Gehörnten von allen Seiten eingekreist und zwangen sie zum Halten. Die Nraurn hatten das Gebbukalb freigelassen, und es stürmte blökend davon. Sie leisteten keinen Widerstand gegen ihre Gefangennahme, sondern reckten die Hände in die Höhe und stießen unterwürfige Laute hervor, als die Reiter sie aus den Sätteln stießen. Beim Näherkommen erkannte Gorun, dass es sich ausschließlich um Mnek handelte. Sie hatten die Waffen fallen gelassen und die erbeuteten Satteltaschen von sich geworfen. Ebenso schnell, wie sie den Überfall ausgeführt hatten, waren sie nun selbst in die Falle gegangen. Offenbar spürten sie, wer unter den Menschen die Befehle erteilte, denn sie drängten sich vor Goruns Rappen und erbrachten ihm allerlei Demuts- und Respektsbezeugungen.

»Gorun von Caláxi! Gorun aus der Roten Stadt! Verschone uns! Schone unser Leben!«, flehten sie.

Verwirrt setzte der Reiter sich im Sattel zurecht. »Ihr kennt meinen Namen? Woher wisst ihr, wer ich bin?«

Ein dürrer Mnek verbeugte sich einige Male vor ihm. »Jeder der Gehörnten kennt dich. Du hast die Feldherrin der Bahak getötet – deshalb will Kajlyn-Gua sich an dir rächen.«

Gorun runzelte die Stirn, als er von dem zweifelhaften Ruhm erfuhr, den er mittlerweile unter den Gehörnten erlangt hatte. Er deutete auf das verstreute Diebesgut. »Dieser Raubzug wird euch teuer zu stehen kommen. Schafft die Gefangenen zur Hauptstreitmacht!«, befahl er den Kriegern. »Ich möchte doch zu gern erfahren, wie die Pläne der *Nraur-a-Khae* aussehen.«

Sobald die Gefangenen außer Hörweite waren, wandte er sich zu Akkan um.

»Und mit dir habe ich noch ein Wort zu reden«, sagte er.

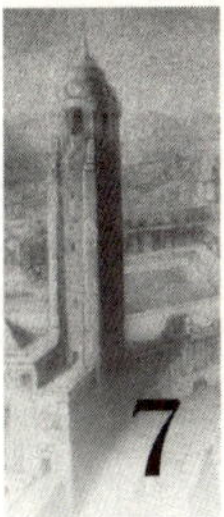

7

»Sieh doch nur, Jemren!«

Aufgeregt ergriff Lillia den Schützen am Handgelenk und deutete auf die Gehörnten, die von den Reitern herbeigetrieben wurden. Mit gesenkten Köpfen schritten die Mnek durch die Menschenmenge hindurch und schielten aus großen, seitlich am Kopf sitzenden Augen nach ihren Bewachern. Die rotmähnigen Nraurn aus dem Süden galten weder als besonders kriegerisch noch als ausnehmend willensstarke oder mutige Kämpfer – den Mangel an diesen Eigenschaften hatten sie erst kürzlich in der Schlacht um Defágos unter Beweis gestellt.

Das Feenmädchen legte den Kopf schräg. »Wie sehr sie sich fürchten!«, murmelte sie. »Die Mnek haben große Angst vor Goruns Kriegern – und vor dem Nebel.«

Amra lachte. »Ich glaube kaum, dass die Gehörnten Furcht vor uns verspüren«, meinte sie, »sonst hätten sie unseren Heereszug wohl kaum überfallen.«

»Sie haben uns überfallen, *weil* sie sich fürchten«, erklärte Lillia und bedachte die *Laîren* mit einem tadelnden Blick.

Gorun und Akkan schritten unterdessen zwischen hohem Gras und Büschen auf und ab. Sie befanden sich außer Hörweite, aber an den Gebärden war unschwer abzulesen, dass sie in einen hitzigen Streit geraten waren – vermutlich tadelte Gorun den Krieger wegen seines unüberlegten Verhaltens während des Nraurn-Überfalls. Als er Akkan schließlich mit einem Wink entließ, wirkte er sichtlich unzufrieden.

Jemren behielt den Krieger aus Defágos scharf im Auge und prägte sich ein, wem Akkan achselzuckend Scherzworte zurief und wessen Blicke er mied. In einer Hinsicht hatten die Einwohner des Nordens recht, wenn sie an den Menschen im Süden kein gutes Haar ließen: Auf dieser Seite des Scyé strebte jedermann nach Macht. Tagein, tagaus war man mit nichts anderem beschäftigt, als einander einzuschätzen, zu bewerten und bei jeder sich bietenden Gelegenheit zu übertrumpfen. Jemren war es nicht gewohnt, sich ohne Unterlass zu beweisen, und manchmal verspürte er geradezu Sehnsucht nach den verlassenen Küsten des Nordens, wo außer dem Heulen des Sturms und den anbrandenden Wellen kein Laut zu vernehmen war.

Insgeheim fragte er sich, wie Gorun den Erwartungen standhielt, die auf ihm lasteten, seit sie Defágos verlassen hatten. Der Reiter schien sich nicht einmal an dem Bronzespeer zu erfreuen, den Vrarras ihm zum Abschied geschenkt hatte. Diese Gabe stellte unter den Kriegern des Südens sicherlich eine hohe Auszeichnung dar. Gorun überging die Ehrung jedoch stillschweigend; seit dem Aufbruch erwähnte er den Kriegsherrn von Defágos mit keinem Wort. Das war ungewöhnlich, denn sobald früher die Rede auf Vrarras gekommen war, zeigten sich stets Stolz und Zuneigung in Goruns *Taú*. Eine langjährige Freundschaft verband die beiden Männer; zu Beginn seiner Laufbahn war Gorun Schützling und Schüler des Kriegerkönigs gewesen, doch nun überwog die Enttäuschung. Jemren kannte den Reiter aus Caláxi mittlerweile gut genug, um zu wissen, dass für ihn nichts schwerer wog, als von Menschen hintergangen zu werden, denen er Vertrauen geschenkt hatte.

»Absitzen!«, befahl Gorun. »Wir rasten hier!« Er schwang sich aus dem Sattel. »Es ist nicht einfach, unsere Krieger anzuführen«, erklärte er, als er Jemrens forschenden Blick spürte. »Der stolze Süden lässt sich ungern Anweisungen erteilen.«

»Dir scheinen das Voranreiten und Vorausdenken jedenfalls im Blut zu liegen«, urteilte der Schütze.

Gorun winkte ab. »Das sieht nur so aus«, erwiderte er. »In Wirklichkeit hätte ich liebend gern auf die Stellung des Ersten Reiters verzichtet. Im Ringen um den Vorrang in meiner Stadt traf ich auf einen derart hartnäckigen Gegner, dass ich alsbald die Lust am Wettstreit verlor. Es gibt einfachere Wege als das

Streben nach Ansehen und Ruhm, sagte ich mir. Mein Herausforderer ließ allerdings nicht locker und zwang mich schließlich dazu, mich auf das Kräftemessen einzulassen.«

»Ein Herausforderer?«, fragte Jemren überrascht. »Du hattest in deiner eigenen Stadt einen Gegner? Wer war es?«

»Falrau!«, lachte Gorun und deutete zu seinem besten Freund hinüber. Der Speerkrieger lehnte auf einem Sattelknauf und hörte ihnen zu; ein breites Grinsen erhellte seine Züge. »Während des Jahres, das ich in Defágos verbrachte, hatte sich in Caláxi einiges verändert«, fuhr Gorun fort. »Der alte Reiterkönig war gestorben – eines Nachts schlief er friedlich ein. Xora, die Hohepriesterin der Quelle, drängte darauf, dass sich die Stadt so rasch wie möglich einen neuen Verteidiger suchte, und da ich mich zu jener Zeit nicht in der Heimat befand, schlug sie Falrau vor. Es muss in der Stadtversammlung wohl zu einigen unschönen Auseinandersetzungen gekommen sein, denn mein Klan und einige andere Häuser forderten, dass meine Rückkehr abzuwarten sei. Ich ahnte nichts von diesen Umständen, doch kaum hatte ich das Stadttor von Caláxi durchschritten, brachen die Wogen der Erregung über mich herein.« Gorun seufzte, als ihn die Erinnerung an die Streitigkeiten überkam.

»Zunächst versuchtest du ernsthaft, dich vor der Verantwortung zu drücken«, erinnerte Falrau ihn. »Wie gern hättest du die alten Gewohnheiten wieder aufgenommen: das Umherstreifen, die Ungebundenheit, die Lust am Wagnis. Aber es gelang dir nicht mehr.«

Gorun nickte. »Kaseira erinnerte mich täglich an meine Verpflichtung der Stadt gegenüber. Meine Mutter wollte unbedingt mich an der Spitze unserer Krieger sehen – ein solches Beharren war höchst ungewöhnlich für sie, die sonst nie in Machtkämpfe oder Ränkespiele eingriff. Sie habe mich nur aus einem einzigen Grund nach Defágos entsandt, erklärte sie nun: Unter Vrarras' Aufsicht sollte ich mir die Fähigkeiten eines Ersten Reiters aneignen, um Caláxi in dieser Eigenschaft zu dienen. Schließlich kam man überein, dass ein Wettkampf über die Auswahl des Bewerbers entschied. Zu Pferd, mit Schild und Speer sowie mit taktischem Geschick traten wir gegeneinander an. Falrau war offenbar völlig von seiner Eignung überzeugt und hätte mich fast geschlagen – aber dann gab eine Kleinigkeit den Ausschlag, und die Stadtversammlung wählte mich zum Verteidiger der Roten Türme.«

»Eine Kleinigkeit?«, wiederholte Jemren. »Welche Kleinigkeit?«

»Die Götter!«, lachte Falrau. »Goruns Gott steht für Freundschaft und Mut. Deshalb wird Nemnos auch als Gott der Ausgestreckten Hand bezeichnet. Ich hingegen diene Narduk, dem Herrn des Kriegs. Da Caláxi den Beinamen ›die Freundliche‹ trug, wollte man schließlich doch keinen Mann zum Ersten Reiter machen, der den Herrn der Waffenkünste verehrte.«

Jemren nickte nachdenklich. Wie wäre wohl sein erster Zusammenstoß mit den Kriegern aus Caláxi verlaufen, wenn Falrau damals die Reiter angeführt hätte? Unter diesen Umständen stünde er wohl kaum hier, und Lillia befände sich keinesfalls auf dem Heimweg.

»Der Erste Reiter gilt als das Gesicht einer Stadt. Er vertritt die Türme nach außen; deshalb gehört die Bewahrung der Traditionen zu seinen vordringlichsten Aufgaben«, erläuterte Gorun. Neugierig blickte er Jemren an. »Wie verhält es sich im Norden? In deiner Stadt war Tarepin der Meisterschütze. Zwischen dir und ihm gab es doch sicher ähnliche ...«

»Ich habe niemals Tarepins Stellung angestrebt«, fiel Jemren ihm schroff ins Wort. »Niemals, zu keinem Zeitpunkt wollte ich werden wie er.«

Betroffenheit zeigte sich im *Taú* des Reiters; Gorun betrachtete ihn forschend. »Ich verstehe«, meinte er schließlich. »Es ist sicher nicht leicht, unter Bedingungen zurechtzukommen, wie wir sie im Norden vorgefunden haben.«

Jemren schüttelte den Kopf. »Nein, du versteht mich nicht«, erwiderte er. »Ich hatte ein gutes Leben. Das kleine Klanhaus in Tegaréssos, die Unternehmungen auf Merras' Boot, meine

Schwester – es war ein gutes Leben. Es war höchstens dann und wann ein wenig ... eintönig.«

Aufmerksam blieb Goruns *Taú* auf ihn gerichtet. »Das hat sich nun allerdings geändert«, bemerkte der Reiter. »Über Eintönigkeit brauchst du dich wirklich nicht mehr zu beklagen.«

Mittlerweile hatten ihre Begleiter ein behelfsmäßiges Lager errichtet und allerhand Vorbereitungen getroffen: An einer leicht erhöhten Stelle hatten sie einen Schemel aufgestellt. Neben der Sitzgelegenheit ragte der Bronzespeer aus dem Boden, und man hatte den Schild mit dem Falken am Schaft befestigt. Auf der anderen Seite nahm Falrau nun die Haltung eines grimmigen Wächters ein.

Was hat Gorun vor?, wunderte Jemren sich. Er ahmt das Gehabe einer Nraurn-Königin nach – sicher verfolgt er dabei eine bestimmte Absicht.

Sämtliche Krieger fanden sich am Versammlungsort ein. Akkan und seine Getreuen bildeten eine eigene Gruppe; sie ließen sich in vorderster Reihe auf dem Boden nieder, um kein Wort des Verhörs zu verpassen.

»Bringt die Gefangenen her!«, befahl Gorun, nachdem er auf dem Schemel Platz genommen hatte. In geduckter Haltung kamen die Nraurn näher und verbeugten sich halbherzig vor dem Reiter, während sie argwöhnische Blicke auf ihre Wächter warfen. Die Speere der Krieger zeigten unablässig auf die gehörnte Schar.

»Es stinkt!«, beschwerte sich der vorderste Mnek, bevor Gorun auch nur den Mund aufgetan hatte. »Der Gestank in eurem Lager verschlägt uns den Atem!« Der Gehörnte deutete auf die bratenden Fleischstücke, auf das im Feuer zischende Fett.

In Falraus Wange zuckte ein Muskel, ein Anzeichen mühsam unterdrückter Heiterkeit. Ansonsten stand der Krieger wie eine Statue.

Gorun lehnte sich zurück. »Was habt ihr sonst noch an Beschwerden vorzubringen?«, erkundigte er sich. Angesichts seines Tonfalls traten die Mnek von einem Fuß auf den andern, ihre Mienen verrieten Besorgnis.

»Ihr verfolgt uns und nehmt uns gefangen. Was gibt euch das Recht dazu?«, begehrte der Sprecher der gehörnten Schar auf – ein hagerer Nraur, der die besten Jahre bereits hinter sich gelassen hatte. Seine Mähne wirkte ausgebleicht und struppig.

»Eine gestohlene Satteltasche, ein geraubtes Gebbukalb und ein Hinterhalt«, zählte Gorun an den Fingern auf. »Findet ihr diese Gründe nicht auch ausreichend?«

»Das Kalb hat um Hilfe geschrien«, verteidigte sich der Mnek. »Außerdem habt ihr seine Mutter getötet.«

»Ihr versteht die Sprache der Gebbu?« Bestürzt betrachtete Gorun die zum Trocknen aufgespannten Häute und die blutigen Reste der Jagdbeute. »Das ... wusste ich nicht.«

Der Mnek kräuselte die Nüstern. »Es sind entfernte Verwandte von uns – wie so manche Geschöpfe auf der Insel.« Er und seine Begleiter tauschten einen Blick; sie drängten sich enger zusammen, als die Reiter mit den Speerspitzen in ihre Richtung drohten.

»Gib uns frei!«, verlangte der Mnek. »Wir haben die Schlacht um Defágos verloren. Für uns ist der Krieg vorbei. Deshalb gestatte uns nun, unseres Wegs zu ziehen.«

Nachdenklich legte Gorun die Fingerspitzen aneinander und musterte die gehörnte Schar, als ziehe er eine Erfüllung der Forderung ernsthaft in Betracht. Die Kleidung und Ausrüstung der Mnek waren schäbiger als die Ausstattung ihrer kriegerischen Artverwandten; die Umhänge waren zerschlissen, die Lederpanzer an vielen Stellen fleckig und abgenutzt. Gleichwohl erinnerte Jemren sich daran, wie die Mnek den Angreifern das Haupttor der Kühnen Stadt geöffnet hatten.

»Vielleicht entspreche ich deinem Wunsch – wenn du mir vorher einige Fragen beantwortest«, erklärte Gorun nun. »Wir wissen, dass sich eure Königin in Anáxi verschanzt. Was hat Kajlyn-Gua zwischen den Ruinen zu suchen? Wie groß ist ihre Kriegerschar, und welche Aufstellung hat sie eingenommen?«

Der Mnek schnaubte, und seine Gefährten regten sich mit allen Zeichen des Unbehagens. »Woher sollen wir Kajlyn-Guas Absichten kennen?«, knurrte der Gehörnte. »Sie schert sich nicht mehr um uns, seit wir Defágos verließen – und ebenso wenig kümmern uns ihre Pläne.«

»Wie verhält es sich mit den Schützen aus dem Norden? Kämpfen sie immer noch auf eurer Seite?«, warf Jemren ein. Er trat einen Schritt vor, und die Aufmerksamkeit der Menschen und der Gehörnten richtete sich auf ihn. Die Mnek tuschelten bereits.

»Du bist der Schütze aus Tegaréssos«, stellte der bisherige Sprecher aufgeregt fest. »Und bei der Frau neben dir handelt es sich gewiss um die *Laîren*. Kajlyn-Gua versprach für jeden von euch eine hohe Belohnung, wenn wir euch lebend ergreifen.«

»Stattdessen vermögt ihr euch jetzt nicht einmal selbst freizukaufen«, gab Jemren trocken zurück.

Da hörst du es!, geisterte ihm Amras Stimme durchs *Taú*. *Kajlyn-Gua setzt alles daran, um uns in die Hand zu bekommen. Sie ließe sich bestimmt auf einen Austausch ihrer Gefangenen ein.*

Besorgt blickte Jemren sie an. *Hast du diesen Gedanken noch immer nicht aufgegeben? Die Nraurin verhandelt niemals ehrlich mit uns, Amra, und weder Gorun noch ich lassen zu, dass dir etwas zustößt.*

Zugleich wurde ihm das *Taú* quälend eng. Was tue ich noch hier?, fragte er sich. Wir vergeuden zu viel Zeit mit Reiten und Reden. Der Blindschuss auf das Gebbu hatte ihm die Pfeilspitze eine Handbreit tiefer in die Seite getrieben – so hatte es sich angefühlt, als sich der eigene Treffer wie ein Rückstoß gegen ihn wendete. Die Wunde, nach außen kaum mehr sichtbar, pochte und brannte und erinnerte ihn mit jedem Atemzug an die verrinnende Zeit.

Lillia umklammerte sein Handgelenk, als ahne sie diese versteckten Überlegungen. Bleib bei mir!, schien sie zu flehen, und er umschloss ihre Finger tröstend mit der Hand.

»Wie steht es nun mit einer Antwort?«, fuhr Gorun die Gehörnten ungeduldig an. »Ihr habt unsere Fragen vernommen. Um die gewünschte Auskunft kommt ihr nicht herum.«

Die Nraurn schwiegen beharrlich. Manche kauten auf Luft, andere starrten zu Boden, und der Sprecher der Schar drückte mit der Stiefelspitze immer wieder denselben Grashalm nieder.

»Sucht Antiles die *Nraur-a-Khae* wie gewohnt heim, obwohl sie ihn in Defágos so schmählich verriet?«

Mit diesen Worten wandte Amra sich an die Gehörnten. Als die Nraurn den Namen des Totengottes hörten, fuhren sie zusammen und vollführten Gesten der Abwehr – sie waren kein bisschen weniger abergläubisch als der Süden. Einige schlossen gar schaudernd die Augen und pressten die Ohren mit beiden Händen an den Kopf.

»Wusstet ihr überhaupt, dass sie Antiles im Spiel um den Weißen Stein betrog?« Die *Laîren* trat so dicht an die Nraurn heran, dass Gorun sich besorgt auf dem Schemel aufrichtete. »Amra, was ...«, hob er an.

»Ja wirklich – eure Königin wollte einen Gott hereinlegen!«, fuhr Amra fort, ohne den Reiter zu beachten. »Sie wollte den Herrn der Dunkelheit täuschen, den Gott der Tausend Gesichter, den Fürsten des ...« *Todes!*

Jemren zuckte zusammen, als ihm ein Schatten durch das *Taú* strich. Die Gehörnten duckten sich, und ein junger Mnek stieß einen kläglichen Schrei aus. Da war sie, die Macht der *Laîren*, die Amra bisher stets abgestritten hatte.

»Antiles befahl der *Nraur-a-Khae* nach Anáxi zu ziehen! Er verlangte, dass sie mit ihrer ganzen Streitmacht zwischen den Ruinen Stellung bezog – mit jedem Krieger, der ihr geblieben ist. Sie solle die Stätte verteidigen oder untergehen. Oder beides. Der Schwarze Gott ist sehr ... erzürnt.« Der Mnek stieß die Worte mit wachsender Hast hervor, als fürchte er, die Rache seiner Königin ereile ihn jeden Augenblick.

Amra betrachtete den Nraur. Dann wandte sie sich zu ihren Gefährten um. »Der Weiße Stein befindet sich in Anáxi«, erklärte sie mit fester Stimme. »Und wie wir soeben gehört haben, ist Antiles diese Tatsache wohlbekannt. Deshalb war ihm die Rückkehr an Land so überaus wichtig. Offenbar benötigt er beides – den Stein *und* das Kind –, um seine Macht über die Insel auszudehnen.«

Gorun starrte sie an. Dem Reiter war gewiss nicht entgangen, auf welche Weise Amra die Nraurn aufgeschreckt hatte. »Und was schlägst du nun vor?«, fragte er.

»Wir brechen sofort auf«, entgegnete Amra. »Wir reiten, bis wir Anáxi erreicht haben. Worum auch immer es sich bei diesem Gegenstand handelt – der Schwarze Gott darf den Weißen Stein keinesfalls vor uns finden.«

In der Runde der Zuhörer erhob sich ein Raunen, als die *Laîren* in dieser Weise mit dem Ersten Reiter sprach und ihm Anweisungen erteilte. Das Murren erstarb sofort, als Gorun dem Wortführer einen warnenden Blick zuwarf.

»Unter diesen Umständen lasse ich euch nicht frei«, wandte er sich an die Gehörnten. »Ich frage mich ohnehin, was ihr noch im Süden zu suchen habt, nachdem der Krieg für euch angeblich beendet ist. Weshalb zieht ihr euch nicht in eure Gebiete zurück?«

Der Mnek senkte den Kopf, und seine Züge nahmen einen geradezu menschlichen Ausdruck der Zerknirschung an. »Wir wären längst in die Trockenen Hügel zurückgekehrt, aber es ... es gelingt uns nicht, euer Land zu verlassen«, gestand er.

Gorun stutzte erst, und dann lachte er schallend; auch Falrau grinste. Die Heiterkeit erfasste sämtliche anwesenden Krieger.

»Was soll denn das heißen? Habt ihr euch verirrt?«, erkundigte Gorun sich.

Der Mnek antwortete nicht; sein *Taú* wand sich spürbar. »Es ist eine Falle«, stieß er schließlich hervor. »Ganz Anáxi ist eine Falle.«

Die Krieger aus Defágos tuschelten, und manch einer der Männer zog ein ungläubiges Gesicht. »Nraurn, die sich im Flachland verlaufen? Wer hat denn je etwas so Abwegiges gehört?«

Bevor Jemren sie am Zipfel des Umhangs zurückhalten konnte, trat Lillia zu den Gefangenen und bedachte sie mit einem mitfühlenden Blick. »Ihr Armen – ihr sucht bestimmt schon ganz lange nach dem Heimweg«, bedauerte sie die Gehörnten. »Ihr findet nicht mehr in eure Täler zurück. Und nun habt ihr Angst, weil ihr im Nebel verloren gegangen seid, genau wie wir. Ich verstehe euren Kummer gut, denn ich möchte auch endlich nach Hause.«

Zur allgemeinen Verblüffung erwies der Nraurn-Krieger dem Mädchen mit einer gelenkigen Verbeugung seine Verehrung. *»Ya'ahára«,* flüsterte er. »Wegbereiterin – vermagst du uns vielleicht zu helfen?«

»Bei allen Göttern!« Gorun stemmte sich von dem Schemel hoch. »Genug jetzt! Offenbar haltet ihr uns für Narren, mit denen man sein Spiel treibt! Aber ich warne euch – in Defágos habt ihr die Menschen schon einmal unterschätzt, und das Ergebnis war überaus bitter für euch! Wenn ihr euch ruhig verhaltet und unsere Befehle befolgt, dürft ihr euch an einer im Wind gelegenen Feuerstelle ausruhen, und meine Krieger werden euch mit Wegzehrung versorgen, die für euch genießbar ist. Aber ich rate euch eindringlich, die Langmut des Südens nicht auf die Probe zu stellen!«

Mit eilfertigem Nicken ließen die Mnek sich auf das Angebot ein und entfernten sich zusammen mit ihren Bewachern.

»Und nun zu dir, kleine Wegbereiterin.« Der Reiter senkte die Stimme, bis nur noch jene Gefährten den Austausch verstehen konnten, die mit Lillias abgründiger Ausdrucksweise vertraut waren. »Ich wünsche, dass du dich in Zukunft nicht mehr in Verhandlungen und Verhöre einmischst!«

Unbeeindruckt von seinem Ärger, strahlte das Mädchen den Reiter an. »Jetzt ist alles gut«, erklärte sie. »Die Nraurn fühlen sich in unserem Lager sicher. Sie verlassen sich auf dich.«

»Kind«, stöhnte Gorun, »ich gäbe mein bestes Pferd für ein klares Wort von dir. Was soll das Gerede vom Nebel?«

Das Mädchen verzog keine Miene. »Wir sind verschwunden«, erklärte sie.

Beunruhigt blickten die Gefährten einander an.

»Was redest du da?«, fragte Jemren. Das Feenkind hatte ihn über die ganze Insel geführt, vom Norden in den Süden, mitten durch den Scyé und durch das Land der Gehörnten. Nun zog Lillia die Schultern hoch, als wisse auch sie nicht mehr weiter.

»Alles ist durcheinander. Wir sind in dem Nebelloch gefangen«, klagte sie.

»Die Ebene von Fésos gleicht derzeit allerdings einem Nebelloch. Das ist in dieser Jahreshälfte aber nichts Ungewöhnliches«, erklärte Gorun. »In wenigen Tagen hat sich der Dunst verzogen – vielleicht morgen schon, und dann sehen wir wieder, wie der Weg verläuft.«

»Was ist mit den Linien?«, wollte Amra wissen. »Fühlst du noch, wie sie den Boden durchziehen?«

Lillia blickte ihre Begleiter mit gerunzelter Stirn an. »Die Linien sind alle verbogen«, erwiderte sie.

»Sie sind *was*?«, stutzte Jemren.

»Verbogen?«, echote Gorun.

»Mit diesem Ort hier ist etwas nicht in Ordnung – willst du uns das sagen?«, forschte Amra. »Aber was stimmt nicht? Wo sind wir?«

Mit beiden Händen streifte Lillia sich die Kapuze aus dem Gesicht. Das türkisfarbene Leuchten in ihren Augen wirkte in der Dämmerung höchst unheimlich.

»Wir sind nicht mehr da«, flüsterte sie. »Wir sind weg.«

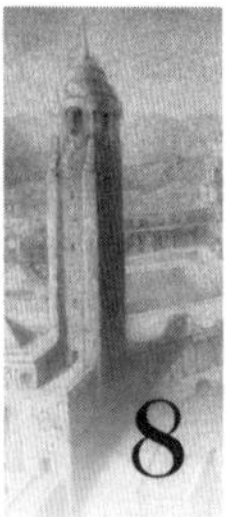

8

Über der Ebene von Defágos lag ein Mahlstrom aus zähem Nebel. Besorgt stützte Anrynan die Hände auf die Brüstung des Turms und spähte ins Land hinaus. Der Anblick der verschlungenen Lagen aus Grau verhieß nichts Gutes. Wie ein zäher Wirbel drehte sich die Erscheinung über dem Land, und der Sog war so stark, dass Anrynan die Auswirkungen sogar an ihrem geschützten Standort spürte.

Der Frostbringer ging über Land, ihr ältester Widersacher.

Sie hatte Amra und ihren Gefährten mehr Zeit gegönnt, hatte gehofft, dass Lillias Begleiter den Vorsprung halten konnten, den ihnen der Sieg im Kampf um den Blauen Turm verschafft hatte. Aus gutem Grund hatten die drei erst im letzten Augenblick erfahren, um welchen Einsatz nun gespielt wurde, da sich der Schwarze Gott wieder an Land befand – und selbst dann wagte Anrynan nicht, den Menschen wirklich mitzuteilen, welches Geheimnis der Weiße Stein barg. Zu groß war ihre Sorge, dass Antiles aus dem Wissen der Menschen einen Vorteil zöge. Seit jeher gelang es dem Herrn der Dunkelheit, den Sterblichen mit der Aussicht auf das nahende Ende Furcht und Schrecken einzujagen. Was geschähe, wenn Lillias Gefährten erführen, dass sogar das Land sterben konnte, die Insel, auf der sie ihr Leben verbrachten – die ganze Welt?

Anrynan vermochte sich nur schwer vorzustellen, was Abschiednehmen und Endlichkeit für die Menschen bedeuteten. Manchmal rief sie sich jene Tage in Erinnerung, an denen sie ihre letzten Augenblicke verlebt hatte: Auf dem Weg in die Erste Stadt der Menschen war sie aufgrund eines Unfalls im Corredános ertrunken. Der Kummer unter den *Ya'aháren* war so groß gewesen, dass sich die Fluten des Flusses weiß färbten und bitter wurden von den vergossenen Tränen – so hieß es in den Liedern der Menschen. Die Trauer des Alten Volkes währte jedoch nur so lange, bis Anrynan in verjüngter Gestalt in die Runde der Ewigen zurückkehrte. In Anáxi war sie sodann mehrmals an Altersschwäche gestorben. Dies war vor allem geschehen, um ihre menschlichen Gastgeber nicht durch ihr unverändertes Äußeres zu verunsichern. Die Quelle bewahrte jedoch alle Erinnerungen der Quellenhüterin, durch die Quelle gewann sie in neuer Gestalt die alten Eindrücke wieder. Dies galt jedoch nur, solange das Wasser strömte und es einen Ort gab, an dem der Brunnen stand.

Anrynan schlug die Kapuze hoch und raffte den weiten Umhang um sich. Seitdem das Feenmädchen die Stadt verlassen hatte, schlief sie schlecht und erwachte morgens mit einem Gefühl der Leere und der Schuld. Denn in einer Hinsicht behielt Vrarras recht: Sie hatte Lillias Begleiter blindlings ihres Wegs ziehen lassen. Es hätte in ihrer Macht gestanden, Amra die Augen zu öffnen und ihr die Wahrheit über den Schwarzen Gott zu enthüllen. Aber wäre die *Laîren* dann noch bereit gewesen, den letzten Schritt zu tun, mit dem sich die Prophezeiung erfüllte? Und so hatte Anrynan dasselbe getan, was man gleichgültigen und fernen Göttern vorwarf: Ohne Bedenken opferte sie Menschen und deren Schicksale ihren Zielen. In welcher Hinsicht unterschied sie sich also vom Herrn der Dunkelheit? Machte die Tatsache, dass sie dem Weißen Stein diente, wirklich einen Gegensatz aus?

Sie atmete die kalte, feuchte Luft einige Male ein und aus. In einer Hinsicht vermochte sie Amra und den beiden jungen Kriegern jedoch zu helfen. Die Heimlichkeit muss ein Ende haben, beschloss sie. Der Süden muss den Schleier des Vergessens abstreifen und der Wahrheit ins Auge sehen.

Sie eilte die Stufen im Blauen Turm hinab und trat auf den Platz hinaus. Zu Füßen von Nemnos' Statue saß ein junger Mann und bohrte ein Stöckchen in eine Ritze zwischen den Steinplatten. Als Anrynan sein unglückliches Gesicht gewahrte, schritt sie über den Platz und setzte sich neben ihn auf die Stufen.

»Khani«, sprach sie ihn an, »wie ich sehe, hast du dich von der Verwundung erholt, die du im Kampf um die Kühne Stadt erlitten hattest.«

»Erholt ... ja, ich habe mich gut erholt«, murmelte der junge Reiter und stieß das Stöckchen so fest in die Ritze, dass es abbrach. Seufzend warf er den Rest fort. »Aber vor lauter Fieberträumen verpasste ich den Aufbruch der Reiter. Ich konnte Gorun nicht einmal Lebewohl sagen.«

»Er lässt dich grüßen«, richtete Anrynan aus. »Du sollst in Zukunft besser auf dich aufpassen und das nächste Mal die Schildhand tiefer führen.«

Khani hob den Kopf. Offenbar erkannte er erst in diesem Augenblick, wer da neben ihm saß, und er wäre wohl auf die Füße gesprungen, hätte die halb verheilte Verletzung nicht jede hastige Bewegung verhindert. »Any ... ah ... huh ... ich meine – *Nashan*. Es ist mir eine Ehre.«

Sie verbarg das Lachen hinter den Fingern, als der junge Reiter sich im Sitzen ungeschickt verbeugte. Das *Taú* war stets ein Spiegel der Person, und Khanis Inneres war vollständig ohne Arg. Er vermochte nicht einmal seine Bestürzung zu verstecken, als er plötzlich die Hohepriesterin von Defágos neben sich erblickte.

Aber auch für Anrynan war es ungewohnt, in der Geschäftigkeit des Tags umherzugehen und die Stadt in ihrem Treiben zu beobachten. Sie wusste sehr wohl, dass sie gegen Vrarras' ausdrücklichen Rat handelte, wenn sie tagsüber den Turm und das Gewölbe unter dem Hauptsaal verließ, doch sie nahm keinerlei Bedrohung wahr. Die Menschen gingen ihren alltäglichen Tätigkeiten nach, und die Kinder kamen auf dem großen Platz zusammen, um umherzutollen und zwischen den Statuen der Götter zu spielen. Solange Anrynan den Blick gesenkt hielt, fiel ihre Gegenwart nicht weiter auf; man blickte ihr lediglich verwirrt hinterher: Die Menschen spürten die Abwesenheit des *Taú*.

»Halte dich bedeckt, solange der Süden noch nicht vollzählig versammelt ist«, hatte der Kriegerkönig ihr empfohlen. Unruhe erfüllte sie jedoch, und sie hielt es nicht länger in den Gemächern und Kammern im Blauen Turm aus, in welche die Geräusche der Stadt nur dumpf und von Ferne drangen. Neun Menschenalter waren seit dem Untergang von Anáxi vergangen, lange Jahre erzwungenen Stillhaltens und Schweigens. Neunmal hatte die Stadt Defágos einen anderen Mann zu ihrem Kriegsherrn gewählt, während die *Nashan* stets dieselbe blieb. Nun war die Zeit zum Handeln gekommen.

Khani hatte die Falten seines Mantels über die Stufen gebreitet und bot ihr einen bequemeren Sitzplatz an. »Es ist kalt«, sagte er scheu. Das stimmte, und es wurde immer kälter. Der Winter hielt Einzug in der Ebene von Fésos, und früh am Morgen glitzerten die Türme und Mauern vom Reif.

»Du hättest Gorun und seine Freunde sicher gern begleitet«, sagte Anrynan.

Der junge Reiter nickte. Plötzlich wirkten seine Züge sehr blass. »Sie schaffen es nicht«, stieß er hervor. »Sie können Antiles nicht aufhalten. Er ist der Herr des Todes. Wie sollen sie den Tod bezwingen? Ganz zuletzt besiegt er sie doch.«

Anrynan fasste ihn schärfer ins Auge. Goruns Cousin befand sich auf dem Weg der Genesung, hieß es, doch solche Reden passten nicht zu einem Menschen, der neuen Lebensmut schöpfte.

»Ich sah ihn«, fuhr Khani fort. Er verschränkte die Finger ineinander, bis die Knöchel weiß hervortraten. »Sein Schatten schwebte über mir – Tag und Nacht. Ohne einen einzigen Flügelschlag hing der Schwarze Gott über meinem Krankenlager in der Luft.«

»Davon hast du niemandem erzählt«, wunderte sie sich.

Khani senkte den Kopf. »Manches kann man nicht erzählen – vor allem deshalb nicht, weil so viele Angehörige der Kühnen Stadt von den Schattenpfeilen getroffen wurden. Ihnen geht es erheblich schlechter als mir«, murmelte er und blickte zum Blauen Turm hinüber. In den oberen Kammern ruhten die Verletzten, und wer es nicht besser wusste, musste glauben, sie seien bereits verstorben. Die Gesichter waren eingefallen, wächsern und blass, das *Taú* zwischen Leben und Tod gefangen, und über dem Brustbein zeigte sich ein dunkler Fleck, als habe ein Schlag den Knochen getroffen. Anrynan musste ihre gesamte Heilkunst anwenden, um die reglosen Körper am Leben zu erhalten, wenigstens solange Lillia und ihre Gefährten unterwegs waren und es noch Hoffnung gab.

»Weshalb ist der Herr der Dunkelheit so grausam? Weshalb hasst er euch so sehr?«, forschte der junge Reiter. »Einst gehörte er doch zu eurem Volk. Antiles war selbst einer der Ewigen.«

Anrynan seufzte. Das also geschah, wenn man sich unter die Menschen begab: Sie stellten Fragen nach den Geheimnissen ihrer Götter.

»Ich werde dir erzählen, wie es kam, dass der Herr der Dunkelheit unser Feind wurde«, sagte sie dann. »Wir werden *Ya'ahären* genannt, die Besänftiger der Geister. Jeder von uns wacht über einem Teil der Welt; deshalb verehrt ihr verschiedene Götter. Ich kenne die Namen aller Gewässer und Ströme, aus diesem Grund gehören mir die Rinnsale und Quellen. Celessedra sorgt für die Wanderungen der Gestirne, Jaruk folgen die Herden, und da Antiles klug und stark war, wurde er Herr über die Erze und Salze im Innern der Berge. Er hütete die Schätze in der Tiefe, denn – so lautete die Bedingung der Geister – kein Bewohner der Insel dürfe dem Land das in der Erde verborgene Metall entreißen. In Kupfer und Bronze, dem Falschen Element, wohnt eine verderbliche Macht: Es ist unersättlich.«

Khani nickte, als er diese Worte vernahm. Im Süden wurden Speere und Schilde im Dunklen Turm verwahrt, und niemand trug in Friedenszeiten offen Waffen in der Stadt. Klingen und Münzen dürsten nach Blut, sagte man, und nicht zuletzt aus diesem Grund wandte sich ein Krieger von einem getöteten Feind ab.

»Leider wurde Antiles selbst von diesem Verlangen ergriffen«, fuhr Anrynan fort. »Mit jedem Tag erschien ihm seine Macht geringer. Er erlag den Verlockungen aus der Tiefe, die ihm versprachen, er könne Herr über alles sein, wenn er nur die Kräfte der Erze freisetze. Und so geschah es. Eines Tages rief er die Nraurn zu sich und gewährte ihnen Zugang zum Innern der

Berge. Er forderte als Gegenleistung lediglich, dass sie seine Gaben auf der ganzen Insel verbreiteten. Auf diese Weise trugen die Gehörnten seinen Einfluss an jeden Ort des Landes.«

»Der Tauschhandel mit den Nraurn!«, rief Khani überrascht aus. »Schilde und Messerklingen, Schalen, Lampen und Schmuck! Beinahe jeden Metallgegenstand haben wir vom Ziegenvolk erworben.«

Anrynan nickte. »Antiles tat noch mehr«, sprach sie weiter. »Er verriet den Gehörnten, wozu Waffen dienen: Er lehrte sie das Töten. So wurde er zum Herrn der Dunkelheit, denn von nun an fiel jedes sterbende *Taú* an ihn. Erst da begriffen wir die Tragweite seines Tuns, doch nun war es zu spät, um seinen Einfluss einzudämmen. Wir bestraften Antiles zwar für sein Vergehen und verbannten ihn von der Insel, sodass er sich an Land nur noch als Schatten aufzuhalten vermochte. Aber jetzt ist er zurückgekehrt und fordert die Herrschaft über das Land – aus Rache für seine Vertreibung.«

Der junge Reiter schauderte. »Alles ist zerrissen, wie es in der Prophezeiung heißt. Das Land, die Menschen und sogar die Götter.«

»Das ist wohl wahr«, nickte Anrynan. »Deshalb ist es von so großer Wichtigkeit, dass Gorun, Amra und der Schütze den Weißen Stein aufspüren. Seine Bedeutung ist weitaus umfassender, als du vielleicht vermutest, und das Feenvolk ...«

Sie wollte mit ihrem Bericht fortfahren, aber da schlug der Gong am Haupttor an und kündigte die Ankunft von Gästen an. Eine berittene Gruppe näherte sich der Stadt, die Schilde zeigten Türme aus Kupfer. Die Helme reichten den Männern tief ins Gesicht, Kupferspangen verdeckten Stirn, Wangen und den Nasenrücken und beschatteten die Augen.

»Caláxi!«, schrie Khani. »Vier Türme – das ist das Zeichen meiner Stadt!«

Anrynan folgte dem jungen Reiter, der den Ankömmlingen in größter Hast entgegenhumpelte. Nur wenige Überlebende des Nraurn-Angriffs und des verheerenden Erdbebens hatten bislang den Weg nach Defágos gefunden, viele Bewohner der

Roten Stadt galten noch als vermisst. Die Wächter auf der Mauerkrone eilten zum Tor, und auch Vrarras hatte sich bereits zum Innenhof begeben, wie jedes Mal während der vergangenen Tage, wenn die Stadtkönige und die *Nashan* des tiefen Südens in Defágos eintrafen: Aus Vreréssi, Ájeri und von den Zwillingsstädten am Jarú kamen sie – und nun sogar aus einer Stadt, die seit dem Frühjahr verwüstet war.

Die Krieger aus Caláxi hoben grüßend ihre Speere, als sie durch das Tor ritten, und Vrarras nickte ihnen zu. »Sitzt ab! Seid willkommen!«, rief er ihnen zu. »Nun ist unsere Runde vollständig, und wir können die Beratungen aufnehmen.«

Die Reiter umringten eine Frau, die in reich bestickte Gewänder gehüllt war. Dunkles Haar türmte sich auf dem Kopf der fremden Priesterin, die Arme waren mit Schriftzeichen bedeckt. Die Farbe war längst tief in die Haut eingedrungen und ließ sich nicht mehr abwaschen, so sehr war die *Nashan* von Caláxi mit ihrer Aufgabe verwachsen.

»Ich erscheine zur Versammlung«, erklärte sie hochmütig, nachdem man ihr beim Absteigen behilflich gewesen war und das Pferd zur Seite führte. Ihre Wächter schirmten sie sorgfältig vor den Schaulustigen ab, die sich am Tor eingefunden hatten. »Wie ich hörte, beruft die *Nashan* von Defágos die Quellenhüterinnen zu einem Treffen ein. Wo ist sie? Warum empfängt sie mich nicht?«

Anrynan schritt der fremden Frau entgegen. »Ich bin Any vom Blauen Turm«, stellte sie sich vor und streckte die Hand zur Begrüßung aus, wie es bei den Menschen Sitte war. Aber die Geste wurde ausgeschlagen. Die Priesterin aus Caláxi schien die Hand nicht zu bemerken, und ein ungläubiger Blick glitt über ihre Gestalt.

»So jung?«, stieß die Fremde hervor. »Du bist so jung? Ich bitte um Verzeihung – aber ich hätte mir die *Nashan* der Kühnen Stadt wesentlich reifer und erfahrener vorgestellt.«

Anrynan lächelte. »Welche Bedeutung haben Reife und Erfahrung, wenn man über den ältesten Brunnen des Südens gebietet?«, gab sie zu bedenken. »Willkommen in Defágos, Xora!«

9

»Kehrt, macht kehrt!«, schrie Gorun. »Wir weichen ihnen aus!«

In einer Reihe stürmten die Rappen über die grasbewachsene Ebene. Die Hufe trommelten auf den Boden, die Mähne umflatterte Amras Knie. Sie galoppierten auf einen Hain zu und zogen sich so weit wie möglich hinter den Saum des Wäldchens zurück.

»Macht euch bereit und wendet!«, rief Gorun den Kampfgefährten zu. Er riss den Rappen auf der Hinterhand herum, den Speer bereit – aber da war nichts. Kalter Dunst wallte zwischen den Baumstämmen hindurch. Kein Laut war zu hören, nur das Schnauben der Pferde und die Atemzüge der Reiter waren zu hören.

»Beim Willen der Götter«, keuchte Gorun, »fliehen wir jetzt schon vor unserem eigenen Schatten?«

»Hier gehen Gespenster um!«, stieß ein älterer Mann hervor. Der Reiter war weiß im Gesicht, die Hand am Zügel zitterte. »Die Gefallenen der Langen Kriege spuken auf den Schlachtfeldern von Fésos.«

»Ach, Unsinn!«, knurrte Falrau. »Steck einmal deinen Speer in den Nebel, dann siehst du, von welcher Art unsere Verfolger sind.«

»Da war niemand«, widersprach Jemren. »Kein Mensch, kein Nraur ... und auch kein Pferd.« Auf das *Taú* des Schützen war Verlass; mit dem *Taú* durchdrang er die Nebelschwaden und wusste, ob sich dort ein Ziel befand oder nicht.

Da war niemand.

Und dennoch vernahm Amra ein dumpfes Pochen und Dröhnen, als schlüge ein weit entfernter Trommler den Takt auf seinem Instrument. Der Schall schwirrte über ihre Köpfe hinweg, vervielfältigte sich nach allen Seiten und machte die Pferde scheu.

Gorun winkte den Kriegern, und sie schwenkten in Viererreihen hinter ihm ein. Die gefangenen Nraurn ritten im hinteren Teil des Zugs zwischen ihren Wächtern. Ein merkwürdiger Geruch lag in der Luft; die Bäume hatten das Laub abgeworfen und reckten kahle grau schimmernde Äste in den Himmel.

Seit Tagen waren sie nun schon unterwegs, ohne dass Anáxi in Sichtweite kam. Sie ritten in höchster Eile und nahmen sich nicht einmal Zeit, länger zu rasten oder nachts die Zelte aufzuschlagen. Dennoch waren sie auf kein Anzeichen der Stolzen Stadt gestoßen. Besorgt spähte Amra zwischen den grauen Stämmen umher. Ein seltsames Gefühl beschlich sie, als sei sie bereits einmal in diesem Wäldchen gewesen – in einem Traum. Sie rieb sich die Knöchel. Die Knie taten ihr weh, die Narbe am Oberschenkel schmerzte, und die Fingergelenke waren steif wie bei einer alten Frau. Die Reiter verschränkten die Arme unter den Mänteln, denn es war sehr kalt. Lillia hatte sich nahezu vollständig in ihre Kapuze eingehüllt. Das Gras knisterte unter den Pferdehufen, Spinnennetzen spannten sich frostigweiß zwischen den Halmen.

»Wir hätten Anáxi längst erreichen müssen«, raunte Falrau Gorun zu. »Stattdessen führt uns der Weg stets wieder zu diesem Hain.«

»Wir sind zu stark nach Süden abgebogen«, vermutete Jemren. »Wir müssen uns mehr in diese Richtung halten.«

Er deutete in das Grau zu seiner Bogenhand, das jedoch in jeder Richtung gleich aussah. Dichter Nebel umfing sie, als sie den Hain verließen; das Wetter war unverändert schlecht. Während die Schar durch das Flachland trabte, achtete Amra sorgfältig auf die Wetterseite der Steine, auf die Wuchsrichtung des Buschwerks, das vom Wind flach gedrückt wurde. Die Anzeichen erlaubten keinen Zweifel: Sie ritten stetig nach Westen. Umso mehr verwirrte es Amra, als sich nach einer Weile abermals kahle Bäume vor ihnen abzeichneten. Nach einem kurzen Galopp fanden sie sich dort wieder, wo sie im Morgengrauen Rast gehalten hatten.

»Das begreife ich nicht«, machte Gorun sich Luft. »Bei der Quelle, ich reite doch nicht im Kreis!«

Jemren rieb sich die Stirn, das Silber der Schützenringe glänzte. »Sogar mitten im Scyé wusste ich, wo Norden und Süden sind«, meinte er. »Aber in diesem Nebel ...«

»Es liegt nicht am Nebel«, ließ sich einer der Nraurn vernehmen. Sogar die Gehörnten blickten furchtsam umher. »Über eurer Stolzen Stadt liegt ein Fluch, der jeden ereilt, der sich in die Nähe der Gemäuer wagt.«

Gorun stieß eine Verwünschung aus, wie Amra sie von ihm noch nie gehört hatte. »Säße eure Königin nicht zwischen den Ruinen, hätten wir nicht die geringste Veranlassung, uns nach Anáxi zu begeben!«, fuhr er den Gehörnten an. Da bäumte sich sein Pferd plötzlich auf, als sich das Dröhnen und Donnern der Trommelschläge unmittelbar über ihnen erhoben.

Selbst in vollem Galopp hinterließen die Hufe der Rappen keinerlei Abdruck auf dem Boden. Die schwer beladenen Packpferde gerieten an sumpfigen Stellen ins Straucheln und arbeiteten sich nur mühsam frei; im Morast blieb keine Spur zurück. So verhielt es sich bereits seit Tagen. Keiner der Reiter hatte eine Erklärung für diesen Umstand; die Männer blickten einfach nicht mehr hinter sich.

Lillia sagt die Wahrheit, dachte Amra. Wir sind wirklich von der Insel verschwunden.

»Über Anáxi scheint tatsächlich ein Fluch zu liegen«, stieß sie hervor, »gleich einem Sog, der das *Taû* an sich zieht.«

»Ein Sog? Wie entsteht denn mitten im flachen Land ein Sog?« Gorun zügelte den schnaubenden Rappen und starrte auf die Baumstämme und das Unterholz; sein Atem dampfte in der kalten Luft.

Für den Reiter klangen ihre Worte vielleicht merkwürdig, doch wenn Amra nach innen horchte, spürte sie deutlich das Ziehen: ein vertrautes Gefühl. Antiles' Ruf wurde diese Empfindung von den *Laîren* genannt. Antiles' Gier. Bei allen Göttern, wir sind über die Grenze ins Entfernte Land geraten, dachte sie.

»Wenn man in einen Strudel gerät, darf man nicht gegen den Strom schwimmen. Das riet mein Onkel Harat und mir, wenn wir vor der Küste nach Muscheln tauchten«, warf Jemren ein. »Man lässt sich auf den Grund ziehen und taucht seitlich hinaus.«

Gorun schnitt eine Grimasse. »Sich auf den Grund des Strudels hinabziehen lassen? Seitlich hinaustauchen? Sag bloß, du hast auf das Wort deines Onkels vertraut?«

»Es gelingt nicht immer«, räumte der Schütze ein. »Tarepins Bruder ertrank bei der Jagd auf Klippenhaie.«

Amra betrachtete ihn – offenbar hatte Jemren ihre Erklärung mühelos aufgefasst. *Was sind Klippenhaie?*, fragte sie ihn lautlos. Ein Lächeln glitt über das Gesicht des Schützen, und als Antwort erreichte sie das Bild eines das Wasser durchpflügenden pfeilförmigen Schattens, das Gefühl, das raue Haihaut auf den Handflächen hinterließ, und der Geschmack von Tran, samtig und sämig wie Balsam. Unter Wasser liegt eine geheimnisvolle Welt, und genauso ist es hier, dachte sie. Im Entfernten Land gelten eigene Gesetzmäßigkeiten. Wer sich im Einklang damit zu bewegen weiß, mag ihnen vielleicht entkommen wie ein Taucher dem aufgewühlten Meer.

»Jemren hat recht«, sagte sie. »Vielleicht müssen wir zum tiefsten Punkt dieses Sogs vordringen.«

Gorun beugte sich aus dem Sattel zu ihr. »Ich dränge ja gern bis dahin vor«, raunte er. »Nur leider gelingt es uns nicht einmal, den Westturm von Anáxi zu finden. Falls Antiles hinter all diesen Merkwürdigkeiten steckt, wie ich aus deinen Worten schließe, versucht er offenbar zu verhindern, dass wir Lillia in die Stolze Stadt bringen.«

Sie blickten zu dem Kind hinüber. Das Mädchen musterte seine Begleiter nachdenklich und streckte schließlich den Arm aus.

»Dort haust der König«, sagte sie. »Er macht diese seltsame Musik.«

Amra wandte sich im Sattel um. Eine Aufschüttung erhob sich zwischen den Stämmen, mit Stelen versehen und mit einem Steinbuckel in der Mitte.

»Bei der Quelle, wir sind auf das Grab des Riesen gestoßen!«, stieß Gorun hervor.

Doch wie sah die Stätte aus! Zahlreiche Pfeiler lagen umgestürzt am Boden, und die Pferde mussten ihnen ausweichen, während sie die kahle Kuppe erklommen. Jemand hatte die zwischen Gräsern eingewachsene Grabplatte zur Seite gestemmt und das Erdreich darunter aufgewühlt, bis ein Krater entstanden war.

»Wer hat es gewagt, dieses Mahnmal zu schänden?«, stieß Akkan hervor. Zorn zeigte sich auf dem Gesicht des Kriegers. Seine Stadt wachte über die Ebene von Fésos und die Erhaltung der Gedenkstätten. »Das müssen die Nraurn verbrochen haben – oder die Verräter aus dem Norden!«

»In meinem Land plündert man keine Gräber«, widersprach Jemren unwirsch.

»Ach nein?« Zum ersten Mal richtete der Krieger aus Defágos das Wort unmittelbar an ihn. »Die Pfeilspitzen, die eure Schützen während des Überfalls verwendeten, stammen aus dem Totenreich. Wer verbürgt sich dafür, dass ihr sie nicht an dieser Stelle aus dem Boden gekratzt habt? Auf den Schlachtfeldern von Fésos liegen genügend Gebeine verstreut, die aus den letzten Tagen der Langen Kriege stammen. Diese Männer kamen auf dieselbe niederträchtige Weise ums Leben wie die Gefallenen in meiner Stadt.«

Jemren wollte schon zu einer Erwiderung ansetzen, die gewiss an Schärfe nicht entbehrt hätte, da hob Gorun die Hand. »Schluss!«, rief er. »Hört mit dieser Streiterei auf! Ich dulde keinen Zwist innerhalb unserer Schar.«

Diesmal verbarg Jemren seine Empfindungen nicht vor den anderen Männern; mit spürbarer Verstimmung wandte er sich von den Reitern ab. Amra stieg aus dem Sattel und ging neben dem verwüsteten Grab in die Hocke. Früher hätte sie anhand der Echos aus dem Entfernten Land erfahren, wer hier begraben lag und ob der Tod die ersehnte Erlösung brachte. Das Loch in der Erde jedoch gähnte sie an, bis sie taub zu sein glaubte. Sie biss die Zähne aufeinander und schluckte einige

Male, aber nichts half gegen den Druck auf ihrem Gehör. Obwohl sie die Beschwerden nun schon seit einer geraumen Weile plagten, gewöhnte sie sich nicht an die dumpfe Stille: Es war eine Taubheit des *Taú*.

Sie grub die Finger in den lockeren Boden und stieß auf Erdkrume und Kiesel; hie und da glitzerten Bruchstücke von Gesteinen im Untergrund. Als sie tiefer ins Erdreich vordrang, fand sie ihre Vermutung bestätigt: Das Grab war leer.

Es war nicht nur seiner Schätze beraubt, wie Akkan zornig vermutet hatte; es befanden sich auch keinerlei sterbliche Überreste in der Grube. Wer tat so etwas?, wunderte Amra sich. Wer stahl einem Toten Schädel und Gebein? Dass die Leichenschänder aus dem Süden stammten, war auszuschließen; die Scheu vor dem Schwarzen Gott wurzelte diesseits des Scyé viel zu tief. Auch dem Norden traute sie eine solche Tat nicht zu, und die Nraurn schließlich verlangte es sicher nicht nach verrotteten Knochen, solange sie sich mit lebenden Gegnern anlegen konnten. Aber wer raubte dem Süden die Ahnen?

Goruns Rappe hielt dicht neben ihr. Brust und Bauch des Tiers waren mit Schlammspritzern und Schweißkrusten bedeckt. »In den Sattel, Amra, rasch!«

Der Reiter deckte sie mit Schild und Speer, bis sie zu Pferd war, und da entdeckte sie ebenfalls die Schemen am Fuß des Grabmals. Den Gestalten wuchsen lange dünne Dornen aus den Schultern, ihre Tiere dampften Nebel aus – und es wurden immer mehr. Zwischen den Stämmen rückten sie vor, bis sie die Flanke des Grabhügels erreicht hatten.

»Auf mein Zeichen!«, flüsterte Gorun den Reitern zu. Er packte den Speer und holte aus, und in breiter Reihe taten die Krieger aus Defágos es ihm nach. Der Befehl zum Angriff war noch nicht ergangen, als Jemrens Stute plötzlich vorpreschte und die Aufschüttung hinunterschlitterte.

»Die Bogen nieder!«, fuhr der Schütze die schattenhaften Verfolger an. »Habt ihr mich verstanden? Senkt die Bogen – sofort!«

Am Fuß des Hangs prallte sein Pferd fast mit der vordersten Gestalt zusammen. Es kam zu einem Gewirr, und dann schälten sich weitere Schemen aus dem Nebel: Jungen auf schweißnassen Pferden umringten den Schützen.

»Jemren!«, schrie Kimrin und schwenkte den Bogen – die Waffe hatte im Dunst wie ein hornartiger Auswuchs ausgesehen. Hinter den Baumstämmen tauchte Vlessi auf, dann folgten Vrarras' Sohn und ein hellhaariges Mädchen. Und das waren noch längst nicht alle: Die ganze Schar junger Schützen, die Jemren in der Schlacht um Defágos angeführt hatte, stürmte aus dem Dunst hervor.

»Bei Narduks Speer, wie kommen denn diese Kinder hierher?«, stieß Falrau hervor.

Gorun legte den Speer quer über den Sattel und trieb das Pferd den Abhang hinunter; Amra und die Reiter schlossen sich ihm an.

»Seid ihr uns etwa gefolgt?«, fuhr Jemren die Jungen an. »Vrarras bestand darauf, dass ihr in Defágos zurückbleibt. Hat man euch nicht gelehrt, der Aufforderung eines Älteren Folge zu leisten?«

Das Strahlen auf den Gesichtern erlosch, Kimrin und seine Begleiter zogen die Köpfe ein. Einen solchen Tonfall waren sie von dem Schützen offensichtlich nicht gewohnt. »Fast hätten Gorun und seine Reiter die Speere auf euch geschleudert«, verdeutlichte Jemren den Knaben die Gefahr, in der sie gerade geschwebt hatten. »Weiß der Kriegsherr, wo ihr steckt?«

Mrerem reckte das Kinn vor. »Nein«, erklärte er. »Wir sind ohne Einverständnis meines Vaters aufgebrochen.«

»Ein ausgezeichneter Einfall!«, zürnte Jemren. »Wer von euch verfiel denn auf den Gedanken, sich heimlich aus Defágos davonzustehlen?«

Betretenes Schweigen antwortete ihm, während die Jungen die Mähnen ihrer Pferde betrachteten. Der Schütze murmelte einige Worte, die einer Verwünschung recht nahe kamen, und hängte verärgert den Bogen an den Sattel. »Wir können die

Knaben nun nicht mehr nach Defágos zurückschicken«, stellte er fest, ohne die Jungen eines Blicks zu würdigen.

»Wohl kaum«, erwiderte Gorun. »Ich bezweifle sogar, dass sie in diesem merkwürdigen Nebel in die Kühne Stadt zurückfänden.« Er beugte sich zu dem Schützen hinüber und ergriff ihn am Arm. »Geh nicht so hart mit ihnen ins Gericht! War dir in ihrem Alter nie danach, die Anordnungen deiner Stadt gelegentlich zu überhören?«

»Wer im Norden die Anweisungen der Türme missachtet, überlebt nicht lange«, gab Jemren zurück. »Wenn diesen Knaben etwas zustößt, wird Vrarras mich zur Rechenschaft ziehen, und zwar zu Recht.«

»Die Jungen halten dir die Treue«, wandte Gorun ein. »Ein solches Geschenk sollte man annehmen.«

Jemren blickte auf. Plötzlich zeigte sich ein unerwartet schmerzlicher Zug in seinem *Taú*; die Hand mit den Schützenringen verschwand seitlich unter den Gewändern. »Das ist es ja gerade«, stieß er hervor. »Genau das sollten sie nicht tun: mir die Treue halten.«

Gorun runzelte die Stirn. Bevor Amra sich nach der Bedeutung dieser Bemerkung erkundigen konnte, lenkte Kimrin das Pferd zu ihnen heran – einen von Defágos' Rappen, auf den der Junge ganz sicher keinen Anspruch hatte.

»Jemren Su Urruk«, redete er den Schützen an: Jemren vom Turm – diese ehrenhafte Anrede galt jedem Krieger des Südens. »Als wir dich fragten, warum man im Norden die Bogenkunst der *Taú*-Schützen nach wie vor ausübt, obwohl ihre Anwendung auf der ganzen Insel verboten ist, erklärtest du uns, dass man Gebote und starre Regeln manchmal außer Acht lassen müsse, wenn es um Angelegenheiten von größerer Wichtigkeit gehe.«

Jemren presste die Lippen aufeinander, und Amra musste an sich halten, um nicht zu lachen – eine solche Bemerkung klang allerdings ganz nach dem Schützen. Entschlossen hielt Kimrin der Musterung stand. »Und welche Angelegenheit ist so bedeutsam, dass ihr Vrarras' und meinen Willen außer Acht lasst?«, wollte Jemren schließlich wissen.

»Wir ... wir bieten dir unsere Hilfe an«, brachte Kimrin vor. »Du begleitest das Eine Kind, und das ist keine leichte Aufgabe. In Defágos hast du zudem einen Freund verloren, deinen Verwandten Tarepin. Und da dachten wir ... statt in Defágos herumzusitzen und auf den Winter zu warten, sind wir euch lieber nachgeritten. Schließlich hast du uns das Blindschießen gelehrt.«

Die letzten Sätze stieß der Junge mit zunehmender Hast hervor, da der Ausdruck in Jemrens *Taú* immer abweisender wurde. Die Stimme des Schützen klang jedoch ruhiger als zuvor.

»Tarepin war krank, Kimrin. Er litt unter dem Schützenwahn. Diese Erkrankung ist im Norden sehr gefürchtet, weil sie das *Taú* zerstört. An seinem Beispiel konntet ihr erkennen, welche Auswirkungen das Blindschießen manchmal auf einen Schützen hat. Ich war gezwungen, euch in der Bogenkunst des Nordens zu unterrichten, weil die Nraurn vor Defágos' Toren aufmarschierten und Vrarras mich um Hilfe bat. Aber es ist falsch, mir nachzueifern. Es ist ganz und gar verkehrt.«

Kimrin stand die Enttäuschung ins Gesicht geschrieben. Vrarras' Verbot vermochten die Jungen umgangen haben und sich augenblicklich vor dem Zorn des Kriegsherrn sicher fühlen; Jemrens Zurückweisung jedoch traf sie hart.

»Reiht euch unter die Bogenschützen aus Defágos ein!«, wies er sie an. »Ohne eine ausdrückliche Aufforderung zieht keiner von euch den Bogen aus – haben wir uns verstanden?«

Die Jungen gehorchten stumm; die Lust am Abenteuer war gänzlich aus ihrem *Taú* verschwunden. Schweigend schulterten sie die Waffen oder schoben sie in die Futterale am Sattel. Vraja schnippte sich die Locken über die Schulter. Was habe ich euch gesagt?, schien ihr Gesichtsausdruck zu sagen.

Plötzlich wurden ihre Züge jedoch kreideweiß.

Amra fuhr herum, als sie die Blickrichtung des Mädchens sah.

»Bei allen gütigen Göttern!«, stieß sie hervor.

Ein Reiter verharrte im Dunst, der die Kuppe des Grabhügels umwehte, und beim Anblick dieses Kriegers entfielen ihr der Sinn und Zweck ihres Daseins; sie wusste nicht mehr, was sie hergeführt hatte und wohin sie wollte.

Denn der Reiter bestand im Wortsinn aus Haut und Knochen.

Er wandte ihnen das Gesicht zu, aber seine Augenhöhlen waren leer. Flechten und Moose überzogen den Schädel, ein Kupferreif schmückte die Stirn, grünlich und brüchig vom Alter. Der Reiter trug Grabbeigaben bei sich: In einer Faust hielt er eine Streitaxt und deckte die Brust mit einem runden Schild. Einst hatte die Bronzearbeit die gehobene Stellung ihres Besitzers verdeutlicht. Nun war der Schild fleckig und dunkel vom Alter, der Rand schartig und verbogen. Erde klebte in den Rillen, als sei die Waffe lange Zeit vergraben gewesen; Fraßspuren durchlöcherten die prachtvollen Gewänder, die von Schließen in Form von Krähenvögeln gerafft wurden. Der Haltung nach – die vor der Brust gekreuzten Arme, das gesenkte Kinn – war der Krieger vor langer Zeit mit allen Ehren bestattet worden. Und nun ritt er wieder umher.

»Der Kriegerkönig von Anáxi!«, stieß Gorun hervor, als er des Schilds ansichtig wurde, das der Tote trug: Es zeigte neun ineinanderliegende Ringe. »Bei Nemnos! Lag ... lag *er* etwa im Grab des Riesen?«

Vlessi würgte. Seine Wangen glänzten von der Anstrengung, keinen Laut von sich zu geben, während sich die Krieger hastig in das Wäldchen zurückzogen. Noch bestand Hoffnung, dass der tote König sie nicht bemerkt hatte – falls er überhaupt zu einer Wahrnehmung fähig war. Vielleicht stellte er nichts weiter dar als eine reitende Mumie auf einem verwesten Pferd. Die Stirn des Tiers wies ein Loch auf, als sei es mit einem gezielten Speerstoß getötet worden, als Grabbeigabe für den verstorbenen König. Noch während Amra über die Umstände nachdachte, unter denen das Tier umgekommen war, setzte es sich plötzlich in Bewegung. Mit langen Sätzen sprang es die Flanke des Grabs hinab – und erzeugte dabei jenes dumpfe Dröhnen und Trommeln, das Menschen wie Nraurn seit dem Morgengrauen erschreckten: Bei jedem Schritt des toten Pferds schlugen die Knochen des Kriegerkönigs gegen den Bronzeschild.

»Bleibt zusammen! Bleibt dicht zusammen, sonst verlieren wir uns in den Nebelschwaden!«, schrie Gorun den Reitern zu. Das Pferd jagte zwischen den Bäumen hindurch, und Amra hielt es nicht etwa zurück – sie feuerte den Rappen zusätzlich an. Das Donnern der Trommelschläge erklang nun von allen Seiten, der ganze Wald hallte davon wider, so als befände sie sich in einem Kupferkessel, auf dessen Rand ein wütender Schmied den Hammer niedersausen ließ. Dicht hinter ihr erhob sich ein Schnaufen und Stöhnen wie von einem großen Tier, und ein eisiger Hauch strich ihr über den Nacken.

Der tote König verfolgte sie.

Büsche tauchten vor ihr auf, zottige Schemen im Nebel. Sie trieb das Pferd darauf zu und stützte die Fäuste auf dessen glitschigen Hals, als der Rappe gestreckt über das Hindernis setzte, zwischen Ästen und Ranken aufkam und sogleich weiterstürmte. Als sie einen Blick über die Schulter warf, entdeckte sie den gespenstischen Reiter dicht hinter sich. Der Bronzereif glänzte auf der knöchernen Stirn, und sie schrie auf, als der König von Anáxi mit beiden Händen gierig nach ihr griff.

Laîren!, schwirrte sein Hauch durch die kahlen Zweige. *Warum fliehst du vor mir? Von all deinen Gefährten weißt du am allerbesten, dass sämtliche Wege in einem einzigen Ziel münden. Jetzt oder an einem anderen Ort und zu einer anderen Zeit – es läuft alles auf dasselbe hinaus!*

Sie hieb dem Pferd die Zügelenden über die Kruppe, sodass der Rappe einen Satz nach vorn tat. Büschelweise blieben Schweifhaare in der Knochenhand des Toten zurück.

Lauf!, schrie Amra dem Tier zu und grub die Finger in die flatternde Mähne. *Bei allen Ewigen, so lauf doch!* Sie hatte einen Zügel verloren, aber es spielte keine Rolle mehr, ob sie das Pferd nun lenkte oder nicht – solange der Rappe nur vor dem toten König von Anáxi floh. Zweige schlugen ihr ins Gesicht, sie duckte sich über den Pferdehals, und erst als das Tier langsamer wurde, wagte sie wieder einen Blick nach vorn.

Sie hatte den Hain hinter sich gelassen.

Der rasende Lauf ging in Trab über, der Trab in Schritt, und schließlich blieb der Rappe stehen. Angstvoll spähte Amra umher. Sie war allein. Der fremde Hufschlag war verklungen; sie vernahm nicht einmal mehr die Stimmen ihrer Begleiter. Eine Weile lauschte sie mit klopfendem Herzen, ob der Verfolger in der Nähe lauerte und nur auf einen verräterischen Laut von ihrer Seite wartete, aber sie hörte nichts außer den eigenen fliegenden Atemzügen. Die Glieder zitterten ihr, als sei sie gerannt; auch das Pferd zitterte. Der verstorbene Krieger hatte sich in Nebel aufgelöst.

Sie beugte sich vor und tastete nach dem verlorenen Zügel. Vorsichtig wendete sie den Rappen. Sie würde zu der Stelle zurückreiten, an welcher sie die Reiterschar verlassen hatte – die Rückkehr zum Ausgangspunkt war stets das Klügste, wenn man von einer Gruppe getrennt wurde.

Eine Weile ritt sie durch den kalten Dunst. Kein Hauch regte sich, die Nebelwände schoben sich ineinander. Land der Stürme, Land der Neun Winde wurde die Insel genannt, und zumeist machte sie ihrem Namen alle Ehre. Nun jedoch stand die Luft, und der Dunst hing zäh über der Ebene.

Schließlich veranlasste Amra den Rappen erneut zum Halten. Sie gelangte nicht wieder zum Waldsaum zurück, wie sie erwartet hatte. Sie befand sich mitten im flachen Land, als habe sie eine weite Strecke allein zurückgelegt.

Was geschieht nur mit uns?, fragte sie sich.

Mit einem Strecken des Halses erbat das Pferd größere Zügelfreiheit, und sobald Amra ihm eine Handbreit gewährte, machte sich das Tier ans Grasen. Schritt für Schritt bewegte es sich vorwärts, Sand und Steinchen knirschten unter den Hufen, und als Amra zu Boden blickte, entdeckte sie zu ihrer Überraschung einen Pfad.

Ein Pfad mitten in der Einöde?, wunderte sie sich. Ein Weg auf den Schlachtfeldern von Fésos? Mit einem Schnalzen trieb sie das Pferd an. Der Pfad schlängelte sich zwischen Sträuchern hindurch und stieg stetig an: Sie befand sich nicht länger in der Grassteppe, sondern in unwegsamerem Gelände. Büsche wuchsen zu beiden Seiten des Wegs, Ölsträucher und Blühpflanzen reihten sich aneinander, als hätte jemand den Bewuchs mit Bedacht angelegt, und der ebenso betörende wie flüchtige Duft der Wandelrose stieg ihr in die Nase.

Sie ritt um eine Biegung und schrie beinahe auf vor Schreck. Vor ihr stand eine riesenhafte Gestalt und starrte mit glitzernden Augen auf sie herab. Sie zerrte an den Zügeln, aber das Pferd wich nur träge zurück, als spüre es keinerlei Gefahr; der Rappe rupfte im Wenden ein Maulvoll Blätter von den Büschen. Da warf Amra einen Blick zurück: Die Gestalt regte sich nicht, sondern blickte über sie hinweg in den Nebel.

O du Alberne!, schalt sie sich. Was fürchtest du dich? Vor dir steht eine Statue.

Das Standbild war sehr groß. Sogar vom Sattel aus reichte Amra gerade bis zur Hüfte der Figur hinauf. Es war eine ihr unbekannte Gottheit – eine Frauengestalt mit einem Schlangenkopf. Die Statue war über und über mit glasierten Tonplättchen bedeckt, deren Farben der Figur ein beinahe lebendiges Aussehen verliehen. Der keilförmige Kopf passte zu keinem der Ewigen, die in Defágos verehrt wurden, und andere Götter kannte Amra nicht: Die Statuen auf dem Platz rings um den Blauen Turm waren vollzählig gewesen.

Erkennst du mich wirklich nicht?, fragte eine Stimme in ihrem Innern, und Amra fuhr zusammen. Sogar der Rappe zuckte, so heftig war der Schreck. Ungläubig starrte sie in das Schlangenauge, das ihr zugekehrt war.

»Anrynan?«, fragte sie tonlos.

Du erkennst mich also doch!, frohlockte die Göttin. *Nutze die Alte Sprache, Amra, denn wir sind nicht allein, und man darf dich keinesfalls entdecken. Du musst deine Gefährten hierherführen! Nur du findest dich auf den Verborgenen Pfaden zurecht, Laîren.*

Fast schien es Amra, als ob die Statue kaum merklich den Kopf drehte, um ihr Augenmerk auf die überwucherten Wege zu lenken. Die blaugrünen Schuppen auf dem Schlangenhals glitzerten.

Aber wie ... Oh, bei deiner Quelle, Any, was hat diese Verwandlung zu bedeuten?, fragte sie. *Dein Anblick ist so ... ungewohnt.*

Ich habe mich keineswegs verwandelt, entgegnete die Herrin der Gewässer. *Ich erscheine dir lediglich so, wie man mich früher sah.*

Flehentlich streckte Amra der Göttin die Hände entgegen. Ihre Gelenke waren gerötet und steif, als gehörten die Gliedmaßen einer Greisin. Amra gewahrte diese schleichende Verwandlung keineswegs zum ersten Mal, doch der Anblick jagte ihr jedes Mal von Neuem Angst ein. *Wenn ich dich hören kann, dann weißt du auch, was mit uns geschieht. Wir haben uns im Entfernten Land verirrt. Es ist, als ob uns jeder Schritt auf diesem Weg ein Stück unseres Lebens kostet. Mit dieser List jagt uns Antiles wirklich Furcht und Schrecken ein.*

Die Nickhaut zuckte über das goldene Schlangenauge. *Es ist keine List, Amra. Diesmal müsst ihr euch dem Fürst des Todes stellen.*

Amra starrte die Statue an. *Was soll ich denn nur tun?*, rief sie verzweifelt, als sie begriff, dass niemand – weder Ahnen noch Götter – ihr und ihren Gefährten beistanden.

Vertrau auf die Prophezeiung!, erwiderte Anrynan. *Sie enthält die Antwort auf alle Fragen. Nun geh und führ deine Gefährten hierher – und beeil dich, Laîren! Spürst du nicht auch, dass es immer kälter wird?*

Die letzten Worte verhallten. Tränen traten Amra in die Augen, während sie die Figur betrachtete. Die Statue ragte leblos zwischen dem Buschwerk auf, Anrynans Gegenwart war verklungen.

Amra wendete das Pferd und galoppierte den Weg zurück. Er wand sich eine Weile durchs Land und verlor sich dann allmählich zwischen langen Grasbüscheln. Bevor sie den Pfad gänzlich aus den Augen verlor, zügelte sie den Rappen.

Jemren!, rief sie durch das *Taú*, weil sie die Stimme nicht zu erheben wagte. Sie wiederholte den stummen Ruf noch einige Male, und dann wartete sie.

Die Antwort des Schützen erreichte sie schließlich aus der Ferne, gerade wie ein gut gezielter Pfeil. *Wo steckst du, Amra? Wir haben deine Spur verloren. Gorun ist außer sich vor Sorge.*

Mir geht es gut, antwortete sie. *Kannst du meinen Rufen folgen?*

Eine Zeit lang leitete sie ihn so. Die Gefährten hatten sich im Hain verirrt, erfuhr sie. Sie vermochte sich nicht auf den Weg zu besinnen, den sie genommen hatte; auf der Flucht vor dem toten König waren die Eindrücke viel zu schnell an ihr vorbeigeflogen. Jemren verstand sich jedoch ausgezeichnet darauf, sich nach einem fremden *Taú* zu richten, und so führte er die Kriegerschar beständig auf sie zu.

Schließlich erklang Hufschlag, und Goruns Stimme durchdrang den Dunst. Der Reiter verlangte wiederholt zu wissen, wie Jemren so ohne Weiteres aus dem Wäldchen herausgefunden habe und was der wiederholte Richtungswechsel bedeute. Dann tauchten ihre Begleiter aus dem Nebel auf: eine große Zahl Speerkrieger, etliche Dutzend Bogenschützen, eine Schar verstört dreinblickender Nraurn und ein kleines Mädchen. Vor Erleichterung hätte Amra am liebsten gelacht.

Gorun zügelte sein Pferd. »Amra! Bei Nemnos, welch ein Schreck! Plötzlich warst du verschwunden. Wir haben überall nach dir gesucht!«

»Ich habe den richtigen Weg gefunden«, gab sie zur Antwort. »Dort vorn liegt Anáxi.«

»Wir kesseln die Nraurn ein!«, stieß Akkan hervor. Er kniff das empfindliche Auge zusammen und starrte in Richtung der Stolzen Stadt. »Diesmal darf uns kein einziger Gegner entkommen. Wir bringen diese Auseinandersetzung hier und heute zu Ende.«

Gorun fasste den Krieger aus Defágos schärfer ins Auge. Vielleicht lag es an der tagelangen Anspannung oder an den schmerzhaften Nachwirkungen der Verbrennung – Akkan wirkte überaus reizbar und entschlossen. Schweigend musterte Jemren den Krieger, und auch ohne sonderliche Begabung im Deuten des *Taú* war dem Schützen anzumerken, was er von diesen Äußerungen hielt.

»Für eine Belagerung von Anáxi haben wir nicht genug Reiter«, gab Gorun zu bedenken. »Mit dem Ring aus neun Türmen ist die Stadt zu groß. Es bleibt dabei: Wir bilden drei Flanken und vertreiben die Nraurn aus der Stadt. Ein Teil der Krieger bleibt hier und bewacht das Heerlager und die Mnek.« Suchend sah er sich nach der *Laîren* um. »Was unternehmen wir im Hinblick auf die Blindschützen?«

Amra hob den Kopf. Ihr goldener Blick umfing ihn, das *Taú* ging ihm auf, und das Herz schlug rascher. Diese Empfindungen überfielen ihn so unpassend wie noch nie. Es schien ihm, als könne er nur in ihrer Nähe leichter atmen; als lichte sich der Nebel lediglich dort, wo sie ging und stand.

Rasch beugte er sich über seine Ausrüstung, denn es kam ihm so vor, als spürten sämtliche Umstehenden, was in ihm vorging. Während er Amras Ausführungen lauschte, wünschte er einmal mehr, es gäbe einen Weg, ihr das Unaussprechliche mitzuteilen – ganz im Stillen, sodass nur sie die Wahrheit erfuhr. Aber was finge sie dann mit seinem Geheimnis an? Sie war die Totenpriesterin und er der Erste Reiter ihrer Stadt. So hatten sie beide es für sich entschieden.

»Wie viele der *Taú*-Schützen kennst du von früher, Jemren?«, fragte sie. »Gibt es eine Eigenschaft oder ein Merkmal, an denen man die Männer gut erkennt? Prägt euch jede Einzelheit ein! Sobald ihr ihnen im Kampf gegenübersteht, ruft ihr den Betreffenden beim Namen – und nennt ihm den euren.«

Nicht wenige Krieger zogen ein zweifelndes Gesicht. »Wozu soll das gut sein?«, fragte einer von Defágos' Bogenschützen. Buschige Brauen beschatteten die Augen des Mannes, am Hinterkopf wehte eine Locke in einer Bronzespange, und das Ohrgehänge klimperte.

»Während des Zielens erkennen die Schützen des Nordens ihren Gegner; sie erfahren, was das *Taú* enthält«, erläuterte die *Laîren*. »Es würde mich sehr wundern, wenn es ihnen gelänge, auf einen Mann zu schießen, der ihnen im selben Augenblick Haus und Klan vorstellt.«

»Möglich, dass dieser Plan glückt. Vergesst dennoch nicht, die Schilde hochzunehmen!«, warf Falrau ein.

»Der Plan glückt«, bemerkte Amra kühl, »weil ich mich zur selben Zeit in der Stadt aufhalten werde, um die *Taú*-Schützen abzulenken.«

Bevor Gorun auf diese Verrücktheit antworten konnte, trat Lillia vor ihn hin. »Ich will mitkommen«, erklärte das Kind.

»Nichts da«, erwiderte er. »Du harrst unter der Obhut der Krieger hier aus, bis alles vorbei ist.«

»Aber ohne mich könnt ihr nicht gewinnen«, trotzte das Mädchen.

Voller Unbehagen regten sich die versammelten Reiter und tauschten Blicke aus, an denen Gorun unschwer ablas, dass man im Süden zwar gewillt war, dem Feenkind Geleitschutz zu gewähren, doch keineswegs, in seinem Gefolge in den Kampf zu ziehen. Und er teilte diese Meinung. Schließlich hatte er Jemren schlichtweg für verrückt erklärt, nachdem der Schütze ihm eröffnet hatte, das Kind habe ihn durch den Scyé geführt und er sei auf diesem Weg in den Süden gelangt.

»Du bleibst hier, wo du in Sicherheit bist«, sagte Amra zu dem Mädchen.

Sosehr Lillia auch widersprach – diesmal waren ihre Begleiter einer Meinung.

»Du betrittst Anáxi erst, wenn keine Nraurn mehr in der Stadt sind«, erklärte Jemren, und damit war die Angelegenheit erledigt.

Plötzlich kam Kimrin angerannt. Die Wangen des Jungen waren vom kalten Wind gerötet, und sein Atem dampfte. »Eine Botin verlangt euch zu sprechen. Sie kommt aus der Stolzen Stadt«, keuchte er.

Kupferscheiben zierten das Brustgeschirr des Nouk, der Wind spielte mit der Mähne der Reiterin. Wie es sich für eine Unterhändlerin gehörte, trug die Bahak-Kriegerin keine Waffen, sondern führte lediglich einen Wimpel an einer Stange mit sich. Die Krieger aus Defágos umringten sie und erlaubten ihr keinen weiteren Schritt in Richtung des Lagers. Dennoch saß die Nraurin in unnachahmlich herablassender Haltung auf dem Tier.

»Wer von euch ist Jemren aus Tegaréssos?«, erkundigte sie sich und ließ den Blick über die Menschen gleiten. Als sich der Schütze zu erkennen gab, ritt sie dicht zu ihm heran.

»Kajlyn-Gua lässt dir ausrichten, dass du dich besser beeilst, wenn du von deiner Schwester Abschied nehmen möchtest.« Sie reichte ihm einen Gegenstand, wendete das Nouk ohne ein weiteres Wort und ritt in Schrittgeschwindigkeit davon.

Regungslos starrte Jemren der Nraurin nach. Gorun trat neben ihn – in seiner Hand lag eine versteinerte Muschel, aufgefädelt an einer Schnur.

»Diese verfluchte Königin von Ziegenböcken!«, stieß er hervor. Er wandte sich an die Krieger. »Sitzt auf! Macht euch bereit!« Sogleich kam Bewegung in die Männer, und Gorun packte den Schützen an der Schulter. »Wir holen deine Schwester da heraus, hörst du? Wir sehen nicht tatenlos zu, wie die Nraurn Harat etwas antun.«

Die Gehörnten hatten die junge Frau zum Rand der Anhöhe geschafft, auf der sich die Stolze Stadt erhob. Dort lag sie inmitten ihrer Bewacher auf den Knien. Zwar hielten die Nraurn sie an den Handgelenken aufrecht, doch der Kopf hing ihr auf die Brust hinab, und das lange schwarze Haar verdeckte das Gesicht. Zeitweilig umhüllten Nebelschwaden die Gruppe, sodass lediglich Umrisse zu erkennen waren. Dann klärte sich die Sicht halbwegs.

»Bei der Quelle«, murmelte Amra, »was haben die Gehörnten mit ihr angestellt?«

Besorgt blickte sie zu Jemren hinüber. Der Schütze wandte die Augen nicht von dem Anblick ab. Der Bogen lag gespannt in seiner Hand, und er war äußeren Einflüssen nicht länger zugänglich – es sah aus, als lausche er.

»Was tut er da?«, wunderte Gorun sich.

»Er ruft sie«, erwiderte Amra ebenso leise.

»Durch das *Taú*?«, fragte der Reiter verblüfft. Er blickte zu der Gefangenen hinauf. Sie regte sich nicht, schien kaum noch bei Bewusstsein. Und vermutlich war es besser so, denn in diesem Augenblick tauchte Kajlyn-Gua inmitten ihres Stabs aus Leibwächtern und Schildträgern hinter ihr auf. Die Nraurn-Königin bewegte sich mit betonter Lässigkeit und hielt einen Krummdolch in der Hand.

Goruns Speerspitze zeigte zu Boden. Wartet noch!, bedeutete das Zeichen. Haltet euch bereit!

Im Abstand von je einer Pferdelänge hatten die Reiter Aufstellung genommen, doch noch hatte Falrau die Angriffslinie nicht vollständig um die Südflanke der Anhöhe gezogen. Akkan fiel von Nordosten in die Stadt ein – so hatten sie es besprochen, und Gorun hoffte inständig, dass der Krieger aus Defágos sich an die Abmachung hielt, auch wenn er noch so sehr auf den Kampf brannte.

»Jemren aus der Zerstörten Stadt – ich wusste, du kämst, um deiner Schwester Lebewohl zu sagen. Und wie ich sehe, hast du deine Freunde gleich mitgebracht!«, rief die *Nraur-a-Khae* zu ihnen herab. »Ihr drei stellt wahrlich einen bemerkenswerten Anblick dar: der Norden, der Süden und das Totenreich in trauter Einigkeit. Solche Gefolgschaft ist mittlerweile rar geworden.«

Der Schütze antwortete nicht. Die Pfeilspitze vollzog jede Bewegung Kajlyn-Guas nach, aber zugleich schirmten die Wächterinnen ihre Königin sorgfältig mit Kupferschilden ab.

»Nachdem du deinen Bogengefährten eigenhändig umbrachtest, ist Harat außer dir die einzige Bewohnerin von Tegaréssos, die noch am Leben ist«, höhnte die Nraurin. »Sieh nun also zu, wie die Geschichte eurer Stadt endet.«

Mit diesen Worten stieß Kajlyn-Gua den Kopf der Knienden weiter nach unten und streifte das Haar zur Seite, bis der Nacken frei lag. Gleichzeitig schwang sie die Klinge hoch über den Kopf.

»Halt ein!«, rief Amra, noch ehe Gorun den Kriegern das Zeichen zum Angriff geben konnte. »Ich weiß, woran dir wirklich liegt, Nraurin. Ich biete dir einen Austausch an: Nimm mich anstelle deiner Geisel!«

Die *Laîren* trieb das Pferd an, doch bevor der Rappe einen Huf auf den Hang setzen konnte, fiel Gorun ihr in den Zügel. »Verflucht, hörst du nicht zu, wenn ich etwas sage?«, fuhr er sie halblaut an. »Ich verbiete dir ...«

»Du hast mir nichts zu befehlen oder zu verbieten«, zischte Amra ihm zu. Zorn blitzte ihr durch das *Taú*. »Wann begreifst du es endlich: Um deine Reiter vor Antiles' Pfeilen zu bewahren, muss ich so dicht wie möglich an die feindlichen Schützen herankommen. Jetzt bietet sich mir die beste Gelegenheit dazu – die einzige Gelegenheit vielleicht! Also verdirb es nicht!«

Ihre Worte klangen vollkommen einleuchtend. Es war vielleicht sogar die einzige Aussicht auf Erfolg.

»Amra, ich kann ... ich lasse dich nicht gehen!«, stieß Gorun hervor. Wenn er je an der Wahrheit nahezu erstickt war, dann in diesem Augenblick.

Mit einem Ruck riss sie ihm die Zügel aus der Hand. »Das sehe ich! Ich werde mich jedoch genau dort einfinden, wo du mich am nötigsten brauchst – in Anáxi.«

Mit diesen Worten trieb sie das Pferd an ihm vorbei. Die Nraurin blickte mit spöttisch geneigtem Kopf zu ihnen herunter. Auch wenn sie den Wortwechsel nicht hatte verstehen können – die aufgebrachten Gesten und zornigen Gesichter bemerkte sie sehr wohl und vermochte sie gewiss zu deuten.

»Ich wusste freilich nicht, dass ich die Auswahl habe!«, rief sie. »In diesem Fall bist du mir natürlich willkommen, *Laîren*. Du wirst den Kampf um den Weißen Stein von meiner Warte aus erleben und zuletzt wieder mit deinen Gefährten vereint sein – im Entfernten Land.«

»Vorher lässt du deine Gefangene frei!«, forderte Amra. »Bevor Harat nicht unversehrt bei ihrem Bruder ist, komme ich keinen Schritt näher.«

Jemren wandte den Kopf, ohne Bogen oder Aufmerksamkeit von der Nraurin abzuwenden. »Irgendetwas stimmt nicht, Amra!«, warnte er. »Harat antwortet mir nicht.«

Gorun unterdrückte eine Verwünschung. Die Gefangene hing schlaff zwischen ihren Wächtern. Vielleicht hatte man sie durch einen Schlag betäubt, oder aber die Aufregung und Entbehrungen der langen Geiselhaft waren zu viel für sie gewesen.

»Gib mir Deckung!«, forderte die *Laîren* den Schützen auf. »Ich möchte keine unliebsame Überraschung erleben, bis ich mich neben Kajlyn-Gua befinde.«

Langsam ritt sie auf die Nraurin zu. Gorun hielt den Atem an, als er sah, wie die Bahak lauernd auf den letzten Schritt des Rappen warteten, der Amras Pferd in ihre Reichweite brachte.

»Deine Krieger sollen das Mädchen loslassen!«, verlangte sie erneut.

Da erfolgte endlich das ersehnte Zeichen – die Reiter hatten die Ruinenstätte umzingelt. »Vorwärts!«, befahl Gorun den Kriegern, und die Männer strafften die Zügel und trieben die Pferde an – plötzlich erfüllten das Donnern der Hufe und das kriegerische Geschrei die Luft.

Da versetzten die Nraurn ihrer Gefangenen einen Stoß, sie kippte nach vorn und rollte kopfüber den Hang hinab. Die

Pferde scheuten vor der schlaffen Gestalt zurück, und zugleich streckte sich ein Dutzend Hände nach Amra aus. Die *Laîren* klatschte dem Pferd die Zügel auf die Kruppe und trieb es mit einem scharfen Zuruf an. Mit zwei wendigen Sprüngen wich der Rappe den Gehörnten aus, galoppierte an der Schar vorbei und gewann rasch an Schwung. Aber Amra wendete das Tier nicht etwa, wie Gorun es mit jedem Herzschlag herbeisehnte – sie preschte geradewegs in die Stolze Stadt.

»Ergreift sie! Haltet die *Laîren* auf!«, brüllte Kajlyn-Gua.

Die *Nraur-a-Khae* wich vom Rand der Anhöhe zurück, als die Reiter den Hang erstürmten. Ihre Leibwache ging blitzartig zum Angriff über, Hörner und Speere krachten auf die Schilde der Menschen, und ein Pferd sank schwer getroffen auf die Hinterbeine. Noch während Gorun sich unter einem pfeifenden Speerschaft duckte, sah er, wie zwei Zehntschaften Gehörnte zwischen den Türmen hervorkamen und Amra den Weg abschnitten. Sie bremste den Schwung des Rappen und wurde sogleich von den Bahak umringt. Plötzlich tauchte Kajlyn-Gua an ihrer Seite auf und packte das Pferd eigenhändig am Zügel. Ein erschrockener Ausdruck zeigte sich in Amras Zügen, während ihre schlanke Gestalt von den Nraurn nahezu verdeckt wurde.

Unterdessen war Jemren aus dem Sattel gesprungen. Er rannte den Hang hinab auf die Gestürzte zu, zog sie hoch und fuhr augenblicklich auf.

»Kehr um! Amra, kehr um!«, schrie er. »Man hat uns betrogen!«

Beim Klang seiner Stimme kam plötzlich Leben in die schlaffe Gestalt. Sie stieß dem Schützen die Hand derb unter das Kinn und versuchte sich loszureißen, aber Jemren hielt sie am Ellbogen fest und bog ihr den Arm auf den Rücken. Da warf sie mit einem grellen Schrei den Kopf in den Nacken, die Mähne flog zur Seite – es war eine Nraurin.

Mit einem Wutschrei stürmte Gorun den Bahak entgegen, die wohl gehofft hatten, ihre Bundesgenossin im letzten Augenblick zu retten. Seite an Seite kämpften die Reiter und vermochten dennoch keine Handbreit Boden gutzumachen; die Nraurn stürmten nun in hellen Scharen zwischen den Türmen hervor. Ein Mann brachte einen Gehörnten zu Fall und stach mit dem Speer auf ihn ein. Der Bahak riss den Schild hoch, sodass die Waffe des Kriegers auf die Deckung prallte und zersplitterte. Fassungslos starrte der Mann den Schaftrest an: Statt eines stämmigen Speers hielt er ein grünstichiges Stück Kupfer in der Hand.

»Nimm dich in Acht!«, schrie Gorun. Der Gehörnte war bereits wieder auf den Beinen und sprang den Krieger an. Gorun riss das Pferd auf den Hinterbeinen herum, galoppierte zwischen Mensch und Nraur hindurch und hieb dem Bahak den Schild quer über die Hörner.

Die Waffe spaltete sich mit einem hellen Ton. Erschrocken befühlte er den Rand – papierdünn war das Kupfer und drohte von der bloßen Berührung zu zerfallen, als habe der Schild ein Zeitalter lang in der Erde gelegen.

»Rückzug!«, befahl er, als er merkte, dass es den Kriegern kaum besser erging. Überall zerbarsten Speere wie morsches Holz, Schilde zerfielen in altersdunkle Bruchstücke, und Bogenholz splitterte. »Zieht euch zurück!«

Gorun blickte zu den Türmen hinauf, die gespenstisch aus dem Nebel aufragten, der über der Hochebene hing. Kajlyn-Gua und ihr Gefolge verschwanden soeben zwischen den Ruinen und nahmen Amra mit sich.

Mit einem Schenkeldruck wendete er den Rappen und ritt den Hang hinunter.

Die *Laîren* hatte ihr Ziel erreicht. Nun kam es darauf an, dass sie so weit wie möglich in die Stolze Stadt vordrang – bis zu den Stellungen der *Taú*-Schützen.

11

Die Nraurin wehrte sich heftig.

Sie bockte, stieß ihre lächerlich kurzen Hörner gegen ihn und ließ nichts unversucht, um ihn zu Fall zu bringen. Jemren packte sie an der dichten Mähne und zerrte sie unnachgiebig den Hang hinunter. Da trat sie ihm mit dem Stiefel gegen das Knie, sodass er einknickte und das letzte Stück abwärtsschlitterte; erst am Fuß der Statuen kamen sie zum Halten. Dort stieß er die Nraurin hart zu Boden, packte sie an einem Horn und presste ihr den Kopf in den Nacken.

»Wo ist meine Schwester?«, herrschte er sie an. »Was habt ihr mit Harat angestellt?«

Nie zuvor war er derart in Wut geraten. Einzig und allein die Tatsache, dass diese Nraurin wusste, wo seine Schwester sich befand, hielt ihn davon ab, ihr die Luft abzuschnüren. Als er ihr den Kopf noch fester nach hinten bog, stieß sie einen blökenden Laut hervor, und ihre gelben Augen weiteten sich – die Pupillen wirkten unnatürlich groß.

»Antworte mir! Wo ist Harat?«

Die Nraurin jammerte kläglich und zeigte das Weiße in den Augen. Reiter galoppierten an ihnen vorbei. Sie ritten den Hang hinab und sammelten sich im Flachland. Vom Heerlager her rannten die Zurückgebliebenen herbei, sie hatten offenbar vom unglücklichen Ausgang der Begegnung gehört – sogar die gefangenen Mnek mischten sich unter die Menge. Ein Pulk bildete sich um ihn und die Gehörnte, doch Jemren achtete kaum auf das Raunen. Sollte der Süden ruhig sehen, wie er die Beherrschung verlor. Dann blieben ihm in Zukunft vielleicht abfällige Äußerungen über sein Land und die Vergehen von dessen Bewohnern erspart.

Plötzlich packte ihn jemand am Arm und zerrte ihn auf die Füße. Blind vor Zorn fuhr er herum und geriet um ein Haar mit Gorun aneinander – doch selbst ein Streit mit dem Reiter wäre ihm in diesem Augenblick gleichgültig gewesen.

»Was ist los mit dir? Was tust du da? Bei der Quelle, was ist bloß in dich gefahren?«, fuhr Gorun ihn an. »Wie soll uns die Nraurin denn Rede und Antwort stehen, wenn du sie umbringst?«

Mit angezogenen Beinen lag die Gehörnte im Gras. Sie zitterte am ganzen Leib, Schaum trat ihr auf die Lippen.

»*Ich* bringe sie um?«, erwiderte Jemren heftig. »Kajlyn-Gua hat ihr irgendein Gift verabreicht, um uns über das *Taú* dieser Kriegerin hinwegzutäuschen! Sie wird wohl nicht mehr lange durchhalten.«

»Ein Gift?« Beunruhigt beugte Gorun sich über die Gefangene.

Die Nraurin als Kriegerin zu bezeichnen, war vielleicht übertrieben, stellte Jemren fest, als er die Bahak-Frau hochzog. Sie war nicht einmal ausgewachsen; man hatte sie ausgewählt, weil ihre Erscheinung Harats Gestalt weitestgehend glich. Sie trug Kleider, die früher wohl einer Bogenschützin aus dem Norden gehört hatten, und die dicke schwarze Mähne hatte den Ansatz der Hörner verdeckt, die erst eine Handbreit aus dem Wulst über ihrer Stirn sprossen. Die Kraft, die ihr der Schreck über die Gefangennahme verliehen hatte, schwand zusehends, und sie versank erneut in Benommenheit. Das *Taú* verschwamm zu einem milchigen Fleck und verlor jeden Ausdruck – deshalb hatte er die Täuschung nicht sogleich durchschaut.

»Amra – warum ist Amra jetzt nicht hier?«, fluchte Gorun. »Weiß jemand, was zu tun ist? Wir dürfen die Nraurin nicht verlieren.«

Die Mnek tauschten sich aufgeregt aus, und schließlich trat einer der Gehörnten vor. *»Tqok«,* stellte er fest. »Man hat ihr *tqok* gegeben.«

Gorun richtete sich auf. *»Tqok?«* Er vermochte das Wort kaum auszusprechen. »Was bewirkt dieses Gift?«

»Es lähmt das *Taú*«, erklärte der Nraur.

Der Reiter stieß eine Verwünschung aus und streifte das Figürchen des Nemnos mit den Fingern. Jemren ließ die junge Nraurin ins Gras gleiten. Sie war nicht länger ansprechbar, ihre Gliedmaßen zuckten und verdrehten sich in Krämpfen.

»Erlaubt, dass wir uns des Bahak-Mädchens annehmen. Wir kümmern uns um sie«, bat der Gehörnte. Er richtete seine Worte an Gorun.

»Du willst ihr helfen, obwohl die Bahak eure Anführerin ermordeten und euer Lager niederbrannten?«, herrschte Jemren sie kalt an. »Kajlyn-Gua und ihrer Feldherrin ist es zu verdanken, dass ihr kein freies Leben mehr führt.«

Der Mnek blinzelte. »Wenn wir ihr nicht helfen, stirbt sie.«

»Bei allen Göttern des Südens.« Gorun deutete zum Lager hinüber. »Schafft sie in ein Zelt. Meine Reiter werden euch alles Nötige aushändigen, um die Vergiftete zu versorgen. Die *Laîren*, die euch hätte helfen können, befindet sich jetzt allerdings in der Gewalt eurer Königin.«

Die Mnek verbeugten sich hastig. Zwei Gehörnte hoben die junge Nraurin vom Boden auf, und die ganze Schar begleitete sie zurück ins Lager.

»Alle anderen – zu Pferd!«, befahl Gorun. »Wir greifen in Kürze abermals an. Jemren, du kommst mit mir.«

Wortlos schwang der Schütze sich in den Sattel der Stute. Kimrin stand am Rand der Menge und starrte ihn an. Der Junge war *taû*begabt und heftete sich viel zu oft an seine Fersen – gewiss spürte Kimrin, wie es derzeit in ihm aussah.

Zusehends büßte er seine Gelassenheit ein, das hervorstechende Merkmal der Schützen aus dem Norden. Ohne die vollständige Beherrschung des *Taû* war ihre Art der Kriegsführung undenkbar – und nun hatte er sich nicht länger im Griff. Die nagende Sorge um seine Schwester, während der Reitertross nur schwerfällig vorankam, die nie nachlassende Gehässigkeit des Südens und der stechende Schmerz in seiner Seite – manchmal hätte er am liebsten kehrtgemacht und seinen eigenen Weg eingeschlagen.

Während er an Goruns Seite zum Lager ritt, versiegte die Wut in ihm, und er fing an zu frieren. Es lag nicht an dem eisigen Wind, es war eine Kälte aus dem tiefsten Innern, und eine lähmende Hoffnungslosigkeit begleitete sie. Sie hatten bei ihrer Unternehmung kein Glück. Sie würden scheitern, und dann wurde er nicht nur Zeuge, wie sich die Geschichte von Tegaréssos dem Ende zuneigte – das Schicksal der ganzen Insel würde sich erfüllen. Nichts anderes verkündete die Prophezeiung von Anáxi.

Lillia hatte sie offenbar erwartet.

»Wie seht ihr beide denn aus?«, rief sie und sprang von ihrem Schemel auf. Rasch warf Jemren einen Blick auf den Reiter. Vom Raureif waren Goruns dichte Locken silberweiß, und als er seine eigenen Schläfen berührte, fühlte er knisternde Eiskristalle. Das Mädchen lachte, als sich die ungleichen Freunde mit nahezu derselben Geste durchs Haar fuhren.

»Auf dem Weg nach Anáxi seid ihr ganz alt geworden«, stellte das Kind fest. »Und alle anderen Reiter auch.«

Erschrocken blickte Jemren sich unter den Gefolgsleuten um. Jeder schien von dieser Verwandlung ergriffen: Junge Männer ritten gebeugt wie Greise, Akkan kehrte ihm die verbrannte Gesichtshälfte zu und sah wie ein Fremder aus. Falrau fluchte bei jeder Bewegung vor sich hin, und sogar die Mähnen der Nraurn wirkten stumpf und nebelgrau. Einzig und allein Lillia war unverändert: Das Eine Kind war zugleich das Ewige Kind.

Gorun stieg ab, fasste das Mädchen ohne Umschweife unter den Achseln und setzte sie vor Jemren aufs Pferd.

»Lass deinen Bogen lieber am Sattel hängen«, ermahnte der Reiter ihn. »Das meine ich ganz im Ernst. Deine Aufgabe besteht allein darin, Lillia heil nach Anáxi zu bringen – so wie es das Mädchen von uns verlangt.«

»Woher dieser Meinungsumschwung?«, fragte Jemren. Er klang gereizter, als er es wirklich war.

Gorun zeigte sich jedoch unbeeindruckt von dem harschen Ton und deutete auf seine verletzte Seite. »*Ich lehre dich Res-*

pekt. Hast du Antiles' Drohung schon vergessen? Offensichtlich ist es ihm bislang nicht geglückt, dich zu beeindrucken. Aber diese Pfeilspitze ...«

»Ich kann gut selbst auf mich aufpassen«, fiel Jemren ihm ins Wort. »Mir muss niemand sagen, was ich tun und lassen soll.«

Gorun musterte ihn. »Sicher«, meinte er schließlich achselzuckend – und friedfertiger als gewohnt. »Diese Angelegenheit betrifft allerdings nicht nur dich allein. Hast du gehört, was Kajlyn-Gua vorhin sagte? Amra werde den Kampf um den Weißen Stein von ihrer Warte aus erleben? Den Kampf um den Weißen Stein – wir müssen uns auf eine Partie gefasst machen, wie wir sie im Blauen Turm erlebten. Unter diesen Umständen können wir keinesfalls auf Lillias Kräfte verzichten.«

»Ich helfe euch«, versprach das Feenmädchen sogleich.

Fröstelnd zog Jemren den Mantel enger um die Schultern. »Vrarras und Anrynan waren so sicher, dass wir die Weissagung erfüllen können. Ich hoffe, sie sahen auch voraus, was geschieht, sobald das Eine Kind an den richtigen Ort zurückgekehrt ist.«

Gorun hatte bereits einen Fuß in den Steigbügel gestellt und wollte sich in den Sattel ziehen. Mitten in der Bewegung hielt er inne und zog den Speer aus der Halterung.

»Da – sieh dir das an!«, murmelte er und reichte Jemren die Waffe.

Beunruhigt untersuchte der Schütze den Speer. »So etwas geschieht mit Ruderhölzern, die einen Sommer lang im Meer lagen«, murmelte er. Mit den Fingern schälte er mühelos morsche Späne ab. Da fiel sein Blick auf den Schild mit dem Falken. Auch diese Waffe war verrottet: Ein Spalt zog sich bis fast zur Mitte der Waffe, der Rand wirkte schartig.

»Die Nraurn hatten recht«, erklärte Gorun grimmig. »Über der Stolzen Stadt liegt ein Fluch. So wie es aussieht, werden wir vom Gespenst unserer Vergangenheit eingeholt. Wir müssen uns wirklich etwas einfallen lassen, wenn wir Anáxi zurückerobern wollen.«

12

Amra schlug das Herz bis zum Hals, während sie Seite an Seite mit der *Nraur-a-Khae* durch die Ruinenstätte ritt. Die Stolze Stadt lag auf einer Anhöhe, die im Osten sanft anstieg und gen Westen hin steil abfiel. Ganz außen am Fuß des Hangs wachten die Götter, auf deren Statuen sie als Erstes gestoßen war. Ein Ring aus neun verfallenen Türmen umgab die Überreste von Wohnhäusern, Tempeln und Wirtschaftsgebäuden sowie den wichtigsten Brunnen, der die ganze Stadt speiste. In seiner Blütezeit war Anáxi mächtiger gewesen, als es sich dieser Tage mit Defágos verhielt.

Die Ziegenkrieger öffneten eine Gasse vor ihnen, die zum Hauptplatz der Stadt führte – er war bevölkert von Nraurn. Im Hintergrund entdeckte Amra die Schützen aus dem Norden; von Jemrens Schwester fehlte jede Spur. Falls Harat sich je in diesem Lager aufgehalten hatte – nun war sie von Neuem verschollen.

Kajlyn-Guas Kriegerinnen hielten ihre Verbündeten sorgsam auf Abstand zu den Rundzelten, und es war nicht einmal daran zu denken, dichter an Tenon und seine Gefährten heranzukommen. Der Schütze aus Thárraxi erkannte Amra wieder, er rief ihren Namen und schrie einige Worte zu ihr herüber. Als Amra grüßend die Hand hob, packte Kajlyn-Gua sie am Arm.

»Achte nicht auf diese Narren!«, zischte ihr die Nraurin zu. »Besinn dich jetzt lieber auf deine Aufgabe.«

Der Griff schmerzte. Eine gewaltige Hitze ging von der gehörnten Königin aus; ein verheerendes Verlangen schien in ihr zu brennen. Amra entwand ihr den Arm und presste die Hand an die Brust. Die Schar hielt vor einem großen Rundzelt, und man befahl ihr abzusteigen. Die Knie zitterten ihr, während sie auf die Plattform des *kert* hinaufstieg. Sie warf einen letzten Blick auf die Stadt – die stolzen Türme von Anáxi verschwanden schon in der anbrechenden Dämmerung. Kajlyn-Gua schlug die Matte vor dem Eingang des Zelts zur Seite und hieß sie eintreten.

Vertraute Düfte strömten auf sie ein. Die Aromen von Balsam, Tinkturen, Räucherwerk und der herbe Geruch von Gerbflüssigkeiten durchwehten das Zelt. Geblendet blieb Amra stehen. Durch einen notdürftig geflickten Schlitz in der Rückwand des Zelts fiel trübes Licht herein, und als ihre Augen sich nach einer Weile an das Halbdunkel gewöhnt hatten, zeichneten sich einzelne Gegenstände ab: ein Tisch mit allerhand Flaschen, Krügen und Kannen, Schmuckgegenstände, Zaumzeuge, ein edles *Edú*-Brett und zahlreiche Waffen – sie befand sich in Kajlyn-Guas Wohnstatt.

Geschäftig ging die Nraurn-Königin in dem Zelt hin und her und raunte einer alten Dienerin ihre Wünsche zu. »Wer konnte ahnen, dass mir ausgerechnet die sehende *Laîren* bei meinem Vorhaben zur Hand gehen wird?«, bemerkte sie, während sie ihre Vorbereitungen traf. »Das nenne ich eine glückliche Fügung. Allerdings war ich stets der Ansicht, dass sich die Prophezeiung eines Tages zugunsten der Gehörnten erfüllt.«

»Die Weissagung geht in Erfüllung, ohne einem Volk auf der Insel den Vorzug zu geben«, entgegnete Amra, während sie an den Tisch trat. Hier war jede Arznei vorhanden, die eine *Laîren* sich wünschen konnte: Wegmenning und Sperberkraut, Glutwurz und Nesselsamen, Rindenstreifen und Bast, Salze in den verschiedensten Farben, Harze, Blütenpollen, Bienenwachs – sogar gemahlene Gesteine aus dem Innern der Berge hatte die Nraurin sich beschafft.

Amra schrak zusammen, als sie Kajlyn-Guas Gegenwart dicht hinter sich spürte. Das *Taú* der gehörnten Königin verströmte Hitze wie ein glühender Kupferstab.

»Du täuschst dich, *Laîren*!«, zischte die Nraurin. »Die Prophezeiung gereicht demjenigen zum Vorteil, der als Stärkster aus dem Ringen um die Insel hervorgeht. Und zu dieser Stärke wirst du mir nun verhelfen.« Dann nahm sie auf einem Schemel Platz, der neben dem überladenen Tisch stand, ließ die schweren Gewänder von den Schultern gleiten und streifte den Schmuck ab. »Einst waren meine Schwester und ich unzertrennlich. Wir dachten und fühlten wie durch ein *Taú*, wir handelten mit einem Arm und aus einem Willen. Darin bestand die Stärke der Bahak – in Quinda-Na und mir besaß das schwarze Nraurn-Volk zwei Anführerinnen. Gorun von Caláxi zerstörte diesen Bund, als er mir mit einem Speerstoß Schwester, Vertraute und Feldherrin nahm. Seither habe ich nichts als Verrat und Lügen erlebt. In Defágos musste ich schließlich die Hoffnung begraben, meine Schwester je wieder in ihrer alten Gestalt neben mir reiten zu sehen. Doch der Schwarze Gott gewährt mir eine weitere Gelegenheit, Quinda-Na aus dem Entfernten Land zurückzuholen. Du vermagst das Zerrissene zu fügen – so heißt es in der Prophezeiung über dich. Wohlan, *Laîren*: Füge, was mir dein Gefährte nahm!«

Kajlyn-Gua deutete auf das Amulett, das sie um den Hals trug. Es war wie ein Tropfen geformt – ein Gitter aus Salzkristall. In diesem Käfig schwamm eine matt schimmernde Flüssigkeit und verbreitete einen goldenen Schein.

Bei allen Ewigen, durchfuhr es Amra, das kann nicht sein! Es ist unmöglich!

Kajlyn-Gua beugte sich vor. »Glaubst du wirklich, Antiles biete seinen Bündnispartnern keine Gegenleistung für ihre Dienste? Vermutlich liegt es daran, dass du den Herrn der Dunkelheit stets mit deinen ängstlichen Gebärden verscheuchst. Wie närrisch ihr Menschen doch seid! Ihr habt niemals begriffen, welch mächtiger Verbündeter der Schwarze Gott ist – mächtiger als alle Ewigen, die ihr in euren Gebeten anfleht. Als den *Ya'aháren* bewusst wurde, dass Antiles eines Tages ihr Meister sein würde, verstießen sie ihn aus ihren Reihen. Niemand verbannt jedoch den Schatten, wenn er über das Land fällt; niemand gebietet der Nacht Einhalt, wenn sie auf der Insel Einzug hält. Und nun an die Arbeit! Hnyn-Qe wird dir zur Hand gehen und darauf achten, dass du deine Aufgabe gewissenhaft erfüllst. Enttäusch mich nicht, *Laîren*! Meine Feldherrin soll bald wieder mit mir vereint sein.«

Mit zitternden Händen öffnete Amra die Fläschchen und Tiegel. Sie streute eine Handvoll Kräuter in eine Schale und träufelte Öl über das Häufchen. Als sie die Mischung in Brand steckte, wallte beißender Rauch auf, und sofort drehte sich ihr der Kopf. In tiefen Zügen sog die Nraurin den Qualm ein und schloss die Augen. Sie lächelte, obwohl sie sicherlich wusste, welch unberechenbare Folgen ihr Vorhaben zeitigen mochte.

Die alte Dienerin rückte auf ihrem Schemel dicht an den Tisch heran. Jeden von Amras Handgriffen verfolgte sie mit argwöhnischen Blicken und prägte sich jede Kräutermischung und jedes Gebräu genau ein. Ab und zu hielt sie sich einen ölgetränkten Lappen vor die Nüstern, um von den Dämpfen nicht allzu benommen zu werden. Als Amra durch eine unachtsame Bewegung einen Krug umwarf und das Öl auf den Boden troff, stieß Hnyn-Qe einen drohenden Laut aus und streifte die Gewänder zur Seite. Ein Dolchgriff ragte aus ihrem Gürtel: Kajlyn-Guas alte Dienerin war bewaffnet.

Amra atmete durch. Sie besann sich auf sämtliche Gesänge und Gesten, die sie jemals gelernt und angewendet hatte. Der Rauch stieg ihr zu Kopf, und beim Gedanken an ihr Tun wurde ihr übel. Alles habe seine guten und seine schlechten Seiten, hatte Draura einmal zu ihr gesagt, auch das Wissen der *Laîren*. Nun war Amra froh, dass die Toten schwiegen und ihre alte Lehrmeisterin sie nicht länger bei ihrem Treiben beobachtete – so erlebte Draura nicht, wie die Gaben der Götter zu Verderben verkam.

Plötzlich packte Kajlyn-Gua sie an den Handgelenken und zerrte sie dicht zu sich heran. »Worauf wartest du noch, *Laîren*?«, zischte sie. »Uns bleibt nur diese eine Stunde.«

Mit diesen Worten drückte die Nraurin ihre Hände auf das glimmende Amulett. Amra spürte die Hitze, die von dem gefangenen Lebensfunken ausging, und schloss die Augen.

Komm!, rief sie. *Komm und zeig dich, Antiles! Denn ich besitze, was du begehrst!*

In sinnlosen Angriffswellen ritten Gorun und seine Krieger gegen die von den Nraurn besetzte Stadt – sinnlos, weil die Pferde ermüdeten und die Krieger außer Atem gerieten, als handle es sich um lahme Gäule und alte Männer. Sinnlos, weil ihnen die Waffen bei einem festeren Griff in der Hand zerbrachen und nichts gegen den gepanzerten Feind auszurichten vermochten. Sinnlos, weil die Gehörnten in der Deckung zwischen den Türmen saßen und von dort aus Speere und Haken auf die Reiter schleuderten, ohne dass die Männer an sie herankamen.

Die halb verfallenen Bauwerke ragten gespenstisch aus der Dämmerung auf. Die Nacht brach an, und der Himmel lag wie eine graue Steinplatte über der Stadt. Anáxi verschwand nahezu in den Nebelschwaden, und die Dämmerung bildete die Mauer um die Stolze Stadt, die niemals einen Wall aus Stein besessen hatte. Boten jagten zwischen Gorun und seinen Befehlshabern hin und her und berichteten ihm von den verlustreichen Eroberungen an den anderen Flanken: Falrau war es gelungen, die Südseite von Anáxi zu umschließen, aber er vermochte nicht, weiter in die Stadt vorzudringen. Akkan war bis zu den Türmen vorgestoßen und saß dort fest – und die Nraurn bedrängten ihn von zwei Seiten.

Mit der Hand wischte Gorun über das löchrige Kupfer des Falkenschilds. Splitter lösten sich unter seinen Fingern und verfingen sich in der Mähne des Rappen. Bei Nemnos, so können wir nicht kämpfen!, dachte er erzürnt. Er blickte zur Statue seines Gottes hinüber, die am Fuß des Hangs aufragte und die Hand ins Nichts streckte. Mit leerem Blick starrte der Herr über Mut und Bronze in die Abenddämmerung, blind für den Nebel und die darin umherirrenden Menschen. Selbst auf die Ewigen war nicht länger Verlass, denn die Bronze zersplitterte, und der Mut der Krieger schwand zusehends. Die Götter lassen uns im Stich, dachte Gorun.

Er wandte sich von der Statue ab. »Sammelt euch!«, rief er den Männern zu. »Sammelt euch wieder – und rückt vor!«

Im Hintergrund galoppierten nachtschwarze Pferde an, Speerspitzen senkten sich, und Bogenschützen rückten im Laufschritt näher, um die Stolze Stadt zu erobern. Abermals erstürmten die Krieger die Anhöhe. Abermals hetzten ihnen die Nraurn entgegen, und die Reihen lösten sich blitzartig in einzelne Gefechte auf. Einzelnen Reitern gelang es, bis zu den Türmen vorzudringen, in vollem Galopp ritten sie in die Stadt.

»Langsamer!«, schrie Gorun den Männern hinterher, aber sie hörten ihn nicht. Da schnellten Seile vom Boden hoch, spannten sich straff von Turm zu Turm und brachten die Pferde zu Fall. Nraurn stürmten aus der Dunkelheit hinter den Türmen hervor. Schreie gellten auf, dumpfe Schläge ertönten – und dann wurde es still. Einige der Reiter, die auf dem Abhang kämpften, stießen Flüche aus, die nur schlecht ihr Entsetzen und ihren Kummer verbargen.

Fußbreit für Fußbreit drängten die Gehörnten sie zurück. Vrarras' Waffen waren von ausgesuchter Güte gewesen, doch nun wagte Gorun kaum, mit vollem Schwung auszuholen, aus Angst, der Speer knicke ihm in der Hand ab wie ein morscher Zweig. Ausweichen und Antäuschen blieben das einzige Manöver im Kampf, doch das brachte ihn der Stolzen Stadt keinen Schritt näher.

»Brecht den Angriff ab!«, schrie er den Kampfgefährten zu – auch dieser Befehl erging zum wiederholten Mal.

»Feuer«, sagte Jemren da dicht hinter ihm.

Wider Erwarten beherzigte der Schütze seinen Rat und hielt sich mit dem Mädchen im Hintergrund. Ein Schild hing am Sattel der Stute, Köcher und Bogen ebenso. Lillia beobachtete den Kampf ohne erkennbare Anteilnahme für die sterbenden Männer und Nraurn, als sähe sie lediglich Figuren, die nach dem Willen der Ewigen umhergeschoben wurden – und fielen. Gorun schluckte, als ihm vor Grimm die Kehle eng wurde.

»Feuer?«, wiederholte er. »Ist das dein Vorschlag oder der des Mädchens?«

»Weder noch«, gab Jemren zurück. »*Das Licht vertreibt die Dunkelheit* – erinnerst du dich, wie Amra die Schatten aus meinem Klanhaus verscheuchte?«

Gorun wandte sich zu den Kriegern um. »Fackeln – besorgt euch Fackeln! Dürre Äste, Brandpfeile, die Öllampen, alles, was ihr auftreiben könnt! Beeilt euch! Mrerem, Kimrin – ihr beide reitet zu den Kriegern an den Flanken. Sie sollen alles Brennbare herbeischaffen, das sich nur finden lässt. Wir erleuchten Anáxi, wie die Stadt seit ihren Glanzzeiten nicht mehr erstrahlte.«

»Amra befindet sich in großer Gefahr«, sagte das Mädchen da. Lillias Stirn lag in Falten, und sie umklammerte die alte Münze, die sie um den Hals trug, mit der Faust – der Anhänger war ein Geschenk der *Laîren*. »Sie ruft nach dem Schwarzen Gott. Vielleicht weiß sie nicht, dass er schon längst hier ist – in Anáxi.«

»Sie ruft ... bei der Quelle, weshalb tut sie das? Will sie seine Aufmerksamkeit absichtlich auf sich lenken? Ist das etwa ihre Vorstellung davon, wie sie unsere Krieger vorm Sterben bewahrt?«, stieß Gorun hervor.

»Ich weiß nicht«, entgegnete Lillia. »Aber wir müssen den Weißen Stein ganz schnell finden – bevor Antiles ihn entdeckt.«

»Kannst du Jemren zu diesem ... Stein führen?«

Das Mädchen nickte. »Aber er kann ihn nicht allein heben.«

»Heben?« Die beiden Männer blickten einander an. Dann zuckte Jemren die Achseln. »Sobald deine Reiter eine Bresche geschlagen haben, bringe ich Lillia in die Stadt.« Mit diesen Worten nahm er den Schild auf und legte den anderen Arm um das Mädchen. Er verzichtete vollständig auf die Zügelführung – so schützte er das Kind am besten vor umherschwirrenden Haken und Pfeilen.

In fliegender Hast knoteten Vraja und die Jungen unterdessen Stoffstreifen um Pfeilschäfte, Speerspitzen und Zeltstangen und tränkten die Lumpen mit Öl. Die Reiter reichten die brennenden Fackeln weiter, bis die neblige Dämmerung von einem Lichtermeer erhellt war. Ein lodernder Halbkreis zog sich um die Ruinen der Stolzen Stadt. Die Atemwolken der Reiter und der Dampf, der von den Pferdeschultern aufstieg, leuchteten im Gegenlicht, und im Hintergrund brannten große Holzstöße. Man hatte Äste, Stöcke und abgeschälte Rinde aus dem nahen Wäldchen herbeigeschafft, verdorrtes Buschwerk und sogar mitsamt Wurzeln ausgerissenes Klauenkraut – alles warfen die Reiter in die Flammen. Dornen knackten in der Glut, und der Rauch roch bitter wie der Qualm der Herbstfeuer auf den Feldern.

Da ertönte ein Schrei.

»Die Nraurn kommen!«

Die Schattenrisse der Angreifer flackerten über die Turmwände, das unruhige Licht verzerrte die gehörnten Gestalten zu absonderlicher Größe. Die Entscheidung, die Ruinen von Anáxi in Festbeleuchtung zu tauchen, zwang die Ziegenkrieger, aus ihrer Deckung hervorzukommen. Sie stürmten den Hang hinab – und im gleichen Augenblick setzte sich das Meer aus flackernden Lichtern in Bewegung. Brandpfeile zischten durch den Himmel, die Glutknoten an der Spitze flammten immer heller auf und zerplatzten beim Aufkommen in tausend rote Funken. Brüllend warf sich einer der Gehörnten zu Boden. Der brennende Mantel rollte sich auf wie ein Blatt in der Glut, und bevor der Nraur sich das Kleidungsstück vom Leib reißen konnte, erfassten die Flammen die lange Mähne.

»Angriff! Wir stürmen die Stadt!«

Goruns Schrei pflanzte sich entlang der Linien fort. Sein Rappe streckte sich, und er ließ den Speer in der Hand kreisen. Das ölgetränkte Tuch an der Spitze loderte hell auf, die Flammen heulten durch die Luft. Nun musste er nicht länger mit voller Wucht zustoßen, er streifte die Gegner lediglich mit der Lohe – und die Vorliebe für lange Schweife, Mähnen und Bärte, für Banner und Zierrat aller Art wurde den Nraurn zum Verhängnis.

Rings um Anáxi zog sich der brennende Ring zusammen; lediglich der nordwestliche Teil der Stadt blieb dunkel. Nraurn tauchten wie Spukgestalten in den Rauchschwaden auf, unruhig beleuchtete Zerrbilder, die rasch zurückfielen, als Gorun den Rappen anfeuerte. Bald kämpften er und seine Begleiter zwischen den Türmen. Etliche Pferde verhedderten sich in den Seilen, und sie mussten Verluste hinnehmen, ehe es den Reitern gelang, die Fallstricke der Nraurn zu durchtrennen. Eine Zehntschaft Krieger sprengte auf die Verstecke der Gehörnten zu und scheuchte die Feinde aus dem Hinterhalt zwischen den Türmen – halbwüchsige Nraurn, denen die in das Licht der Flammen getauchten Reiter offenbar überaus unheimlich erschienen; jedenfalls brachten sie sich mit langen Sätzen vor den Männern in Sicherheit.

»Seid vorsichtig!«, mahnte Gorun seine Schar, als sie in die Stadt einritten. Ein Gewirr verfallener Mauern breitete sich vor ihm aus, aber die Anordnung der Gassen, Winkel und Plätze schien ihm vertraut. Anáxi glich in vieler Hinsicht den Städten des Südens; in einer solchen Umgebung war er aufgewachsen.

»Verteilt euch!«, wies er die Männer an. »Breran, du nimmst diesen Weg. Ihr anderen – wir reiten hier entlang! Jede der breiteren Gassen führt zum Hauptplatz der Stadt. Dort sammeln wir uns wieder.«

Der Pulk brennender Fackeln löste sich in einzelne Leuchtspuren auf. Auch von Süden her schwärmten Lichter aus, und im Nordosten bildeten sie bereits eine geschlossene Linie, die sich zum Mittelpunkt von Anáxi hin krümmte. Brandpfeile erhellten den Nachthimmel über Anáxi wie Sternschnuppen.

Gorun lenkte das Pferd zwischen den Ruinen hindurch, die Fackel hoch über den Kopf erhoben. Der Lichtschein flackerte über Fensterhöhlen und überwucherte Gesimse; Dornranken krochen über umgestürzte Säulen, und auf den Treppenstufen und aus vergessenen Tonkrügen sprossen lange Grashalme. Der Schutt auf den Wegen dämpfte die Schritte der Pferde. Der Trupp drang aus östlicher Richtung in die Stadt ein; in der

Nähe musste demnach der Tempel der Menyia stehen. Und wirklich – nach kurzer Zeit stieß Gorun auf die Grundmauern eines runden Gartens. In diesem Tempel war einst die Göttin des Feldbaus und der Früchte verehrt worden.

Er bog in einen Hohlweg ein, als der Reiter neben ihm plötzlich aufbrüllte und gegen ihn sank. Vergeblich versuchte Gorun den Mann festzuhalten; der Krieger rutschte aus dem Sattel und schlug vor Schmerz mit den Beinen aus – ein Pfeil hatte ihm das Schultergelenk zertrümmert.

»Blindschützen!«, schrien die Reiter einander warnend zu und hoben die Schilde. Gorun galoppierte auf einen Mauerrest zu.

»Varca!«, rief er, als er spürte, wie die Pfeilspitze auf ihn gerichtet wurde. »Was hast du bei Nacht und Nebel hier verloren? Verspürst du keine Sehnsucht nach den Türmen deiner Heimat? Du hast in Golóni zwei kleine Töchter zurückgelassen!«

Rings um ihn erschallten ähnliche Rufe – die Reiter beherzigten den Rat der *Laîren* und riefen die Gegner mit dem Klannamen an. Mit gespanntem Bogen erhob sich der Schütze aus dem Norden, aber sein *Taû* flackerte voller Unsicherheit; er war hin- und hergerissen zwischen Kampfeswillen und Bestürzung.

Jetzt!, wünschte Gorun und ließ die Zügel schießen. Der Rappe setzte zu einem glatten Sprung an. Varca feuerte den Pfeil ab, musste sich jedoch fast im selben Augenblick zur Seite werfen, um nicht von den Hufen getroffen zu werden – und das Geschoss entschwand in der Dunkelheit. Diesmal stand Antiles den Schützen aus dem Norden nicht bei; der Schwarze Gott lenkte die Pfeilbahn nicht länger.

Im Aufsetzen schlug Gorun dem Gegner den Bogen aus der Hand. Die Sehne wurde vom Feuer erfasst und barst mit einem Knall, die brennenden Enden züngelten durch die Luft. Der Schütze schrie zornig auf, doch Gorun scherte sich nicht länger um den entwaffneten Feind – er lenkte den Rappen zum Hauptplatz der Stolzen Stadt.

Lichter näherten sich von allen Seiten – wie ein Himmel voller flackernder Sterne wirkte die Ruinenstätte nun, da die Menschen in Anáxi einrückten. Unbeleuchtete Nraurnzelte zeichneten sich vor dem Feuerschein ab, und im Hintergrund erhob sich Kampfgeschrei. Gorun gab dem Bogenschützen neben sich ein Zeichen. Wie ein Schweifstern stieg der Pfeil über der Stadt auf und warf ein gespenstisches Licht auf den großen Platz.

Gorun stockte der Atem.

Der Mittelpunkt von Anáxi war ärger geschändet als das Grab des Riesen. Kajlyn-Gua hatte die Tempelruinen vollständig abgetragen und den Boden an mehreren Stellen aufgegraben. Löcher öffneten sich mitten in der Stolzen Stadt, manche waren etliche Speerlängen tief. Selbst jetzt, da sich der Feind von allen Seiten näherte, durchwühlten die Ziegenkrieger die Erdhaufen auf der Suche nach dem Weißen Stein.

Die *Nraur-a-Khae* war ihnen zuvorgekommen.

14

Sobald die Reiter zwischen den Türmen verschwunden waren, stieß Jemren der Stute die Fersen in die Weichen. In wenigen Sätzen hatte das Pferd die Anhöhe erklommen, und er ritt zwischen den Türmen hindurch. Etliche Schützen aus dem Süden schlossen sich ihm an, als er einen Weg wählte, der zwischen den Lichterschwärmen der Reiter entlangführte. Die Fackeln würden alle Aufmerksamkeit auf sich ziehen, hoffte er, denn mit dem Kind vor sich im Sattel wollte er keinesfalls in einen Kampf verwickelt werden. Seine Begleiter hatten auf Brandpfeile verzichtet; sie verließen sich auf Pfeilspitzen, die nicht allzu sehr von der Verwitterung in Mitleidenschaft gezogen worden waren.

Rasch drangen sie in die Stadt ein. In Richtung seiner Bogenhand führte Gorun die Krieger zum Hauptplatz, Jemren erkannte es an den rasch wandernden Fackeln. Der Abstand zwischen beiden Gruppen wurde größer, als eingestürzte Häuser sie zu einem Umweg zwangen, der sie in einen weniger hell erleuchteten Teil der Stadt führte. Gestrüpp überwucherte die Trümmer, und fast befürchtete Jemren schon, in eine Sackgasse geraten zu sein, als sich die Ruinen plötzlich zu einem Halbrund verbreiterten.

»Akkan! Bei der Quelle – dort vorn ist Akkan!«, rief einer der Schützen. »Er ist in einen Hinterhalt geraten!«

Der Krieger aus Defágos und seine Männer lieferten sich einen erbitterten Kampf mit den Schützen aus dem Norden. Akkan war jedoch ins Hintertreffen geraten, denn er hatte seine Linie weiter auseinandergezogen, als es ratsam war – und nun saß er zwischen den Nraurn und den *Taú*-Schützen in der Falle.

»Haltet durch!«, schrien Jemrens Begleiter und trieben die Pferde zum Galopp. »Wir kommen euch zu Hilfe!«

Die Schützen aus dem Süden hoben die Bogen und zogen die Sehnen aus, die Pfeile mit ihrer weißen Befiederung stoben wie ein Schwarm seltsamer Vögel in die Luft. Ein Mann schloss bei vollendeter Körperspannung die Augen, die Spitze des Geschosses glitt suchend an den Steinwällen entlang. Als Jemren die Haltung des Schützen sah, feuerte er die Stute an. Das Pferd streckte sich, und er neigte sich im Sattel zur Seite, als ob er Schwierigkeiten hätte, das Gleichgewicht zu halten. Aus vollem Lauf schwenkte die Stute herum und drängte den Rappen des Schützen ab, während Lillia sich mit beiden Händen festhielt; der Pfeil zog eine wacklige Bahn und bohrte sich unter einem Busch in den Boden.

»Pass doch auf!«, schrie der Mann und zügelte erzürnt sein Pferd. »Weshalb kommst du mir in die Quere?«

»Du hast dich an einem Blindschuss versucht«, gab Jemren zurück. »Solange du nicht weißt, was dich erwartet, solltest du die Finger von der Bogenkunst des Nordens lassen.«

Der Krieger aus dem Süden musterte den Schützen abschätzig. »Was die Knaben aus Defágos zustande bringen, vermag auch ein erwachsener Schütze.«

»*Taú* und Pfeil gleichzeitig ausrichten? Es gelingt dir nicht«, widersprach Jemren.

»Und während dieser Zeitspanne schert ihr euch nicht um die Gefahren ringsum? Gewagt!«, grollte der Mann. Während er sprach, hatte er einen neuen Pfeil auf die Sehne gelegt.

»Du wirst dem Schwarzen Gott begegnen.« Jemren wurde nun deutlich. »Blindschießen bedeutet, dem Sterben des Gegners beizuwohnen.«

Der Schütze zog den Bogen aus und hielt die Spannung, bis an den Unterarmen sämtliche Adern hervortraten. »Geh mir aus dem Weg!«, rief er.

Da bemerkte Jemren, dass dieser Mann keineswegs der Einzige war, der zum Zielen das *Taú* bemühte. Offenbar hatten seine Schüler ihr unfertiges Wissen an die Krieger aus Defágos weitergegeben, und nun versuchten die Männer sich im Blindschießen – leider allzu erfolgreich. Die Treffer besaßen eine

Wucht, die die Knaben noch nicht zuwege brachten. Durch ihr Eingreifen brachten sie Tenon und dessen Gefährten in arge Bedrängnis, denn sie stürmten von einer Seite an, auf der es für den Norden keine Deckung gab. Die Zügel wehten achtlos in den Mähnen, die Zielgenauigkeit der Männer paarte sich mit der Schnelligkeit ihrer Pferde, und mit stockendem Herzschlag erkannte Jemren, worin seine Gabe an den Süden bestand: Berittene *Taú*-Schützen stürmten gegen den Feind an, der ihnen in der größten und ältesten Stadt des Südens auflauerte.

Es lässt sich nicht aufhalten, dachte er entsetzt. Insgeheim hatte er gehofft, es werde eine gewisse Zeit dauern, bis in Kimrin und seinen Freunden ernst zu nehmende Krieger herangewachsen waren – Zeit, die der Norden dringend benötigte, um seine inneren Angelegenheiten zu regeln und wieder eine undurchlässige Grenze zum Süden zu errichten. Aber wie nicht anders zu erwarten war, weckten seine Fähigkeiten auch in den erwachsenen Männern Begehrlichkeiten.

Er biss die Zähne zusammen und trieb die Stute an. Wenn sein Land in diesem Krieg unterging, dann mochte er zu Vrarras gehen und den Kriegsherrn des Südens um Gnade für die Unterlegenen anflehen – schließlich hatte der Norden die Niederlage ihm zu verdanken.

Akkan erkannte seinen Vorteil sofort. Statt sich im Pfeilhagel länger an Mauern und Bogengänge zu schmiegen, stürmte er mit seinen Gefolgsleuten aus den Verstecken hervor, schwang sich auf sein Pferd und ging zum Angriff über. Nun war der Süden den *Taú*-Schützen zahlenmäßig weit überlegen.

»Treibt sie zwischen die Ruinen!«, befahl der Krieger aus Defágos. »Da entwischen sie uns nicht.«

Er schwang eine Nraurnlanze: Diese Waffe war keineswegs altersbrüchig und stumpf. Auch seine Gefolgsleute hatten sich ähnlich bewaffnet. Vom Pferderücken aus sah Jemren das Lichtermeer über den heranrückenden Reitern, es erleuchtete bereits weit über die Hälfte der Wege und Plätze von Anáxi.

Mit vollem Schwung galoppierte er an den Kriegern aus dem Süden vorbei. »Tenon!«, schrie er, und der Schütze aus Thárraxi fuhr herum. Jemren deutete nach Norden. »Dort – wendet euch in diese Richtung! Von dort kommen keine Reiter, und es gibt einen Fluchtweg aus der Stadt!«

Akkan stieß einen Wutschrei aus. Der gegnerische Schütze zögerte; offenbar wog Tenon ab, wie weit er einem solchen Zuruf vertrauen konnte.

»Schnell!«, schrie Jemren. »Noch könnt ihr entkommen!«

Lillia klammerte sich an den Sattelknauf, und er hielt den Schild so dicht wie möglich vor sie, damit das Mädchen nicht von den umherschwirrenden Geschossen getroffen wurde.

Endlich schrie Tenon seinen Gefolgsleuten einen Befehl zu. Die Schützen machten kehrt und verschwanden im Schatten der verwilderten Gärten und Tempel. Ihre Schemen tauchten hie und da zwischen den Mauern auf, die Fackeln der Reiter blitzten durch Blattwerk und Gesträuch, und Jemren konnte nur hoffen, dass es den Schützen gelang, die Verfolger abzuschütteln.

Mit einem Ruck an den Zügeln brachte Akkan das Pferd zum Stehen. Schulter und Hals des Rappen waren schaumbedeckt, und im *Taú* des Reiters loderte kalte Wut.

»Bei der Quelle – dein Verhalten wird Folgen haben! Ich wusste gleich, dass auf dich kein Verlass ist!«

Hitze stieg Jemren ins Gesicht. »Du legst es darauf an, den Gegner auszulöschen. Was soll dieses Morden darstellen – eine Opfergabe an Antiles?«

»Wer hat denn mit dem Morden angefangen?«, fauchte der Krieger.

Er ritt so dicht zu Jemren heran, dass sich die Dampfwolken über ihren Pferden vereinten; sein versengtes Gesicht war wutverzerrt. »Weshalb hast du den Scyé überquert? Um ein Kind nach Hause zu bringen, das kein Heim mehr hat? Diese Lüge ist doch bloß ein Vorwand! Du hattest von Anfang an nichts anderes im Sinn, als hinter das Geheimnis des Mädchens zu kommen.«

»Ja«, gab Jemren ohne Umschweife zu. »Ich will wissen, was es mit Lillia auf sich hat.«

»Hoffentlich bist du mit dem Aufruhr zufrieden, den du angezettelt hast. Nun ist es beinahe wie damals, als die Langen

Kriege ausbrachen. Unsere Länder sind wieder Gegner, erbitterter denn je.«

Akkan schwenkte die Hand über die umkämpfte Ruinenstätte. Schreie und Hufgetrappel erfüllten die nächtliche Stille, das Krachen der Speere und das unheimliche Zischen der Brandpfeile erklangen an vielen Stellen zugleich. Wo immer ein Licht verschwand, erlosch zugleich auch das Leben des Fackelträgers, und Jemren spürte genau, worauf Akkan anspielte. Die Gespenster der Vergangenheit – sein Entschluss, den Süden aufzusuchen, hatte sie heraufbeschworen, und nun spukten sie durch die Stolze Stadt.

Er zog den Kopf der Stute herum und wandte sich von den Reitern ab. Die Blicke der Männer folgten ihm, aber niemand schloss sich ihm an, als er eine verlassene Gasse wählte, die sich durch die Stadt schlängelte.

Lillia warf einen Blick in sein Gesicht. »Akkan hat unrecht«, erklärte sie. »Ich habe sehr wohl ein Zuhause.«

Jemren nickte stumm.

»Du bist traurig«, schloss das Feenmädchen aus seinem Schweigen.

Da blickte er in ihre merkwürdig schillernden Augen. Offenbar wusste sie auch ohne *Taú*, wie es in ihm aussah. »Mir geht es nun genauso wie dir, als wir uns zum ersten Mal begegneten«, erklärte er. »Jetzt gibt es für mich ebenfalls keinen Platz mehr auf der Insel.«

Lillia legte die Stirn in Falten und dachte offenbar angestrengt über seine Worte nach. »Du hast auch unrecht«, verkündete sie dann.

Jemren wollte ihr antworten, doch da schrak er plötzlich zusammen: Auf dem Platz ertönte ein dumpfer Knall wie von einer Verpuffung, gefolgt von einer Reihe weiterer Erschütterungen. Mitten in Anáxi stiegen grelle Lohen in den Himmel. Sie erleuchteten die Ruinenstätte taghell, und das Knistern und Prasseln übertönten den Kampflärm.

Die Reiter hatten die Zelte der Nraurn in Brand gesteckt.

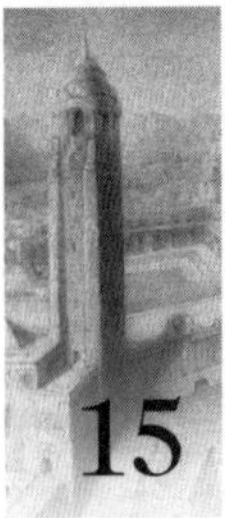

15

Kajlyn-Gua wiegte sich in tiefer Trance vor und zurück und murmelte Worte in der Sprache des Ziegenvolks: Gesangsfetzen, Bruchstücke von Liedern und Gebeten. Amra verstand das wenigste davon, aber der Sinn und Zweck des Raunens entging ihr nicht: Die Königin der Gehörnten verstand sich auf dieselben Künste wie sie, Kajlyn-Gua fand sich auf denselben dunklen Pfaden zurecht und lockte dieselben Mächte herbei.

Das gefangene Licht zuckte und zitterte in dem Amulett; bald wurde es schwächer und erglühte dann gleißend hell, als Amras Flüstern sich mit dem Sprechgesang der Nraurin vereinte. Sehnsucht und Verlangen versengten ihr die Handflächen geradezu, und einen Herzschlag lang glaubte sie, dass der Funke übersprang – doch es misslang. Es musste misslingen; zu abstoßend und monströs war das Vorhaben der gehörnten Königin.

Als Kajlyn-Gua spürte, wie das Schimmern schrumpfte und nach wie vor in seinem Käfig gefangen war, schlug sie die Augen auf – und schmetterte Amra die Hörner gegen die Schläfe. Die *Laîren* wurde gegen den Tisch geschleudert, der unter ihrem Aufprall umkippte; Schälchen und Krüge stürzten um, das Öl sog sich in die Teppiche, und Amra fand sich zwischen den Scherben auf dem Boden wieder. Stuhlbeine, Bettstatt und gestohlene Schätze drehten sich ihr vor Augen, und vor Schmerz wurde ihr beinahe schlecht.

»Sie soll aufstehen! Schaff sie her!«, hörte sie Kajlyn-Guas Stimme. Die alte Dienerin ergriff Amra am Arm, zog sie auf die Füße und stieß sie vor die *Nraur-a-Khae*. Sogleich umklammerte Kajlyn-Gua ihre Arme mit einem Griff, der ihr die Blutzufuhr zu den Händen unterbrach.

»Wozu bringst du dein wertloses Leben in Gefahr?«, zischte die gehörnte Königin. »Begreifst du nicht, dass ich dich nur zu diesem Zweck in mein Zelt brachte? Es hätte mir durchaus Vergnügen bereitet, dich im Angesicht deiner Gefährten zu töten. Und jetzt – versuch es noch einmal!«

Amra schüttelte den Kopf. »Ich ... kann es nicht«, stieß sie hervor. »Ich kann deine Schwester nicht zurückholen. Ich höre sie nicht einmal.« Es war keine Notlüge – sie war taub für die andere Welt. Sie hatte ihren wichtigsten Sinn verloren: das Gehör für das Wispern und Raunen der Ahnen.

Kajlyn-Gua zog den Dolch, der für Harat bestimmt gewesen war, und stieß ihr die Spitze unter das Kinn. »Versuch es noch einmal!«

Zitternd streckte Amra die Hand aus und umfasste das Amulett. Keinen Fingerbreit wagte sie den Kopf zu wenden, solange Kajlyn-Gua ihr die Klinge gegen den Hals drückte. Das gefangene Licht schrak vor ihrer Berührung zurück – eine falsche Gegenwart in dieser Welt, festgehalten durch die Magie des Dunklen Gottes.

Komm!, schrie Amra in die Nacht, die über Anáxi lag. *Ich bin hier – auf diese Gelegenheit hast du seit Langem gewartet.*

Da platzte die Naht an der Rückwand des Zelts unter einem Axthieb auseinander, und der alten Dienerin entfuhr ein Schrei. Ein kalter Lufthauch durchwehte den Raum, Feuerschein drang von außen herein – das Flackern glühte durch die hohlen Rippen des Gasts, der nun das *kert* betrat. Hnyn-Qe schrie erneut, aber der Laut endete jäh, als sie die Klinge des Eindringlings an der Stirn traf. Die Wucht eines Hiebs schleuderte sie zur Seite, und der tote König von Anáxi wandte sich Kajlyn-Gua zu.

Wo ist der Weiße Stein?, fuhr er sie an. *Hast du endlich das Kleinod herbeigeschafft, wie ich dir befahl?*

Hnyn-Qes Füße ragten aus den Schatten, und sie regte sich nicht mehr. Kajlyn-Gua starrte auf die Beine ihrer Dienerin, ihre Brust hob und senkte sich unter schweren Atemzügen, und zum ersten Mal spürte Amra so etwas wie Entsetzen im *Taú* der Nraurin. Gleichwohl umklammerte Kajlyn-Gua eines ihrer Handgelenke und hielt ihr den Dolch an die Kehle, sosehr Amra sich auch gegen diesen Griff stemmte.

»Meine Krieger suchen überall nach dem Schatz«, stieß die Nraurin hervor. »Wir konnten ihn bisher nicht finden.«

Das ist kein Wunder, denn wie ich sehe, vergnügst du dich lieber mit dem Spielzeug, das ich dir überließ, statt dich um deinen Auftrag zu kümmern!, zürnte der tote König. Mit ausgestreckter Hand deutete er auf das Amulett – doch welch eine Hand war das? Die Haut war hart wie Leder und an den Knochen festgetrocknet, die Nägel waren zu Klauen gebogen und mit Erdkrusten bedeckt.

»Du hast es versprochen!«, kreischte die Nraurin. »Du versprachst mir, eines Tages wäre ich wieder mit meiner Schwester vereint!«

Der König von Anáxi warf den Schädel in den Nacken und stieß ein hohl tönendes Lachen aus. *Gewiss – nur über das Wann und Wo schwieg ich mich aus! Glaubst du, nur du allein hast Verlust und Leid zu ertragen?*

Bei diesen Worten schwang er den Kupferschild zur Seite. In seiner Brust klaffte ein Loch, ein Nistplatz der Dunkelheit, eine Brutstätte der Schwärze – so war er einst ums Leben gekommen.

Mit einem Ruck riss Amra sich los und stürzte zum Ausgang des Zelts. Die Nraurin sprang so heftig auf, dass der Schemel zu Boden krachte, und setzte ihr nach. Aber der Herr über die Tote Stadt schmetterte Kajlyn-Gua mit einem Schlag seiner Knochenhand zur Seite und griff nach der *Laîren*.

Weshalb fliehst du, Laîren?, höhnte er. *Du riefst mich – und nun bin ich hier!*

Mit einem Ruck riss Amra die Matte vor dem Eingang herab und hastete ins Freie. Ein Licht erglühte vor ihr, ein gleißender Stern, der immer heller erstrahlte, während er vom Himmel fiel, und erst als sie die Warnschreie etlicher Reiter hörte, begriff sie: Ein Brandpfeil flog auf sie zu.

Sie sprang von der Plattform hinab, kam in aufgewühlter Erde auf, und der Knöchel knickte ihr um. Der Pfeil fauchte über ihren Kopf hinweg durch den Eingang des *kert* und entzündete die Ausdünstungen der verschütteten Öle und Tinkturen – mit einem Donnerschlag ging Kajlyn-Guas Zelt in Flammen auf.

Schwankend kam Amra auf die Füße. Der Kopf dröhnte ihr, und vom Knall schien ihr, als sei sie wirklich ertaubt. Der Herr der Toten stand inmitten der Flammen und reckte Axt und Schild empor. Hitze und Helligkeit schienen ihm nichts mehr anzuhaben, Rauch quoll ihm aus Rachen und Augenhöhlen. Dicht hinter Amra erhob sich ein geduckter Schatten und stürzte auf sie zu – die Nraurn-Königin war dem Brandanschlag entgangen.

»Bleib stehen! Diebin! Gib zurück, was du mir gestohlen hast!«, schrie Kajlyn-Gua und verfolgte Amra mit ausgestreckten Händen, während diese quer über den Platz rannte – auf den erstbesten Reiter zu. Falrau rang mit einem Bahak, eine Leine spannte sich vom Sattel des Gehörnten zu dem Speerkrieger. Als er Amras Rufe hörte und ihre missliche Lage erkannte, kappte er das Seil und galoppierte Kajlyn-Gua entgegen, den Speer hoch erhoben in der Faust.

Weitere Nraurnzelte fingen Feuer. Der Schein strahlte gegen die Wolken und überzog das nächtliche Grau mit einem unheimlichen Flackern. Die ganze Stadt war erleuchtet: Die auf den Platz stürmenden Reiter trugen Fackeln in den Händen, und weiter außerhalb zwischen den Türmen schlugen Flammen empor.

Von zwei Seiten trieben Gorun und Akkan die Gegner vor sich her und näherten ihre Linien einander immer weiter an, bis den Gehörnten wie den *Taú*-Schützen aus dem Norden nur noch ein einziger Ausweg blieb: die Flucht in den unbesetzten Teil der Stadt. Zwischen den Kämpfenden schoss Jemrens Pferd aus einer Gasse hervor. Der Schütze wurde von zwei berittenen Nraurn verfolgt – und er hielt das Mädchen vor sich im Sattel.

»Nein!«, schrie Amra. »Bring Lillia nicht auf den Platz! Schaff sie fort von hier!«

Aber der Schütze hörte sie nicht – und es war ohnehin zu spät. Einer der Gehörnten stieß mit der Lanze zu und brachte den Schaft zwischen die Vorderbeine der Stute. Aus vollem Lauf überschlug sie sich; ihr Reiter und seine kleine Begleiterin wurden aus dem Sattel geschleudert.

Amra rannte auf die Gestürzten zu, als abermals das gespenstische Dröhnen erklang, das sie am Grab des Riesen aufgeschreckt hatte. Lauter als Kriegsgeschrei und Kampflärm grollte es nun – ein Trommeln, als berste der Himmel.

Der Schattenkönig von Anáxi saß zu Pferd. In gestrecktem Galopp donnerte er an Amra vorbei, Schweif und Mähne seiner Knochenmähre wehten wie sturmgraue Banner.

Auf dem Platz erhob sich ein vielstimmiger Aufschrei: Die Schneide der Axt glänzte über dem Reiter wie ein schartiger Mond. Der Schlag war auf das Mädchen gezielt, auf die Lichter in ihrem Haar. Lillia hob die Arme und öffnete den Mund zu einem stummen Schrei – doch die Axt pfiff längst durch die Luft und würde sie zerschmettern, sie entzweischlagen, wie es in den Liedern über Anáxi hieß.

Ein Speerstoß fuhr dazwischen, bevor die Klinge das Mädchen berührte. Funken sprühten auf, als die Waffen gegeneinanderkrachten. Mit aller Kraft riss Gorun den Schaft nach oben und lenkte die Streitaxt von dem Kind ab. Doch der Knochenkönig nutzte den Schwung zum sofortigen Gegenschlag. Kupfer blätterte in Flocken von den altersmüden Waffen ab, als die Axt auf den Schild des Reiters dröhnte, und die Klinge krächzte über den Falken von den Defágos: Die Stadt der Lebenden trat gegen das Reich der Toten an.

Schlagartig hielten alle anderen Kämpfer auf dem Platz inne. Einzig das Prasseln der Feuer und das Dröhnen von Axt und Speer waren zu hören. Mit angehaltenem Atem verfolgten die Menschen den Zweikampf. Der Schädel des Knochenpferds leuchtete fahl, Nebel stieg von seinen Flanken auf, und Gorun stach immer wieder nach den Fesselgelenken des Tiers, während die Axthiebe des toten Königs wie Hammerschläge auf seinen Schild krachten.

Jemren war wieder auf den Beinen und hinkte eilig auf Lillia zu. Er fasste sie an beiden Händen und wollte sie von den Kämpfenden fortziehen, aber das Mädchen widerstrebte; sie sprach aufgeregt auf den Schützen ein und deutete in die Nacht. Der Schweif des Knochenpferds peitschte über die beiden hinweg, als der König von Anáxi das Tier wendete. Da rammte Gorun den Speer mit voller Wucht nach oben – aber die Spitze stach wirkungslos ins Nichts; sie verschwand in der gähnenden Leere zwischen den Rippen des Toten. Vom eigenen Schwung geriet der Reiter aus dem Gleichgewicht und taumelte, und der König von Anáxi holte abermals zum Schlag aus.

Amra hob die Hand. Ein schwaches Licht glühte ihr durch die Finger. *Du gewinnst dieses Spiel nicht!*, rief sie. *Deine Trugbilder und Listen täuschen uns nicht länger.*

Der König wandte ihr das Gesicht zu. Nacht wirbelte in seinen Augenhöhlen, und sein Stirnreif glänzte. *Wie du bereits gehört hast: Diesmal ist es keine List, Laîren. Nichts kann euch mehr schützen.*

Die Axtschneide durchbrach den Kupferschild mit dem Falken. Gorun streifte die Waffe vom Arm und wich zurück. Ein Stöhnen erhob sich in den Reihen der Krieger, als die Feuer zwischen den Türmen zu qualmenden Haufen zusammensackten – Dunkelheit kroch von allen Seiten heran.

Jemren hob das Mädchen hoch. Einige Herzschläge lang sah es aus, als wolle der Schütze dem gespenstischen Reiter das Kind übergeben und ein für alle Mal ein Ende machen mit Streit und Hass und Krieg. Da legte Lillia dem Pferd die Hand auf die knochige Stirn – die Erscheinung brach in sich zusammen, und der König von Anáxi wurde abgeworfen.

Der Stein, Amra! Der Weiße Stein! Lillia weiß, wo er zu finden ist!, rief Jemren zu ihr hinüber.

»Schnell, Gorun!«, schrie sie, als sie sah, dass sich der gestürzte König zwischen Dornen, Schutt und geborstenen Waffen regte. Der Reiter hatte sich der Gestalt nähern wollen, den Speer wachsam in der Faust. Als er bemerkte, wie seine Gefährten zu dem qualmenden Brandfleck eilten, der vom Zelt der Nraurn-Königin übrig geblieben war, folgte er ihnen eilig. Kajlyn-Guas Wutschrei gellte über den Platz, aber Falrau hielt sie und ihr Gefolge mit seinen Reitern in Schach; die Krieger drängten die Gehörnten immer tiefer zwischen die Ruinen.

»Bei der Quelle – diese Nraurin spielt offenbar mit jedem ein falsches Spiel!«, entfuhr es Gorun, als er die Steinplatte sah, die unter Kajlyn-Guas Zelt im Boden eingelassen war. Die Inschrift war lesbar, obwohl die Oberfläche Absplitterungen und tiefe Kratzer aufwies. Kajlyn-Gua und ihre Dienerin hatten anscheinend im Geheimen versucht, die Platte aufzustemmen, während die Nraurn in ihrem Auftrag die ganze Stadt durchwühlten.

»Ist das ... befindet sich hier ...«, stieß Jemren hervor, während er die gemeißelten Schriftzüge überflog. Dabei umschlang er Lillia mit beiden Armen.

»Der Zugang zur Quelle«, ergänzte Gorun und setzte den Speer unter dem Rand der Platte an. Offenbar wollte er es ebenfalls mit Gewalt versuchen. »Anrynan ließ den Brunnen versiegeln, kurz bevor sie aus der Stadt floh ...«

»Tritt zur Seite, Gorun! Es gibt eine Vorrichtung, mit der sich der Eingang öffnen lässt«, unterbrach ihn Amra. Wie oft hatte sie diese Verriegelung bedient: Im Verborgenen unter der Platte steckte ein Stift aus Stein in einer Öse. Wurde er herausgezogen, ließ sich die Deckplatte mühelos in den Angeln drehen – auf dieselbe Weise waren die Gräber einer Stadt verschlossen.

Stufen führten in den Quellenschacht hinab, der sich am Fuß der Treppe zu einem Becken verbreiterte. Wurzeln hatten die Seitenwände durchbrochen; der Plattenbelag auf dem Boden wies Risse und Sprünge auf und war zum größten Teil unter loser Erde verschüttet.

»Hier!«, rief Lillia, sobald sie den Grund des Schachts erreicht hatten. »Es ist genau hier!«

Ein Schwindel erfasste Amra, und sie schwankte. Der Schacht, die Tempelreste, die ganze Stadt – alles drehte sich um sie, als wäre sie wirklich in einen Strudel geraten, in einen gewaltigen Sog der Zeit, und hier hatte sie den tiefsten Punkt erreicht. Plötzlich wusste sie nicht mehr, ob sich ihre Geschichte nun dem Ende zuneigte oder eben erst begann: Dieselben Worte hatte Lillia bei ihrer allerersten Begegnung ausgerufen.

»Licht!«, rief Gorun zu den Kriegern hinauf, die ihnen zögernd in den Brunnen folgten. »Bringt Licht – beeilt euch!«

Es wurde zusehends düster in der Stadt. »Die Feuer erlöschen«, berichtete Akkan. »Es gibt nichts Brennbares mehr, nur Klauenkraut.« Die Stimme des Reiters klang gefasst. Die Kampfgefährten fanden sich auf den Treppenstufen ein, in Anrynans verlassenem Brunnen.

Mit dem Speer hebelte Gorun Gesteinsbrocken aus dem Boden. Jemren hatte sich auf die Knie niedergelassen und räumte den Aushub zur Seite: Erdreich und Steinsplitter, Tonscherben und abgerissene Wurzeln. Das kleine Mädchen murmelte ohne Unterlass Worte der Feensprache vor sich hin. Offenbar hatte sie Gorun die Bedeutung des einen oder anderen Begriffs beigebracht, denn manchmal antwortete der Reiter knapp, während er sich den Schweiß von den Schläfen wischte.

»Achtet auf dieses umherschleichende Gespenst! Lasst es nicht einmal in die Nähe dieses Schachts kommen!«, rief er den Reitern zu. Dann setzte er den Speer von Neuem an.

Mit einem dumpfen Ton stieß die Spitze auf eine harte Schicht.

»Vorsicht!«, warnte Jemren. Der Reiter warf die Waffe fort und kniete neben dem Schützen nieder. Mit bloßen Händen gruben die Männer weiter und legten nach und nach ein Stück Stein frei: das Gesicht eines schlafenden Mädchens. Es lag halb im Boden verborgen, doch die Züge waren eindeutig zu erkennen.

»Das bist du!«, stieß Jemren hervor. Sichtlich betroffen wischte er Erde von der steinernen Wange, als läge wirklich das tote Kind vor ihm.

»Das bin ich«, bestätigte Lillia. Sie hatte die Kapuze wieder aufgesetzt und starrte aus der Verhüllung heraus auf ihr Abbild.

»Die Statue des Einen Kinds – *das* ist der Weiße Stein?«, rief Gorun. »Bei der Quelle, sprach Anrynan etwa von deinem Abbild, als sie uns auftrug, nach dem Schatz zu suchen?«

Hastig scharrte er die Erde zur Seite, um den Fund weiter auszugraben. Jemren beugte sich über die Grube. »Sie ist zerbrochen! In der Mitte gespalten!«

»Nicht nur das – es ist nur eine Hälfte«, fügte der Reiter hinzu. »Der zweite Teil der Statue fehlt.«

Die Figur lag auf der Seite. Durch Scheitel, Stirn und Brust zog sich ein tiefer Riss. Ein Geflecht aus Wurzeln überwucherte den Stein und war fest damit verwachsen.

»In welchem Zustand sie sich auch befindet – wir müssen die Statue heben«, erklärte Amra bestimmt. »Lillia ist die jüngste der Götter. Sie darf auf keinen Fall länger hierbleiben. Sie gehört nicht ins Entfernte Land.«

Über ihnen waren Füßescharren und Murmeln zu hören. Die Krieger aus dem Süden drängten sich am Rand des Beckens und hielten rußige Fackeln in die Höhe; der unruhige Schein huschte über die Wände. Als sie Amras Worte vernahmen, sanken manche Männer auf die Knie, legten die Waffen vor sich auf den Boden und breiteten die Arme aus, als wollten sie zu den Ewigen beten – erst jetzt wurde ihnen bewusst, wessen Reich sie in Nebel und Dunkelheit durchquert hatten. Vraja und Kimrin hatten die Finger ineinander verhakt, und in allen *Taú* war ein ähnlicher Gedanke zu spüren: das Wissen, wie nahe den Menschen der Tod war.

»Bereit?«, fragte Gorun. Er hatte die Arme unter die Statue geschoben, und Jemren tat es ihm auf seiner Seite gleich. Gemeinsam stemmten sie sich ein, um die Figur aus dem Erdreich zu hieven, doch sosehr sie sich auch abmühten, die Wurzeln hielten das Bildwerk umschlungen, Erdreich bedeckte weiterhin die steinernen Füße.

»Nicht so fest!«, rief Lillia ein ums andere Mal und sprang um die Vertiefung herum, als spüre sie das Ziehen und Zerren am eigenen Leib. Als die beiden Männer schließlich innehielten und nach Atem rangen, sank sie auf dem Boden nieder, als habe auch sie ihre Kräfte verausgabt.

Die Wurzelstränge entsprangen einem Gewächs im Rücken der Statue, einer Ansammlung von Verdickungen und Knollen. Die Pflanze war mit feinen Härchen überzogen. Amra vermochte ihren Namen nicht zu bestimmen; ein solches Gewächs hatte sie nie zuvor gesehen. Als Gorun den Dolch zog, um die Schlingen zu durchtrennen, platzte eine der Knollen auf, und ein glitzerndes Auge richtete sich auf den Reiter.

Mit einer Verwünschung prallte Gorun zurück, auch Jemren wich einige Schritte nach hinten.

»Bei allen Ewigen – was ist *das*?«, stieß der Reiter hervor.

»Das«, sagte Amra und beugte sich über die Grube, »ist ein Yku.«

Der Erdgeist hielt Lillias Statue fest umschlungen. Seine Finger – wenn Amra die Verästelungen der Wurzeln so bezeichnen wollte – gruben sich tief in den Boden. Der Geist umklammerte das Bildwerk, als wolle die Insel das Mädchen nie mehr hergeben.

»Ein Yku?« Zögernd trat Jemren näher. »So sehen sie manchmal aus?« Er hatte Erfahrungen mit Erdgeistern ganz anderer Art gemacht.

Amra nickte. »Wir müssen ihn dazu bringen, dass er die Statue freigibt.« Sie kauerte sich am Rand des kleinen Grabs auf die Fersen. »Kannst du mit ihm sprechen?«, fragte sie das Mädchen.

Lillia nickte. *»Ykun«*, sagte sie, und ein Schwall unverständlicher Worte folgte. Das Wurzelwesen antwortete. Die Stimme des Geists klang wie das Klickern von Stein auf Stein, wie Geröll, das einen Abhang hinunterkollert. Als Gorun jedoch einen Schritt näher trat, rollte das Auge in seine Richtung, und der Yku stieß ein dumpfes Grollen aus. Ein Zittern lief durch den Brunnen. In den Stufen entstanden Risse, Mosaikplättchen platzten von den Wänden ab, und etliche Männer schrien auf.

Jemren fasste Gorun am Arm. »Reiz ihn nicht!«, warnte er leise. »Ich habe erlebt, wozu diese Geister fähig sind – und wie *groß* sie werden.«

Der Reiter war blass geworden. Offenbar ging ihm auf, dass sich die Wurzeln vielleicht längst im Untergrund des Brunnenbeckens – wenn nicht gar in der ganzen Stadt – ausgebreitet hatten. Wie eine Faust umschlossen die Stränge das Gelass, und wenn sich der Yku in unerwarteter Weise regte, würden die Ruinen von Anáxi in sich zusammenstürzen und Lebende wie Tote unter sich begraben.

Lillia hatte die Arme um die Knie geschlungen und sprach unentwegt auf den Erdgeist ein. »Sag dem Yku, wer wir sind und weshalb wir nach Anáxi kamen«, flüsterte Amra. Als sie die rauen Flechten berührte, wandte sich das Auge ihr zu, aber der Erdgeist gestattete ihr, Schlinge um Schlinge zu lösen und die Wurzelknoten zu öffnen, die um die Figur des Einen Kinds geschlungen waren. Zu trennen, was nicht länger zusammen gehörte – darin bestand das Tagesgeschäft der *Laîren.*

Als sie Falraus heiseres Fluchen vernahm, hob sie den Kopf. Der Speerkämpfer reckte den Rest einer Fackel empor, der ihm sicher längst die Finger versengte. Das ersterbende Licht fiel auf Knochen und einen vermoderten Mantelrest – der König von Anáxi betrat den Brunnen. Die Reiter wichen vor der Erscheinung zurück, als das Gespenst aus dem Grab des Riesen Stufe um Stufe in den Schacht herabstieg. Niemand wagte, die Hand gegen den Herrscher des Totenreichs zu erheben.

In fliegender Hast öffnete Amra den letzten Knoten – und endlich ließ der Yku das Mädchen los. Die Wurzeln glitten zurück in den Boden, die Fasern entwirrten sich, und Lillia atmete hörbar auf.

Jetzt, Jemren!, rief die *Laîren*. Gorun entfuhr ein Schreckensruf, als der tote König auf sie zustürzte, aber er besaß Geistesgegenwart genug, um mitzuhelfen und das Kind aus Stein unter dem Wurzelgeflecht hervorzuziehen – Lillias Statue war frei.

Der König von Anáxi stieß einen Klagelaut hervor, als die Stadt ihres Geheimnisses beraubt wurde. Er streckte die Arme nach dem Steinernen Mädchen aus, als wolle er seine Hälfte für immer in dem Gewölbe festhalten. Da sprang Lillia auf und streifte der zerbrochenen Statue ein Lederriemchen um den Hals, ein Metallgegenstand schlug klirrend gegen den Stein.

»Jetzt bin ich nicht länger das Verlorene Kind!«, rief sie. »Meine Begleiter haben mich gefunden – und nun bringen sie mich nach Hause!«

Der tote König von Anáxi wich vor dem Kind zurück. Er drehte sich um und wollte aus dem Brunnen fliehen, über den er nun keine Macht mehr besaß – aber die Menschen standen dicht gedrängt auf den Treppen und boten ihm keinen Schlupfwinkel. Mit angehaltenem Atem verfolgten die Krieger das Schauspiel, das sich ihnen bot, als der König der Toten vor dem kleinen Mädchen floh.

Die Erscheinung warf die Arme in die Höhe, die knöchernen Finger krümmten sich – und gruben sich in die Brust, als seien Dunkelheit und Leere nicht länger zu ertragen. Die Gestalt brach in die Knie und zerfiel vor den Augen der Menschen zu Staub, bis schließlich die Überreste eines Sterblichen im Brunnen verstreut lagen. Der Schädel mit dem Kupferreif ruhte am Fuß der Treppen – hier war der Herrscher der Stolzen Stadt ums Leben gekommen; hier hatte er sich voller Verzweiflung das *Taú* aus dem Leib gerissen, ein vergessenes Opfer am Ende einer langen Schlacht.

»Bei allen Göttern«, murmelte Gorun und wandte sich von dem Toten ab. Viele Krieger stimmten ein, als er die althergebrachten Worte sprach, mit denen man im Süden die Verstorbenen ihres Wegs ziehen ließ.

Amra beugte sich zu der zerbrochenen Statue hinab, um zu sehen, welches Zaubermittel Anrynan dem Kind mit auf den Weg gegeben hatte, damit Lillia sich gegen den Herrn der Dunkelheit zur Wehr setzen konnte. Zu ihrem Erstaunen erblickte sie ihr eigenes altes Amulett, das sie einst von der *Laîren* ihrer Stadt geschenkt bekommen hatte.

»Aber Lillia ... wie ... woher wusstest du, dass die Münze deine Statue beschützt?«, stieß sie hervor.

Das Mädchen lachte. »Eins ist wie das andere, und wenn ich das Amulett trage, kann Antiles mir nichts antun. Das hast du mir doch erklärt, Amra! Weißt du nicht mehr?«

Mit diesen Worten stieg das Eine Kind aus dem Brunnen.

Über der Stolzen Stadt brach der Tag an. Der Nebel hatte sich verzogen, und der Himmel wirkte wie aus blauem Glas. Die Krieger aus Defágos hockten auf umgestürzten Säulen oder standen in Gruppen beisammen. Bleich und übernächtigt sahen die Männer aus, als wären sie viel länger durch das Totenreich geirrt als nur eine dunkle Nacht lang. Vraja hatte den Kopf auf Kimrins Schoß gebettet, und der Junge strich ihr immer wieder übers Haar, während sie auf den Sonnenaufgang warteten.

Pferde weideten zwischen den Ruinen. Die Nraurn waren aus der Stadt geflohen, und nun wagten sich auch diejenigen Gefährten herbei, die im Heerlager auf den Ausgang der Schlacht geharrt hatten. Sie schritten zwischen den Erdhaufen hindurch, umringten die schwelenden Brandflecken, die von den Rundzelten der Nraurn geblieben waren, und trauerten um die Gefallenen.

Der Anblick schnürte Amra die Kehle zu. Sie zog das Amulett hervor, das sie der Nraurn-Königin vom Hals gerissen hatte – es war weitaus mächtiger als ihre kleine Münze. Die Flüssigkeit glitzerte, durchtränkt vom Morgenlicht, und zeigte denselben blassen Goldton wie der östliche Horizont.

Wird es jemals enden?, fragte sie sich. Wird mit der Erfüllung der Prophezeiung die Zeit von Krieg und Leid zu Ende gehen – oder ist mit der Weissagung letztlich doch etwas ganz anderes gemeint?

Diesmal ist es keine List. Diese Worte hatten sich ihr ins Gedächtnis gegraben. Vielleicht hatte Gorun recht in seinem Groll auf Vrarras und Anrynan – keiner ihrer Ratgeber hatte ihnen je die Wahrheit gesagt.

Als sie Schritte hinter sich hörte, wandte sie sich um. Der Reiter kam auf sie zu, verschwitzt und mit Rußspuren im Gesicht. »Wie kam es zu dieser Verletzung?«, fragte er mit einem Hinweis auf ihre blutunterlaufene Schläfe. Dort hatte sie Kajlyn-Guas Hörnerstoß getroffen.

Plötzlich schlug ihr das Herz bis zum Hals. Gorun wandte sich ihr mit dem *Taú* zu, als wolle er viel mehr über sie erfahren und ihr viel mehr mitteilen, als sich in Worte fassen ließ. Er stand so dicht vor ihr, dass sie nur den Arm auszustrecken brauchte, um sein Gesicht zwischen die Hände zu nehmen wie damals im Dunkeln in Anrynans Turm. Und wie sehr sehnte sie sich danach, diese unerhörte Berührung zu wiederholen!

»Das nächste Mal hörst du auf meinen Rat«, sagte er, als sie schwieg. »Ich will dich nicht verlieren.«

Während er mit ihr sprach, hatte der Reiter die Hände auf den Rücken gelegt – wohl um nicht in Versuchung zu geraten, die *Laîren* mit derselben Herzlichkeit zu behandeln wie seine Gefährten.

»Keine Angst, Gorun, ich gehe dir nicht verloren«, erwiderte Amra mit fester Stimme. »Du magst es drehen und wenden, wie du willst: Durch die Prophezeiung sind wir miteinander verbunden.«

Hufgetrappel ertönte hinter ihnen, die Befehlshaber der Streitmacht näherten sich. »Wir bargen deine Waffen, Gorun«, wandte Falrau sich an seinen Freund. »Speer und Schild sind nahezu unversehrt – der Spuk scheint tatsächlich vorüber zu sein.« Der Speerkrieger reichte Gorun beide Gegenstände. Das Kupfer glänzte in der Morgensonne, als hätte man es soeben erst geschmiedet, und der Falke breitete kühn die Schwingen aus.

Aus der Hand des Freunds nahm Gorun Schild und Speer in Empfang. Falraus Blick ruhte indessen auf Amra. »*Laîren*«, nickte er ihr zu, und zugleich zeigten sich ein Funkeln in seinen Augen und ein vergnügter Ausdruck in seinem *Taú*. »Du bist wirklich *Laîren*.«

»Ruft die Krieger zusammen. Wir sammeln uns im Lager«, befahl Gorun. Die Krieger wendeten ihre Pferde und trabten davon. »Komm mit«, raunte der Reiter Amra zu. Er rieb sich den Ruß aus dem Gesicht, während sie durch die Stadt schritten.

Rings um den Hauptplatz breitete sich die Erste Stadt der Menschen aus. Im Morgenlicht erkannte Amra die einstige Anordnung der Gebäude. Sternförmig liefen die Gassen zwischen Klanhäusern, Versammlungssälen und Tempeln auf den Mittelpunkt von Anáxi zu, und im Hintergrund erhoben sich neun Stolze Türme: einer für jede Windrichtung, einer für jede Erscheinung des Himmels im Jahresverlauf.

Jemren schritt zwischen den Bauwerken umher. Er war allein, und zum ersten Mal seit Langem gelang es Amra nicht, den Ausdruck in seinem *Taú* zu deuten.

»Wie es hier aussieht!«, rief er ihnen entgegen und deutete an einem Turm hinauf. »Diese Bogen und Fenster! Unterhalb der Krone verläuft ein Gang, seht ihr? Von dort hat man bestimmt einen großartigen Ausblick auf die Ebene von Fésos. Ich habe noch nie einen Turm von solcher Bauart gesehen!«

»Nun – ich auch nicht«, bemerkte Gorun sichtlich belustigt. Die Außenwände des Turms bestanden nicht aus behauenem Stein, wie es sonst im Süden üblich war. Man hatte Tonziegel verwendet, die eine vollkommen andere Gestaltung erlaubten: Eine Vielzahl von Durchbrüchen und Brüstungen lockerte die Fassade auf, sodass Amra sogar die Baukunst von Defágos unbeholfen erschien. Mosaikplättchen hatten einst die Wände des Turms verkleidet; jetzt waren sie zum Großteil abgefallen und lagen als bunt glasierter Schutt am Fuß des Bauwerks. Gestrüpp überwucherte den Eingang, und von der Krone quollen üppige Ranken.

»Die Stadt muss einst sehr schön gewesen sein«, meinte Jemren.

Gorun nickte. Zwischen den Ruinen trieben die Jungen die Rappen zusammen, ihre grellen Pfiffe erfüllten die Stadt. Die Gefährten schlugen die geborgene Hälfte von Lillias Statue in eine Decke ein. Sie selbst ließ es sich nicht nehmen, den Männern bei jedem Handgriff auf die Finger zu schauen und sie mit ihren Wünschen zu verwirren: Der Kopf der Figur solle auf einem Kissen ruhen, verlangte sie, und eine bequeme Unterlage sei ebenfalls angebracht, ehe man die Statue auf dem Packpferd verschnüre.

»Der Streit, der in der Stolzen Stadt seinen Anfang nahm, die Langen Kriege und das geteilte Kind, das von der wütenden Menge entzweigerissen wurde – allmählich frage ich mich, ob auch nur eines unserer Lieder mit der Wirklichkeit übereinstimmt«, bemerkte Gorun. »Gab es Jardara wirklich, oder ist sie auch nur eine unserer vielen ... Legenden.« Beim Wort »Legende« zögerte er und blickte den Schützen an, aber Jemren griff die Anspielung auf einen alten Zwist nicht auf.

»Wohin schafft ihr die Statue?«, wollte er wissen. »Nach Defágos?«

Amra horchte auf. Die Stirn des Schützen lag in Falten, und er hatte die Arme verschränkt wie stets, wenn ihm die Umstände nicht behagten.

»Jemren ...«, hob sie an, aber der Schütze schnitt ihr mit einer Handbewegung das Wort ab. »Gewiss sagst du mir nun gleich, in der Kühnen Stadt sei Lillias Bildnis am besten aufgehoben. Gewiss gelingt es euren Steinmetzen, die Statue wieder instand zu setzen – vielleicht gar die fehlende Hälfte zu ergänzen. Und dann gehört sie wieder euch. Dann habt ihr Lillias Macht zurückerobert.«

Schweigend betrachtete Gorun den Schützen. Schließlich deutete er mit einem Schwenk des Arms über die Ruinen.

»Sieh dich um!«, forderte er Jemren auf. »Vor langer Zeit wurde hier das Abbild des Mädchens gefertigt. Die Kunstfertigkeit der Einwohner von Anacži und ihre Vorliebe für Zerstreuungen aller Art werden in vielen Berichten gerühmt. Es war die größte Stadt, die es auf der Insel gab – in jeder Hinsicht.«

Jemren warf dem Reiter einen überraschten Blick zu. »Anacži?«, wiederholte er. »Du übst dich noch immer in der Sprechweise des Nordens? Weshalb?«

»Diese Ausdrucksweise allein dem Norden zuzuschreiben wäre ein gewaltiger Fehler«, entgegnete Gorun. »Erinnerst du dich noch an Anys Erwiderung, als du sie einmal mit *Naszan* anredetest? Eine solche Aussprache ihres Ehrentitels habe sie schon lange nicht mehr gehört, sagte sie. Hast du dich nie gefragt, wie sie diese Worte meinte?«

Als der Schütze schwieg, legte Gorun ihm die Hand auf die Schulter. »Wo kann Anrynan deine Aussprache schon einmal vernommen haben außer hier, in der Stolzen Stadt, wo sie einst Hohepriesterin war? Viele Flüchtlinge, die es am Ende der Langen Kriege in den Norden verschlug, stammten aus Anáxi. In der Abgeschiedenheit dort habt ihr sogar die Sprechweise der Stolzen Stadt beibehalten. Die wahren Erben von Anáxi, Jemren – das seid ihr.«

Der Schütze ließ den Blick über die Türme gleiten. Vögel flatterten zwischen den Fenstern hin und her, die Büsche vor den Eingängen bewegten sich im Wind. Die Reste der Mosaiken an den Wänden verrieten den Zweck, dem die Bauwerke einst gedient hatten: Es waren der Kornturm, der Turm der Krieger, der Turm der Schriften gewesen.

Schließlich strich Jemren sich das Haar aus der Stirn. Im Lauf des Sommers war es so lang geworden, dass ihm der Wind die Strähnen immer wieder in die Augen blies. »So habe ich die Geschichte der Insel noch nie betrachtet«, gab er zu.

Gorun nickte. »Das dachte ich mir«, sagte er ernst.

Zweiter Teil

ザエメ

Wasser tropfte auf Stein, platschte in Pfützen und rann über die Wände hinab, und wer stehen blieb und den Atem anhielt, hörte als einziges Geräusch das sanfte Gluckern. Gneis und Glimmer glitzerten, als Nesyn die Lampe hob und sich in einen Gang bückte, der sich nach wenigen Schritten verzweigte. Er nahm den Stollen zu seiner Schildhand. Je tiefer er vordrang, desto dunkler wurde der Fels, und das Licht der Öllampe huschte über Steinsalz und gebänderte Erze.

»Geh weiter!«, raunte er der jungen Menschenfrau zu. Harat strich mit den Fingern an den Wänden entlang und ergötzte sich an den in der Tiefe verborgenen Schätzen: Quarznester schillerten im Lampenschein, sattrote Adern durchzogen den Fels.

»Sonnenglanz und Meeresauge, Eislicht, Sternsilber und gesprenkelte Himmelsglut!«, rief sie aus. »An unseren Stränden findet man diese Gesteine ebenfalls – aber immer nur in winzigen Splittern. Und das hier? Das sieht wie gediegenes Kupfer aus.« Sie bückte sich, führte das Bröckchen zum Mund, biss vorsichtig auf eine Kante und spie aus. »Bei den neun Winden, Nesyn! Warum haltet ihr euch bloß damit auf, unsere elenden Städte zu überfallen?«

»Geh weiter!«, wiederholte er.

Sie warf ihm einen Seitenblick zu, ihre dunklen Augen funkelten. »Ihr seid unglaublich *reich*«, erklärte sie, während sie vor ihm durch den Gang schritt, der sich immer tiefer in den Felsen grub. »Ihr hütet hier die allergrößten Schätze – und dringt dennoch in den Norden ein, um uns ein Lamm oder einen Sack voller Gerste zu stehlen! Das ist wirklich ein lächerlicher Grund, um Stadt und Turm zu überfallen!« Angesichts der Widersprüche, die sie zu erkennen glaubte, schüttelte Harat den Kopf; ihre Schritte hallten dumpf von den Wänden des Stollens wider.

»Hast du je vom Herrn der Dunkelheit gehört?«, fragte Nesyn.

»Wer soll das sein?«, gab sie zurück. »Ein Schreckgespenst, mit dem ihr eure Kinder zu Bett schickt? Nein, ich habe nie ...«

»Ihm gehören diese Schätze.« Nesyn deutete auf die funkelnden Wände. Wie ein Nachthimmel voll bunter Sterne nahmen sie sich aus. »Was du hier siehst und was die Schmiedekunst der Gehörnten daraus formte« – mit der flachen Hand schlug er gegen seine Waffen –, »sind die Leihgaben des Dunklen Herrschers. Vor langer Zeit lebte er hier, doch es erschien ihm bedauerlich, dass er der Einzige war, der diese Kostbarkeiten bewunderte. Deshalb rief er uns zu sich und zeigte uns den Weg durch seine Höhlen und Gänge.«

»Gewiss haben solche Gaben ihren Preis«, bemerkte Harat.

Zustimmend senkte Nesyn die Hörner. »Gewiss«, nickte er. »Für jeden Tropfen Erz verlangt er einen Tropfen Blut, für jeden aus dem Fels gehauenen Kristall ein *Taú*.«

»*Taú*.« Harat hauchte das Wort aus. »Was ist *Taú*?«

»Dein Leben«, erwiderte Nesyn.

Sie blieb stehen. »Und was fängt der Herr der Düsternis dann damit an?«, fragte sie. »Hortet er es im Verborgenen wie seine unterirdischen Schätze? Zu dumm, Nesyn, denn auf diese Weise bekommt wieder niemand seinen Reichtum zu Gesicht.«

Er neigte den Kopf zur Seite, um sie besser betrachten zu können. »Hat dich niemand Demut gelehrt?«, erkundigte er sich. »Brachte dir niemand bei, wann es Zeit ist, sich zu fürchten?«

»Ich weiß schon, was am Ende geschieht«, erklärte sie voller Überzeugung. »Wir gehen auf Reisen. Unter den Sternen segeln wir bis zum Rand der Welt.«

Auch die Kahlen spinnen Legenden und denken sich Märchen aus – genau wie wir, dachte Nesyn verwundert. Angesichts des Todes wünschen sich sämtliche Geschöpfe Hoffnung, und wo es keine Gewissheit gibt, dient uns die Erfindung.

»Wer bist du – eine *yk'aru*? Eine Seherin, wie ihr Menschen sagt?« Weissager und Propheten standen überall auf der Insel in hohem Ansehen; den Norden hatte er bislang allerdings von dieser Annahme ausgeschlossen.

»Wer weiß – vielleicht?«, bemerkte Harat spitz. »Wie wäre es, wenn ich dir Zusammenhänge enthüllen würde, nach denen du suchst?«

Sie trat dicht an ihn heran und bog den Rücken ein wenig durch, um zu ihm aufzusehen. Zugleich streifte sie mit den Fingerspitzen über seinen Brustpanzer, so wie sie eben noch die bunt gebänderten Wände betastet hatte – beiläufig, doch keineswegs unbeabsichtigt.

»Nesyn«, lockte sie, und ihr glänzendes *Taú* strich über das seinige, um ihn zu behexen. »Du darfst uns nicht in den Stollen zurücklassen. In diesen Gängen gehen wir zugrunde! Nimm mich mit, und ich werde dir ...«

»Unterlass das!«, fuhr er sie an und stieß sie von sich weg. »Geh zu den anderen! Ihr harrt hier unten aus, solange es mir gefällt.«

Augenblicklich war es mit Harats Schmeichelei vorbei. »Ich bleibe nicht in diesem grässlichen Loch!«, fauchte sie ihn an. »Ich hocke bestimmt nicht im Finstern und warte, bis mein Schicksal sich erfüllt!«

»So wie du jetzt jammerst, haben viele vor dir geklagt«, grollte Nesyn. »Genutzt hat es ihnen wenig.« Er stellte die Öllampe auf den Boden. Der Schein fiel auf zusammengedrängte Gestalten; sie hockten auf Vorsprüngen, Felsnasen und auf dem nackten Boden. Der unterirdische Gang verbreiterte sich an dieser Stelle zu einer Höhle. Säulen unterteilten die Grotte in mehrere Kammern, und von der Decke tropfte unablässig Wasser.

Nesyn blickte in erschöpfungsstarre graue Gesichter. Niemand sprach, niemand beklagte sich – fast schien es ihm, als seien die Menschen erleichtert, dass sie nun keine Kraft mehr aufbringen mussten, um Wind und Wetter und anderen Widrigkeiten zu trotzen. Der Norden war gefallen; jenseits des Scyé gab es kaum noch einen Turm, der über Verteidiger verfügte, keine Stadt mehr, in der Menschen wohnten. Lediglich Minéa wehrte sich noch, aber es hielt sich gewiss nicht mehr lange: Stürme hatten das Umland der Stadt verwüstet, und vom Salz waren Brunnen und Böden verdorben.

Harat hatte die Fäuste in die Seite gestemmt und musterte ihn. Sie hatte sehr wohl bemerkt, dass er am Eingang des Stollens Wächter aufgestellt hatte.

»Gib mir eine Locke von deinem Haar!«, verlangte Nesyn. Die schwarzen Strähnen ringelten sich ihr um die Schultern und bis weit auf den Rücken hinab, lockiger und glänzender als die Mähnen der Nraurn.

Spöttisch hob Harat die Augenbrauen. »Möchtest du ein Andenken von mir?«, fragte sie, doch als Nesyn den Dolch aus dem Stiefelschaft zog, beeilte sie sich, eine Strähne für ihn zu spannen. Sie sah zu, wie er von einer Frau zur nächsten schritt; selbst dem dunkelhaarigen Mädchen aus Thárraxi schnitt er eine Locke ab und wickelte sie mit den restlichen Strähnen zu einem Strang.

»Da habt ihr Licht – wenigstens noch für einige Stunden«, sagte er und deutete auf die Lampe. »Wasser gibt es in ausreichendem Maß, und dort drüben lagern Vorräte. Teilt sie euch gut ein, denn nun hängt es allein vom Verhalten eurer Schützen ab, ob ihr das Tageslicht je wieder erblickt.«

Harats Flüche hallten ihm durch die Gänge nach, bis ihre Tonlage schriller und verzweifelter klang – und schließlich verstummte sie.

»Bewacht den Stollen gut!«, schärfte Nesyn den Wächtern ein. »Diese Gefangenen sind sehr wertvoll – sie dürfen keinesfalls entkommen.« Die jungen Bahak strafften sich und nickten ihm geflissentlich zu; sie waren mit Haken und Langbogen aus Schafshorn ausgerüstet.

Als er sich abwandte, atmete er insgeheim auf. Lange hatte er gebangt, ob sein Plan wirklich aufginge, ob es ihm gelänge, das Vorhaben wie vorgesehen auszuführen. Wenn sich innerhalb seiner Heerschar Widerstand regen sollte, könnte er seine Absichten nicht in die Tat umsetzen, und alle Überlegungen wären vergebens.

Bisher hatten seine Gefolgsleute jeden Befehl jedoch stumm ausgeführt und nicht eine einzige Anordnung infrage gestellt. Sie beobachteten ihn verstohlen und zogen ihre eigenen Schlüsse aus seinem Verhalten – dessen war er sich sicher. Seit sie das Heerlager der *Nraur-a-Khae* verlassen hatten, rätselte er, was Vlyn und die anderen Krieger dazu veranlasst hatte, sich einem Anführer ohne Rang und Ehre anzuschließen. Wie auch immer ihre Beweggründe aussehen mochten, bald würde sich zeigen, wem sie insgeheim die Treue hielten.

Als Nesyn aus dem Stollen trat, empfingen ihn seine Gefährten in einem bewaffneten Halbkreis. Er prallte zurück, und seine Hand zuckte zu dem Dolch, der im Stiefelschaft versteckt war – doch dann sanken seine Schultern herab, und er nahm eine gelassene Haltung ein. Offenbar wollten seine Gefolgsleute das Zusammentreffen mit der *Nraur-a-Khae* nicht abwarten. Sie verlangten sogleich Gewissheit über seine Absichten.

»Laut Kajlyn-Guas Befehlen sollten wir die Kahlen töten – und sie nicht mit Vorräten und Wolldecken versehen in einen Stollen sperren!«, stieß Vlyn hervor.

Langsam schwenkte Nesyn das Gehörn hin und her. »Kajlyn-Gua war nicht dabei, als wir den Norden eroberten«, erwiderte er.

»Du hattest niemals vor, ihre Befehle auszuführen!«, rief der Bahak-Krieger. »Du verweigerst ihr den Gehorsam.«

Nesyn senkte die Stirnplatte. »Sie verweigert mir meine Ehre«, stieß er hervor.

Ein Raunen erhob sich unter den Umstehenden, als er die Meuterei nicht einmal bestritt.

»Dann gab sie dir das Menschenmädchen keineswegs als Führerin mit – du *stahlst* ihr die Geisel!«, rief Vlyn.

»Weil ich mit Harats wertvollem Leben Besseres anzufangen weiß, als es aus Rachsucht zu vergeuden«, verteidigte Nesyn sich. »Begreift doch – sie und die anderen Gefangenen aus dem Norden sind uns im Ringen um das Schicksal der Insel äußerst nützlich.«

»Wonach strebst du eigentlich?«, stieß ein junger Arrak hervor. »Kämpfst du nun gegen die Menschen oder dürstest du selbst nach Vorherrschaft über die Gehörnten?«

Unwillig schüttelte Nesyn die Mähne. »Welche Art von Herrschaft strebt Kajlyn-Gua an? Stellt ihr euch diese Frage, wenn ihr des Nachts wach liegt und an eure Söhne und Töchter denkt? Habt ihr niemals den Schatten gesehen, der um das Zelt der *Nraur-a-Khae* schleicht?«

Nesyn trat mitten unter seine Gefolgsleute. »Wann suchte Kajlyn-Gua die Bemalte Schlucht zuletzt auf?«, fragte er. »Wie lange ist es her, dass sie den Wächter der Geheimnisse um eine Unterredung bat? Unsere Königin zieht die lange und ruhmreiche Geschichte unseres Volks nicht zurate, wenn sie ihre Entscheidungen trifft. Ich hingegen ... auf dem Weg nach Defágos begegnete ich Qyon, und er sprach im Hinblick auf die *Nraur-a-Khae* eine deutliche Warnung aus.«

»Qyon? Du trafst mit dem Hüter der Geheimnisse zusammen?« Überrascht reckte Vlyn den Hals. »Von dieser Begegnung hast du uns nichts erzählt.«

Voller Unbehagen hob Nesyn die Schultern. »Qyons Worte waren durchaus dazu angetan, euer Missfallen zu erregen«, entgegnete er. »Er nannte Kajlyn-Gua eine Diebin und ihre Macht nur geborgt. Wärt ihr gern mit diesem Wissen in die Schlacht gezogen? Wärt ihr dann immer noch bereit gewesen, in der Kühnen Stadt euer Leben für die *Nraur-a-Khae* zu opfern, wie es Syne-Ne und so viele weitere Krieger taten?«

Einige Augenblicke lang herrschte tiefes Schweigen. Geräuschvoll stieß Nesyn Luft durch die Nüstern. »Ihr werdet sehen: Kajlyn-Gua wird mir die *nkemen* nicht wiedergeben.

Sie wird meine Ehre nicht wiederherstellen, selbst wenn ich den Norden in ihrem Namen zwei- oder dreifach erobern würde. In wenigen Tagen stoßen wir zu ihrem Gefolge, um die letzte Schlacht an ihrer Seite auszutragen. Um den Sieg der Menschen zu verhindern, schließe ich mich ihrer Streitmacht noch einmal an – doch zu meinen eigenen Bedingungen. Sobald die Menschen endgültig unterlegen sind, werde ich mich in die Bemalte Schlucht begeben und den Wächter um Rat fragen. Ihr mögt euch auf meine Seite schlagen oder Kajlyn-Gua weiterhin die Treue halten – die Wahl steht euch frei. Sagt der *Nraur-a-Khae*, ich hätte euch zum Gehorsam gezwungen, und ich werde euch nicht widersprechen. Ich hingegen beuge mich dieser Fürstin nicht länger.«

Beunruhigt traten die Zuhörer von einem Fuß auf den anderen, etliche Blicke streiften Nesyns blankes Gehörn.

»Kajlyn-Gua ist grausam«, bestätigte der junge Arrak und bat gleichzeitig mit einer Geste um Vergebung. »Die *Nraur-a-Khae* unserer Tage ist hart und grausam.«

Vlyn schüttelte so heftig die Mähne, dass sein Hörnerschmuck rasselte. »Sie ist zu weit gegangen, als sie dir die *nkemen* nahm«, nickte der Krieger. »Sie hat dir Unrecht getan.«

Verblüfft musterte Nesyn seine Gefährten, und dann begriff er: Sie hatten ihn von Anfang an durchschaut. Seit sie gen Norden aufgebrochen waren, warteten Vlyn und die anderen Krieger auf die erlösenden Worte, und nun, da er sich zu seinen Absichten bekannt hatte, atmeten sie auf, als habe er ihre *Taú* von einer Last befreit. Nie zuvor hatte er seine Pläne offenbart, doch am Ausdruck der Gesichter wie der *Taú* erkannte er, was er auf dem Ritt in den Norden erworben hatte: die Treue und Anerkennung seiner Gefolgsleute.

»Die *Nraur-a-Khae* hat dem Schwarzen Gott Gefolgschaft geschworen«, erklärte er. »Was immer sie unternimmt, dient ihren eigenen Zielen und niemals dem Wohlergehen der Nraurn. Ich dagegen« – Nesyn ließ den Blick durch die Runde schweifen – »werde die Gunst der Götter für das Gehörnte Volk zurückerobern.«

Vlyn stieß als Erster einen Seufzer aus, und dann sprachen die Gefährten erleichtert durcheinander und schmiedeten bereits Pläne für die Zeit nach der Letzten Schlacht.

»Wohlstand und Frieden!«, riefen sie – ein althergebrachter Gruß. »Üppige Weiden und sonnige Zeltplätze!« Es klang, als müsse man sich das Glück nur wünschen und schon fliege es herbei. Doch Nesyns *Taú* hob sich, getragen von der Zuversicht und Treue seiner Gefährten. Er trat zu seinem Nouk und nahm das Reittier am Zaum.

»Sitzt auf!«, rief er. »Lassen wir die *Nraur-a-Khae* nicht länger warten!«

»*E-hye*«, stimmten die Gehörnten zu. »*E-hye*, Nesyn. Wir folgen dir.«

1

Auf Goruns Bitte hin hatten sich die Gefährten in seinem Zelt eingefunden. Die Lampen erwärmten den Innenraum nur mäßig. Draußen wölbte sich der Sternhimmel über dem Land, und es war so kalt, dass der Atem gefror und das Blut ins Stocken geriet.

»Es wird immer kälter«, sagte Amra soeben. Sie saß auf einer Liege und nippte an einem dampfenden Becher; das üppige Haar verdeckte die Prellung an ihrer Schläfe. »So lautete Anrynans Warnung, die ich vor den Toren von Anáxi empfing. Der Frosthauch ist Antiles' Begleiter; er hüllt die Welt ein, bis alles erstarrt ist. Wir müssen uns beeilen, um die andere Hälfte der Statue rechtzeitig zu finden.«

»Und wo sollen wir suchen?«, fragte Akkan. »Den Teil, den wir nun in den Händen halten, bargen wir lediglich durch Zufall.«

In der Runde wurden allerlei Vermutungen laut, was aus dem fehlenden Bruchstück geworden sein mochte, und schließlich rief jemand den Anwesenden in Erinnerung, dass doch der Norden einst nach einer Hälfte des Mädchens verlangt hatte – weshalb nicht jenseits des Scyé mit der Suche beginnen?

Jemren schüttelte den Kopf. »Im Norden befindet sich das fehlende Stück gewiss nicht«, widersprach er. »Mein Land hat jeglichen Zugang zu Macht und Magie verloren.«

Den Zugang zu Macht und Magie – bei diesen Worten musterte Gorun den Schützen. Jemren wirkte oft schweigsam und in sich gekehrt, aber seiner Aufmerksamkeit entging selten etwas, und wenn er schließlich seine Meinung kundtat, dann brachte er in wenigen Worten die Tatsachen auf den Punkt.

»Der Eindruck, den ich vom Norden gewann, lässt allerdings den Schluss zu, dass man dort keine Verbindung mehr zu den

Göttern hegt«, stimmte er zu. »Aber wo setzen wir dann mit der Suche an?«

»Weshalb fragen wir nicht Lillia?«, schlug Falrau vor. Der Speerkrieger betrachtete das Feenmädchen mit einem gefälligen Ausdruck im *Taú*. »Ich erinnere mich gut an den Tag, als du nach Caláxi kamst. Du brachtest die alten Mauern der Stadt zum Sprechen und jagtest unserem Baumeister den Schrecken seines Lebens ein. Hätten wir geahnt, dass du dich lediglich auf dem Heimweg befandest, hätte man dich vermutlich fürsorglicher behandelt. Aber nun sag mir: Wo liegt der geheimnisvolle Ort, von dem du stammst?«

Lächelnd hob Lillia den Arm und deutete aus dem Zelt – irgendwohin in den funkelnden Himmel wies ihr Finger. Die Gefährten schwiegen.

»Wie?« Akkan starrte Gorun entgeistert an. »*Das* ist eure Wegweisung? Ihr lauft einfach dem Wink dieses Mädchens hinterher?«

Amra nickte. »Seit wir Caláxi verließen, führt Lillia uns. *Du musst weit hinausgehen* – kurz vor ihrem Tod äußerte Draura mir gegenüber diese Worte. *Wie* weit mich dieser Weg führen würde, ahnte die alte *Laîren* vermutlich nicht einmal selbst«, seufzte sie.

Lillia spazierte um den Tisch herum, der der Annehmlichkeit halber in der Mitte des Zelts aufgestellt war, und blieb dicht vor Amra stehen. »Mit Gorun habe ich das Meer und den Wald gesehen, bevor er mir die Türme von Defágos zeigte«, begann sie. »Jemren kam mit mir durch den Norden, den Scyé und das Land der Nraurn, und mit dir« – die Blicke der türkisfarbenen Augen glitten kurz über die *Laîren* – »wanderte ich durch das Dunkle Reich. Jetzt habe ich *alles* gesehen und kann zurückkehren.«

Gorun starrte das Mädchen an. Sie sprach, doch der Sinn ihrer Worte entschloss sich ihm nur langsam. *Ich streife durch die Wälder*, hatte sie ihm beschieden, als er sie nach Defágos und in Sicherheit bringen wollte. *Sgú, Gorun, sgú – da geht der Weg lang.*

Mit Schwung räumte er den kleinen Tisch frei. Augenblicklich war es mit der Entspannung der Gefährten vorbei, und sie rafften sich aus ihren bequemen Haltungen auf. Aus seiner Satteltasche holte Gorun eine Rolle aus Ziegenleder. Er streifte die Bronzespange ab, breitete die Karte über dem Tisch aus und beschwerte die Ecken mit leeren Bechern. Dann ging er vor dem Kind in die Hocke. »Lillia, hör mir aufmerksam zu. Was ist das Gegenteil von *sgú*?«

Ihre Augen leuchteten auf. Sie verstand ihn genau, doch wieder sprach sie nicht, sondern deutete in die sternklare Nacht hinaus.

Jemren stützte sich auf den Tisch. »Du besitzt eine Abschrift von der Karte aus Defágos?«, staunte er. Dann deutete er auf die Zeichnung. »Erkennst du, was das hier ist, Lillia?«, fragte er.

Von dem Mädchen aus gesehen stand die Insel auf dem Kopf: Noárta lag im hohen Norden, und der Corredános floss von West nach Ost. »Das kenne ich nicht«, behauptete sie prompt.

»Komm auf meine Seite!«, schlug Gorun vor. Amra flüsterte unterdessen mit Falrau – und auf ihre Bitte hin förderte der Speerkrieger eine Handvoll Messingfiguren zutage. Angesichts der verwunderten Blicke ringsum grinste er und zuckte die Achseln. »Die Spielsteine lagen am Standort von Kajlyn-Guas Zelt verstreut«, erklärte er. »Kriegsbeute.«

Gorun lachte. Auf jede gefallene Stadt setzte er eine rußgeschwärzte Figur: Caláxi, Geristáni, Martáxi sowie etliche weitere Ansiedlungen des Südens – und Tegaréssos, das ganz an der Küste im Norden lag. Für jede gerettete oder unversehrte Stadt rieb er den Spielstein blank.

»Sieh dir das Bild genau an«, forderte er das Mädchen auf. »Erkennst du, was das ist? Kommt dir diese Darstellung nicht bekannt vor?«

Lillia runzelte die Stirn. Da trat Amra an den Tisch. »Das sind Linien«, erklärte sie. »So sehen wir Menschen die Insel. Da verläuft der Corredános.« Mit dem Finger fuhr sie am Weißen Fluss entlang. »Jeder Stein, den Gorun auf das Bild legte, bezeichnet die Lage unserer Türme – und hier: die Trockenen Hügel!«

Durch alle diese Gegenden waren sie mit dem Mädchen gewandert. Plötzlich riss Lillia die Augen auf und schritt um Tisch und Karte herum. »Und das hier? Waren wir da auch? Und was stellen diese Buckel dar?«, fragte sie und meinte das Küstengebirge nahe Defágos. Geduldig erläuterten die Gefährten ihr die Karte. Die anwesenden Krieger hörten zu, als hätten sie sich mittlerweile an diese befremdlichen Gespräche gewöhnt.

»Hast du niemals zuvor eine Karte der Insel zu Gesicht bekommen?«, forschte Gorun. »Hat dir niemand die Welt gezeigt, in der du lebst?«

Lillia verneinte. »Ich sollte nicht wissen, wo sich mein Versteck befindet, damit niemand mich entdeckt – niemand, der mir Böses antun will.«

»Armes Kind«, murmelte Jemren. »Dir ist es beinahe wie mir ergangen. Für den größten Teil meines Lebens war die Welt am Scyé zu Ende.«

»Was tut die Kleine da?«, wunderte Akkan sich, als das Mädchen die Figuren auf der Zeichnung verschob: Schritt für Schritt rückte sie sämtliche Spielsteine in eine Richtung und häufte sie dann an einem Punkt auf.

»Da ist es«, erklärte sie. »Von dort komme ich.«

Verblüfft musterten die Weggefährten die Stelle. »Wie darf ich das verstehen?«, stieß Gorun hervor. »So leicht geht das? Auf der Karte gelangst du mit drei Zügen zum Ziel, doch zuvor schickst du uns einen Sommer lang durchs Land? Überleg es dir genau, Mädchen, und zeig uns deinen Heimatort noch einmal!«

Lillia ließ sich nicht beirren. »Genau da ist mein Zuhause«, behauptete sie und zeigte auf ein Gebirge im Osten der Insel.

»Das ist der Altéru«, murmelte Amra kopfschüttelnd. »Was ich über dieses Gebirge weiß, klingt alles andere als einladend: Wände, so steil, dass nicht einmal eine Bergziege Halt fände. Die Felsen sind glatt und scharfkantig wie Glas, nichts wächst da, und es gibt Fallwinde und Wolkenbrüche … kein Ort, an dem man ein kleines Mädchen vermuten würde.«

»Sind das die Berge, die wir vom Nraurnland aus sahen?«, erkundigte Jemren sich.

Gorun nickte. Es war unvorstellbar – zum Greifen nahe waren ihnen die Höhenzüge einmal gewesen. Sie hätten nur den Weißen Fluss überqueren müssen: Am anderen Ufer stiegen die Felsketten an. Aber an einen solchen Schritt war damals nicht zu denken gewesen.

Any, ach Any, dachte er. Fürchtet dein Volk die Menschen wirklich so sehr, dass ihr ein solches Versteck benötigt – abgeschieden in den Bergen, nach allen Seiten hin bewacht von Nraurn, denen ihr nicht trauen könnt?

»Die Lage dieses … Ortes stellt uns vor erhebliche Schwierigkeiten«, hörte er sich sagen. »Kajlyn-Gua kennt die Heimat des Mädchens – sie hat das Kind von dort entführt. Mit großer Wahrscheinlichkeit wird sie uns in diesen Bergen auflauern.« Mit dem Finger pochte er auf die Karte, als ob er die Gehörnten dadurch zum Verschwinden brächte.

»Erinnerst du dich noch an unsere Wette?«, warf Falrau ein. »Seit Langem beharrst du darauf, dass man den gesamten Verlauf des Corredános entlangreiten könne. Nun, Gorun, ich halte nach wie vor dagegen. Spätestens bei der Schlucht kommt man nicht weiter.«

Angesichts dieser Herausforderung hob sich seine Laune – so stand es seit eh und je zwischen ihm und dem Freund. »Wenn das Ufer endet, muss man eben im Flussbett weiterreiten«, erwiderte er. »Und die Stromschnellen lassen sich bestimmt seitlich umgehen. Dann gleicht der Rest des Wegs einem Spazierritt, denn wenn wir dem Weißen Fluss folgen, gelangen wir von einer Seite an das Gebirge heran, die für die Nraurn gänzlich unerwartet sein dürfte. In der Schlucht haben wir zudem ausreichend Deckung – das ist viel besser, als offen durch das Land der Gehörnten zu reiten. Die Wette gilt also! Ich hoffe allerdings, dir ist klar, wie hoch dein Einsatz damals war.«

Falrau antwortete nicht. Bei dem Wort »Spazierritt« grinste er lediglich und nahm einen tiefen Zug aus seinem Becher.

Seit zwei Tagen verfolgten sie die Nraurn nun schon, in der Hoffnung, einen Hinweis auf den Verbleib von Jemrens verschollener Schwester zu erhalten. Sehr zu Kummer und Sorge des Schützen fanden sie jedoch keine einzige Spur. Harat blieb wie vom Erdboden verschluckt. Das gefangene Bahak-Mädchen gab vor, nicht das Geringste über ihr Schicksal zu wissen. Beharrlich schwieg sie sich zu allen Fragen aus, die ihr gestellt wurden. Dem Corredános und seinen weißen Fluten war die Reiterschar auf diesem Weg allerdings ein gutes Stück näher gekommen.

Bislang hatten die Vertreter der Krieger aus Defágos der Unterredung schweigend beigewohnt. Jetzt erhob Akkan die Stimme – und bei seiner Wortwahl stieg Gorun das Blut zu Kopf.

»Ich erhebe Einspruch gegen diesen Beschluss«, erklärte der Krieger. »Woher nehmt ihr die Gewissheit, dass uns das Mädchen nicht in die Irre führt? In diesen Bergen gibt es nichts, der Altéru ist unzugänglich und kahl. In den Liedern heißt es ...«

»Unsere Lieder erwiesen sich samt und sonders als fehlerhaft«, unterbrach Gorun ihn. »Mehr noch – mir drängt sich allmählich der Eindruck auf, dass bestimmte geschichtliche Ereignisse absichtlich verfälscht wurden. Und wen wundert das? Der Kriegerkönig von Anáxi zerschmetterte eigenhändig die Statue des Feenmädchens, wie wir nun wissen – der gewählte und hoch angesehene Vertreter der Neun Türme! Das eröffnet eine ganz andere Sichtweise auf die Ereignisse zu Beginn der Langen Kriege. Denn durch diese Tat beendete der Kriegsherr der Stolzen Stadt den Bund zwischen den Göttern und den Menschen und zwang die Ewigen zur Flucht. Mit diesen Fragen muss der Süden sich befassen, sobald wir nach Defágos zurückgekehrt sind. Wir müssen endlich aufhören, an eine Vergangenheit zu glauben, die nichts als Unwahrheiten enthält.«

Noch in der Nacht brachen sie das Lager ab, denn von nun an würden sie im Schutz der Dunkelheit reiten. Gorun legte dem

Rappen den Sattel auf und schnürte die Satteltaschen hinter der Sitzfläche fest. Besorgt musterte er den Himmel. Seit Jahren hatte er keinen derartigen Kälteeinbruch mehr erlebt, und seine Zuversicht wuchs nicht gerade, wenn er an die Umstände dachte, die sie in den Bergen erwarteten. Zum ersten Mal zweifelte er ernsthaft am Erfolg der Unternehmung. Allerdings weihte er nicht einmal Falrau in seine Bedenken ein – der Süden wäre niemals gewillt, einem zaudernden und verzagenden Anführer zu folgen.

Plötzlich hörte er Hufschlag. Die Wachen nahmen augenblicklich eine drohende Haltung ein, und die Krieger griffen zu den Waffen. Aber bei den Reittieren der Herannahenden handelte es sich um Pferde. In der Dunkelheit außerhalb des Lagers vernahm Gorun Hufgetrappel, das Klirren von Zaumzeugen und Schnauben.

»Langsam!«, mahnte er. »Lasst die Fremden ein Stück näher kommen!«

Gleichwohl zog er den Speer aus den Schlaufen.

»Wer kommt?«, rief jemand, und ein Mann antwortete: »Noárta! Wir gehören zur Heerschar der Südlichen Stadt.«

Beim Klang dieser Stimme ließ Amra Sattelzeug, Deckenrolle und Gepäck liegen und rannte auf die Gestalt zu, deren Umrisse sich aus der Dunkelheit schälten. »Thirion! O Thirion, ich bin es – Amra!«, rief sie.

Als der junge Mann sie erkannte, schrak er sichtlich zusammen. Dann ließ er Schild und Speer fallen – und warf der *Laîren* beide Arme um den Hals. »Amra! Ach, tut das gut, dich zu sehen!«

»Wer ist das? Wie kommt es, dass dieser Mann die *Laîren* in einer solchen Weise begrüßt?«, fragte Jemren erstaunt.

»Es ist Amras Bruder«, erwiderte Gorun – und sah sogleich, dass diese Erklärung vollauf genügte. Mit einer Kopfbewegung bedeutete er dem Schützen, ihm zu folgen.

Amra bestürmte den jungen Reiter mit Fragen. »Wie kommst du hierher? Wo warst du? Ich weiß noch, dass Gorun dich als

Boten in die Nachbarstädte schickte, nachdem das Erdbeben Caláxi verwüstet hatte!«

Als Thirion die Gefährten bemerkte, ließ er Amra los und begrüßte Gorun mit sichtlicher Verlegenheit. Zirkel und Winkelmaß zierten seine Gürtelschnalle, denn als Steinmetz verehrte er Paros, den Gott der Handwerkskünste.

Gorun verlor kein Wort über die ungebührliche Begrüßung. Stattdessen klopfte er Thirion auf die Schulter. »Du hast es geschafft. Du bist den Gehörnten entkommen«, stellte er anerkennend fest. »Aber du solltest doch nur bis Geristáni reiten – und nicht durch den gesamten Süden!«

Mit einem Schwenk des Speerarms deutete er über die Männer, die Thirion begleiteten. Die Pferde wiesen alle möglichen Fellfarben auf, die Zeichen auf den Schilden wiesen die Männer als Angehörige verschiedener Städte aus. Gorun entdeckte Bogenschützen aus Vreréssi und Speerkämpfer aus Cuétos, doch die meisten Schilde trugen das Zeichen von Noárta, der Südlichen Stadt: eine strahlende Sonne aus Messing. Lillia betrachtete die Erwachsenen voller Neugier, und nicht wenige der fremden Reiter starrten das Mädchen an – ein Feenkind hatte noch keiner von ihnen gesehen.

Unterdessen stellte Amra Jemren den jungen Mann vor. Thirion streckte die Hand zur Begrüßung aus. »Wir sind uns schon einmal begegnet«, sagte er.

Der Schütze nickte. »In Caláxi«, bestätigte er.

Ein Blitz der Erkenntnis durchzuckte Thirions *Taú*, ein erstaunter Blick glitt über Jemrens verändertes Äußeres und blieb an den Silberringen hängen. Dann gab er dem Schützen ohne Umschweife die Hand und nannte seinen Klannamen und den Beinamen seiner Stadt, wie es im Süden üblich war.

»Wir sind auf dem Weg nach Defágos«, berichtete der junge Steinmetz dann. »Nördlich von Anáxi stießen wir auf eure Spuren und folgen euch seither. Nach dem Erdbeben wollte ich in den Nachbarstädten um Hilfe bitten, wie du mir auftrugst, Gorun. Aber die Nraurn waren mir zuvorgekommen. Die Glänzende Stadt brannte schon, und die Gegend um Kílmini wimmelte nur so von Gehörnten. Überall mischte sich das Nraurn-Volk aus dem Norden unter die Angreifer – die Bahak. Ich ritt meist des Nachts und mit größter Vorsicht. So gelang es mir, wenigstens die Siedlungen entlang dem Corredános zu warnen. Die Menschen dort verließen ihre Häuser und flohen mit mir in den Süden. Wir mussten uns bis Noárta durchschlagen.« An dieser Stelle drehte Thirion sich zu Amra um. »Deine Freundin Marema und ihre Angehörigen haben sich ebenfalls in die Südliche Stadt gerettet. Sie sind in Sicherheit und mit ihnen viele andere Einwohner von Caláxi. Während des Überfalls versteckten sich zahlreiche Menschen bei den Priesterinnen im Quellengewölbe. Für die Nraurn sah es wohl so aus, als sei der Zugang durch das Beben verschüttet. Erst Tage später wagten sich die Überlebenden wieder hervor. Sie trafen sehr viel später in Noárta ein als ich, aber alle sind wohlbehalten.«

Goruns *Taú* weitete sich. »Das sind gute Nachrichten. Bei der Quelle, das sind gute Nachrichten!«, stieß er hervor, und Amra gab nicht eher Ruhe, bis alle Namen aufgezählt waren. Ihre ältere Schwester war unter den Geretteten, ebenso ein Onkel Goruns und dessen Familie sowie entfernte Verwandte. Von seinen engsten Anverwandten fehlte weiterhin jede Spur.

»Xora hat sich bereits auf den Weg nach Defágos gemacht«, berichtete Amras Bruder. »Als die Hohepriesterin unserer Stadt hörte, dass die dortige *Nashan* eine Versammlung einberuft, brach sie sofort auf. Wenn sie nicht ebenfalls in diesen Nebel geraten ist, dürfte sie bereits in der Kühnen Stadt eingetroffen sein.«

»Anrynan ruft die Quellenpriesterinnen zu sich? Sie lädt Xora und die anderen *Nashan* nach Defágos ein?« Amra schien von der Nachricht überrumpelt. »Aber weshalb? Mir gegenüber erwähnte sie diese Zusammenkunft mit keinem Wort, obwohl ich ... weil ich ... nun, weil ich keine von ihnen bin.« Sie senkte kurz den Kopf, die Locken fielen ihr über die Schulter nach vorn. »Vermutlich betrifft dieses Treffen ausschließlich die Brunnen«, schloss sie achselzuckend.

»Sprich weiter, Thirion!«, drängte Gorun. »Wir haben noch immer nicht erfahren, weshalb du hier umherreitest.«

Thirion rieb sich mit den Handballen über die Augen. »Umherreiten ... das ist genau der richtige Ausdruck«, seufzte er. »Als die Städte des tiefen Südens hörten, dass Defágos von den Gehörnten bedrängt wurde, schickten sie Krieger aus. Wir ritten auf dem schnellsten Weg gen Norden, um der Kühnen Stadt Hilfe zu bringen, und hätten Defágos lange vor dem Überfall erreichen müssen. Auf der Höhe von Mandóxi gerieten wir jedoch in dichten Nebel, und seitdem ...«

»... irrt ihr im Dunst umher«, ergänzte Amra.

Der junge Mann nickte.

»Die Irrwege haben nun ein Ende«, erklärte Gorun. »Nun, da sich der Fluch lichtete, der über Anáxi lag, werdet ihr die Kühne Stadt ohne Schwierigkeiten erreichen und Anrynan eine Botschaft überbringen, auf die sie vermutlich seit dem Ende der Langen Kriege wartet.«

Die Gefährten bereiteten sich nun endgültig zum Abritt vor. Ehe Gorun seine Ausrüstung vollends auf dem Pferderücken verschnürt hatte, suchte Akkan ihn auf und bat um eine kurze Unterredung. Der Krieger hatte den Kopf zum Schutz gegen die Kälte mit mehreren Lagen Tuch umwickelt und nickte zu dem Kupferschild hinüber, das am Sattel des Rappen hing.

»Im Kampf machst du dem Zeichen meiner Stadt alle Ehre. In den Beratungen hingegen drängst du mich zurück. Du schneidest mir das Wort ab, als nähmst du meine Bedenken nicht ernst«, beschwerte er sich.

Beschwichtigend hob Gorun die Hände. Akkans Klage entsprach in mancher Hinsicht der Wahrheit. »Was bleibt mir bei der Zusammensetzung unserer Schar denn anderes übrig, als Streit und Zwistigkeiten bereits im Keim zu ersticken?«, fragte er. »Der Süden hat in der Vergangenheit wahrlich genug Gelegenheit gehabt, seine Ansichten zu vertreten. Wir können uns wahrhaftig ein wenig zurückhalten, ohne dass es uns zum Schaden gereicht.«

Akkan runzelte die Stirn. »Vielleicht ist Zurückhaltung nicht länger angebracht«, stieß er hervor. »Der Blindschütze verliert zusehends die Beherrschung. Als er die Nraurin packte, die sich für seine Schwester ausgab, da ...«

»Nenn Jemren nicht so!«, fuhr Gorun dazwischen. »Der Norden lehnt diese Bezeichnung ab – zu Recht, wie ich meine.«

Sogleich lief Akkan dunkel an. »Teilte dir bislang eigentlich niemand mit, wie er sich während des Angriffs auf Anáxi verhielt? Eines kann ich dir versichern: Es wirft ein neues Licht auf deinen Freund.«

Schweigend lauschte Gorun dem Bericht des Kriegers. »Und wennschon«, sagte er im Anschluss mit einem Achselzucken. »Dann zeigte Jemren den *Taú*-Schützen eben einen Ausweg aus der Stolzen Stadt. Tätest du für deine Landsleute nicht dasselbe? Jemren steht auf unserer Seite, Akkan. Wenn du nicht mit ihm auskommst, dann geh ihm aus dem Weg – und sei es nur um meinetwillen.«

Der Krieger aus Defágos trat einige Schritte zurück und musterte Gorun abschätzend. »Nicht einmal die Jungen aus Defágos sind sich länger über den fremden Schützen einig«, erklärte er kalt. »Du solltest dir anhören, wie sie hinter seinem Rücken über ihn reden. Eines weiß ich jedenfalls: Ich werde mich stets so verhalten, wie es dem Wohl *meiner* Landsleute dient.«

Mit diesen Worten wandte er sich ab und schritt davon. Wenn Akkan mit seiner Beschwerde versteckte Befürchtungen hatte wecken wollen – es war ihm gelungen. Nachdenklich blickte Gorun auf dem Sattelplatz umher. Die jungen Bogenschützen tränkten die Rappen und versorgten sie mit einer Handvoll Korn, bevor sie den Tieren das restliche Gepäck aufluden. Die Stimmung innerhalb der Schar schien auf dem Tiefststand angelangt zu sein, und anhand der Gesten erkannte Gorun, dass Vraja und Kimrin sich stritten. Langsam schritt er näher, bis er die Worte verstehen konnte.

»Jemren enthält uns die Hälfte seines Könnens vor«, beschwerte das Mädchen sich soeben. »Bei Kerrons Bogen – wann seht ihr endlich ein, dass er nie vorhatte, uns zu richtigen *Taú*-Schützen zu machen?«

»Er ist nur vorsichtig«, hielt Kimrin ihr entgegen, aber seine Freundin schnaubte verächtlich durch die Nase und wischte den Einwand beiseite.

»Die besten Tricks der Blindschützen verschweigt er uns!«, empörte sie sich.

»Jemren bildet euch nicht vollständig aus?«, forschte Gorun, beunruhigt über diese Neuigkeit. Die Blicke wandten sich ihm zu, die jugendlichen Gesichter wirkten verdrossen.

»Er ist sehr zurückhaltend, wenn es ums Blindschießen geht«, erklärte Kimrin. »Ständig ermahnt er uns, dass man für jeden Schuss einen guten Grund braucht, denn das Zielen mit dem *Taú* birgt Gefahren. Du hast ja gehört, wie er uns am Grab des Riesen empfing.«

»Ein *Empfang* war das wohl kaum«, bemerkte Vraja spitz. Sie hatte ein Zaumzeug geschultert und zog die Nase eines Rappen zu sich heran. »Angefahren hat er uns, als wären wir dumme Kinder. Du nimmst ihn ständig in Schutz, Kimrin, aber ich sage euch: Jemren will gar nicht, dass wir zu viel von seinen Fähigkeiten erlernen. Er kommt eben doch aus dem Norden.«

»Du redest nur schlecht über ihn, weil er dich nicht sofort als Schülerin anerkannte!«, rief der Junge aus Geristáni wütend. »Sei doch froh, dass er so bedächtig ist, denn sonst erginge es uns allen wie Mrerem – der hat jede Nacht Albträume von der Nraurin, die er erschossen hat!«

Etliche Köpfe tauchten hinter Flanken und Pferdehälsen unter. Mancher Knabe entdeckte plötzlich Schmutz auf dem Fell eines Rappen, der nur durch hartnäckiges Schrubben zu entfernen war. Vrarras' Sohn spannte den Kiefer, warf plötzlich die Bürste zu Boden und stapfte davon.

»Jemren hält schon die ganze Zeit über zu uns«, fuhr Kimrin seine Freundin an. »Ich habe selbst gesehen, wie er Amra in den Arm nahm, obwohl Antiles in ihrem Bein saß und ...«

Mitten im Satz schlug der Junge sich die Hand vor den Mund und verstummte. Gorun ließ die Hand von der Kruppe des Rappen gleiten und trat einen Schritt näher.

»Sag das noch mal!«, verlangte er – und spürte förmlich, wie Kimrin den Kopf einzog. Vraja starrte sie abwechselnd an. »Kimrin, du sollst wiederholen, was du gerade gesagt hast!«

Wie eine Jammergestalt stand der Junge da, die Verkörperung des schlechten Gewissens. »Ich musste Jemren versprechen, niemandem davon zu erzählen«, brachte er vor.

»Das kann ich mir denken!«, fauchte Gorun. »Nun sprich endlich! Was ist zwischen dem Schützen und der *Laîren* vorgefallen?«

»Es ... ging alles sehr schnell. Amra ist vom Pferd gefallen, und ... Jemren hat ihr aufgeholfen und sie festgehalten, und dann saßen sie so da, bis ... ich weiß auch nicht ... bis es ihr wieder besser ging.«

Das Blut pochte in Goruns Schläfen. Es war, als lichte sich schlagartig der Nebel, der ihn die ganze Zeit umfangen hielt, und plötzlich erkannte er das stillschweigende Einvernehmen zwischen dem Schützen und der *Laîren*, die kleinen Gesten und Blicke, das gelegentliche Lächeln, als würden sie sich in einer geheimen Sprache verständigen, während sie wie durch Zufall nebeneinander saßen und sich glänzend unterhielten. Die Scheinheiligkeit, die Jemren angesichts der Begrüßung zwischen Amra und ihrem Bruder an den Tag gelegt hatte, kam ihm in den Sinn – und der Weg nach Defágos, der lange Weg in den Süden, den sie, ganz auf sich gestellt, hatten bewältigen müssen.

Aber er *weiß* doch, dass sie *Laîren* ist, dachte er aufgebracht. Wie oft habe ich Jemren erklärt, wie es um Amras Ansehen in den Städten des Südens bestellt ist? Warum kann er nicht einmal, wenigstens *einmal* unsere Gebräuche anerkennen?

Er hob eine gefaltete Decke vom Boden auf und warf sie auf die Sitzfläche eines Sattels. Sie rutschte auf der anderen Seite hinab und fiel zu einem unordentlichen Haufen zusammen. Gorun ließ sie liegen. Kimrin und Vraja beobachteten ihn aus den Augenwinkeln, während sie sich beeilten, mit ihrer Arbeit fertig zu werden.

In dieser Stimmung konnte er unmöglich zu den Gefährten zurückkehren, zwischen all die Krieger mit ihren neugierigen Blicken und ihrem Hunger nach Gerüchten, die insbesondere ihre Anführer betrafen. Wenigstens den Anschein eines Ersten Reiters musste er sich geben – den Anschein eines Befehlshabers, der ganz genau wusste, was er tat, während die Götter über ihn lachten.

In seiner Verzweiflung schritt er sämtliche Posten ab und wechselte einige Worte mit den Wachhabenden. Doch selbst die belanglosesten Gespräche vertrieben den Zorn nicht, der in ihm brodelte und mit jedem Schritt abkühlte bis zur frostkalten Enttäuschung.

Bei der Quelle, erst erzogen Kaseira und mein Klan mich unter falschen Vorzeichen, dann folgte Vrarras mit seiner Verschwiegenheit und seinen Ausflüchten. Und nun diese beiden, dachte er, während er in die nachtdunkle Ebene hinausstarrte. Ein Diener des Nemnos soll ich sein? Wohl kaum – es sei denn, Nemnos ist der Gott der Irrwege, der Gebieter über Ratlosigkeit und Verzweiflung.

Als er schließlich zum Sattelplatz zurückkehrte, hatten sich viele Männer bereits auf den Rücken ihres Pferds geschwungen. Auch die gefangenen Nraurn machten sich zum Aufbruch bereit und halfen dem geschwächten Bahak-Mädchen in den Sattel, das noch unter den Nachwirkungen des Gifts litt. Jemren stand bei der Gruppe, die von Thirion Abschied nahm. Mit der Statue im Gepäck begab sich der junge Steinmetz nun auf dem schnellsten Weg nach Defágos. Das Lebewohl fiel herzlich aus, man wünschte einander Glück und Gelingen, und zu guter Letzt brachten Falraus trockene Bemerkungen die Schar zum Lachen. Mitten unter den Angehörigen der Stadt Caláxi stand der fremde Schütze und teilte ihre Heiterkeit, ihren Ernst – ihr ganzes Leben.

Wie lautete dein Ausspruch vor wenigen Tagen, mein Freund?, dachte Gorun, während er die ausgelassene Gruppe betrachtete. *Nun wissen wir das also auch voneinander.*

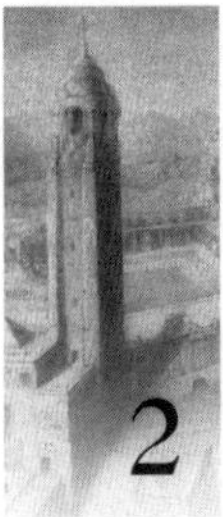

2

Die Standbilder der Ewigen verwitterten. Täglich wurden die Spalten in den Gesichtern und Gliedmaßen tiefer, und die Zahl der Frostrisse nahm zu. Feuchtigkeit und Kälte drangen in den Stein ein und sprengten ihn, während die Menschen nicht länger für den Erhalt der Statuen sorgten. Sie ließen die Standbilder ihrer Götter verfallen – denn der Süden war mit seinen eigenen Sorgen beschäftigt.

Vor ihrem eigenen Abbild blieb Anrynan stehen. Die Gesichtszüge wurden unkenntlich, die Augen wirkten blind wie alte Spiegel. Kraftlos und hinfällig schien die Gestalt der Brunnenwächterin, als könne sie den Krug – ein Sinnbild der Quelle – kaum in den Händen halten. Das Gefäß bestand nur noch aus löchrigem Ton und enthielt nicht einen Schluck Wasser.

Unbehaglich schob Anrynan die Hände in die weiten Ärmel ihrer Gewänder, um nicht in Versuchung zu geraten, das eigene Gesicht zu betasten. Sie spürte die Veränderung, die mit den Statuen vor sich ging, am eigenen Leib – im Verborgenen, wo der Schmerz am bohrendsten war.

Es würde schwer werden, die Ratsversammlung des Südens von der Dringlichkeit ihres Anliegens zu überzeugen. Unter den geladenen Gästen waren gewiss auch solche, die an den alten Ansichten festhielten – an den Meinungen aus jener Zeit, da man das wahre Wesen der Götter fürchtete.

Solange sich nicht alle Priesterinnen und Kriegerkönige des Südens auf dem Platz vor dem Blauen Turm eingefunden hatten, hielt Anrynan die Augen gesenkt. Verstohlen betrachtete sie die Menschen und lauschte auf das Lachen und die unbekümmerten Reden – ein fröhlicher Lärm, der die Anspannung überdecken sollte.

Die beiden Schwestern aus Millássan und Millássu lachten glockenhell über Scherzworte, die sie einander zuriefen. In den Zwillingsstädten herrschten Zwillinge über die Quellen – so verhielt es sich seit langer Zeit. Die meisten Anwesenden blickten auf lange Ahnenreihen und Ehrentitel zurück. Seit Menschengedenken stellten ihre Häuser die Hohepriesterinnen der Quelle, und seit mindestens ebenso langer Zeit erbten die Männer Schild und Speer von ihren Vätern. Anrynan erinnerte sich an etliche Gesichter – sie hatte die Vorfahren vieler Anwesenden gekannt.

Die Kriegsherren hatten ernste Mienen aufgesetzt. Sie stammten aus den Städten des tiefen Südens. Aus Vreréssi und Noárta waren sie herbeigeeilt und hatten erst beim Anblick der vernarbten Mauern von Defágos begriffen, mit welcher Gewalt die Nraurn und ihre Verbündeten über das Land herfielen. Die Einwohner von Defágos drängten sich auf den Stufen am Rand des Platzes, damit ihnen kein einziges Wort der Beratungen entging.

Endlich trat Vrarras neben Anrynan und nickte ihr unmerklich zu. »Es kann beginnen«, raunte er. »Alle Ehrengäste sind versammelt.«

Als Anrynan die Kapuze ihres langen Mantels zurückschlug, erstarben die Gespräche, und sie hörte manch erschrockenen Seufzer. Viele der Neuankömmlinge starrten sie unverhohlen an.

»Ihre Augen! Bei der Quelle, seht doch – ihre Augen! Eisblau wie bei einem Verlorenen Kind!«, flüsterte jemand.

»Das ist sie?«, fragte eine der Zwillingsschwestern. »Ich hätte sie mir ganz anders vorgestellt.«

»Bei der Herrin der Quelle, es ist wahr! Sie hat wirklich kein *Taú*!«, rief Geret aus Cuétos und schlug die Hand vor den Mund, denn sie hatte soeben Anrynan selbst angerufen, die mystische Königin des Brunnens, die so lange im Verborgenen gelebt hatte, dass sie zur Legende geworden war.

»Ich danke euch.« Anrynan nickte den Versammelten zu. »Vrarras und ich danken euch, dass ihr unserem Ruf gefolgt seid und den beschwerlichen Weg in die Kühne Stadt auf euch genommen habt. Heute kommt zusammen, was sich nie zuvor begegnete. Niemals in der Geschichte der Insel gab es eine Zusammenkunft wie diese; nie zuvor kamen die Quellenhüterinnen und ihre hervorragendsten Krieger an einem Ort zusammen – und niemals war *ich* bei einem solchen Treffen gegenwärtig.«

Kein Laut erklang auf dem Platz – die Stille war gespannt wie ein Seidenfaden kurz vor dem Zerreißen. Der Tag begann kalt, der Himmel war trüb und verhangen. Mit spürbarer Zurückhaltung betrachteten die Anwesenden Anrynan und erwarteten ihren Bericht. Xora war ohne Begleitung gekommen. Die *Nashan* von Caláxi trug einen pelzverbrämten Umhang und musterte sie aus dem Halbschatten einer Statue heraus.

»Auch ich habe zu danken – für eure Bereitschaft, hier und heute in meiner Stadt zu erscheinen«, ergriff Vrarras das Wort. »Die *Nashan* von Defágos und ich beriefen die Versammlung ein, um vom Süden ein großes Opfer zu erbitten. Wie euch bekannt ist, zogen Gorun von Caláxi und seine Gefährten aus, um das Feenkind auf dem letzten Teil seiner Reise zu beschützen. Nun mehren sich die Anzeichen, dass sie sich dem letzten Wegstück nähern. Ihr alle wisst: Der Ausgang dieser Unternehmung wird über das Schicksal unserer Welt entscheiden – über unser aller Schicksal. Nun ist der Zeitpunkt gekommen, da auch wir in das Ringen um die Insel der Stürme eingreifen.«

Die Krieger atmeten spürbar auf, und manch einer der Männer nickte. »Endlich!«, rief der Erste Reiter von Noárta. »Zu lange schon warten wir auf diesen Aufruf. Wie viele Demütigungen und Niederlagen mussten wir ertragen, wie viele brennende Städte! Nun vergelten wir den Nraurn und dem Norden, was uns die Feinde antaten.«

Ringsum wurden ähnliche Rufe laut. Anrynan schauderte, als sie die Kältewelle spürte, die viele *Taú* erfasste. Nur allzu gut erinnerte sie sich an eine solche Stimmung – aus diesem Grund war Anáxi einst untergegangen.

»Wir üben keine Vergeltung«, widersprach Vrarras sogleich. »Unsere Aufgabe lautet, einen Weg offen zu halten – nicht, einen Pfad zu verschließen.«

»Eine Aufgabe wartet auf uns?«, rief ein Mann. »Bei Zesake, haben wir nicht alle Hände voll zu tun, um unsere Städte vor den Eindringlingen zu schützen?«

»Nicht eure Städte sollt ihr diesmal gegen das Eindringen der Feinde verteidigen – sondern unsere«, erklärte Anrynan. »Die Stadt der Ewigen, die Stadt der Götter, jenen Unerreichbaren Ort, an den wir uns vor langer Zeit zurückzogen. Euch obliegt es nun, den Pass frei zu halten, der zu ihren Toren hinaufführt.«

»Ein Pass? Die Stadt der Götter?« Die Stimmen der Anwesenden überschlugen sich, erregt schrien die Menschen einander Fragen zu, und die *Taú* wurden kaum der Aufgabe gerecht, alle Neuigkeiten aufzunehmen. »Wovon spricht deine *Nashan*, Vrarras? Wovon ist hier die Rede? Von einer unerreichbaren Stadt haben wir nie zuvor gehört!«

»Vertraut Anys Worten!«, beschwor der Kriegsherr die Menge. »Sie wacht bereits sehr lange über den mächtigsten Brunnen des Südens, und an der Farbe ihrer Augen erkennt ihr, dass sie selbst zu den Ewigen gehört. Sie stammt von jenem Volk, das als Erstes auf der Insel lebte – lange vor uns und lange vor den Nraurn. Deshalb ist sie mit den Geheimnissen der Insel und mit der Prophezeiung wohlvertraut. Ich bitte euch: Schließt euch mir und meinen Kriegern an und reitet mit uns zur Feenstadt! Wir müssen Gorun und seinen Freunden zu Hilfe eilen. Denn das letzte Wegstück ist das schwierigste, und wenn es Lillias Begleitern nicht gelingt, sie zurückzubringen, waren alle Anstrengungen umsonst.«

Erregt schritt der Kriegerkönig von Noárta auf und ab. Schließlich blieb er dicht vor Vrarras stehen. »Du und ich – wir beide sind alte Kampfgefährten«, knurrte er. »Du weißt sehr wohl, was du da verlangst: Du verpflichtest uns, in einen Krieg zu ziehen, der nicht der unsere ist – und das zu einer Zeit, da überall im Land Feinde auftauchen!«

Kummer zeigte sich auf Vrarras' Gesicht. »Du irrst, Thyrros«, widersprach er. »Leider irrst du sehr. Der Krieg der Götter ist unser Krieg, und das in einem weitaus größeren Umfang, als uns lieb sein kann. Begreif doch: Seit den Tagen von Anáxi steckt der Herr der Dunkelheit hinter allem Leid, das der Insel und ihren Bewohnern widerfuhr. Nun müssen wir ihm entschlossen entgegentreten.«

Der Angesprochene runzelte die Stirn. »Das Ende dieser schlimmen Auseinandersetzung sehnen wir allerdings alle herbei. Aber es scheint nicht in greifbarer Nähe. Wie man hört, hielt sich der Gott der Schatten seit seiner Vertreibung vor der Küste des Nordens auf. Es genügt also keineswegs, die Nraurn zu besiegen und die Blindschützen wieder in die Gebiete jenseits des Scyé zurückzudrängen. Solange der Norden weiterhin Gelegenheit erhält, Antiles' dunkle Gaben zu pflegen, wird es immer von Neuem zu Kämpfen kommen. Dieser Krieg muss jedoch der letzte sein, den die Insel der Stürme erlebt!«

Vrarras' Körperhaltung veränderte sich kaum merklich, und zur gleichen Zeit verhärtete sich das *Taú*: Es wurde undurchdringlich wie Narduks Schildkraft. »Ich nehme eure Bedingung an«, erklärte der Kriegsherr. »Mit dem Ende dieses Konflikts endet auch die Feindschaft zum Norden.«

»Was ist mit uns?«, rief die Quellenhüterin von Cuétos nun. »Weshalb beriefst du uns in deine Stadt, Any?«

Die Feenpriesterin wandte sich an die versammelten *Nashan*. »Ihr vertretet die Brunnen eurer Städte«, erklärte sie. »Ihr nahmt viele Mühen und lange Jahre des Lernens auf euch, um diesem Amt gerecht zu werden. Seit eurer Ernennung erfüllt ihr die Anforderungen und Regeln, ohne zu fragen, woher die Gebote stammen und aus welchem Grund sie in dieser Strenge abgefasst wurden. Ich bin euch dankbar für die Treue, die ihr mir durch diesen Dienst erweist – denn einst schrieb ich die Gesetze der Quelle fest und wache seither über ihre Einhaltung.«

Schweigend musterten die Priesterinnen Anrynan, und abermals fiel es dieser schwer, aus den Mienen und *Taú* der Sterblichen deren wahre Gesinnung herauszulesen. Hüte dich!, ermahnte sie sich. Hüte dich vor den allzu Freundlichen und den allzu Feigen – und vor jenen, die nicht mit sich im Reinen sind.

»So wie Mauer und Turm die Stadt bewachen, bewahrt ihr die Brunnen vor Unheil«, fuhr sie fort. »Ohne Unterlass wacht ihr über sie, denn sollte das Wasser einmal versiegen, müssen eure Städte untergehen. Auf ebendiesen Umstand zielt der Schwarze Gott ab: Antiles plant die Vernichtung der Quellen – der *einen* Quelle –, um Menschen wie Götter in den Untergang zu treiben.«

Ein Raunen lief durch die Reihen der Zuhörer. Während die Zwillinge sich lebhaft austauschten, wandten sich andere Frauen mit Gesten des Abscheus ab, als sie Antiles' Namen hörten.

»Erwähne den Herrn der Dunkelheit nicht in unserer Gegenwart!«, rief Arbate aus Millássan. »Wir haben mit ihm nichts zu schaffen«, ergänzte Abata, die ihrem Zwilling aufs Haar glich.

»Ihr irrt«, widersprach Anrynan sanft. »Wir bewachen die Brunnen *vor ihm*. Was vermag dem Quell eurer Stadt mehr Schaden zuzufügen als der Schatten des Todes? Was könnte die Brunnen ernsthaft gefährden – außer Antiles' unstillbarem Durst? Durch unsere Wachsamkeit halten wir ihn davon ab, der Insel das Leben auszusaugen – das allein ist die Pflicht der *Nashan*.«

Aller Augen ruhten nun auf ihr. *»Ya'a e'nár ysh méyan«*, trug sie vor. »Der Lobpreis der Quelle. Jeden Abend, wenn der Tag zur Neige geht, singt ihr dieses Lied. Aber sein Wortlaut ist seit Langem vergessen: Es ist das Lied von den Geistern. Ihr wendet euch mit diesem Gesang an die Bewohner eurer Brunnen und bittet sie um ihre Gunst.«

Aufregung erfasste die Menschen. Die Zwillingsschwestern vom Jarú trugen einander sämtliche Strophen des Lieds vor. Valassa lachte stillvergnügt vor sich hin, als begreife sie nun manch verwunderliche Umstände, die ihr in ihrem Brunnensaal widerfahren waren – auch die Quelle der Stadt Martáxi war sehr alt. Die Priesterin aus Kílmini kam unsicheren Schritts auf Anrynan zu. Auch nach menschlichen Maßstäben war sie fast noch ein Kind, und ehe Anrynan es sich versah, sank das

Mädchen vor ihr nieder und versuchte zu ihrem Schrecken, den Saum ihres Gewands an die Lippen zu drücken.

»O nein, nein – eine solche Verehrung gebührt mir nicht!«, stieß sie hervor, während sie die junge Frau an den Armen fasste und wieder auf die Füße zog. »Ich bin nicht mehr und nicht weniger als ihr – nur von anderer Art. Wir betraten die Insel vor euch und strebten deshalb als Erste ein Auskommen mit den Geistern an. Das ist alles.«

Sie hielt die kindliche *Nashan* fest, damit diese nicht wieder auf den Gedanken kam, im Angesicht der Quellengöttin zu Boden zu sinken. Das Raunen und Lachen auf dem Platz waren verstummt, keinem Anwesenden war die unwürdige Begegnung entgangen.

»Ich rief euch nach Defágos, um auch euch einen Auftrag zu erteilen«, fuhr Anrynan fort, solange die Aufmerksamkeit währte. »Ich verlange, dass ihr in eure Städte zurückkehrt, so verwüstet sie nach den Übergriffen der Nraurn auch sein mögen. Wacht dort über die Brunnen! Vertreibt die Dunkelheit aus dem Gewölbe, lasst Tag und Nacht die Lampen brennen, denn Antiles wird noch vor dem Ende dieses Winters Zutritt zu euren Heiligtümern fordern.«

»Aber in Kílmini ist niemand mehr!«, klagte die kindliche Priesterin. »Die Wachsame Stadt ist verlassen – und ich wäre dort ganz allein.« Auch einige ältere Frauen brachten Einwände vor: Die Nraurn hatten Mrauréssi und Martáxi überfallen, und auf den Stufen zum Brunnen der Reichen Stadt klebte Blut.

»Ihr *müsst* zurückkehren«, beharrte Anrynan. »Defágos wird euch Krieger zur Seite stellen, und ich versichere euch, dass meine Stadt Kajlyn-Gua für die Verbrechen zur Rechenschaft zieht, welche die Nraurn-Königin an den Türmen diesseits und jenseits des Scyé verübte. Aber ihr müsst Lillias Begleitern im Kampf gegen den Schwarzen Gott beistehen. Noch ist der letzte Schritt nicht getan, noch ist das Eine Kind nicht heimgekehrt. Deshalb brecht noch heute auf und nehmt die Gabe des Wilden Volks an eure Städte wieder in Besitz: die Brunnen und Quellen!«

Trotz der Eindringlichkeit, mit welcher sie ihr Anliegen vorbrachte, zögerten die Frauen. Manche warfen Hilfe suchende Blicke in die Runde, andere waren in brütendes Schweigen versunken.

»Er wird uns alle töten«, stieß die *Nashan* von Mandóxi hervor. »Antiles' Schatten wird über uns fallen, und dann ...«

»Der Schwarze Gott vermag nicht zu töten«, fiel Anrynan ihr ins Wort. »Zum Töten reicht seine Macht nicht aus. Er ist auf Handlanger angewiesen, denen er den Arm führt: Verblendete und Verbitterte, die dem Leben verächtlich gegenüberstehen, Menschen mit hasserfülltem *Taú* – die Liste seiner Diener ist lang. Zu ihnen gehören auch ...«

»... die Geister!«

Schlagartig kehrte Stille ein, aller Augen richteten sich auf die Hohepriesterin von Caláxi. Xora schritt mit einer Selbstverständlichkeit über den Platz, als befände sie sich in ihrer eigenen Stadt. Ihre Gewänder raschelten, und ein schwerer Duft umwehte sie.

»Wohlwollende Geister bewohnen unsere Quellen – und womöglich auch den Stein, aus dem unsere Türme erbaut sind? Wer schenkt solchen Behauptungen Glauben?« Herausfordernd wandte Xora sich an die Menge. »Erinnert euch an die alten Lieder! Die Xyx und die Yku sind die Dienstboten des Todes, heißt es da. Wie oft haben Fluten und Stürme die Insel verheert? Wie viele Hirten und Herden sind den ungezügelten Bränden im Landesinnern zum Opfer gefallen? Das Verlorene Kind herrscht über die wilden Elemente – es zieht Unheil und Vernichtung magisch an. Ich kann es bezeugen, denn wie durch ein Wunder überlebte ich das Unheil, welches Lillia über Caláxi brachte.«

»Xora ... bei allen Göttern!« Missbilligend schüttelte Vrarras den Kopf. »Ich verstehe, dass du aufgebracht und verzweifelt bist. Aber die Rote Stadt wurde durch ein Erdbeben vernichtet.«

»Ein Erdbeben – hervorgerufen durch das Eine Kind, mit dessen Schutz du nun unsere Krieger beauftragst«, warf die

Nashan dem Kriegerkönig vor. »Ich war dort und habe gesehen, wie sich das Unglück zutrug! Viele Jahre lang hielt man sich an die Warnungen, die uns raten, das Kind mit den eisblauen Augen seinem Schicksal zu überantworten. Das Kind ohne *Taú* – wie kann es nachfühlen, was den Menschen wichtig ist? Aber angesichts des schönen Mädchens, das nach Caláxi kam, schlug meine Stadt alle Bedenken in den Wind. Ach, hätten die Menschen nur auf mich gehört – dann wäre es ihnen nicht so elend ergangen! Sogar der Erste Reiter verweigerte mir den Gehorsam. Gorun lehnte sich gegen meinen Befehl auf, und nun zieht er Seite an Seite mit einem Blindschützen durch die Lande. Lillia hatte den Unglücklichen verhext, bis er ganz und gar unter ihrem Bann stand. Dann rief das Mädchen die Geister aus der Tiefe und ließ den Zorn der Yku auf Caláxi los: ein Erdbeben von solcher Stärke, dass die Mauern in ihren Grundfesten erschüttert wurden und unsere Türme in Rauch und Dunkelheit zusammenstürzten. Seitdem ... ist meine Quelle tot.«

Während des Berichts war Xoras Stimme immer schriller geworden. Jetzt rang sie die Hände und raufte sich das Haar.

Hier sucht jemand seinen Meister, dachte Anrynan. Sie rief sich Goruns Berichte über diese *Nashan* ins Gedächtnis, der er zu Dienst und Treue verpflichtet war – keine angenehme Herrin. *Und du fragst dich noch immer, worin deine Beteiligung an der Prophezeiung besteht, mein junger Freund?*, dachte sie. *Niemand dient Nemnos, dem Gott der Freundschaft und der Freuden, besser als du. Hab noch ein wenig Geduld – bald wirst du erkennen, dass du zur rechten Zeit zur Stelle warst.*

»Ich werde der Frage nachgehen, die du dem Rat vorgelegt hast«, sagte sie, an die Hohepriesterin aus Caláxi gewandt. »Weshalb haben die Erdgeister die Roten Türme zerstört? Auch Gorun verlangte eine Erklärung von mir, und ich versicherte ihm, dass ich Nachforschungen anstellen würde.«

Xora betrachtete sie mit einem kühlen Lächeln. »Nachforschungen? Ich nehme an, dass du die Antwort längst kennst.

Du enthältst uns die Wahrheit vor – ebenso wie die wahre Auslegung der Prophezeiung.«

Anrynan neigte höflich den Kopf. In den Mienen der anderen Frauen spiegelte sich Bestürzung. »Xora ... was redest du denn da?«, fragte Valassa aus Martáxi. »Wessen beschuldigst du Anrynan? Sie ist die *Nashan* unserer ältesten Stadt – vergiss das nicht!«

»Seit wann besitzt Defágos Verfügungsgewalt über andere Quellen?« Xoras Stimme klang plötzlich schneidend scharf. »Seit wann gestehen wir einer anderen Priesterin das Recht zu, im Namen aller Türme Befehle zu erteilen? Anrynan *verlangt* von uns, dass wir zu Staub und Ruinen zurückkehren? Anrynan *fordert* uns auf, die Quellen zu bewachen? Wir haben seit Jahr und Tag nichts anderes getan. Wer ist diese Frau, die uns nach ihrem Belieben entsendet? Ich verlange Gewissheit darüber, dass sie wirklich die Königin der Quelle ist.«

Es misslingt, dachte Anrynan mit sinkendem Mut, und es darf nicht misslingen. O Vrarras, wieder einmal erweist sich deine Weisheit in Bezug auf die Menschen größer als meine! Was nützt Göttlichkeit, wenn man sie nicht beweisen kann – so lauteten deine Worte oft.

»Die Königin der Quelle«, wiederholte sie bedächtig. »Vor langer Zeit habt ihr mir diesen Titel verliehen. *Ihr* seid es, die mich eine Ewige nennen und in mir die Herrin der Flüsse und Brunnen anbeten. Unser Ansehen wird uns von den Menschen verliehen.«

»So können Menschen es auch widerrufen«, folgerte Xora kalt.

Etliche Frauen deckten erschrocken die Hände über das *Taú*. »Ihre Augen!«, wisperte Geret. »Bei der Quelle – hast du Any schon einmal in die Augen geblickt? Und was siehst du da?«

»Augen aus Eis!«, rief Xora. »Augen, so hart und kalt wie Stein! Wollt ihr es immer noch nicht wahrhaben? Seit Jahr und Tag sind wir einer Täuschung erlegen! Antiles, Anrynan und das Hexenmädchen gehören alle demselben Volk an.

Weder die Nraurn noch der Norden – das Verlorene Kind bringt uns den Untergang. Als man in Anáxi diese Bedrohung erkannte und sich vom schädlichen Einfluss befreien wollte, wurde die Stolze Stadt vernichtet. Und Caláxi ist es ebenso ergangen.«

Anrynan lauschte auf die Echos, auf den Widerhall dieser Worte. *Klopfst du bereits wieder an meine Pforte, ein alter Besucher in neuer Verkleidung?*, fragte sie ihren Dunklen Bruder. *War dir unsere letzte Begegnung keine Lehre?* Die Antwort blieb Antiles ihr schuldig.

»Ihr Menschen widerruft vieles«, sagte sie schließlich. »Gegebene Versprechen, alte Freundschaften und euren Glauben. *Ihr* verleiht den Göttern Bedeutung. Entzieht ihr uns die Macht, sind wir nicht länger mächtig.«

Xora beachtete sie nicht. Mit wenigen Schritten eilte sie zur Statue der Quellenhüterin, hob einen Stein vom Boden auf und schlug der Figur den Krug aus den Händen. Das Gefäß zerbrach auf dem Sockel, Tonscherben sprangen über die Steine.

Anrynan erbleichte.

Kalt beobachtete Xora die Wirkung ihrer Tat, und als sie das Erblassen der Feenpriesterin gewahrte, hob sie einen weiteren Stein vom Boden auf.

»Götter, die unsere Städte in Schutt und Asche legen und das Land ins Unglück stürzen. Götter, die Kriege entfachen und uns zu Hilfe rufen, um ihren Zwist zu Ende zu führen. Solche Götter brauchen wir nicht.«

Vrarras schrie entrüstet auf, als sie den Stein mit voller Wucht auf die Statue schleuderte – aber mehrere Männer traten ihm in den Weg. Das Geschoss prallte von der weißen Stirn ab, und diesmal war es Anrynan, als spüre sie den dumpfen Schlag am eigenen Leib. Sie schwankte. Blut trat ihr auf die Lippen, bitter wie Kupfer, und als Xora abermals ausholte und traf, taumelte sie und stürzte beinahe zu Boden.

Antiles' Saat blühte auf – Misstrauen und Hass breiteten sich in den Menschen aus wie Gift, seit der Herr der Dunkelheit wieder auf der Insel war. Aus dem brennenden Anáxi war ihr einst die Flucht gelungen, weil sie in der Stolzen Stadt Helfer und Freunde hatte und weil es einen Zufluchtsort gab, an den sie sich retten konnte – den Blauen Turm von Defágos. Nun stand sie im Begriff, auch diese letzte Zuflucht zu verlieren.

Plötzlich war Vrarras neben ihr und fasste sie behutsam am Ellbogen.

»Komm, lass uns gehen!«, raunte er ihr zu. »Hier haben wir nichts mehr verloren. Der Süden hat seine Entscheidung getroffen. Nun soll er mit den Folgen leben.«

Seine Getreuen bildeten einen dichten Ring um sie. Vrarras schritt durch die Menge, ohne irgendjemanden anzusehen. Etliche Kriegsherren schlossen sich ihm und seinem Gefolge an; nicht wenige Menschen blieben jedoch zögernd stehen. Anrynan presste die Hand gegen die Stirn. Der Platz, die schwankenden Statuen der Götter, die vielen blassen Gesichter und die sieben Türme der Stadt – alles drehte sich vor ihren Augen.

»Sattelt die Pferde!«, befahl der Kriegerkönig, sobald sie unter das Falkentor traten. »Wir brechen sofort auf! Auch wenn wir wenige sind: Wir werden uns mit allen Kräften bemühen, den Pass zur Feenstadt offen zu halten.«

»Any! Vrarras!« Khani rannte auf sie zu. »Soeben ist Thirion in der Stadt eingetroffen!«, stieß er zwischen zwei Atemstößen hervor. »Amras Bruder führt einen Schatz mit sich, den ihr euch unbedingt anschauen müsst.«

Im Innenhof des Tors stand eine Gruppe dampfender Pferde. Khani trat zu einer grauen Stute, an deren Sattelhorn ein Packpferd angebunden war. Es trug eine eng verschnürte Last. Behutsam löste der junge Reiter die Stricke und schlug die Decken auseinander.

»Bei der Quelle!«, entfuhr es Anrynan beim Anblick von Lillias bleichem steinernem Antlitz. Vor ihr lag die erste Hälfte des Weißen Steins.

»Was sollen wir denn nun tun?«, fragte Khani und spähte besorgt in die Stadt. Eine Menschenmenge hatte sich um Xora versammelt und lauschte ihrer Rede, während im Hintergrund einige Stadtbewohner wütend die Statuen der Götter von den Sockeln stießen.

»Schnell!«, rief Anrynan. »Wir müssen das Bildnis des Mädchens fortschaffen, bevor die Leute es zu Gesicht bekommen. Wickelt die Statue wieder in die Decke und folgt mir!«

Vrarras ergriff sie abermals am Arm. »Any ... warte. Kehr nicht wieder in die Stadt zurück! Allmählich dämmert mir, was in Xoras *Taú* gefahren ist – und wie lange die Schatten sie bereits umnachten. Es ist viel zu gefährlich, dich noch einmal auf dem Platz zu zeigen.«

Schreie und Hammerschläge drangen in den Innenhof – und das Knirschen und Splittern von Stein.

»Nun siehst du, wie mächtig Antiles wirklich ist«, raunte Anrynan ihrem langjährigen Freund und Berater zu. »Kein Wesen auf der Insel entgeht seinem Ruf – auch wir nicht. Wir sind keineswegs unsterblich, auch wenn es in euren Augen so aussehen mag. Eines Tages spricht der Herr der Schatten unsere Namen aus, und dann müssen wir ihm in die Dunkelheit folgen. Er ist der Letzte Gott.« Sanft streifte sie Vrarras' Hand von ihrem Arm. »Bereite mit deinen Kriegern den Aufbruch vor. Falls mir etwas zustößt, zögere nicht länger! Reite zur Feenstadt und setz alles daran, den Pass offen zu halten, den Gorun und seine Gefährten nehmen müssen. Wenn Lillias Begleiter das Tor verschlossen vorfinden, war ihr Wagnis ganz umsonst.«

Khani und Thirion schulterten die Statue und folgten Anrynan in die Stadt. Dicht an der Mauer führte sie die beiden jungen Männer entlang, wo Tempel, Büsche und Säulen sie vor den Blicken der Menge verbargen. Schließlich erreichten sie ein kleines Heiligtum an der Rückseite des Turms – einen überwucherten Brunnen. Ein Fenn krallte sich auf dem Wasserspeier fest. Mit seinen winzigen Krallen und dem gebogenen Schwanz sah das Tier geradezu lebendig aus, doch in Wirklichkeit bestand es aus Kupfer. Hinter dem Brunnen öffnete sich ein enger Durchgang, Stufen führten in die Tiefe hinab.

Nach wenigen Schritten erreichte sie ein felsiges Gelass. Die Luft war dampfig, Moos und Flechten überwucherten die Wände, und aus einem Spalt im Gestein sickerte unablässig klares kaltes Wasser hervor, während sein kochender Widerpart in einem Becken aus dem Boden sprudelte.

»Im Namen aller Götter – wo sind wir?«, flüsterte Thirion. »Ist das etwa ...«

Anrynan nickte ihren Begleitern zu. »Ihr befindet euch nun unter dem Blauen Turm, in der geheimen Kammer, in der die zweifache Quelle der Kühnen Stadt entspringt – ein kalter und ein heißer Strahl. Legt Lillias Statue dort auf die steinerne Liege. An dieser Stelle habe ich die Jahre seit dem Ende der Langen Kriege zugebracht.«

Thirion starrte sie an – offenbar begriff der junge Mann erst in diesem Augenblick, dass wirklich eine leibhaftige *Ya'ahára* vor ihm stand. Unterdessen bettete Khani die Statue des Mädchens auf die Bank und hüllte sie sorgsam in die Decke ein.

»Gorun lässt dir sagen, dass er bislang nur eine Hälfte des Weißen Steins fand«, berichtete Thirion, sobald er sich gefasst hatte. »Er durchkämmte ganz Anáxi nach dem fehlenden Bruchstück, aber schließlich sah er ein, dass eine Fortsetzung der Grabungen zwecklos war. Wir trafen vor vier Tagen zusammen, und ich soll dir ausrichten, dass er sich auf die Suche nach dem Rest gemacht hat.«

Anrynan lächelte. Sie schmiegte die Finger in die Vertiefung, die sich auf der zersplitterten Seite der Figur befand. An jener Stelle bargen die Statuen der Ewigen ihr Geheimnis – jenen Kern, der auf der Insel alles mit allem verband. Diesem Umstand war es zu verdanken, dass die Menschen zu den Abbildern ihrer Götter sprachen und Gehör fanden. In den Statuen waren ihnen die *Ya'ahåren* immer nahe.

»Was geschieht, wenn jemand zufällig das Gelass betritt?«, stieß Khani hervor. »Glaubst du, Lillia ist hier wirklich in Sicherheit?«

»Hab keine Sorge«, tröstete Anrynan den jungen Reiter. Sie hielt einen Becher unter den Strahl, der aus der Wand quoll.

Das Wasser war so kalt, dass die glasierte Außenwand des Gefäßes beschlug. »Ihr beide kehrt nun auf demselben Weg zum Tor zurück, auf dem wir in das Gewölbe gekommen sind. Währenddessen sorge ich dafür, dass kein Unbefugter diese Kammer betritt.«

»Aber Any ... was hast du vor?« Khani legte die Stirn in Falten. »Xora ist ... sie wirkte vorhin wie besessen. Das war schon in Caláxi der Fall. Damals hetzte sie die ganze Stadt gegen Lillia auf.«

»Geht nur, seid unbesorgt!« Mit diesen Worten schob Anrynan ihre Begleiter zum Ausgang des Gewölbes. »Ich nehme noch rasch von einem alten Bekannten Abschied.«

Auf dem großen Platz von Defágos wachte Xora darüber, dass die Statuen vollständig abgetragen wurden. Viele Menschen hatten sich in den Hintergrund zurückgezogen und sahen dem Treiben tatenlos zu. Einige Frauen pressten sich beim Anblick der leeren Sockel den Ärmelsaum auf die Lippen, und ein alter Mann durchsuchte den Schutt, der von Zesakes' Bildnis geblieben war. Gefragt, was er dort wolle, wischte er sich die staubigen Hände an den Gewändern ab und deutete anklagend auf Xora.

»*Sie* hat vollendet, was den Nraurn nicht gelang!«, rief er den Umstehenden zu. »Seit vielen Jahren standen die Götter auf dem Platz am Blauen Turm! Unsere Vorfahren schufen die Statuen in mühevoller Arbeit – und nun genügte ein Vormittag, um die Schätze von Defágos zu zerstören.«

Ein Steinmetz zuckte die Achseln und holte von Neuem mit dem Hammer aus, um die Reste eines Standbilds zu zertrümmern; Jaruks Statue bestand nur noch aus Wade, Fuß und Knie. Als Anrynan unter die Menschen trat – sie hatte vollständig auf den Begleitschutz von Vrarras' Kriegern verzichtet –, hielt der Mann mitten im Schwung inne.

»Ich gebe mich geschlagen«, sprach sie Xora an. »Ich verlasse die Kühne Stadt, und gebiete du über meinen Brunnen. Zum Zeichen, dass der Blaue Turm von Defágos nun dir gehört, überbringe ich dir einen Schluck aus der Quelle.«

Mit herrschaftlichem Schwung wandte sich die *Nashan* von Caláxi zu ihr um. Zwischen beiden Händen streckte Anrynan der fremden Priesterin das Tongefäß entgegen. Ein Raunen erhob sich in den Reihen, als Xora die Gabe schroff zurückwies.

»Ich brauche deine Anerkennung nicht. Die Städte und Brunnen gehören uns Menschen seit jeher, denn wir haben sie erbaut. Geh, Any! Verschwinde einfach – ohne Zeichen zu hinterlassen.«

Die Feenpriesterin lächelte. »Die nachfolgende *Nashan* trinkt einen Schluck Wasser aus dem Becher der Vorgängerin. Diese Geste hat seit vielen Jahren Gültigkeit. Komm und nimm dein Recht in Anspruch!«

Als sie einen Schritt auf die Priesterin aus Caláxi zutrat, wich diese um dieselbe Spanne zurück. Atemlos verfolgten die Menschen das Schauspiel. Xoras Weigerung schien sie zu ängstigen, denn obwohl sie eben noch die Statuen gestürzt und mit Füßen getreten hatten – an alten Bräuchen und Gewohnheiten hielten sie fest.

»Trink!«, forderte Anrynan abermals. Als sie den Becher Xoras Lippen näherte, schlug diese ihre Hand zur Seite, und das Wasser spritzte in hohem Bogen über die Treppenstufen.

Sachte stellte Anrynan den Becher auf einem leeren Sockel ab. Totenstille lag über dem Platz, deshalb sprach sie sehr leise.

»Gorun erzählte mir, dass du es nicht wagtest, aus deiner eigenen Quelle zu trinken. Vergiftet sei der Brunnen von Caláxi, verdorben durch das Erdbeben – diese Behauptung verbreitetest du im ganzen Süden. Vorhin wolltest du von mir wissen, weshalb die Geister eure Stadt vernichteten. Nun, Xora, vergiftet und verdorben ist das *Taú* all derer, die Antiles' Rat und Nähe suchen. Eine solche *Nashan* dulden die Bewohner der Quelle nicht in ihrer Nähe. – Antiles stellte euch vor die Wahl!«, rief sie der schweigenden Menge zu. »Und ihr habt euch für seinen Einfluss entschieden. Wohlan – bittet den Schwarzen Gott herein. Er wünschte stets, der Einzige Gott zu sein. In eurer Stadt hat er nun genügend Platz!«

Niemand trat ihr in den Weg, als sie zum Falkentor schritt, wo Vrarras und seine Männer auf sie warteten. Mit Erleichterung nahm Anrynan zur Kenntnis, dass Noárta und die Städte am Jarú sich ihrem Zug anschlossen.

Sie schwang sich in den Sattel des wartenden Rappen, ordnete die Mantelfalten über den Knien und gab den Wächtern das Zeichen zum Öffnen des Tors. Neun Menschenalter lang hatte sie in der Kühnen Stadt gelebt und dem Murmeln der Quelle gelauscht. Als sie Defágos verließ, blickte sie nicht ein einziges Mal zurück.

Am Oberlauf des Corredános trafen Nesyn und seine Gefährten wieder mit der Streitmacht der *Nraur-a-Khae* zusammen. Die Gehörnten ritten schnell, als hätten sie ein bestimmtes Ziel vor Augen, die Banner und die langen Mähnen flatterten im Wind. Als sie Vlyns Rufe hörte, hob Kajlyn-Gua ihre Lanze, und der lange Zug geriet ins Stocken. Der Bahak-Krieger schwang sich aus dem Sattel, warf sich vor dem Nouk der *Nraur-a-Khae* auf den gefrorenen Boden und bezeugte ihr mit einer tiefen Verbeugung seine Ergebenheit. Dann richtete er sich wieder auf.

»Wir führten deinen Auftrag aus«, berichtete er. Vom scharfen Ritt ging sein Atem stoßweise. »Im Norden findest du nichts weiter als ausgebrannte Trümmer und verwaiste Städte vor. Mit Verlaub, *Nraur-a-Khae*: Nesyn erwies sich als umsichtiger und kühner Anführer.«

»Umsichtig und kühn – gewiss. Umsichtig und kühn genug, um bereits beim Abritt Vorkehrungen für die Rückkehr zu treffen.«

Kajlyn-Guas Stimme hatte jenen unnachahmlich singenden Tonfall, bei dem Vlyn vorsorglich einen Schritt zurückwich. Die *Nraur-a-Khae* beachtete ihn jedoch kaum. Sie starrte Nesyn ins Gesicht, und es entging ihr gewiss nicht, dass er das Knie nicht vor ihr beugte. Aufrecht saß er im Sattel und dachte nicht daran, abzusteigen oder wenigstens die Speerspitze zu Boden zu richten. Ausdruckslos erwiderte er das Starren der Fürstin, während sämtliche Gehörnte Zeugen seiner Unbotmäßigkeit wurden. Von nun an bekam Kajlyn-Gua nur noch zu sehen, was er ihr zu zeigen gedachte: einen Heerführer voller

Verachtung für seine Königin, einen Feldherrn, den sie fürchten musste und dessen Schlagkraft sie zugleich benötigte, um gegen den vorrückenden Feind zu bestehen.

»Ich habe dir eine betrübliche Mitteilung zu machen«, sagte sie. »Die Menschen nahmen die Tochter deiner toten Gefährtin gefangen. Syry-Ry fiel Gorun und dem Schützen aus Tegaréssos in die Hände. Und nun frage ich dich: Hat es sich gelohnt? Ist das ein gleichwertiger Tausch?«

Nesyn zuckte zusammen – und der *Nraur-a-Khae* entging diese Gefühlsregung nicht. Ein Lächeln umspielte ihre Lippen und versiegte rasch wieder. Sie verstand sich darauf, ihre Gegner an jenem Punkt zu treffen, an welchem der Hieb den ärgsten Schmerz auslöste. Längst wurde jedoch weitaus mehr verhandelt als das Leben eines oder zweier Angehöriger.

»Die Freiheit ist es wert, dass man ein Wagnis auf sich nimmt«, entgegnete er deshalb kalt.

Kajlyn-Gua stutzte, dann lachte sie. »Freiheit? Bist du deshalb zurückgekommen – um Freiheit zu erlangen? Aus diesem Grund dienst du dich mir abermals an, während du gleichzeitig annimmst, mit dem Trumpf in der Hinterhand könntest du mich ausstechen? Du Narr – Freiheit gibt es auf dieser Insel für niemanden, nicht einmal für die Götter.«

Schatten glitten ihr durchs *Taú*. Auch sie hatte einen Verlust erlitten – welcher Art, vermochte Nesyn jedoch nicht zu sagen. Je mehr er einen Eindruck von der Verfassung der Königin gewann, desto stärker wuchs seine Besorgnis. Ein Ereignis war eingetreten, das er nicht zu deuten wusste, und er fand die *Nraur-a-Khae* verändert. In der Schlacht um Anáxi hatte sie Kräfte eingebüßt. Verhärtet und gehetzt schien sie nun, von einem unsichtbaren Schmerz gezeichnet, und die Leibwache wirkte wie zu ihrem Schutz bestellt.

Was führt deine Königin? Diese Frage hatte ihm der Wächter der Bemalten Schlucht vorgelegt, und nun vermochte Nesyn die Antwort zu geben: Gar nichts mehr. Lediglich ein Trieb hielt sie aufrecht, und die Grausamkeit war längst zur Gewohnheit geworden. Als Anführerin war sie nur mehr die

Hälfte wert, wenn sie sich in dieser Weise gehen ließ. Das spürten auch die umstehenden Kriegerinnen und Krieger und rückten voller Unbehagen in den Sätteln hin und her.

»Als wir in diesen Krieg zogen, ging es um Unabhängigkeit von den Menschen«, erinnerte Nesyn die Fürstin. »Es ging um die Wiedererlangung jener Gebiete, die wir einst an die Kahlen verloren hatten – und um unsere angestammte Lebensart. An diesem Vorhaben halte ich fest. Zuletzt wird das Gehörnte Volk über die Art und Weise entscheiden, in welcher die Prophezeiung zu deuten ist.«

Kajlyn-Gua versetzte ihrem Nouk einen so harten Schlag, dass das Tier einen Satz nach vorn tat, und ritt dicht zu ihm heran.

»Du bist gewachsen, Nesyn«, raunte sie ihm zu. »Als du das letzte Mal in meinem Zelt zu Gast warst, trugst du dich mit erheblich größeren Bedenken. Aber wieg dich nicht allzu sehr in Sicherheit: Niemand kann den Herrn der Dunkelheit von der Insel vertreiben – auch das kleine Mädchen nicht, das du insgeheim verehrst. Und nun geh mir aus den Augen!«

Dieser Aufforderung kam Nesyn umgehend nach. Er wendete das Nouk und trabte entgegen der Marschrichtung an den Reihen der Krieger entlang, während Vlyn und die Gefährten, die mit ihm im Norden gekämpft hatten, sich möglichst unauffällig unter die Gefolgschaft der *Nraur-a-Khae* mischten. Hin und wieder glitten die Blicke der Vorbeiziehenden über seine nackten Hörner. Jedem Nraur war seine Geschichte bekannt, und gewiss würde sich bald unter den Kriegern herumsprechen, dass sogar die Niederwerfung eines ganzen Landstrichs nicht ausreichte, um bei der *Nraur-a-Khae* wieder in Ansehen und Würde zu stehen.

Am Ende des Heerzugs kamen die Menschen in Sicht. Die Kahlen hatten nichts dazugelernt: Nach wie vor hielten sie sich mehr schlecht als recht im Sattel, sprachen wenig und gaben kaum acht, wer in ihrem Rücken ritt.

»Tenon – sieh her!«, befahl Nesyn. Er zügelte das Nouk, als er mit dem Mann auf gleicher Höhe war, und zog den Zopf aus Menschenhaar unter seinem Umhang hervor.

Langsam wandte der Schütze den Kopf. Tenons Gesicht wirkte fahl. Er erwartete keine guten Neuigkeiten mehr, weder an diesem Tag noch an einem anderen, aber die Botschaft, die Nesyn ihm übermittelte, ließ ihn im Sattel wanken. Auch die anderen Schützen brachen in Wehklagen aus, als sie vom Schicksal ihrer Städte erfuhren. Plötzlich schwammen die Augen der Kahlen in Tränen, und sie dünsteten Verzweiflung aus. Nesyn fürchtete beinahe schon, dass er zu weit gegangen war und die *Taú* am Unglück zerbrachen. Aber dann dachte er an das zähe Mädchen aus Tegaréssos und wusste, dass es noch lange nicht so weit war. Die Menschen verkrafteten viel mehr, als es den Anschein hatte.

»Ab sofort führt ihr ohne Zögern jeden Befehl aus, den ich euch erteile«, befahl er den Schützen. »Ihr untersteht mir und meinen Kriegern, ganz gleich, was die *Nraur-a-Khae* von euch verlangt.«

Der Mensch Tenon ächzte und rieb sich das Brustbein, als litte er unter stechenden Schmerzen. Er wirkte um Jahre älter als noch vor einem Augenblick.

»Wie stellst du dir das vor, Nesyn?«, wandte er ein. »Wir stehen ständig unter Bewachung, wir können keinen Schritt tun, ohne dass deine Königin davon erfährt. Wenn wir in deine Dienste treten, bemerkt sie die veränderten Umständen sofort.«

Nesyn unterband das Gejammer mit einem Schwenk des Speers. »Es spielt keine Rolle mehr, was die *Nraur-a-Khae* befiehlt – für euch ist nur meine Order maßgeblich.«

»Beim Himmel – kämpft denn von nun an jeder gegen jeden?«, stöhnte der Mensch. »Du fällst deiner Königin in den Rücken und verlangst von uns, dass wir dir dabei zur Hand gehen? Wo soll das enden, Nesyn?«

Der Nraur senkte das Gehörn. »*Ihr* wolltet unbedingt den Scyé überqueren und gegen den Süden Krieg führen. Die Folgen hättet ihr besser früher bedacht – nun ist es zu spät. Macht euch bereit, denn wie es aussieht, teilt die *Nraur-a-Khae* ihre Streitmacht bereits in Abteilungen ein.«

Kajlyn-Gua hatte den Heerzug anhalten lassen. Steile Sandsteinwände ragten vor den Gehörnten auf. Der nördliche Ausgang der Schlucht wurde von einer natürlichen Brücke überspannt, das Wasser des Weißen Flusses schäumte zwischen glitschigen Felsen hindurch, bis der Corredános in einem gezackten Einschnitt verschwand.

Kajlyn-Gua lenkte ihr Nouk dicht neben Nesyns Tier.

»Freiheit!«, zischte sie ihm zu. »Es gibt nur einen einzigen Weg, sie zu erlangen – so wie es für die Menschen nur einen einzigen Weg durch diese Schlucht gibt. In den Bergen dort liegt jener Ort, der für alle Wesen auf der Insel zum Ziel geworden ist. Die Entscheidung über Freiheit oder Knechtschaft im Angesicht des Schwarzen Gottes, die Wahl zwischen Leben oder Tod – sie fällt in der Feenstadt.« Sie beugte sich so weit vor, dass Nesyn die Glut des Hasses spürte, die in ihrem *Taú* schwelte.

»*Ich* werde als Erste dort sein, und ich werde warten. Du aber, mein treuer Feldherr, wirst tun, was dir am ehesten liegt: Du wirst mich an die Kahlen verraten. Von nun an bekämpfen wir die Menschen nicht länger – wir locken sie hinter uns her. Gewiss nehmen Gorun und seine Freunde den beschwerlichen Weg durch den Altéru auf sich, nur um das Zaubermädchen zur Feenstadt zu schaffen. Dort nehmen wir die Kleine in Empfang, denn ich will keinesfalls, dass sie die Unerreichbare Stadt betreten.«

Unruhig setzte Nesyn sich im Sattel zurecht, das Blut strömte ihm rascher durch die Adern. Der letzte Abschnitt des Wegs lag nun unmittelbar vor ihnen.

»Ich verrate dich – ganz, wie du es wünschst«, stimmte er zu. Er verlieh seiner Stimme einen spöttischen Klang, doch die Worte lagen ihm sauer im Mund. Es war nicht leicht, Kajlyn-Gua, die Listenreiche, zu übertrumpfen. Stets war sie ihm einen Schritt voraus.

Sie stieß ein kurzes kaltes Lachen aus. »Dieses eine Mal genießt du mein uneingeschränktes Vertrauen, Nesyn«, stichelte sie. Bei diesen Worten versetzte sie dem Nouk abermals einen Schlag mit der Gerte und wandte sich den Bergen zu.

Nesyn blickte dem Tross der *Nraur-a-Khae* nach, bis nichts weiter zu sehen war als eine Kette auf und ab wogender Punkte, die sich über eine steile Flanke erstreckte.

»Verteilt euch entlang der Schlucht!«, befahl er den Gehörnten. »Nehmt Stellungen ein, von denen ihr nicht gesehen werden könnt, selbst aber die gesamte Breite des Corredános im Auge habt.«

Prüfend ließ er den Blick über die Schützen aus dem Norden gleiten. Sie wirkten bemüht, weder Anspannung noch Sorge zu zeigen, und kamen seiner Aufforderung ebenfalls nach – sie verschanzten sich auf dem Felsbogen hoch über der Schlucht.

Einen einzigen Ausweg hatte er den Menschen noch gelassen, einen winzigen Strahl der Hoffnung, und somit bot er weit mehr als die schiere Verzweiflung, der Kajlyn-Gua ihre Gefolgsleute aussetzte. Gewiss war Tenon klug genug, um das bessere Angebot zu wählen. Und es war gut so, denn in einer Hinsicht behielt die *Nraur-a-Khae* recht: Auch Nesyn wollte unter keinen Umständen, dass ein ungebetener Eindringling die Geheimnisse aufspürte, die sich in den Bergen verbargen.

3

Der Weg durch die Schlucht erwies sich als weitaus beschwerlicher, als Gorun und Falrau angenommen hatten. Oft mussten die Krieger mitten in der trüben Flut reiten, und die Pferde kämpften mühsam gegen die Strömung an. Manche Engpässe waren nur mithilfe von Seilen zu bewältigen, und so dauerte es mehrere Tage, ehe die Felswände zu beiden Seiten niedriger wurden und das Flussbett sich verbreiterte. Während dieser ganzen Zeit behielt Jemren die Felskante über ihren Köpfen aufmerksam im Auge – wenn ihnen Gefahr drohte, dann vom hoch gelegenen Rand der Schlucht.

Dass es bisher zu keinem Zwischenfall gekommen war, beruhigte ihn keineswegs – im Gegenteil. Die Nraurn beobachteten jede feindliche Bewegung in ihren Gebieten sicherlich mit großer Aufmerksamkeit, und wenn sie sich bisher noch nicht angegriffen hatten, bedeutete dies vermutlich nur, dass sie den Reitern in einem geeigneten Hinterhalt auflauerten. Die steile Schlucht bedrückte ihn, und die Sorge um Harat quälte ihn im *Taú*, sodass er nachts schlecht schlief und tagsüber wenig Lust auf Gespräche hatte. Manchmal beschlich ihn das Gefühl, dass sich sein ganzes Leben verengt hatte wie der felsige Spalt, der sich durchs Nraurnland zog und weder ihm noch seinen Begleitern einen anderen Ausweg ließ, als immer nur vorwärts zu schreiten – ungeachtet der Verluste und der eigenen Verfassung. Und was sie am anderen Ende erwartete, war ungewiss.

Misstrauisch musterte er das Gelände. Das Ufer des Corredános war nur spärlich bewachsen, das Ried sah grau und verkümmert aus. Ein Lehmstreifen trennte das Flussbett von der Böschung, auf der sie nun entlangritten. Ein metallischer Geruch lag in der Luft, und der vom Wasser überspülte Untergrund schillerte in öligen Farben. Ablagerungen erstickten den Pflanzenwuchs, und die Pferde stakten im weichen Boden umher und scharrten durstig mit den Hufen.

Das Wasser des Weißen Flusses war ungenießbar. Der Anblick allein verursachte Jemren ein Brennen in der Kehle, und ab und zu trank er einen Schluck des eisigen Wassers, das er in der Sattelflasche mitführte, obwohl größte Sparsamkeit geboten war. Solange sie sich in der Schlucht befanden, hatten sie keinen Zugang zu frischem Wasser; sie mussten sich die Vorräte einteilen, bis sie das Ende des langen Einschnittes erreicht hatten.

Gorun blickte nicht auf, als Jemren die Stute neben ihn lenkte. »Was vergiftet den Corredános?«, erkundigte er sich – eine der unzähligen Fragen, auf die er im Turm der Schriften keine Antwort gefunden hatte. »Seit wann sind die Fluten des Weißen Flusses derart verdorben, dass weder Mensch noch Tier davon trinken können?«

»Es war schon immer so – wie so vieles im Süden«, gab Gorun knapp zurück und schwenkte sogleich den Arm. »Vorwärts! Es geht weiter!«

Die Kriegerschar setzte sich in Bewegung, und die trüben Fluten des Corredános spritzten auf, als die Vorhut durch das seichte Wasser galoppierte. Jemren blickte den Reitern hinterher. So kurz angebunden wie seit dem Betreten der Schlucht hatte er Gorun schon lange nicht mehr erlebt. Die Lust an Erläuterungen, der er in Defágos so bereitwillig nachgegeben hatte, schien ihm gänzlich vergangen zu sein. Jemren glaubte allerdings den Grund für die Gereiztheit zu kennen: Um nichts in der Welt hätte er auf diesem Ritt mit Gorun die Aufgaben tauschen wollen. Den Kriegern aus dem Süden behagte der Weg nicht, den sie eingeschlagen hatten, und die düstere Schlucht war ihnen unheimlich. Ständig wandten sie sich mit ihren Anliegen und Bedürfnissen an ihren Anführer, und auch die Nraurn, die den Menschen gezwungenermaßen folgten, hatten ebenfalls unentwegt Klagen vorzubringen. Hätte Falrau sich nicht um einige der drängenden Fragen gekümmert, hätte Gorun während der kurzen Rasten seine Mahlzeiten vermutlich im Gehen einnehmen müssen, auf dem Weg von einem Beschwerdeführer zum nächsten.

Sachte lenkte Jemren die Stute an der Wasserlinie entlang. Seit ihm das Geheimnis der Reiter vertraut war – das Bändigen der Tiere durch das *Taú* –, fiel ihm die Verständigung mit der gehorsamen Stute nicht länger schwer. Kimrin hielt sich eine Pferdelänge hinter ihm, doch ihm entgingen die missmutigen Seitenblicke nicht, die der Junge ihm zuwarf. Schließlich zügelte Jemren das Pferd und wartete, bis Kimrin zu ihm aufgeschlossen hatte.

»Was ist mit dir? Hast du dich mit Vraja zerstritten?«, fragte er den Jungen. Ihm waren die hitzigen Streitgespräche aufgefallen, die das Paar austrug, seit sie die Ruinenstätte von Anáxi hinter sich gelassen hatten. Kimrin blickte nicht einmal der Höflichkeit halber vom Sattelknauf auf, und Jemren spürte, wie das *Taú* des Jungen eine Winzigkeit von ihm fortglitt.

»Entweder erzählst du mir jetzt, was dich bedrückt, oder du gibst deinen Bogen ab und reihst dich hinter Lillia ein«, sagte er streng. »Du kannst dir aussuchen, wie der restliche Ritt für dich verläuft. Ich dulde jedenfalls nicht, dass du durch das *Taú* zielst, wenn du mit dir selbst nicht im Reinen bist.«

Angesichts dieses Tonfalls röteten sich Kimrins Wangen. »Wann nutzen wir das *Taú* denn schon für einen Schuss?«, stieß der Junge hervor. »Ich glaube allmählich, Vraja hat recht, wenn sie behauptet, dass du uns einen Teil deiner Bogenfertigkeiten vorenthältst!«

Das musste ja kommen, dachte Jemren. Er spürte die eifrigen Schritte der Stute unter sich; sie ließ sich durch das Gespräch nicht ablenken. Die Pferde nahmen wohl an den Wünschen, nicht aber an den Gedankengängen ihrer Reiter Anteil – beneidenswerte Tiere, wie er fand.

»Ich stimme deiner Freundin zu – gewiss verwehre ich euch so manches Wissen«, erwiderte er so kühl wie möglich. Kimrin rang nach Luft, doch Jemren sprach rasch weiter. »Ich behalte mir jene Kniffe und Finten vor, die auch im Norden kein Waffenmeister Knaben eures Alters beibrächte. Wie man den

Feind in einen Hinterhalt lockt und sein Gegenüber über die eigenen Absichten täuscht, wie man mit dem *Taú* lügt – das zeige ich euch nicht.«

»Und wie lernen wir jemals das Zielen, wenn wir keinen Blindschuss anwenden dürfen?«, gab der Junge patzig zurück. »Noch eine verpasste Gelegenheit, und wir stehen den Nraurn ohne Verteidigung gegenüber.«

Hätte ich mich bloß nicht auf die Unterweisung der Knaben eingelassen, wünschte Jemren, keineswegs zum ersten Mal. Doch hätte er alle Widersprüche und Bedenken seines Lebens zusammenzählen wollen, wäre er bis zum Abend nicht damit fertig geworden.

»Euer Können reicht zur Verteidigung vollkommen aus«, erklärte er und hoffte, damit den Schlusspunkt des Streitgesprächs gesetzt zu haben.

Mit gerunzelter Stirn musterte ihn der Junge. »In letzter Zeit hast du ständig Durst – genau wie Tarepin«, platzte Kimrin schließlich heraus. »Mit dir stimmt etwas nicht.«

Jemren ließ die Wasserflasche sinken. Er merkte schon gar nicht mehr, wie oft er nach dem Behältnis griff, aber der kalte Schluck linderte die Begierde nicht, die ihm in der Kehle brannte. Ein widerwärtiger Geschmack lag ihm im Mund und ließ sich nicht fortspülen, jeder Tropfen steigerte das Verlangen noch. *Ich bin nur nach Defágos gekommen, um einen Schluck zu trinken!*, hatte Tarepin kurz vor seinem Tod ausgerufen.

Angst stieg in ihm an wie eine Flut, und er konnte sie kaum eindämmen, bevor sie ihn in ein hilfloses Stück Treibgut verwandelte. Mit betont gelassener Bewegung verschloss er die Flasche und hängte sie zurück an den Sattelknauf.

»Richte Vraja aus, dass ihr gewiss noch genügend Gelegenheit zum Schießen bekommt. Und, Kimrin« – er hielt den Jungen zurück, als dieser schon lostraben wollte –, »legt diese Ringe ab, die ihr euch angefertigt habt. Die Schützenringe stellen weder Schmuck noch Spielzeug dar. Ihr habt euch keineswegs das Recht erworben, sie zu tragen.«

Wortlos wandte sich der Junge ab und begab sich zu seinen Freunden, die soeben absaßen. Die Kriegerschar hielt eine kurze Rast. Den Pferden wurden die Zügel freigegeben, damit sie das spärliche Gras rupfen konnten, Lasten wurden neu verschnürt, und so manch ein Reiter vertrat sich am Ufer die Beine.

Auch Amra hatte sich aus dem Sattel geschwungen. Sie stand am Wasser und betrachtete den Verlauf des Flusses, während ihr Pferd voller Enttäuschung den kahlen Boden beschnupperte. Als Jemren neben sie trat, wischte sie sich hastig über das Gesicht – Tränenspuren glänzten auf ihren Wangen, und ihre Augen waren gerötet.

»Was ist mit dir? Was ist geschehen?«, fragte er betroffen und bediente sich absichtlich nicht der Sprache des *Taú*, dessen Unmittelbarkeit in einem solchen Augenblick viel zu aufdringlich gewesen wäre.

»Meine Eltern sind tot, alle beide«, stieß die *Laîren* hervor. »Thirion brachte es während unseres kurzen Wiedersehens anfangs nicht über sich, mir von ihrem Tod zu erzählen. Aber vor seinem Abritt – da berichtete mein Bruder mir, dass Bron und Kedra beim Überfall der Nraurn ums Leben kamen. Seitdem denke ich an nichts anderes mehr.«

Jemren schwieg. Er fühlte sich hilflos, denn außer überflüssigen Redensarten kam ihm nichts in den Sinn.

»Eigentlich wusste ich bereits seit dem Kampf um Defágos von Kedras Tod«, gestand Amra ein. »In Anrynans Turm vernahm ich ihr Flüstern – ihre Stimme klang so fern, als dränge sie aus dem Entfernten Land zu mir. Aber ich wollte nicht wahrhaben, dass meine Mutter wirklich gestorben war. Nun erzählte Thirion mir, wie man sie auf der Schwelle ihres Hauses fand, die Hände voll nutzloser Münzen und Schmuck. Offenbar wollte sie ihre Schätze vor den Nraurn in Sicherheit bringen, während Quinda-Na ringsum die Bewohner von Caláxi in den Tod trieb. Ich nehme an, dass Vater ihr zu Hilfe eilen wollte, aber dann ...« Die Stimme brach ihr, und sie schlug die Hände vors Gesicht.

»Da«, stieß sie undeutlich hervor, »da! Nun beweine ich die Verstorbenen unserer Stadt, seit Draura mich in ihrer Hütte aufnahm und in den alten Bräuchen unterwies, aber wenn es den eigenen Klan betrifft, gelingt es mir nicht, meine Gefühle zu ordnen.«

Jemren fragte nicht, weshalb sie etwas Geordnetes fühlen wollte, nachdem doch der Tod die größte Unordnung mit sich brachte: die Auflösung von Haus und Klan und Stadt. Mit verschränkten Armen stand er neben ihr und dachte an die abendlichen Spaziergänge zu den Klippen nahe Tegaréssos, von wo aus Harat und er aufs Meer geblickt hatten.

Amra ließ die Hände sinken und starrte ihn an. *»Du?«*, fragte sie ungläubig. »*Du* vernimmst die Stimmen der Toten?«

Hitze durchflutete sein *Taú*, und er wich ihrem Blick aus, als sie nun die verborgenste aller Erinnerungen aufspürte.

»Wir haben uns das Seufzen nur eingebildet«, behauptete er. »Wahrscheinlich war es der Wind, der um die ausgehöhlten Klippen pfiff.«

»Ah nein, nein, nein, Jemren – man weiß sehr genau, was man hört.« Mit dem Finger tippte Amra sich ans Brustbein. »Dir war vollkommen klar, wessen Rufe du da vernahmst.«

Er schüttelte den Kopf. »Ich kam nur Harats wegen mit auf die Felsen – weil sie so leichtsinnig war. Sie erklärte stets, sie höre Mraras Flüstern. Dabei vermochte sie sich nicht einmal an das Gesicht unserer Mutter zu erinnern. Wie sollte sie da wissen, wie ihre Stimme geklungen hatte? Wir waren doch noch Kinder und trösteten uns lediglich mit einer Sinnestäuschung. Schließlich verbot Tachra uns, auch nur in die Nähe der Klippen zu kommen.«

Amra aber betrachtete ihn mit einem ganz neuen Ausdruck im *Taú*, als habe sie seine Einwände überhaupt nicht gehört.

»Das ist außergewöhnlich, Jemren!«, rief sie. »Das ist ganz und gar außergewöhnlich. Du bist der einzige Mann mit dieser Gabe, den ich kenne.«

»Ich bin der einzige Blindschütze, den du kennst«, widersprach er. Allmählich ärgerte ihn ihr Beharrungsvermögen.

Amra wiegte nachdenklich den Kopf. »Im Norden verfügen die Leute offenbar viel häufiger über ein hellsinniges *Taú* als in meinem Land. Vermutlich besitzt dein ganzer Klan diese Begabung – in meinem Haus dagegen war ich die Einzige.«

»Über ein ... Verzeih, Amra, aber ich begreife deine Worte wieder einmal nur zur Hälfte«, gestand Jemren ein.

Die *Laîren* lachte nicht. »O doch, du verstehst mich ganz genau«, widersprach sie ernst. »Dein *Taú* ist unzweifelhaft von dieser Art, sonst hättest du Antiles nicht so viel entgegenzusetzen.«

Die Furcht streifte ihn abermals wie ein schwarzer Flügelschlag, und es dauerte einige Herzschläge lang, ehe er fortfuhr.

»Eigentlich wollte ich dich schon seit einer Weile um einen Gefallen bitten, aber ich finde erst jetzt die Gelegenheit dazu. Die Grabstätten des Südens sind mir unheimlich. Der Norden übergibt seine Toten dem Meer, unter offenem Himmel treten sie die letzte Reise an. Wir ...«

Mit einer Handbewegung schnitt sie ihm das Wort ab. »Hör auf!«, herrschte sie ihn an. »Ich will nichts dergleichen hören!«

Amra ... weise mich wegen dieses Anliegens nicht ab. Ich wüsste nicht, an wen ich mich sonst wenden sollte, bat er, diesmal durch das *Taú*, dessen Sprache viel eindringlicher war als alle Worte.

Gewiss verstand sie ihn richtig – und dennoch lehnte sie sein Ansinnen ab. *Hast du aus dem Kampf um den Blauen Turm nichts gelernt?*, fragte sie. *Niemand geht ins Entfernte Land hinüber, solange das* Taú *in dieser Welt verweilen will. Und ich spüre doch, wie sehr du am Leben hängst! Gib Antiles' Drängen nicht nach, und ich verspreche dir, dass ich einen Weg finde, um dich von Tarepins schrecklichem Abschiedsgeschenk zu befreien.*

Ohne Vorwarnung trat sie auf ihn zu und legte ihm die Hand auf die Brust. Die Berührung durchfuhr das *Taú* wie ein glühender Stich, und Jemren zuckte zurück – genauso war Tarepin vor ihrem Griff zurückgewichen.

Mutige Laîren, pries er sie, und diesmal lachte Amra nicht über ihn und seine unbeholfene Ausdrucksweise. Sie starrte ihn an.

»Bei allen Göttern, Jemren!«, stieß sie hervor. »So geht das nicht weiter!«

Er ging jedoch nicht auf ihre Bestürzung ein. »Ich bin nicht gekommen, um mich mit dir zu streiten«, sagte er. »Eigentlich wollte ich dir nur Bescheid geben, dass wir weiterreiten. Wie du siehst, sitzt Gorun bereits im Sattel. Er wartet nur noch auf uns beide.«

Der dunkle Himmel zeigte sich in dem Einschnitt zwischen den Felsen, und mit größerer Entfernung zum Flussufer nahm der Bewuchs zu. Offenbar weideten die Nraurn ihre Herden an dieser Stelle, denn der Boden war vielerorts mit Hufspuren und gefrorenem Schafsmist übersät. Erleichtert atmete Jemren auf, als endlich der Ausgang der Schlucht vor ihnen auftauchte – ein hoch gespannter Bogen aus Stein.

Ein Schatten huschte über die Brücke. Der Umriss schreckte Jemren auf, denn er glich einer menschlichen Gestalt – oder war er im schwachen Licht abermals einer Sinnestäuschung erlegen, wie es auf dem Ritt durch die dämmrige Schlucht des Öfteren geschehen war? Dennoch griff er nach dem Bogen, während er rasch das *Taú* ausdehnte, um zu erfahren, ob sich dort oben tatsächlich jemand verbarg. Im selben Augenblick streifte ihn ein Luftzug an der Wange, ein Brennen zog sich über das Kiefergelenk, und als er unwillkürlich die Hand zu der Stelle hob, griff er in Blut.

»Feinde! Ein Hinterhalt!«, schrie ein Reiter, und da erst gewahrte Jemren den Pfeil, der zwei Schrittlängen hinter seiner Stute im Boden stak – der Warnschuss hatte ihm gegolten.

»Nehmt euch in Acht!«, brüllte Falrau und hob den Schild, als sich zu beiden Seiten des Flusses Nraurn aus dem Schatten unter den Felsen lösten – Krieger mit schwarzen Mähnen und blinkenden Hörnerklingen. Etliche Rappen fielen in Galopp, und aus den Augenwinkeln sah Jemren, wie sich ein halbes Dutzend Reiter um Amra und das Mädchen scharten und ihre Schilde schützend über die beiden hielten. Die gefangenen Mnek drängten sich mitten im Fluss zusammen, als wollten sie sich gegenseitig Deckung geben, und blökten einander Warnungen zu. Die übrigen Gefährten allerdings boten ein Ziel, das selbst ein zittriger Greis getroffen hätte.

»Du begehst einen Fehler, Tenon!«, schrie er zu dem Felsbogen hinauf und fluchte über die Unvernunft, welche die *Taú*-Schützen zu Gefährten der Gehörnten machte. Da stieß das Bahak-Mädchen einen Schrei aus und deutete auf den Schattenriss, der unter dem Felsbogen erschien. »Nesyn! Das ist Nesyn!«

Regungslos stand der große Bahak-Krieger unter dem Steinbogen. »Wohin so eilig, Gorun aus Caláxi?«, rief er. »Reitest du noch immer auf der Spur der *Nraur-a-Khae* entlang? Kajlyn-Gua hat längst die Lust an einem Scharmützel mit dir und deinem Reiterhaufen verloren und sich lohnenderen Zielen zugewandt.«

»Trau ihm nicht!«, zischte Akkan. »Auf sein Wort ist kein Verlass! Denk nur daran, wie schmählich er in Defágos seine Königin im Stich ließ!« Doch Gorun beachtete weder ihn noch die anderen selbst ernannten Ratgeber, die sich um ihn drängten.

»Wo ist deine Königin?«, rief er. »Ich weiß, dass Kajlyn-Gua diese Partie um jeden Preis für sich entscheiden will. Sie lässt sich den Triumph nicht im letzten Augenblick aus den Händen nehmen.«

»Sie hat bereits gewonnen«, verkündete Nesyn. »Sie weiß, wo sich die zweite Hälfte des Weißen Steins befindet, und ist längst auf dem Weg zu diesem Versteck. Ohne das fehlende Stück könnt ihr nicht siegen, und auch das Eine Kind ist für immer verloren! Kajlyn-Gua kennt das Geheimnis der Götter. Ihr holt sie nicht mehr ein.«

Mit dem *Taú* tastete Jemren unauffällig den Steinbogen ab, der sich über der Schlucht spannte. Dort oben hockten die gegnerischen Schützen in ihren Verstecken. Er spürte sie, fühlte, wie sie auf die Reiter zielten, und das Blut pulste ihm rascher in den Schläfen. Irgendetwas stimmte nicht, etwas war anders als sonst – die gesamte Anordnung am Nordausgang der Schlucht glich einer kunstvoll ineinandergeschachtelten Falle.

Nesyn schwenkte den Arm über die Aufstellung seiner Kämpfer. Die Nraurn riegelten den Ausgang der Schlucht ab und verteilten sich zu beiden Seiten des Flusses. »Ihr seid in eine Sackgasse geraten – hinter euch liegt der vergiftete Fluss, und vor euch stehen meine Krieger.«

»Und mitten unter uns befinden sich zwei Dutzend Geiseln«, ergänzte Gorun ungerührt und wies auf die Mnek und das Bahak-Mädchen, die seine Reiter mit gesenkten Speeren in Schach hielten. Ängstlich reckten die Gehörnten die Hälse, damit ihnen kein Wort des Schlagabtauschs entging. »Wer von uns ist nun am Zug?«

»Wenn ihr uns die Gefangenen und das Zaubermädchen überlasst, dürft ihr umkehren und in euren Städten das Ende dieses Winters abwarten«, verkündete Nesyn.

Jemren ertrug die Anspannung nicht länger und stieß der Stute die Fersen in die Weichen. »Was ist mit den Geiseln, die *ihr* im Gewahrsam haltet?«, schrie er dem Gehörnten zu. »Wohin habt ihr meine Schwester verschleppt? Ich schwöre dir – ich werde euch verfolgen, bis Harat befreit ist, und die Götter des Südens mögen euch gnädig sein, wenn ihr ein Leid widerfahren ist!«

Nesyn zeigte eine ebenso träge wie geringschätzige Handbewegung. »Wir machen keine Gefangenen mehr«, sagte er.

Wut strömte Jemren durch die Adern – kalte, unbeherrschte Wut. Mit einer fließenden Bewegung schwenkte er die Waffe herum. Sein Pfeil war die ganze Zeit über auf die feindlichen Schützen gerichtet gewesen. Für alle Umstehenden sah es so aus, als habe er nur sie im Visier – in Wirklichkeit hatte er Nesyn längst mit dem *Taú* erfasst. Mit dem Schützensinn täuschen, das war eine der ältesten Übungen der Krieger aus dem Norden.

Er hatte jedoch nicht damit gerechnet, dass Tenon seinen Peiniger verteidigen würde.

Der Schuss zielte auf das Pferd; die Stute scheute und bäumte sich auf, sodass Jemren den Pfeil verriss und Halt suchend nach dem Sattelhorn griff. Kaum hatte er das Tier gebändigt, als auch schon die ersten Reiter an ihm vorbeigaloppierten, die Lanzen in die Schäfte am Steigbügel gestemmt und die Schilde hoch erhoben. Gorun, offenkundig aufs Äußerste erzürnt, befehligte den Angriff.

»Warum konntest du nicht abwarten?«, schrie der Reiter zu ihm herüber – und dann war er auch schon an ihm vorbei und jagte den Gehörnten entgegen.

»Die Bogen hoch – und vorwärts!«, rief Jemren den jungen Schützen zu. »Nun zeigt, was ihr gelernt habt!«

Vraja und die Knaben aus Defágos ritten Knie an Knie mit ihm, sie stürmten den Nraurn entgegen, während vom hoch gelegenen Torbogen die erste Pfeilgarbe auf die Krieger herabregnete. Schlick und Steine spritzten auf, und Jemren schloss die Finger fest um den Griff des Bogens. Mit einem tiefen Atemzug ließ er sich in die bodenlose Schwärze fallen, aus der die Sammlung und Wachsamkeit eines *Taú*-Schützen erwuchs. Plötzlich hörte er die Schreie der Jungen und das Singen ihrer Bogensehnen nur noch aus weiter Ferne.

Die *Taú* der heranstürmenden Nraurn blitzten wild und lodernd vor ihm auf.

Er zog die Sehne straff, bis er meinte, der Bogen berste ihm in der Hand, und schließlich sah und hörte und empfand er nichts mehr außer dem *Taú* des Gegners.

Und er entließ den Pfeil.

Diesmal war er auf den glühenden Hass gefasst, mit dem sich der Schwarze Gott in seine Seite fraß. Diesmal machte er sich die Pein zu eigen, die ihm die vergiftete Pfeilspitze verursachte, und verwandelte die Qual in Entschlossenheit und Wut.

Als die Stute die plötzliche Veränderung spürte, tat sie einen Satz nach vorn und galoppierte wie rasend los. Eiswasser sprühte über ihn hinweg, als die Hufe im Flussbett aufschlugen, und aus den Augenwinkeln sah er, wie Mrerems Pferd am Ufer zu Boden ging. Der Junge rollte von dem gestürzten Tier fort und kroch auf allen vieren hinter einen Felsen, während ein Nouk an ihm vorbeidonnerte. Der Nraur riss sein Tier herum und wirbelte den Haken empor – da riss ihn Jemrens Geschoss rücklings aus dem Sattel.

Der Schmerz, der von der verfluchten Pfeilspitze ausging, verschlimmerte sich, das Bohren und Brennen brachten ihn schier um den Verstand; einen solch rohen, rasenden Schmerz hatte er noch nie empfunden. Während ihm der Gegenwind die Tränen über die Schläfen trieb, entdeckte er einen weiteren Gegner zwischen dem Gesträuch am Ufer. Ob Nraur oder Mensch – es spielte keine Rolle mehr. Der feindliche Krieger richtete erschrocken den Speer auf ihn, doch er war schneller. Er tötete den Gegner und erschoss auch das Nouk, denn er konnte das Flackern des lebendigen *Taú* nicht länger ertragen. Er würde sie *alle* aufspüren – alle, die ihm zusetzten. Er hatte genug von Lärm und Kampfgeschrei, *Stille* sollte auf der Insel herrschen, das Schweigen einer kalten Winternacht.

Nimm dich in Acht!, rief eine Stimme in ihm, als er den nächsten Pfeil auf sein Gegenüber richtete, aber das Zielen war ihm längst in Fleisch und Blut übergegangen, es *war* sein Fleisch und Blut, es erfüllte sein ganzes *Taú*. *Hab Acht, das ist Kimrin vor dir!,* schrie es in ihm, und die Sehne lief glatt durch die Ringe; das war kein schwieriger Schuss, denn sein Ziel hielt still, reglos verharrte es vor ihm, vollkommen erstarrt. *Kimrin, es ist Kimrin!*

Unter Aufbietung aller Kräfte riss Jemren den Bogen zur Seite.

Ihm war, als umklammerten ihm eisige Fäuste die Handgelenke, und bevor er den Schwenk vollendet hatte, lösten sich seine Finger vom Schaft. Der Pfeil nahm Kurs auf den Jungen, der ihn mit aufgerissenem Mund anstarrte. Die Befiederung schraubte sich zischend durch die Luft, und der Warnschrei blieb Jemren in der Kehle stecken – aber der Schuss ging fehl. Oh, bei allen Göttern des Südens, der Schuss ging fehl.

In holprigen Sätzen kam die Stute zum Stehen. »Ist dir etwas zugestoßen?«, stieß Jemren hervor. »Bist du verletzt?«

Kimrin war noch immer schreckensstarr – einen Augenblick lang waren ihre *Taú* verschmolzen, und der Junge hatte erfahren, wie ernst es ihm mit dem Blutvergießen war.

Etliche Reiter aus dem Süden waren Zeugen der Begegnung geworden. Akkan trieb seinen schweißnassen Rappen herbei und packte den jungen Schützen am Arm.

»Ist alles in Ordnung?«, fragte er und gab sich nicht einmal Mühe, den Abscheu in seinem *Taú* zu verbergen. Jetzt nickte Kimrin, noch immer kreideweiß im Gesicht. Akkan klopfte ihm aufmunternd auf den Rücken und raunte ihm einige Worte zu. Daraufhin wendete der Junge das Pferd und trabte davon, ohne Jemren noch einmal anzusehen.

»Ich ... kann es erklären«, stieß dieser hervor.

»Was gibt es da zu erklären?« Voller Verachtung verzog Akkan das Gesicht. »Du wartest doch schon die ganze Zeit auf eine Gelegenheit, um uns in den Rücken zu fallen. Jetzt hättest du uns um ein Haar den Nraurn und ihren Spießgesellen ans Messer geliefert – verfluchter Blindschütze!«

Das letzte Wort spie der Krieger geradezu aus. Mit einer unflätigen Geste wandte er sich von Jemren ab, der kaum zu atmen imstande war. Sein Herz hämmerte – es hatte zum Hämmern allen Platz der Welt, denn das *Taú* war leer und hohl, vergiftet wie der Weiße Fluss, und der Schwarze Gott frohlockte tief in seiner Seite.

Das ist also mit meinem Bogengefährten geschehen, dachte er bekümmert. Der Schützenwahn drängte Tarepin bis an den Rand eines Abgrunds aus blinder Wut, Antiles' Fluch höhlte sein *Taú* aus, bis nichts mehr von seinem alten Selbst übrig war – und dasselbe geschieht jetzt mit mir.

Mit zittriger Hand spannte er die Bogensehne aus und hängte die Waffe an den Sattel. Ihm war so elend zumute wie nie zuvor, als er die Halskette unter dem Kragen hervorzog und die Hand um das Figürchen des Jägers schloss – nie war er näher daran gewesen, einem Gott des Südens für einen Fehlschuss zu danken.

Allmählich klärte sich seine Sicht so weit, dass er die Umgebung wahrnahm. Am Ufer des Corredános lagen Tote und Verwundete, doch es schwirrten keine Pfeile mehr umher. Die gegnerischen Schützen hatten sich zurückgezogen, die feindlichen Nraurn galoppierten flussaufwärts – sie wichen vom Ort des Überfalls zurück, kaum dass der Angriff begonnen hatte. Amra kniete bei einem Speerkämpfer, der halb im Wasser lag. Ein Schaft ragte aus der Schulter des Manns, Blut pulste aus der Wunde, und der Boden ringsum war mit Pfeilen gespickt.

»Dein Pferd!«, rief ihm jemand im Vorbeireiten zu. »Die Stute verliert Blut!«

Rasch schwang Jemren sich aus dem Sattel und strich mit der Hand am Bauch des Tiers entlang. Knapp hinter dem Gurt klaffte ein Schnitt in der Haut. Die Stute zuckte zusammen und stampfte mit dem Hinterbein auf, als er die Stelle berührte. Mit wenigen Handgriffen nahm er den Sattel ab und stillte die Blutung mit einem Lappen. Er konnte sich nicht mehr erinnern, wie es zu der Verletzung gekommen war. Irgendwann im Verlauf des Kampfs war das Tier wohl von einem Pfeil gestreift worden.

Mit einem Atemzug richtete er sich auf. Er musste Gorun über die veränderten Umstände in Kenntnis setzen – am besten den Reiter und die *Laîren* gemeinsam. Und dann mussten sie eine Entscheidung fällen, was nun geschehen sollte, denn zu einem weiteren Zwischenfall dieser Art durfte es keinesfalls kommen. Das würden auch seine Gefährten einsehen, und wenn sie noch so sehr an der Prophezeiung mit all ihren Auswirkungen festhielten.

Er warf den blutverschmierten Lappen neben das Sattelzeug und wusch sich die Hände im Fluss. Das Wasser hinterließ ölige Rückstände auf der Haut, und der Geruch erinnerte ihn an die Silberschmieden von Golóni. Gorun hatte sich ebenfalls aus dem Sattel geschwungen und die Gefolgsleute unter dem

Steinbogen versammelt. Akkan sprach lebhaft auf den Reiter ein. Mehrere Männer hörten der Unterredung zu, und die Mienen der Krieger aus Defágos wirkten zusehends düsterer.

Als Jemren diese Zusammenkunft sah, blieb er stehen. Das Gespräch drehte sich ohne Zweifel um ihn und den Schuss auf Kimrin. Der Vorfall bot Akkan endlich die Gelegenheit, seinen Unmut über die Anwesenheit eines Blindschützen loszuwerden. Seit dem Aufbruch aus der Kühnen Stadt hatte Jemren den Widerwillen und Argwohn des Reiters gespürt. Und was hätte er wohl selbst von einem Mann gehalten, der sein eigenes Land verriet und dem Feind jene Waffe in die Hand gab, die einst über den Ausgang der Langen Kriege entschieden hatte?

Er machte auf dem Absatz kehrt und kehrte zu seinem Pferd zurück. Die Stute kaute auf Zweigen, die sie von einem Gesträuch in ihrer Nähe abriss, und blickte ihm mit gespitzten Ohren entgegen. Jemren hob die Sattelunterlage vom Boden auf. Ich hätte mich niemals auf diesen Ritt einlassen dürfen, dachte er, während er die Decke auf dem Pferderücken glatt strich und dem Tier den Sattel auflegte. Die Stute wich zurück, sobald er in die Nähe der Verletzung kam. Beruhigend tätschelte er ihr die Schulter, während er sich unter ihrem Bauch nach dem Gurt bückte.

Als er sich wieder aufrichtete, stand er Gorun gegenüber. Der Reiter war unbemerkt näher gekommen, seine Hand lag auf dem Mähnenkamm der Stute. Einige Herzschläge lang blickten sie einander ins Gesicht.

»Was ist da zwischen dir und Amra?«, fragte Gorun dann.

Jemren hatte mit allen möglichen Vorhaltungen gerechnet, aber diese Eröffnung verschlug ihm die Sprache. Sein Blick glitt zu den jungen Schützen hinüber. Kimrin hockte inmitten seiner Freunde auf einem Felsblock und machte allen tröstenden Zuredens zum Trotz einen kläglichen Eindruck.

»Ganz recht – der Junge hat mir von Amras Sturz erzählt«, bestätigte Gorun. »Aber auch ohne Kimrins Andeutungen ist mehr als offensichtlich, für wie gering du die Sitten und Gebräuche des Südens schätzt. Also frage ich dich: Was ist zwischen dir und der *Laîren* vorgefallen?«

Jemren fädelte den Gurt durch den Ring am Sattel und zog ihn straff. »Auf dem Weg nach Defágos«, begann er, und sofort versteifte Goruns Haltung sich. Aber der Reiter schwieg und ließ ihn fortfahren. »Auf dem Weg in die Kühne Stadt litt Amra sehr an der Verwundung, die Nesyn ihr zugefügt hatte. Die Wunde schloss sich nicht, ganz gleich, was sie mit ihren Heilkünsten unternahm, und sie sagte mir, es habe mit dem Schwarzen Gott zu tun – mit der Tatsache, dass sie Antiles' Priesterin sei. Du hast mit eigenen Augen gesehen, in welchem Zustand sie in Defágos eintraf. Als die Kräfte sie verließen und sie sich nicht länger im Sattel halten konnte, bot ich ihr ... ich bot ihr mein *Taú*, um sie mit meiner Ausdauer zu stützen. Es ist wie beim Zielen, Gorun – ihre und meine Erinnerungen verschmolzen, und einen Herzschlag lang teilten wir denselben Gedanken.«

Das war eine der längsten Reden, die er im Leben je gehalten hatte. Goruns Miene spiegelte Unglauben wider, und das Misstrauen hielt sich hartnäckig in seinem *Taú* – in Defágos hatte er Jemren noch für Amras Rettung gedankt. »Hast du sie angefasst?«, wollte er nun wissen. »Hast du die *Laîren* meiner Stadt angerührt?«

Nur mit Mühe blieb Jemren ruhig. »Natürlich habe ich sie angefasst«, gab er zurück. »Ich musste Amra aufs Pferd heben und festhalten, damit sie nicht gleich wieder herunterfiel, so schwach war sie. Kimrin ging mir dabei zur Hand, aber an diese Hilfeleistung erinnert der Junge sich jetzt vermutlich nicht mehr so gern.«

Gorun schwieg. Die widersprüchlichsten Empfindungen schillerten in seinem *Taú*, aber er wirkte weitaus weniger selbstgerecht als noch vor einem Augenblick.

»Was viel schwerer wiegt: Ich habe Amras *Taú* berührt«, erklärte Jemren, um endgültig sämtliche Missverständnisse zwischen ihnen auszuräumen. »Seitdem weiß ich, was in ihr vorgeht, und ihr ergeht es umgekehrt genauso. Daher weiß ich auch, was sie für dich empfindet und ... Es geht mich ja nichts an, aber ...«, setzte er rasch hinzu, als er sah, wie sich Goruns Gesichtsausdruck veränderte.

»Sehr richtig«, knurrte der Reiter. »Mein Verhältnis zu der *Laîren* geht dich allerdings nicht das Geringste an.«

Er entfernte sich einige Schritte und wandte Jemren den Rücken zu – auf diese Weise schützte man diesseits des Scyé das *Taú* vor ungebetenen Einblicken. Aufgewühlt wandte Gorun sich schließlich zu ihm um.

»Du kommst hierher und bringst alles, aber auch wirklich *alles* durcheinander! Du hast vor nichts Respekt, nimmst keinerlei Rücksicht auf den Süden und seine Gebräuche, und was wir denken oder glauben, ist dir einerlei. So springt man nicht mit Leuten um, die einem Fremden Tür und Tor öffnen.«

»Aber es geht mir doch genauso!«, gab Jemren nicht minder heftig zurück. »Es geht mir doch ganz genauso! Weißt du, was ich mich manchmal frage? Wohin soll ich meine Schwester bringen, falls es uns wider Erwarten doch noch gelingt, sie lebend zu befreien? Zeige ich ihr, wie in Tegaréssos kein Stein mehr auf dem anderen liegt? Oder Thárraxi – begleite ich sie in eine Stadt, die uns verriet, bevor wir die erste Nacht unter ihren Dächern verbrachten? Oder führe ich sie durch dein Land – durch den großen und großartigen Süden, vor dem sich sogar die Götter in Acht nehmen müssen? Begreifst du nicht, was mit dem Satz vom Ende der Zeit gemeint ist, Gorun? Von dieser Reise kehren wir nicht mehr zurück – keiner von uns. Amra, du und ich: In der letzten Runde im Spiel des Wandels geben wir unser Leben für Lillia und ihre Prophezeiung.«

Der Reiter betrachtete ihn mit gerunzelter Stirn.

»Ich werde den Süden nie verstehen«, murmelte Jemren schließlich, als ihm das Schweigen zu lange dauerte. »Eigentlich hatte ich erwartet, dass du mich wegen des Vorfalls zur Rede stellst, der sich vorhin während des Kampfs zutrug.«

»Ah«, machte Gorun geistesabwesend, als hätten ihm diese Worte soeben wieder den Tumult am Ausgang der Schlucht ins Gedächtnis gerufen. »Ja, das stimmt, diese Frage wollte ich dir tatsächlich stellen. Akkan faselte da etwas von einem Pfeil, den du auf Kimrin abgeschossen hättest. Er war derart außer sich, dass er kaum vollständige Sätze zustande brachte.«

»Ich hätte den Jungen fast mit einem Blindschuss getroffen«, erklärte Jemren und schilderte das Vorkommnis in knappen Worten. Als er geendet hatte, stieß der Reiter die Stiefelspitze nachdenklich gegen einen Felsbrocken.

»Ich war von Anfang an der Ansicht, dass du mit Amra über diese Verletzung sprechen solltest. Ich beobachte dich schon die ganze Zeit über. Man sieht dir an, dass dir der Treffer zu schaffen macht.«

Zum zweiten Mal während dieses Streits wusste Jemren nicht, was er erwidern sollte. Gorun hatte mit eigenen Augen gesehen, welches Unheil Antiles' Schattenpfeile auf dem großen Platz von Defágos anrichteten. Er hatte einen Blick in den Abgrund geworfen, in den sich Tarepins *Taú* verwandelt hatte – doch der Reiter nahm keine dieser Warnungen ernst. Hoffte er etwa, am Ende werde diese vertrackte Geschichte schon gut ausgehen?

Matt vom fliegenden Wechsel der Ansichten und Meinungen im Süden, lehnte Jemren sich gegen die Pferdeschulter. Da erst schien Gorun aufzufallen, dass die Stute zum Abritt bereit war. Bogen und Köcher hingen am Sattel, ebenso ein Beutel mit Wegzehrung und die Wasserflasche. Mit einem Blick überflog der Reiter diese Vorbereitungen. »Wohin willst du eigentlich?«, fragte er.

Jemren nickte zum Ausgang der Schlucht. »Die *Taú*-Schützen, die Nesyn begleiten – wenn es mir gelingt, die Schar aufzuspüren, kann ich Tenon vielleicht zur Umkehr bewegen. Möglicherweise ist er für einen Vorschlag zugänglich; immerhin hat er sich mehrfach besonnener erwiesen als seine Klanschwester. Er könnte für eine Waffenruhe zwischen unseren Ländern sorgen. Dann hätten wir wenigstens den Zustand wiederhergestellt, der vor Nrets Eindringen in den Süden herrschte.«

»Du willst mit Tenon verhandeln? Das ist allerdings ein guter Einfall, auch wenn ich deine Erfolgsaussichten als gering einschätze«, meinte Gorun. »Aber was ist mit Lillia und der Prophezeiung? Du versprachst dem Mädchen, bei ihr zu bleiben, bis sie in Sicherheit ist. Und nun kehrst du ihr ohne ein Abschiedswort den Rücken?«

Jemren legte die Hände um den Steigbügelriemen. »Wenn ich dich um etwas bitten darf, dann sag du Amra und Lillia Lebewohl von mir. Ich ... in meiner jetzigen Verfassung traue ich mir selbst nicht mehr über den Weg. Was heute während des Kampfs geschah, könnte sich jederzeit wiederholen, und dann werde ich für das Mädchen womöglich zur Gefahr. Antiles' Pfeilspitze lässt sich nicht aufhalten. Aus diesem Grund halte ich es für besser, wenn wir uns jetzt trennen. Ich erweise euch einen größeren Gefallen, wenn ich den Norden von *seinem* Wahn abbringe.«

Der Reiter aus Caláxi nickte. »Du brauchst eine Landkarte. Nimm meine – Falrau führt ebenfalls eine Zeichnung von der Insel mit, wir kommen also zurecht. Falls es dir nicht gelingt, uns in den nächsten Tagen einzuholen, dann begib dich ohne Zögern zu dem Ort, den Lillia uns auf der Karte zeigte. Spätestens dort treffen wir wieder zusammen.«

Fast schien es Jemren, als entwickle Gorun nun ebenfalls eine Begabung für das Entschlüsseln der Botschaften des *Taú*: Sie verstanden einander, so gut es nur irgend möglich war. Während er sprach, holte der Reiter einen flachen Gegenstand aus der Gürteltasche: einen Bronzering, um den eine Lederschnur gewickelt war. Mit Blick auf das Figürchen des Jägers reichte er Jemren das Schmuckstück – es war unerwartet schwer.

»Nachdem du Kimrins Geschenk angenommen hast, verschmähst du vermutlich auch meine Gabe nicht«, sagte er. »Nach den Ereignissen dieses Jahrs kannst du nicht mehr in den Norden zurückkehren; du hast dir in deiner Heimat zu viele Feinde gemacht. Dieser Ring öffnet dir im Süden die Türen. Ganz gleich, in welcher Stadt du um Gastfreundschaft und Hilfe bittest, aufgrund dieses Zeichens heißt man dich willkommen.«

Behutsam wickelte Jemren die Lederschnur ab und hielt eine kunstvolle Arbeit in den Händen. Die Oberfläche des Rings war glatt poliert, und in den Rand waren Schriftzeichen geprägt, die er im schwachen Licht nicht entziffern konnte. In der Mitte erhob sich ein Bronzepferdchen auf den Hinterbeinen – sicher besaß der Ring erheblichen Wert.

»Ich sah dich dieses Schmuckstück oft tragen«, meinte er. »Verzeih, wenn ich frage, aber ... was stellt der Ring eigentlich dar?«

»Es ist mein Klanzeichen«, erklärte Gorun leichthin. »Streng genommen ist es sogar Milans Klanzeichen. Nach dem Tod meines Bruders nahm ich es an mich, obwohl der Erste Reiter keinen Klanring trägt, denn er dient der ganzen Stadt und nicht nur einem Haus allein. Der Süden erkennt in diesem Symbol den Klan Sa Kaseira wieder. Bei dem Pferd handelt es sich angeblich um Jallal, den Stammhengst unserer Zuchtlinie, aber mit völliger Sicherheit kann das niemand mehr nachweisen.«

Jemren starrte auf den Bronzeschmuck in seiner Hand. »Milan? Dieses Zeichen gehörte deinem Bruder?«

»So ist es«, bestätigte Gorun, als sei weiter nichts dabei, wenn der Klanring seines ermordeten Bruders nun auf einen vollkommen Fremden überging. »Im Süden sagt man, dass der Platz eines Verstorbenen von einem anderen Menschen eingenommen werden kann – von einem Freund des Klans. Es wäre mein Wunsch ... und es würde mich freuen, wenn du Milans Platz eines Tages mit neuem Leben erfüllst.«

Jemrens Herz schlug ungewohnt langsam. Umständlich knotete er den gerissenen Riemen zusammen und streifte sich den Ring anschließend über den Kopf. »Es ist mir eine Ehre, Gorun«, erklärte er. »Und ich freue mich.«

Schweigend nickte der Reiter. Sie reichten einander die Hände, und dann saß Jemren auf und trabte auf den Fluss zu. Bevor er die Stute ins flache Wasser lenkte, blickte er noch einmal zurück.

Gorun stand nach wie vor unter dem Felsentor. Er hatte die Arme verschränkt, und der Mantel fiel ihm weit über den Rücken hinab – er wirkte wie das Standbild eines Kriegers aus dem Süden. Grüßend hob er die Hand, und Jemren erwiderte die Geste stumm. Dann schoben sich Gesträuch und Felsen dazwischen und nahmen ihm die Sicht.

Noch immer im Schritt reitend, folgte er dem Strom ein Stück flussaufwärts. Grau und behäbig rauschte der Corredános dahin. Das Ufer lag verlassen da, doch die Spuren, welche die Hufe der Nouk in den weichen Boden gegraben hatten, waren deutlich zu erkennen. Die Nraurn waren hier entlanggeritten, und die Schar hatte es eilig gehabt. Vermutlich erstattete Nesyn seiner Königin soeben Bericht über das Vordringen der Gegner.

Jemren richtete sich im Sattel auf und trieb die Stute an. Erst als er ganz sicher war, dass sein Vordringen unbemerkt geblieben war, galoppierte er an.

4

Harat streifte oft durch die Dunkelheit. Ihre Leidensgenossen fürchteten sich vor den Erscheinungen der Tiefe und wagten sich selten aus der Höhle, die Nesyn ihnen zugewiesen hatte. Sie selbst empfand keine Angst, denn sie hatte vergleichbare Wunderdinge auf dem nächtlichen Meer gesehen, wenn Wasser und Himmel dieselbe Schwärze aufwiesen und es doch niemals vollständig finster war.

Das Zurechtfinden in den Gängen und Stollen fiel ihr nicht schwer, denn die Schätze der Tiefe glommen aus eigener Kraft. Sie leuchteten im Dunkel der endlosen Nacht, die in den Minen herrschte: Eisblau, grünlich oder gelbstichig schillerten sie und wiesen ihr den Weg. Andernorts glitzerten die Gesteine und bildeten Formationen, die Harat im Vorübergehen wiedererkannte: Das Segel nannte sie eine Stelle, an der Kristalle in allen Größen und Formen einen Felsvorsprung überwucherten. Von dort gelangte sie zum Turm und weiter zu den Drei Schwänen – so fand sie sich in den Gängen und Höhlen der Nraurn zurecht.

Nesyn hatte Wächter zurückgelassen, aber sie waren jung und dumm und unaufmerksam und ließen sich ohne große Mühe bestehlen – und dann rannten sie durcheinander und stießen ärgerliche Schreie hervor, weil das Diebesgut ausgezeichnet gegen sie zu verwenden war.

Mit eng an den Leib gezogenen Knien kauerte Harat in ihrem Versteck, und ein lautloses Lachen schüttelte sie, während sie sich an der Bestürzung der Gehörnten weidete. Sobald sie Gewissheit hatte, dass die Nraurn sich nicht wieder der Höhle näherten, in der die Bewohner des Nordens ausharrten, sondern wie ein aufgescheuchter Bienenschwarm durch die Gänge schwirrten, zog sie sich in einen abgelegenen Stollen zurück. Sie konnte die Feinde weder besiegen noch vertreiben, doch es gelang ihr, Unruhe zu stiften und dafür zu sorgen, dass man ihre Leidensgenossen in Ruhe ließ.

Tiefe Stille umfing sie. Die Nraurn-Schätze knirschten unter ihren Stiefelsohlen, und gelegentlich bückte sie sich und hob ein besonders auffälliges Fundstück auf. Anfangs hatte sie sich jeden Gesteinssplitter und jede abgebrochene Kristallnadel in die Tasche gesteckt. Doch bald hatte sie erkannt, dass sie unmöglich alle Kostbarkeiten mit sich herumschleppen konnte. Achtlos schritt sie nun an Schätzen vorbei, die eine Stadt wie Tegaréssos ein halbes Jahr lang ernährt hätten – so rasch gewöhnte man sich an Reichtum im Überfluss.

»Was willst du denn mit dem ganzen Silber und den Edelsteinen?«, fragte man sie, wenn sie die Sammlung vor ihren Gefährten ausbreitete. »Viel dringender benötigen wir Nahrungsmittel und frische Luft.«

»Ich nehme sie mit an die Oberfläche«, erklärte Harat dann. Aber die Menschen verdrehten lediglich die Augen und stöhnten, weil sie die Hoffnung längst aufgegeben hatten. Und so schenkte Harat den Kindern die schönsten Stücke, damit die Kleinen etwas zum Spielen hatten: ein faustgroßes Himmelsauge, dessen Blautöne im Lampenlicht schillerten, ein Büschel funkelnder Kristallspitzen oder einen glutroten Steintropfen.

Anfangs hatten die Männer noch nach einem Ausweg aus den Minen gesucht. Doch sie waren entmutigt zurückgekommen und hatten von Abgründen berichtet, die jedes Geräusch verschluckten, von unterirdischen Seen, in denen sich niemals Licht spiegelte, und von den Schreckgespenstern der Tiefe. Einige hatten während der gefahrvollen Klettereien das Leben verloren, und schließlich sahen alle ein, dass es keinen Ausweg gab. Seitdem sank der Mut der Gefangenen mit jeder Stunde, und sie rückten in der feuchtkalten Höhle enger zusammen.

Aber es gab sogar einen Weg durch den Scyé.

Das hatte Jemren bewiesen, indem er auf der Südseite aus der Feuerschlucht hervorgekommen war – wohlbehalten und so lebendig, dass Nesyn über die anschließenden Begegnungen mit dem Schützen erzürnt war. Und wenn es einen Weg durch den tiefen Graben gab, der die Insel teilte, dann führte gewiss auch ein Pfad aus den Minen der Nraurn ans Tageslicht.

Unterm Gehen strich Harat mit der Hand an der Wand entlang. Wenn sie an ihren Bruder dachte, fühlte sie sich so einsam und verloren, dass sie sich am liebsten auf den Boden gesetzt hätte, weil ihr die Kraft zum Umherstreifen fehlte. Aber eine solche Schlaffheit und Schwäche entsprachen gewiss nicht dem Bild, das Jemren von ihr hatte. Und sie wollte ihn nicht enttäuschen – nicht einmal in Erinnerung an ihn.

Bis zu dem Tag, da er Tegaréssos für immer verließ, hatte sie nicht gewusst, dass man den Verlust eines geliebten Menschen bis in die Knochen spürte, bis in den Schützensinn. Morgens mangelte es ihr an Gründen, um aufzustehen, abends vergrub sie den Kopf kummervoll in den Decken, und während des Tages fiel ihr jeder Handgriff schwer – so war es anfangs gewesen. Aber sogar an Abwesenheit und Leere gewöhnte man sich mit der Zeit, stellte sie erschrocken fest, an die Lücke, die nun in ihrem Leben klaffte. Und dann hatten sich die Ereignisse ohnehin überschlagen, und sie musste ihr eigenes Abenteuer bestehen. Ein hartnäckiger Gedanke ließ sich allerdings nicht vertreiben: Was hätte ihr Bruder wohl zu ihrer Geschichte gesagt?

Unvermittelt blieb sie stehen und lauschte. In einer Hinsicht hatte Nesyn sie nicht belogen: Manchmal hörte sie, wie der Herr der Tiefe durch die Stollen ging. Sie sah ihn nicht, aber sie hörte, wie seine Schritte in den Tunneln hallten, und sie nahm den bitteren Luftzug wahr, der aus seinen Gewändern wehte.

Sie fürchtete ihn nicht.

Aber sie hütete sich davor, ihm in die Quere zu kommen, denn er war stets in der Nähe, wenn sie den Nraurn-Bogen spannte. Er stand daneben, als die Frau aus Golóni an Entkräftung starb, und er folgte den Kundschaftern, die sich zu weit vorwagten. So war es auch im Norden gewesen: Der Herr der Dunkelheit war allgegenwärtig.

Diesmal klangen die Geräusche jedoch anders – mehr nach dem Schnaufen eines schweren, bisweilen gar schwerfälligen Geschöpfs und weniger nach einer Gegenwart aus Salz, Moder und Finsternis.

Behutsam ließ Harat sich auf Hände und Knie nieder und schlich vorwärts, wobei sie gewissenhaft darauf achtete, dass der Köcher nicht am Felsen schleifte – oft genug hatte sie die Jäger beobachtet, wenn sie sich an ein scheues Wild heranpirschten. Als der Verursacher der Geräusche in Sicht kam, biss sie sich hart auf die Lippe, um nicht vor Schreck und Überraschung aufzuschreien: Ein Mensch kroch durch den engen Schlot auf sie zu, ein Hüne mit schmutzigen Furchen im Gesicht und schlohweißer Mähne.

Er entdeckte sie im selben Augenblick und war weitaus weniger auf die Begegnung gefasst als sie. »Bei Paros' Hammer!«, schrie er und schwang zugleich die so bezeichnete Gerätschaft in ihre Richtung.

»Halt ein!«, rief Harat und sprang auf, um ihm zu zeigen, dass sie weder Tier noch Nraurin war. Wachsam hielt sie Bogensehne und Pfeil zwischen den Fingern.

»Mädchen!«, stieß der Hüne hervor. »Ich kenne dich nicht – du bist fremd hier! Wie bist du in die Mienen der Gehörnten geraten?«

Jetzt zeigte sich, dass der Weißhaarige Gefährten hatte – Männer wie Frauen kletterten hinter ihm den Schlot hinauf, auch etliche Kinder befanden sich bei der Gruppe. Ein Junge besaß eine kleine Lampe, und im unruhigen Licht erkannte Harat, wie schmutzig die Fremden waren. Die Bärte wucherten ihnen bis zur Brust, die Frauen hatten das Haar zu verfilzten Zöpfen geflochten, und die Kleider verrotteten ihnen am Leib – sie waren schon viel länger im Dunkeln gefangen als die unglückseligen Bewohner des Nordens.

Aber sie besaßen Waffen: Hämmer, Spitzhacken, Spaten und eine beachtliche Anzahl von Speeren, die offensichtlich aus den Beständen der Nraurn stammten. Ein Lächeln huschte über Harats Gesicht: Diese Leute wussten sich zu helfen.

»Bist du Paros?«, wandte sie sich an den Hünen.

Der Mann stieß ein dröhnendes Lachen hervor. »Bei der Quelle – gewiss nicht! Woher stammst du nur, dass dir der Herr der Handwerkskünste unbekannt ist?« Plötzlich riss er die Augen auf, die buschigen Brauen hoben sich. »Bei allen Göttern!«, murmelte er.

»In unserer Höhle gibt es reichlich Trinkwasser – auch wenn es scheußlich abgestanden schmeckt«, erklärte Harat. Sie hatte bemerkt, wie die Erwachsenen sich immer wieder mit dem Handrücken über den Mund wischten und die Kinder sich durstig über die Lippen leckten. Die Salzkrusten, die an vielen Stellen den Boden und die Wände bedeckten, laugten die Leiber aus, und von der ständigen Feuchtigkeit platzten Handflächen und Fußsohlen auf – das hatte Harat am eigenen Leib erfahren.

Als die Fremden ihre Worte hörten, brachen sie in Rufe der Erleichterung aus, und die Neuigkeit eilte an ihren Reihen entlang.

»Wasser! Wir haben Wasser gefunden!«

»Wir besitzen auch Vorräte«, setzte Harat rasch hinzu. Sie hoffte inständig, dass die Unbekannten sie nicht sogleich wieder verließen – und dass sie vielleicht sogar einen Fluchtweg aus den Minen gefunden hatten.

»*Wir?*«, rief der Hüne. »Beim Himmel, von wem sprichst du? Bist du etwa nicht allein?«

Da musste sie ihre Geschichte von Anfang an erzählen, und am verständnisvollen Nicken ringsum erkannte sie, dass es den Fremden ähnlich ergangen war wie ihr und ihren Leidensgenossen aus den brennenden Städten des Nordens.

»Schließlich brachte Nesyn uns in die Höhle und drohte uns an, dass wir das Tageslicht erst dann wieder zu Gesicht bekämen, wenn die Menschen die letzte Schlacht verloren hätten. So lange wollte ich jedoch nicht warten«, schloss sie.

Eine Frau in ihrer Nähe wandte sich an die Umstehenden; sie hatte das Haar zu einem langen grauen Zopf geflochten und besaß eine auffallend hohe Stirn.

»Die Prophezeiung!«, flüsterte sie heiser. »Da hört ihr es: Die Zeit naht, da sich die Prophezeiung endlich erfüllt. Die Prüfung, die uns auferlegt wurde, ist bald bestanden.«

»Schenkt Kaseiras Worten ruhig Glauben«, bekräftigte der Hüne die Bemerkung der Fremden. »Sie weiß seit Langem, dass das Erscheinen des Einen Kindes in ihre Lebensspanne fällt. Nun neigt sich das Zeitalter der Düsternis und Verzweiflung unweigerlich dem Ende entgegen.«

Harat vermochte diese Äußerungen nicht zu enträtseln, aber sie schauderte wohlig, weil die Bekundungen so geheimnisvoll und hoffnungsfroh klangen.

»Begleitet mich!«, bat sie. »Wir teilen alles Notwendige mit euch, und vielleicht gelingt es uns mit vereinten Kräften, aus den Höhlen der Gehörnten zu entkommen.«

Aber ihre Besorgnis war ganz und gar überflüssig – die Unbekannten schlossen sich ihr bereitwillig an und begleiteten sie durch die dunklen Gänge. Vorbei an Turm und Segel führte Harat die Fremden, vorbei an den Drei Schwänen und den kalt leuchtenden Schätzen der Tiefe. Mit jedem Schritt wurde ihr leichter ums Herz, und die muffige Enge der Minen kam ihr weniger bedrückend vor.

Denn nun war sie nicht länger allein.

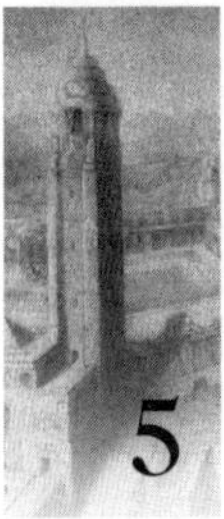

5

Zu ihrer Überraschung stellte Amra fest, dass die Mnek das Durcheinander während des Kampfs nicht zur Flucht genutzt hatten. Sie hatten sich im Halbschatten unter dem Felsentor versammelt, das den Ausgang der Schlucht überspannte. Vereinzelte Schneeflocken trieben durch den Bogen, kahle Sträucher und verkrüppelte Bäume klammerten sich auf den Vorsprüngen fest, und der Weiße Fluss rauschte beständig an den Gehörnten vorbei. Das Bahak-Mädchen, das sich für Jemrens Schwester ausgegeben hatte, war im größten Tumult aus dem Sattel gestürzt und hatte sich bis jetzt nicht wieder erhoben. Der Anführer der Schar kniete neben ihr, stützte ihren Kopf und bemühte sich vergeblich, ihr einen Schluck Wasser einzuflößen.

»Was hat sie? Was fehlt ihr?«, erkundigte Amra sich. Sie kauerte sich neben der Gestützten nieder und schnürte deren Gewänder auf, damit sie leichter atmen konnte. Das *Taú* der kleinen Nraurin flimmerte, die Anstrengung des Ritts und die Aufregung während des Kampfs waren für sie zu viel gewesen.

»Sie ist keine Kriegerin«, erklärte der rotmähnige Mnek. »Sie ist solche Entbehrungen nicht gewohnt.«

Während Amra den Arzneienbeutel aus ihrer Satteltasche hervorkramte, trabte Akkan herbei. »Die Nraurin soll aufstehen«, verlangte er. »Hoch mit ihr – und dann reiten wir weiter.«

»Das schafft sie nicht«, widersprach Amra. »Sie ist völlig entkräftet.«

»Sie soll aufstehen«, wiederholte der Krieger. »Diese kleine Heuchlerin hält uns doch mit Absicht auf.«

»Ihr treibt uns bis zum Äußersten an!«, empörte sich der Mnek, der sich um die geschwächte Nraurin bemühte. »Tag und Nacht reiten wir – ganz gleich, welche Witterung herrscht. Wer hält schon eine solche Eile durch?«

»Hoch mit ihr!«, zischte Akkan. Mit einem Schreckenslaut wich das Nraurn-Mädchen zurück, als er das Pferd auf sie zutrieb.

»Du jagst ihr Angst ein«, ermahnte Amra den Krieger. »Gewähr ihr ... gewähr uns allen eine Atempause. Sobald es dunkel ist, ziehen wir weiter.«

Der große goldene Blick des Bahak-Mädchens wanderte zwischen den Sprechern hin und her und heftete sich schließlich mit einem bangen Ausdruck auf Gorun, der sich mit weit ausholenden Schritten näherte.

»Weshalb ist sie so schwach? Ist das eine Nachwirkung des Gifts, das Kajlyn-Gua ihr verabreichte?«, erkundigte der Reiter sich.

Amra nickte. Sie warf eine Handvoll gemahlene Kräuter in einen Becher, goss Wasser auf und bot der Nraurin das bittere Gebräu an. Die junge Ziegenfrau trank einen Schluck und starrte ihr zugleich über den Gefäßrand hinweg unentwegt ins Gesicht.

»Der See!«, stieß sie unvermittelt hervor. »Die schwarze Flut! Das Wasser steigt immer höher, und wir ertrinken! Wir werden alle ins Meer geschwemmt.« Ihre Stimme klang so kläglich, als sei sie den Tränen nahe.

»Bei Nemnos – was redet sie da?«, stutzte Gorun. Die Nraurin beschrieb Harats Traum – denselben Traum, dessen Echo Nacht für Nacht wie ein Hilfeschrei bei Jemren angekommen war.

»Was weißt du über diesen See?«, fragte Amra das Ziegenmädchen behutsam. Mit unbehaglichem Gefühl berührte sie das geraubte Nraurn-Amulett, das sie unter den Kleidern trug. Es brannte ihr unter den Fingern, und sie ließ es rasch wieder los. »Wie hast du von diesem Schattengewässer erfahren?«

Die Hände der jungen Nraurin beschrieben einen Bogen und kreuzten sich vor ihrer Brust. »Ich bin *yk'aru* – eine

Seherin.« Sie übersetzte das unbekannte Wort sehr geschickt – Weissager und Deuter standen überall auf der Insel in hohem Ansehen. »Ich blicke in die Dunkelheit und auch ins Licht, und ich weiß auch, dass die Gunst der Ewigen demjenigen gebührt, der den Göttern das Verlorene Kind wiederbringt.« Sie blickte rasch zu Lillia hinüber, die zwischen den Reitern auf ihrem Rappen saß. Ein Lächeln huschte ihr über das Gesicht, als sähe sie etwas Schönes – den Himmel bei Abenddämmerung, die Sterne oder das Meer. »Wir verehren das Ewige Kind, genau wie ihr«, hauchte sie.

Akkan hatte den seltsamen Wortwechsel aufmerksam verfolgt, doch an dieser Stelle wendete der Krieger aus Defágos das Pferd und ritt kopfschüttelnd zu seinen Gefährten, wohl um ihnen von der Verrücktheit der Gehörnten zu berichten. Die Anspannung unter den Nraurn ließ merklich nach, je weiter sich der Mann entfernte.

»Ihr habt das Mädchen entführt, um es Antiles zu überantworten – das nenne ich eine seltsame Art der Verehrung«, stellte Gorun trocken fest. »Allerdings scheint mir das Ziegenvolk reichlich uneins, was euer Verhältnis zum Feenkind betrifft. Aus diesem Grund verweigert ihr Kajlyn-Gua auch die Gefolgschaft – oder habe ich etwa unrecht?«

Bei diesen Worten blickte er den Sprecher der Mnek an. Der Gehörnte zögerte, dann nickte er kurz und so heftig, dass seine rötliche Mähne auf und nieder flog.

»Wir folgen ihr nicht länger«, bestätigte er.

»Aber sie ist die *Nraur-a-Khae*«, wisperte das Bahak-Mädchen erschrocken. »Sie einte die Gehörnten, nachdem unser Volk so viele Jahre lang versprengt war.«

»Sie gab dir Gift«, knurrte der Mnek. »Kajlyn-Gua nahm deinen Tod billigend in Kauf, um die Menschen zu erschrecken.«

Das Nraurn-Mädchen stieß ächzende Laute aus, sank erschöpft auf den gefrorenen Boden, und ein Zittern überlief sie.

Gorun musterte die Gehörnten. »Weshalb seid ihr noch hier?«, fragte er. »Ihr habt euch während des Kampfs die bislang beste Gelegenheit zur Flucht entgehen lassen. Allmählich neige ich zu der Ansicht, dass euch unsere Gesellschaft behagt.«

Der Mnek kräuselte die Lippen, als erheitere ihn der Ausspruch des Reiters. »Gorun aus der Roten Stadt«, entgegnete er, »wir sind geblieben, weil wir dir etwas zeigen wollen.«

Die ernste Miene des Reiters nahm einen Ausdruck der Verblüffung an. »Ihr seid geblieben, weil ... Bei Nemnos, wollt ihr mich verspotten?«

Mit einem schelmischen Lächeln verneigte sich der Nraur vor ihm. »Wir schlagen dir ein Tauschgeschäft vor. Die Mnek und der Süden waren lange Zeit Handelspartner – mit deinem Einverständnis soll es von nun an wieder so sein. Wir tauschen unsere Waren mit Defágos und den anderen Städten auf der günstigen Seite des Scyé und genießen die alten Bedingungen – aus der Zeit vor dem Krieg.«

»Ah, ich begreife«, knurrte Gorun. »Ihr versucht aus unserer Zwangslage Nutzen zu ziehen. Nun gut – was verlangt ihr von mir, und was habt ihr zu bieten?«

Der Nraur blinzelte. »Wir haben unseren Anteil bereits erhalten. Du zeigtest uns den Weg aus dem Nebelloch, das uns verschlungen hatte – eine Rettung vor dem Fluch, der über Anáxi lag. Dafür zeigen wir dir den Weg durch die Berge.«

Es geschah nicht oft, dass Gorun sprachlos dastand. Amra warf die Arzneipäckchen in ihren Beutel, verknotete die Schnüre und erhob sich. »Es gibt einen bestimmten Weg, der durch den Altéru führt?«, fragte sie.

Der Mnek nickte. »Allerdings ist er sehr steil und eng und für eure Pferde nicht geeignet.«

»Die Tiere lassen wir nicht zurück. Begreift ihr nicht, wie sehr die Zeit drängt?« Gorun deutete zum Himmel hinauf. Dunkelgrau dräuten die Wolken über den Berghängen diesseits des Flusses, beladen mit einer schweren Schneelast.

»Dort, wohin ihr zieht, braucht ihr die Pferde nicht – sie wären euch sogar hinderlich«, erwiderte der Gehörnte. »Mit eurer Erlaubnis nehmen wir uns der Tiere an und hüten sie, bis ihr zurückkehrt.«

Hellhörig neigte Amra sich vor. »Und wohin reiten wir eurer Meinung nach?«, wollte sie wissen. In Hörweite der Gefangenen hatten sich die Gefährten stets mit Äußerungen zurückgehalten. Die Gehörnten mochten zwar vermuten, wohin die Reise ging, doch sie ahnten keineswegs, wie viel die Menschen über das vor ihnen liegende Ziel wussten.

Abermals legte der Mnek den Kopf schräg. »Ihr zieht nach Gayália – in die Unerreichbare Stadt«, verkündete er.

Amra und Gorun tauschten einen Blick. »Ihr irrt«, widersprach der Reiter sogleich. »Gayália« – das unbekannte Wort ging ihm über die Lippen, als habe er es bereits ein Dutzend Mal benutzt – »ist nicht unser Ziel.«

Amra konnte jedoch nicht an sich halten. »In den Bergen liegt eine *Stadt*?«

Der Nraur verneigte sich abermals. »Die Feenstadt. Die Türme der Götter. Wir wissen über diesen Ort besser Bescheid als ihr. Eine große Gefahr erwartet euch dort. Darauf weisen die Träume der *yk'aru* hin.« Er deutete auf das Bahak-Mädchen, das in einen wärmenden Mantel gehüllt war und sich aufgesetzt hatte. Die anderen Nraurn nickten beifällig. In ihrer seltsamen Sprache tauschten sie angeregt ihre Ansichten aus; die Laute klangen bald weich und gurrend, bald abgehackt und kehlig, und Amra verstand nicht jedes einzelne Wort.

»Wenn es den drei Begleitern nicht gelingt, das Eine Kind an jenen unerreichbaren Ort zurückzubringen, von dem es gestohlen wurde, sind wir verloren«, erklärte die junge Nraurin. »Der schwarze See tritt über die Ufer und wird uns alle verschlingen. So las es der Wächter von den Wänden der Bemalten Schlucht.«

Mit einer Grimasse rieb Gorun sich die Schläfe. »Der See verschlingt uns? Wenn wir keinen Erfolg haben, geht die Insel unter? So lauten Qyons Worte? Der verrückte alte Nraur war mit dem Geheimnis des Mädchens bestens vertraut – aber diese Vorankündigung scheint mir mehr als düster.«

Der rotmähnige Mnek trat dicht an den Reiter heran. »Vertraut uns«, raunte er. »Wir wissen, dass sich die Weissagung bald erfüllt. Deshalb sind wir bereit, euch zu helfen.«

Einige Atemzüge lang blickten sich Nraur und Mensch ins Gesicht. »Ich bedaure«, erklärte Gorun dann. »Ich weiß euer Angebot zu schätzen, aber ich kann es nicht annehmen – zu viele Leben hängen von meiner Entscheidung ab. Helft dem Bahak-Mädchen auf eins der Pferde. Wir reiten weiter.«

Das Reiterheer bog nun vom Corredános ab und folgte einem Flussarm, der von den Bergen her zur Schlucht strömte. Der Altéru türmte sich vor Amra auf, eine lang gestreckte Kette aus schroffen Zinnen und Zacken. Selbst als sie den Kopf in den Nacken legte und sich im Sattel zurücklehnte, konnte sie die höchsten Gipfel nicht überblicken. Gesteinswände ragten vor ihr auf – bläulich und hart wie Glas. Der Boden nahm nicht eine Hufspur an; es gab kein Anzeichen eines Wegs oder wenigstens eines Saumpfads.

»Warum hast du uns nie von deiner Stadt erzählt?«, fragte Amra das Feenmädchen. »Weshalb durften wir von Gayália nichts erfahren?«

»Aber ich habe euch doch alles über mein Zuhause erzählt«, gab Lillia verwundert zurück. »Gayália ist so groß und so breit.« Sie streckte die Arme aus, als wolle sie das gewaltige Gebirge mit beiden Händen umfassen. »Die Türme sind manchmal weiß und manchmal blau – so wie die Sonne gerade über den Bergen steht. Und die *Ya'ahâren* kommen dort zusammen und beraten sich, und dann gehen sie wieder auseinander, und das ist schon seit ganz langer Zeit so.«

Amra seufzte. Wahrhaftig, solche Erklärungen hatten sie des Öfteren von dem Kind vernommen, doch die rätselhaften Worte hatten keinen Sinn ergeben, bis jetzt. Lillia beschrieb ihr Zuhause, wie sie es *fühlte*, und nicht so, wie es in der Wirklichkeit beschaffen war.

Sie warf einen Blick auf die Schar der Reiter. Zu gern hätte sie gewusst, was Jemren vom Geheimnis des Mädchens hielt, nun, da es zum Greifen nahe war. Aber der Schütze, der sonst meist in Rufweite des Mädchens ritt, war nicht zu sehen. Vermutlich befand er sich bei den Schützen am Ende des Zugs, die wachsam nach jedem Anzeichen von Feinden Ausschau hielten.

Seufzend wandte Amra sich wieder nach vorn. Die Flanken des Altéru waren kaum bewachsen und sehr steil – so steil, dass das Vorankommen immer schwieriger wurde, je höher sie gelangten. Ein eisiger Wind wehte von den Gipfeln herab, die Luft roch nach Schnee. Mühsam erklommen die Pferde den Abhang. Amra presste die Knie an den Sattel und grub die Finger in die Mähne des Rappen, ehe sie das Tier zu einem neuen Anlauf ermunterte. Aber auf dem glatten Untergrund geriet es abermals ins Rutschen und mühte sich strauchelnd zum nächsten Vorsprung, wo es mit schlagenden Flanken stehen blieb.

Den Gefährten erging es kaum anders, die Reiter fluchten und trieben die Rappen mit Pfiffen und Schnalzen an. Die Nouk waren für diese Kletterei besser geeignet, doch auch ihnen troff bald der Schweiß von den Schultern, und sie schäumten unter den Gurten. Über die langen Reihen der Speerkrieger und Reiter hinweg hatte Amra noch immer den gewundenen Flusslauf und den Felsbogen über der Schlucht im Blick, so als wären sie in den letzten mühevollen Stunden kaum vorangekommen.

Da bemerkte sie plötzlich eine Linie, die sich zwischen ihnen und dem Corredános aufgebaut hatte – gehörnte Reiter auf gehörnten Tieren.

Hastig trieb sie das Pferd über den Hang. »Gorun, sieh doch! Dort – die Nraurn verfolgen uns! Nesyn schneidet uns den Rückweg ab.«

Der nächste Atemzug des Reiters mündete in einen Fluch, und er beschirmte die Augen gegen den kalten Wind. Schweigend beobachtete er die Aufstellung der Verfolger.

»Nesyn ist nicht dabei«, stellte er fest. »Vermutlich versucht er unsere Flanke von einer anderen Seite zu umrunden.«

Er fluchte abermals und stieß einen gellenden Pfiff aus, der sämtliche Krieger zum Halten brachte. Der Reiter schwenkte die Hand.

»Sitzt ab!«, rief er. »Von hier aus geht es zu Fuß weiter!«

»Die Pferde? Wir sollen den Mnek unsere Pferde übergeben?«

Selten hatte ein Befehl von Goruns Seite die Krieger in solche Aufregung versetzt. Sie hatten sich um ihren Anführer versammelt, erregt schwollen die Stimmen an. Viele Männer verschränkten die Arme oder gestikulierten entrüstet.

»Bei Narduks Speer! Warum geben wir ihnen nicht auch noch unsere Waffen? Ohne die Rappen sind wir den Verfolgern auf ihren schnellen Nouk unterlegen.«

»Wenn wir zu Fuß weiterziehen, erreichen wir die höchsten Gipfel des Altéru nicht vor Wintereinbruch«, brummte ein anderer Mann.

»Zu Pferd gelingt es uns noch weniger«, widersprach Gorun. »Seht es doch ein: Die Tiere sind für einen solchen Anstieg nicht geschaffen. Wir würden sie lediglich zuschanden reiten.«

»Mit Verlaub, aber ein solcher Entschluss wirkt übereilt – geradezu leichtsinnig«, warf Akkan ein. »Nach dem jüngsten Angriff auf unsere Schar ...«

»Nemnos steht im Ruf, seine Anhänger bisweilen zu Leichtsinn zu verleiten.« In Goruns Stimme lag ein gereizter Unterton. »Ich handle also vollständig in Übereinstimmung mit den Göttern.«

»Du lässt die Mnek ohne jede Auflage frei?« Sogar Falrau zog ein zweifelndes Gesicht.

»Stehst du nun zu mir, oder reihst du dich unter die Schwarzseher ein?«, raunte Gorun dem Freund zu. »Es war dein Einfall, durch die Schlucht zu reiten. Das ist uns gelungen, und während du nicht einmal deine Wettschulden beglichen hast, versichern mir die Mnek, jenseits des Wasserfalls führe ein Weg durch die Berge.«

Er deutete zu einer Klamm hinauf, die über den Köpfen der Reiter zwischen den Felsen klaffte. Dort schoss der Seitenarm des Corredános hervor, und die Wassermassen stürzten donnernd in die Tiefe. Dunst wirbelte in einem Becken auf, das sich am Fuß der Steilwand befand, Eis bedeckte den angrenzenden Stein.

»Dort hinauf schicken uns die Mnek?« Zweifelnd betrachtete Falrau das Gelände. »Und du bist sicher, dass sich die Nraurn keinen Spaß mit uns erlauben, weil sie unbedingt sehen möchten, ob Menschen klettern können?«

Gorun lachte, während er seine Satteltaschen schulterte. »Legst du es darauf an, eine weitere Wette mit mir abzuschließen?«, fragte er.

Falrau winkte dankend ab. »Schnürt eure Bündel!«, rief er den Männern zu. »Waffen, Wasser, Mundvorrat – niemand bürdet sich mehr auf, als er tragen kann. Es geht weiter.«

Murrend machten sich die Krieger an diese Aufgabe. Nie zuvor hatten sie ihren Widerwillen gegen eine Anordnung so deutlich zum Ausdruck gebracht. Um Akkan hatte sich eine ganze Gruppe geschart. Die Männer sprachen erregt auf den Krieger ein, doch dieser zuckte nur die Achseln und holte alle benötigten Gegenstände aus den Satteltaschen.

»In die Schar der Verfolger kommt Bewegung!«, schrie plötzlich jemand.

In zunehmender Eile erklommen die feindlichen Nraurn die Bergflanke.

»Rasch! Steigt zu dem Wasserfall hinauf! Wir lassen uns auf keinen weiteren Kampf ein!«, rief Gorun den Männern zu. Er nickte dem rotmähnigen Sprecher der Mnek zu. »Wir beide sehen uns in Defágos wieder«, versicherte er dem Gehörnten.

Der Nraur vollführte eine flüchtige Verbeugung und streifte die Hörner mit der Handfläche, während seine Gefährten bereits den Abhang hinunterrannten. In gelenkigen Sprüngen setzten sie über Felsspalten und Gebüsch hinweg, und das Bahak-Mädchen lief ihnen weit voraus.

»Reyl – ich bin Reyl! Ich komme ganz bestimmt in die Kühne Stadt!«, rief der Mnek. »Und nun zieht rasch weiter! Wir halten die Verfolger für eine Weile auf.«

Und wirklich – die Gehörnten stürmten den Angreifern entgegen und schlugen so viel Lärm, als wäre ihre Schar dreimal so stark. Ihr Gebrüll hielt die Feinde jedoch nicht lange auf. Die gegnerischen Nraurn überrollten die Linie, und während sich das Bahak-Mädchen sogleich zu ihresgleichen flüchtete, durchbrachen die rotmähnigen Nraurn die Kette der Verfolger und stürmten in wilder Flucht zum Corredános hinab. Unterdessen holten die Bahak-Krieger auf, bis sie die Nachhut eingeholt hatten.

»Vorwärts!«, rief Gorun den Männern zu. »Zum Wasserfall, schnell! Akkan, übernimm mit deinen Leuten die Vorhut, und Falrau deckt uns den Rücken. Beeilung!«

Amra hatte Lillia an der Hand gefasst und rannte auf die tosenden Wassermassen zu. Erleichtert atmete sie auf, als sie erkannte, dass die Mnek die Wahrheit gesagt hatten: Hinter dem Wasserfall führte ein Pfad bergauf – ein Felsgrat, höchstens einen Fuß breit. Das Gestein wirkte zerfressen und war vielerorts von einer Eisschicht bedeckt. Nraurn mochten auf einem solchen Vorsprung Halt finden; für Menschen war dieser Weg gänzlich ungeeignet. Aber es blieb keine andere Fluchtmöglichkeit – die Bahak trieben die Menschen unerbittlich vor sich her.

»Lauft!«, schrien die Männer, die sich bereits auf halber Höhe befanden, den Nachzüglern zu. »Los doch, schneller! Die Verfolger werden immer mehr!«

Aufstäubender Dunst nahm Amra die Sicht. Sie schmiegte den Rücken an die Felswand und tastete sich vorwärts, während sie Stoßgebete an die Ewigen sandte. Über ihrem Kopf prallten vereinzelt Geschosse gegen die Klippen. Splitter aus Eis und Felsgestein rieselten auf sie herab, und sie duckte sich immer wieder. Drei Speerlängen hinter ihr focht Falrau gegen einen Bahak-Krieger, der den Felsgrat bereits erklommen hatte und den Krieger nun hart bedrängte. Der Gehörnte holte immer von Neuem mit dem Haken aus und schmetterte die Klingen auf Falraus Schild, während er mit dem Speer zugleich die Deckung des Reiters zu durchstoßen versuchte.

Amra schrie auf, als Falrau plötzlich den Schild fortwarf – die Bronzescheibe verschwand im wirbelnden Wasserdunst. Mit einem Satz sprang er den Gehörnten an und rammte ihm den Speer gegen den Brustpanzer, während er sich das Seil des Hakens um die Hand schlang. Beide Gegner zerrten an dem Riemen und brüllten einander Verwünschungen ins Gesicht. Obwohl Falrau breitbeinig auf dem Grat stand, rutschte er auf dem vereisten Untergrund unaufhaltsam auf den Gehörnten zu, doch dann brachte er den Bahak mit einem Ruck ins Schwanken. Ein Stoß, und der Gehörnte ruderte haltlos mit den Armen, als er in das Becken am Fuß des Wasserfalls stürzte. In fliegender Hast rollte Falrau das Seil des Hakens ab und warf es in hohem Bogen von sich, bevor ihn der Ruck in die Tiefe reißen konnte. Hastig eilte er den schmalen Pfad entlang, denn hinter ihm drängten sich die Verfolger zu Dutzenden.

Sicher wie eine kleine Schlafwandlerin schritt Lillia auf dem Grat entlang. Die Felskante verlief steil bergauf, die Fluten bildeten einen milchigen Vorhang vor der Wand, und der Untergrund erzitterte von der Wucht des auftreffenden Wassers. Da geriet der vorderste Teil der Kriegerschar ins Stocken.

»Was ist? Weshalb geht es nicht weiter?«, schrie jemand. Da entdeckte Amra auch schon die Ursache der Verzögerung.

Eine frische Narbe prangte in der Wand. Der schmale Pfad war an dieser Stelle unterbrochen, Gesteinstrümmer lagen auf einem Vorsprung zu ihren Füßen – vier Speerlängen ging es hier in die Tiefe, und das fehlende Stück hinterließ eine klaffende Lücke im Felsgrat.

»Seht nicht nach unten!«, rief Gorun den Männern zu. Mit einer Handvoll Krieger sicherte er die abschüssige Stelle. Etliche Reiter befanden sich bereits auf der anderen Seite des Felsabsatzes und fingen die hinderlichen Gepäckstücke auf, die ihnen die Nachdrängenden zuwarfen.

»Reicht die Waffen über den Spalt hinweg – und dann springt! Los jetzt!«, rief Gorun. Er streckte den helfenden Händen

Schild und Speer entgegen und wandte sich zu den Nachzüglern um.

»Lillia zuerst«, keuchte Amra und schob ihm das Mädchen zu. Da hörte sie plötzlich Schreie hinter sich. Die Nraurn drängten die Nachhut zur Seite. Trittsicher und gewandt wie Ziegen erstürmten sie den Pfad in der Steilwand, und auf dem schmalen Vorsprung entstand ein Gerangel zwischen den Männern und ihren Verfolgern. Amra mochte kaum hinsehen, denn der Kampf spielte sich in schwindelerregender Höhe ab.

»Halt dich gut fest!«, riet Gorun dem Mädchen, als er sie an den Händen fasste und über den Abgrund hinwegschwang. Geistesgegenwärtig packte einer der Reiter das Kind an den Beinen und zog Lillia auf den rettenden Vorsprung.

»Geht weiter! Macht den Nachfolgenden Platz!«, winkte Gorun erneut. »Jetzt du, Amra – rasch!«

»Wo bleibt Jemren?«, rief sie dem Reiter zu, während sie sich auf den Spalt zuschob. »Ich vermutete ihn bei den anderen Schützen, aber ich entdecke ihn nirgends.«

»Er kommt nicht.« Die Stimme des Reiters klang ruhig, und das *Taú* wirkte gelassen, als handle es sich bei dieser Auskunft um die größte Selbstverständlichkeit. »Er geht seinen eigenen Weg.«

Felsen, Eis und Wasser verschmolzen im grauen Dunst, während Amra ein heißer Schreck in die Glieder fuhr. »Wie konntest du das zulassen?«, herrschte sie Gorun an. »Er ist einer der Begleiter aus der Prophezeiung – er ist sogar der *erste* Begleiter des Mädchens! O dieser halsstarrige Narr! Ich hätte wissen müssen, dass er die Überlieferungen des Südens eines Tages in den Wind schlägt!«

Ihr Ärger perlte an Goruns *Taú* ab wie Regen an einer gewachsten Zeltplane. »Da er nicht an die Weissagung glaubt, ist das sein gutes Recht«, erwiderte der Reiter. »Jemren war sich seiner Sache sicher. Und jetzt spring, Amra!«

»Gewiss war er sich sicher – das ist er ja immer! Aber seit wann nimmst du seine Eigenmächtigkeit in Schutz? Wie bringen wir Lillia jetzt in die Unerreichbare Stadt? Wie sollen wir das Spiel gewinnen, wenn ein entscheidender Stein fehlt?«

Unversehens packte Gorun sie an den Handgelenken, löste ihre Finger von den Felsspalten, in denen sie sich festklammerte, und schob sie auf den Abgrund zu.

»Spring endlich!«, brüllte er ihr zu.

Mit geschlossenen Augen hechtete sie über den Spalt und krallte auf der anderen Seite die Finger in den Fels – so sehr fürchtete sie, zu enden wie jener Bahak, dessen Körper tief unter ihr im Becken trieb und von den herabstürzenden Wassermassen immer wieder untergetaucht wurde.

Jenseits des Spalts verbreiterte sich der Grat jedoch, und nach einigen Schritten fiel ihr das Ausschreiten leichter. Im Wasserdunst erblickte sie die Umrisse der Reiter, die den Spalt bereits überwunden hatten; ein Mann hatte Lillia auf die Schultern gehoben und trug sie sicher über die glatten Stellen hinweg. Das Mädchen lächelte Amra zu, bis der Krieger um eine Ecke bog und verschwand.

Schotter knirschte unter ihren Sohlen, als sie den abschüssigen Hang erklomm, der unmittelbar neben dem Wasserfall anstieg. An manchen Stellen fiel das Gelände so stark ab, dass sie zum Klettern beide Hände zu Hilfe nehmen musste. Die kalte Luft stach ihr in den Lungen; Röcke, Umhang und Kapuze – alles war vom öligen Sprühnebel durchweicht, und die Säume gefroren bereits.

Endlich erreichte sie eine breite Schotterfläche, die ringsum von Felswänden begrenzt war, und mit einem Mal befürchtete sie, dass die Mnek sie zu guter Letzt doch in eine Falle gelockt hatten – denn hier ging es nicht mehr weiter. Der einzige Weg führte zu einem gezackten Tunnelmaul, das sich mitten in den Felsen öffnete. Plötzlich befiel Amra eine unbestimmte Furcht. Vor ihr lag das Tor zur Dunkelheit. Der Seitenarm des Corredános strömte aus der Höhle hervor und verästelte sich zwischen baumbestandenen Inselchen, bevor er als Wasserfall in der Tiefe verschwand.

Ein Teil der Reiter war einfach weitergegangen; die Männer schritten bereits auf das Tor zu. Besorgt blickte Amra sich nach ihren Gefährten um. Gorun, Falrau und die übrigen Krieger holten sie im Laufschritt ein.

»Weiter, Amra!«, keuchte der Reiter. »Leider nehmen die Verfolger denselben Weg wie wir.«

Eilig durchquerten sie die Schotterebene, als plötzlich ein lang gezogener Schrei zu hören war.

»Gorun! Gorun von Caláxi!«

Erschrocken blieben die Gefährten stehen.

»Bei Narduks Speer«, entfuhr es Falrau, »das ist Akkan!«

Der Krieger aus Defágos hatte das Hochufer vor der Höhle erreicht – dort stand er inmitten einer bewaffneten Schar. Er reckte Schild und Speer in die Höhe und führte die glänzenden Waffen vor: den Falkenschild der Kühnen Stadt und Vrarras' Bronzespeer. Gorun hatte den Männern die Gegenstände über den Spalt hinweggereicht, um Lillia beim Sprung zu helfen – voller Überzeugung, sie in sichere Hände zu geben.

»Akkan hat das Kind!«, stieß Amra hervor. »Bei allen Göttern – Akkan hat Lillia bei sich!«

Zwei Männer hielten das Mädchen an den Händen und verhinderten, dass sie zu ihren Begleitern zurücklief. Goruns Gefolgsleute wollten die Böschung erklimmen, die zur Höhle hinaufführte, aber mit den stumpfen Enden ihrer Speere stießen die Verräter die Männer immer wieder in das Flussbett zurück.

»Gorun aus der Roten Stadt!«, schrie Akkan wieder. Seine Stimme hallte mehrfach von der Felsenkuppel wider, die den Eingang des Tunnels bildete; Schwärze tat sich in seinem Rücken auf.

»Seit geraumer Weile maßt du dir an, unser Anführer zu sein. Doch seit dem Aufbruch aus Defágos führst du uns von einem Unglück ins nächste – erst in einen Mahlstrom aus Nebel, dann in die Totenstadt und schließlich in eine Falle der Gehörnten, in welcher wir die Pferde und um ein Haar das Leben einbüßten. Nemnos' Leichtsinn brachte uns nichts als Unheil. Nun ist es an der Zeit, dass Schild und Speer an den rechtmäßigen Eigentümer übergehen.«

Herausfordernd hob Akkan die Waffen, die dem Kriegsherrn der Kühnen Stadt gebührten. Gorun nahm die Vorwürfe schweigend zur Kenntnis, die Adern an seiner Halsseite pochten. Die jungen Schützen hatten die Bogen gespannt, aber mit einem Handzeichen gebot Falrau ihnen Einhalt – Lillia befand sich mitten zwischen den Aufrührern.

»Was verlangst du, Akkan?«, fragte Gorun. »Ich bin bereit, auf deine Forderungen einzugehen, und sei es nur, um diesen Schlagabtausch zu beenden. Für dein Streben nach Ruhm und Anerkennung hast du dir nämlich einen denkbar ungünstigen Zeitpunkt ausgesucht.«

Er deutete in die Schotterebene hinaus, welche die Gefährten durchquert hatten. Soeben überwanden die ersten Nraurn den Steilhang neben dem Wasserfall. Die Gehörnten näherten sich zögernd und versuchten offenbar einzuschätzen, welches Schauspiel sich vor ihren Augen entfaltete – ein Machtkampf unter Menschen.

»Mein Klan stellte einst den Kriegerkönig von Defágos«, trumpfte Akkan auf. »Die Linie meiner Vorfahren setzt sich fort bis zu Saogan dem Kahlköpfigen, der viele Jahre über die Kühne Stadt herrschte – so alt ist mein Anrecht auf den Falkenschild. Du jedoch bist nichts weiter als ein Günstling aus einer fremden Stadt, ein Emporkömmling, über den Vrarras seine schützende Hand hielt. Nun, da der Kriegsherr dir nicht länger den Rücken stärkt, offenbart sich deine Schwäche: Du kannst deine Stellung nicht halten! Was ich verlange, fragst du? Nichts weniger als das mir Zustehende: die Befehlsgewalt über unsere Krieger!«

»Bei der Quelle – verlieren wir nun alle den Verstand?«, murmelte einer der Männer, die in Amras Nähe standen. »Dies ist schlimmer, als auf Irrwegen durch Lillias Nebelloch zu stolpern.«

»Gewährt!«, rief Gorun Akkan zu. »Übernimm den Befehl über die Männer, wenn du der Meinung bist, dass du einen bequemeren Weg durch diese Berge findest. Aber das Feenmädchen kannst du nicht festhalten.«

Statt einer Antwort grub der Krieger die Finger in die Schulter des Mädchens, bis sie einen Schmerzenslaut ausstieß und sich duckte. Er wandte ihnen ein zweigeteiltes Gesicht zu – die eine Hälfte wirkte unversehrt und glatt, und die verbrannte Seite war vor Verlangen verzerrt.

»Das Hexenmädchen kommt mit mir!«, schrie er. »Die Kräfte, über die sie verfügt, sind gewiss nicht für leichtfertige Spielereien da – und erst recht nicht dazu, sie mit dem Norden zu teilen. Begreifst du nicht, welche Macht in der kleinen *Ya'ahára* schlummert? Wer sie in den Händen hält, gebietet über die Insel der Stürme!«

»Das ist mir durchaus bekannt«, erwiderte Gorun grimmig.

»Bei Narduks Speer – was gäbe ich nun für einen ordentlich gezielten Blindschuss«, knurrte Falrau.

Wehr dich, Lillia!, dachte Amra verzweifelt. Du weißt doch, wie du Antiles in die Enge treiben kannst – von uns allen weißt du es am besten!

Da vernahm sie schwere Schritte, die auf Kies knirschten. Immer zahlreicher erschienen die Nraurn neben dem Wasserfall, Schattenrisse vor dem aufsteigenden Dunst. Endlich hatten sie die missliche Lage ihrer Gegner erkannt und näherten sich im Trab.

Amra, lauf weg!

Verwirrt drehte sie den Kopf, als sie das Stimmchen vernahm und nicht wusste, woher das Wispern kam. Und dann schlug sie bestürzt die Hand vor den Mund. Lillia sprach durch das *Taú* zu ihr – das Kind, das selbst kein *Taú* besaß.

Lauf weg! Lauf ganz schnell weg!, schrie das Mädchen. *Eine große Flutwelle kommt – sehr viele Ysh auf einmal. Ich habe sie zu Hilfe gerufen, und sie haben sich in der Höhle aufgestaut! Jetzt rennen sie das Flussbett entlang, und ich kann sie nicht mehr aufhalten!*

Amras Erstarrung verwandelte sich in Entsetzen, als sich im Innern der Berge ein dumpfes Grollen und Poltern erhob, ein Geräusch wie von einem Felssturz. Plötzlich lag ein feiner Salzgeschmack in der Luft.

»Lauft!«, schrie sie den Kriegern zu. »Lauft zu den Inselchen!«

Sie rannte in das Schotterbett hinaus. Aus den Augenwinkeln sah sie, wie sich die Männer voller Verwirrung im Kreis drehten und dann in höchster Eile ihrem Beispiel folgten. Das Donnern schwoll an, und dann brach aus dem dunklen Hintergrund der Höhle eine weiße Knospe hervor. Rasch wuchs sie zu einer Blüte aus Schaum und Gischt.

Der Boden erzitterte.

Der lose Schotter rasselte gegeneinander, und aus den Felswänden lösten sich einzelne Steine. Die Flutwelle überschlug sich mehrfach, als sie auf die Grüppchen zuraste – auf die Krieger am Ufer, die hastig höhere Stellen zu erklimmen suchten, auf die Reiter im Flussbett, die auf Erhebungen und Bäume zurannten, und auf die Nraurn, die erst schreckensstarr dastanden und dann kehrtmachten, als böte der Wasserfall Schutz vor der sich heranwälzenden Woge.

Mit knapper Not erreichte Amra eine Erhebung und griff nach dem unterspülten Wurzelwerk. Die der Flut vorauseilende Druckwelle schleuderte sie zu Boden, und dann prallte die Woge auf sie – das Wasser war hart wie Felsgestein. Sie schrie auf, und schon füllte sich ihr Mund mit öliger Brühe, sie sah und hörte nichts mehr, wurde umhergewirbelt und beinahe fortgerissen. Der Fluss zerrte an ihr, die Strömung warf sie umher wie ein loses Blatt. Die Handflächen brannten, als sie sich mit aller Kraft an die Wurzeln klammerte, und doch spürte sie, wie sie sich nicht länger festhalten konnte, wie die Gelenke dem Wasserdruck nicht länger standhielten und der Griff sich unerbittlich löste. Da packte sie jemand am Arm. Die Flutwelle toste über sie hinweg, während sie die Finger in den Ellenbogen ihres Retters grub und betete, er möge sie niemals wieder loslassen.

Als der Druck nachließ, tauchte sie auf und rang gierig nach Luft. Wasser schwappte ihr über den Kopf, und sie ging mehrmals wieder unter, aber dann zog Gorun sie aus dem Fluss – sie wusste sofort, dass es Gorun war, fühlte seine Gegenwart, ohne hinzusehen. Sie spürte es an der Art, wie er sie an den Schultern ergriff und ihr das *Taú* entgegenneigte, voller Bangigkeit, ob sie noch atmete. Er zog sie aus dem Wasser und dicht zu sich heran, schlang den triefenden Mantel um sie und hielt sie in den Armen, während sie beide vor Kälte zitterten und der tobende Fluss das Inselchen umspülte.

Es dauerte lange, ehe sich Pulsschlag und Atmung halbwegs beruhigt hatten. Schließlich hob Amra den Kopf von der Schulter des Reiters. Eine schnell strömende Wasserfläche umgab sie, das Inselchen lag nun inmitten eines reißenden Flusses. Das Hochufer vor der Höhle schien unendlich weit entfernt, und von ihren Gefährten gab es keine Spur, ebenso wenig von Lillia oder den Gehörnten.

Gorun lehnte am Wurzelgeflecht des einzigen Baums auf der Erhebung und dachte nicht daran, die *Laîren* seiner Stadt loszulassen.

»Ich will dich nicht verlieren, Amra«, flüsterte er rau. »Bei der Quelle – ich will dich niemals verlieren. Ich ertrage nicht einmal den Gedanken an einen solchen Abschied.«

Plötzlich lachte er auf und zeigte ihr die leeren Hände. »Nun habe ich Nemnos' Auftrag erfüllt. Ohne Schild und ohne Speer, ohne Ansehen und Ehre – ich habe alles abgestreift. Im ganzen Süden wird mein Gott ohne Waffen abgebildet, aber erst jetzt begreife ich, was wirklich mit meiner Rolle in der Prophezeiung gemeint ist.«

Tränen traten ihr in die Augen, als sie spürte, wie sehr ihn die Erkenntnis schmerzte – und wie ihm zugleich das *Taú* mit jedem Wort leichter wurde.

»Akkan hat recht«, fuhr er fort, als sie schwieg. »Als Erster Reiter durch die Lande zu ziehen und einem Heer Befehle zu erteilen – das ist nichts für mich. Ich überlasse ihm gerne den Vortritt, wenn es darum geht, sich mit Göttern, Nraurn und unzufriedenen Weggefährten herumzuschlagen. Im Grunde beschäftigt mich nur noch eine einzige Frage: Was bedeutet *Laîren*?«

Amra setzte sich aufrecht hin und raffte die Gewänder am Hals zusammen. Sie fror in den nassen Kleidern. Ein kalter Wind wehte aus den Bergen, und über dem Fluss brach die

Nacht an. Der Eingang der Höhle verschmolz zusehends mit der Dunkelheit.

»Was bedeutet *Laîren*?«, wiederholte sie. »Das weißt du doch.«

Gorun betrachtete sie eine Weile. Schließlich schüttelte er den Kopf. »Nein, ich weiß es nicht. Und ich glaube auch, dass du selbst ebenfalls keine Ahnung hast, wie die Gebote und Traditionen zustande kamen. Jemren ist nicht der Einzige, der die Schriften im Offenen Turm liest, Amra. In den Annalen von Anáxi ist an keiner Stelle von einer *Laîren* die Rede, die über die Gräber der Stolzen Stadt wacht. Auch in den Berichten über die Besiedlung der Insel wird Antiles' Priesterin nicht erwähnt. Als ich Anrynan über diesen Umstand befragte, meinte sie, das habe alles seine Ordnung. Denn der Stand der Totenpriesterin wurde erst *nach* den Langen Kriegen geschaffen.«

Amra wandte das Gesicht ab und blickte auf den Fluss hinaus. Die Zweige des Yaza bogen sich bis zur Flut hinab; das Baum-*Taú* war ein befremdliches, schwach wahrnehmbares Gebilde, das beständig in die Höhe strebte und sich zugleich tief im Untergrund verästelte.

»Weinst du?«, fragte Gorun gedämpft. »Weshalb weinst du nur, Amra? Selbst wenn es uns gelungen wäre, das Mädchen nach Gayália zu begleiten, hätten wir doch nicht verhindert, dass alles einmal ein Ende findet – dieser Weg, die Geschichte der Insel, das ganze Leben. Lillia hat die Unerreichbare Stadt verlassen, um uns an diesen Umstand zu erinnern. Das Eine Kind mahnt uns, mit der gegebenen Zeit etwas Sinnvolles anzufangen – so fasse ich ihre Bedeutung nun auf.«

»Aber das wollte ich doch«, entgegnete Amra. »Ich wollte meine Zeit nutzen. Kannst du dir vorstellen, wie mein Klan meine Eröffnung aufnahm, dass ich die Stimmen der Ahnen höre? Meine Mutter verbot mir, in Gegenwart von Gästen auch nur ein einziges Wort über meine Wahnträume zu verlieren – so nannte sie die Einflüsterungen aus dem Entfernten Land. Dann starb eines Tages meine Tante Sasma. Du erinnerst dich bestimmt an sie.«

Gorun nickte. Aufmerksam wandte er ihr das Gesicht zu. Im Dämmerlicht wirkten seine Züge vertraut wie immer und zugleich fremd. Er war in der Tat nicht länger ein Krieger, der ein großes Heer anführte, sondern ein ernster Freund, den sie auf einer langen Wanderung gewonnen hatte.

»Sasmas unerklärliches Verschwinden beschäftigte mich. Deshalb trieb ich mich in der Nähe der Gräber herum«, fuhr Amra fort. »Als Kedra von diesen Streifzügen erfuhr, schalt sie mich aus. Mein Verhalten entbehre jeder Würde, es sei geradezu besorgniserregend – und den Wunsch, von Draura mehr über das Entfernte Land zu erfahren, solle ich mir schleunigst aus dem Kopf schlagen. Da sagte ich zu ihr, dass Sasma, die wenige Wochen zuvor beerdigt worden war, mich in diesem Vorhaben nach wie vor bestärke.«

Amra verschränkte die Finger ineinander, als die Begegnung in ihrem *Taû* lebendig wurde. »Angesichts dieser Behauptung geriet meine Mutter in Zorn. Sie nannte mich anmaßend und eine Lügnerin und dann ... Ich weiß auch nicht, was über mich kam, die Worte drangen mir einfach aus dem Mund. Bei dieser Gelegenheit lasse Sasma ihr ausrichten, dass sie den Edelstein zurücklegen solle, den sie zu Füßen von Menyias Statue gefunden hatte. Es war die letzte Gabe meiner Tante an die Götter.

Mutter stand stocksteif da – ich dachte schon, der Schlag habe sie getroffen. Dann fuhr sie auf mich los, wie ich zu dieser Unterstellung komme!

›Es ist ein Himmelsauge‹, stieß ich hervor. ›Du verwahrst den Stein in deiner Schatulle.‹

Da schlug sie mich, mehrmals gleich, obwohl es doch die Stimme der Ahnen war, die aus mir sprach. Ich wich zurück – da stand das Kästchen auf dem Sims. In meiner Gegenwart hatte Kedra es noch nie geöffnet. Ich stieß es zu Boden, der Deckel sprang auf, und der blau glänzende Stein fiel heraus.«

Die Kehle wurde Amra eng. Sie sprach nicht weiter, sondern legte die Hände über die Augen. »Ich musste so sehr darum ringen, dem Ruf des Entfernten Lands nachzugehen. Und jetzt habe ich meine Gabe verloren, als wäre sie niemals etwas wert gewesen. Ich höre die Toten nicht mehr – seit dem Kampf um den Blauen Turm sind sie verstummt.«

In dieser Haltung blieb sie sitzen und lauschte auf das Rauschen des Flusses. Das Wasser gurgelte und plätscherte unter den hohlen Wurzeln des Baums und trug Treibgut vorbei. Dunkelheit senkte sich über die schroffen Spitzen des Altéru, bis Amra meinte, sie säße auf einem winzigen Eiland in einem Meer aus Nacht und Stille.

Schließlich beugte Gorun sich zu ihr und legte ihr erneut den Mantel um die Schultern – erst den Mantel und dann den Arm. Aus Gewohnheit stemmte sie sich gegen seinen Griff, doch nicht allzu sehr und nicht allzu lange. Behutsam zog der Reiter sie schließlich zu sich heran.

»Du bist nicht länger *Laîren*, weil du jetzt den Stimmen der Lebenden lauschst«, stellte er fest. »Und ich bin nicht länger Anführer eines Reiterheers, ebenso wenig wie Jemren noch einen Bogen halten kann, ohne die Blutgier des Schwarzen Gottes heraufzubeschwören. Diesmal ist es wirklich keine List – Antiles hat mit uns dreien Ernst gemacht.«

Obwohl Gorun die Tragweite dieser Ereignisse sicherlich bewusst war, klang seine Stimme keineswegs, als ob er die Umstände bedaure. Der Schalk blitzte in seinem *Taú*, und noch während er weitersprach, fing er an zu lachen.

»Hast du noch im Ohr, wie die Gehörnten Gayália nannten? Die Unerreichbare Stadt! Drei Begleiter, die keine Begleiter mehr sind, bringen ein Kind, das niemals ein Kind war, an einen Ort, den man nicht erreichen kann. Das ist ... bei den Göttern, Amra ... Wenn ich je nach Defágos zurückkehre, werde ich Anrynan fragen, ob sie ihre eigene Weissagung auch richtig verstanden hat!«

Ihre Gesichter waren einander so nahe, dass sich das eine aus dem anderen ergab – erst streichelte er ihr die Schläfe, und sie schmiegte die Wange in seine Hand. Dann streifte sie mit den Lippen über seinen lächelnden Mund, bis sie ebenfalls lächelte, denn es war unmöglich, Gorun nahe zu sein, ohne von den Stimmungen in seinem *Taú* angesteckt zu werden. Zuletzt schlang sie ihm die Arme um den Nacken, während er sie liebkoste, und sie teilten das Leben in tiefen Zügen miteinander, als sei sonst nichts wichtig auf der Welt.

In der Morgendämmerung erwachte Amra in einem Nest aus Wurzelwerk und Mantelfalten. Zu ihrer Verwunderung war sie in der Dunkelheit nicht erfroren, ihr war nicht einmal sonderlich kalt. Für eine Weile lag sie nur da und blickte in den Himmel. Die Ruten des Yaza-Baums bewegten sich in der Brise, und die Wolkenschleier hinter den Zweigen nahmen allmählich eine blassgelbe Farbe an.

Schließlich setzte sie sich auf. Über Nacht war der Wasserstand gefallen. Hier und da regte sich Leben auf den Inseln im Flussbett, und vom Hochufer her watete ein Mann durch den Fluss. Vor jedem Schritt stach er den Speer ins Wasser, um zu prüfen, wie tief die trübe Flut reichte; er wirkte wie ein Fischer, der frühmorgens sein Glück versuchte.

Amra rüttelte den Schlafenden neben sich an der Schulter. »Gorun, wach auf!«, flüsterte sie ihm zu, aber er regte sich schwerfällig und antwortete ihr aus den Tiefen seiner Träume. Bald war Falrau vollends herangekommen; eine Wurflänge von dem Inselchen entfernt blieb er stehen.

»Was geschieht mit einem Mann, der sich am Wasser des Corredános verschluckt?«, rief er zu ihr herüber.

Amra wusste nicht, ob sie lachen oder am klopfenden Herzen ersticken sollte. »Vermutlich kommt es auf die Menge an«, erwiderte sie.

Falrau verzog das Gesicht und spie angewidert in den Fluss. »Reichlich«, bemerkte er. Und dann veränderte sich seine Miene in rascher Folge: Erst las Amra Unglauben, dann Heiterkeit und schließlich helle Zufriedenheit in seinen Zügen, und er nickte Gorun zu.

»Hier bist du also! Wir suchen bereits das ganze Ufer nach dir ab.«

Schlaftrunken fuhr der Reiter sich durchs Haar, Rindenbröckchen und Blattstiele fielen ihm aus den Locken. »Um mir *was* mitzuteilen?«, fragte er.

Falrau hob den Speer. »Akkan hat sich in die Höhle gerettet, und ein ganzer Schwarm Verräter schloss sich ihm an. Uns bleiben nur wenige Gefährten, darunter die jungen Bogenschützen.«

»Wie steht es mit Lillia?«, erkundigte Amra sich, während sie aufstand und einen bangen Blick auf den Tunnel warf: Ein gezackter schwarzer Halbmond öffnete sich, der Eingang zu Antiles' Reich. Rasch tastete sie unter dem Umhang nach dem gestohlenen Nraurn-Amulett – sie besaß es noch. Es pochte und pulste in ihren Fingern und tat ihr mit jedem Aufbäumen kund, wie abscheulich ihre Berührung war.

»Akkan zwang das Mädchen, mit ihm zu kommen«, berichtete der Speerkämpfer. »Er hat die Kleine in die Stollen verschleppt. Nun müssen wir ihm wohl oder übel folgen.«

6

Der Windgott wachte über das Tor von Gayália. Als der neunfach ineinandergeschachtelte Bogen des Portals vor Anrynan auftauchte, stellte sie jedoch fest, dass die Pfote zur Feenstadt unbewacht und unverschlossen war. Besorgt eilte sie weiter, während sich ihr Gewand bauschte und ihr um die Beine flatterte. Vor dem Tor spannte sich eine Brücke über einen Abgrund. In schwindelerregender Höhe entsprangen die Neun Winde und umspielten den Besucher zur Begrüßung.

Als Vrarras unter das Tor trat, legte er den Kopf in den Nacken und blinzelte zu dem luftigen Gewölbe hinauf, durch dessen Rippen der Himmel zu sehen war.

»Welch ein Anblick!«, rief er. »Ist es Stein? Glas? Oder Eis? Oder gar ein Stoff, den wir nicht kennen?«

Wie ein Junge, der zum ersten Mal ein Geheimnis lüftet, bestaunte der Kriegsherr die Neun Bogen, die sich wie eine durchsichtige Glocke über dem Eingang zum Feenreich spannten. Gemessen an Anrynans Alter, entsprach dieser Eindruck auch den Tatsachen. Die kühne und mächtige Stadt, über die Vrarras herrschte, war noch nicht erbaut, als sie ihre Heimstatt zum ersten Mal verließ.

Als sie unter den Torbogen trat, erschauderte der Menschenkönig sichtlich. »Was ist das? Woher kommt dieser Klang?«, wollte er wissen.

Silbrige Laute erfüllten die Luft. Die Neun Bogen schwangen und sirrten im Windzug, jeder mit einer anderen Stimme, jeder in einem anderen Ton. Die Melodien verwoben und verflochten sich, und dann entwirrten sie sich wieder, nur um zu einer veränderten Abfolge zurückzufinden.

»Aorus Harfe«, sagte Anrynan und legte die Hand auf den Stein. »Das Tor erkennt mich wieder und kündigt der Feenstadt meinen Besuch an. Nun wissen die *Ya'ahåren*, dass wir hier sind.«

Mit diesen Worten trat sie in den Saal, der sich hinter dem Torbogen öffnete. Vrarras war der einzige ihrer Begleiter, dem sie das Betreten von Gayália gestattete. Die anderen Reiter und Kriegsherren schlugen am Fuß der Passhöhe ein Zeltlager auf und harrten dort auf ihre Rückkehr.

Der Gesang des Tors schwebte ihnen noch lange nach. Wenn Vrarras bereits den Reigen der Neun Bogen verwunderlich fand, so musste ihn erst recht der Anblick überwältigen, der ihn in den Sälen der Ewigen erwartete. Und wirklich: Als sie das Heiligtum der Sonnengöttin betraten, stieß der Kriegsherr einen lauten Ruf aus. Das Taggestirn wölbte sich an der Decke, die zarten Verstrebungen der Sonnenstrahlen gingen dicht über dem Boden in funkelnde Getreidegarben über. Gewöhnlich schritt Amatha in diesem Kornfeld umher. Mit einem Wink befahl die Herrin des Sommers von hier aus das Sinken und Erscheinen des Taggestirns. Aber der Saal war leer.

»Vrarras.«

Der Kriegerkönig schrak zusammen, als Anrynan ihm die Hand auf den Arm legte. Die Ornamente, Säulen und der filigrane Schmuck schlugen ihn vollständig in Bann – wohl weil er spürte, dass Ähren, Korn und Sonnenstrahlen weit mehr als nur Verzierungen waren. In ihrem Saal hütete Amatha das Wesen der Sonne und bewahrte auf diese Weise die Beschaffenheit der Welt.

»Mein treuer Freund und Berater«, lächelte Anrynan, »ich brachte dich hierher, um den *Ya'ahåren* zu beweisen, dass keineswegs alle Menschen vom Fieberwahn des Schwarzen Gottes angesteckt sind. Versprich mir jedoch: Was du hier zu Gesicht bekommst, musst du sogleich vergessen, sobald du Gayália verlässt.«

»Vergessen?« Der Kriegsherr zog ein enttäuschtes Gesicht. »Nicht einmal meinen Söhnen darf ich von den Wundern in eurem Zauberreich berichten? Ah, Any – das ist ein hoher Preis für den kurzen Blick in eure Stadt.«

»Sei auf Unmut und Widerstand gefasst«, riet sie ihm. »Ich dürfte dich eigentlich nicht hierherbringen, und ohne mein Geleit hättest du Gayália nie gefunden. Die Ewigen sind kaum weniger uneins als die Sterblichen. Indem ich dir das Betreten unserer Hallen erlaube, erzürne ich die Bewacher der Unerreichbaren Stadt gewiss noch mehr.«

Vrarras antwortete nicht. Sein Blick glitt über den gläsernen Stein, in dem jeder Halm und jede Ähre lebendig wurde – sogar das Sonnenlicht selbst.

»Dein Volk sollte dir lieber für diesen Gewaltritt dankbar sein, durch den du Gayália Warnungen und Hilfe bringst«, meinte er. »Weshalb versagt man dir eine angemessene Begrüßung?«

Das unbewachte Tor und die verlassene Halle waren seiner Aufmerksamkeit also keineswegs entgangen. Anrynan lächelte traurig, als ihr die letzte Begegnung mit den *Ya'aháren* in den Sinn kam – jene eisige Nacht in Defágos, die von Vorwürfen und Verdächtigungen erfüllt gewesen war.

»Komm weiter!«, winkte sie ihrem Gefolgsmann.

Von Amathas Saal aus gelangten sie in die Halle des Ewigen Jägers. Sie glich einer Laube mit den Säulen aus Rankenwerk und einer Lagerstatt aus Moos und Zweigen. Kerrons Reich war verwildert, wie es dem Herrn der Wälder entsprach, doch auch er hatte seinen angestammten Platz verlassen. Und so ging es in einem fort: In Zesakes Schatzkammern, wo Hunderte klimpernder Münzen von der Decke hingen, feilschte niemand mehr mit dem Feisten Gott um eine Gürtelschnalle oder eine glänzende Spange. Jaruks Ziegenpalast war verwaist, und im Gemach der Hüterin der Nacht funkelte das Sternenzelt in nutzlos kalter Pracht vor sich hin, ohne sich weiterhin um die eigene Achse zu drehen.

Eine schlimme Ahnung befiel Anrynan. Nicht einer der Ewigen befand sich mehr an Ort und Stelle. Die Zeit war zum Stillstand gekommen, und die Ordnung der Welt hatte sich aufgelöst. Antiles hatte sein Ziel beinahe erreicht.

»Was ist hier geschehen?«, raunte Vrarras. Unbehaglich blickte er sich in den verlassenen Sälen um. »Wo sind deine Gefährten? Xoras Schandtat kann die Ewigen doch unmöglich aus ihrer eigenen Stadt vertreiben. Das wäre ...«

Mitten im Satz fuhr der Kriegsherr herum und hob entschlossen die Waffen, als sich eine Gestalt aus dem Schatten einer Säule löste.

»Möchtest du dich mit mir messen?«, fragte ihn der Gott ergrimmt. Als Vrarras sein Gegenüber erkannte, senkte er hastig Speer und Schild.

»Narduk!«, stieß er hervor – sein eigener Schutzherr stand vor ihm. An Anrynans Seite hatte er stellvertretend für seine Stadt viele Zeremonien ausgeführt und zahllose Prozessionen geleitet. Stets hatte er ein besonderes Gespür für die Verehrung der Ewigen bewiesen, doch plötzlich wusste er nicht mehr, wohin mit seinen Händen, und keine der überlieferten Gesten fiel ihm ein.

»Vrarras«, nickte ihm der Kriegsgott zu. Eine Mischung aus Spott und Zorn zuckte um Narduks Mundwinkel. »Du brauchst dich nicht vorzustellen. Ich bin bereits mit dir und deinen Anliegen vertraut.«

Der Kriegerkönig schluckte. Wenn die Menschen sich allein mit ihren Göttern wähnten, vertrauten sie ihnen manches Geheimnis an.

Gayálias strenger Verteidiger wandte sich an Anrynan. »Was denkst du dir dabei, diesen Mann durch unsere Hallen zu führen? Weshalb bringst du die Sterblichen hierher?«

»Was ist hier geschehen?«, fragte sie statt einer Antwort. »Das Tor steht auf, die Säle sind verwaist – wo ist das Alte Volk?«

»Die *Ya'aháren* mussten fliehen«, berichtete Narduk düster. »Ich harre als Letzter hier aus, weil von nun an nur noch meine Kräfte vonnöten sind.«

»Das ist nicht wahr«, widersprach Anrynan sogleich. Ein Zittern erfasste sie, aber weder vor Gott noch Mensch wollte sie zugeben, wie groß ihre Furcht war. »In Kampfkunst und Kriegsführung liegt gewiss nicht die Rettung, die uns das Tageslicht wiederbringt.«

»Meine mitfühlende Schwester.« Narduk lächelte. »Dein Zutrauen in die Sterblichen ehrt dich. Aber entspricht es nicht eher den Tatsachen, dass unten am Pass ein Heer auf die Nraurn wartet?«

»Vrarras und seine Gefolgsleute kamen hierher, um dem Einen Kind und seinen Begleitern beim letzten Schritt beizustehen. Führ uns zu den *Ya'ahåren*, damit wir ihnen von Lillias Verbleib berichten.«

Narduk fasste sie schärfer ins Auge. »Du möchtest sehen, was aus unserem Volk geworden ist? Dann komm!«

An der Richtung, die er einschlug, erkannte Anrynan, dass Narduk sie in Menyias Gärten zu führen beabsichtigte, und ihre Zuversicht kehrte zurück. Sie liebte diesen Ort; es war unmöglich, dass den Gärten von Gayália etwas Böses widerfahren war. Sie hatte ihre allererste Kindheit zwischen den Sträuchern, Stauden und Beeten verbracht. Blumen und Kräuter sprossen im Reich der Göttin des Feldbaus im Überfluss, und die Bäume trugen Knospen, Blüten und sattsam Früchte zugleich.

Als Anrynan jedoch ins Freie trat, stockte ihr der Atem. Ein eisiger Windhauch wirbelte Herbstblätter vom Boden hoch, die Zweige waren kahl. Vielerorts hingen geknickte Stängel über die Wege und in die Teiche; Ranken und Blätter vermoderten.

Der ärgste Schreck fuhr ihr jedoch in die Glieder, als sie die *Ya'ahåren* erblickte.

Das Feenvolk hatte sich in einem abgelegenen Teil des Gartens versammelt. Bestürzt gewahrte Anrynan die Veränderung, die mit den Angehörigen ihres Volks vorgegangen war. Die zerbröckelnden Statuen in Defágos hatten ihr die Wahrheit gezeigt: Das Glühen war aus den Augen der Feuergöttin verschwunden, und ihr flackernder Lebenswille war erloschen. Amatha ruhte mit geschlossenen Augen im Halbschatten. Die Herrin des Sommers war dem Tod näher als dem Leben, und Elrels Ewiges Lied war verklungen. Tonlos bewegte der Alte Gott die Lippen.

Das einst so stolze Feenvolk wirkte wie ein Überrest der Vergangenheit – ein Relikt aus einer Zeit, die längst verflossen war.

»Any, ach Any«, grüßte Nemnos sie voller Trauer. »Jetzt kommst du – ausgerechnet in diesem schlimmen Augenblick. Wärst du doch nur bei den Menschen geblieben!«

»Hat sich deine Treue zu den Sterblichen gelohnt?«, fragte Narduk hingegen bitter. »Mit Schimpf und Schande jagte Defágos dich davon. Man zerschmetterte deine Statue und drohte dir Gewalt an. Und dennoch kommst du in Begleitung des Kriegerkönigs hierher.«

»Vrarras begleitete mich, um ...«, hob sie an, doch Jaruk fiel ihr sogleich ins Wort.

»Er kommt vor unser Tor, um Krieg zu führen!« Erzürnt deutete der Ziegengott auf ihren Begleiter. »Zum Blutvergießen wagen sich die Menschen hierher – um sich mit den Nraurn und mit ihresgleichen zu messen! Aus gutem Grund versagten wir den Sterblichen unsere Einmischung. Nun hast du an unserer Stelle gehandelt, aber sicherlich erkennst du, wohin deine Großzügigkeit führt.«

»Gewiss«, murmelte Anrynan. »Antiles brach den Bann, der die Insel umgab, und nun bedroht er uns, die Ewigen, mit Endlichkeit. Und das alles ist die Schuld der Menschen? Wie närrisch seid ihr, um an diesem Glauben festzuhalten?«

Sie blickte in der Runde der Götter umher. »Trifft uns denn gar keine Schuld? Versäumten wir nicht, das Unheil einzudämmen, als dies noch möglich war? Stattdessen vertrieben wir Antiles von der Insel wie einen unwillkommenen Besucher. Doch er war einer von uns.«

Die Ewigen schwiegen. Da ließ Vrarras sich vernehmen.

»Stärke. Wagemut. Entschlossenheit.« An den Fingern zählte er die Eigenschaften des Kriegsgottes auf. »Aus diesen Gründen erwählte ich in jungen Jahren Narduk zu meinem Schutzherrn. Im Kampf verlieh er mir stets diese Kräfte. Nun bin ich gekommen, um seine Gaben für eure Stadt einzusetzen.«

Der Herr der Waffenkünste musterte den Menschen. »Stärke, Mut, Entschlossenheit?«, spottete er. »Ich habe nichts dergleichen zu bieten. Alles, was du gern sein möchtest, schöpfst du aus dir!«

Bei diesen Worten stieß er den Finger in Richtung von Vrarras' *Taú*.

Der Kriegerkönig schwieg. »Es läuft auf dasselbe hinaus«, erwiderte er dann achselzuckend. »Letztlich spielt es keine Rolle, woher wir unsere Überzeugung nehmen.«

Narduk stutzte. Dann erhellte sich seine Miene, und er lachte. »Wahrlich, Any – allmählich begreife ich, was du an den Sterblichen findest. Dein Begleiter scheint jedenfalls ein unterhaltsamer Zeitgenosse zu sein.«

Mittlerweile hatten sich auch die restlichen *Ya'aháren* erhoben und umringten Anrynan und ihren Begleiter. »Wo ist das Eine Kind?«, fragte Menyia. »Wo bleiben Lillias Begleiter so lange? Sind sie überhaupt noch am Leben und willens, den Verborgenen Pfaden zu folgen? Oder sind die Berichte über Gefährten, die eine solche Bürde auf sich nehmen, lediglich Legende?«

Bekümmert schüttelte Anrynan den Kopf. »Seit wir Defágos verließen, erhielten wir keine Nachricht mehr von Gorun und seinen Freunden. Wir wissen nicht, was aus ihnen geworden ist, doch wir geben die Hoffnung nicht auf, denn die Gefährten fanden die eine Hälfte des Weißen Steins.« Ein Raunen lief durch die Reihen der Götter, und Anrynan sprach rasch weiter. »Vrarras und ich führten Krieger hierher, um die zweite Hälfte zu bewachen, bis auch dieses Stück gefunden und befreit wurde.«

»Es gibt nichts mehr zu befreien, Any«, raunte Nemnos. »Das Spiel ist längst vorbei. Lillia und ihre Begleiter kommen zu spät.«

Mit diesen Worten wies der Gott von Mut und Zuversicht auf die Berge, die jenseits der Gärten von Gayália aufragten. Die Krone des Altéru war dunkel, Schatten breiteten sich auf den nachtblauen Hängen aus – schwere Schatten, die die Stadt der Ewigen von allen Seiten umschlossen.

»Bei der Quelle ... er ist hier«, flüsterte Anrynan. »Antiles ist längst bis in unsere Stadt vorgedrungen.«

Cenlana trat auf sie zu; das Gesicht der Mondgöttin glänzte wie mattes Silber.

»Wie der helle Tag zieht Lillia den Abend an«, sagte sie. »Wo das Mädchen ist, hält sich auch der Herr der Dunkelheit auf. Ein Narr, wer danach trachtete, dem eigenen Schatten zu entfliehen. Indem die Gefährten das Kind in die Berge brachten, führten sie auch den Schwarzen Gott hierher.«

Dritter Teil

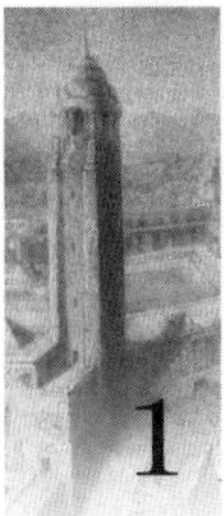

1

Jemren folgte den Nraurn und ihren Verbündeten seit mehreren Tagen, aber er kam nicht einmal auf Bogenschussweite an die Schar heran. Die Gehörnten wählten einen Weg, der sie immer weiter vom Corredános wegführte – und immer tiefer ins Gebirge hinein. Die Tage wurden merklich kürzer, ein eisiger Wind fegte über das Hügelland, und der Himmel war dunkel wie verwitterte Bronze. Die Böen zerrten an dem Gesträuch, rissen dürre Blätter ab, und das Pferd scharrte missmutig auf dem gefrorenen Boden. Hochtäler und Hänge waren nur spärlich bewachsen, sodass ein Reiter auf große Entfernungen sichtbar blieb. Deshalb ritt Jemren bei Dunkelheit, und tagsüber, wenn es zu kalt zum Ausruhen war, führte er die Stute am Zügel. Das Gelände war steil; oftmals musste er klettern und schürfte sich die Hände am Eis und an rauen Felsen auf, während er das Pferd am Zügel hinter sich herzerrte. Stets war er gegenwärtig, dass ihn die Nraurn bemerkten und ihm in einem Hinterhalt auflauerten – in diesem Fall war er auf die Wendigkeit und Schnelligkeit der kleinen Rappstute angewiesen.

Gelegentlich erhaschte er einen Blick auf Tenon und die anderen Schützen. Sie trugen Bogen und Köcher über der Schulter und warfen nicht einen Blick zurück auf das Hügelland, das allmählich hinter den Gipfeln des Altéru versank. Als das Gelände noch unwegsamer wurde und Felsblöcke und Geröll das Vorankommen erschwerten, gab Jemren die Hoffnung beinahe auf. Immer öfter dachte er ans Umkehren, an einen schützenden Unterstand und ein wärmendes Feuer.

Doch am Abend des dritten Tages geschah das Unerwartete.

Die Gehörnten schlugen plötzlich eine andere Richtung ein. Sie kamen in einer schrägen Geraden auf ihn zu, und er bemerkte ihre Umkehr beinahe zu spät, hörte bereits die Zurufe, mit denen sie sich verständigten, und das Schnauben ihrer Tiere.

Hastig glitt er aus dem Sattel und zerrte die Stute unter eine Felsbank. Dort schmiegte er sich gegen den Stein und lauschte mit angehaltenem Atem; er versuchte, den Worten zu entnehmen, ob die Nraurn die Hufspuren bemerkten, die sein Pferd hinterlassen hatte. Aber sie waren vollends mit dem Absatteln der Nouk und dem Aufschlagen des Lagers beschäftigt – offenbar wollten sie auf den Hängen oberhalb seines Verstecks rasten.

Jemren lehnte den Hinterkopf an einen Fels und verwünschte lautlos den plötzlichen Gesinnungswandel der Gehörnten. Nun konnte er weder vor noch zurück; die Felsklippe war so schmal, dass sie ihn und das Pferd nur mit knapper Not vor neugierigen Blicken verbarg. Die Stute stieß ihm fordernd die Nase in die Rippen. Um sie ruhig zu halten, gab Jemren ihr das restliche Korn. Während sie zufrieden kaute, schlang er sich den Mantel über die Schultern, damit der Stoff Mund und Nase verhüllte, schob die Hände unter die Achseln und kauerte sich an der Felswand nieder – ihm blieb nichts anderes übrig, als den Einbruch der Dämmerung abzuwarten.

Der Wind pfiff durch das karge Tal. Einzelne Schneeflocken trieben in den Böen, und der Himmel erinnerte Jemren an das aufgewühlte Meer. Das Alleinsein tat gut, denn er war es von Jugend an gewohnt, eigene Wege zu gehen und niemandem über seine Vorhaben und Absichten Auskunft zu geben. Nun lag nur noch eine kurze Wegstrecke vor ihm, und er wollte den letzten Abschnitt gewissenhaft und mit Sorgfalt zurücklegen.

Als die Stute ihm den warmen Atem in den Nacken blies, schrak er aus dem Halbschlaf auf. Dunkelheit lag über den Bergen, und im Nachtlicht wirkte der dicht fallende Schnee noch unwirklicher. Jemren stand auf und dehnte die froststarren Glieder, bis ihm das Blut wieder durch die Adern strömte. Von den oberhalb seines Verstecks lagernden Nraurn war kein

Laut zu hören, und er bemühte sich ebenfalls, kein Geräusch zu verursachen. Sorgfältig wickelte er die Zügel der Stute um einen Strauch. Ihre großen Augen schimmerten im Halbdunkel, und er hatte das Gefühl, als beobachte sie ihn.

Warte!, schärfte er ihr ein. *Warte hier auf mich!* Daraufhin senkte sie den Kopf und blies in seine hohlen Hände, aber er wusste nicht, ob dieses Verhalten Zufall oder eine an ihn gerichtete Geste war. Flüchtig klopfte er ihr den Hals und ließ sie unter der Felsbank zurück.

Das Nraurnlager lag im Dunkeln. Schneeflocken wirbelten vom Himmel herab wie tausendfach fallende Sterne, schweigende Bergketten ragten im Hintergrund auf. Seit ihre Zelte verbrannt waren, mussten die Gehörnten im Freien ausharren. Jemren vernahm einzelne Gesprächsfetzen, während er geduckt zwischen Büschen und verwitterten Felsen entlangschlich. Die Ziegenkrieger sprachen leise miteinander. Nicht anders als die Menschen erzählten die Gehörnten von ihren Kindern, die sie irgendwo in diesem rauen Landstrich zurückgelassen hatten, vom Ende des Kriegs und von Wünschen und Plänen, die sie für die Zukunft hegten. Plötzlich verstummten sie, reckten die Hälse und lauschten. Mit pochendem Herzschlag verharrte Jemren auf einem Fleck, bis sich die Aufmerksamkeit der Krieger wieder den eigenen Angelegenheiten zuwandte.

Kälte brannte ihm unter den Händen, als er sich auf eine Kante stützte und sich ein wenig nach vorn lehnte. Die Schützen aus dem Norden saßen einen Steinwurf von ihm entfernt auf dem Boden und starrten schweigend vor sich hin; er sah ihre Schattenrisse vor dem schneehellen Hintergrund. Augenscheinlich litten sie unter den Wetterbedingungen und der großen Höhe – und sie standen unter Bewachung: Nraurn-Krieger schritten in ihrer Nähe auf und ab. Sie hatten Lanzen geschultert, Bronzeschilde schimmerten im Halbdunkel.

Tenon!, rief Jemren durch das *Taú*. Sofort zuckte der Mann zusammen und fuhr herum. Argwöhnisch musterte er die Hänge hinter sich.

Siehst du die Felsblöcke zu deiner Bogenhand? Wir treffen uns dort, fuhr Jemren fort. *Ich habe dir etwas zu sagen.*

Der Schütze aus Thárraxi erhob sich und ließ den Blick abermals über die Böschung gleiten. Als *Taú*-Schütze vermochte er die Gegenwart eines ungebetenen nächtlichen Gasts in der Nähe eines Heerlagers durchaus richtig einzuschätzen. Endlich trat er zu seinen Bewachern und wechselte einige Worte mit ihnen, als müsse er um Erlaubnis bitten, bevor er sich drei Schritte vom Rastplatz entfernte. Wachsam blickten die Gehörnten ihm nach, doch Tenon war auf der Hut. Statt sich sogleich zu der Stelle zu begeben, die Jemren ihm genannt hatte, schritt er zunächst in die entgegengesetzte Richtung und verschwand zwischen Büschen und Gestrüpp.

Jemren atmete auf. Lautlos zog er sich zwischen die Felsen zurück, bis die Gehörnten außer Sichtweite waren. Er schlug einen Bogen um das Lager, doch am angegebenen Treffpunkt musste er eine geraume Weile warten. Tenon näherte sich der Stelle vorsichtig und voller Anspannung. Da trat Jemren hinter dem Felsblock hervor und gab sich zu erkennen. Sogleich blieb der andere Schütze stehen.

»Ich bin allein. Es gibt keine Bedrohung«, beruhigte Jemren sein Gegenüber. Er senkte die Stimme, sodass der Schall nur wenige Schritte weit trug. Der Schnee tat ein Übriges, indem er alle Geräusche dämpfte.

Misstrauisch kam Tenon näher. Seine Bewegungen gewannen an Sicherheit, sobald er bemerkte, dass Jemren weder Bogen noch Köcher bei sich trug.

»Du hast wohl den Verstand verloren«, stellte er fest, als sie einander gegenüberstanden. »Seit wann folgst du uns durch die Berge? Weißt du nicht, wer hier das Lager aufgeschlagen hat?«

Jemren strich über den Felsen und ballte die Hand um den Schnee, bis ihm das Schmelzwasser durch die Finger tropfte. In Tegaréssos hatte es nur ein einziges Mal geschneit, und sehr zu seinem Bedauern hatte der Wind die dünne Schicht sogleich fortgeblasen.

»Kajlyn-Gua wird nicht mehr lange Nraurn-Königin sein«, sagte er. »Überall regt sich Widerstand gegen sie. Ihr folgt einem verglühenden Stern.«

Tenon musterte ihn. Elend und Hoffnungslosigkeit sprachen aus dem *Taú* des Mannes, in einem Ausmaß, das nur schwer zu ertragen war.

»Noch gibt es einen Ausweg«, fuhr Jemren fort. Er sprach eindringlich, um Tenon aus seiner Starre aufzurütteln. »Nach dem Kampf um Defágos ließ dich der Kriegsherr der Kühnen Stadt ziehen, ohne eine einzige Geste der Wiedergutmachung zu fordern. Ich kenne Vrarras, und ich kenne Gorun: Der Süden wird für die Ereignisse in der Kühnen Stadt keine Vergeltung fordern. Das hat man mir zugesichert. Aber es ist unumgänglich, dass das Blutvergießen ein Ende findet, Tenon. Ihr müsst das Kämpfen einstellen.«

Der ältere Schütze atmete schwer, der Hauch stieg in die frostkalte Luft. »Ich halte dir zugute, dass du wirklich an diese Zusicherungen glaubst«, entgegnete er. »Doch du verkennst den Ernst unserer Lage. Wir haben keine andere Wahl, als den Nraurn weiterhin zu folgen.«

Jemren warf den Schneerest fort. »Glaubst du, mir sei entgangen, wie erbärmlich ihr während des Überfalls an der Schlucht traft? Ihr hättet wesentlich mehr Krieger aus dem Süden töten können, die Anführer boten ein gutes Ziel. Ihr habt mit Absicht danebengeschossen.«

Mit gesenktem Kopf starrte Tenon zu Boden. Ab und an spannten sich seine Schläfen, und in seinem Innern arbeitete es. »Du begreifst es einfach nicht«, stieß er schließlich hervor. »Es ist vorbei! Wir haben den Krieg längst verloren.«

Jemren trat einen Schritt näher. »Kehrt in den Norden zurück! Tenon, ich beschwöre dich – kehrt heim und beschützt unsere Türme, so wie es früher war. Im Gegenzug will ich dafür sorgen, dass der Süden Nárdas und Scyé abermals als Grenze anerkennt.«

Bei diesen Worten wollte er den älteren Schützen an den Schultern ergreifen, wie man mit einem Gefährten sprach, dessen *Taú* von Zweifeln und Befürchtungen erfüllt war. Plötzlich zerbrach die Gefasstheit des Mannes; er presste die Handballen auf die Augen und stieß die Luft in Stößen zwischen den Zähnen hervor. Sein *Taú* wirkte wie eine Bogensehne, die vor Spannung zu bersten drohte. Bestürzt blieb Jemren stehen.

Da zog Tenon unter dem Mantel einen geflochtenen Strang hervor. Er löste den Knoten des Lederriemchens und schüttelte das Gebinde auseinander, bis es sich wie ein gescheckter Schweif ausnahm: Kupferfarbenes und kastanienbraunes Haar hing von seiner Hand herab, blonde und graue Strähnen, und dazwischen ringelten sich pechschwarze Locken. Die nächsten Worte brachte der Schütze nur stockend hervor.

»Vor Kurzem ... stieß Nesyn wieder zur Heerschar der *Nraur-a-Khae*. Nachdem er Kajlyn-Gua begrüßt hatte, rief er uns zu sich. Der Norden sei nun vollständig in seiner Hand, sagte er. Dies sei ... ein Gruß aus unseren Städten. Wenn wir in der letzten Schlacht an seiner Seite kämpfen würden, entlasse er die Angehörigen unserer Türme aus seiner Gewalt. Andernfalls würden sie für immer verschollen bleiben.«

Der Blutfluss in Jemrens Adern erstarrte zu Eis. »Nesyn war im Norden? Bei der Quelle ... Nesyn hat ... Nesyn ist in den Norden eingedrungen?«

Er presste die Finger gegen die Schläfen und lief einige sinnlose Schritte zwischen Sträuchern und Schnee umher. »Das haben wir uns selbst zuzuschreiben!«, fuhr er Tenon an, lauter, als es die Vorsicht gebot. »Dass der Norden fiel, ist ganz allein unsere Schuld. Nichts können wir bewahren, indem wir kämpfen – keinen Turm, keinen Fußbreit Land auf dieser Insel, weder Klan noch Haus.«

Wortlos nahm der Schütze aus Thárraxi seine Anklage hin, ein gebeugter, gebrochener Mann. Das *Taú* seines Gegenübers wirkte wie ein stumpfer Fleck. Tenon hatte jegliche Hoffnung aufgegeben.

»Wo sind sie? Wohin hat Nesyn die Geiseln geschafft?«, bedrängte Jemren ihn. Als Antwort erhielt er lediglich Kopfschütteln und hilfloses Achselzucken. Er griff nach dem Gebinde, wickelte sich die schwarz gelockten Haarsträhnen um die Hand und zog sie mit einem Ruck aus dem Strang. Sein Herz pochte hart. »Denk nach, Tenon! Aus welcher Richtung kam der Nraur?«

Zögernd hob der Schütze die Hand und deutete in die Berge. Sogleich fuhr Jemren herum. Der Himmel über den Gipfeln war tiefschwarz. Die Schneeflocken fielen mittlerweile gleichmäßig aus den Wolken, und der Altéru ragte schroff und schweigend auf.

Mit dem Daumen strich Jemren über das seidige Haar, das er zwischen den Fingern hielt. Schließlich wandte er sich wieder zu dem Schützen aus Thárraxi um.

»Legt ... Bei der Quelle, Tenon, legt die Bogen nieder!«, beschwor er den Mann. »Wenn es ein Morgen geben soll, dann hört auf, gegen den Süden zu kämpfen.«

Matt schüttelte Tenon den Kopf. »Sieh es doch ein, Jemren – es ist zu spät. Unsere Zeit ist verstrichen.«

Sie blickten einander an – und fuhren erschrocken zusammen, als jenseits der Felsblöcke Schritte im Schnee knirschten. Ein Nraur näherte sich der Stelle, an der sie sich aufhielten. In der Mähne des Gehörnten und im Faltenwurf seines Mantels verfingen sich weiße Flocken, das Leder seiner Stiefel knarrte. Jemren schmiegte sich an einen Steinblock und atmete flach, bis der Krieger an dem Versteck vorbeigeschritten war. Eine Armeslänge neben ihm lehnte Tenon am Fels, Gesicht und *Taú* so bleich wie die Frostschicht auf dem Stein.

»Wähle!«, raunte Jemren ihm zu. »Wähle den weißen oder den schwarzen Stein, das Leben oder den Tod – so lautet die Regel des *Edú*. Die Götter spielen nur mit uns, denn sie wollen sehen, was wir aus ihren Gaben machen. Aber solange das *Taú* sich regt, haben wir die Wahl, Tenon. Das habe ich auf dieser Reise gelernt. Wenn du Gorun wiederbegegnest, dann denk daran: Für eine Aussöhnung mit dem Süden ist es nie zu spät.«

Er fand die Stute an derselben Stelle vor, an der er sie verlassen hatte. Sie döste mit angewinkeltem Hinterhuf und setzte sich nur träge in Gang, als Jemren an den Zügeln zog. Er führte sie das erste Stück, weil er sich zu Fuß noch immer sicherer und beweglicher fühlte, und dann saß er auf. Sobald er außer Hörweite des Lagers war, trieb er die Stute an. Sie trug ihn bergauf, in jene Richtung, die Tenon ihm angegeben hatte. Er bedauerte bereits jetzt, sie so weit in die Berge treiben zu müssen, bis sie nicht mehr weiterkäme, denn sie hatte ihm treu und tapfer gedient. Doch solange noch Hoffnung bestand, dass er die Angehörigen des Nordens lebend aufspürte, wollte er keine Zeit verlieren.

Der Niederschlag hatte nachgelassen, der Schnee überzog das Bergland mit einem hellen Firnis, und das Licht war blau wie in manchen Nächten auf dem Meer. Bald ritt Jemren in einem Zustand zwischen Schlafen und Wachen dahin. Es geschah nun des Öfteren, dass er nicht mehr wusste, ob er wirklich erlebt hatte, woran er sich erinnerte. Eindrücke seiner langen Reise zogen an ihm vorbei, Bilder einer Stadt mit Sieben Türmen, einer Quelle, über die eine lebende Gottheit wachte, von den Felsklippen seiner Heimat, von den Menschen und den Nraurn und vom Spiel des Wandels, in das sie alle verstrickt waren. Grausame Götter kannte der Süden, unnahbare Zauberinnen wie Anrynan und magische Kinder wie Lillia, doch die Frage, was er letztlich *glauben* sollte, war für Jemren nach wie vor ein Rätsel.

Weshalb sie ausgerechnet ihn als Begleiter erwählt habe, hatte er das Mädchen einmal gefragt. Wie sie ausgerechnet auf ihn komme, auf den Sohn von Fischern und Hirten aus einer unbedeutenden Küstenstadt, der von Prophezeiungen, Geistern und Geheimnissen nicht die geringste Ahnung hatte.

Du bist der Wegbegeher, lautete Lillias Antwort. Und um sich auf den Weg zu machen, müsse man schließlich nicht allzu viel wissen.

Er lächelte, wenn er an sie dachte. Anfangs hatte er manchmal befürchtet, sie sei lediglich Einbildung, ein Trugbild, das von den eigenen Sehnsüchten ins Leben gerufen wurde – von seinem Wunsch, auf Wanderschaft zu gehen. Aber diese Ansicht war falsch. Nicht Lillia entsprang der Einbildung – die Welt war der Traum und sie die Träumende.

War er deshalb in den Süden gezogen? Um herauszufinden, wie die Insel beschaffen war, auf der er lebte? Um nachzusehen, woher die Lieder und Legenden kamen? Er konnte sich nicht mehr an seine Beweggründe erinnern, und sie schienen ihm auch nicht länger wichtig. Nur eines wünschte er sich noch: dass er Antiles' Fluch lange genug widerstand, um Harat noch einmal wiederzusehen und ihr von den wundersamen Begegnungen zu erzählen.

Die Stute strauchelte in einem zugeschneiten Graben und nutzte die Gelegenheit sogleich, um im Schritt weiterzugehen; das Pferd war nicht weniger ermattet als er. Er wusste nicht mehr genau, wo er war, hatte während der letzten Stunden kaum noch auf den Weg geachtet. Goruns Aufzeichnungen nutzten ihm wenig, denn der Altéru bildete auf der Karte des Reiters einen blinden Fleck.

Im Augenblick ritt er durch ein enges Tal. Felswände ragten rings um ihn auf, Stein und Himmel hatten dieselbe Farbe, und lediglich die Muster aus Eis und Schmelzwasser hoben sich von der frostweißen Eintönigkeit ab. Gelegentlich segelte ein Koron über der Schlucht dahin. Dann legte Jemren den Kopf in den Nacken und beobachtete die Kreise, die der Vogel zog. Der Anblick von Antiles' Boten beunruhigte ihn nicht mehr; er hatte sich längst an diesen Begleiter gewöhnt. Manchmal erschien ihm das Gleiten sogar feierlich und erhaben, und er fragte sich, wie es sich wohl anfühlte, wenn man alle Bestrebungen und Sorgen losließ und das *Taú* den Neun Winden anvertraute, die über den Bergen wehten.

Mit einem Seufzen wandte Jemren sich wieder dem Weg zu und trieb die Stute mit den Fersen an. Sie galoppierte einen schneebedeckten Abhang hinauf und schnaubte bei jedem Schritt vor Anstrengung; in ihrer Mähne gefror der Schweiß zu

Reif. Das Seil, das sich quer vor ihm von einem Felsvorsprung zu einem knorrigen Baum spannte, bemerkte er erst im letzten Augenblick.

Erschrocken versuchte er noch, sich zu ducken, aber da war es schon zu spät – der Riemen erwischte ihn quer über der Brust und riss ihn rücklings aus dem Sattel. So hart schlug er auf, dass ihm schwarz vor Augen wurde und er nach Luft rang, und als er endlich ans Wegrollen dachte und in Deckung gehen wollte, setzte sich eine kalte Spitze an seine Kehle.

Er schluckte unwillkürlich und kniff die Augen zusammen, denn er blickte geradewegs in den schneehellen Himmel. Ein Schatten beugte sich über ihn, bucklig und gehörnt, der Umhang hing verrutscht auf schiefen Schultern, und eine knorrige Hand umklammerte den Schaft.

»Sieh an, der Wanderer, der keiner sein will!«, stellte der alte Nraur fest. »In Anbetracht dieses Vorsatzes bist du ziemlich weit herumgekommen.«

»Qyon!«, stöhnte Jemren. »Lass mich aufstehen.«

Der Gehörnte legte den Kopf schief und kaute genüsslich auf Luft. »Wo sind deine Begleiter – die schöne *Laîren* und der Krieger aus dem Süden, der so viele Ausreden bereithielt?«

»Ich ...« Behutsam hob Jemren die Hand zu dem Schaft, der ihm den Atem nahm, aber der Nraur warnte ihn sogleich mit verstärktem Druck. Einst hatte er einen Pfeil auf Qyon gezielt – nicht nur gezielt, sondern auch geschossen. Die Begegnung in der Bemalten Schlucht war ihm plötzlich gegenwärtig, ebenso seine unbesonnene Rolle bei diesem Zusammentreffen.

»Ich möchte aufstehen«, bat er erneut.

Die Spitze verschwand. Ächzend zog Jemren den Ellbogen unter den Körper und richtete sich auf. Er rieb über den brennenden Striemen auf der Brust, bis er schließlich den Kopf zu heben wagte.

Der alte Nraur war nicht allein.

Hinter ihm scharten sich weitere Gehörnte; sie umringten den Menschen in ihrer Mitte und beobachteten sein Umherkriechen auf dem Boden mit schräg geneigten Köpfen und vorgeklappten Ohren. Jemren entdeckte Greise in der Menge, Kinder, die an der Hand der Mutter hingen, junge Burschen, deren Haltung Kraft und Gewandtheit verriet. Und dennoch wiesen viele der Gehörnten einen Makel auf – sie waren auf die eine oder andere Weise entstellt. Einem Nraur fehlte der Arm von der Schulter abwärts, bei einem anderen endete das Bein unterhalb des Knies. Hörnerplatten wucherten über Augen, und ein Junge konnte nicht aus eigener Kraft gehen. So schwach war er, dass er nicht aufrecht zu sitzen vermochte, und dennoch nahm er die Geschehnisse ringsum mit gespannter Aufmerksamkeit wahr.

»Wer seid ihr?«, stieß Jemren hervor. »Weshalb seht ihr so aus? Was ist mit euch geschehen?«

Beim Klang seiner Stimme reckten die Nraurn die Hälse und raunten einander halblaute Bemerkungen zu – offenbar hatten die meisten nie zuvor einen Menschen aus der Nähe gesehen. Niemand hinderte ihn am Aufstehen, als er sich mit bedächtigen Bewegungen erhob und sich den Schnee vom Mantel klopfte. Qyon lehnte auf dem Schaft, und nun bemerkte Jemren, dass der alte Nraur keine Waffe in den Händen hielt, sondern einen Stab.

»So viele Fragen«, spottete der gehörnte Wächter. »Nichts als Fragen. Erhieltest du denn nirgendwo Antworten?«

»Bei unserem Zusammentreffen in der Bemalten Schlucht ... da war es mir ernst. Ich hatte nicht die Absicht, dich zu töten.« Die Worte entschlüpften Jemren, bevor er über die Wirkung nachdachte, die sie möglicherweise auf die Zuhörer hatten.

»Ich war mir über eure Absichten sehr wohl im Klaren. Für einen tödlichen Schuss zitterte dein *Taú* viel zu sehr – es bebt ja immer noch«, feixte der alte Nraur.

Mit dem Finger zeigte er auf Jemren. Es war schlimmer, als neben Amra zu stehen: Der Wächter der Geheimnisse, wie Qyon von seinesgleichen genannt wurde, durchschaute ihn, noch während er sprach. Mit verhaltenem Hörnerschwung bedeutete er ihm nun, das Tal entlangzugehen.

Zögernd blickte Jemren die verschneite Schlucht hinauf. Das war nicht die Richtung, die er einzuschlagen gedachte, doch der unmissverständlich erhobene Stab in der Hand des alten Nraur ließ ihm keine andere Wahl. Langsam setzte er sich in Bewegung. Qyons Gefolge kam ihnen auf Schritt und Tritt hinterher, die Stiefel knirschten auf dem Schnee. Einer der Gehörnten hatte die Stute eingefangen und führte sie am Zügel, aber als Jemren sich nach dem Pferd umwandte, packte Qyon ihn im Genick.

»Ihr habt nicht richtig hingesehen«, raunte ihm der alte Nraur ins Ohr, bevor er den Arm des Gehörnten zur Seite schlagen und sich befreien konnte. »Ihr habt die Zeichen nicht genau genug gelesen.«

»*Was* haben wir? Wovon sprichst du überhaupt?« Missmutig rieb Jemren sich den Nacken. Das Tal wurde steiler und verzweigte sich. Sie gerieten immer tiefer in das Gewirr der Schluchten hinein, gefolgt von einem Festzug schweigender Nraurn.

»Wohin bringst du mich?«, wollte Jemren wissen, aber er erhielt keine Antwort. Qyon stapfte durch den Schnee und stieß gelegentlich den Stock auf den Boden. Die Nraurn-Kinder rannten ihnen in langen Sätzen voraus, doch nicht alle hielten mit der Schar Schritt: Die Missgestalteten hinkten hinter ihren Spielgefährten her und klatschten unterm Laufen in die Hände, ungeduldig angesichts der eigenen Behinderung. Nach einer Weile bog Qyon in ein Seitental ein, das durch senkrechte Felswände vor dem Wind geschützt wurde.

Hier hatten andere Gehörnte ein behelfsmäßiges Lager aufgeschlagen und schienen auf den alten Wächter gewartet zu haben. Nun kamen sie näher und umringten Qyon und seine Begleiter. Die Nraurn-Mädchen trugen die Mähnen zu dünnen Zöpfen geflochten, während sich die Burschen das Haar im Nacken kurz geschoren hatten und nur die Bärte wachsen ließen. Braune oder schwarze Fellstreifen zierten die Nasenrücken und vereinigten sich auf der Stirn mit den Augenbrauen, die Hörner waren geschwungen, zu Spiralen gedreht, gegabelt oder mit Bast überwachsen. Die Ähnlichkeit zwischen den Verkrüppelten sprang ins Auge: Sie besaßen alle schmale Gesichter, und die windzerzausten Mähnen und die Stirnhaare wiesen eine helle Färbung auf. Nirgendwo entdeckte Jemren jedoch die gefürchteten Hörnerklingen, mit denen die Bahak bevorzugt zustießen. Hier waren keine Kämpfer versammelt. Die Angehörigen der Nraurn hatten in den Bergen Zuflucht gefunden, während Kajlyn-Gua gegen die Menschen Krieg führte.

Qyon versetzte ihm abermals einen so heftigen Stoß in den Rücken, dass Jemren vorwärtsstolperte, mitten zwischen die Wartenden, die hastig vor ihm zurückwichen.

»Was siehst du?«, fragte der verkrüppelte Nraur. Der Geruch von nasser Wolle, Rauch und Schnee umwehte ihn. »Erinnerst du dich an die Bilder der Bemalten Schlucht? Du und deine Gefährten – ihr habt unsere Gemälde lange betrachtet. Nun sieh genau hin! Was erkennst du?«

»Die Wandmalereien zeigten die erste *Nraur-a-Khae*.« Fieberhaft versuchte Jemren sich an den Namen der Gehörnten Königin zu erinnern. Er hatte das Wort mehrmals gehört, aber nun, da Qyon offensichtlich geruhte, ihn auf die Probe zu stellen, war es ihm entfallen. »Sie war eure bedeutendste Fürstin, die Gründerin des Ziegenvolks.«

Die Antwort befriedigte den alten Nraur. Er nickte seinen Gefolgsleuten zu und rief einige Worte, die Jemren nicht verstand. Sicher bezog sich die Bemerkung auf seine Deutungskünste, denn von manchen Seiten ertönte Nraurnlachen.

»Der blinde Schütze lernt sehen«, übersetzte Qyon freundlicherweise, und im Nachhinein hätte Jemren gern auf die Übertragung verzichtet.

»Eure Königin bot der Ersten Stadt der Menschen Freundschaft an«, sagte er. »An den Wänden eures Heiligtums stand zu lesen, dass sie ... dass Mequa-Te mit Anáxi Handel trieb. Die Stolze Stadt und die Gehörnten tauschten Waren, Fertigkeiten und Wissen aus, und an hohen Festtagen wart ihr zu Gast in unseren Türmen.«

Regungslos lauschten die Nraurn seinen Ausführungen. In ihren fremdartigen Augen las Jemren nicht den geringsten Ausdruck; die *Taú* verrieten jedoch keine Feindseligkeit, und allmählich ließ seine Anspannung nach. Der schwächliche Junge deutete immer wieder mit dem Finger auf ihn und stellte den Umstehenden Fragen, die gewiss seine Andersartigkeit betrafen.

Was erwarten sie von mir?, fragte er sich. Es schien ihm, als harrten die Gehörnten auf ein Wort oder eine Tat von seiner Seite.

»Was geschah dann?«, fragte eine Nraurin. Obwohl sie nicht sonderlich alt war, zwang der Buckel auf einer Schulter sie zu einer gekrümmten Haltung, und sie stützte sich beim Gehen auf einen Stock.

»Das weiß ich nicht«, gab Jemren zu. »Ich kann nicht sagen, aus welchem Grund euer Volk in so viele Splitter zerbrach.«

»Sieh genau hin!«, wisperte Qyon an seiner Seite.

Verwirrt runzelte Jemren die Stirn. Offenbar hatten er und seine Gefährten damals einen Hinweis übersehen, einen Fingerzeig, der ihn nun gerettet hätte. Amra und Gorun hatten sich ehedem so angeregt über die Darstellungen auf den Felsen unterhalten, dass er sich an Einzelheiten erinnerte: An einer Stelle war der Hauptturm von Anáxi zu sehen und in der Nähe die Nraurn-Königin, die der Stadt das *Taú* anbot. Die mannigfaltigen Beziehungen zwischen Mequa-Te und der Stolzen Stadt waren durch farbige Linien dargestellt, die sich im Verlauf der Schlucht verästelten, um über die Erbfolge der ersten *Nraur-a-Khae* zu berichten.

Erneut ließ Jemren den Blick über die Gehörnten gleiten. Offenbar glaubte Qyon, dass er hier, in dem dämmrigen, verschneiten Tal, zu einer Einsicht gelangen könne, die ihm in der Bemalten Schlucht versagt geblieben war.

Plötzlich stockte ihm der Atem. Mit einem Schlag ging ihm auf, worauf Qyon ihn die ganze Zeit hinzuweisen versuchte, und er fuhr zu dem alten Nraur herum.

»Qyon ... Qyon, bei Jaruk, dem Herrn über die Ziegen – ihr müsst mich begleiten! Oder wenigstens du – du musst mitkommen! Am besten reiten wir sofort los, denn mir bleibt nur noch wenig Zeit: Lillia befindet sich auf dem Weg durch dieses Gebirge. Das Eine Kind kehrt an den Ort zurück, von dem es stammt, aber Kajlyn-Gua stellt sich ihm in den Weg. Wenn die Nraurin von den Umständen erfährt, die du mir soeben aufgezeigt hast, dann ...«

»Sie weiß es längst«, fiel ihm der Wächter der Schlucht ins Wort. »Sie wusste es von Anfang an. Oder glaubst du etwa, die Fürstin der Bahak erlangt solche Macht, ohne die Geschichte ihres Volks zu kennen? Nur vor ihren Anhängern hielt sie diese Tatsache geheim.«

Mit einer flehentlichen Geste streckte Jemren die Hände aus. »Begleite mich! *Das Zerrissene wird sich fügen,* heißt es in der Prophezeiung. Kajlyn-Gua kann unter keinen Umständen daran gelegen sein, dass diese Worte sich erfüllen.«

Der Nraur stieß einen keckernden Laut aus. »Vertritt nicht jeder Bewohner der Insel eine andere Auffassung hinsichtlich der Frage, was zerrissen wurde? Wie fügt man Freund und Feind, Bruder und Schwester oder eine zerbrochene Statue wieder zusammen?«

Mit klopfendem Herzen blickte Jemren in das zerfurchte Gesicht seines Gegenübers. Er hatte des Öfteren gehört, dass die Nraurn wesentlich älter wurden als Menschen. Wie viele Jahre lang hatte Qyon auf diesen Winterabend gewartet? Kannte der Wächter der Bemalten Schlucht wirklich alle Geheimnisse, wie die Gehörnten behaupteten?

»Lillia führte mich über den Scyé in den Süden, damit ich Amra und Gorun begegnete. Zumindest behauptet das Mädchen manchmal, dass sie die Wanderung über die Insel zu diesem Zweck unternahm«, berichtete er leise. »*Sie* bestimmte die Regeln, und wir ließen uns auf ihre Bedingungen ein. Aber was wir auch taten, alles wurde nur schlimmer, und jetzt ist die Zerrissenheit ärger als je zuvor. Wir haben nichts erreicht, wir konnten weder Verrat noch Krieg verhindern. Ihr müsst uns helfen, Qyon. Ihr seid von dem Spiel des Wandels ebenso betroffen wie wir.«

Der Nraur neigte den Kopf zur Seite, und die weiche Haut neben den Nüstern legte sich in Falten. Offenbar erheiterten ihn die Begründungen, die Jemren vorbrachte.

»Nun hast du sehen gelernt«, nickte Qyon ihm zu. »Deshalb will ich dir jetzt das letzte Geheimnis der Gehörnten zeigen.«

Mit einer Geste lud der Wächter ihn zum Mitkommen ein. Er schritt auf einen Felsspalt zu, durch den ein Lichtschein auf den beschneiten Boden fiel. Dahinter lag eine hell erleuchtete Höhle. In Mulden schwelte Glut, zahlreiche Lampen flackerten auf den Gesimsen, und der aufsteigende Ruß schwärzte die Wände. Überall saßen Nraurn, hatten sich auf Fellen und bunten Decken ausgestreckt, bedienten sich aus zahlreichen Schüsseln und Schälchen und verzehrten offenbar ihre Abendmahlzeit. Während Jemren an Qyons Seite durch die Höhle schritt, verstummten die Gespräche, und sämtliche Blicke folgten ihnen.

Ohne die langen Mäntel und zottigen Pelze, in die die Gehörnten sich aufgrund der kalten Bergluft hüllten, traten die Missbildungen offen zutage – verkürzte Gliedmaßen, entstellte Hörner und verkrümmte Rücken.

»Was ist mit ihnen geschehen, Qyon?«, fragte Jemren leise. »Wie kommt es, dass so vielen von euch ein Leid widerfuhr?«

Der Nraur strich sich bedächtig über die von Wülsten entstellte Stirn. »Hast du nicht bemerkt, welcher Gestank über dem Weißen Fluss liegt?«

Bestürzt blieb Jemren stehen. »Ihr trinkt Wasser aus dem Corredános? Aber der Fluss ist verdorben! Weshalb schöpft ihr nicht aus den Quellen in eurem Land?«

Zum ersten Mal während ihrer Begegnung wirkte der alte Wächter sehr ernst. »Es ist notwendig«, erklärte er. »Auf diese Weise erinnern wir Kajlyn-Gua daran, dass jeder Zug seinen Preis hat. Niemand bedient sich ungestraft der Gaben des Schwarzen Gottes.«

Mit diesen Worten schob Qyon ihn weiter. Auf einem Podest an der Rückwand der Höhle saß eine Nraurin mit schlohweißer Mähne. Dünn wie Segeltuch spannte sich die Haut über die Wangenknochen. Ihre Glieder wirkten gebrechlich und ausgezehrt, und Jemren ertappte sich dabei, wie er unwillkürlich nach dem Makel suchte, der sie auszeichnete. Gleichwohl musterte sie ihn mit wachen Augen.

»Nachdem du die Wahrheit über mein Volk herausfandest, weißt du nun auch, wen du vor dir hast«, raunte Qyon ihm ins Ohr. »*Ihr* magst du deine Bitte abermals vortragen.«

Noch während er sprach, verneigte sich der Wächter der Bemalten Schlucht, und Jemren beeilte sich, es ihm gleichzutun. Als er sich wieder aufrichtete, winkte ihn die greise Nraurin zu sich heran, legte ihm die knochigen Finger auf die Schultern und betrachtete ihn mit ihren seltsam starren Ziegenaugen.

Geduldig ließ er die Musterung über sich ergehen. Er nahm ihre forschende Neugier hin und ertrug es, dass sie mithilfe des *Taú* in seinen Erinnerungen stöberte und seine Wesenszüge und Widersprüche betrachtete. Qyons Königin war wirklich hoch betagt; er war in seinem ganzen Leben noch keinem Geschöpf von solchem Alter begegnet. Dennoch wirkte ihr *Taú* gänzlich unberührt von der Zeit. Es war wie ein Himmel voller Sterne, in dem jedes Licht für eine andere Erinnerung stand.

»Nimm Platz«, bot sie ihm schließlich an und deutete auf die Polster zu ihren Füßen, doch er zögerte.

»Ich muss gehen«, entgegnete er. »Meine Gefährten schweben in großer Gefahr, denn Kajlyn-Gua lauert ihnen mit einem Heer in den Bergen auf. Mit deiner Erlaubnis breche ich sogleich auf – und dein Gefolgsmann mag mich begleiten. Qyon wird meinen Bericht bezeugen. Dann bleibt der Fürstin der Bahak keine Handhabe mehr.«

Die greise Nraurin betrachtete ihn nachdenklich. »Es gibt ein Heilmittel«, vertraute sie ihm an.

Unwillkürlich zuckte Jemrens Hand zu den Rippen. An dieser Stelle war die Pfeilspitze eingedrungen, doch Tarepins Gabe befand sich nicht mehr vor Ort; das Geschoss war weitergewandert und längst in die Nähe des *Taú* gelangt. Er empfand keine Schmerzen mehr und auch keine Angst. Ein Atemzug noch oder zwei – es war eher wie ein Wettkampf, in dem man vor- und zurückrudert, während der Widersacher ein Netz aus Dunkelheit auswirft.

»Ich kann nicht länger warten«, wiederholte er mit größerem Nachdruck. »Gebt mir mein Pferd wieder – und ich bitte um Korn und Wegzehrung, wenn ihr beides entbehren könnt. Mit eurer Hilfe hole ich meine Freunde vielleicht noch rechtzeitig ein, um sie zu warnen.«

»Es gibt ein Heilmittel«, beharrte die weißmähnige Nraurin, als habe sie sein Anliegen überhaupt nicht gehört. »Allerdings besitze ich es nicht, aber ich weiß, wo du es findest – und ich weiß auch, woher die vergiftete Pfeilspitze stammt.«

Mit einem langen Atemzug lehnte sie sich zurück. »Gewiss hörtest du, dass wir Nraurn Schmiede sind und dass wir die Speere und Schilde fertigten, die überall auf der Insel zu finden sind. Vor vielen Jahren, als der Scyéyan ausbrach und mit seinen Aschewolken und Erdstößen die Langen Kriege beendete, trugen uns die Ewigen auf, sämtliche Waffen zu vernichten, die der Dunkle Gott mit seinem Fluch belegt hatte. Wären wir nur so klug gewesen und hätten Pfeilspitzen, Dolche und Lanzen im Meer versenkt! Aber Antiles war von der Insel verbannt worden, und deshalb fühlten wir uns in den alten Verhaltensweisen sicher. Es tat uns um die Schätze leid, die wir in mühevoller Arbeit geschaffen hatten, und so bewahrten wir die Klingen und Geschosse am gewohnten Ort auf – in einer Kammer tief in der Bemalten Schlucht. Kajlyn-Gua war dieser Umstand wohlbekannt. Als sie die Herausgabe der Gegenstände mit Waffengewalt erzwang, hatten wir ihr nicht viel mehr entgegenzusetzen. Aber die Herrscherin der Bahak zeigte sich von unseren Mahnungen unbeeindruckt. Sie nahm die verfluchten Pfeilspitzen an sich und machte ihren Verbündeten die tödliche Waffe zum Geschenk. Aus diesem Grund ... fühle ich mich für dein Los und das Schicksal deiner Freunde verantwortlich.«

Nur weil er vor hohem Alter Achtung empfand, verkniff Jemren sich das Lachen. Wer hätte gedacht, dass sich im hintersten Winkel der Insel ein Wesen fand, das sich ihm gegenüber verpflichtet fühlte? Und um ihm ihr Bedauern mitzuteilen, hatte ihn die greise Nraurin einfangen lassen wie ein entlaufenes Lamm? Höflich neigte er den Kopf, doch Qyons Königin spürte seine Stimmung sehr wohl. Sie beugte sich vor.

»Ich kann deinen Wunsch erfüllen und dir ein wenig mehr Zeit geben. Allzu viel Vorsprung vor dem Herrn der Dunkelheit wirst du dadurch nicht gewinnen, aber die Spanne reicht vielleicht aus, um dich wieder mit deinen Freunden zusammenzuführen. Nimm meine Einladung an und leiste uns heute Nacht Gesellschaft! Ein Sprichwort sagt, dass ein Gast, den man an einem Winterabend fortschickt, niemals wiederkehrt.«

Mit einem Seufzen sank Jemren auf die Polster. Qyon ließ sich neben ihm nieder, und nun brachten die Nraurn Speisen und Getränke herbei: Krüge mit Tee und herberem Gebräu sowie Körbe mit gewürztem Brot. Dutzende Schälchen wurden vor ihnen aufgebaut, und jedes enthielt eine andere Speise: Blätter, die um eine Füllung aus gerösteten Nüssen und Getreide gewickelt waren, gedünstete Wurzeln, mit Kräutern versetzte Pasten, Hülsenfrüchte und harmlos aussehende Schoten, die so scharf waren, dass es einem unbedarft Kostenden die Tränen in die Augen trieb.

Jemren aß langsam und fühlte, wie mit jedem Bissen verbrauchte Kräfte in ihn zurückströmten. In der Wärme trat ihm der Schweiß auf die Stirn, und jetzt erst merkte er, wie sehr er in den vergangenen Tagen gefroren hatte. Er streifte den Mantel ab, und sogleich bot sich ein Dutzend Hände an, um ihm den schweren Umhang abzunehmen. Neugierig kamen die Kinder der Gehörnten näher. Sie scharten sich um das Kohlebecken am Fuß des Podests und warfen ihm auffordernde Blicke zu. »*Si-jyn*«, bat der gelähmte Junge schließlich ungeduldig, »erzähl uns eine Geschichte.«

Jemren überlegte eine Weile, denn im Norden gab es viele Erzählungen, mit denen Reisende ihre Gastgeber unterhielten. »Ich erzähle euch eine Legende, die wirklich wahr geworden ist«, entschied er schließlich, und dann berichtete er ihnen von dem Mädchen mit meergrünen Augen, von dem Feenkind, in dessen Blick sich der ganze Himmel spiegelte, und von seinen Wanderungen über die Insel der Stürme.

Er spürte kaum noch, wie die Zeit verging: Sie dehnte sich mit jedem Atemzug, zog sich wieder zusammen und dehnte sich abermals, und allmählich wurde er ruhiger. Die Nraurn zogen sich zum Schlafen in einen abgelegenen Teil der Höhle zurück, die Kinder nickten am Feuer ein, und schließlich war er mit Qyon und der greisen Nraurin allein.

Die Haarsträhne, die er Tenon aus der Hand gerissen hatte – er trug sie wie einen Talisman bei sich, und im Vergleich zu Harats pechschwarz glänzender Locke schienen alle Amulette, Zauberfigürchen und Götterbilder des Südens zu verblassen. Während der letzten Tage hatte er kaum noch gewagt, an seine Schwester zu denken, aus Angst vor der Erkenntnis, dass sie verloren war und er zu spät kam, dass ihm keine Zeit mehr blieb für ein Wiedersehen.

Er bedeckte das Gesicht mit den Händen und saß eine Weile reglos da. Im Hintergrund hörte er Qyon und seine Königin umhergehen und leise Worte wechseln, vernahm das Rascheln von Stoff und das Klirren metallener Schnallen. Schließlich wurde es still. Nach einer Weile stand er auf, goss sich aus der Wasserflasche einige Tropfen in die hohle Hand und wusch sich das Gesicht. Der Schein der Lampen flackerte über die Wände; der Luftzug kam von dem Felsspalt, der ins Freie führte. Dort stand die Stute im blauen Nachtlicht und döste. Auf ihrer Kruppe hatte sich eine Schneeschicht angesammelt. Als sie das Gewicht verlagerte, entstanden Risse im Weiß, und ein Teil der Last rutschte ab.

Seine Habe lag neben dem Felsspalt. Die Nraurn hatten seiner Bitte entsprochen und die Ausrüstung um alles Fehlende ergänzt. Dankbar warf Jemren sich den trockenen Mantel um die Schultern und drückte die Schließe am Hals zusammen. Da fiel sein Blick auf ein Stück Leder, das auf der Sitzfläche des Sattels ausgerollt war – Goruns Karte. Eilig nahm er die Zeichnung an sich und trat zu einer Lampe. Ein Weg war auf dem Bild eingezeichnet, die Tinte glänzte noch und roch frisch. Die Spur führte mitten durch das Gebirge und endete vor den höchsten Spitzen des Altéru. Obwohl Jemren das Leder mehrmals drehte und ins Licht hielt, ließ sich die sperrige Schrift der Gehörnten nicht entziffern. Da trat Qyon neben ihn. Der alte Nraur legte den Finger auf die gesondert vermerkte Stelle.

»Gayália«, sagte er. »Die Karte weist dir den Weg in die Unerreichbare Stadt.«

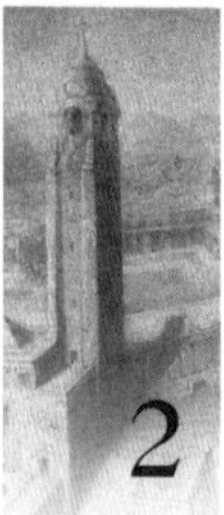

2

Zu Goruns Füßen breitete sich ein giftiger Tümpel aus. Der Gestank im Stollen nahm ihm beinahe den Atem, und er wagte kaum die Öllampe zu heben, aus Sorge, dass die Dämpfe sich entzünden könnten. Gelbliches Wasser quoll aus dem Becken hervor, ergoss sich in eine weitere Vertiefung und strömte dann zum Ausgang der Minen. Die Brühe zerfraß das Gestein ringsum, schwärzliche Schlieren und Schlacken hatten sich am Rand des Beckens abgelagert, und die löchrigen Wände spiegelten sich in der Lache.

»Bei Narduks Speer!« Falrau betastete zum wiederholten Mal seine Kehle. »Was richtet dieses Gebräu im Menschen an?«

»Sei unbesorgt«, beruhigte Amra den Speerkrieger. »Du hast die Lösung in stark verdünnter Form verschluckt, das Gift hatte sich mit der Flutwelle vermischt. Allerdings solltest du es bei einer Kostprobe belassen.«

»Ein guter Rat, *Laîren*«, bemerkte Falrau griesgrämig. »Ich werde ihn beherzigen.«

Blasen stiegen aus der trüben Tiefe auf, ätzende Gase entwichen an dieser Stelle. Von den Dämpfen tränten Gorun die Augen. Die Reiter hielten sich die Arme vor Mund und Nase oder pressten sich den Mantelstoff aufs Gesicht. Dennoch war gelegentlich gedämpftes Husten zu hören, und die Männer murmelten Flüche vor sich hin.

»Wozu dienen diese Becken?«, fragte Gorun. »Wozu das Gift? Bei Nemnos – was treiben die Gehörnten im Innern der Berge?«

Amra hob einen Klumpen auf – einen verformten Tropfen Kupfer.

»Mithilfe der Laugen lösen sie Metalle aus erzhaltigem Gestein«, erklärte sie. »Doch wie mir scheint, zahlen die Gehörnten einen hohen Preis für die Schätze, die sie dem Altéru entreißen. Indem sie diese Abwässer in den Corredános leiten, vergiften sie nämlich den Weißen Fluss und berauben ihr Land einer lebenswichtigen Wasserader.«

»Wir *alle* bezahlen für ihre Habgier«, zürnte Gorun. »Der Corredános strömt auch durch unsere Gebiete. Das angrenzende Land ist bis zur Mündung verdorben.«

Er reckte die Lampe hoch über den Kopf. »Dort entlang«, entschied er und deutete auf die Stufen, die neben dem Pfuhl anstiegen. »Weiter oben wird die Luft hoffentlich besser.«

In einer langen Reihe erklommen die Krieger die Treppe. Der Eingang des Stollens blieb weit unter ihnen zurück; das Licht, das in den Tunnel hereinfiel, schrumpfte zusehends, bis es nur noch die Größe einer Kerzenflamme besaß – und erlosch. Nun waren sie endgültig in das unterirdische Reich der Gehörnten eingedrungen.

Der Tunnel stieg beständig an, und allmählich wurde es wärmer. Die Wände schimmerten metallisch und feucht, und wo der Felsen nicht von Wasser benetzt wurde, verkrusteten farbige Salze den Stein. Gorun benötigte einige Atemzüge, bis er sich besinnen konnte, woran ihn der Geruch erinnerte: So schmeckte die Luft in den Waffenkammern der Stadt.

Die Verräter konnten mit dem Feenkind nur in diese Richtung geflohen sein, über die Treppen bergauf. Wenn er an Lillia dachte, wurde ihm das Herz schwer: Auf dem Weg durch diese Minen hatten die Bahak das Kind entführt. *Die Nraurn waren einfach plötzlich da und haben mich mitgenommen* – so hatte die Kleine von ihrem Schicksal erzählt. Und in Anbetracht der Tunnel und Schächte, die das Gebirge aushöhlten, erschien diese Erklärung plötzlich höchst einleuchtend.

Und bedrohlich.

Was mochte in dem kleinen Mädchen vorgegangen sein, als die Gehörnten mitten in der Feenstadt auftauchten, ein Netz über sie warfen und sie durch dunkle Stollen verschleppten? Trotz der rätselhaften Macht, über die sie gebot, dachte und empfand Lillia wie ein Kind und zog kindliche Schlüsse aus den Erlebnissen und Begegnungen, die ihr widerfuhren. Sicher hatte sie Todesängste ausgestanden, während sie durch diese Gänge geschafft wurde – und dank Akkans Verrat durchlitt sie nun zum zweiten Mal denselben Leidensweg.

»Weiter!«, rief Gorun den Männern zu, die vor ihm bergan stiegen. »Schneller!« Er hatte sich nun mit Schild und Speer eines gewöhnlichen Kriegers bewaffnet.

»Du solltest dich selbst einmal hier umsehen«, drang Falraus Stimme zu ihm zurück, gedämpft durch die Wölbungen des Gangs und die stickige Luft. Die Reiter hatten einen Absatz erreicht, von dem aus sich mehrere dunkle Gänge verzweigten. Etliche Stollen stiegen steil an, andere wiederum wanden sich durchs Gestein – vor ihnen lag ein Gewirr von Tunneln, die sich tief ins Herz des Altéru gruben. Die Kupferminen der Nraurn besaßen gewaltige Ausmaße; Generationen von Bergleuten hatten sie in den Stein gehöhlt.

Aufmerksam musterte Amra Decken und Wände. Im Lampenlicht schimmerte ihr Haar wie gesponnene Bronze. Gorun stand dicht hinter ihr, und die federleichte Wärme ihres Körpers brachte sein Herz zum Pochen.

»Was jetzt?«, raunte er ihr ins Ohr. »In welche Richtung wenden wir uns nun?« Insgeheim hoffte er, dass die *Laîren* sich in den dunklen Tunneln zurechtfand.

Amra warf ihm einen Blick zu und lächelte. »Herr der Erze und Salze«, meinte sie. »Herr über die Schätze im Innern der Berge. Wir dringen immer tiefer in Antiles' Reich ein.«

»Schlimmer als in der Stadt des toten Königs kann es kaum werden«, meinte er achselzuckend, und sie lachte über seine unbekümmerte Zuversicht.

Der ungezwungene Umgang zwischen Krieger und *Laîren* trug ihnen seitens der Reiter argwöhnische Blicke ein, aber Gorun scherte sich nicht im Mindesten um das Missfallen seiner Begleiter. Tatsächlich war ihm nie zuvor im Leben etwas so herzlich gleichgültig gewesen wie die Ansichten und Meinungen des Südens, die sein Leben lang sein Denken und Handeln geprägt hatten.

»Vorwärts – es geht weiter!«, scheuchte er die Männer auf. »Bleibt dicht beisammen und achtet auf jedes verdächtige Geräusch!«

Er gab sich selbstsicher, während er durch die Stollen stieg; in Wahrheit jedoch fühlte er sich in höchstem Maß unbehaglich. Unterirdische Höhlungen, muffige Gänge und enge Schächte widerstrebten ihm zutiefst; das *Taú* meuterte gegen die Finsternis, in der er nur beklemmt zu atmen wagte. Sonnige Täler, lichte Wälder und ausgedehnte Küstenstreifen – das war seine Welt. Unter der Erde hingegen fühlte er sich wie lebendig begraben.

Schließlich verzweigten sich die Gänge erneut. Angespannt spähte Gorun in die Dunkelheit. Schweiß rann ihm an den Seiten hinab, denn die Luft war stickig, und öfter, als ihm lieb war, dachte er an die gewaltige Last des Gebirges, die sich über dem Stollen auftürmte.

Plötzlich ertönte ein dumpfes Geräusch, das Poltern von Stein auf Stein. Augenblicklich erlosch die zittrige Ölflamme, die Schwärze schmiegte sich wie ein Tuch ans Gesicht. Gorun stemmte die Schultern gegen den Stein, damit er wusste, wo die Begrenzung der Welt verlief, und schob sich mit größter Vorsicht um die Felskante. Zu seiner Überraschung fiel nach wenigen Schritten ein schmaler Lichtstreif auf den Boden, und er erblickte eine Gruppe von Nraurn, die sich über eine auf dem Boden ausgestreckte Gestalt beugten. Fackeln warfen ein grimmiges Licht auf die Szene, und ein dünner gefiederter Stock hob und senkte sich über dem Liegenden wie ein Gebetsstab, der den Takt eines getragenen Gesangs vorgab. Schließlich stockte der Schwung mitten in der Luft, und die Nraurn stießen Seufzer und Verwünschungen hervor. Da erkannte Gorun, dass es sich bei dem Stab um einen Pfeil handelte, der dem Verstorbenen aus der Kehle ragte. Die Gefährten des Gefallenen brachen in dumpfe Rufe aus und schlugen sich mit den Knöcheln gegen Hörner und Stirnplatten. Zorn vibrierte in ihren Stimmen, als sie aufsprangen und Drohungen in einen dunklen Gang brüllten.

»Bei Narduks Speer – was geht hier vor?«, stieß Falrau hervor. Seine Stimme drang als heiseres Flüstern an Goruns Ohr. »Fallen die Gehörnten nun übereinander her? Schade, dass sie erst jetzt auf diesen Einfall kommen.«

Gorun legte den Finger auf die Lippen und schob den Freund in den Gang zurück. »Es erklärt zumindest die geringe Zahl der Wächter, auf die wir in den Minen stießen«, raunte er.

Schützen nach vorn!, bedeutete er seinen Gefolgsleuten, und sogleich drängten sich die Jungen durch die Reihen der Krieger und spannten mit gewichtiger Miene die Bogensehnen ein. Lautlos bezeichnete Gorun den Gefährten die Standorte der Gehörnten, die einen felsigen Absatz für sich beanspruchten; die Stellung der Menschen in dem abschüssigen Gang war hingegen denkbar ungünstig.

Da ertönte plötzlich ein scharfes Zischen, und die Nraurn spritzten in alle Richtungen auseinander – zu spät, denn abermals ging ein Gehörnter zu Boden, und sein Geheul erfüllte die Gänge.

»Vorwärts!«, befahl Gorun, und mit Gebrüll stürmten die Männer aus ihren Verstecken hervor. Die Nraurn fuhren herum, als von unerwarteter Seite ein neuer Gegner auf sie eindrang. Doch der Schreck währte nur einen Lidschlag lang – sogleich hoben sie die Waffen, um den Angriff der Reiter abzuwehren. Der flackernde Lichtschein blendete Gorun, und so richtete er sich vornehmlich nach dem Keuchen und Aufstöhnen seines Gegners. Als er spürte, wie sich der Nraur herumwarf und floh, wich er zurück, um sich einen Überblick über das Kampfgeschehen zu verschaffen.

Die Gehörnten waren seinen Männern zahlenmäßig unterlegen. Wer einen Stollen im Rücken hatte, nutzte die Gelegenheit zum Entkommen. Die verbliebenen Nraurn wurden von den Reitern zusammengedrängt und schwangen die Schilde über sich, um sich der Schläge und Stöße zu erwehren.

»Haltet ein!«, rief Gorun den Männern zu. »Lasst sie ungeschoren – ich will wissen, wohin dieser Gang führt.«

»In die Irre! Ins Verderben!«, schrie ihm ein Gehörnter zu. »Folgt dem Stollen ruhig – ihr findet ohnehin nie wieder aus unseren Minen heraus.«

Falrau stieß dem vorlauten Sprecher den Speerschaft vor die Brust und drängte ihn bis an die Felswand zurück. »Wer schießt auf euch? Wer hockt dort hinten in dem Gang?«, knurrte er.

Der Bahak stieß einen unflätigen Laut hervor, holte mit dem Schildarm aus und rammte Falraus Waffe zur Seite. Bevor er auch nur einen Schritt tun konnte, richtete sich ein halbes Dutzend Klingen auf ihn.

»Antworte!«, herrschte Gorun ihn an. »Wer greift euch an?«

»Menschenpack!«, schrie der Ziegenkrieger. »Hässliches hörnerloses Menschenpack!«

Mit gewölbtem Hals bäumte er sich auf; sein Stirnwulst krachte auf Goruns Schild, und der Stoß schmetterte dessen Arm gegen die Felswand. Der Bahak warf sich in die Lücke und durchbrach die Umzingelung. Mit einem Bocksprung setzte er über die Speerspitzen und Messerklingen hinweg und rannte, so rasch er konnte, in einen abwärtsführenden Gang. Nach wenigen Sätzen verschwand er in der Dunkelheit.

Mit einer Grimasse rieb Gorun sich den geprellten Ellbogen. »Bindet die restlichen Nraurn Rücken an Rücken aneinander!«, befahl er gereizt. »Wir lassen sie hier zurück – mögen sich ihre Artgenossen um die Befreiung kümmern.«

Auf sämtliche Fragen, die Falrau und er an die Gefesselten richteten, erhielten sie Beleidigungen als Antwort, und die Gehörnten spuckten ihm vor die Füße. Währenddessen beugte Amra sich über den toten Nraur. Der Pfeil stak genau an jener Stelle, an der die Schlüsselbeine zusammentrafen; ansonsten wies der Gefallene keinerlei Verletzungen auf.

»Ein solcher Treffer – aus der Dunkelheit des Gangs«, murmelte sie und warf voller Unbehagen einen Blick in den Stollen. »Wem ist ein solcher Schuss zuzutrauen, wenn nicht ...« Sie vollendete den Satz nicht.

»Blindschützen!«, warnte Gorun seine Begleiter, die sich wohlweislich vom Eingang des Tunnels ferngehalten hatten. »Achtet auf eure Deckung! Es geht weiter.«

Die Nraurn gaben ihnen allerlei Verwünschungen mit auf den Weg, aber Gorun achtete nicht länger auf den Groll der Gehörnten. Behutsam betrat er den Stollen, aus dem die Schüsse erfolgt waren.

Nach wenigen Schritten war es so dunkel, dass er die Hand nicht mehr vor Augen sah. Die Luft war klamm und feucht, und gelegentlich tropfte ihm Wasser in den Nacken. Schwer hing ihm der Schild am Arm, aber er wagte es nicht, die Waffe zu senken, während er sich im Stockfinstern vorwärtstastete, denn er wusste nicht, was ihn hinter der nächsten Biegung erwartete. Die Männer folgten ihm mit jeweils einer Speerlänge Abstand. Unmittelbar hinter sich hörte er Amras Atemzüge, ihr *Taú* verschmolz nahezu mit den Schatten – ihre Deckung war von anderer Art.

Die Felsen rückten immer enger um ihn zusammen. Schließlich musste er sich bücken, und seine Schultern scharrten an der Wand entlang – so eng und niedrig wurde der Gang. Er atmete auf, als sich der Stollen endlich wieder verbreiterte und er leichter ausschreiten konnte, bis er mit der Stiefelspitze gegen eine Kante stieß. Offenbar führten an dieser Stelle abermals Stufen empor.

Er hob soeben den Fuß, als ihn der gegnerische Schütze dicht neben dem Herzen erfasste. Scharf sog Gorun den Atem ein und erstarrte beim letzten Schritt. Der Schild hing ihm zu tief am Arm, denn der Zielende saß ein Stück über ihm und hatte ein freies Schussfeld. Die Finsternis im Gang stellte kein Hindernis dar; einem Blindschützen bot sich das *Taú* auch im Dunkeln wie eine Zielscheibe dar. Der Schuss wurde jedoch nicht sogleich ausgelöst, und zwischen zwei Atemzügen erahnte Gorun sein Gegenüber. Etwas an der trotzigen, selbstsicheren Art kam ihm bekannt vor.

»Harat!«, stieß er hervor.

Die Gestalt im Dunkeln regte sich nicht. Die Entschlossenheit, den Gang gegen jeden Eindringling zu verteidigen, verstärkte sich noch, und Gorun vernahm, wie die Bogensehne straffer gespannt wurde – wie eine Saite von tödlicher Genauigkeit hörte sie sich an.

»Harat, lass es mich erklären!«, bat er hastig. »Ich kenne deinen Bruder. Ich bin ein Freund von Jemren.«

Erst blieb es still, und dann ertönte ein helles Lachen aus dem Finstern. »Ach – noch jemand, der das von sich behauptet? Ich wusste gar nicht, dass mein Bruder so viele Freunde auf der Insel hat. Es fragt sich nur, wer es ehrlich mit ihm meint.«

»Bei allen Göttern, sie ist es wirklich«, hauchte Amra.

Der Stimme nach handelte es sich um eine sehr junge Frau. Der Entschiedenheit, mit welcher Harat den Pfeil ausrichtete, taten Unerfahrenheit und Jugend jedoch keinen Abbruch.

»Leg den Bogen aus der Hand!«, verlangte Gorun. »Wir wissen, dass die *Nraur-a-Khae* dich als Geisel nahm, aber die schlimmen Zeiten sind nun vorbei. Meine Krieger und ich sind gekommen, um dich aus der Gewalt der Gehörnten zu befreien.«

»Tatsächlich?«, spottete die Schützin. »Dann sieh zunächst einmal zu, wie du dich aus meinem Zielbereich entfernst, ohne getroffen zu werden, Reiter aus dem Süden. Anschließend können wir gern über meine Rettung verhandeln.«

Wahrlich – ein Klan, ein *Taú*, stöhnte Gorun innerlich auf. Auch Jemren war mit Vernunft nicht beizukommen, wenn er sich erst einmal auf eine Meinung versteift hatte. »Nun gut – ich ziehe mich einige Schritte zurück!«, rief er. »An diesem Entschluss erkennst du, dass ich es ehrlich meine.«

Er trat rückwärts in den Gang, in dem seine Gefährten ausharrten und schweigend der Verhandlung lauschten. Mühelos vollzog die Pfeilspitze die Bewegung nach, und Gorun unterdrückte eine Verwünschung, als er nach wie vor bedroht wurde.

Da gewann die Schützin auf dem Felsvorsprung über ihm plötzlich an Gestalt. Ihre knienden Umrisse und der glänzende Bogen wurden sichtbar, als auf den Treppenstufen hinter ihr ein Licht erschien. Schritte erklangen, und die junge Frau wandte den Kopf, ohne die Bogenspannung zu lockern. Der Lichtschein streifte ihr Gesicht, und Gorun erhaschte einen Blick auf pechschwarze Locken und ein fein gezeichnetes blasses Profil.

»Jemand ist mir in den Gang gefolgt!«, antwortete Harat auf eine dumpfe Frage. »Aber keine Sorge – ich halte die Eindringlinge auf, bis ihr hier seid.«

Ein Hüne erschien hinter ihr. Er war in Begleitung mehrerer bewaffneter Männer und reckte eine Fackel in die Höhe. Der Feuerschein schimmerte auf seiner silberweißen Mähne, und als Gorun die halb erleuchteten Züge sah, vergaß er alle Vorsicht.

»Vrauron!«, entfuhr es ihm, und er senkte den Schild.

Der Mann hob die Fackel über den Kopf, bis der Lichtschein auf Goruns Gesicht fiel und dieser geblendet die Augen zusammenkniff.

»Bei allen Göttern – nimm den Bogen herunter!«, rief der Hüne. »Das ist Kaseiras Junge!«

Die Reiter umdrängten den Baumeister von Caláxi in heller Aufregung. »Wie kommst du hierher? Was hat dich in die Minen der Nraurn verschlagen?«, fragten mehrere Stimmen auf einmal.

»Woher wusstet ihr, wohin die Gehörnten uns verschleppten?«, staunte Vrauron seinerseits.

»Wir wussten es nicht, aber der Zufall und ein kleines Mädchen sind gute Führer«, lachte Gorun.

»Die Gehörnten haben dich am Leben gelassen!« Erfreut hieb Falrau dem Baumeister auf die Schulter. »Aber wie steht es mit den anderen Verschleppten aus unserer Stadt? Was geschah, nachdem Khani und mir die Flucht gelang?«

Voller Ingrimm nickte Vrauron dem Speerkämpfer zu. »Die Nraurn zwangen uns zu elenden Fußmärschen durch Hitze und Staub. Viele von uns ertrugen die Strapazen nicht mehr und waren dem Verschmachten nahe, als endlich die Berge in Sicht kamen. Aber da war unser Elend noch lange nicht vorbei. Die Gehörnten schafften uns in die Stollen und verlangten, dass wir für sie die Erze aus dem Berg herausschlugen.«

Ungläubig beugte Amra sich vor. »Die Nraurn versklavten euch? Sie zwangen euch, in den Minen zu arbeiten?«

Mit düsterer Miene rieb sich der Hüne übers Kinn. »Wir alle – Männer, Frauen und Kinder – mussten ihnen zu Diensten sein. Anfangs versorgte man uns noch hinlänglich, aber je länger die Gefangenschaft dauerte, desto mehr Wächter wurden abgezogen und umso ärger wurden die Bedingungen unserer Haft. Wir schmiedeten zahllose Fluchtpläne, und schließlich gelang es uns, die Gehörnten zu überrumpeln und uns in einem abgelegenen Teil der Minen zu verschanzen. Nun konnten wir uns zwar frei bewegen, waren aber von allen Versorgungsmöglichkeiten abgeschnitten. Wären wir nicht durch Zufall auf andere Überlebende gestoßen – glaub mir, es stünde schlimm um uns.«

Gorun atmete tief durch. »Es ist vorbei«, erklärte er mit fester Stimme. »Dieser Albtraum hat ein Ende.«

Über eine Vielzahl von Stufen führte der Baumeister ihn und seine Krieger in eine Höhle. Hier hatten die Gefangenen der Nraurn ein behelfsmäßiges Lager errichtet. Goruns *Taú* zog sich zusammen, als er die ausgezehrten Gesichter, die eingefallenen Wangen und die umschatteten Augen sah. Plötzlich stieß Amra einen Schrei aus und stürzte auf eine auf dem Boden kauernde Gestalt zu, die sich ohne Unterlass vor und zurück wiegte.

»Laurdana!«, rief sie und strich der Schwester das schmutzige Haar aus der Stirn. Aber die Kniende hörte sie nicht; sie murmelte sinnlose Worte vor sich hin und merkte kaum, dass Amra den Lumpen, den sie um die Schultern raffte, gegen den warmen Mantel vertauschte.

Da entdeckte Gorun die Angehörigen seines eigenen Klans. Er eilte zu ihnen und umarmte sie wortlos, wobei er sich durch das *Taú* vergewisserte, dass es ihnen den Umständen entsprechend gut ging. Abgemagert und geschwächt waren sie alle, und Kaseiras Hände waren von der Schufterei in den Minen zerschunden. Sie heilten auch nicht, als Gorun neben der Klanherrin auf ein Knie sank und ihr ein ums andere Mal über die Finger strich.

Glühender Zorn stieg in ihm auf. Wie konnten die Nraurn es wagen, die Königin seines Hauses zu behandeln, als wäre sie ein Lasttier, ein Geschöpf von niedrigem Wert, das nur dazu taugte, Schmutzarbeit auszuführen?

»Gorun«, flüsterte Kaseira, als sie die Regung in ihm spürte. Ihre Stimme klang heiser.

»Wir setzen Kajlyn-Guas Treiben ein Ende«, knurrte er. »Diesmal sind die Nraurn zu weit gegangen.«

»Weißt du es nun?«, drängte sie ihn. »Fandest du heraus, was es mit dem kleinen Mädchen auf sich hat?«

Es klang, als habe ihre einzige Sorge in diesem Gefängnis einem fremden Kind gegolten, aber Gorun verstand ihre Frage nun durchaus in der eigentlichen Bedeutung. »Ich fand heraus, was ihr beide – Vrarras und du – mit *mir* im Sinn hattet«, entgegnete er rau. »Sag mir die Wahrheit, Kaseira. Nur dieses eine Mal.«

Die Klanherrin senkte den Blick, und Gorun spürte, wie sie zwischen Offenheit und den vieldeutigen Möglichkeiten des Schweigens schwankte. Schließlich legte sie die Hand über die seine. »Vermutlich hast du recht«, murmelte sie. »Wir hätten dich besser über unsere Absichten und Vermutungen in Kenntnis gesetzt. Aber bedenke, Gorun: Es hätte nichts an den Tatsachen geändert. Du bist und bleibst ein Teil der Prophezeiung – ein Stein im Spiel des Wandels.«

Da begriff er, vielleicht zum ersten Mal im Leben, wie viel Wahrheit sich im Unausgesprochenen verbirgt – viel mehr als in sämtlichen geschliffenen Reden. Er blickte zu Amra hinüber, die von einem Geretteten zum nächsten ging, sich ernst und aufmerksam nach Gebrechen erkundigte und sich schwärende Wunden zeigen ließ, die die Gehörnten ihnen im Kampf zugefügt hatten.

»Ich werde den Süden nie verstehen«, gestand er schließlich kopfschüttelnd. »Glaub mir, Kaseira: Ein wenig mehr Wissen hätte an der Art und Weise, in der ich meine Entscheidungen traf, nichts geändert. Aber es hätte mir manchen Schritt auf diesem Weg erleichtert.«

Er winkte seine Gefährten herbei. »Falrau, Mrerem, helft Kaseira beim Aufstehen. Ihr und den anderen, die erschöpft sind. Wir müssen die Überlebenden so schnell wie möglich aus dem Giftgestank schaffen, der in diesen Minen herrscht.«

Mit diesen Worten richtete er sich auf und sah sich in der großen Höhle um. Seine Krieger verteilten ihre restliche Wegzehrung unter den Geretteten. Das Wasser, das in den höher gelegenen Stollen von der Decke tropfte, schien halbwegs genießbar; sonst hätten die einstigen Sklaven der Nraurn wohl kaum so lange überlebt. An allen anderen lebenswichtigen Gütern – Tageslicht und frische Luft eingeschlossen – mangelte es jedoch.

Plötzlich erkannte Gorun, dass die Gefangenen zu zwei Gruppen gehörten. Der weitaus größere Teil der Elenden stammte aus dem Norden. Diese Menschen hatten sich in den Hintergrund der Höhle zurückgezogen und beobachteten die Begegnungen zwischen den Kriegern aus dem Süden und ihren Angehörigen mit banger Sorge. Harat stand bei ihren Landsleuten und stützte ein Ende des Bogens gegen die Stiefelspitze – es war ein geschwungener Nraurn-Bogen aus Schafshorn, dessen Länge beinahe ihrer Körpergröße entsprach.

Neugierig betrachtete Gorun die junge Frau. Sie glich Jemren in mancher Hinsicht und besaß dennoch einen ganz eigenen Ausdruck. Ihr Gesicht kam ihm auf seltsame Weise bekannt vor, und als ihm plötzlich klar wurde, bei welcher Gelegenheit er in ähnliche Züge geblickt hatte, stockte ihm der Atem: Harats Gesicht entsprach dem salzweißen Antlitz, das in der Bordwand von Antiles' Schiff erschienen war, um ihm eine lautlose Warnung zuzurufen und sogleich wieder im Entfernten Land zu verschwinden.

Sogar die Toten griffen in das Spiel des Wandels ein.

»Wie konntet ihr nur in diesen Gängen überleben?«, fragte Gorun. »Wie mir scheint, saßen manche von euch noch länger hier gefangen als die Angehörigen meiner Stadt.«

»Nesyn überließ uns Vorräte«, erklärte Harat. Langsam kam sie näher und musterte ihn von oben bis unten – sie versuchte einzuschätzen, mit wem sie es zu tun hatte.

»Nesyn?« Gorun horchte auf. »Er half euch, die Gefangenschaft in den Minen zu überstehen?«

Harats Mundwinkel zuckten. »Gewiss – nachdem er uns zuerst in den Gängen einsperrte«, bemerkte sie. »Der Nraur heckte irgendwelche Pläne aus, für die er uns benutzen wollte. Deshalb schonte er unser Leben.«

»Pläne? Ich nehme an, er wollte eure Schützen erpressen, indem er ihre Angehörigen als Geiseln hielt. Aber daraus wird nun nichts mehr.«

Die junge Bogenschützin atmete tief durch. »Was geschieht mit uns?«, fragte sie. »Was wird mit den Menschen aus meinem Land?«

»Ihr begleitet uns«, erklärte Gorun. »Niemand bleibt in diesen Minen zurück. Ich gab deinem Bruder mein Wort, dass ich alles daransetzen würde, um dich aus den Fängen der Gehörnten zu befreien, und im Süden hält man seine Versprechen.«

ゴキイ

Am kurzen Zügel zwang Nesyn das Nouk zum Liegenbleiben. Das Tier schmiegte sich an den Hang und zitterte gelegentlich, wenn sich die Erregung seines Reiters auf das *Taú* übertrug. Nesyn hatte den Schildriemen über den Arm gestreift, hielt die aufgerollte Leine des Hakens in der freien Hand und stemmte einen Fuß in den Steigbügel. So kniete er im dichten Schneetreiben und lauerte den Menschen auf – wie die anderen gehörnten Krieger auch.

Kajlyn-Gua hatte ihre Streitmacht rings um den Ausgang der Minen verteilt. Seit die Kahlen sich in die Minen geflüchtet hatten, war Nesyn der *Nraur-a-Khae* auf dem schnellsten Weg durch das Gebirge gefolgt. Aber der Aufstieg gestaltete sich schwieriger als erwartet, denn seit Tagen wurde es nicht mehr richtig hell, und die Flocken rieselten ohne Unterlass aus den Wolken. Nesyn hatte Geschichten über die Weiße Kälte gehört, doch nie zuvor hatte er eine solche Menge an Schnee gesehen: Er bedeckte die Höhenzüge, Täler und Flanken des Altéru, und das Land glitt in einen totenähnlichen Schlaf. Nachts erschienen ihm die Gipfel besonders unheimlich, denn in der Dämmerung strich der fahle Nebel mit kaum hörbarem Hauch um die Felsen, und der Frost knisterte auf den Steinen.

Die Nraurn nutzten die Seile ihrer Haken, um vereiste Klüfte und Schründe zu überbrücken, aber die Schützen aus dem Norden bewiesen im Gebirge weder Trittsicherheit noch Geschick. Sie fürchteten sich vor großer Höhe und rutschten bei jedem Schritt zurück, sodass sie zusehends ermüdeten und die Schar nur langsam vorankam. Nesyn vernahm ihre keuchenden Atemgeräusche und den knirschenden Schnee unter den Sohlen. Und dennoch kämpften die Menschen sich verbissen den Abhang hinauf. Gelegentlich warfen sie ihm ängstliche Blicke zu, wie um sich zu vergewissern, dass er sich noch in Sichtweite aufhielt – um des Verstecks und der Versteckten willen quälten sie sich durch die Berge, so rasch ihre Beine sie trugen.

Schließlich war die Hauptstreitmacht aus dem Nebel aufgetaucht, ein dampfendes Heer, angeführt von einer geisterhaften Königin. Kajlyn-Guas Mähne war eisverkrustet, und die Befehle, die sie hervorstieß, stiegen als weißer Dunst in die Höhe.

Nesyn beobachtete sie sorgsam: Seit er wieder zu ihren Kriegern gestoßen war, wagte sie kaum noch zu schlafen. Umgeben von Wächterinnen mit Speeren, harrte sie in Eisregen und Nebel aus, um die Menschen abzufangen, von denen es nur eine einzige Gruppe durch die Minen schaffen würde – jene, die das Zaubermädchen bei sich hatte.

Nesyn hielt sich bedeckt. Er senkte den Blick und sprach wenig, wie es sich für einen entehrten Krieger geziemte, während Vlyn und seine Gefolgsleute ihm alles Wissenswerte zutrugen. So beobachtete er, wie Kajlyn-Gua ihre Kräfte erschöpfte und zunehmend schreckhaft und gereizt wirkte, als werde sie von einem inneren Antrieb zerfressen. Dies war nicht die Königin, der er die Treue geschworen hatte. Die Enttäuschung über ihre offenkundige Schwäche schmeckte bitterer als alle bisherigen Niederlagen, denn einst hatte er die Anführerin der Bahak verehrt.

Eine Lanzenspitze hob sich über den Felsen, beschrieb einen matt schimmernden Halbkreis und stach dann in Richtung der Minen. Sie kommen, bedeutete dieses Zeichen.

Vorsichtig hob Nesyn den Kopf, ohne das Nouk aus dem unnachgiebigen Griff zu entlassen. Die Menschen traten einzeln unter dem Felsüberhang hervor, unter dem sich der Zugang zu den Stollen verbarg. Zögernd traten sie auf die Hochebene hinaus und sahen sich prüfend nach allen Seiten um. Fast schien es, als witterten sie den Hinterhalt. In Halblicht und Schneefall vermochte Nesyn den Gesichtern keine Namen zuzuordnen, doch den Falken von Defágos, der sich stolz vom dunklen Hintergrund des Schilds abhob, erkannte er mit Gewissheit.

Er ballte die Faust um die Zügel, der Haken schwang leise klirrend hin und her, und als endlich der Ruf ertönte, ließ er den Zügel schießen und peitschte dem Nouk die Enden der Riemen über die Flanke.

»Auf, auf!«, brüllten die Nraurn.

»Auf, auf!«, schrie auch Nesyn, als sein Reittier aufsprang und den Menschen mit großen Sätzen entgegenjagte. Schnee stäubte auf, der Haken schwirrte durch die Luft, und Nesyn gab bei jeder Umdrehung eine Handspanne Seil, um den größtmöglichen Schwung zu entfalten. Die Krieger aus dem Süden standen wie erstarrt, als von allen Seiten Nraurn auf sie zustürmten. Endlich brüllten die Männer ihre Wut hinaus und rissen Schild und Speer empor – da flogen die Haken in flachem Winkel heran. Manche krachten auf die Schilde und prallten von der Deckung der Kahlen ab; sie zogen Spuren durch das kalte Weiß, als sie sogleich wieder eingeholt wurden. Nesyns Waffe grub sich tief in Schulter, Hals und Kopf des Gegners, der Ruck riss den Mann vornüber zu Boden. Mit dem Gesicht nach unten blieb er liegen, sein Blut färbte den Schnee, und der Falkenschild von Defágos bedeckte nutzlos einen Toten.

Hastig verständigten sich die Überlebenden der ersten Angriffswelle darauf, Rücken an Rücken zu kämpfen – so war es für die Nraurn schwieriger, sich dem Gegner zu nähern. Die Bahak, die größten und kräftigsten unter den Ziegenkriegern, schwangen sich aus den Sätteln. Immer wieder bäumten sie sich auf und stießen mit den Hörnern auf die Schilde hinab, während die flinkeren Arrak die Kahlen ablenkten – an der Unachtsamkeit starb es sich am schnellsten.

Nesyn beteiligte sich nicht länger am Kampf. Hastig lenkte er das Nouk hin und her und hielt nach dem Feenmädchen

Ausschau. Plötzlich sah er sie im dunklen Eingang des Tunnels stehen, das Gesicht weiß vor Schreck.

Denn Kajlyn-Gua hatte die kleine *Ya'ahára* ebenfalls erblickt.

Mit einem hellen Schrei floh das Kind zum Fluss, der in den Bergen entsprang und an dieser Stelle als Wildwasser ins Tal stürzte. Das Haar wehte hinter ihr her, als sie vor den Nraurn floh.

Kajlyn-Gua zerrte das Nouk herum und galoppierte los. Auch Nesyn trieb sein Tier mit *Taú* und Stimme an; die Hufe wühlten das weiche Flussufer auf und wirbelten Schnee und Schlamm empor. Der Mantel der *Nraur-a-Khae* flatterte vor ihm im Gegenwind und verdeckte die Sicht auf das fliehende Kind.

Er ließ die Zügel schießen.

Einige Sätze lang waren die Nouk gleichauf. Kajlyn-Gua hieb die Gerte nach ihm und schleuderte ihm einen Fluch entgegen. Dann lag Nesyns Tier um eine Halslänge vorn. Das Mädchen kam wieder in Sicht – Lillia rannte aus Leibeskräften vor den heranjagenden Reitern davon.

Aber sie vermochte nicht schneller zu laufen als ein Kind ihres Alters, und die Nouk holten sie mühelos ein. Nesyn beugte sich aus dem Sattel und streckte die Hand nach ihr aus – und Kajlyn-Gua tat ihrerseits das Gleiche. Von zwei Seiten griffen sie nach dem Kind und hätten es wohl mittendurch gerissen, wenn das Nouk der Nraurn-Königin nicht plötzlich zusammengezuckt wäre. Einen Herzschlag lang sah es so aus, als sinke das Tier auf die Hinterhand, doch dann schnellte es mit einem gewaltigen Satz an Nesyns Nouk vorbei. Die *Nraur-a-Khae* packte das Mädchen an Mantel und Kapuze und zerrte es zu sich in den Sattel.

Nesyn straffte die Zügel und brachte das Nouk zum Stehen. Als er das schnaubende Tier wendete, hatte Kajlyn-Gua das Feenkind bereits vor sich zurechtgesetzt. Behutsam zupfte sie an Lillias Umhang, während das Mädchen Nesyn und seiner Königin abwechselnd prüfende Blicke zuwarf.

»Erkennst du nun, wie die Prophezeiung gemeint ist?«, fragte die *Nraur-a-Khae* mit weicher Stimme, während sie dem Kind über die Locken strich. »Dreimal haben die Kahlen den Weißen Stein nun an uns verloren. Aufstieg, Wandel und Fall – die Spielzüge des *Edú* enden sehr unglücklich für sie. Für eine Weile durften sie mit dem Zaubermädchen spielen und ihren Verheißungen lauschen, aber nun, da sich die Zeit ihrem Ende nähert, fällt Lillias Macht endgültig an uns.«

Kajlyn-Guas Finger hatten auf der Kapuze des Mädchens eine glänzende Blutspur hinterlassen. Verwirrt fragte Nesyn sich, wann und bei welcher Gelegenheit die *Nraur-a-Khae* eine Verwundung davongetragen hatte – da fiel sein Blick auf ihren Dolch. Bis zum Heft steckte die Klinge im Widerrist des Nouk. Das Tier bebte und zeigte das Weiße in den Augen. Da schauderte auch Nesyn: Auf diese Weise hatte seine Königin das Rennen gewonnen – und in derselben Art rückte sie nun den Weißen Stein ins Ziel.

Die Kiesel knirschten unter den Hufen, als Kajlyn-Gua das Nouk wendete. Die meisten Krieger aus dem Süden waren tot, und wer noch lebte, hatte so schwere Wunden davongetragen, dass er die nächsten Stunden wohl kaum überstand. Das Stöhnen der Sterbenden und das Pfeifen und Heulen des Winds überlagerten sich, während die Nraurn zwischen den reglosen Körpern umherschritten und von den Besitztümern der Reiter an sich nahmen, was ihnen gefiel oder wofür sie Verwendung hatten. Schild und Speer von Defágos blieben jedoch zwischen den Toten liegen – als Zeichen der Niederlage.

Der Wind fegte über die Hochebene, Schnee stäubte in den reißenden Fluss. Nraurn wie Blindschützen zogen über gefrorenes Gras. Vor dem dunklen Himmel ragten schroffe Zacken auf, und wenn Nesyn die Augen zusammenkniff und sich anstrengte, dann erkannte er den schmalen Pfad, der an der Steilwand verlief. Die höchsten Spitzen des Altéru erglühten in einem seltsamen Licht – ein eisfarbenes Schimmern umhüllte sie wie zur Blauen Stunde, wenn die Sonne hinter den Gipfeln versunken war und der Himmel erstrahlte.

Nesyn!

Als er das Stimmchen vernahm, fuhr er zusammen und umklammerte die Zügelriemen fester. *Nesyn! Nesyn!*

Für einige Schritte gelang es ihm, sich einzureden, das aufdringliche Flüstern sei eine Täuschung, eine Einbildung, wie er ihr schon einmal unterlegen war: Das Wispern des Einen Kindes klang wie das Rascheln des umherwehenden Schnees, wie das Klirren von Frost, wie das Geräusch, mit dem die Wolken aneinander rieben.

Als er das Feenmädchen schließlich anblickte, lächelte sie. *Du hörst mich!*, rief sie fröhlich.

Ein Schauer rann ihm den Mähnenkamm hinab, denn das Kind hatte die Lippen nicht bewegt – das Flüstern drang auf einem anderen Weg zu ihm. Aus der schneeverkrusteten Kapuze heraus starrte Lillia ihn an, und ihre Augen glänzten so blau wie die Eisschicht über dem Berggrat.

Was willst du? Was verlangst du von mir?, dachte Nesyn, während der durchdringende Blick auf ihm ruhte. Die Macht des Feenkinds erfüllte sein *Taú*, wie ein Sonnenstrahl durch die Wolkendecke brach. Gewiss vernahm sie jedes unausgesprochene Wort.

Über Holz und Stock und Stein – bringst du mich nun heim?

Lautlos stellte sie ihm eine Rätselfrage, wie die Jüngsten des Ziegenvolks sie einander zuriefen, bevor sie im Sandsteingewirr des Nraurnlands verschwanden, ganz und gar versunken in ihr Spiel.

Heim?, echote er. *Und wenn du zurückgekehrt bist – was geschieht dann? Ist dir bekannt, wie sehr jedes Wesen auf der Insel diesen Augenblick herbeisehnt und zugleich fürchtet?*

Das Mädchen ging mit keiner Silbe auf den Einwand ein. *Wir müssen uns beeilen, Nesyn*, ermahnte sie ihn. *Es wird dunkel ... und kalt.*

Sie deutete auf die höchsten Gipfel des Altéru und machte ihn auf den Kern aus Schwärze aufmerksam, der inmitten des blaugrünen Leuchtens erschien. Ein Grausen überfiel ihn: Es sah aus, als ginge hinter den Bergen eine schwarze Sonne auf, ein Gestirn, das sämtliche Helligkeit in sich aufsog und nichts als Nacht verströmte.

Was soll ich tun?, fragte er hilflos. *Kajlyn-Gua hält dich mit eiserner Hand umklammert. Sie kennt den Fürsten der Finsternis schon lange und dient ihm, als wäre es von Geburt an ihre Bestimmung. Ich hingegen bin unerfahren in diesem Kampf.*

Erstaunt hob Lillia die Brauen und rundete die Lippen. *Aber du spielst mit deiner Königin*, stellte sie fest. *Im Herz des Steins, in der tiefen Dunkelheit liegt ein Versteck, und du hältst es vor ihr geheim.*

Verstohlen musterte Nesyn die Krieger, die neben ihm einherschritten, ehe er den Finger auf die Lippen legte. *Kajlyn-Gua darf diesen Schlupfwinkel nicht entdecken*, antwortete er. *Wenn wir die Nraur-a-Khae im Spiel des Wandels schlagen wollen, darf sie von den im Berg verborgenen Taú nichts wissen.*

Erneut huschte ein Lächeln über das bleiche Gesicht des Mädchens. *Ich verstehe mich gut auf dieses Spiel*, erklärte sie, *denn ich war auch einmal ein Geheimnis.*

Inmitten von Schneetreiben und Dämmerung neigte Nesyn ehrfürchtig das Gehörn in ihre Richtung, und seine froststarre Mähne knisterte. Nicht einmal Vlyn und die Gefährten schienen das lautlose Gespräch zu bemerken, und die *Nraur-a-Khae* richtete den Blick unentwegt auf die Berge.

Seit langer Zeit ringen wir mit den Menschen um deine Macht, sprach Nesyn zu dem zauberischen Kind. *Nun hast du selbst gesehen, was aus diesen Ansprüchen wurde: ein zerrissenes Land, in dem gespaltene Völker leben. Weshalb bringst du so viel Unglück über uns? Genügt deine Macht nicht für uns alle? Reich seien wir, behaupten manche – reich! Wenn man auf Stein kauen kann und von Erzen satt wird, dann sind wir reich. Die Freiheit auf der Insel ist sehr ungleich verteilt.*

Das Feenmädchen hörte ihm aufmerksam zu.

Der Weiße Stein gehört niemandem, erklärte sie dann. *Niemand vermag mich festzuhalten, sonst wäre das Spiel zu Ende. Über Holz und Stock und Stein – das Eine Kind kehrt heim!*

Amra zitterten die Knie, und sie fühlte sich so übernächtigt wie nach einer viertägigen Totenklage. Sie wusste nicht, wie lange sie und ihre Begleiter schon in den unterirdischen Gängen bergauf stiegen, wie oft sie in eingebrochenen Stollen kehrtgemacht und nach einem anderen Weg gesucht hatten. Die Minen der Gehörnten dehnten sich in unergründlicher Schwärze vor und hinter ihnen, der Schall der Schritte und Stimmen verlor sich in der Finsternis und kehrte nicht einmal als Echo zu den Menschen zurück.

Das Nraurn-Amulett brannte ihr auf der Brust. Sie trug es unter den Kleidern und hatte ihren Gefährten bislang weder verraten, dass sie es mit sich führte, noch wie es in ihren Besitz gelangt war. In den Tunneln und Schächten fühlte es die Nähe seines Meisters, es pochte zum Zerspringen. Ein Zauberding von böser Machart, zu einem finsteren Zweck erschaffen, geleitete es sie auf seine Weise. Wann immer das Brennen besonders heftig zu spüren war, wechselten sie die Richtung oder wählte einen anderen Gang, in dem sich das heftige Pulsieren legte.

Doch es gab auch andersartige Führer.

Als sie auf den Yku stießen, brachen die befreiten Gefangenen in furchtsame Schreie aus und wichen vor dem Erdgeist zurück. Sie weigerten sich, den Weg fortzusetzen, obwohl Gorun sein ganzes Verhandlungsgeschick aufbot und ihnen gut zuredete.

Amra konnte ihnen das Zaudern nicht verdenken – der Yku sah aus wie eine Erscheinung aus einem Albtraum, ein Bewohner aus dem Inneren der Berge. Gekrümmt stand er in der Mitte einer Verzweigung und stemmte den Rücken gegen den Felsen. Salzkrusten überwucherten Schultern und Arme, seine ausgeprägten Gliedmaßen waren von Kupferadern umschlungen. Er trug einen Bart aus Moos und Flechten, und seine Augen bestanden aus gebändertem Mondglanz. Ab und zu blinzelte er.

»Ein lebender Stein!«, rief Harat voller Begeisterung. »Welch seltsame Geschöpfe gibt es doch auf der Insel!«

Goruns warnendes Keuchen hielt die Bogenschützin im letzten Augenblick davon ab, das Gesicht des Yku zu betasten.

»Sei auf der Hut«, ermahnte Amra die junge Frau. »Die Yku und ihre Gefährten werden nicht zu Unrecht das Wilde Volk genannt.«

»Er sieht unvergleichlich aus«, schwärmte Harat, während sie den Höhlengeist von allen Seiten begutachtete. Mit steinernen Blicken überwachte der Yku jeden ihrer Schritte, doch das schien sie nicht zu kümmern. »Der ... wie hast du ihn genannt? Yku? Er gleicht den Salz- und Seegeistern in der Höhle, in der ich mich vor Nraurn versteckte. Allerdings waren diese Geschöpfe bei Weitem nicht so zahm.«

»Zahm?« Unwillkürlich musste Amra lachen. »Bei der Quelle, zahm ist er gewiss nicht. Im Augenblick überlegt er vermutlich, ob er uns mit seinem Gewicht erdrücken oder zwischen seinen Felspranken zerquetschen soll. Aber sag mir eines – von Salz- und Seegeistern haben wir an euren Küsten keine Spur entdeckt, und Jemren versicherte uns mehrfach, der Norden sei frei von Aberglaube und Gespenstern.«

Harat rieb sich über die Arme, denn die Luft im Stollen war kühl. »An den Küsten im Norden zeigen sich des Öfteren Geistererscheinungen, ohne dass wir ihnen große Bedeutung beimessen. Meist verschwinden sie von selbst wieder, wenn man sie nicht beachtet. In der Höhle schreckte ich allerdings einige höchst merkwürdige Geschöpfe auf: Klippenspringer, Silberspinner und Wellentümmler. Und des Nachts kamen oft riesige Seeschlangen ans Ufer und wälzten sich im warmen Sand.« Plötzlich lachte sie und warf Amra einen schrägen Blick zu. »Jetzt hältst du mich für verrückt, nicht wahr?«

Die *Laîren* schüttelte den Kopf. »Nein, keineswegs«, erwiderte sie. »Eigentlich dachte dein Bruder stets dasselbe von mir – wegen meiner Bindung an das Entfernte Land.«

Belustigt hob Harat die Augenbrauen. »Ach, das sieht Jemren wieder ähnlich!«, seufzte sie – und beim nächsten Atemzug erfüllte eine schmerzliche, beinahe kindliche Sehnsucht ihr *Taú*. »Wo bleibt er nur?«, fragte sie leise. »Bevor er fortging, versprach er mir, noch vor Mittsommer zurückzukehren. Die Insel ist viel größer, als wir dachten, und beinahe jeden Tag frage ich mich, ob wir uns je wiederfinden werden.«

»Er kommt zurück«, versicherte Gorun. »Für eine Weile haben sich unsere Wege getrennt, aber dein Bruder lässt uns nicht im Stich.«

»Hab noch ein wenig Geduld, Harat«, ermutigte Amra die junge Frau. »Und nun achte darauf, wie sich der Yku verhält.«

Sie näherte sich dem Geist. Das silbergraue Auge rollte in ihre Richtung, der Yku öffnete den Rachen und entblößte eine Reihe funkelnder Kristallspitzen, die seinen Rachen bedeckten.

»Lillia«, flüsterte Amra so laut, dass das Wort von den Wänden widerhallte: *Lillia, Lillia.*

Der Yku blinzelte. Sein zerfurchtes Gesicht verzog sich, und er schien zu lachen. Dann hob er den salzverkrusteten Arm und deutete in einen dunklen Gang – er wies ihnen den Weg durch die Minen.

»Wie?«, raunte Gorun. »Was hat das zu bedeuten? Ihr Name ist das Losungswort?«

Amra nickte. »Es ist ein Wort der Alten Sprache. Ganz sicher bezeichnet es mehr als nur ein kleines Mädchen, das sich auf der Insel verlaufen hat.«

Sie wandte sich an Harat. »Geh einfach an dem Yku vorbei – aber ohne gegen ihn zu stoßen!«

Die Schützin schulterte den erbeuteten Bogen und tat wie ihr geheißen. Als sie unbeschadet den dahinterliegenden Gang erreichte, fassten sich auch die anderen Geretteten ein Herz und drängten herbei.

»Langsam«, mahnte Gorun die Menschen, die sich alle nach dem Tageslicht sehnten. »Einer nach dem anderen.«

»Hier ist alles voller blauer Flämmchen!«, rief Harat aus dem nächsten Stollen. Ihre Stimme hallte von den Wänden wider. »Sie ... oh, sie hüpfen von Fels zu Fels!«

»Fass sie nicht an!«, riefen Amra und Gorun wie aus einem Mund und beeilten sich, ihrerseits an dem Yku vorbeizukommen.

Ohne die Felsgeister der Tiefe und ohne die wabernden Flammen, die flackernd das Tunnelmaul umkränzten, hätten sie niemals einen Weg aus dem Gewirr der Nraurn-Minen gefunden. Als die Flämmchen auf den Treppenstufen schlagartig erloschen, erblickte Amra zum ersten Mal seit Langem wieder einen schwachen Schimmer Tageslicht vor sich. Eine dünne Schneeschicht bedeckte die obersten Treppenstufen, und der Wind brauste in der Öffnung.

»Schildträger und Schützen nach vorn!«, befahl Gorun, und in dem engen Gang entstand Gedränge, als sich seine Begleiter neu gruppierten.

Der Boden jenseits des Ausgangs war vereist. Amra sog die Luft in tiefen Zügen ein, denn trotz der Kälte war ihr der Windhauch willkommen. Er vertrieb die abgestandene Luft im Innern des Bergwerks, die sie tagelang hatte einatmen müssen.

Da fiel ihr Blick auf einen reglosen Körper.

Der Mann lag mit dem Gesicht nach unten im Schnee, die Blutlache unter seinem Körper war gefroren. Der Wind zupfte und zerrte an seinem Mantel, doch sonst regte sich nichts.

»Nicht hier entlang – begebt euch dort zum Fluss!«, rief sie den Geretteten zu, die aus den Minen drängten, begierig auf die frische Luft und das Tageslicht. Zwei Reiter stützten ihre Schwester, die trotz aller Bemühungen nicht wieder bei Sinnen war; Laurdana blickte verstört umher und murmelte ohne Unterlass wirre Gebete vor sich hin. Goruns Mutter führte ein schwarz gelocktes Mädchen an der Hand; die Kleine stammte offenbar aus dem Norden, aber sie vertraute sich voller Zuversicht der Führung der Klanherrin an.

»Hier fand ein Kampf statt. Ersparen wir den Kindern diesen Anblick«, verlangte Amra.

Der Boden jenseits der Minen war aufgewühlt, und im Umkreis mehrerer Schritte entdeckte sie weitere Leichen. In der unberührten Schneelandschaft wirkten die leblosen Körper umso erschreckender, und das *Taú* pochte in ihr, als sie den ersten Toten an den Gurten fasste, an denen der Speerkrieger seine Waffen bei sich trug. So sehr sie jedoch am nasskalten Leder zerrte und zog, sie vermochte den Mann nicht umzudrehen. Er war breit und schwer gebaut, Kleidung und Mantel hatten sich mit Wasser vollgesogen, und die Gliedmaßen waren steif gefroren. Da trat Gorun an ihre Seite. Der Reiter bückte sich kurz entschlossen, packte den Gefallenen an den Armen und drehte ihn auf den Rücken.

»Bei der Quelle – es ist Akkan!«, stöhnte Amra auf.

Jemand hatte dem Krieger mit einer fürchterlichen Waffe Hals und Gesicht aufgeschlitzt. Dieser Mann war der Letzte, den Amra zusammen mit Lillia gesehen hatte, doch von dem Feenmädchen fehlte jede Spur. Dafür war der Boden mit Noukspuren und Stiefelabdrücken übersät.

»Kajlyn-Gua hat sie!«, rief sie. »Wir kommen zu spät!«

Gorun hatte den Falkenschild vom Boden aufgehoben. Mit der flachen Hand wischte er die Eiskrusten ab. Die jungen Schützen waren ihnen gefolgt und scharten sich um den Toten.

»Nun hat dieser Ehrgeizling seinen gerechten Lohn erhalten«, meinte Mrerem mit betont undurchlässigem *Taú*. Verächtlich stieß er den Gefallenen mit der Stiefelspitze an.

»So spräche dein Vater nicht einmal über einen toten Feind«, rügte Gorun den Jungen. »Akkan stammte aus deiner Stadt, und er tat nur, was er für richtig hielt.«

Mrerems zuckende Mundwinkel und die schwankende Tonlage verrieten ihn, als er dem Reiter widersprach. »Indem er dich bestahl, beschämte Akkan meinen Klan und meine Stadt. Vater wählte dich als Anführer aus, und das Haus Sa Catara hatte kein Recht, diese Entscheidung anzuzweifeln.«

Betrübt schüttelte Gorun den Kopf. »Akkan mag sich so manchen Fehlgriff geleistet haben, aber in einer Hinsicht stimme ich mit ihm überein: Mein Haus gehört nicht zu Defágos, und ich habe mit den Würden und Rangfolgen in eurer Stadt nichts zu schaffen. Nimm Schild und Speer an dich, Mrerem. Narduks Falke geht eines Tages an dich über, wenn du deinem Vater als Kriegerkönig der Kühnen Stadt nachfolgst.«

Vraja und die anderen Jungen warfen einander betretene Blicke zu. Mrerems Arme sanken herab, bis er mit hängenden Schultern vor Gorun stand. Die dargebotenen Waffen rührte er nicht einmal an.

»Ich kann es nicht!«, stieß er hervor. »Es ist mir unmöglich! Jemren durchschaute mich sofort, aber er warnte mich nicht. Weder redete er mir gut zu, noch riet er mir von meinen Zielen ab – er ließ mich selbst herausfinden, ob ich als Anführer geeignet bin. Und ich bin es nicht! Ich besitze nicht die Befähigung, unserer Stadt vorzustehen.«

Erstaunt verfolgte Amra diesen Gefühlsausbruch. »Uns gegenüber äußerte sich der Schütze ganz anders«, widersprach sie. »Jemren lobte dich oft und berichtete, wie schnell du das Blindschießen erfasst. Du vertrittst deine Stadt mit Geschick und Entschlossenheit, sagte er, und würdest eines Tages Vrarras' würdiger Nachfolger.«

Mrerem atmete schwer, und sein Blick verschleierte sich. Schließlich fuhr er sich mit dem Handrücken über die Augen. »Ich kann die Waffen nicht an mich nehmen«, wiederholte er.

»Es liegt an seinem Gott«, platzte Kimrin heraus. Sogleich fuhr Mrerem zu dem Jungen aus Geristáni herum und zischte ihm zu, er möge gefälligst den Mund halten.

»Aber es ist wahr!« Vraja trat an die Seite ihres Freundes. »Kurz nachdem wir uns aus Defágos' Mauerring geschlichen hatten, gestand Mrerem uns, dass sein Gott sich ihm bereits offenbarte.«

»Dein Gott erschien dir?« Gorun horchte auf. »Bei der Quelle – wie schnell die Jahre ins Land gehen! Als Vrarras mich zur Ausbildung in Defágos aufnahm, warst du ein kleiner Junge, der mit seinen Geschwistern zwischen den Badehäusern und Tempeln spielte.«

»Wer ist es?«, fragte Amra. »Welcher der Ewigen hat zu dir gesprochen?«

Mrerem schwieg. Da stieß Kimrin ihm den Ellbogen in die Rippen. »Nun sag es schon«, zischte er. »Irgendwann kommt es sowieso heraus, und dann ist die Peinlichkeit genauso groß wie jetzt.«

Mrerem warf ihm einen vernichtenden Blick zu und wischte sich abermals über das Gesicht. »Zesake!«, stieß er endlich hervor. »Eines Abends sprach Zesake zu mir und nannte mich einen Freund.«

»Zesake?« Heiterkeit schwang in Amras Stimme. Der Unbeliebte Gott war Mrerem erschienen – dieser Umstand erklärte allerdings die trübe Stimmung des Jungen.

Der Gott des Geldes wurde in vielen Städten als behäbiger Glatzkopf dargestellt, der einen Beutel in der Faust hielt. Die Kinder vertrieben sich die Zeit mit einem Geschicklichkeitsspiel, bei dem Murmeln zwischen die nackten Zehen der Statue gerollt wurden. Deshalb lacht Zesake, sagte man. Der Feiste Gott galt weder als besonders stattlich noch als ausnehmend kühn und wurde von den Bewohnern des Südens so selten erwählt, dass er sich auf Märkten und Festen tummelte, um nach Anhängern Ausschau zu halten – so erzählten es die Legenden.

Flehentlich wandte Mrerem sich an Gorun. »Was soll ich tun? Als Kriegerkönig von Defágos ist mein Vater ein im ganzen Süden geachteter Mann, und er erwartet von mir, dass ich ihm keine Schande bereite.«

»Zesake zu dienen stellt keineswegs eine Schande dar«, erklärte Gorun ernst. »Der Gott des Handels war bereits früher einmal Schutzherr der Kühnen Stadt. Ich bin überzeugt, dass Vrarras deine Wahl begrüßt – zumal Zesake in dir einen wehrhaften Gefolgsmann gefunden hat.« Mit diesen Worten streifte er Mrerem den Halteriemen des Schilds über den Arm und drückte ihm den Speerschaft in die Hand.

Kimrin beglückwünschte Vrarras' Sohn als Erster zum Erreichen des Mannesalters. Die anderen Jungen schlossen sich der Reihe nach an und hatten trotz aller Herzlichkeit bereits wieder spöttische Bemerkungen auf den Lippen. Schließlich gelang es Mrerem, über die Anspielungen zu lachen, und als Gorun ihm nicht nur die Hand reichte, sondern ihn umarmte und ihm anerkennend auf den Rücken klopfte, leuchteten seine Augen auf.

»Nun macht schon!«, forderte er seine Freunde mit vorgeblicher Ungeduld auf. »Dort am Fluss errichten die Reiter ein behelfsmäßiges Lager für die Überlebenden aus den Minen. Gehen wir ihnen zur Hand!«

Amra sorgte dafür, dass die Toten im Eingang des Stollens ein windgeschütztes Grab erhielten. Unterdessen stellte Gorun Wachen auf und bemühte sich, den Geretteten das Ausharren in Sturm und Schneetreiben so erträglich wie möglich zu machen. Er sorgte sich – das war offenkundig. Viele der Überlebenden waren krank und geschwächt, und es schien fraglich, ob sie die Nacht überstehen und gar den Abstieg aus dem Hochgebirge bewältigen würden.

Sie hatten die höchsten Gipfel des Altéru erreicht. Der Wind fegte über die Hochebene und legte vereistes Gras und Felsen frei. Nach Norden hin wurde die Fläche von einem Fluss begrenzt – der Oberlauf war Nárdas und Corredános gemeinsam. Unweit des Hains, in dem die Geretteten Schutz fanden, lag eine Flotte aus Flößen. Die rauen Baumstämme waren mit Stricken zusammengebunden und tanzten auf der schäumenden Flut auf und ab. Auf den breiten Fahrzeugen schafften die Nraurn vermutlich die Erze zu Tal, die sie im Innern der Berge gewannen, denn unweit der Anlegestelle häuften sich mannshohe Gesteinshalden.

Die Hufspuren zogen sich vom Ort des Überfalls zu einer Kette steiler Bergspitzen, die das Hochland begrenzte. Dort tummelten sich zahllose Gestalten vor dem verschneiten Hintergrund – Kajlyn-Gua hatte ein gewaltiges Heer um sich gesammelt.

»Die Gehörnten schneiden uns den Zugang zu den Bergen ab«, knurrte Falrau. Der Krieger stand neben Gorun und beobachtete die Gegner mit gerunzelten Brauen. Aufgrund der Entfernung wirkten die Gehörnten kaum größer als Kieselsteine, und dennoch war die kriegerische Anordnung ihrer Reihen zu erkennen.

»Wo stecken die Blindschützen? An welcher Stelle würden wir sie aufstellen?«, fragte Gorun in die Runde. »Bei Nemnos, solange sie davon ausgehen, dass Nesyn die Angehörigen des Nordens in seiner Gewalt hat, steht uns da ein gefährlicher Gegner im Weg.«

Bis auf die Wachen, die bei den Geretteten im Lager zurückblieben, hatten sich sämtliche Reiter um ihn geschart. Wer von den befreiten Gefangenen eine Waffe besaß, reihte sich unter die Krieger ein: Männer mit Hämmern, Hacken und Schaufeln, die wild entschlossen schienen, den Gehörnten das erlittene Unrecht zu vergelten.

»Geht es dort hinauf?«

Im kalten Wind kniff Harat die Augen zusammen, während sie ein Säckchen fester an den Gürtel schnürte, aus Furcht, es zu verlieren.

»Was hast du da?«, fragte Amra, die diesen Handgriff nicht zum ersten Mal beobachtete.

Die Schützin strich sich die schwarzen Locken aus dem Gesicht. »Nesyn war mir noch ein kleines Andenken schuldig«, erklärte sie, und als sie Amras Verwunderung bemerkte, schnürte sie das Päckchen auf. Es enthielt eine beträchtliche Anzahl Edelsteine: Sonnenglanz, Meeresauge und Himmelsglut. »Diese Schätze lagen überall in den Minen verstreut, und die Nraurn scherten sich keinen Deut um ihren Wert. Ich finde, das ist ein angemessener Preis für das Ungemach, das Nesyn mir bereitete.«

Erstaunt betrachtete Amra die junge Bogenschützin. Harat stützte das Knie gegen einen Felsen, um beim Hantieren mit dem langen Nraurn-Bogen Halt zu haben. Flink hakten ihre Finger die Sehne ein, und sie überprüfte die Spannung des Bogens.

»Was hast du vor?«, fragte Amra. »Willst du etwa kämpfen?«

»Selbstverständlich«, erklärte Harat forsch, als behage ihr der Tonfall nicht, in dem die Frage gestellt worden war. »Und was ist mit dir? Du machst auch nicht gerade den Eindruck, als wolltest du dich zu den Geretteten zurückziehen und abwarten, was als Nächstes geschieht.«

»Ich bin *Laîren*«, entgegnete Amra. »Das ist etwas anderes.«

Verwundert hob Harat die Augenbrauen – der Titel der Totenpriesterin sagte ihr nichts.

»*Laîren?*«, wiederholte sie. »Bist du eine Zauberkundige? Eine Magierin aus dem Süden, die sich aufs Verhexen von Nraurn-*Taú* versteht? Im Norden hört man manchmal von solch höchst nützlichen Gaben. Allerdings habe ich noch nie einen Beweis dafür gefunden, dass tatsächlich jemand über diese Fähigkeiten verfügt.«

Amra lachte und schüttelte zugleich den Kopf. Die Art und Weise, in der Harat spielerisch und ohne zunächst einen Pfeil anzulegen, auf die weit entfernten Nraurn zielte, unterschied sich sehr vom Vorgehen ihres Bruders: Sie schloss die Augen nicht, wie Amra es von Jemren gewohnt war, sondern starrte dem Gegner ins Gesicht. Die Spannung der Waffe schien ihr nicht viel auszumachen – sie handhabte den Bogen mit einer Leichtigkeit, als handle es sich beim Blindschießen um einen anmutigen Tanz.

»Ich erbringe dir den Nachweis meiner Fähigkeiten, wenn du mir Deckung gibst, damit ich unbehelligt an die Nraurn-Königin herankomme«, schlug Amra vor. »Du weißt, wer Kajlyn-Gua ist?«

Harat wandte sich zu ihr um, und der kohlschwarze Blick glitt prüfend über sie.

»Ich kenne sie«, bestätigte die Schützin. »Wo sind deine Waffen?«, fragte sie dann. »Dauernd berätst du euren Anführer mit klugen Worten, aber du selbst besitzt nicht einmal ein anständiges Messer. Hast du nicht gelernt, auf dich aufzupassen?«

»Meine Waffen?« Nachdenklich betrachtete Amra ihre ausgestreckten Finger. Die Nägel waren eingerissen und schmutzig, als hätte sie sich eigenhändig durch die Minen der Nraurn gewühlt; die erschreckenden Alterserscheinungen, die sie in Anáxi an sich entdeckt hatte, waren jedoch verschwunden. »Meine Waffen sind von anderer Art, als du dir vorstellen kannst, doch keineswegs weniger wirksam.«

Harats Lippen verzogen sich zu einem vergnügten Lächeln. »Du willst die Nraurin mit bloßen Händen besiegen? Das wird allerdings ein Schauspiel, das ich mir nicht entgehen lasse!« Sie zog einen Pfeil aus dem Köcher und hob den Bogen.

»Bereit?«, fragte sie.

Amra nickte.

ロァレ

Der Pass zur Feenstadt wurde belagert.

Missmutig musterte Nesyn das gegnerische Lager, eine Zeltstadt vor verschneiten Gipfeln. Banner und Wimpel flatterten im Wind, und an den Abzeichen erkannte er, dass sich die Städte des Südens zusammengeschlossen hatten, um die Nraurn ein weiteres Mal zurückzuschlagen.

Ein letztes Mal.

Dichte Reihen versperrten ihnen den Weg nach Gayália. Die Reiter hatten die Pferde weiter unten am Berg zurückgelassen. Für die dünnhäutigen heißblütigen Tiere waren die Bedingungen im Hochgebirge zu rau, und so verschafften die widerstandsfähigen Nouk den Nraurn wenigstens einen Vorteil gegenüber den Menschen.

Der Kriegerkönig von Defágos führte die Heerschar an. Nesyn beobachtete ihn: Vrarras gab sich siegesgewiss, weil er waffenstarrende Reihen hinter sich wusste. Den Unterhändlerinnen gegenüber verhielt er sich kalt und abweisend und schickte sie ohne Ergebnis zur *Nraur-a-Khae* zurück, während die Gehörnten sich zu drohenden Gebärden hinreißen ließen.

Missmutig lenkte Kajlyn-Gua ihr Nouk hin und her.

»Wie konnte das geschehen?«, fauchte sie. »Wie fanden die Menschen den Weg bis zu diesem Höhenzug?«

Verwundert nahm Nesyn diese Worte zur Kenntnis, denn die im Hintergrund aufragende schimmernde Stadt schien ihm weithin sichtbar – wie ein Leuchtfeuer aus blauem Eis glühte der Feenpalast auf den höchsten Gipfeln der Insel.

Plötzlich gewahrte die *Nraur-a-Khae*, dass er die Unerreichbare Stadt betrachtete.

»Du *siehst* sie?«, zischte sie. »Du erkennst Gayália?«

Verwirrt wollte Nesyn sich erkundigen, was denn das Besondere an diesem Umstand sei – da begriff er, dass er und Kajlyn-Gua außer dem Feenmädchen die Einzigen waren, denen sich die gewaltigen Gipfel wie gläserne Türme zeigten. Die Gefährten beschwerten sich über den kalten Wind und fragten mürrisch, wo denn nun das Ziel liege. Alles, was sie zu Gesicht bekamen, wenn sie zu den höchsten Gipfeln des Altéru hinaufblickten, waren schroff abweisende Felszacken.

»Gayália, die Unerreichbare Stadt, enthüllt sich nur den Blicken jener Besucher, deren Bestimmung es ist, die Hallen der Götter zu betreten«, klärte Kajlyn-Gua ihn auf. Das Zaubermädchen saß vor ihr im Sattel, und die *Nraur-a-Khae* hatte eine Faust in den Mantel des Kinds gewickelt. »Mir gewährte der Herr der Schatten Zugang zum Feenreich, damit ich ihm den Schatz bringe, an den er aufgrund seiner Verbannung nicht herankam – das Eine Kind. Aber du, Nesyn?« Verächtlich glitt ihr Blick über seine Gestalt. »Glaub ja nicht, dass du einen Fuß über die Schwelle der Feenstadt setzen wirst.«

Ein Schauer rann Nesyn durch die frostkalten Glieder. Angesichts des blaugrünen Strahlens in Lillias Augen, des Leuchtens über den Bergen und bei all dem Raunen und Wispern, das er bei jeder Begegnung mit dem Zauberkind vernahm, begriff er plötzlich, wer ihm die Gabe verlieh, die Feenstadt zu sehen.

»Tenon! Komm her!«

In scharfem Tonfall rief Kajlyn-Gua den Schützen zu sich. Zögernd näherte sich der Mann, den Bogen gesenkt in der Hand und den Köcher auf der Schulter. Seine Gefährten hatten sich bereits zerstreut – sie suchten sich Verstecke im hohen Gras und hinter aufragenden Felsen.

»Du beherrschst den Umgang mit deiner Waffe meisterlich«, schmeichelte Kajlyn-Gua dem Schützen. »Deshalb nehme ich an, dass du der Bogenmeister von Thárraxi warst. Du wirst deine Stadt in Kürze wiedersehen, wenn du mir noch einen letzten Dienst erweist. Mir ist längst aufgefallen, dass du nicht gern auf deinesgleichen schießt. Diesen Nraurn-Krieger hingegen« – sie hielt kurz inne und deutete auf Nesyn – »lass nicht aus den Augen. Es fällt dir sicher nicht weiter schwer, ihn von meinem restlichen Gefolge zu unterscheiden: Er trägt als Einziger keine Hörnerklingen. Ich vertraue meinem Gefolgsmann nicht länger und will ihn nicht ohne gewisse Vorkehrungen hinter meinem Rücken wissen. Sollte Nesyn dir den geringsten Anlass zu Misstrauen geben, dann töte ihn.«

Der Schütze schwieg. Trotz der Kälte standen ihm winzige Schweißperlen auf der Stirn, als wären sie dort festgefroren. Nesyn bohrte den Blick in den des Mannes, doch er drang nicht bis in die geheimen Windungen des *Taú* vor. Zu lange schon diente Tenon seiner Stadt als Blindschütze und wusste verräterische Gedanken zu beherrschen.

Dies also ist meine Königin, dachte Nesyn bitter. Sie belügt und betrügt jeden von uns.

Zufrieden setzte Kajlyn-Gua sich im Sattel zurecht. »Nun kann die letzte Schlacht beginnen«, sagte sie.

In breiter Front erstreckte sich das Nraurnheer über das Hochland. Vom Fluss bis zu den frostweißen Grasbüscheln und von dort bis zum Fuß der Gipfel saßen die Gehörnten im Sattel und hielten die Waffen bereit. Mit gleicher Entschlossenheit stand ihnen das Menschenheer gegenüber. Zwischen den Streitmächten ritten die Abordnungen der Unterhändler hin und her. Beide Seiten wirkten im höchsten Maß angespannt, denn während Kajlyn-Gua über erheblich mehr Schlagkraft verfügte, hatten Vrarras' Krieger den besseren Stand. Die Reiter aus dem Süden verteidigten lediglich den schmalen Zugang zum Pass und fanden zu beiden Seiten des Pfads reichlich Deckung.

Da wölbte eine der Unterhändlerinnen den Hals und bäumte sich auf. Als Vrarras die Haltung der Nraurin sah, schrie er auf, doch die Warnung kam zu spät. Die Hörnerklingen prallten auf den Brustpanzer eines Mannes. Der Krieger brach zusammen, und ein Schrei der Entrüstung brandete auf.

»Vorwärts!«, befahl Kajlyn-Gua – und zur gleichen Zeit setzte sich das Menschenheer in Bewegung. Mit gesenkten Speeren stürmten die Gehörnten gegen die Kahlen an, und im nächsten Augenblick war auf der Ebene nichts weiter zu erkennen als eine Masse hin und her wogender Leiber. Haken schwirrten über den Nraurn wie ein Schwarm Vögel mit blitzenden Klauen und sirrenden Schwingen. Nesyn schleuderte seine Waffe hoch über den Kopf. Tenon hielt sich strikt an den Befehl der Gehörnten Königin; der Schütze befand sich stets eine Schrittlänge hinter ihm und befingerte seine Bogensehne. Nun würde sich zeigen, was für den Kahlen mehr Gewicht besaß: die Furcht vor der *Nraur-a-Khae* oder die Sorge um seine Angehörigen. Immer wieder erhaschte Nesyn einen Blick auf Kajlyn-Guas kupferdurchwirkte Mähne – die Nraurn-Königin teilte nach allen Seiten Hörnerstöße aus und feuerte ihr Nouk zu vollem Lauf an, das Feenkind vor sich im Sattel.

Plötzlich tauchte neben Vrarras eine schlanke Frau auf. Inmitten des Kampfgetümmels stand sie völlig frei, ihre Gewänder strömten und flossen im Wind, als wäre das Tuch aus Wasser gewirkt, und mit einer gebieterischen Geste hob sie die Hand.

Ein Windgeist zeigte sich über dem Hochland vor den Toren von Gayália. Tausend tanzende Flocken formten ein Gebilde aus wirbelndem Sturm und Schnee; mit Macht fuhr der Yhv unter die Kämpfenden und trieb mit prasselnden Hagelschüben selbst die erbittertsten Gegner auseinander. Kajlyn-Guas Nouk jagte an der Erscheinung vorbei, doch plötzlich strauchelte das Tier, stürzte und schlitterte auf einer Eisplatte entlang, die sich unter dem Schnee verborgen hatte.

»Zauberei!«, schrien die Gehörnten. »Die *Ya'ahåren* greifen in die Schlacht ein – und sie schlagen sich auf die Seite der Menschen!«

Reihenweise fielen Nouk und Nraurn in den Schnee; es war, als drücke sie der wirbelnde Windgeist zu Boden. Im nächsten Augenblick sprangen die Tiere wieder auf und stürmten reiterlos in allen Richtungen davon.

Nesyn hatte nur Augen für seine Königin.

Kajlyn-Gua kroch von ihrem Nouk fort, das mit zuckenden Gliedern auf dem Eis lag, und zerrte das Mädchen unerbittlich mit sich. Lillia schrie den Namen der fremden *Ya'ahára*, und diese antwortete mit heller Stimme, aber Kajlyn-Gua ließ das Kind nicht los.

Als sie den Hufschlag von Nesyns Nouk hörte, fuhr die *Nraur-a-Khae* herum. Ihre Augen weiteten sich, als sie ihren einstigen Feldherrn auf sich zureiten sah, doch Nesyn war auf der Hut – er zügelte das Nouk, bevor es auf dem Eis ausglitt.

»Komm!«, schrie er dem Mädchen zu, und sie streckte ihm die Arme entgegen.

»Hilf mir, Nesyn!«, flehte sie schrill.

Der Schütze aus Thárraxi war ihm auf Schritt und Tritt gefolgt; selbst jetzt hörte Nesyn die keuchenden Atemzüge des Mannes hinter sich.

»Schieß!«, befahl Kajlyn-Gua, als er die eiskalten Hände des Mädchens zu fassen bekam und an ihren Armen zog. »Töte den Verräter!«

Komm!, rief Nesyn. *Komm zu mir!*

Mit aller Macht hielt Kajlyn-Gua das Kind umklammert. Sie schrie abermals auf, doch diesmal war es weder Befehl noch Triumph.

Tenon richtete die Pfeilspitze auf sie.

»Lass das Kind los!«, verlangte der Schütze.

Kajlyn-Gua stieß einen grässlichen Fluch aus, eine Verwünschung, die sämtliche Städte des Nordens einschloss.

»Ich begreife weder die Bedeutung dieses Mädchens, noch verstehe ich die Beweggründe, derentwegen um sie gekämpft wird. Aber *du* bekommst sie nicht.« Tenons Stimme klang hart, als er den Bogen anhob. »Sieh her, Ziegenkönigin! Erkennst du deine Gabe wieder? Dieser Pfeil findet sein Ziel in jedem Fall.«

Angesichts der schwarz glänzenden Schattenspitze fluchte Kajlyn-Gua abermals. Nesyn schwankte, als sie Lillia mit einem unerwarteten Ruck von sich stieß und nach dem Schild greifen wollte – doch die Schutzmaßnahme kam zu spät.

Tenons Pfeil erhob sich mit einem Wispern und Raunen in die Luft, das von gefiederten Schwingen zu stammen schien. Auf dem höchsten Punkt seiner Flugbahn senkte sich das Geschoss und stieß aus großer Höhe auf die gehörnte Königin herab. Ein metallischer Schimmer blitzte auf, ehe der Pfeil spurlos im *Taú* verschwand.

Nesyn wendete das Nouk mit großer Vorsicht. Kajlyn-Gua lag auf dem Boden und presste die Hand auf die Brust. Sie starrte Tenon mit aufgerissenen Augen an, und ihr Atem ging schwer. Der Schütze scherte sich nicht länger um sie.

»Wir sind quitt!«, rief er Nesyn zu. »Nun sind wir quitt! Bei allem, was dir heilig ist, Nraur – nun verrate mir, wo du die Angehörigen unserer Häuser gefangen hältst!«

»Kämpfe!«, erwiderte Nesyn jedoch. »Siehst du nicht, dass der Süden im Begriff steht, uns zu überrennen?«

»Erst will ich wissen, wo unsere Kinder sind!«, schrie der Schütze. Vor Mattigkeit und Verzweiflung rann ihm eine klare Flüssigkeit aus den Augenwinkeln, und er blinzelte. »Halte dein Versprechen und gib uns frei. Dies ist nicht länger unser Krieg.«

»Der Krieg ist erst vorbei, wenn ich es sage!«, herrschte Nesyn den Menschen an. »Und jetzt mach, dass du zu deinen Gefährten kommst. Haltet eure Linie, oder ihr geht zusammen mit uns unter! Denn du weißt doch – die Kriegerkönige des Südens sind keine gnädigen Sieger.«

Sobald das Nouk im verharschten Schnee Halt fand, schwang er sich aus dem Sattel. Der Kampf wogte hin und her, Geschosse schwirrten über der Ebene, und die Luft kühlte mit jedem Atemzug ab. Noch hatte keine Seite den Ausgang der Schlacht für sich entschieden.

Nesyns Atem dampfte, als er dem Mädchen die Zügel in die Hand drückte.

»Reite!«, stieß er hervor. »Reite zu der *Ya'ahára*, die dort hinten steht und dem Yhv befiehlt, dass er das Land unter Schneemassen begräbt. Sie hilft dir gewiss, sicher zur Feenstadt zu gelangen.«

Das Kind lachte hell auf und zog den Kopf des Tiers herum, doch sehr zu Nesyns Schrecken ritt Lillia nicht zu der dunkelhaarigen Frau hinüber, deren zauberische Gaben Vrarras' Krieger mit Sturmböen und Eishagel unterstützten. Vielmehr schlug das Mädchen die entgegengesetzte Richtung ein und ritt mitten zwischen den Kämpfenden hindurch.

»Gorun!«, rief sie und winkte.

Nesyn fuhr herum. Sein Herzschlag setzte aus, als er die Männer sah, die durch Wind und Schneegestöber heranstürmten, und er packte die Kriegerin neben sich am Arm.

»Die Kahlen greifen an!«, brüllte er. »Gorun und seine Gefährten haben den Weg durch die Minen gefunden und fallen uns in den Rücken!«

Er senkte die Stirnplatte mit den schweren Hörnern und rannte gegen die vordersten Männer an. Mit dem Mut der Verzweiflung warfen sich seine Gefolgsleute den Angreifern entgegen. Die Hörnerlosen drangen nun von zwei Seiten auf sie ein und brachten ihnen herbe Verluste bei. Mit grellen Schmerzschreien hinkte Vlyn über das Hochland, ehe ihn ein weiterer Speerstoß zu Fall brachte und ihn zwang, sich den Menschen zu ergeben.

Vrarras' Krieger brachen in Freudenrufe aus, als sie die Verstärkung bemerkten. Lillia wurde sogleich von dem Reiter aus Caláxi in Empfang genommen, und man führte das Nouk in die Sicherheit hinter den Linien. Die Gesetzmäßigkeiten im Spiel des Wandels erfüllen sich auf bittere Art und Weise, ging es Nesyn durch den Sinn. Denn nun hatten die Gehörnten den Weißen Stein endgültig verloren.

»Bleibt dicht zusammen!«, schrie Nesyn den Kampfgefährten zu. »Die Kahlen versuchen, unser Heer zu spalten – haltet stand!«

Wenn es ihnen nicht gelänge, die Angriffswellen der Menschen zu durchbrechen, würden der Fluss, die Berghänge und der steile Pass zu einer tödlichen Falle. Die Kriegerscharen der Arrak und Gemnen, der Kerrek und Oqun folgten nun alle seinen Befehlen. Sogar die versprengten Leibwächter der *Nraur-*

a-Khae, die Vrarras während der ersten Angriffswelle auseinander getrieben hatte, reckten die Hälse und richteten sich nach der Aufstellung seiner Gefolgsleute. Denn Kajlyn-Gua kümmerte sich nicht länger um das Vorrücken und die Standhaftigkeit ihrer Krieger. Trotz ihrer todbringenden Verwundung hatte sie sich zum Pass durchgeschlagen und hinkte mühsam den steilen Weg hinauf. Nicht ein einziges Mal blickte sie zu den Kämpfenden zurück.

»Nesyn! Diesmal stellst du dich der Herausforderung, Nraur!«

Goruns Stimme gellte über das Schlachtfeld, während er sich zwischen den Kämpfenden hindurchdrängte. »Diesmal nimmst du es mit mir auf, statt den Haken auf eine unbewaffnete *Laîren* zu schleudern!«

Mit einer Armbewegung holte Nesyn Schwung. »Komm her!«, brüllte er. »Gleich bekommst du zu spüren, dass du zu tief in unser Land eingedrungen bist.«

Der Riemen glitt ihm durch die Finger, die Klingen des Wurfhakens blitzten auf und rasselten auf den Schild des Gegners. Die Deckung sinken lassen und mit dem Speer zustoßen – Gorun führte den Gegenangriff mit einer einzigen geübten Drehung aus. Nesyn wich zur Seite und prallte gegen einen anderen Mann; die Speerspitze stach ein weiteres Mal gefährlich dicht an ihm vorbei. Für einen Menschen war der Reiter aus Caláxi ungewohnt flink und fordernd in seinen Vorstößen, und Nesyn bedauerte bereits, auf eine Stichwaffe verzichtet zu haben. Als Gorun ihm mitten im dichtesten Schlachtgetümmel nachsetzte, straffte er blitzartig den Riemen der Klauenkralle und zog die Waffe auf halber Höhe durch die Luft. Der Angriff zielte auf die ungeschützte Flanke des Gegners, die sich ihm darbot, aber Gorun durchschaute die Finte und hieb den Speer in das Seil. Durch den Schwung, mit dem sich die Waffen ineinander verhakten, taumelten die Widersacher aufeinander zu.

»Gib auf!«, fauchte der Reiter. »Diesen Kampf verlierst du!«

»Die Sieger stehen erst fest, wenn du mit deinesgleichen unterlegen bist!«, brüllte Nesyn den Menschen an.

Er hob den Arm. Der Kampf hatte Menschen wie Nraurn immer dicht an das Flussufer herangeführt. Das Wildwasser schoss zwischen vereisten Felsköpfen hindurch, und das Tosen überdeckte beinahe jedes andere Geräusch.

»Jetzt!«, schrie Nesyn den *Taú*-Schützen zu, die sich im Unterholz verbargen.

Gorun fluchte, als die Männer aus dem Gebüsch hervorbrachen. In einer langen Reihe richteten sich die Bogen aus, die Pfeilspitzen schwenkten auf die Ziele ein.

»Schießt auf die Anführer!«, schrie Nesyn. »Nehmt dem Süden die Befehlshaber! Die Bogen hoch, zieht aus und – jetzt!«

4

Die schwarze Stute strauchelte und sank im Tiefschnee ein. Sie war am Ende ihrer Kräfte, und ihrem Reiter ging es ebenso – und dennoch trieb Jemren das Pferd mit einem aufmunternden Schrei und einem Schlag auf die Kruppe hoch.

Das Schneegestöber nahm ihm die Sicht, er hatte kein Gefühl mehr in Händen und Füßen, doch das *Taú* beherrschte ein einziger Gedanke.

Vorwärts!, feuerte er das Tier an. *Schneller, schneller! Nun lauf schon!*

Er würde die Stute zugrunde richten.

Während er insgeheim die Sprünge abzählte, zu denen sie noch in der Lage war, hörte er plötzlich Kriegslärm vor sich: angriffslustiges Geschrei und das Klirren von Waffen. Eine Hochebene tauchte vor ihm auf, über die eine weiß wirbelnde Schneesäule raste. Der Yhv ragte bis zu den Wolken auf und schleuderte Reiter wie Tiere, die ihm in die Quere kamen, durch die Luft. Zwischen Nebelfetzen und gefrorenem Buschwerk tobte der Kampf.

»Die Nouk!«, schrie Jemren dem ersten Menschen zu, der in Hörweite kam. »Auf die Nouk mit euch!«

Mrerem starrte ihn mit offenem Mund an, als sei er selbst ein Wintergeist, der aus dem Nichts auftauchte. Aber der Weg, den er zurückgelegt hatte, war bitterhart und alles andere als Einbildung gewesen.

»Schnappt euch die Nouk!«, schrie Jemren wieder. Binnen weniger Herzschläge hatte er erkannt, wie es auf der Hochebene stand.

Endlich kam Bewegung in Vrarras' Sohn. Er rannte auf ein führerlos umherirrendes Tier zu und packte es am Zügel, während er seinen Gefährten dieselbe Weisung zuschrie. Die Jungen duckten sich und rannten zu den Tieren. Auch einige der erfahrenen Schützen aus Defágos hörten die Rufe und fuhren herum. Als sie Jemren erkannten, zeigte sich Erstaunen auf ihren Gesichtern – und dann fingen auch sie sich Nouk ein und schwangen sich in die Sättel.

»Vorwärts!«, rief Jemren. »In einer Linie zum Fluss! Folgt mir!«

In rasendem Lauf stob die schwarze Stute zwischen den Kämpfenden hindurch, und in ihren Atemstößen sprühte Blut. Jemren feuerte sie zu noch größerer Anstrengung an, denn nur wenige Augenblicke noch, und der Schwarze Gott würde triumphieren. Dann würde Antiles sich an seinem Sieg ergötzen, und sein Schatten würde für immer über der Insel liegen.

»Die Waffen nieder!«, schrie Jemren, als sich am Ufer die Bogen hoben. »Tenon, stellt das Kämpfen ein! Nieder mit den Bogen!«

Der Schütze aus Thárraxi erbleichte.

Hart focht Nesyn gegen Gorun, Schlag um Schlag tauschten die beiden Krieger aus, und ihre Waffen sprühten Funken. Der große Bahak schnaubte entrüstet, als er sah, dass ein Mensch auf den aberwitzigen Gedanken verfiel, er könne in dieser Schlacht sein eigenes Land besiegen.

Nichts weniger hatte Jemren vor.

»Du erteilst dem Norden keine Befehle mehr!«, rief er dem Nraur zu.

Die Schützen des Südens folgten ihm dichtauf. Jungen wie erwachsene Männer, teils beritten und teils zu Fuß, stürmten auf die Stellungen der Gegner zu. Auf beiden Seiten wurden Bogen gedehnt, Pfeil richtete sich gegen Pfeil, und plötzlich begegnete sich, was sonst niemals zusammentraf. Die verfeindeten Schützen starrten einander auf Schrittlänge ins Gesicht, erschrocken über dieses unmittelbare Aufeinandertreffen, bei dem es keine Deckung, kein Hinhalten und keinen Hinterhalt mehr gab.

»Tenon, verflucht!«, schrie Jemren, als der Mann den Ernst der Lage noch immer nicht erkannte. Er ritt geradewegs auf ihn zu – mit leeren Händen.

Der fremde Schütze schrie klagend auf und riss den Bogen hoch, aber der Pfeil war auf kein Ziel gerichtet. Der letzte Schuss galt den Wolken – den Mächten, die das Los der Sterblichen bestimmten und die den einen zum Sieger machten, den anderen aber zur Niederlage verdammten. Die Bogensehne schwirrte noch, als der Schütze die Waffe fortwarf und die Hände gut sichtbar ausstreckte. Die Gefährten taten es ihm nach, denn die Pfeilspitzen des Südens blieben wohlweislich auf den Gegner gerichtet.

Als Jemren die Stute zügelte, knickte das Tier mit den Vorderbeinen ein und sank stöhnend in den Schnee. Hastig schwang er das Bein über den Pferdehals und sprang ab.

»Ganz ruhig jetzt – niemand schießt ohne ausdrücklichen Befehl«, schärfte er seinen Begleitern ein. Vraja und die Jungen hielten die Gegner in Schach, während die Krieger aus dem Süden die *Taú*-Schützen entwaffneten. Man mochte die Geschichte drehen und wenden, wie man wollte, doch es half nichts. Am Ende dieses Wegs stand die bittere Erkenntnis, dass der Norden ein weiteres Mal unterlegen war. Und er selbst hatte keinen geringen Anteil daran.

Trotzdem ließ seine Aufmerksamkeit erst nach, als er sicher war, dass keine unbedachte Geste und kein zweideutiger Blick ein Unglück auslösten, wo nicht einmal ein barsches Wort nötig war. Tenon und seine Schar ergaben sich ohne Gegenwehr. Nesyn stieß einen grellen Fluch aus, als diese Flanke verloren war. Er bäumte sich auf, und das Gehörn pfiff durch die Luft, eine wuchtige Waffe auch ohne die *nkemen*. Sein Gegner duckte sich unter den Schild, doch durch den Aufprall wurde Gorun die eigene Waffe gegen die Schulter gerammt, und er stolperte einige Schritte durch den Schnee.

»Nesyn!«, schrie Jemren, doch der Nraur beachtete ihn nicht.

Blindlings setzte er Gorun nach. Der Hörnerstoß war so gewaltig gewesen, dass er benommen schien und den Kopf hin und her schwenkte. Blut rann ihm in die Augen. Als er abermals angriff, krachte ihm der Speerschaft des Reiters gegen die Hörner.

»Nesyn!«, schrie Jemren noch einmal, als er auf die Kämpfenden zurannte.

Da zuckte der Nraur um eine Handspanne herum. Gorun nutzte die nachlassende Aufmerksamkeit sofort aus. Er rammte den Spieß gegen den runden Nraurn-Schild, hebelte die Deckung des Gegners zur Seite und setzte Nesyn die Klinge aufs *Taú*.

»Du verlierst«, stellte er mit rauer Stimme fest – und er sprach die Wahrheit.

Überall auf der Hochebene gerieten die Gehörnten ins Hintertreffen. Schneesturm und Eisregen raubten ihnen die Sicht und schwächten ihre Verteidigungslinie. Wind und Wetter hatten sich gegen die Nraurn verbündet, manche irrten gar verloren in den frostkalten Schwaden umher. Vrarras und seine Gefolgsleute trieben bereits die ersten Gefangenen zum Fluss, während Anrynan den Yhv unermüdlich auf jene Gruppen losließ, die einander noch immer bekämpften. Doch es wurden zunehmend weniger.

Langsam senkte Nesyn den Schlagarm. Die Klauen des Hakens rasselten zu Boden, das Seil fiel in den Schnee, und ein kummervoller Ausdruck trat auf seine Züge. Seine Gefährten stöhnten auf, als er den Nacken beugte und auf die Knie sank. Der Widerstand der Nraurn erlahmte, als hätten zuletzt Nesyns Kampfkraft und Wille die Gehörnten angefeuert. Und wirklich – nirgendwo entdeckte Jemren Kajlyn-Gua.

Der Bahak-Krieger drückte die Hörner in den zertrampelten Schnee und bot dem Reiter aus Caláxi die volle Unterwerfung an, denn der Süden hatte die Schlacht gewonnen, der Süden hatte die Insel der Stürme erobert. Das sahen auch die Nraurn ein.

Ein höchst verdrießlicher Ausdruck erschien auf Goruns Gesicht. »Steh auf!«, verlangte er. »Bei allen Göttern, steh auf, Nesyn! Ich mag es nicht, wenn man vor mir kniet.«

Der Nraur rührte sich nicht. Er hatte die Augen geschlossen, während die Befehle der Sieger über die Hochebene hallten. Jemren vermochte den Schmerz des Gehörnten nur allzu gut nachzufühlen; die Niederlage schmeckte gallig wie giftiges

Kraut. Erleichtert nahm er zur Kenntnis, dass sich keiner der Reiter zu Jubelgeschrei hinreißen ließ.

»Nesyn.« Seine Stimme klang heiser vor Erschöpfung, und er zitterte. »Nesyn, sieh doch! Schau nur, wer sich dort hinten nähert! Ich bin sicher, meine Begleiter haben dir einiges mitzuteilen.«

Der Nraur hob den Kopf. In der Dämmerung nahte eine geisterhafte Erscheinung. Die Mähne, die Gewänder und selbst das Nouk der greisen Königin wiesen die fahle Färbung des umhertreibenden Schnees auf. Wiegend schaukelte das Nouk sie, als sie in gemächlichem Schritt über das Hochland ritt. Der Wächter der Bemalten Schlucht wich ihr nicht von der Seite, und bei seinem Anblick gaben auch die halsstarrigsten Nraurn den Versuch auf, den Menschen wenigstens die Gefangennahme zu erschweren. Sämtliche Kämpfe auf der Hochebene kamen zum Erliegen.

Gorun zog den Speer zurück. Er rammte die Waffe in den Schnee und gewährte Nesyn Raum zum Aufstehen. Der große Bahak erhob sich und starrte den Ankömmlingen entgegen.

»Qyon!«, stieß er bestürzt hervor. »Du wagst dich hierher – mitten unter die Menschen! Mitten in die Schlacht um die Gläserne Stadt! Und wer ist die Reiterin an deiner Seite?«

Gorun und Jemren unternahmen nichts, um den Nraur zurückzuhalten. Aufgeregt schritt Nesyn den Ankömmlingen entgegen und wirkte sichtlich erleichtert, dass die Krieger aus dem Süden weder den alten Wächter noch seine Begleiterin behelligten. Wer Gelegenheit dazu hatte, schöpfte lediglich Atem, ließ blutende Wunden verbinden und versuchte festzustellen, wie die Verhältnisse auf der Hochebene nun lagen.

Vor den beiden Nouk blieb Nesyn stehen und verneigte sich ehrfürchtig vor dem Wächter der Geheimnisse.

»Ich lauschte dem Zauberkind«, berichtete er. »Ich vernahm Lillias Wispern – genau wie du sagtest. Sie bat mich, ich möge sie nach Hause bringen, und das tat ich, so gut ich konnte.«

Heiterkeit erhellte Qyons Züge. »Junger Nesyn!«, rief er dem Krieger zu. »Bei unserem letzten Zusammentreffen warst du so erpicht darauf, alle Rätsel und Zeichen zu ergründen. Nun offenbaren sie sich dir – aber kannst du sie auch deuten?«

Verwirrt blickte Nesyn den Sprecher und dessen Begleiterin an. »Rätsel und Zeichen?«, stieß er hervor. »Als wir einander begegneten, war ich auf der Suche nach ...«

Er verstummte. Abermals musterte er die greise Reiterin, die über ihm auf dem Nouk saß und ihn mit einem freundlichen Ausdruck musterte.

»*Das Zerrissene wird sich fügen.* Das wusstest du doch – nicht wahr, Nesyn?«, raunte ihm der alte Wächter zu. »Schließlich haben wir es mit einer Weissagung zu tun.«

Da endlich verneigte sich der stolze Krieger vor der greisen Königin und sprach sie mit dem Ehrennamen an, der allein ihr gebührte: *»Nraur-a-Khae.«*

5

»Nraur-a-Khae?«

Verblüfft wandte Gorun sich zu dem Schützen um. »Was hat das zu bedeuten? Es gibt ... *noch* eine Ziegenfürstin? Aber sie ... Qyons Königin hat keine Hörner!«

Als Jemren diesen Ausruf hörte, musste er trotz klappernder Zähne und blau gefrorener Finger lachen. »Wir haben wirklich nicht richtig hingesehen, Gorun«, gab er zu. »Erinnerst du dich noch an die Nraurn-Gemälde? Als wir die Bilder damals betrachteten, gingen wir davon aus, dass Mequa-Te keine Nachfahren hat und ihr Volk sich in alle Windrichtungen zerstreute. Aber diese Annahme war falsch. Qyon haust keineswegs allein in der Bemalten Schlucht. Sein Volk sind die Hnak – die Nachkommen der legendären ersten Königin der Nraurn.«

»Bei der Quelle!«, stieß Gorun hervor. »Mequa-Tes Nachkommen? Aber dann ... in diesem Fall hat Kajlyn-Gua sich den Titel der *Nraur-a-Khae* widerrechtlich angeeignet.«

Jemren nickte. »Kajlyn-Gua hatte zu keinem Zeitpunkt Anspruch auf die Herrschaft über das Ziegenvolk. Jetzt, da sich die Königin der Hnak zu erkennen gegeben hat, wird sie ...«

Ein Schrei unterbrach ihn, und durch Dämmerlicht und Schneetreiben stürzte eine Gestalt auf ihn zu.

»Jemren!«

Im ersten Schreck starrte der Schütze seine Schwester an, als hätten ihm die Sinne einen Streich gespielt. Harat warf ihm die Arme um den Hals, lachte und redete gleichzeitig und berichtete ihm zwischen fliegenden Atemzügen von Salzgeistern, blauen Flämmchen und unterirdischen Schätzen. Da endlich schlang auch der Schütze die Arme um die Schwester, presste sie an sich und wiederholte ihren Namen ein ums andere Mal wie einen Bannspruch, der sie in der Wirklichkeit festhalten sollte.

Gorun zog sich einige Schritte zurück, um das Wiedersehen der Geschwister nicht zu stören. Der rasende Frostgeist war verschwunden und mit ihm das dichte Flockengewirbel; es schneite nur noch leicht. Vrarras und Anrynan kamen auf ihn zu. Die Feenpriesterin hielt das gerettete Mädchen auf dem Arm. Trotz des glücklichen Ausgangs der Schlacht wirkte Lilia blass und ernst und flüsterte wiederholt mit der *Nashan*.

»Die *Ya'ahåren* erwarten euch«, sagte Anrynan. »Vrarras und ich bereiteten das Feenvolk auf eure Ankunft vor. Und nun seid ihr hier!«

Die Feenpriesterin lächelte. Goruns *Taú* hob sich, als ihm bewusst wurde, dass er sogleich den Göttern des Südens gegenübertreten würde – an diese Begegnung hatte er nie zuvor einen Gedanken verschwendet, da sie so unerreichbar fern erschien. Andererseits war ihm der Umgang mit Anrynan längst vertraut, und was war sie anderes als eine der Ewigen?

Der Kriegsherr von Defágos nickte ihm zu. Vrarras' *Taú* war erhitzt vom Kampf, und seine Züge wirkten streng. Wie Gorun zu seinem Erstaunen bemerkte, gebot der Kriegerkönig über eine Streitmacht von beachtlicher Größe und Vielfalt. Noárta, Martáxi und die Zwillingsstädte vom Jarú hatten ihm Speerkrieger und Schildträger zur Verfügung gestellt; viele Reiter wurden von den eigenen Kriegsherren befehligt, die nun, da die Schlacht vorbei war, ihren Teil des Heers um sich scharten.

»Kaseira befindet sich dort drüben am Fluss«, berichtete er mit ausgestrecktem Arm, bevor Vrarras etwas sagen konnte. »Wir befreiten sie und viele andere Gefangene aus den Minen der Gehörnten. Und ganz nebenbei haben wir auch Mrerem und die anderen Schützenjungen eingefangen. Dein Sohn ist groß geworden – ein junger Mann.«

Vrarras musterte ihn. »Und wie steht es mit dir?«, fragte er.

»Ich erfülle meine Pflicht«, erwiderte Gorun. Er konnte sich diesen Anflug von Spott nicht verkneifen. Vrarras' Lippen spannten sich, sein *Taú* wurde eine Spur förmlicher, und er warf einen Blick auf den Schützen und seine Schwester.

»Was deinen Freund anbetrifft, so lag ich falsch«, gab er zu. »Du hast den Norden richtig eingeschätzt.«

Gorun stieß eine weiße Atemwolke aus. »Natürlich habe ich ihn richtig eingeschätzt. Schließlich war ich in Jemrens Stadt und in seinem Klanhaus zu Gast. Und was mich anbelangt, es geht mir gut. Und ich freue mich, dich hier zu sehen, Vrarras, und zwar keineswegs nur deshalb, weil du den Pass zur Feenstadt für uns offen hieltest.«

Bei diesen Worten verschwanden die steilen Falten zwischen den Brauen des Kriegsherrn. Sie setzten das Geplänkel noch eine Weile fort, doch schließlich lachten sie und packten sich an den Unterarmen, wie sie es früher oft getan hatten, als der eine noch der Lehrer und der andere der Schüler gewesen war.

Mittlerweile hatte Jemren sich so weit gefasst, dass er seine Schwester ein Stück von sich wegschob, um sie besser betrachten zu können. Ungläubig ließ er den Blick über die Nraurn-Kleidung wandern: die ledernen Reithosen, die Stiefel und den Überwurf aus schwerem Wollstoff, der ihr, von Kupferspangen gehalten, in Falten über den Rücken fiel.

»Wie siehst du nur aus?«, rief er. »Wie kommst du zu diesen Kleidern? Wie kommst du überhaupt hierher?«

Da lachte Harat und zupfte spielerisch am Kragen seines Umhangs. »Und du erst – so feine Gewänder! Und dein Haar ist lang geworden! Sicher hast du viel zu erzählen, aber zunächst muss ich dir die anderen vorstellen.«

Mittlerweile drängten sich Menschen wie Nraurn am Fluss und berichteten einander von ihren Erlebnissen. Vraja und Kimrin hatten ihre Satteldecken über Jemrens erschöpfte Stute gebreitet und boten ihr angewärmtes Wasser an; das Pferd hatte sich noch nicht wieder erhoben. Harat führte den Bruder zu den Überlebenden aus den Minen, die nun vom Lagerplatz herbeikamen, und stellte ihm ihre Leidensgenossen vor. Der erste Blick galt stets der Pfeilhand und den Ringen, die Jemren als Meister seiner Kunst auswiesen, und als man ihn anhand der Auszeichnung als einen *Taú*-Schützen erkannte, reichten die Menschen ihn von einem Angehörigen zum nächsten weiter, stellten ihm Klanmitglieder vor und berichteten von ihren Schicksalen.

»Minéa?«, wiederholte er, als ihm Ortsnamen zugerufen wurden. »Ihr wurdet aus Minéa entführt? Aber der Überfall auf diese Stadt liegt Jahre zurück!«

Ein breitschultriger Mann nickte. »Die Nraurn verschleppten alle Gefangenen, die sie während der Überfälle auf den Norden machten, in die Minen. Es kam uns vor, als hätten wir das halbe Leben in den Stollen verbracht. Als deine Schwester schließlich mit der Nachricht eintraf, unser Land sei gefallen und die Städte stünden in Flammen, wollten wir schon die Hoffnung aufgeben.«

»Seit Jahren versklaven die Nraurn ihre Gefangenen, während sie uns im Glauben ließen, die Unglücklichen seien tot«, warf die junge Bogenschützin ein.

Jemren legte der Schwester den Arm um die Schultern. So führte er sie zu Gorun und reichte dem Reiter die Hand. »Du hast alle diese Menschen befreit«, sagte er schlicht – und das *Taú* teilte sämtliche unausgesprochenen Empfindungen mit. »Bei der Quelle, Tenon musste bis zum letzten Augenblick davon ausgehen, dass die Gehörnten sämtliche Geiseln umbrächten.«

Gorun nickte. »Es wäre zu schön, wenn wir bereits mit Gewissheit vom glücklichen Ausgang unserer Unternehmung sprechen könnten«, entgegnete er und warf einen zweifelnden Blick zum Fluss hinüber. Dort durchsuchten Vrarras' Gefolgsleute die *Taú*-Schützen nach versteckten Waffen und nahmen den Unterlegenen auch jeden anderen verdächtigen Gegenstand ab. »Deine Schwester hätte uns eigentlich ein wenig Beistand leisten sollen, als es darum ging, Tenon zur Waffenruhe zu zwingen. Aber als es darauf ankam, war sie plötzlich unauffindbar.«

Harat zog die Augenbrauen hoch. »Amra benötigte meine Hilfe dringender«, erklärte sie achselzuckend. Gorun fasste die junge Schützin schärfer ins Auge.

»Amra? Wo ist sie überhaupt? Ihr beide habt doch die Köpfe zusammengesteckt. Was wolltest du von der *Laîren*?«

Harat blinzelte nicht einmal. »Ich – von ihr? Nun, es war wohl eher umgekehrt. Jetzt müssen wir ihr allerdings wirklich beistehen.«

»Wir müssen ... was hat das zu bedeuten? Wo ist sie?«, fuhr Gorun auf.

Harat streckte den Arm aus – und Gorun fuhr herum. Auf dem eisglatten Grat kletterte die *Laîren* zur Feenstadt hinauf, auf dem schwindelerregenden Pfad, der in einem gläsernen Brückenbogen endete. Und sie war nicht allein: Die flüchtige Königin der Bahak war ihr nur wenige Schritte voraus. Plötzlich schien Kajlyn-Gua Amras Rufe zu vernehmen, denn sie wandte sich um und stieß der *Laîren* drohend das Gehörn entgegen.

»Wie kommt sie dort hinauf?«, herrschte Gorun die junge Schützin an »Verflucht – was ist euch denn da eingefallen?«

Eigensinnig hob Harat das Kinn. »Amra bat mich, sie so dicht wie möglich an Kajlyn-Gua heranzubringen – und das tat ich. Aber dann sah ich, wie Jemren auftauchte, und da ... da meinte sie, ich solle ruhig umkehren und ihm entgegenlaufen. Sie werde schon allein mit der Nraurin fertig.«

»Sie will es mit Kajlyn-Gua aufnehmen? Falrau!« Gorun winkte den Gefährten zu sich. »Schützen! Ich brauche Bogenschützen. Schnell!«

Als gälten seine Worte ausgerechnet ihr, schulterte Harat den Köcher. Doch sie kam nicht dazu, den Bogen hochzunehmen. Noch ehe sie die Sehne zwischen die Finger klemmte, fiel Jemren ihr in den Arm und zog ihre Hand nach unten.

»Wohin willst du mit der Waffe?«, fragte er und wirkte plötzlich überaus ernst. »Du greifst gewiss nicht in den Kampf ein.«

Harat warf die Locken in den Nacken, und ihre Augen blitzten. »Das tue ich bereits die ganze Zeit«, erklärte sie. »Aber ich dachte mir schon, dass du etwas dagegen hast. Schließlich wolltest du von Anfang an verhindern, dass ich die Bogenkunst erlerne. Du schleppst zu viele Bedenken mit dir herum, Jemren. Tarepin war übrigens derselben Ansicht. Er zeigte mir wenigstens die Grundlagen vom Spannen, Halten und Lösen der Sehne.«

Jemren ließ ihre Hand los. »Tarepin hat ... hinter meinem Rücken hat er dir das Blindschießen beigebracht?«

Achselzuckend legte Harat einen Pfeil an. »Was heißt da hinter deinem Rücken? Du wusstest ganz genau über meinen Wunsch Bescheid.«

»Und ich sprach mich dagegen aus!«, erinnerte Jemren sie unwillig. »Seit wann zählen meine Einwände weniger als die Meinung eines beliebigen Verwandten?«

Seine Schwester ließ die Waffe sinken und stützte die Hand in die Hüfte. »Was hast du bloß?«, fuhr sie auf. »Warum darf ich nicht über die gleichen Fähigkeiten verfügen wie du? Den Mädchen aus dem Süden zeigst du dein Können schließlich auch.«

Mit der Bogenspitze deutete sie auf Vraja und die jungen Schützen, die schon seit geraumer Zeit darauf warteten, dass Jemren ihnen wenigstens für einen Augenblick Beachtung schenkte. Was immer der Schütze hatte vorbringen wollen – Harats Hinweis machte jegliche Widerrede zunichte.

»Außerdem ist Tarepin kein beliebiger Cousin«, fuhr sie fort. »Er brachte es zum Meisterschützen unserer Stadt, und das Haus Sa Vres ist eng mit unserem Klan verwandt. Als er merkte, dass ich am Bogenschießen Gefallen fand, nahm er mich öfter auf einen Streifzug entlang der Küste mit. Er war es auch, der mir die Höhle zeigte, in der ich mich vor den Nraurn verbarg – weil es dort im Sommer so schön kühl sei und man das Meer rauschen höre. Ich glaube fast, er war ein bisschen in mich vernarrt.«

Einige Herzschläge lang blickte Jemren der Schwester ins Gesicht. »Er ist tot«, sagte er dann. »Tarepin ist tot, Harat. Ich habe ihn erschossen.«

Weder in ihren Zügen noch in ihrem *Taú* regte sich Betroffenheit – sie war durch und durch Kriegerin. »Ich weiß sehr wohl, dass er unsere Stadt und unser Land verriet«, erklärte sie und wandte sich wieder ihrer Waffe zu. »Es geschieht ihm nur recht.«

Jemren ergriff abermals die Hand, die sie um den Griff des Bogens ballte. »Bei diesem Zusammentreffen ... Harat, du musst mich jetzt anhören. Bei diesem Zusammenstoß hat Tarepin mich ebenfalls getroffen. Du kennst die Berichte über die verfluchten Pfeilspitzen, die uns die Nraurn einst überließen. Während des Überfalls auf Defágos nutzten Tarepin und seine Gefolgsleute die dunkle Pfeilbahn zu ihrem Vorteil.«

Mit einem Ruck riss Harat sich los und trat einen Schritt zurück; ihre Augen weiteten sich. »Aber was sagst du da?«, schrie sie den Bruder an. »Wie oft habe ich das jetzt schon von dir zu hören bekommen: ›Harat, ich muss gehen! Harat, es tut mir leid, aber ich kann nicht lange bleiben!‹ Ich habe wirklich genug von diesem Gerede!«

Auf dem Absatz machte sie kehrt und stürmte in die dämmrige Ebene hinaus.

Gorun trat neben Jemren, denn gewiss gab es Stunden, in denen man einen Freund nicht allein ließ. »Deine Schwester ist noch sehr jung«, sagte er. »Mir scheint, sie weiß manchmal nicht recht, wie sie sich verhalten soll.«

Der Schütze schwieg. Sein *Taú* wirkte matter als gewohnt; die Anstrengung des Rittes durch die Berge war ihm deutlich anzumerken. »Wenn Harat zurückkommt, hat sie meinen Standpunkt verstanden. So war es immer zwischen uns«, erwiderte er schließlich. Mit der Hand schützte er die Augen gegen die Eiskristalle, die im Wind trieben, und spähte zu dem Brückenbogen hinauf. »Wir müssen uns jetzt wirklich beeilen, Gorun«, mahnte er an. »Amra ist dort oben ganz allein.«

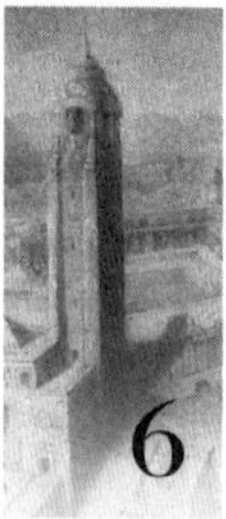

Der Wind strich in kräftigen Stößen über den Bergrücken. Mit beiden Händen umklammerte Amra Felsnasen und vereiste Vorsprünge, denn die Angst, von den Böen in den Abgrund gerissen zu werden, wuchs mit jedem Schritt. Weit unter ihr auf der Hochebene hatten die Kämpfe aufgehört. Vielerorts war der Boden zertrampelt und die Schneeschicht mit Blut besudelt.

»Kajlyn-Gua!«

Sie musste sich anstrengen, um das Heulen des Winds zu übertönen. Die blauen Bergspitzen waren jetzt ganz nahe, lediglich ein schmaler Brückenbogen trennte sie von der Unerreichbaren Stadt.

»Kajlyn-Gua!«

Die Nraurin fuhr herum. Als sie Amra entdeckte, stieß sie einen Wutschrei aus.

»Du! Du wagst es, mich bis hierher zu verfolgen? Siehst du nicht, wie die Schatten bereits länger werden? Bald nehmen sie das ganze Hochland ein. Ihr schafft das Eine Kind niemals rechtzeitig an seinen angestammten Platz zurück. Ich werde den letzten Schritt verhindern.«

Mit diesen Worten betrat sie den Brückenbogen. Der Wind erfasste ihre lange Mähne, der Mantel flatterte im Sturm. Trittsicher wie eine Bergziege bewegte sie sich auf dem schmalen Grat und breitete die Arme aus, als wolle sie Amra am Näherkommen hindern.

»Die Zeit läuft euch davon, *Laîren*«, fauchte sie. »Der Schwarze Gott war euch immer einen Schritt voraus.«

Amra entging das unheilvolle Flackern ihres *Taú* nicht; sie hatte Tenons aufsteigenden Pfeil gesehen, der sich einem Schattenvogel gleich auf seine Beute stürzte. Sie wusste, wie es um die Nraurin stand – und Kajlyn-Gua wusste es auch.

»Du stirbst«, stellte sie fest. »Weshalb gibst du Hass und Feindschaft nicht auf, da doch alles Kämpfen nun keinen Zweck mehr hat?«

»Ich sterbe keineswegs als Einzige.« Kajlyn-Gua lächelte und nickte zu den Bergen hinüber.

Ein schwarzes Licht kroch hinter den Gipfeln herauf, als sende dort ein Schatten seine verderblichen Strahlen aus. Das blaue Leuchten des Altéru wirkte matter als noch vor einem Augenblick, und es drohte gar zu erlöschen.

»Was hat Antiles dir geboten, damit du dich als seine Handlangerin verdingst?«, fragte Amra. »Einen leichten Tod? Einen Ehrenplatz in der Dunkelheit? Etwas anderes kann er nämlich nicht gewähren.«

Die Nraurin warf den Kopf in den Nacken. »Du vergisst, dass wir euch in keiner Weise gleichen. Ihr wählt eure Götter und zweifelt schon beim nächsten Atemzug an der Gültigkeit dieser Wahl. Mir und meiner Schwester war es hingegen von Geburt an vorherbestimmt, dem Fürst der Dunkelheit zu dienen.«

»Ein bitteres Los«, bemerkte Amra. »Deine Schwester kostet es bereits aus. Aber was dich angeht – du willst nicht sterben. Stattdessen forderst du Antiles heraus.«

Die Nraurin grinste, der gehörnte Kopf pendelte hin und her. Der Wind zerrte an Amras Kleidern, während sie den Fuß auf den gläsernen Brückenbogen schob. Schneefahnen wirbelten von den Felsen empor, und ein schwaches Klirren und Klingeln lag in der Luft.

»Dort unten wird soeben über eine neue Zukunft für die Insel verhandelt.« Amra deutete auf das Hochland, auf dem sich winzige Gestalten versammelten. Die Krieger, Nraurn und Nouk wirkten wie Spielfiguren, die sich am Ende der Partie auf dem *Edû*-Brett gruppierten. So sieht die Welt also vom Blickwinkel der Götter aus, dachte sie.

»War das nicht Teil deines Plans?«, fuhr sie fort. »Strebtest du nicht nach Ruhm und Unsterblichkeit, indem du dich zur Befreierin der Gehörnten aufschwangst?«

»Unsterblichkeit?«, wiederholte die Nraurin gedehnt. »Ich habe sie fast erlangt. Mich trennt nur noch ein einziger Schritt von meinem Ziel.«

Bei diesen Worten deutete sie auf den Torbogen von Gayália. Ein Missklang war zu hören, als sie in die Nähe des Gewölbes kam. Die neun gläsernen Rippen schwirrten im Wind, sie klirrten wie aneinanderstoßendes Eis. Die Brücke schwebte in den Böen auf und nieder, und Amra wurde angst und bange. Sie hatte längst bemerkt, dass die Gefährten den Pass hinaufeilten, aber weder Gorun noch Jemren würden rechtzeitig eintreffen, um Kajlyn-Gua am Betreten der Feenstadt zu hindern.

Der Nraurin war der Blick über die Schulter nicht entgangen. »Deine Gefährten werden umkommen«, erklärte sie sanft. »Der Blindschütze erstickt an der verfluchten Pfeilspitze, und Gorun erliegt dem eigenen Heldenmut, wie nicht anders zu erwarten war. Und ganz zuletzt bist du an der Reihe, *Laîren*, denn am Ende des Wegs finden Lillias Begleiter den Tod – so steht es in der Prophezeiung geschrieben.«

Amra keuchte. Belustigt neigte die Nraurin den Kopf zur Seite, als das *Taú* den Schreck verriet. »Ach, ihr wusstet bislang nichts vom Ausgang eures Abenteuers? Man hat euch auf die Reise geschickt, ohne euch aufzuklären, was euch am Ende erwartet? Wie bedauerlich! Deine weise Freundin Anrynan teilt dir die Wahrheit offenbar nur in spärlichen Bröckchen mit. Vermutlich tat sie gut daran, denn wer weiß – vielleicht hättet ihr sonst die schützenden Mauern eurer Städte niemals verlassen. Sobald ihr diesen Brückenbogen überschreitet, verlangen euch die Götter das denkbar größte Opfer ab, das letzte Opfer, das ihr zu geben imstande seid. Ich hingegen traf bereits vor langer Zeit meine Absprachen mit dem Schwarzen Gott – mit dem Mächtigsten der Ewigen.«

»Aber du hast eine Kleinigkeit übersehen«, erwiderte Amra. Sie hob die Stimme, um das Pochen ihres Herzens zu übertönen, während sie eine Hand unter die Gewänder schob. »Antiles vermag sein Versprechen dir gegenüber nicht einzulösen, denn eine seiner Gaben – die wertvollste vielleicht – besitze ich.«

Bei diesen Worten zog sie das Amulett hervor. Das gefangene Licht schaukelte an dem Band hin und her, es blinkte und glänzte, und bei seinem Anblick stieß Kajlyn-Gua einen gellenden Schrei aus. Als sie drohend auf Amra zukam, wich die *Laîren* zurück. Zugleich streckte sie den Arm aus, bis das Amulett über dem Abgrund baumelte.

»Ich biete dir einen Tauschhandel an!«, rief sie der Nraurin zu, während sie vor Furcht und Kälte kaum Luft bekam. »Das Amulett gegen dein Wissen über den Herrn der Dunkelheit. Verrate mir, was ich noch nicht über Antiles erfahren habe, und ich gebe dir den Anhänger zurück. Dieser Preis scheint mir keinesfalls zu hoch – vielleicht gelingt es dir dann doch noch, den Schatten des Todes abzustreifen.«

Kajlyn-Guas Atem ging in Stößen, während sie gebannt auf das wilde Schaukeln des Anhängers starrte. »Das – wagst du – nicht!«, ächzte sie.

Wortlos öffnete Amra die Hand und ließ das Band des Amuletts durch die Finger gleiten, bis sie es nur noch am letzten Zipfel hielt. Das Licht tanzte in den Böen und glühte von Windstoß zu Windstoß auf.

»Im Namen aller Götter, nimm dich in Acht!«

Goruns Schrei und seine Furcht drangen zu ihr herauf wie eine Berührung durch das *Taû*. Sie versagte es sich, abermals den Kopf zu wenden und nach den Gefährten Ausschau zu halten – lieber hielt sie den Blick auf ihre gefährliche Gegnerin gerichtet.

»Verrate mir Antiles' Geheimnis, oder ich werfe das Amulett in die Tiefe. Von dort holt es auch der Herr der Dunkelheit nicht zurück. Dann siehst du Quinda-Na nicht einmal nach deinem Ableben wieder.«

»So stirb – zusammen mit mir!«, kreischte die Nraurin.

Hinter Amra erhob sich ein vielstimmiger Schrei, als Kajlyn-Gua mit gesenkten Hörnern auf sie losstürmte. Aufschluchzend warf sie sich nach vorn und krallte sich mit einer Hand in den Gewändern der Ziegenkriegerin fest. Die Hörnerklingen pfiffen dicht an ihrem Gesicht vorbei, und als sie hintenüberfiel, war da kein Untergrund, kein Fels – nur Wind.

Sie fiel in unendlicher Langsamkeit. Die Berge, der Wind, der Schnee und das Entsetzen auf den Gesichtern ihrer Gefährten, Harat, die den Bogen spannte, aber kein Ziel mehr fand – alles wirbelte an ihr vorbei. Sie ließ alles los: den Umhang der Nraurin, die Schnur des Amuletts, das Leben selbst. Plötzlich schlug sie mit dem Rücken auf, und dann ging alles rasend schnell.

Der Aufprall trieb ihr die Luft aus den Lungen. Sie rutschte über den verharschten Boden und versuchte, die Finger ins Eis zu krallen. Sie schürfte sich die Haut auf und stieß mehrfach gegen Felskanten, mit dem Kopf und mit den Beinen. Der Schmerz gellte ihr durch den Körper, aber er betäubte das Entsetzen nicht, das ihr durchs *Taú* hallte. Sie merkte kaum, dass sie endlich zum Liegen kam und sinnlos und zitternd immer dieselben Worte wiederholte.

»Ihr Götter, ihr Götter, o ihr Götter.«

Mit schmerzenden Gliedern rollte sie sich zur Seite, hustete und spuckte Schnee aus, bis sie wieder Luft bekam – eine Wechte hatte den Aufprall gemildert. Hastig wischte sie sich die Tränen ab; sie spürte jeden Knochen im Leib.

Mit verrenkten Gliedern lag Kajlyn-Gua im Schnee, nur wenige Schritte von ihr entfernt. Das Amulett war auf einen Felsen geprallt und in tausend Stücke zerschellt. Das gefangene Licht schillerte nicht mehr – es war erloschen.

Ihre Gefährten hatten den Pass verlassen. Auf dem gradlinigsten Weg rannten und rutschten sie den Steilhang herab, und der Schreck stand ihnen ins Gesicht geschrieben. Auch von der Hochebene her stürmten Krieger auf sie zu. Nesyn war einer der vordersten Ankömmlinge, und im ersten Augenblick befürchtete Amra, der Nraur wolle sie mit den Hörnern zu Boden rammen. Aber sein ganzes Augenmerk galt seiner toten Königin, und er fiel neben ihr auf die Knie.

»Amra!«

Gorun packte sie und zog sie an sich. Zitternd schlang sie die Arme um ihn, wollte hören, wie sein Herz schlug und sich vergewissern, dass die nagende Furcht, die Kajlyn-Guas Worte ihr eingepflanzt hatten, nur ein Schatten war, der beim nächsten Windstoß weiterzog.

Dann fiel ihr Blick auf Lillia.

Das Mädchen war in jenen Zustand der Starre gefallen, in dem die Gefährten sie bereits einige Male erlebt hatten; regungslos lag sie in Jemrens Armen. Ihr Gesicht war wachsbleich, die Augen standen halb offen und waren schwärzer als der Himmel über dem Bergland.

»Nein!«, schrie Amra. Sie ließ Gorun los und schüttelte die Fäuste gegen die finsteren Gipfel. »Nein! Du bekommst sie nicht!«

Das trockene Schluchzen nahm ihr den Atem. Besorgt erkundigten sich die Gefährten nach ihrem Befinden, aber Amra achtete kaum auf die Worte und wischte alle wohlmeinenden Handreichungen zur Seite.

»Lillia!«, stieß sie hervor. »Seit wann ist sie so kalt und starr? Eben war sie doch noch glücklich über ihre Befreiung.«

»Es geschah, als die Berge dunkel wurden«, berichtete Jemren. »Das Leuchten des Altéru erlosch plötzlich – da schrie sie auf und wirkte wie gelähmt vor Schreck.«

Der Schütze trug das totenbleiche Kind und sah selbst blass und elend aus. Seine Schwester wich ihm nicht von der Seite.

»Was hat sie nur? Sie ist doch noch so klein«, murmelte Harat. »Stirbt sie? Ist sie tot?«

»War sie je lebendig – ein Kind ohne *Taú*?«, gab Amra zurück.

Gorun strich dem Mädchen die Locken aus der Stirn. »Lillia wird niemals erwachsen. Sie ist das Ewige Kind, das jüngste und zugleich das älteste Wesen auf der Insel«, erklärte er.

In einigen Schritten Entfernung kauerte Nesyn neben seiner Anführerin. Mit der flachen Hand berührte er Kajlyn-Guas Hörner und murmelte Worte, die Amra entfernt an die Totenlieder erinnerten, deren Verse sie einst auswendig gelernt hatte. Die Bahak versammelten sich um ihre gestürzte Königin. Manche gestikulierten, andere standen mit gesenkten Köpfen da.

»Nun habt ihr euer Ziel erreicht.« Erbittert wandte die *Laîren* sich an die Gehörnten. »Nun hat Antiles sein Unterpfand bekommen, auch wenn Kajlyn-Gua diese Genugtuung nicht mehr miterlebt.«

Mit einem Ruck stand Nesyn auf. Einzelne Schneeflocken sammelten sich auf seinen Schultern. »Sie flüstert nicht mehr«, erklärte er ernst.

»Sie – *was?*« Entgeistert starrte Amra den Nraur an. »Was weißt du von Lillia und ihren Kräften?«

»Das Zaubermädchen flüstert nicht mehr«, wiederholte Nesyn. »Ohne ihr Wispern wird die Welt dunkel, kalt und starr. Ein solches Ende lag gewiss nicht in unserer Absicht.«

Mit einem tiefen Atemzug nahm Amra sich zusammen. »Und was sollen wir jetzt tun?«, fragte sie. »Was sollen wir zu ihrer Rettung unternehmen?«

Mit dem blanken Gehörn nickte der Bahak-Krieger zu den Bergen hinüber. »Jetzt bringt ihr sie nach Hause.«

Benommen wandte Amra sich um. Der Himmel hatte sich vollständig zugezogen. Ganz dunkel war es nun, und das Licht im Innern der Feenstadt war erloschen. Die höchsten Gipfel des Altéru ragten über dem Hochland auf, ein Gebirge aus Schwärze.

Die längste Nacht des Jahres brach an.

Und Antiles würde alles dafür tun, dass sie zur Ewigen Nacht wurde.

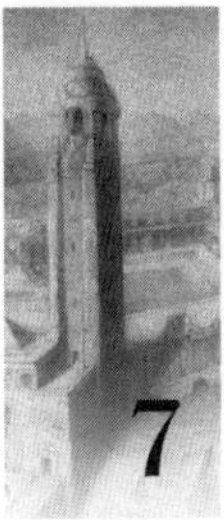

7

Unter dem Torbogen von Gayália empfing Anrynan die Begleiter des Einen Kindes. Sie lauschte angestrengt, wie das Tor die Ankunft des Mädchens würdigen würde, denn die Jüngste der *Ya'aháren* war lange verschollen gewesen.

Aber Aorus Windharfe blieb stumm. Die Neun Bogen sangen und klangen nicht, als das Mädchen durch das Tor getragen wurde. Lediglich die Yhv, die unsichtbaren Windgeister, tosten durch den Eingang und heulten ihr Klagelied vom Verlorenen Kind.

Besorgt betrachtete Anrynan Lillias Gefährten. Die Menschen waren müde und durchgefroren und ihre *Taú* von größerer Mutlosigkeit erfüllt, als es auf dem langen Weg in die Unerreichbare Stadt je der Fall gewesen war. Selbst die unerschrockene *Laîren* von Caláxi wirkte erschüttert und beachtete die zauberischen Säle kaum, die sie durchquerte.

»Any«, stieß Amra hervor, »du empfängst uns hier ganz allein? Wo sind deine Gefährten? Ist dies nicht die Stadt der Götter?«

Traurig schüttelte Anrynan den Kopf. »Die Angehörigen meines Volks mussten fliehen«, berichtete sie. »Antiles hat die Ewigen aus den Hallen von Gayália vertrieben, und sie suchten in der Kälte Zuflucht. Kommt, ich bringe euch zu ihnen.«

Sie führte die Gefährten in Menyias gefrorene Gärten. Von dort aus hatten die Ewigen in die Schlacht vor den Toren der Feenstadt eingegriffen – jeder auf seine Weise. Am Eingang hatte Narduk mit Schild und Speer Aufstellung genommen, ein Wächter gegen die Schatten. Zesake beobachtete sorgsam, in welche Richtung die Waagschale ausschlug, die er in den Händen hielt, und Xynope hütete eine winzige Flamme in der hohlen Hand, damit wenigstens die Lampen in den Zelten nicht erloschen. Mehr konnten auch die Ewigen nicht tun.

»Da ist nichts mehr«, stellte der Herr der Winde fest, sobald er einen Blick auf das Mädchen geworfen hatte. Bedauernd schüttelte er den Kopf. »Leer – sie ist leer.«

»Was ist geschehen?«, fragte Cenlana bestürzt. »Was ist dem Kind zugestoßen?«

»Antiles setzte ihr auf Schritt und Tritt nach«, erklärte Amra. Erschöpft wischte sich die *Laîren* übers Gesicht. »Er verfolgte uns den ganzen Weg über, und zuletzt holte der Herr der Schatten das Mädchen ein. Wir haben alles versucht, aber ...« Zitternd brach sie ab.

»Es wurde vorherbestimmt«, warf Elrel ein. Der Alte Gott nickte bedächtig zu den eigenen Worten, als habe er nie einen anderen Ausgang der Prophezeiung erwartet. »Ihr könnt nichts weiter tun.«

Jemren trat vor. »Wir bringen das Eine Kind zurück«, erklärte der Schütze mit fester Stimme. »So und nicht anders lautet die Prophezeiung: Wir bringen Lillia nach Hause.«

Keiner der Ewigen regte sich.

»Sie gehört hierher – zu euch«, empörte Gorun sich. »Und jetzt gebt ihr sie einfach auf?«

»Sie ist längst nicht mehr da«, hauchte die Hüterin des Mondlichts. »Sie ist fort.«

Narduk fasste die Gefährten ins Auge. »Wir können dem Kind keinen Schutz bieten – wir konnten es nie. Allerdings sahen wir unser Unvermögen lange Zeit nicht ein.«

Die Gefährten tauschten einen Blick, und dann schnaubte Gorun ungehalten durch die Nase. »Unvermögen? Ich nahm diese beschwerliche Wanderung nicht auf mich, um mich von eurer Ohnmacht zu überzeugen. Das Jüngste Kind, das Kind der Götter – so wurde Lillia allenthalben genannt. Seid ihr nicht die Ewigen, die in unseren Städten gepriesen werden, die Hüter von Land und Wind und Meer? In den Liedern heißt es, dass ihr die Insel erschuft. Und nun teilt ihr uns mit, es handle sich um einen bedauerlichen Irrtum?«

»Wir sind keine Götter«, erklärte Kerron der Jäger. Er trat in den Kreis, der sich um die Menschen gebildet hatte. »Wir sind die *Ya'aháren* – ein Volk wie jedes andere auch. Und wie alle anderen Geschöpfe auf der Insel sind wir keinesfalls vollkommen.«

»Bei der Quelle – verstoßt ihr das Mädchen nun ebenfalls, so wie es in meiner Stadt der Fall war?«, fuhr Gorun auf. »Gibt es denn auf dieser Insel wirklich keinen Platz für das Verlorene Kind?«

»O doch, es gibt einen Platz für sie«, hörte Anrynan sich sagen. »Allerdings können selbst wir diesen Ort nicht betreten. Wir wissen nicht einmal genau, wo er liegt – und ob er sich stets an derselben Stelle befindet. Allein *sie* kennt dieses Geheimnis.« Sie deutete auf das reglose Kind.

»Aber sie kann uns jetzt nicht länger führen!«, rief Jemren.

»Sie kann es«, widersprach die Quellenhüterin. »Vor langer Zeit wurde bestimmt, dass den Unerreichbaren Ort nur betreten kann, wer auf das Eine Kind vertraut. Von diesem Platz erhielt unsere Stadt einst ihren Beinamen. Er zeigt sich allen, die sich von Lillias Flüstern führen lassen.«

In der folgenden Stille richteten sich alle Blicke auf den Schützen.

»Ich?«, stieß Jemren bestürzt hervor. »Ausgerechnet ich soll mich jetzt von Treu und Glauben leiten lassen?«

»Du warst von Anfang an der Überzeugung, dass es diesen Ort gibt«, gab Gorun zu bedenken.

»Und du glaubtest immer daran, dass man den Scyé überqueren kann«, erinnerte Harat den Bruder. »Von Tegaréssos aus war der Süden mindestens genauso weit entfernt wie die Stadt der Götter.«

Anrynan lächelte. »Von allen Ewigen besitzt nur Lillia die Macht, das *Taú* der Menschen zu verwandeln, und wer sich auf die Verwandlung einlässt, wird ihr Freund.«

»Uns bleibt nicht mehr viel Zeit«, flüsterte die *Laîren*. Während sie sprach, wandte sie sich an die Hüterin der Quelle. »Nicht wahr, Any – uns bleibt kaum noch Zeit.«

Sie weiß es! Der Schreck fuhr Anrynan in alle Glieder. Die Sehende *Laîren* hat uns durchschaut; sie weiß, welches Ende ihr und ihren Gefährten bevorsteht, sobald die Prophezeiung sich erfüllt. Langsam neigte sie den Kopf.

»Es ist wahr«, gab sie zu und konnte zusehen, wie Amra das Blut aus dem Gesicht wich. Dennoch wankte die junge Frau nicht, und in ihrem *Taú* zeigte sich ein entschlossener Ausdruck.

»Ich habe eine Frage«, sagte sie und wandte sich an die Götter. »Meine Gefährten suchten im Offenen Turm von Defágos nach Gewissheit in den Belangen, die sie beschäftigten. Doch meine Antwort steht noch aus.« Bevor Amra fortfuhr, legte sie sich die Worte sorgsam zurecht.

»Wie besiegt man den Schwarzen Gott?«

Schweigen antwortete ihr, die Ewigen lauschten auf den Widerhall dieser Worte. In Menyias dunklem Garten knackte hin und wieder ein gefrorener Zweig, oder ein Klümpchen Schnee fiel zu Boden.

»Kann man ihn überhaupt besiegen?«, fuhr die *Laîren* fort. »Gibt es noch einen Ausweg? Gorun forderte Antiles in seinem Reich heraus, und dennoch gelang es ihm, das Weiße Schiff zu verlassen. Jemren besaß den Mut, Antiles' Drohungen und Verlockungen zu trotzen, obwohl er von einem Schattenpfeil getroffen wurde. Wir haben bewiesen, dass man Antiles widerstehen kann – aber vermag man ihn auch zu bezwingen?«

Abermals wartete sie. Mit gesenkten Häuptern starrten die Götter zu Boden.

»Niemand vermag das«, erklärte Anrynan schließlich. »Antiles' Macht währt ewig. Stets kehrt der Herr der Dunkelheit in verwandelter Gestalt wieder, und seine Verbannung bedeutet nichts weiter als einen Aufschub.« Traurig strich sie dem Mädchen über die Stirn – Lillias Gesicht war glatt und kalt wie weißer Stein.

»Deshalb nehmt jetzt unsere Gaben an«, bat sie. »Jeder von euch wählte einst einen Schutzherrn. Auf dem letzten Wegstück werden wir euch nach Kräften dienlich sein, so wie es unser Bündnis verlangt.« Mit diesen Worten löste sie ein Gefäß vom Gürtel und überreichte es der *Laîren*.

»Nimm deine Bestimmung an, Amra«, ermutigte sie die junge Frau, als sie die Bestürzung sah, die das Geschenk auslöste. »Du bist die Wegbeenderin.«

Jemren zauderte ebenfalls, als Kerron ihm einen gefüllten Köcher überreichte. Erst als ihm seine Schwester auffordernd den Ellbogen in die Seite stieß, griff er nach dem Riemen.

»Ich benutzte den Bogen nicht mehr«, erklärte er jedoch. »Ich bedaure sehr, aber ich kann mit deiner Gabe nichts anfangen.«

Harat seufzte enttäuscht, und Kerron runzelte die Stirn. Eingehend musterte der Jäger den Anhänger, den der Schütze um den Hals trug. Als Jemren merkte, was der Gott betrachtete, deckte er das Figürchen mit der Hand zu.

»Ich habe das Blindschießen aufgegeben«, wiederholte er.

»Sieh dir die Pfeile an, bevor du dich entscheidest«, forderte ihn der Jäger auf. »Unsere Gaben besitzen nicht immer denselben Wert.«

Behutsam zog Jemren ein Geschoss aus dem Köcher. Da stieß Harat einen Ruf der Überraschung aus und strich mit dem Finger andächtig über die Spitze. »Silber!«, staunte sie. »Die Pfeilspitze besteht aus reinem Silber!«

»Bist du mit meiner Legende vertraut?«, fragte der Jäger ihren Bruder.

Jemren stutzte – und dann nickte er. »Dann ist es also wahr!«, entfuhr es ihm.

»Alle Geschichten enthalten ein Körnchen Wahrheit«, erklärte Kerron. »Wärst du sonst in den Süden gezogen, um nach den Wurzeln der Legenden zu suchen?«

Erwartungsvoll blickte Gorun seinem Gott entgegen, doch Nemnos packte den Reiter lediglich an der Schulter und drückte ihm die Hand. »Glück«, sagte er. »Ich wünsche dir viel Glück.« Mit diesen Worten ließ er Gorun auch schon wieder los.

Entgeistert stand der Krieger da. »Wie?«, stieß er hervor. »Das ist alles? Ein Händedruck und ein paar gute Worte? Mehr habe ich von dir nicht zu erwarten?«

»Mehr brauchst du nicht«, beschied ihm der Herr von Mut und Bronze.

»Ich hätte es wissen müssen«, murmelte Gorun kopfschüttelnd. »Seit unserer ersten Begegnung treibst du Spott mit mir. Im Süden nennt man dich den Wankelmütigen Gott – du ahnst nicht, wie sehr du diesem Beinamen gerecht wirst.«

Auf Nemnos' Gesicht erschien ein Lächeln, und seine Augen funkelten. »Du bist ein Spieler, Gorun, genau wie ich. Deshalb passen wir beide so gut zusammen. In jener Nacht auf dem Platz in Defágos hättest du dich anders entscheiden können, aber du deutetest meine Geste als Willkommen. Warum sollte sie nun etwas anderes bedeuten?«

In Goruns Miene spiegelte der Zwiespalt wider, in dem sich sein *Taú* befand, doch schließlich fügte er sich seufzend. »Spieler oder Spielstein im Spiel des Wandels – was macht das schon für einen Unterschied?«

Er blickte seine Gefährten an. »Gehen wir!«, forderte er sie auf. »Suchen wir nach dem Unerreichbaren Ort, da wir nun schon so weit gekommen sind.«

Sie nahmen den Weg, den Anrynan ihnen beschrieben hatte. Ein Feensaal reihte sich an den anderen, und nachdem sie die verzauberten Hallen durchschritten hatten, schraubten sich Treppen und Gänge in die Höhe.

»Gayália wurde mitten in den Bergen errichtet. Welch unwirklicher Ort!«, staunte Amra.

»Ein wahrhaft unerreichbarer Ort«, knurrte Gorun. »Ich hoffe, wir verlaufen uns in diesen Gängen nicht. Sie sind genauso verwinkelt wie die Minen der Nraurn.«

Steil führte der Wandelgang empor, und bald gab Jemren den Versuch auf, die Stufen zu zählen, es waren zu viele. Die Treppe bestand aus durchbrochenem Glas oder aus Eis, aus Salz und Gischt – die Beschaffenheit des Altéru war nicht zu bestimmen. Der durchscheinende Stein erinnerte ihn an Anrynans Turm, so als hätte man den Baustoff aus den Bergen in die Kühne Stadt geschafft. Diesmal war das Gemäuer jedoch mit Dunkelheit getränkt. Die Türme der Feenstadt hatten die Schwärze in sich aufgesogen, und ohne den Silberschein über Lillias Locken wären sie völlig im Finstern umhergetappt.

Leblos lag das Mädchen in seinen Armen und schien mit jedem Schritt schwerer zu werden. Immer öfter musste Jemren innehalten und Atem schöpfen. Er fühlte sich matt, der Riemen des Köchers drückte ihm auf die Schulter, und das beklemmende Gewicht in den Armen war nicht dazu angetan, die Fieber- und Frostschübe zu lindern, die ihn abwechselnd durchliefen.

Auf einem Absatz verweilten sie für einen Augenblick. Die filigranen Wände des Gangs rankten sich über ihnen wie der vereiste Garten. Jemren entdeckte Blüten, Blätter und Vögel, die mitten in anmutigem Schwung erstarrt waren; ein Baum aus Eis trug das Gewölbe. Alles war hier versammelt, genau wie Lillia immer behauptet hatte.

»Ich trage die Kleine ein Stück«, bot Gorun an, und Jemren fügte sich dem Vorschlag mit Erleichterung.

»Bei allen Göttern – sie ist eiskalt«, murmelte der Reiter, als er das Mädchen übernahm. Behutsam wickelte er sie in seinen Mantel, bis sie aussah wie jene Statue, deren Hälfte sie im Brunnen von Anáxi ausgegraben hatten – ein Kind aus Stein.

Amra traten abermals Tränen in die Augen; der Sturz von der Brücke hatte sie offenbar ärger erschüttert, als sie zugeben wollte. Jemren blickte sie fragend an, doch sie gewährte ihm keinen Einblick in das *Taú*.

Als sie weitergingen, hielt Harat sich so dicht wie möglich neben ihm. Nach einer Weile verschränkte sie die Finger mit den seinen. Es tat gut, neben ihr zu gehen, und gelegentlich erfasste ihn das Erstaunen, wie wenig er von ihr wusste, obgleich sie doch im selben Klanhaus aufgewachsen waren. Harats *Taú* wirkte unvermutet stark und kühn und war voller Lebendigkeit. Während ich nicht da war, ist sie erwachsen geworden, dachte Jemren und wunderte sich über die Gelassenheit, mit der ihn dieser Gedanke erfüllte.

Qyons greise Königin hatte Wort gehalten. Sie hatte ihm genügend Zeit verschafft, damit er zu seinen Gefährten stieß und sogar seine Schwester wiederfand. Nun war alles ausgeglichen. Die Schatten triumphierten nicht länger über Tegaréssos; sein Haus und seine Stadt lebten in der kleinen Schwester weiter. Gewiss würde Gorun Harat den Süden zeigen, sobald alles vorbei war: Anrynans Quelle, den Offenen Turm von Defágos, die sonnigen Landstriche, die sie als Lillias Gefährten durchquert hatten. Und wenn der letzte Schritt doch nicht gelang, wenn ihnen nicht glückte, was die Götter nun noch von ihnen erwarteten, war ihr Los ohnehin nicht mehr von Belang – aber dann waren sie wenigstens vereint.

Als hätte Harat gespürt, was ihm durch den Sinn ging, drückte sie seine Hand und warf ihm einen ernsten Blick zu.

»Ich glaube nicht, dass wir den Herrn der Dunkelheit sonderlich zu fürchten haben«, flüsterte sie ihm zu. »Nach allem, was ich über Antiles gehört habe, scheint er mir lediglich sehr verzweifelt.«

»Das macht ihn umso gefährlicher«, gab Jemren leise zurück.

Nachdenklich strich Harat sich durch die Locken. »Mutter ist hier«, wisperte sie. »Manchmal höre ich Mraras Stimme – nein, ich *fühle* sie. Irgendwie ... ist alles hier.«

Beunruhigt blickte Jemren seine Schwester an, doch dann kam ihm in den Sinn, was Amra über die hellsichtigen *Taú* des Nordens gesagt hatte. »Die *Laîren* hat mir erklärt, dass man die Gegenwart der Ahnen wirklich fühlen kann«, nickte er ihr zu. »Offenbar besitzt auch du diese Gabe in hohem Maß. Das ist gut so, denn dann weißt du immer, wo ich bin.«

Er zuckte zusammen, als Harat ihm die Fingernägel in den Handrücken grub. »Hast du dir denn niemals Gedanken über den Rückweg gemacht?«, fragte sie ihn ärgerlich. »Was glaubst du wohl, weshalb ich Tarepin bat, mir die Kunst der *Taú*-Schützen zu zeigen? Ich wusste doch, wie ernst es dir mit dem Wunsch war, Tegaréssos zu verlassen und mehr von der Insel zu sehen – und zwar nicht erst seit du das Zaubermädchen an unserer Küste fandest. Dachtest du, ich sitze einfach vor dem Herdfeuer und warte, bis du zurückkommst?«

Als Jemren ihre Beweggründe begriff, legte er den Arm um sie. Er spürte die schmalen Schulterblätter und die sehnigen Arme und wunderte sich erneut, woher sie solche Stärke nahm.

»Jetzt habe ich alles gesehen, was ich sehen wollte, und alles getan, was mir wichtig erschien«, sagte er. »Letztlich kommt es nur darauf an.«

Während des Gehens lehnte Harat sich an ihn, ohne dass sie der Anlehnung bedurfte – sie tat es ihm zuliebe. Bereits seit einer Weile schritten sie auf ebenem Boden dahin, der Gang schien sich zu erweitern. Jemren hatte nicht länger auf den Weg geachtet; er hatte keine Vorstellung von dem Ort, an dem sie sich nun befanden. Es war sehr kalt, und gelegentlich hörte er das Plätschern von Wasser.

Da fiel Harats Blick auf eine Stele, und ihre Augen weiteten sich voller Überraschung. »Da!«, rief sie und zeigte auf den aufrecht stehenden Stein. »Das ist Tegaréssos!«

Ein Relief in Kopfhöhe zeigte unverkennbar ihre Heimatstadt: den schlichten Turm, die geduckten Häuser, das gerippte Meer und den Bootshafen an der Küste, in dem die Fischer ihre Kähne festmachten. Oben auf der Steilküste war eine Baumgruppe dargestellt, unter der eine Gruppe Nraurn ein Lager aufgeschlagen hatte – und von einem Ast hing ein Netz mit einem gefangenen Kind darin.

Verblüfft trat Jemren einen Schritt zurück. »Das ist ... bei allen Geistern ... das ist unsere Geschichte!«

Auf der nächsten Stele setzte sich das Relief fort. »Seht doch nur!«, rief er Gorun und Amra zu. »Hier sind unsere Erlebnisse dargestellt!«

Die Gefährten eilten herbei. Lillias Kopf ruhte auf der Schulter des Reiters; sie sah aus, als schliefe sie – solange man nicht in ihre leeren Augen blickte. Als die Freunde das Halbrund der Steinsäulen abschritten, entdeckten sie nach und nach alle Ereignisse, in die sie verwickelt gewesen waren: den wankenden Westturm von Caláxi, der unter der Wucht des Erdbebens eingestürzt war, den Brand, der das Land der Nraurn verheert hatte, das Weiße Schiff und den verzweifelten Kampf um die Kühne Stadt. In allen Einzelheiten spielten sich die Geschehnisse noch einmal vor ihren Augen ab.

»Bei Nemnos – wie ist das möglich?«, fragte Gorun. »Brachten die Ewigen diese Bilder etwa in so großer Eile an, dass wir sie nun betrachten können? Aber wer berichtete ihnen vom Weg durch die Minen und vom Kampf um das Tor der Feenstadt?«

»Vielleicht waren die Darstellungen schon immer da«, warf die *Laîren* ein. »Bedenkt doch – wir folgen einer Prophezeiung.

Stand unser Weg nicht bereits fest, bevor wir den ersten Schritt taten?«

Harat stützte die Hände in die Hüften. »Deshalb wusste die Kleine also immer ganz genau, wohin sie dich führte«, meinte sie, an ihren Bruder gewandt. »Wahrscheinlich stand sie stundenlang vor diesen Bildern und wartete nur darauf, dieses Abenteuer zu erleben.«

Amra ließ die Finger über die Stele gleiten, die am äußersten Rand des Halbrunds stand. Das letzte Bild zeigte drei menschliche Gestalten nebeneinander: Speerkrieger, Schütze und *Laîren*. Über ihren Köpfen war ein einzelnes Schriftzeichen angebracht – ein uraltes Symbol. An dieser Stelle brach die Darstellung ab.

»Taú?«, las Amra verwundert. *»Taú?«*

»Bei der Quelle – wo sind wir?«, murmelte Gorun. »Anrynan behauptete, diese Stufen würden in den Großen Saal von Gayália führen. Entweder haben wir eine falsche Abzweigung gewählt – oder sie hat sich geirrt.«

»O nein, Gorun«, widersprach Amra. »Wir sind bereits da. Dies *ist* der Hauptsaal der Feenstadt.«

Abermals drang leises Plätschern an Jemrens Ohr, und ihn beschlich das Gefühl, nachts am Meer zu stehen. Aber das war unmöglich – sie befanden sich hoch oben in den Bergen. Eine Kuppel aus Nachtdunkel wölbte sich über ihnen, aber er entdeckte weder Sterne noch den Mond.

Mit einem Ruck entzog Harat ihm die Hand.

»Der See! Aber natürlich – der schwarze See!«, stieß sie hervor. »Und Mraras Boot! War Mutter nicht auch auf dem Weg zu einem unerreichbaren Ort?«

Sie lief so plötzlich los, dass Jemren sie nicht mehr zu fassen bekam, obwohl er augenblicklich nach ihr griff.

»Harat, bleib stehen!«, rief er. Ein vertrautes Herzklopfen bemächtigte sich seiner. Verschwommene Bilder stürzten auf ihn ein, während er dem Geräusch ihrer Schritte folgte. Nächtelang hatte sich der Albtraum wiederholt. In der Zeit, als seine Schwester als verschollen galt, war er nicht zur Ruhe gekommen, und es beängstigte ihn nun, wie sich plötzlich alles wiederholte – sie verschmolz mit der Dunkelheit, und er eilte ihr nach, ohne sie einzuholen.

Bleib hier!, flehte er durch das *Taú*. Endlich sah er sie wieder vor sich – ihre Gestalt zeichnete sich vor einer mattschwarzen Wasserfläche ab. Aufgeregt schritt sie am Ufer auf und ab.

»Es muss hier sein – ganz in der Nähe!«, murmelte sie.

»Harat!«, rief Jemren leise, wie damals, als ihn die Angst umtrieb, dass sie, statt auf ihn zu hören, vielleicht lieber jener anderen Stimme folgte, die vom Meer aus nach ihr rief. In derselben Haltung hatte sie vor langer Zeit auf den Klippen von Tegaréssos gestanden, den Blick in die Ferne gerichtet und in Erwartung derer, die nie mehr zurückkehrten.

»Im See gibt es Strömungen«, sagte sie. »Bestimmt führt der Weg übers Wasser weiter.«

Keine einzige Welle kräuselte die Oberfläche, sogar die Winde waren eingeschlafen. Vor ihnen lag nichts als Dunkelheit.

»Harat …«, hob er an.

»In meinem Traum gab es stets ein Boot«, erklärte sie und warf ihm einen vielsagenden Blick zu. »Erinnerst du dich?«

Ein Frösteln kroch Jemren über den Rücken. Wie sollte er je den Anblick der Barke vergessen, den kleinen Weidenkorb, der aufs Meer hinaustrieb? »Wir suchen die Böschung ab«, entschied er, »du hier auf dieser Seite und ich dort drüben.«

Aufmerksam schritten sie am Ufer entlang und hielten Ausschau nach einer Anlegestelle. Es dauerte nicht lange, da winkte Harat ihn zu sich. In einem Einschnitt im Fels führten Stufen ins Wasser hinab, und ein Seil spannte sich bis zur Oberfläche, bewachsen mit Tang und Laichkraut. Harat schickte sich bereits an, zum Wasser hinabzusteigen, aber Jemren hielt sie am Arm zurück. »Das übernehme ich«, erklärte er entschlossen. »Das ist meine Aufgabe.«

Er streifte den Ärmel hoch und tauchte den Arm bis zur Schulter ins Wasser. Er musste eine ganze Weile in der trüben Kälte fischen, ehe er die Leine zu fassen bekam. Als er am Seil zog, glitt das Boot lautlos zu ihm heran. Es war ein Einbaum, ein schmaler wendiger Kahn, aus einem ausgehöhlten Stamm geschlagen. Die Innenseite war mit Tuch ausgekleidet wie ein Kästchen, das etwas Kostbares beherbergen sollte. Quer über den Sitzbänken an Bug und Heck lag das Ruder.

In der Zwischenzeit waren Gorun und Amra näher gekommen. Vorsichtig bettete die *Laîren* das Kind ins Boot. Lillias bleiches Gesicht hob sich von Nacht und Schwärze ab wie ein milchiger Fleck. Unterdessen zeigte Jemren dem Reiter, wie man den Holm des Ruders in die Riemengabel legte und das Blatt ins Wasser tauchte.

»Das Boot ist ziemlich klein«, bemerkte Gorun mit einem zweifelnden Blick auf das Gefährt. »Wie sollen wir alle in dem Kahn Platz finden?«

»Wir kommen nicht mit euch.«

Mit diesen Worten trat Jemren neben seine Schwester, die auf der untersten Treppenstufe auf ihn wartete. Als Gorun den Mund zum Einspruch öffnete, fuhr er rasch fort. »Aufstieg, Wandel oder Fall – jeder Schritt auf diesem Weg war uns vorherbestimmt. Nichts anderes bedeutet das Spiel der Götter, oder etwa nicht? Das hast du mir beigebracht. Und ich verstehe es nun, Gorun, ich verstehe alle diese schwierigen Dinge wie die Gegenwart der Ewigen auf der Insel oder die Ordnung der Welt. Jetzt ... liegt es an euch beiden, Lillia nach Hause zu bringen.«

Der Reiter schwieg. Plötzlich zeigte sich ein schmerzlicher Zug des Verstehens in seinem *Taú* – und ein unerwartet großer Kummer. Wortlos umarmten die Freunde einander, dann stieg Gorun in das Boot. Amra fasste den Schützen an beiden Händen.

»Warte hier auf mich!«, schärfte sie ihm ein, mit dem *Taú* und mit der Stimme. »Hörst du? Warte hier, Jemren – geh nicht weg!«

Er nickte. »Ich werde da sein«, versprach er.

Die *Laîren* bestieg den schwankenden Kahn. Mit einem Ruck löste Jemren die Leine, und der Reiter stemmte die

Ruderstange gegen das felsige Ufer. Einige Male waren das Plätschern des Kielwassers und das Eintauchen des Ruders zu hören, dann wurde es still. Im Dunkeln war von dem Boot nichts mehr zu sehen.

Schweigend blickte Harat aufs Wasser hinaus. »Nun sind wir beide wieder allein – so wie früher«, murmelte sie schließlich. »Alles endet, wie es begann.«

Jemren erwiderte nichts. Er war froh über die Dunkelheit, denn sie verhinderte, dass Harat sah, wie sich der Schmerz auf seinem Gesicht abzeichnete. Er konnte ihn nicht länger unterdrücken, konnte nicht länger verleugnen, dass Tarepins Pfeilspitze endgültig ihr Ziel erreicht hatte. Das *Taú* wurde trüb, es erblindete regelrecht, und er nahm immer weniger von der Umgebung wahr. Die Atemzüge verkürzten sich von Mal zu Mal, und er seufzte erleichtert, als er den Köcher von der Schulter gleiten ließ.

»Kennst du die Legende von Kerron dem Jäger?«, fragte er, als er Harat das Behältnis gab und sich behutsam am kalten Ufer niederließ. »In Defágos hörte ich zum ersten Mal von dieser Sage. Wenn du willst, erzähle ich sie dir.«

Harat nickte stumm. Es war ein Bericht aus den ersten Tagen, als die Welt noch dunkel war. Während Jemren sprach, beobachtete er, wie seine Schwester einen silbernen Pfeil aus dem Köcher nahm und die Sehne spannte.

»Der Jäger richtete den Bogen wirklich gegen den Himmel?«, staunte sie. Mit anmutigem Schwung hob sie die Waffe, mit einer leichtfertigen Geste, wie er sie nie zustande gebracht hatte.

Er streckte die Hand aus und betrachtete die silbernen Ringe im schwachen Licht – das Zeichen, dass er zu den *Taú*-Schützen gehörte. Der Tag, an dem er den ersten Gegner getötet hatte, war ihm gegenwärtig, ebenso die Umstände, unter denen seine Stadt ihm die Auszeichnung verlieh. Aber Menschen ändern sich, dachte er. Die Gegebenheiten verändern sich ohne Unterlass – warum sollte es uns nicht auch gelingen? Wie Kerron sagte: Die Gaben der Götter bedeuten nicht immer dasselbe. Vielleicht lernen die Blindschützen des Nordens eines Tages wirklich, die Welt mit anderen Augen zu sehen.

Harats Pfeilspitze suchte sich einen Punkt in der Nacht. Einige Atemzüge lang stand die junge Schützin reglos da, als denke sie nicht daran, die Sehne jemals loszulassen. Dann öffnete sie sacht die Finger, und der Pfeil schoss auf einer Geraden in die Dunkelheit hinein.

Jemren hörte das Sirren der Sehne nicht mehr, und er sah auch nicht, wie der Pfeil ins Ziel schwirrte. Der Himmel wölbte sich über ihm, und als der Pfeil den Rand der Welt erreichte, blinkte dort der erste Stern auf.

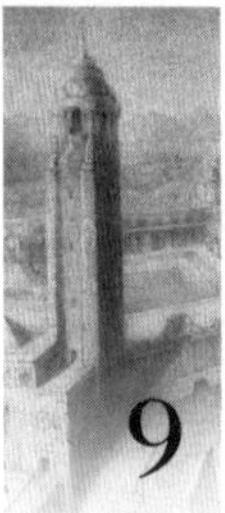

9

Das Boot schaukelte und schwankte, während Gorun den Riemen mit zunehmender Geschicklichkeit durchs Wasser zog. Amra konnte den Blick nicht von dem erstarrten Mädchen abwenden. Sie hatten das Verlorene Kind gefunden, aber sie konnten nicht verhindern, dass es erneut verschwand; sie vermochten Lillia in ihrer Welt nicht festzuhalten. Die Wanderung des Mädchens über die Insel glich dem Aufleuchten und Verglühen eines Sterns. Nur für eine kurze Zeitspanne bahnte sich das Licht seinen Weg am Himmel, aber es prägte sich unauslöschlich ins Gedächtnis ein.

Amra blickte zur Anlegestelle zurück. Das Ufer und die steile Treppe waren verschwunden. Sie trieben auf einem Meer aus Dunkelheit dahin, als gäbe es weder vor noch hinter ihnen Land; die Nacht hatte die Insel der Stürme verschluckt. Alle Linien trafen am Horizont zusammen, alle Geschichten endeten am Horizont des schwarzen Sees.

Warum hat Anrynan uns nicht gewarnt?, fragte Amra sich immer wieder – bis ihr die Antwort in den Sinn kam: Weil wir es längst wussten. Uns war von Anfang an klar, worauf alles hinausläuft.

Plötzlich brach sich ein schwacher Lichtschein auf dem Wasser, und sie hob den Kopf. Vor ihren Augen entfaltete sich ein seltsames Schauspiel: In dieser Nacht gingen die Sterne nicht im Osten auf, sondern erblühten in der Dunkelheit wie Blumen aus Silber.

»Dort!«, rief der Reiter plötzlich. »Sieh doch!«

Vor ihnen erhob sich ein gezacktes Ufer, eine Insel auf der Insel, ein Eiland in einem Meer aus Nacht und Sternenlicht. Alte Lieder kamen Amra in den Sinn, während sie die Küste betrachtete: Ein Land jenseits von Tal und Berg, ein Land jenseits von Küste und Meer, hieß es da über das Entfernte Land.

Die Insel schien von ihnen wegzutreiben, ähnlich einer Luftspiegelung über dem Wasser. Gorun schwenkte das tropfende Paddel über das Boot hinweg und tauchte es auf der gegenüberliegenden Seite ein, um den Kahn näher ans Ufer heranzubringen, aber es gelang ihm nicht – die Insel floh vor ihnen wie ein Schatten.

Amra nahm Lillias kalte Hand in die ihre und strich dem Kind über die Finger; es bewegte sich nicht. Immer mehr Sterne leuchteten über ihnen auf. Der Widerschein schaukelte auf den Wogen, das Boot schob helle Wellen vor sich her, und auf dem Wasser spiegelte sich das Band, das den Himmel teilte. Wie eine Brücke aus schwimmenden Lichtern nahm es sich aus, ein Pinselstrich aus Silber.

Gorun steuerte den Kahn auf die Erscheinung zu. Während das Boot auf dem Sternenband auf- und niedertanzte, besann Amra sich darauf, dass es ihr und ihrem Gefährten bestimmt war, den Unerreichbaren Ort aufzusuchen, an dem Lillia lebte. Nur diesen Schritt wollte sie noch tun und dann ihrerseits heimkehren.

Das Silberlicht flimmerte unter dem Bug, und der Sog brachte das Boot näher an die Insel heran. Knirschend lief der Kiel auf Grund. Der Reiter sprang aus dem Kahn und fluchte herzhaft über die Kälte, als er bis zu den Oberschenkeln ins Wasser tauchte. Er zog das Boot ein Stück das Kiesbett hinauf, damit es nicht abgetrieben wurde, während Amra den Mantel um die Schultern des Mädchens raffte. Als sie Lillias Arme streifte, zuckte sie zurück.

Das Kind glühte.

Sengende Hitze ging von dem Mädchen aus – oder die Kälte hatte derart zugenommen, dass man sich an ihrer bleichen Wange die Hand verbrannte. Als Gorun den Kahn zwischen zwei Felsen vertäute, richtete Lillia sich plötzlich auf.

»Sind wir schon da?«, fragte sie.

Der Reiter fuhr herum und starrte das Kind an wie ein Gespenst, das soeben von den Toten auferstanden war. »Lillia!«, stieß er hervor. »Was ... wie ist das möglich? Gerade eben warst du noch zu Eis erstarrt!«

»Wir sind angekommen«, stellte das Mädchen fest. Wie zur Bestätigung nickte sie und kletterte aus dem Boot. Als sie ins Wasser trat, verschmolzen die Sternbilder unter dem Bug zu schaukelnden Ringen – und mit den Lichtern am Himmel vollzog sich das gleiche Schauspiel. Ein schwacher Wind erhob sich, und am Horizont zeigte sich ein türkisgrünes Wetterleuchten.

Gorun wich vor dem Kind zurück. Über Lillias Haar und Schultern lag ein bläulicher Schein, und in ihrer Nähe gerieten die Sterne in Bewegung – sie umschwirrten das Mädchen wie Mücken. Lillia lief ein Stück am Ufer entlang, dann blieb sie stehen und blickte sich nach ihren Begleitern um. Nachtschwarze Abgründe bildeten ihre Augen.

»Wo ist Jemren?«, wollte sie wissen. »Will er mein Zuhause denn gar nicht kennenlernen?«

»Er hat es nicht mehr geschafft«, erklärte Amra. »Jemren hatte keine Kraft mehr, um mit uns über den See zu rudern.«

Weißliche Funken glühten unter Lillias Lidern auf. Als Amra ihr ins Gesicht blickte, überlief sie ein Frösteln: Die Züge waren maskenhaft weiß, und die Augenhöhlen lagen im Dunkeln wie bei einer Statue.

»Das ist *seine* Schuld«, murmelte das Kind. »Alles ist seine Schuld. Und jetzt lauert er mir hier auf.«

Mit diesen Worten kletterte sie am Ufer hinauf. Der Reiter starrte dem Kind hinterher.

»Bei Nemnos«, stieß er hervor und berührte die Statuette seines Gottes, »wir werden die Gaben der Ewigen ganz bestimmt brauchen.«

Sie folgten Lillia durch Röhricht und Dünen, bis sich ein sandiger Pfad vor ihnen auftat. Ein Hügel zeichnete sich in der Dunkelheit ab, und die Umrisse der Insel breiteten sich vor ihnen aus. Im Dunkeln wirkte das Land wie ein Spuk, ein Spiegelbild ähnlich den Sternen auf der Oberfläche des Sees. Klein war der Buckel, der aus dem Meer aufragte, so klein, dass Amra die gegenüberliegende Küste erkannte.

Das Mädchen schritt auf den Hügel zu. Ein Gebäude stand auf der Anhöhe, dessen Wände nach allen Seiten offen waren; eine Spitze ragte in den Himmel, und als Amra die Säulen erblickte, die das Dach trugen, stockte ihr der Atem: Lillias kleiner Tempel ruhte auf Wind und Wasser, auf Stein und Glut.

Auf der ihnen zugewandten Seite stemmte ein Yku die Dachkante empor. Reglos wie eine Säule trug der Geist die Last, aber Amra entging nicht, dass er das Auge rollte, um sie beobachten zu können. Nach und nach kamen die anderen Stützen ins Blickfeld: Der rußschwarze Leib des Xyx knackte und glimmte, einem Balken gleich, der im Innern vom Schwelbrand verzehrt wurde. Gelegentlich brachen Flämmchen aus dem Rücken des Feuergeists hervor, und Amra spürte die Hitze auf Wange und Schläfe, als sie an der Erscheinung vorbeiging. Auf der gegenüberliegenden Seite war das von der Traufe tropfende Wasser zu trübem Eis gefroren, die glänzenden Glieder des Ysh stützten Gesims und Decke. Am unwirklichsten erschien ihr der Yhv – als Rauchfahne wallte der Windgeist an der ihm zugewiesenen Ecke auf und trug das Dach auf seine Weise.

Das Wilde Volk hatte sich an Lillias Tempel versammelt.

»Bei allen Göttern, sind sie ... echt?«, raunte Gorun. Amra legte rasch den Finger auf die Lippen, denn die vier *Ya'a* behielten sie wachsam im Auge.

»Natürlich sind sie echt«, gab sie flüsternd zurück. »Lillias Macht hält die Geister im Zaum – so verhält es sich, seit die Ewigen die Insel betraten. Erinnerst du dich nicht mehr an Anrynans Erzählungen?«

»Wie schafften die Nraurn es bloß, das Mädchen von einem solchen Ort zu entführen?«, wunderte sich der Reiter, als er unter das Dach trat. »Nicht einmal die Götter finden den Weg zu diesem Tempel.«

Mit klopfendem Herzen blieb Amra stehen, bis ihre Augen sich an die Finsternis gewöhnt hatten. Erst nahm sie nichts

Besorgniserregendes wahr – doch dann erfüllten sich die schlimmsten Vorahnungen und Befürchtungen.

»Mit *seiner* Hilfe«, flüsterte sie und deutete zur Mitte des Tempels.

Vergeblich kniff Gorun die Augen zusammen und spähte ins Dunkel; am schwärzesten Punkt der Welt gab es nichts zu sehen. Die Nacht, die über den Bergen und dem See lag, die Dunkelheit, die den Himmel in zunehmendem Maße erfüllte, gingen von diesem Ort aus.

»Amra«, grüßte sie eine Stimme aus den Schatten. »Endlich findest du den Weg zu mir. Wahrlich – ich habe lange genug gewartet.«

Sie hielt den Atem an. Nie zuvor hatte sie Antiles' wahre Stimme vernommen, immer nur das Seufzen im *Taú*. Die Tonlage klang weder alt noch jung, weder rau noch sanft. Sie besaß keine eigenen Merkmale, sondern gehörte zu den tausend Gestalten, in denen sich der Herr der Dunkelheit zeigte.

»Antiles«, erwiderte sie den Gruß, »sicherlich fiel es dir nicht schwer, den Unerreichbaren Ort aufzuspüren, an dem das Mädchen lebt. Du musstest lediglich deinem Verlangen folgen.«

Ein dumpfes Lachen ertönte aus den Schatten, dann brach das Geräusch unvermittelt ab. »Gewiss – es fiel mir leicht, mich hier zurechtzufinden. Ich kenne die Insel besser als die meisten eurer Götter«, antwortete der Fürst der Schatten. »Wo befindet sich das Mädchen jetzt?«

Unwillkürlich wandte Amra den Kopf. Der Sternenschwarm, der das Kind umgab, schwirrte unter dem Tempeldach. Lillia schritt von einem *Ya'a* zum nächsten und berührte Rauch und Glut und Eis, wie um sich vom Zustand ihres Zuhauses zu überzeugen. Von der Decke hingen Öllampen aus Glas, deren kunstvoller Schliff im schwarzen Licht funkelte, und in der Mitte des Raums stand eine Steinschale mit neunfach eingekerbtem Rand: der Brunnen von Gayália.

»Wenn das Kind schließlich dir gehört – bist du dann zufrieden?«, wandte Amra sich an Antiles. »Verschonst du die Insel dann mit deinem Fluch und gibst jene frei, die du gefangen hältst? Die Toten auf dem Weißen Schiff, die von Schattenpfeilen verwundeten Bewohner von Defágos und Lillias dritten Begleiter. Du wolltest Jemren Achtung einflößen. Das ist dir gelungen. Wir alle lernten dich fürchten, Antiles. Hast du nun genug?«

Der Schwarze Gott rührte sich, seine Gewänder raschelten in der Dunkelheit. Der Moderhauch, der ihn früher umweht hatte, war verschwunden. Die Luft im Tempel roch nach Sand, Meer und klarem Frost.

»Ihr alle habt mein Spiel gespielt. Es gelang mir erstaunlich leicht, euch die Züge vorzugeben, und nun hat sich eure Welt verwandelt«, erwiderte der Schwarze Gott.

»Aber es war nur ein Spiel«, warf Gorun ein. »Wir haben nur gespielt.«

»Es war *mein* Spiel!«, berichtigte der Gott. »Und jetzt ist es vorbei. Gebt mir das Kind!«

Amra sog scharf den Atem ein. »Erst will ich dein wahres Gesicht sehen«, verlangte sie. »Zeig dich in deiner wahren Gestalt!«

Abermals lachte der Gott der Dunkelheit. »Du stellst Bedingungen? Ich muss zugeben, dass ich dich unterschätzte, *Laîren*. Nun hast du auch den dritten Kreis des Lernens und Erfahrens abgeschritten und verhandelst auf Augenhöhe mit mir. Die wenigsten deiner Art wären so weit gegangen. Du wolltest die Geheimnisse des Sterbens erfahren, und als dir dieses Wissen nicht genug war, brachtest du dir das Töten bei – ganz ohne mein Zutun und aus freien Stücken. Wie fühlt es sich an, ein *Taú* sehenden Auges in den Abgrund zu stoßen?«

Hitze stieg Amra ins Gesicht, und die Hände begannen zu zittern. »Ich stieß ... ich stieß sie nicht von der Brücke«, brachte sie hervor. Die Kehle war ihr plötzlich wie zugeschnürt.

»Ach nein?«, höhnte Antiles. »Warfst du dich Kajlyn-Gua nicht entgegen, sodass sie das Gleichgewicht verlor? Und diese Kostbarkeit, um derentwillen ihr in Streit gerietet? Im Handumdrehen benutztest du sie als Unterpfand in deinen Plänen und kanntest keinerlei Bedenken, selbst als das Kleinod zwischen euch hin- und hergezerrt wurde. Alle diese hochmütigen Reden, die wegen mir geführt wurden, die Anklagen und Beschwerden, die man in meinem Namen vortrug – wozu dienten sie, wenn letzten Endes *du* den Beweis erbrachtest, dass ihr in keiner Weise anders oder besser seid als ich, meine ergebene Dienerin?«

Amra hätte sich am liebsten die Ohren zugehalten. Entsetzen durchströmte sie, als sie erkannte, dass Antiles ihre Absichten und Taten sogar in jenem Augenblick bestimmte, als sie sich endgültig von seiner Macht zu befreien glaubte. Sie hatte ihre Wahl getroffen, und die Entscheidung war nicht rückgängig zu machen – bis in die kleinste Faser war sie *Laîren*.

Gorun trat hinter sie. Der Griff, mit dem er ihre Schultern umfasste, war sanft und kraftvoll zugleich. »Wovon spricht der Schattenkönig da?«, fragte er. »Was wirft er dir vor?«

»Kajlyn-Gua!« Die Worte kamen ihr nur mühsam über die Lippen. »Unser Zusammentreffen vor den Toren der Feenstadt. Das Amulett ... es enthielt das *Taú* ihrer Schwester. Ich weiß nicht, wie es möglich ist, aber ein böser Zauber sperrte Quinda-Nas unsterbliche Überreste in dem Gitter ein. Deshalb begrub die Nraurn-Königin den Leichnam der Feldherrin nicht – sie lebte in der Hoffnung, dass sie eines Tages ihre Schwester aus dem Entfernten Land zurückholen könne. In Anáxi verlangte sie von mir, ich solle zusammenfügen, was dein Speerstoß auseinanderriss. Aber das war mir doch unmöglich.«

Ein krampfhaftes Weinen brach aus ihr hervor, und sie vergrub das Gesicht in beiden Händen. »Es ist wahr, Gorun, es ist wahr! Ich schleuderte den Anhänger über die Steilwand hinaus, als Kajlyn-Gua auf mich losstürmte, weil ich doch wusste, dass sie hinterherspringen würde ... und sie sprang! Sie sprang dem verglühenden Licht nach und riss mich mit sich vom Brückenbogen.«

Fassungslos drehte der Reiter sie an den Schultern zu sich herum. »*Du* hast Kajlyn-Gua besiegt! Nach all den Schlachten und Kämpfen, vor allen Reitern und Kriegern des Südens – bei der Quelle, Amra! Die Nraurn-Königin bedrängte uns immer ärger, und schließlich mussten wir uns wehren.« Plötzlich durchzuckte eine neue Erkenntnis sein *Taú*, und er fuhr auf den Gott der Schatten los. »Nennst du sie deshalb deine Dienerin? Wir sind nicht deine Geschöpfe, Antiles! Keiner von uns erwies dir je einen Gefallen.«

Zum dritten Mal drang ein leises Lachen aus den Schatten. »Der Schütze, du und sie – jeder von euch brachte mir ein Opfer dar. Jeder von euch hat getötet. Freizügig nehmt ihr meine Gaben an und nutzt sie nach eigenem Gutdünken. Aber jeder Zug, Reiter von Caláxi, hat seinen Preis.«

Als die Menschen schwiegen, richtete sich der Gott im Dunkeln auf. »Geht und überlasst mir das Kind!«, verlangte er.

Während des Wortwechsels hatte Lillia die lebenden Stützbalken ihres Tempels abgeschritten. Jetzt hockte sie am Becken und betrachtete den versiegten Brunnen mit gerunzelter Stirn. Als Amra einen Schritt in ihre Richtung tun wollte, verstärkte Gorun den Griff um ihre Schultern.

»Nein«, flüsterte er, den Mund dicht an ihrem Ohr. »So leicht darf der Herr der Dunkelheit nicht gewinnen.«

Amra schluckte gegen die Enge in der Kehle. An Nemnos' Glück klammerte der Reiter sich – an das kurze Glück derer, die die Wahrheit noch nicht kennen. Es war Aufgabe der *Laîren*, die flüchtige Hoffnung zu zerstören.

»Wir haben den Tod gefunden«, erklärte sie, und ihre Stimme erstarb beinahe, als sie aussprach, was die Götter ihnen verschwiegen hatten. »So war es uns bestimmt, und nun müssen wir tun, was er uns abverlangt. Es ist vorbei.«

»Ich liebe dich«, erwiderte Gorun statt einer vernünftigen Antwort. »Ich habe dich vom ersten Tag an geliebt, Amra, und bei der Quelle – ich verlasse diesen Ort entweder mit dir zusammen oder gar nicht mehr. Dann mag Antiles meinetwegen über die Leere herrschen, als Gott über das Nichts.«

Tränen rollten ihr über die Wangen. »Du bist wirklich ein Narr, Gorun«, flüsterte sie, »ein unbelehrbarer Narr.«

Sein Lachen klang weich und warm und überaus lebendig. »In diesem Fall ist Nemnos wohl der Gott der Narren«, meinte er achselzuckend.

Mit diesen Worten langte er nach der Glaslampe über seinem Kopf, riss sie mit einem Ruck vom Haken und schleuderte sie auf die glimmende Gestalt des Xyx.

Das Glas zerplatzte, und das Öl ging sofort in Flammen auf. Gluttropfen sprühten durch den Tempel, Feuerzungen leckten über den Boden und näherten sich in rasender Geschwindigkeit. Hastig musste Amra zurückweichen.

»Lillia – schnell!«, schrie der Reiter.

Der Herr der Dunkelheit fuhr von seinem Sitzplatz hoch. Licht und Schatten zuckten über seine Gestalt, und da erhaschte Amra einen Blick auf seine Züge. Vornehm und blass wirkten sie, und die Ähnlichkeit mit Anrynan war unübersehbar. Zum ersten Mal sah Antiles wie ein Angehöriger des Feenvolks aus. Die Augen lagen jedoch wie zwei weiße Steine in ihren Höhlen, sie waren milchig und trüb wie der wolkenverschleierte Himmel, und der Gott blickte starr geradeaus.

Antiles war blind.

»Beeil dich!«, rief Amra dem Mädchen zu. Sie ergriff Lillia an beiden Händen und wollte sie zu dem sandigen Pfad ziehen, auf dem sie gekommen waren. Aber das Mädchen sträubte sich – in diesem Tempel war sie zu Hause.

Da trat Antiles einen Schritt vor und wandte das blinde Gesicht suchend in alle Richtungen.

Lilliryan, rief er, und plötzlich ging ein Ruck durch das Mädchen; sie starrte den Herrn der Schatten an. Der Name, bei dem Antiles sie rief, tönte wie ein Wort der Alten Sprache, wie ein Wort aus einem beinahe vergessenen Lied, und im *Taú* meinte Amra das Klingen und Singen des Torbogens zu hören, der die Besucher und Bewohner von Gayália empfing. Die Stadt der Feen erkannte das Mädchen wieder, und Aorus Harfe sang ihr Lied. Denn der Schwarze Gott rief das Mädchen mit ihrem wahren Namen zu sich.

Lilliryan, komm!

»Weg!«, rief Gorun dem Kind zu. »Weg von ihm!«

Doch Lillia kämpfte gegen Amras Griff an und versuchte ihr die Arme zu entwinden.

Lass mich gehen!, flehte sie. *Lass mich los, Amra!*

Da öffneten sich ihre Hände, die Finger glitten vom Handgelenk des Mädchens – die Menschen vermochten den Weißen Stein nicht länger festzuhalten. Gorun schrie auf und setzte Lillia nach, um sie im letzten Augenblick aus Antiles' Reichweite zu ziehen. Aber er kam zu spät – der Gott packte das Mädchen unter den Achseln, zog sie dicht zu sich heran, und ein tiefes Seufzen brach aus seiner Brust hervor.

Da bist du endlich!, stieß er hervor. *Du hast mir gefehlt. Wie sehr hast du mir gefehlt!*

Jetzt bin ich zurückgekehrt!, lachte Lillia.

Es war vorherbestimmt.

Genauso war es seit langer Zeit vorherbestimmt, und wir taten nichts weiter, als die Prophezeiung zu erfüllen. Diese und ähnliche Gedanken schwirrten Amra durch den Kopf, und von den Worten wurde ihr schwindlig – weil die Wahrheit schon immer da gewesen war. Überall trat sie offen zutage; man musste lediglich genau hinsehen, um sie zu erkennen.

»Zu *ihm*?« Gorun schien den Anblick von Gott und Kind kaum fassen zu können. »Wir nahmen diese ganze mühselige Wanderung auf uns, um das Mädchen zu Antiles zu bringen – das war unsere Aufgabe?«

Amra nickte. Als sie das Rascheln schwerer Gewänder hörte, richtete sie das Augenmerk wieder auf den Schwarzen Gott. Antiles hatte auf dem Steinsitz am Brunnen Platz genommen und hob Lillia auf seine Knie. Furchtlos schmiegte das Mädchen sich an ihn: Sie und der Herr der Dunkelheit waren von derselben Art.

»*Laîren*«, rief Antiles Amra zu sich, »nun hast du den Weg beendet.«

Sie trat bis an den Brunnenrand vor. »Sieh mich an«, forderte sie der Herr der Dunkelheit auf. »Du wolltest mein wahres Gesicht sehen. Nun blick mich an und sag mir, was du in mir erkennst.«

Sie betrachtete seine Züge eine ganze Weile. Sein blindes Gesicht erinnerte sie an die allererste Begegnung bei den Gräbern von Caláxi, an den Schakalgott, den Geflügelten Gott, der stets dann erschien, wenn dem Leben Genüge getan worden war.

Schließlich schob Antiles die Gewänder über der Brust auseinander. Das klaffende Loch war verschwunden. »Niemand, weder Menschen noch Götter, hatte das Recht, mich und das Eine Kind auseinanderzureißen«, sprach er. »*Taú* und Tod gehören zusammen, sie sind wie zwei Seiten derselben alten Münze. Ich habe für meine Tat gebüßt, *Laîren*. Doch ich konnte nicht eher ruhen, bis die Verbannung aufgehoben war. Niemand hält mich von diesem Ort fern. Er ist der meinige, so wie er auch dem Einen Kind gehört.«

Mit diesen Worten deutete er unter dem Tempeldach hinaus auf die kleine Insel, die inmitten des nächtlichen Meers lag.

»Ihr wolltet herausfinden, was es mit dem Mädchen auf sich hat«, fuhr Antiles fort. »Lillia gleicht dem Traum, mit dem sich ein jeder auf den Weg macht. Und seid ihr nicht alle einem Traum gefolgt – euren Hoffnungen, Sehnsüchten und geheimen Wünschen?«

Amra bemühte sich, gleichmäßig zu atmen, das *Taú* erzitterte bei jedem Herzschlag. »Und jetzt?«, fragte sie. »Was geschieht jetzt?«

Antiles neigte den Kopf. »Jetzt ist das Eine Kind am Zug. Begreif doch, *Laîren*: Das Mädchen – nicht ich – bestimmt über das Schicksal der Insel. Wenn sie es möchte, beginnt alles von Neuem. Dann sind uns jeder Tag und jede Entscheidung unbekannt, und vielleicht erliegen wir denselben Irrtümern und Missverständnissen wie zuvor.«

Mit diesen Worten wandte er sich an Gorun. »Auf dem Weißen Schiff hast du dich sehr darum bemüht, mir das Kind abzutrotzen. Im Namen der Insel verlangtest du Lillia von mir, obwohl es doch deine Vorfahren waren, die einst ihr Abbild zerschmetterten und mit ihrer Macht nichts mehr zu tun haben wollten. Möchtest du ihre Gunst noch immer zurückgewinnen?«

Gorun schluckte, ehe er sprach. Sein Mund war trocken. »Ja«, sagte er, »das möchte ich. Lillia soll die Runde der Ewigen wieder ergänzen. Seit den Tagen von Anáxi hat sie uns gefehlt.«

Wenn der Gott des Todes und der Dunkelheit jemals lächelte, dann zu diesen Worten. Gorun kam einen Schritt näher und streckte die Hand aus, so wie er es viele Male von der Statue des Nemnos gesehen hatte. Sacht berührte er die Handfläche des Mädchens – eine bittende Geste, mit der sich die Menschen überall im Süden an ihre Götter wandten.

Lillia zeigte ein aufmerksames und zugleich höchst angespanntes Gesicht. Plötzlich lachte sie und ergriff die Hand des Reiters. »Gorun!«, rief sie. »*Sgú-run!* Du hast den Unerreichbaren Ort gefunden! Jetzt beginnt alles wieder von vorn – ich will es so!«

Die Quelle von Gayália begann wieder zu sprudeln. Ein gleißendes Licht erfüllte das Becken, und Amra schien es, als ginge unmittelbar vor ihren Füßen die Sonne auf – ein flüssiges weißes Feuer. Licht- und Schattenspiele flirrten unter dem Tempeldach, Helligkeit und Dunkelheit verwoben sich, alle Erinnerungen und alle kommenden Tage, und nicht ein Augenblick war vertan.

Abermals stieß Antiles ein Seufzen aus. Er regte sich auf dem steinernen Sitz, seine Gewänder schleiften über den Boden und gaben eine bleigraue Klaue frei.

Gorun stieß einen Ausruf der Überraschung hervor.

Der Schwarze Gott hielt das Bildnis des Mädchens in den Krallen. Sie hatten die zweite Hälfte des Weißen Steins gefunden.

Die bleigrauen Krallen scharrten über die Statue, als Antiles den Klammergriff lockerte, mit dem er das Bildnis festhielt. Er gab Lillias Statue frei – nun gehörte sie wieder ganz und gar den Menschen.

Gorun barg das Bruchstück und lud es sich behutsam auf die Schultern. Da besann Amra sich auf die Gabe, die Anrynan ihr überreicht hatte. Sie löste das Gefäß vom Gürtel, tauchte es in Lillias Quelle und verschloss es sorgfältig wieder.

Das Lebewohl fiel kurz und herzlich aus. Sie umarmten das Mädchen nacheinander, und Lillia flüsterte ihnen Dankes- und Abschiedsworte zu. Den Herrn der Dunkelheit aber berührten sie nicht, und sie traten auch nicht in seinen Schatten – Antiles war unbesiegt und seine Macht ungebrochen.

»Rasch!«, rief Amra, während sie auf dem Pfad zur Küste zurückkehrten. »Schneller, Gorun! Wir dürfen keinen Augenblick mehr verlieren.«

Der Reiter keuchte unter dem Gewicht des Steinernen Mädchens, seine Stiefel versanken im Sand. Während sie sich in Lillias Tempel aufgehalten hatten, war die Welt in Bewegung geraten. Der See war in Aufruhr, die Wogen spritzten donnernd gegen die Felsen und liefen schäumend am Ufer aus, und der Himmel war seidig grau wie kurz vor Sonnenaufgang. Als sie die Stelle erreichten, an der sie den Einbaum zurückgelassen hatten, stieß Gorun eine Verwünschung aus. Das Boot hatte sich losgerissen und tanzte vor der Küste auf und ab.

»Wie gelangen wir jetzt bloß ans andere Ufer?«, fragte Amra. Besorgt spähte sie zur jenseitigen Küste hinüber. Viel war nicht zu erkennen, das Land lag noch im Schatten.

»Im Notfall schwimmen wir«, knurrte Gorun. Er legte die Statue am Strand ab, streifte sich den Mantel von den Schultern und watete ins eisige Wasser. Einige Male tauchte er vergeblich nach dem Seil, das hinter dem Einbaum hertrieb, aber Nemnos' Glück zeigte sich an diesem Morgen in vielerlei Gestalt. Die Wellen trieben den Kahn gegen eine Klippe, die vor der Küste aufragte, und als das Boot mit einem dumpfen Ton gegen den Stein prallte, bekam Gorun die Leine zu fassen.

Amra kletterte in den schwankenden Kahn. Wasser triefte ihr aus den Röcken, der kalte Stoff klebte ihr an den Beinen. Schwungvoll zog Gorun den Riemen durchs Wasser. Abermals ruderten sie mit einem blassen Kind über den See, und wieder war ungewiss, was sie am anderen Ufer erwartete.

Das Boot legte an der Treppe an, und der Reiter schlang das Seil nachlässig um den dafür vorgesehenen Ring, für größere Sorgfalt hatte Gorun es viel zu eilig. Amra wartete nicht ab, bis er die Statue aus dem Boot gehoben hatte; sie stieg ans Ufer und hastete die Stufen hinauf.

Sie kamen zu spät.

Amra erkannte es auf den ersten Blick: Jemren lag auf dem Rücken, und sein Kopf ruhte auf Harats Knien. Vornübergeneigt kauerte die junge Bogenschützin auf dem Boden, das schwarze Haar verdeckte ihre Züge, und sie war allein mit ihrem Kummer. Der Kopf des Schützen war zur Seite gerollt, das Gesicht lag halb im Schatten, und die Hand mit den silbernen Ringen ruhte auf der Brust.

»Atmet er noch?«, fragte Amra, als sie neben den Geschwistern niedersank. »Harat – atmet er noch?«

Die Bogenschützin hob den Kopf. Sie weinte nicht, aber das *Taú* wirkte durchsichtig und dünn. »Ich weiß es nicht«, brachte sie hervor. »Jemren spricht schon seit einer Weile nicht mehr mit mir. Zuletzt klagte er über großen Durst. Er bat mich um einen Becher Wasser, aber ich konnte ihm nicht einmal zu trinken geben, denn hier gibt es nur den salzigen See.« Sie nickte zum Ufer hinüber. Bei den letzten Worten brach ihr die Stimme, und sie fuhr sich mit dem Handrücken über das Gesicht.

Ruhig!, befahl Amra sich, während sie Anrynans Krug vom Gürtel losband. Nur ruhig jetzt.

»Heb seinen Kopf an«, verlangte sie. »Halt ihn fest – so ist es gut.« Behutsam setzte sie dem Schützen das Gefäß an die Lippen.

Gorun erschien auf der Treppe, Lillias Statue in beiden Armen. Als er die drei Gestalten am Ufer sah, stieß er einen unglücklichen Laut aus.

»Was ist das?«, fragte Harat angesichts der glitzernden Flüssigkeit. »Das sieht nicht aus wie Wasser.«

Amra schüttelte den Kopf. »Nein, Wasser ist es gewiss nicht«, murmelte sie. Mit gerunzelter Stirn beobachtete sie, ob der Trank seine Wirkung tat. Schließlich stellte sie den Krug beiseite und blickte auf den See hinaus.

Die längste und letzte Nacht des Jahres ging zu Ende. Über dem Inselchen stieg die Sonne herauf. Flirrendes Licht tanzte auf den Wellen, ein schwacher Wind strich übers Wasser. Der See schien aus flüssigem Gold zu bestehen, und über den Bergen funkelten die letzten Sterne.

»Es war wirklich töricht von den Göttern, Antiles von diesem Ort zu verbannen«, murmelte sie, »denn dorthin kehren wir alle einmal zurück. Es ist das Entfernte Land – der Ort, den niemand erreichen kann und den wir zugleich alle in uns tragen. Dort beschützt Lillia das *Taú* – das *Taú* der ganzen Insel.«

Verwundert nahm Harat diesen Bericht zur Kenntnis. »Nesyn erzählte mir, wie sehr sich der Herr der Dunkelheit nach diesem ... diesem *Taú* sehnte«, meinte sie.

Die *Laîren* nickte bedächtig. »Wer tut das nicht?«, entgegnete sie.

Sie betrachtete das Gesicht des Schützen, in das allmählich die Farbe wiederkehrte. Jemrens Brust hob und senkte sich unter schwachen Atemzügen, seine Lider zuckten.

Gorun hatte Lillias Bildnis abgelegt und kauerte neben der kleinen Gruppe nieder. »Nun wach schon auf!«, ermunterte er den Schützen, während er ihm in sitzende Stellung aufhalf. »Du solltest deine Sinne beieinander haben, wenn wir vor das Tor von Gayália zurückkehren, denn auf der Hochebene wartet sicher jede Menge Ärger auf uns.«

Es dauerte jedoch eine Weile, ehe Jemren auf ihre Worte ansprach und ihnen Antwort gab. Er besaß keine Erinnerung an die vergangenen Stunden und war so schlaftrunken und verwirrt wie jemand, der zu lange und zu eindrücklich geträumt hatte.

»Wo ist sie?«, fragte er schleppend, sobald er sich halbwegs gefasst hatte. »Was ist mit Lillia geschehen?«

Wortlos deutete Gorun zu der kleinen Insel hinüber.

Im Morgenlicht war der Tempel mit dem Spitzdach und den vier Geistersäulen gut zu erkennen. Auf den sandigen Wegen lief das kleine Mädchen umher. Sie hatte den Blinden Gott an der Hand gefasst und führte ihn über die Insel – nun folgte Antiles wieder seinem eigenen Traum von der Welt. Und an jedem Ort, den der Wanderer und das Mädchen aufsuchten, ging etwas Altes zu Ende, und etwas Neues begann.

»Sie ist wieder zu Hause«, sagte Gorun.

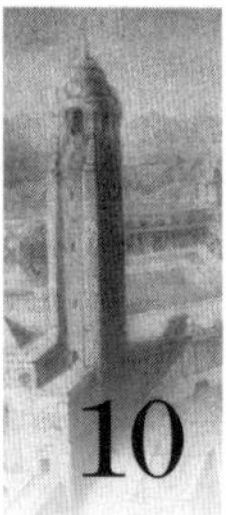

Der Himmel über dem Hochland war klar und kalt, ein sonniger Wintertag brach an. Am Fuß des Passes hatten Vrarras' Krieger ein großes Lager aufgeschlagen, in dem die Geretteten und die Verwundeten der letzten Schlacht Aufnahme fanden. Die Nraurn hatten sich ebenfalls versammelt, und vom Pass aus stellte Gorun fest, dass ein Teil der Gehörnten bereits abgezogen war.

Bang warteten die Menschen auf Nachricht aus der Feenstadt. Als man ihn und seine Begleiter erblickte, brachen die Reiter in Rufe der Erleichterung aus. Die jungen Schützen galoppierten ihnen mit Handpferden entgegen, sodass sie die restliche Strecke nicht zu Fuß gehen mussten. Als sie sich zwischen den Zelten aus den Sätteln schwangen, hatte sich die Nachricht von ihrer Rückkehr in Windeseile verbreitet, und eine große Menschenmenge erwartete sie. Sogar die Kriegerkönige des Südens fanden sich ein. Man begrüßte ihn und die *Laîren* aufs Herzlichste – und der Schütze und seine Schwester waren der Runde ebenso willkommen.

»Du siehst blass aus«, stellte Falrau fest und bot Jemren einen Becher an. »Hier, nimm einen Schluck *Razál.* Dieser Trunk erweckt die Lebensgeister im Handumdrehen wieder. Vrarras hat wirklich an alles gedacht«, setzte er genüsslich hinzu, als er Goruns belustigten Gesichtsausdruck bemerkte.

Jemren lehnte das Angebot dankend ab. Verstohlen betrachtete er die Veränderung, die mit dem Speerkrieger vorgegangen war, und fasste sich schließlich ein Herz. »Was ... ist mit deinem Bart geschehen?«, fragte er zögernd.

Mit einer Grimasse strich Falrau sich über das glatt rasierte Kinn. »Wenn ich dir einen guten Rat geben darf: Lass dich nie, wirklich *niemals* mit einem Anhänger des Nemnos auf eine Wette ein. Wer dem Gott des Glücks dient, gewinnt jedes Spiel. Es liegt ihm im Blut.«

Lachend bestritt Gorun diese Behauptung und wusste insgeheim doch, dass sie nicht ganz von der Hand zu weisen war. Er blickte zur Feenstadt hinauf.

Im Berginnern wanderten Lichter auf und ab. Ihr Schein schimmerte durch die Wände, und Dutzende bläulicher Kränze schienen über der Ebene zu schweben. Wie von unsichtbaren Fäden gezogen, tanzten die Lichter auf und nieder.

Die Götter schritten wieder durch ihre Stadt.

Mit einem Seufzer wandte Gorun sich den Zelten zu. Amra musste ihre Geschichte bereits zum dritten Mal erzählen und wurde bei jedem Satz von Zwischenrufen und Fragen unterbrochen. Mit einem Nicken bedankte er sich bei Kimrin, der ihm einen Becher und einen dampfend gefüllten Brotfladen reichte. Er ließ sich auf dem nächsten Schemel nieder und streckte die Beine aus, doch er hatte kaum den ersten Schluck genommen und ein Stück Brot abgebrochen, als er Jemren auf sich zukommen sah.

Als er den Gesichtsausdruck des Schützen gewahrte, schluckte er den Bissen eilig hinunter und setzte sich aufrecht hin. Doch Jemren schlug zunächst einen besonnenen Tonfall an.

»Eure Reiter behandeln die Überlebenden aus den Minen sehr zuvorkommend«, stellte er fest. »Es fehlt den Geretteten wirklich an nichts. Aber erklär mir eines, Gorun: Weshalb halten eure Krieger die *Taú*-Schützen am Flussufer fest? Sie erlauben Tenon und seinen Gefährten nicht einmal, mit den befreiten Geiseln zu sprechen. Wer hat diese Anordnung erlassen? Glaubst du nicht auch, dass die Angehörigen unserer Häuser einander ebenso viel mitzuteilen hätten wie die Bewohner des Südens?«

Er deutete zu dem schnell strömenden Fluss hinüber. Dicht am Ufer kauerten die Schützen im Schnee oder auf blanken Felsen. Viele hielten die Gesichter abgewandt und starrten in die Fluten; die Hände lagen gut sichtbar auf den Knien. Wächter schritten am Ufer auf und ab, und im Rücken der Gefangenen hatten berittene Speerkrieger Stellung bezogen.

Gorun stellte den Becher ab, ehe er antwortete. »Betrachte die Lage einmal von unserer Warte aus«, bat er. »Die *Taú*-Schützen brachten uns bis zuletzt eine feindselige Haltung entgegen. Sie haben bei Weitem zu viele Gelegenheiten für eine friedliche Lösung verstreichen lassen, obwohl du ihnen mehrfach einen Ausweg aufzeigtest. Nun haben sie keine zuvorkommende Behandlung mehr zu erwarten.«

Er spürte, wie das Befremden durch Jemrens *Taú* glitt. »Tenon befand sich in einer Zwangslage. Was hättest du an seiner Stelle getan?«

»Blick nach vorn, denn hinter dir liegt nichts mehr«, wiederholte Gorun. »Erinnerst du dich nicht mehr an die bitteren Worte, mit denen der Schütze Defágos verließ? Du schuldest Tenon gar nichts.«

»Aber meinem Land schulde ich alles«, gab Jemren zurück, und Gorun hörte, dass ihm der gelassene Tonfall zunehmend schwerfiel. »Um Lillias willen stand ich auf eurer Seite – damit wir gegen den Schwarzen Gott bestehen. Aber ich hatte nie die Absicht, den Norden zum unterlegenen Bittsteller zu machen.«

Gorun erhob sich. »Versteh doch, in dieser Angelegenheit habe ich nicht zu entscheiden. Vrarras setzt sich soeben mit den Kriegsherren des Südens zusammen, um ...«

»Bei unserem letzten Treffen schlug ich Tenon vor, die Aussöhnung mit dem Süden zu suchen. Du und Vrarras – ihr hättet stets ein offenes Ohr für ihn«, sagte Jemren. Sein *Taú* war offen und von einer Unmittelbarkeit, die schwer zu ertragen war. Gorun wich dem Blick des Schützen aus.

»Der Norden ist durchaus mitschuldig an seiner Lage«, erwiderte er. »Seit den Langen Kriegen hat sich auf eurer Seite niemand an die Abkommen gehalten. Wer verbürgt sich jetzt dafür, dass es nicht wieder zu Spannungen kommt? Wer gewährleistet, dass die Schattenpfeile ein für alle Mal im Meer ruhen? Uns geht es um die Gewissheit, dass die Waffenruhe zwischen unseren Ländern diesmal Bestand hat.«

»Eher gewährt ihr den Nraurn freien Abzug als meinem Land«, warf Jemren ihm vor. »Den Gehörnten bietet ihr Verhandlungen und freies Geleit an und lasst sie ziehen. Uns gegenüber wollt ihr euch indes Gewissheit verschaffen? Wie willst du das bewerkstelligen – indem du Tenon und seine Leute in den Bergen festsetzt, so wie die Nraurn es mit ihren Geiseln taten? Das ist eine reichlich späte Vergeltung.«

»Ich betrachte dich als Freund und will offen mit dir sein«, erklärte Gorun ernst. »Der Süden denkt über eine vollständige Entwaffnung der *Taú*-Schützen nach. Erst wenn Tenon und seine Gefolgsleute sich bereit erklären, Bogen, Köcher und die Ringe abzugeben, dürfen sie in den Norden zurückkehren.«

Als Jemren dies hörte, trat er einen Schritt zurück. »Bei der Quelle – unsere Bogenschützen sind sehr viel mehr als nur Krieger. In erster Linie sind sie Jäger und haben ihre Städte durch manch harten Winter gebracht. Die Nraurn haben unsere Boote zerstört und die Felder niedergebrannt. Wenn ihr den Schützen nun die Bogen abnehmt, beraubt ihr den Norden endgültig der Lebensgrundlage. Sieht so der Frieden aus, der euch vorschwebt?«

»Jetzt hör mir doch ...«, hob Gorun an, aber der Schütze ließ keinen weiteren Einwand mehr gelten. Er machte auf dem Absatz kehrt und schritt zum Fluss. Dort lief er am Ufer auf und ab und schleuderte flache Steine übers Wasser hinaus. Gorun hatte ihn selten derart verstimmt erlebt.

Mit einem Zug leerte er den Becher und verzog das Gesicht, als er feststellte, dass der Tee längst kalt und bitter geworden war. Er ließ das Gefäß auf dem Schemel stehen und machte sich auf die Suche nach der jungen Bogenschützin.

»Geh zu deinem Bruder und sag ihm, dass er sich zur Beratung in Vrarras' Zelt einfinden soll, statt seinen Zorn an der Landschaft auszulassen. Dort kann Jemren dem Norden sehr viel eher helfen«, trug er ihr auf. »Auf dich hört er vielleicht.«

Harat bedachte ihn mit einem kühlen Blick. »Wohin gehörst du eigentlich?«, fragte sie. »Hältst du nun zu uns oder zu deinen Leuten?«

»Was wäre dir lieber?«, gab Gorun gereizt zurück. »Und nun geh schon – die Gelegenheit, den Süden umzustimmen, währt nicht ewig.«

Günstige Gelegenheiten mochten vielleicht nicht ewig währen, aber die Streitgespräche und Verhandlungen zogen sich unerträglich in die Länge – so schien es ihm. Er hatte Kopfschmerzen und fühlte sich leicht fiebrig, als habe ihm die Schwimmerei im eisigen Wasser und das Rudern in nassen Kleidern nicht sonderlich gutgetan. Bisweilen vernahm er das Stimmengewirr in dem stickigen Zelt nur noch aus der Ferne, und in immer kürzeren Abständen schloss er die Augen.

Jemren verteidigte sein Land mit Klugheit und Geschick, aber er scheiterte wiederholt am Widerwillen des tiefen Südens. Keiner der Kriegsherren aus den Städten am Jarú oder aus Noárta hatte den Kampf um Defágos miterlebt, und sie vermochten sich auch nur schwerlich vorzustellen, wie das Schicksal einer ganzen Insel an ein kleines Mädchen geknüpft war. Vergeblich führte Gorun ihnen die Statue vor, die er aus Antiles' Klauen gerettet hatte, vergeblich teilte Amra das geheime Wissen der *Laîren* mit ihnen, und ebenso wirkungslos machte Vrarras Vorschläge zur Güte – die Kriegerkönige des Südens feilschten endlos um das Für und Wider jeder noch so unbedeutenden Entscheidung und vertagten sich schließlich auf den nächsten Morgen.

Als Gorun das Zelt verließ, zog der Abend herauf, und über dem umkämpften Hochland war Stille eingekehrt. Auch Jemren hatte sich hinlänglich beruhigt; Gorun sah ihn im Gespräch mit Amra und Harat zwischen den Zelten stehen. Erleichtert stellte er fest, dass sich am Ende eines langen Tages gewisse Launen und Empfindlichkeiten von selbst legten. Im Licht des nächsten Morgens betrachtet, wirkten die Aussichten bestimmt weniger düster.

Er zog sich in ein kleineres Zelt zurück, das Vrarras ihm und den Angehörigen seines Klans zugewiesen hatte – auch das Haus Sa Kaseira hatte Anspruch auf seinen Bericht und seine Aufmerksamkeit. Als er sich endlich in eine Decke wickelte und auf einer der Matten ausstreckte, die man auf dem Boden ausgerollt hatte, war die Nacht bereits weit fortgeschritten.

Er schlief sofort ein. Er träumte selten; üblicherweise schien es ihm, als sei zwischen dem Augenblick, da er den Kopf auf das Polster bettete, und dem Erwachen kaum ein Lidschlag verstrichen. In dieser Nacht jedoch plagten ihn umherhuschende Schemen und wabernde Schatten, und eine Stimme fragte ihn wiederholt: Wohin gehörst du? Wohin gehörst du eigentlich?

Irgendwann schreckte er aus dem Dämmerzustand hoch. Sein Kopf und seine Glieder fühlten sich schwer und heiß an, und das Schlucken war ihm unangenehm. Rings um sich hörte er den gleichmäßigen Atem der Schläfer.

Amra war nicht da. Er vermisste ihre Gegenwart und ihr sanftes *Taú* sogar im Schlaf – so sehr hatte er sich daran gewöhnt, dass sie eine Armlänge entfernt neben ihm ruhte.

Wohin gehörst du? Harats Frage hatte sich wie ein Widerhaken in sein Gedächtnis gebohrt. Am Ende dieser langen Wanderung war er – angesehener und geschätzter als je zuvor – in den Süden zurückgekehrt, in eine Welt voller Regeln und Erwartungen. In der Wildnis und in den finsteren Minen der Gehörnten war es leicht, mit diesen Ansprüchen zu brechen. Aber hier?

Gorun ließ den Blick über die Verwandten und Freunde gleiten, die selbstvergessen ruhten. Er hatte es nicht einmal fertiggebracht, Kaseira zu erzählen, wie es zwischen ihm und der *Laîren* stand. In farbenfrohen Worten hatte er sein Abenteuer ausgeschmückt, damit sein Klan mit ihm lachen, weinen, staunen und sich ängstigen konnte. Eine entscheidende Kleinigkeit hatte er jedoch ausgelassen: Er kehrte nicht mehr als der Mann zurück, als der er aufgebrochen war.

Seufzend erhob er sich und suchte im Dunkeln nach seinen Stiefeln, die er am Eingang des Zelts abgestreift hatte. Er schlüpfte in das kalte Leder, warf sich den Mantel über und trat ins Freie.

Es war außergewöhnlich ruhig. Für ein Lager dieser Größe, in dem Freunde und Fremde gemeinsam ausharrten, war die Stille höchst auffallend. Rasch überquerte Gorun den Platz zwischen den Zelten. Seine Schritte knirschten auf dem verharschten Schnee, aber der Wachposten an der Spitze des Halbrunds rührte sich nicht. Zusammengesunken saß der Mann da und wandte nicht einmal den Kopf, um sich zu vergewissern, dass sich kein Feind von hinten näherte.

»Wach auf!«, herrschte Gorun den dösenden Wächter an – es war Falrau. Er fasste den Freund am Kragen und rüttelte ihn unsanft. Aber der kampferprobte Speerkrieger starrte ihn lediglich aus glasigen Augen an, ohne sein Gegenüber zu erkennen, und gab einige unverständliche Worte von sich. Da ließ Gorun die Gewänder des Speerkriegers los und fuhr herum.

Das Flussufer lag verlassen da.

Wo sich am Vorabend die *Taú*-Schützen befunden hatten, gab es nun nichts weiter zu sehen als platt gedrückten Schnee und Fußspuren, die am Ufer entlangführten. Auch die Nraurn-Flöße waren verschwunden. An der Anlegestelle ragten verwaiste Pflöcke auf, und die Matten vor dem Eingang jener Zelte, die den Angehörigen der fremden Schützen als Unterkunft gedient hatten, waren hochgezogen und ließen die Kälte ein.

Gorun unterdrückte einen Fluch, als er im Laufschritt zum Fluss eilte. In Ufernähe saß Harat auf einem Felsen und rollte gelangweilt ein Klümpchen Schnee zwischen den Fingern. Als sie ihn erblickte, warf sie das Bällchen fort und sprang auf.

»Endlich!«, rief sie ihm zu. »Ich hatte schon befürchtet, dass du gar nicht mehr auftauchst.«

»Wo ist er?«, herrschte Gorun die junge Frau an. »Was heckt dein Bruder da aus? Bei der Quelle – weiß Jemren überhaupt, in welche Schwierigkeiten er uns hineinreitet?«

Harat stieß einen gedehnten Seufzer aus. »Er warnte mich schon vor, dass du dich aufregen würdest«, bemerkte sie schnippisch. »Er trug mir auf, hier zu warten und dir ...«

»Ich will wissen, wohin er verschwunden ist!«, fuhr Gorun sie an. Als sie daraufhin in ihrer unnachahmlichen Art eine Augenbraue hob und ihm nichts weiter zu sagen hatte, ließ er sie stehen.

Er eilte von einem Posten zum nächsten und versuchte aus den Männern herauszuschütteln, was sich in den kurzen Stunden seit der Abenddämmerung zugetragen hatte. Sämtliche Wächter dämmerten vor sich hin. Manche Männer hatten sich notdürftig in ihre Mäntel gehüllt, andere waren im Sitzen eingenickt, als habe sie die Müdigkeit an Ort und Stelle dahingerafft.

»Gib dir keine Mühe«, sagte Harat. Sie schlenderte auf Schritt und Tritt hinter ihm her. Der Köcher baumelte ihr von der Schulter, sie schlenkerte den Bogen in der Hand, und um den Hals glitzerte das Kettchen mit der Statuette des Jägers. »Deine Krieger schlafen bestimmt noch bis Sonnenaufgang. Falrau wollte noch ein wenig feiern, und da hat Amra ihnen einen Trank in den *Razál* gemischt. Keiner der Reiter hat etwas gemerkt.«

Entgeistert blieb Gorun stehen. »Amra? Amra steckt mit euch unter einer Decke?«

Plötzlich kam ihm die Zusammenkunft zwischen den Zelten in den Sinn – ein scheinbar harmloses Treffen der Weggefährten. Doch bei dieser Gelegenheit hatte Jemren die *Laîren* zu Heimtücke und Hinterlist angestiftet.

Da entdeckte er sie am Rand des Lagers. Durch den Schnee schritt sie auf ihn zu, und ein feines Lächeln umspielte ihre Lippen.

»Was hast du den Wächtern in den Trank gemischt?«, herrschte er sie an. »Braust du deine Tinkturen jetzt im Auftrag des Nordens?«

»Gestern Abend, nachdem die Verhandlungen gescheitert waren, bat Jemren mich um Hilfe«, erwiderte sie. »Er schilderte mir sein Vorhaben, und da entschloss ich mich, ihn zu unterstützen, denn seine Absichten klangen überaus vernünftig.«

»Vernünftig?«, fuhr Gorun auf. »Er macht sich überhaupt keine Vorstellung davon, in welchem Wespennest er da herumstochert!«

Amra wirkte unerschütterlich. »Er geht seinen eigenen Weg. Das ist sein gutes Recht.«

Gorun bemerkte sehr wohl, dass sie ihm Sätze an den Kopf warf, die er einst selbst gesagt hatte. »Und was soll ich Vrarras und den anderen Kriegerkönigen antworten, wenn sie mich gleich nachher fragen, wohin die feindlichen Schützen entschwunden sind – samt dem Mann, der mein blindes Vertrauen genießt? Ich habe Jemren mein Klanzeichen geschenkt, Amra! Ich habe ihm ...«

»Er ließ seine Schwester bei uns zurück.«

Obwohl seine flammende Rede keineswegs beendet war, verstummte Gorun.

»Er bat Harat, in unserem Lager auszuharren und dir eine Botschaft zu übermitteln. Hast du sie schon gefragt, was sie dir ausrichten soll?«, erkundigte Amra sich.

Gorun wandte sich zu der jungen Schützin um. Sie hatte jedes Wort mitgehört und musterte ihn aufmerksam. Wie üblich trat der spöttische Wesenszug in ihrem *Taú* zutage, doch zum Glück ließ sie sich nicht lange bitten.

»Mein Bruder sagte, auf demselben Weg wärt ihr schon einmal einer Notlage entkommen, und es sei zu niemandes Schaden gewesen – im Gegenteil. Dieser Schritt habe euch beide ein gutes Stück vorangebracht, und dieses Mal verhalte es sich auch nicht anders. Deshalb solltest du die Angelegenheit auf sich beruhen lassen. Außerdem werdet ihr unsere Leute auf den schnellen Flößen ohnehin kaum einholen«, setzte sie voller Gewissheit hinzu.

»Bei Nemnos!«, entfuhr es Gorun. »Ich weiß, welches Ziel der Schütze hat!«

Ergeben nahm er Vrarras' Zorn auf sich – und der Unmut des Kriegsherrn von Defágos war gewaltig. »Ich widerrufe meine Ansichten über deinen Freund«, erklärte Vrarras erzürnt. »Dass

Jemren seinen Landsleuten einen Abzug ohne Gesichtsverlust ermöglicht, mag noch angehen, aber dass er unsere jungen Schützen in diese Unternehmung mit hineinzieht, ist unverzeihlich.«

Kaum hatte sich die Aufregung über das Verschwinden der Gefangenen gelegt, stellte sich heraus, dass von Mrerem und seinen Freunden jede Spur fehlte. Dieser Umstand gestaltete die Sachlage allerdings erheblich verzwickter, denn Vraja und die Jungen stammten aus verschiedenen Städten des Südens – nun waren weit mehr Türme in die Angelegenheit verwickelt, als es bei Tagesanbruch noch den Anschein gehabt hatte.

»Ich vermute, dass Jemren vergeblich versuchte, die Jungen abzuschütteln«, bemerkte Gorun. »Das geschähe keineswegs zum ersten Mal.«

Vrarras schenkte seinen Worten keine weitere Beachtung. »Sitzt auf! Wir brechen sofort auf!«

Der Kriegerkönig schwenkte den Arm, Kupferabzeichen blitzten unter seinem Mantel auf. Um die Verfolgung aufnehmen zu können, hatten die Männer sich von den verbliebenen Nraurn Reittiere ausgeborgt, was die Gehörnten nicht ohne eine gewisse Genugtuung zur Kenntnis nahmen – und sogleich einen Vorteil aus den Umständen schlugen. Erst verweigerten sie den Menschen hartnäckig jedes Zugeständnis, doch sie stellten sich lediglich stur, um den Kriegern jenen Teil der Zelte abzuhandeln, die nun nicht mehr benötigt wurden, da ihre Bewohner das Lager verlassen hatten.

Mehrere Zehntschaften Reiter brachen auf, um die entflohenen Schützen aufzuspüren, bevor diese die Grenze zum Norden überquerten, und sie ritten schneller, als es sich in dem bergigen Gelände empfahl. Insgeheim befürchtete Gorun jedoch, dass Harat recht behielt: Ihr Bruder hatte den benötigten Vorsprung genau vorausberechnet. Viele der Schützen waren gleichzeitig erfahrene Segler und Fischer; sie waren auf dem Wasser ebenso zu Hause wie an Land. Der reißende Fluss trug die Flöße rasch zu Tal, während die Reiter in dem unwegsamen Bergland erheblich langsamer vorankamen, und obwohl sie zwei Tage und Nächte ohne Unterlass ritten, holten sie die Flüchtigen nicht ein.

Äußerlich gab Gorun sich wie ein Befehlshaber des Südens und führte die ihm zugeteilte Reitertruppe mit dem gebotenen Ernst an. Im *Taú* hingegen lachte er längst über die Gerissenheit des Schützen aus Tegaréssos, dem es gelungen war, die versammelte Streitmacht des Südens zu narren. Er spürte keinerlei Eile mehr. Ob an jenem Tag, da die Nraurn seine Stadt verwüstet hatten und ihn zum Sterben unter dem Tor von Caláxi zurückließen, ob kurz vor dem Aufbruch aus Defágos oder nach ihrem Abschied am Ausgang der Schlucht – Jemren war stets zurückgekehrt, um alle Schwierigkeiten und allen Ärger gemeinsam mit ihm durchzustehen.

Am Morgen des dritten Tages erreichten sie die Furt, die über den Nárdas führte. Die Flöße hatten am Nordufer festgemacht, die *Taú*-Schützen stiegen mit ihren Familien bereits das Hochufer hinauf. Jemren stand nahe am Wasser und blickte den letzten Nachzüglern nach. Als er das Hufgetrappel vernahm, wandte er sich um – und wich sogleich einige Schritte zurück, um nicht nass gespritzt zu werden, als Vrarras dicht an ihm vorbei in den Fluss galoppierte.

»Mrerem!«, schrie der Kriegsherr seinem Sohn zu. »Ins Wasser – schnell! Schwimmt auf unsere Seite! Beeilt euch! Noch könnt ihr umkehren!«

Der Junge hob soeben sein Bündel und seinen Köcher vom Floß. Als er den Kriegerkönig erblickte, winkte er ihm zu und legte beide Hände an den Mund, um das Rauschen des schnell strömenden Nárdas zu übertönen.

»Mach dir keine Sorgen, Vater!«, rief er zum Südufer herüber. »Es ist alles in Ordnung! Wir wollen uns im Norden nur ein wenig umsehen! Zum Sommerfest sind wir wieder zu Hause!«

Tenon hatte das Floß sorgfältig vertäut und trat neben den jungen Schützen. »Wir geben gut auf eure Töchter und Söhne Acht«, versprach er. »Fürs Erste nehmen wir sie in Thárraxi auf, und dann wird man weitersehen!«

Unglücklich lenkte Vrarras das Nouk im Fluss auf und ab. Aber es blieb ihm nichts anderes übrig, als zuzusehen, wie sich Kimrin, Vraja und die anderen jungen Schützen noch einmal am Ufer versammelten, um ihren Verwandten diesseits des Nárdas zuzuwinken und Lebewohl zu sagen.

Gorun trabte zu Jemren und schwang sich aus dem Sattel. Der Schütze warf ihm einen kurzen Blick zu und wandte sich wieder den Geschehnissen am Fluss zu.

»Was hast du den Knaben in Aussicht gestellt, damit sie sich deinen Landsleuten anschließen?«, fragte Gorun. »Es war offenbar nicht schwer, sie zu diesem Abenteuer anzustiften.«

»Ich habe ihnen gar nichts in Aussicht gestellt«, erklärte Jemren mit Nachdruck. »Ich habe lediglich klargestellt, dass ich ihnen unmöglich alle Fragen beantworten kann, die meine Heimat betreffen. Daraufhin meinten sie, es sei wohl am besten, wenn sie das Land auf der anderen Seite des Scyé einmal mit eigenen Augen sehen.«

Gorun lachte und legte ihm die Hand auf die Schulter. »Und du hast dieser Erkenntnis gewiss nicht widersprochen«, meinte er.

Der Schütze lächelte. Sein *Taú* wirkte gelöst, als nun alle Anspannung von ihm abgefallen war.

»Auf diese Weise bleibt der Norden wirklich ein freies Land«, erklärte er.

Amra und ihre Gefährten verbrachten den Winter in Defágos. In den Bädern und Tempeln, an üppig gedeckten Tafeln und bei ausgedehnten Gesprächen erholten sie sich von den Strapazen und Schrecken ihrer Reise. Nun, da die Zeit des Abschieds nahte, fühlte sie leise Wehmut in sich aufsteigen. Thirion würde sie nicht begleiten. Ihr Bruder blieb in Defágos, um mehr über die Baukunst des Südens zu lernen – und um bei seiner jungen Familie zu leben.

Er hatte ein wahres Meisterwerk der Handwerkskunst vollbracht, indem er die zerbrochene Statue des Einen Kindes zusammenfügte. Voller Stolz betrachtete Amra die Arbeit ihres Bruders. Jetzt thronte Lillias Abbild wieder über dem Brunnen von Defágos. Der Riss, der sich durch Stirn und Brust der Statue gezogen hatte, war verschwunden, und das steinerne Mädchen lächelte die Menschen an, die sich im Blauen Turm einfanden.

Amra straffte die Schultern, als Anrynan neben sie trat. Lautlos war die Feenpriesterin herbeigekommen. »Nimm den Abschied nicht so schwer«, tröstete sie. »Er währt gewiss nicht für immer.«

Lächelnd und traurig zugleich blickte Amra das steinerne Mädchen an. »Ob wir sie wohl je wiedersehen?«, fragte sie.

»Gewiss«, sagte Anrynan. »Nachdem nun die Stimmen verstummt sind, die ein Ende der Beziehung zwischen euch und euren Göttern fordern, haben die *Ya'ahåren* beschlossen, die Unerreichbare Stadt gelegentlich zu verlassen und eine alte Gewohnheit wieder aufzunehmen: den Besuch eurer Märkte und Feste. Die Ewigen sind überall zugegen, wo sie verehrt werden, und ich kann mir nicht vorstellen, dass Lillia die einzige Ausnahme bildet.«

Rings um den Turm hatte man die Statuen der Götter wieder aufgestellt. Sie blickten alle zum Blauen Turm hinüber, und auch Antiles hatte seinen Platz bei den Gräbern erneut inne.

»*Lilliryan*«, wiederholte Amra das fremd klingende Wort, das sie aus dem Mund des Totengottes gehört hatte. »Was bedeutet der Name des Mädchens eigentlich?«

Anrynans Lächeln vertiefte sich. »Das fragst du noch? Lillia ist die kleine Hüterin des *Taú*. Als ihre Statue während der Langen Kriege zerschmettert wurde und es dem Schwarzen Gott gelang, einen Teil an sich zu reißen, zerbrach das ganze Land – und mit ihm eure Welt, das Volk der Nraurn und das Reich der Götter. Aber nun hat sich das Zerrissene abermals gefügt – weil ihr darum gekämpft habt, dass die Insel der Stürme weiterlebt.«

Etliche Tagesritte später erreichten sie das Tal von Caláxi. Der Himmel über der Roten Stadt strahlte wolkenlos, und die Luft war erfüllt von Vogelgezwitscher und vom Zirpen der Grassänger. In der Ferne grasten wilde Herden; die Pferde und Ziegen hatten ihre Weidegründe nicht verlassen. Amra konnte sich kaum sattsehen an der Blumenpracht und den Farbtönen der Landschaft. Endlich kehrte sie in ihre Heimat zurück!

Gorun und Jemren ritten in ihrer Nähe. Die Stute des Schützen hatte sich von dem Gewaltritt durch die Berge erholt und schritt munter aus, und manchmal fing Amra Gesprächsfetzen auf.

»Weißt du, was ich in Defágos vermisst habe?«, fragte der Schütze soeben.

»Du hast in Defágos etwas vermisst? Da bin ich aber gespannt«, lachte Gorun. »Du sprichst gerade von der größten und bedeutendsten Stadt des Südens. Das sei jedoch nur nebenbei bemerkt.«

Jemren verzog keine Miene. »Auf die Größe allein kommt es nicht an«, gab er zurück. »Unter den Schriftstücken im Offenen Turm fehlt jedenfalls eine genaue Darstellung des Scyé.«

»Ein Karte vom Scyé?« Augenblicklich war Goruns Wissbegierde geweckt. »Tatsächlich – auf den Gedanken, den Graben zu vermessen, ist bislang noch niemand gekommen.«

Der Schütze zuckte die Achseln. »Bislang hatte auch noch niemand die Schlucht durchwandert. Ich hingegen war gezwungen, sie *zweimal* zu durchqueren. Bei dieser Gelegenheit konnte ich mir ein Bild von ihrer Ausdehnung und den Höhenunterschieden machen. Vom Nordrand besitze ich ohnehin eine ziemlich genaue Vorstellung. Und dann wäre da noch der Scyéyan – seit dem letzten Ausbruch haben nur die Nraurn diesen Berg von Nahem gesehen.«

»Am besten beginnen wir an der Küste«, schlug Gorun vor. »Der Erste Reiter von Tenéxi ist klanverwandt mit mir – weshalb nicht das Angenehme mit dem Nützlichen verbinden? Wenn wir dann in Richtung des Vulkans reiten ...«

Als spürten sie den Tatendrang ihrer Reiter, trabten die Pferde an und trugen die Freunde außer Hörweite. Auch Khani und Harat ritten Knie an Knie nebeneinander, und Amra bemerkte keineswegs zum ersten Mal, mit welchem Eifer Goruns Cousin sich um Jemrens schöne Schwester bemühte. Er schien ihr jeden Wunsch von den Augen ablesen zu wollen und wartete ihr bei jeder Gelegenheit mit Annehmlichkeiten und kleinen Geschenken auf. Die Bogenschützin schien dieser Werbung keineswegs abgeneigt – und zum Dank bedachte sie Khani mit Sticheleien und gutmütigen Seitenhieben.

»Schnelle Zunge, schnelle Hand, das sagt man bei uns über den Süden«, teilte sie dem jungen Krieger soeben mit. »Wenn ich mir deine Freunde allerdings so ansehe – mit dem Bogen übertreffe ich die meisten von ihnen.«

»Mit dem Bogen *und* mit der Zunge«, gab Khani zurück. »Ich verstehe ja, dass du ein Andenken an deine Erlebnisse bei den Nraurn behalten willst. Aber eine Frau mit einer Waffe – das gehört sich im Süden einfach nicht.«

Harat schnippte sich eine schwarze Locke über die Schulter. »Ich stamme auch nicht aus dem Süden«, erklärte sie trocken. »Bei uns sagt man: Ein Klanhaus ohne Schützen ist wie ein Bogen ohne Sehne.«

Der junge Reiter verdrehte die Augen. »Wir sind aber nicht im Norden!«, rief er. »Siehst du die rötlichen Mauern dort vorn – den Hauptturm, den Kornturm und daneben den Wohnturm der Reiter? Das ist meine Stadt! Das ist Caláxi.«

Harat legte den Kopf schräg, sodass ihr langer silberner Ohrschmuck klimperte. Die Geste passte viel eher zu den Angewohnheiten des Ziegenvolks als zu einer jungen Menschenfrau.

»Drei Türme«, zählte sie. »Du hast stets behauptet, es seien vier.«

Amras Herz klopfte rascher, als sie durch das Tor ihrer Heimatstadt ritt. Nichts hatte sich seit dem Beben verändert; alles war noch wie an jenem Tag, da sie aus Caláxi geflohen war. Der Erdstoß hatte im Westviertel schwere Schäden angerichtet. Der Dunkle Turm war in sich zusammengestürzt, Gräser und Blumen wucherten auf dem Schutt, der eine Schneise durch die Stadt zog. Drauras Grab, dachte Amra unwillkürlich.

Ich will doch sehr hoffen, dass du für meine alten Gebeine ein anderes Plätzchen findest, Kind! Am Rand des Begräbnisplatzes lag ein Kämmerchen – das hatte ich mir schon lange ausersehen.

Amra schrak zusammen, als sie das unhörbare Wispern vernahm. *Draura?*, fragte sie ungläubig. Ein freudiger Seufzer glitt ihr durchs *Taú.*

Ich habe auf dich gewartet!, sagte ihre alte Lehrmeisterin. *Eine ganze Weile schon – wo trödeltest du nur so lange herum?*

Wir sind hier – wir sind alle hier!, riefen ihr die Ahnen zu, als sie durch das Tor ritt. *Wir haben dich erwartet.*

»Bei allen Göttern – hier wartet eine Menge Arbeit auf uns«, stöhnte Vrauron. Beim Anblick der Trümmerlandschaft wischte sich der Baumeister vorsorglich über die Stirn. »Es wird eine Weile dauern, bis wir den Schutt zur Seite geräumt und den Zugang zum Brunnen freigelegt haben. Wollen wir hoffen, dass Anrynan recht behält und sich der schlechte Zustand der Quelle beheben lässt.«

Verstohlen tastete Amra nach der Gabe, die sie während der dunkelsten Stunde des Jahres aus Anrynans Händen erhalten hatte. Nicht irgendein Gefäß – es war von kostbarer Machart, aus blauem Glas, und als Griff wand sich eine Schlange um das Behältnis, die den eigenen Schwanz im Maul hielt. Es handelte sich um den Krug der Quellengöttin, und Amra hatte seinen Inhalt keineswegs aufgebraucht, als sie Jemren über den Abgrund des Todes hinweggeholfen hatte. Gewiss gelang es ihr auch, die Schäden an der Quelle ihrer Stadt zu beseitigen.

Sie warf dem Schützen einen Blick zu. Erinnerungen stiegen in ihr auf, an einem ähnlich strahlend klaren Tag war er zum ersten Mal durch das Tor ihrer Stadt getreten. Wie viel hatte sich seither verändert! Nun kannte sie seinen Namen, hatte sein Haus und seine Stadt gesehen – und mit seiner Hilfe hatte sie ihre eigene Geschichte erzählt.

Was ziehst du nur für ein Gesicht?, neckte sie ihn lautlos. *Freust du dich denn gar nicht für deine Schwester?*

Mit zweifelnder Miene beobachtete der Schütze, wie Harat und Khani Hand in Hand zwischen den Häusern und Tempeln hindurchschritten. Sie tuschelten und lachten und blieben häufig länger verschwunden, als es die Wegstrecken zwischen den Gebäuden erforderten.

Wissen die beiden denn, worauf sie sich da einlassen?, seufzte der Schütze. *Noch ist es nichts weiter als ein Geplänkel, aber wie soll es weitergehen? In Khanis Welt wird Harat für immer eine Fremde bleiben. Schau sie dir an, Amra: Sie spricht anders, sieht anders aus und benimmt sich anders als die Frauen hier. Man wird in ihr sofort eine Bogenschützin aus dem Norden erkennen.*

Amra entging keineswegs, dass er zu einem Großteil auch für sich selbst sprach. *Gerade das macht doch den Reiz des Paars aus*, schmunzelte sie. *Bei allen Göttern, Jemren, hör endlich mit der Grübelei auf! Deine Schwester kann sich im Süden sehr wohl behaupten. Und jetzt komm und begleite mich ein Stück durch die Stadt. Ich möchte dir das*

Haus zeigen, in dem Lillia nach eurer Ankunft untergebracht war.

Sie führte ihn in den hinteren Bereich der Stadt, wo die Gebäude vom Beben weitgehend verschont geblieben waren. Um ihr Klanhaus betreten zu können, bog sie die blühenden Sandkelche zur Seite, die den Eingang überwucherten, und führte Jemren durch den Gang, der den Hauptsaal von den Wohnräumen trennte. Während sie durch das Haus schritten, berichtete sie ihm von der Zeit, die sie inmitten ihres Klans verbracht hatte, als das Haus noch voller Leben gewesen war.

»In diesem Kämmerchen wohnte Lillia, aber es gefiel ihr gar nicht, denn sie hatte Sehnsucht nach dir.« In dem Raum herrschte ein großes Durcheinander. Auf der Suche nach dem Mädchen hatten die Nraurn die Einrichtung durchwühlt und alles verwüstet. Viele Möbelstücke waren umgestürzt oder beschädigt, und auf der Liege unter dem Fenster sprossen Grashalme, deren Samen der Wind angeweht hatte.

»Nebenan lebte meine Schwester Laurdana«, fuhr Amra fort. »Ich werde sie nun wohl zu mir nehmen, denn obgleich ihre Verstörtheit einem milden Wahn gewichen ist, hat sie sich ganz in die Erinnerungen und Träume zurückgezogen, die im *Taú* enthalten sind.«

Jemren schwieg. Während er ihr zuhörte, betrachtete er die blauen Ornamente an den Wänden, die Gewirke aus Ziegenhaar, die farbenfrohen Polster und den Zierrat, der auf dem Boden verstreut lag. »Du stammst aus einem großen Haus«, bemerkte er. »Ich wusste gar nicht, dass dein Klan so wohlhabend war.«

»Wohlhabend – und töricht«, seufzte Amra. »Ihre Besitztümer bereiteten Kedra schließlich den Untergang. Mein Vater und sie könnten noch leben, wenn sie sich nicht so sehr an ihre Habseligkeiten geklammert hätten. Nun wollen weder Thirion noch meine ältere Schwester Tola dieses Haus je wieder betreten.«

Im Saal – dem größten Raum des Gebäudes, der zugleich auch Mittelpunkt des Klanlebens war – stießen Harat und

Khani wieder zu ihnen. Auf der einen Seite blickte man durch die Fenster auf die Rückseite der Türme und die benachbarten Klanhäuser hinaus: Sa Tadira, Sa Milea und Sa Kaseira. Auf der anderen Seite lagen der Gang und die Wohn- und Wirtschaftsräume. Die Sitzbänke und die Herdstelle bestanden aus weißpoliertem Stein, Teppiche bedeckten den Boden, und auf allen Truhen und Gesimsen lag fingerdick der Staub.

Harat schlenderte durch den Saal und nahm jede Einzelheit gewissenhaft in Augenschein. Mit dem Finger wischte sie den Schmutz von einer Kante und wandte sich schließlich zu ihrem Bruder um. »Und? Was hältst du davon? Wie gefällt es dir?«, fragte sie.

»Was meinst du?«, erwiderte Jemren. Als die Schwester seine Verwirrung bemerkte, lachte sie und breitete die Arme aus.

»Das Haus Sa Harat!«, rief sie. »Hat Amra dir denn noch nichts erzählt?«

Im ersten Augenblick fehlten Jemren die Worte. »Du ... und sie ... ihr beide habt längst eine Abmachung getroffen«, beschwerte er sich dann. »Ihr habt längst über dieses Haus gesprochen.«

Da konnte Amra nicht länger an sich halten. »Auf dem ganzen Weg hierher«, lachte sie.

Gorun wartete im Innenhof zwischen den roten Türmen auf sie. Im Hintergrund räumten Falrau und die anderen Männer den Zugang zu jenem Bauwerk frei, das den Reitern von Caláxi nun wieder als Wohnstätte dienen sollte. Mit zusammengekniffenen Augen begutachtete Gorun die Schäden am inneren Mauerring. An der Stelle, an welcher sich früher der Dunkle Turm erhoben hatte, klaffte eine Lücke. Die untergehende Sonne glühte in dem Spalt und ließ die Rottönung der Steine aufleuchten.

»Vielleicht belassen wir alles so, wie es ist«, meinte der Reiter, als Amra an seine Seite trat. »Wir könnten an dieser Stelle einen Torbogen errichten – einen Zugang zur Stadt.«

Amra nickte lächelnd. »Das gefiele mir«, meinte sie. »Die Freundliche Stadt. Ich möchte, dass Caláxi diesem Beinamen wieder gerecht wird, nachdem Xora ihr Amt niederlegen musste.«

Gorun schwieg. Mit auf dem Rücken verschränkten Händen stand er da und betrachtete seine Stiefelspitzen. Seit Anrynan verkündet hatte, dass Amra auf ihren ausdrücklichen Wunsch den Platz der *Nashan* von Caláxi einnahm, wirkte der Reiter in ihrer Gegenwart befangen.

Sie trat so dicht vor ihn hin, dass er den Kopf heben und sie anblicken musste.

»Vieles wird sich nun verändern«, erklärte sie mit Bestimmtheit. »Die Aufgaben der *Laîren* fallen nun wieder mit den Pflichten der Brunnenhüterin zusammen, wie es vor den Langen Kriegen Brauch war. Einige alte Traditionen behalten wir jedoch bei.«

Sogleich spürte sie, wie Enttäuschung und Befürchtungen Goruns *Taú* erfüllten. Sachte legte sie ihm die Hände auf die Schultern. »Im Süden ist es seit jeher Sitte, dass sich die *Nashan* unter den Kriegern ihrer Stadt einen Gefährten wählt«, sagte sie. »Ich wüsste gerne ... dich an meiner Seite.«

Zu seltenen Gelegenheiten hatte sie Gorun so ernst erlebt wie in diesem Augenblick. Er nickte – und dann schloss er sie in die Arme und zog sie eng an sich.

»Ich nehme die Wahl an«, erklärte er.

シソル

Der Himmel über der Bemalten Schlucht zeigte hauchfeine weiße Streifen. Wie verschlungene Schriftzeichen nahmen sie sich aus, lösten einander in raschem Wechsel ab und verschwanden, ohne dass der Hüter der Geheimnisse sie entziffert hatte. Es bestand auch keine Notwendigkeit, die Zeichen am Himmel zu deuten; es genügte bereits, dass sie vorhanden waren – ein Teil der Welt.

Der Wächter der Bemalten Schlucht ließ den Blick über seine Zuhörer wandern. Erwartungsvolle Gesichter waren ihm zugewandt, aber er ließ den Jungen und Mädchen noch ein wenig Zeit, damit sie zur Ruhe kommen und ihn betrachten konnten. Obwohl seine Mähne längst ergraut war, besaß er noch immer eine aufrechte Gestalt und einen entschlossenen Gang. Jahr für Jahr legte er weite Wege zurück. Von Defágos wanderte er in den Norden und von dort zu den hohen Bergen. Der Wächter der Geheimnisse stand ständig mit allen anderen Bewohnern der Insel im Gespräch. Einmal im Jahr jedoch, meist gegen Ende des Sommers, schickte man aus den Häusern der Menschen und den Rundzelten der Gehörnten die Kinder zu ihm, die an der Schwelle zum Erwachsensein standen. Seine Aufgabe lautete, den Jungen und Mädchen von jener Zeit zu berichten, da sich die Prophezeiung erfüllte und die Insel an den Rand des Abgrunds geriet. Denn er war nunmehr der Letzte, der die Geschehnisse mit eigenen Augen gesehen hatte und Lillias Wanderungen bezeugen konnte.

»Siehst du die Kerben an den Hörnern des Wächters?«, flüsterte ein Junge dem neben ihm sitzenden Mädchen zu. Es war ein junger Mensch mit dichten schwarzen Locken und grauen

Augen, die – wie bei allen Hörnerlosen – zu weit vorn am Kopf saßen. Schon eine ganze Weile tuschelte er mit dem Mädchen, das ihm mit nachdenklichem Gesichtsausdruck zuhörte und mit einem Stöckchen Muster in den sandigen Boden ritzte. »Dort trug Nesyn früher einmal messerscharfe Klingen. *Nkemen* wurden sie genannt und galten als Ehrenzeichen der Gehörnten, denn sie wurden nur den tapfersten und kühnsten Nraurn verliehen. Früher einmal war der Wächter der Bemalten Schlucht ein berühmter Krieger, der Feldherr der Ziegenkönigin Kajlyn-Gua.«

»Sie war doch gar keine richtige *Nraur-a-Khae*«, flüsterte das Mädchen zurück. »Sie hat der echten Königin den Titel gestohlen und einen Pakt mit dem Schwarzen Gott geschlossen. Das weiß doch jeder!«

Der Junge zuckte die Schultern. »Na und? Trotzdem wurde sie in dieser Schlucht begraben. Und Nesyn kämpfte in der Schlacht um Defágos an ihrer Seite. Damals hätten die Nraurn die Kühne Stadt beinahe erobert.«

In den vielen Jahren, die seit dem Erscheinen des Einen Kinds verstrichen waren, hatte sich das Gesicht der Insel verändert. Zahlreiche Handelswege führten durch das Land und das begehrte Salz von der Nordküste wurde im Süden gegen Getreide, Glas und Öl getauscht. Die Nraurn handelten mit Wollstoffen, Leder, Sattelzeug und Kupfer, und ihre Herden weideten wieder entlang des Corredános. Dass es einmal eine andere Zeit gegeben hatte, eine Zeit der Dunkelheit und der Gefahren, gehörte zu den Legenden, an denen sich die nachfolgenden Generationen erfreuten.

»Erzähl uns deine Geschichte, Nesyn!«, bat ein junger Arrak. Der Bursche besaß das schmale längliche Gesicht, das für sein Volk kennzeichnend war, und die Stichelhaare auf der Stirn verliehen ihm einen aufmerksamen Ausdruck.

Der Wächter der Bemalten Schlucht nickte bedächtig. »Zu dem Zeitpunkt, da ich die Weiße Königin der Nraurn kennenlernte, war sie bereits hinfällig und gebrechlich«, hob er an. »Allerdings vermag das Äußere manchmal zu täuschen. Nicht immer setzt ein Krieger sich durch Stärke und die geschickte Handhabung seiner Waffen durch, während im scheinbar Schwachen gelegentlich eine verborgene Macht schlummert. Trotz ihrer Gebrechlichkeit und ihres hohen Alters führte die *Nraur-a-Khae* das Gehörnte Volk in die neue Zeit. Sie nahm den beschwerlichen Weg in die Kühne Stadt auf sich, um für das Ziegenvolk zu sprechen. Und sie wurde gehört.«

Zustimmendes Gemurmel antwortete ihm, und die Vorwitzigsten unter den Burschen prahlten mit den Errungenschaften, die ihrer Seite zugeschrieben wurden.

»Gorun von Caláxi war bei diesen Verhandlungen der Wortführer der Menschen, und er erwies sich als ein Freund der Gehörnten«, brüstete sich der Junge, der seine Sitznachbarin zuvor auf die Narben hingewiesen hatte, die die *nkemen* an Nesyns Hörnern hinterlassen hatten. »Er war der berühmteste Kriegerkönig meiner Stadt, denn es gelang ihm, das Geheimnis des Weißen Steins zu lüften und das Eine Kind mithilfe dieser Zauberkraft zu befreien.«

Das Mädchen neben ihm runzelte die Stirn. »Da habe ich aber eine ganz andere Geschichte gehört«, hielt sie forsch dagegen. »Bei uns im Norden erzählt man sich von Jemren Sa Harat, dem Bogenschützen aus Tegaréssos, der zusammen mit seiner Schwester den Scyé durchquerte. Auf diesem Weg entdeckten sie eine Brücke, die in den Süden führte, und ...«

»Nein, es war die *Nashan* von Caláxi, die das Rätsel des Weißen Steins löste«, fiel ihnen eine weitere Sprecherin ins Wort. »Amra war eine mächtige Zauberin, die einen Bund mit dem Feenvolk schmiedete. Deshalb gelang es ihr, die Inschrift auf dem Grund des Brunnens von Defágos zu entziffern – den Wortlaut der Prophezeiung.«

Während die Stimmen erregt anschwollen und die jungen Menschen und Nraurn sich über den Gang der Ereignisse stritten, lehnte Nesyn sich an den Felsen und blickte abermals zum Himmel auf. Die weißen Zeichen verknoteten sich, entwirrten sich wieder und verblassten schließlich wie Rauch.

Die Menschen hatten bereits mit dem Vergessen begonnen, und es war gut so, denn auf diese Weise vergaßen sie auch, was sie einander angetan hatten und worin ihre Feindschaft bestanden hatte. Er würde gewiss einige Zeit benötigen, um seinen Zuhörern die wahren Begebenheiten nahezubringen, doch war er keineswegs sicher, ob sie sich den Wortlaut auch einprägten – wenigstens bis sie wieder daheim in ihren Klanhäusern waren. Viel eher stand zu erwarten, dass sie manch unangenehme Geschehnisse wegließen und stattdessen das eine oder andere Abenteuer hinzudichteten. So geschah es mit den meisten Überlieferungen, und in dieser Eigenschaft glichen sich die Menschen und die Gehörnten aufs Haar.

Während er dem Stimmengewirr lauschte, dachte Nesyn an die Weggefährten, die ihm vorausgegangen waren – manche bereits vor vielen Jahren, andere vor nicht allzu langer Zeit. An Lillias Brunnen trafen sie sich eines Tages wieder, so hatte es ihm die Feenpriesterin der Kühnen Stadt versichert.

Er hegte keinerlei Sorge, denn das Bildnis des Zaubermädchens war wieder ganz, und er konnte dem unablässigen Flüstern ihrer Quelle lauschen. Lillia selbst bewohnte den Unerreichbaren Ort, und solange es sich so verhielt, mochte die Geschichte der Insel ruhig ein Geheimnis bleiben.

Glossar

Menschen

Abata – Hohepriesterin aus Millássu
Acra – Khanis Mutter, Goruns Tante
Akkan Su Catara – Krieger aus Defágos, Nachfahre des Stadtkönigs Saogan
Amra Sa Kedra – junge Frau aus der Stadt Caláxi, *Laîren*
Ara – Klankönigin aus Geristáni, Kimrins Mutter
Arbate – Hohepriesterin aus Millássan
Aureia – junge Quellenpriesterin von Caláxi
Auru – Klankönigin aus Tegaréssos
Baudan Su Caminia – alter Mann aus Caláxi
Breran Su Mlassa – Krieger aus Defágos
Bron Su Sunna – Ehemann von Kedra, Vater von Amra
Cairan Su Marema – Jugendlicher aus Caláxi
Caminia – Klankönigin aus Caláxi
Cassan – Liebhaber von Laurdana, Vater von Mitado
Catara – Klankönigin aus Defágos, Nachfahrin von Saogan
Darru – alter Krieger aus Defágos
Doron – junger Schütze aus Defágos
Drala – Klankönigin aus Caláxi
Draura Sa Dana – alte *Laîren* aus Caláxi
Errin – Klankönigin aus Defágos
Fagon – Krieger aus Caláxi
Falrau – Speerkrieger aus Caláxi, Goruns Freund
Ferala – Vrarras Mutter
Ferra – Mutter von Kedra aus Caláxi
Firos – Krieger aus Caláxi
Gerras – Schütze aus Minéa
Gissa Sa Caminia – junge Frau aus Caláxi
Harat – Jemrens Schwester aus Tegaréssos
Haye – Frau aus Caláxi
Hirau – Krieger aus Caláxi

Hrauri – Krieger aus Geristáni, starb in der Schlacht um Defágos

Jardara – mythisches Kind aus der historischen Stadt Anáxi; wurde zu Beginn der Langen Kriege ermordet

Jemren Su Tachra – Bogenschütze aus Tegaréssos

Joran – Erster Reiter von Caláxi, Vorgänger Goruns

Jori Su Kimra – junger Mann aus Caláxi

Kaseira – Goruns Mutter, Klankönigin und Pferdezüchterin aus Caláxi

Kassan – junger Bogenschütze aus Defágos

Kea – Frau aus Caláxi, Töpferin

Kedra Sa Ferra – Klankönigin aus Caláxi, Mutter von Amra

Khani Su Acra – junger Krieger aus Caláxi, Goruns Cousin

Kimra – Zuckerbäckerin aus Caláxi

Kimrin Su Ara – junger Bogenschütze aus Geristáni, Jemrens Schüler

Lal Su Marema – Halbwüchsiger aus Caláxi

Larrad Su Vres – Tarepins Vater, ehemaliger Meisterschütze aus Tegaréssos, Jemrens Lehrer

Laurdana Sa Kedra – jüngste Schwester von Amra

Magon – Krieger aus Caláxi

Marema – Frau aus Caláxi, Weberin, Freundin von Amra

Merras Su Tachra – Jemrens Onkel, Fischer aus Tegaréssos

Milan Su Kaseira – jüngerer Bruder Goruns; wurde von Quinda-Na ermordet

Milea – Frau aus Caláxi, Lederhändlerin

Mitado (Mito) Su Laurdana – Amras Neffe; kam bei dem Erdbeben ums Leben

Mlassa – Klankönigin aus Defágos

Mrara – Jemrens verstorbene Mutter

Mrerem Su Sylia – Vrarras Sohn, Bogenschütze aus Defágos, Jemrens Schüler

Nret – Klankönigin aus Thárraxi; fiel in der Schlacht um Defágos

Olassan – Krieger aus Martáxi
Panan – ehemalige Hohepriesterin aus Defágos
Piros – Ehemann von Marema aus Noárta
Ranni – Hirtenjunge aus Thárraxi
Saogan – ehemaliger Kriegerkönig von Defágos
Sasma – Amras Tante, Kedras ältere Schwester
Sylia – Vrarras Frau, Mrerems Mutter
Tachra – Klankönigin aus Tegaréssos, Jemrens Großmutter
Tadira – Frau aus Caláxi, Schmuckherstellerin
Tamela – Frau aus Caláxi, Korbflechterin
Tamyra Sa Tadira – (Tammy) jüngste Tochter von Tadira
Tarepin Su Vres – ehemaliger Bogengefährte und Freund von Jemren, Meisterschütze von Tegaréssos; wurde von Jemren erschossen
Tarqa – Hohepriesterin aus Mrauréssi
Tassra – Klankönigin aus Tegaréssos
Tegos – Krieger aus Caláxi
Tenon Su Nret – Klanbruder von Nret, Meisterschütze von Thárraxi
Thirion Su Kedra – junger Mann aus Caláxi, Bruder von Amra, Steinmetz
Thyrros – Kriegerkönig von Noárta
Tola Sa Kedra – ältere Schwester von Amra
Vala – Klankönigin aus Caláxi
Valassa – Hohepriesterin aus Martáxi
Varca – Schütze aus Golóni, zwei Töchter
Vlessi – junger Bogenschütze aus Defágos, Jemrens Schüler
Vraja – Mädchen aus Defágos, Jemrens Schülerin
Vrarras Su Ferala – Erster Reiter und Kriegerkönig von Defágos, Goruns Lehrmeister und Freund
Vrauron – Baumeister von Caláxi
Vres – Klankönigin aus Tegaréssos, Tarepins Mutter
Xora – Hauptpriesterin der Quelle von Caláxi

Chöre der Geschichte

Süden

Lied vom Ende
Lied von der Großen Flut (Caláxi)
Lied von den Geistern
Lied von der Insel
Lied von Kerron, dem mythischen Jäger
Lied vom Klan
Lied vom Licht
Lied von der Quelle (Wassersegen)
Lied über die Stolze Stadt
Lied des Trennens – Gesang, der die rituelle Waschung der *Laîren* begleitet
Lied des Wachsens
Lied vom Weggang
Lied vom Wind
Lied des Wissens
Lied der Vergehenden Zeit

Norden

Klage von der Vertreibung
Lied von der Insel (Überlieferung aus dem Süden)
Lied vom Klan (Überlieferung aus dem Süden)
Lieder der Erinnerung

Begriffe der Menschen

anassu/anassa – stolz; daraus abgeleitet: Ortsname Anáxi

Baumschläfer – Pelztier, lebt in Erdhöhlen und morschen Baumstämmen

Blauer Turm – Hauptturm von Defágos, Quellenturm, berühmtes Bauwerk im Süden

Blindschütze – Bogenschütze aus dem Norden, der sein Ziel durch das *Taú* anvisiert; Begriff wird oft als Schimpfwort gebraucht

calassu/calassa – rot; daraus abgeleitet: Ortsname Caláxi

Chöre der Geschichte (Süden) – Liederzyklus, in denen die Menschen auf dem Südteil der Insel ihre Geschichte festgehalten haben

Dornbeere – Frucht

tragender Busch

Dunkler Turm – Waffenlager einer Stadt

Eislicht – weißer Kristall

Entferntes Land – Land der Toten, in das die *Taú* eingehen

falal – Baumpilz, Delikatesse

Falkentor – mosaikverziertes Haupttor der Stadt Defágos

Fenn – eidechsenartiges Reptil

Gebbu (Süden) – schlankes, scheues Wildtier

Grab des Riesen – Steinbuckel in der Ebene von Fésos

Grassänger – Insekt

Harzbusch – gelb blühender Busch, der klebriges rötliches Harz absondert

Himmelsauge – tiefblauer Halbedelstein

Himmelsglut – roter Schmuckstein, oft in Tropfenform

hreku/hreka – verrückt

Jallal – Stammhengst der Grauen Pferde von Caláxi

jeffu/jeffa – Wolf, Wölfin

Klauenkraut – Busch, fünfzackige Blätter mit langen gebogenen Dornen

Klippenhai – großer Raubfisch

Klippenspringer – (Norden) sagenhafter Fisch; ein Fluch zwingt ihn, rastlos gegen den Strom zu schwimmen

Kornturm – Getreidelager einer Stadt

Koron – schwarzer Vogel, Aasfresser; gilt als Unglücks- und Todesbote

Kupferkraut – Hängegewächs mit kupferfarbenen Blüten

Labkraut – Heilpflanze

Laichkraut – Wasserpflanze

Laîren – Totengräberin, Geleiterin des *Taû* in das Entfernte Land, unberührbare Priesterin des Schwarzen Gottes

Lieder der Erinnerung (Norden) – Liederzyklus, der Erinnerungen an die verlorene Heimat im Süden überliefert

Mauerstreif – ungiftige schwarze Schlange

Meeresauge – blauer Kristall

Milchbaum – Ziergewächs; wird für Parfümöle verwendet

Mondglanz – gebänderter Halbedelstein, mattgrau oder silbrig

Nashan (Süden) oder *Naszan* (Norden) – Hohepriesterin des Wasserkults, Hüterin der Quelle

Neun Winde – wehen aus verschiedenen Himmelsrichtungen z. B.

Dau – milder Wind aus Südwest zu Beginn des Frühlings

Ghun – Herbstwind aus Osten, »Frostbringer«

Hraul – Nordwind, bringt im Winter Kälte und Nässe

Shan – Wind aus Süden, bringt im Sommer Hitze und Trockenheit

Wel – Fallwind

Offener Turm – enthält alle Aufzeichnungen einer Stadt

Olza-Strauch – Strauch mit giftigen Dornen, Früchte essbar, ölhaltig

Razál – (Süden) starker Likör

Salzsturm (Norden) – Wettererscheinung mit Salzhagel, Sturmböen und starken Regenfällen

Schützenwahn – (Norden) Erkrankung, die das *Taú* eines Blindschützen zerstört

Seeschlange – großes Meerestier

Seidenkraut – Pflanze mit kleinen blauen Blüten, Heilpflanze

Sen-Djai-Don-Gea – die Jahreszeiten; Sen: Herbst, Djai: Frühling, Don: Sommer, Gea: Winter

Silberne Wäldchen – Haine in der Ebene von Fésos, Baumstämme werfen Licht zurück

Silberspinner – (Norden) sagenhaftes Insekt, das angeblich Fäden aus reinem Silber spinnt

Sonnenglanz – goldgelber Halbedelstein

Sperberkraut – hoch wachsende rotblühende Sumpfpflanze

Sraxi – Goruns Kriegspferd

Steinwälzer – Pelztier

Steinwendel – kleines Kraut, wächst in warmen Felsspalten; Saft schmerzstillend

Sternsilber – wertvolles Metall; dient als Schmuck und zu Tauschzwecken

Sundschlange – Giftschlange mit dreifachem blauem Band auf dem Rücken

Taú – Lebenspunkt; »das Innerste«, Einheit aus Bewusstsein, Empfindung und Lebenskraft; wird im Süden als Kern der Persönlichkeit angesehen, der nach dem Tod weiterlebt

Tor des Vergehens, auch: Tor der Verwandlung, Tor des Wandels – Scheidepunkt zwischen dem Leben und dem Tod; Mittelpunkt des Entfernten Lands

Turm der Reiter – Wohnstätte der Krieger einer Stadt

Urruk – Turm; *Sa Urruk* (für Frauen), *Su Urruk* (für Männer) = »vom Turm«; ehrenvoller Beiname, gleichbedeutend mit »Priesterin« oder »Krieger«

Wegmenning – Heilpflanze

Weißes Schiff (Norden) – den Gerüchten der Fischer zufolge eine Erscheinung auf dem Meer, die einen heraufziehenden Sturm ankündigt

Wellentümmler – (Norden) sagenhaftes Meerestier, das vom Mondlicht angezogen wird und als Verursacher der Gezeiten gilt

Windraute – Heilkraut, wächst an der Küste; heilt Wundbrand, Hautausschläge und Zahnschmerzen

Yaza – Baum mit schmalen silbrigen Blättern

Nraurn

Hnyn-Qe – Kajlyn-Guas alte Dienerin

Kajlyn-Gua – Königin der Bahak-Nraurn aus dem Norden

Kala-Qua – Königin nach Mequa-Te

Kemek – Nesyns Vater

Kugaj – junger Bahak-Krieger

Nesyn – Bahak-Krieger, neuer Feldherr Kajlyn-Guas

Menyn-Te – junge Mnek-Kriegerin, von Quinda-Na ermordet

Mequa-Te – Gründungskönigin der Nraurn, erste *Nraur-a-Khae*

Quinda-Na – Bahak-Feldherrin aus dem Norden, Kajlyn-Guas Zwillingsschwester; wurde von Gorun getötet

Qyon – verkrüppelter Nraur, Wächter der Bemalten Schlucht

Reyl – Mnek-Krieger

Rysen-Ne – alte Königin der Mnek, verstorben

Syne-Ne – junge Bahak-Kriegerin, Geliebte von Nesyn; fiel in der Schlacht um Defágos

Syry-Ry – Bahak-Mädchen, »Seherin«, Syne-Nes Tochter

Vlyn – Bahak-Krieger

Vysek – ehemaliger Marschall von Quinda-Na; von Jemren getötet

Yagu-Ya – Königin nach Kala-Qua

Begriffe der Nraurn

Bemalte Schlucht – Kultort der Nraurn, Felszeichnungen, Grabmal der ersten *Nraur-a-Khae*

ehnun – bringen, halten, übertragen

E-hye – zustimmender Laut

guyen – Krieger, Kriegerin

hlan – Nraurnspeise; Brei aus Nüssen und Getreide

kert – großes Rundzelt

nkemen – geschliffene Metallspiralen an den Nraurnhörnern, Hörnerklingen

Nouk – Kreuzung aus Pferd und Ziege; gehörnte große Reittiere der Nraurn

Nraur-a-Khae – Königin aller Nraurn-Völker, mythische Figur

Nraurn-Völker – Arrak, Bahak, Ehnek, Gemnen, Hnak, Kerrek, Mnek, Oqun

qerrhun – schenken, überlassen, verausgaben

rak – Kupfer, Blut, Handelsgut, Kostbarkeit

Si-jyn/Si-jya – Onkel/Tante; höfliche Anrede für ein älteres Familienmitglied

tqok – Giftstoff, führt zu Wahnvorstellungen und lähmt das *Taú*

yk'aru – Seherin

yu – groß, viel, vollzählig; auch Zahlwort

Götter des Südens/Feenvolk/*Ya'aháren*

Amatha – Göttin des Getreides und der Sonne; Symbol: Rad aus Ähren

Anrynan genannt Any – Göttin der Quelle, der Gewässer und der Heilkunst; Symbol: Krug

Antiles – Gott des Todes, der Schwarze Gott, Gott der Tausend Gesichter, Herr der Dunkelheit; heilige Tiere: Koron (Aasvogel), Schakal

Aoru – Herr über die Neun Winde; Symbol: Harfe

Celessedra – Göttin der Sterne und der Nacht, der vergehenden Zeit; Symbol: Dreigestirn

Cenlana – Göttin des Mondes und des Wassers; Symbol: Mondsichel

Elrel – Gott der Altersweisheit und der Geduld, der Freundliche Gott; Symbol: Stab

Jaruk – gehörnter Gott der Ziegen; Symbol: Hörner

Kerron – der Mythische Jäger, Gott der Jagd und des Wilds; heiliges Tier: Hund

Menyia – Göttin des Feldbaus und der kultivierten Gärten; Symbol: Blüte

Narduk – Gott des Krieges; Symbol: Schild und Speer; heiliges Tier: Falke

Nemnos – Gott der Bronze und des Mutes und der Freundschaft; Symbol: ausgestreckte Hand

Paros – Gott der Handwerkskünste; Symbol: Hammer, Winkelmaß und Zirkel

Vylas – Gott der Wälder und Bäume; Symbol: grüner Zweig

Xynope – Göttin des Feuers; Symbol: Flammenzunge

Zesake – Gott des Geldes und der Händler; Symbol: Waage und Münze

Begriffe der Feen

Edú – Brettspiel, Spiel der Götter, Spiel des Wandels
Ewiger Rat, auch: Hoher Rat – Versammlung des Feenvolks
Scyé – der Wächter
Scyéyan – der Erhabene, der Ehrwürdige, Vater des »Wächters«
Sgú – Weg
Ya'a – Geist, Element, Naturkraft, daraus abgeleitet: *Ya'aháren* – das Alte Volk, »Besänftiger der Geister« *(Ya'aháru/Ya'ahára)*
Yhvn – Wind
Ykun – Stein
Ylda – Wald

Die Geister/Die *Ya'a*/Das Wilde Volk

Xyx – Feuergeister
Yhv – Windgeister
Yku – Erdgeister
Ysh – Wassergeister

Orte

Ájeri – »die Kleine«, Süden, zwei Türme, kleine Stadt im Süden

Altéru – unzugängliches Hochgebirge im Osten der Insel

Anáxi – die »Stolze«, historische Stadt, einst Zentrum des Südens, Ausgangspunkt der Langen Kriege und seit deren Ende Ruinenstätte; Symbol: neun Türme

Aránno – kleine Stadt im Norden, an der Mündung des Flusses Nárdas

Caláxi – die »Freundliche«, auch: die Rote Stadt, Süden, Heimat von Gorun und Amra; vier Türme, graue Pferde

Corredános – Weißer Fluss aus dem Altéru, Süden

Cuétos – die »Prächtige«, Süden, liegt am See Jarú; drei Türme, gefleckte Pferde

Defágos – die »Kühne«, Süden, sieben Türme, schwarze Pferde; Symbol: aufsteigender Falke

Ebene von Fésos – historisches Schlachtfeld im Süden

Felsgärten von Néhraja – steile Felsnadeln im Meer auf der Ostseite der Insel, gefährliche Strömungen

Gayália – die »Unerreichbare«

Geristáni – die »Glänzende«; zwei Türme, weiße Pferde

Golóni – Stadt am Scyé, Norden

Jarú – See im Süden, berühmt für sein fruchtbares Umland

Kílmini – die »Wachsame«, Süden; drei Türme, kupferfarbene Pferde

Mandóxi – die »Weitblickende«; vier Türme, silberne Pferde

Martáxi – die »Reiche«, Süden; drei Türme, lavafarbene Pferde

Millássan/Millássu (abgekürzt: Millássi') – Doppelstadt, Süden; je drei Türme, sandfarbene Pferde

Minéa – Küstenstadt im Norden

Mrauréssi – die »Befestigte«, Süden; rote Pferde, gewaltige Maueranlage

Nárdas – Fluss, entspringt im Altéru, Verzweigung des Corredános, Grenze zwischen den Trockenen Hügeln und dem Norden

Noárta – die »Südliche«; fünf Türme, windfarbene Pferde; Symbol: Sonne

Saréxi – Tafelberg in der Ebene nördlich von Caláxi

Scyé – der »Wächter« tiefe Lavaschlucht, Grenze zwischen dem Norden und Süden, gegen Ende der Langen Kriege durch Ausbruch des Vulkans Scyéyan entstanden

Scyéyan – der »Erhabene«, der »Ehrwürdige«, aktiver Vulkan im Grenzgebiet zwischen dem Norden, dem Süden und den Trockenen Hügeln

Taláxi – die »Offene«, liegt an wichtiger Handelsroute des Südens

Tássran – östlichste Stadt des Nordens

Tegaréssos – ursprünglich: die »Windige«, nach der Zerstörung: die »Verfluchte«, im Norden, ein Turm; Heimat von Jemren

Thárraxi – die »Hoffnungsvolle«, später umgedeutet in: die »Erbitterte«, zweieinhalb Türme, älteste Stadt des Nordens

Tenéxi – die »Aufrechte«, Süden, in der Nähe des Scyé; ausdauernde braune Pferde

Trockene Hügel – Steppe/Wüste, Rückzugsgebiet der Nraurn

Vier Isžj – die »vier Riesen« oder: die »vier Geister«, Inselgruppe im Nordosten auf der Höhe von Thárraxi

Vreréssi – die »Verborgene«, Festung in den Berge, Süden; drei Türme, zähe Bergpferde

Xórostrai – der »Silberne«, Norden, See am Rand des Scyé

Abweichende Schreibweisen zwischen dem Norden und dem Süden

NORDEN (alte Schreibweise/ Aussprache)	SÜDEN (neuere Schreibweise/ Aussprache)	BEDEUTUNG
Calacži	Caláxi	die Rote
Čžorostrai	Xórostrai	der Silberne
Isžj	Ishj	Riese/Geist
Nasžan	*Nashan*	Hohepriesterin
Tharracži	Tharráxi	die Hoffnungsvolle

Sterne und Sternbilder

»Dreigestirn«

»Hase«

»Jäger«

»Krug«

»Neun Wächter« – Gruppe von Sternen, die am Rand des Himmels steht

»Pferd und Reiter«

»Rad des Sommers«

»Rad des Winters«

»Schild und Speer«

»Tor«/»Schlange im Tor«

die »Vier Riesen«

Ystras – »Nabel«, Fixstern, markiert südlichen Himmel

Danksagung

Ein Projekt vom Umfang wie die Trilogie von der *Insel der Stürme* bewältigt man nicht ohne Unterstützung. Deshalb gilt mein Dank allen Menschen, die mich während der Entstehung der Bücher begleitet haben und mir mit Rat und Tat zur Seite standen.

Meinem Lebengefährten für das Lachen immer dann, wenn es ernst wurde.

Meiner Schwester Helen und meinem Freund Massimo für die wunderbare Musik, die mir viele Stunden am Schreibtisch versüßt hat.

Dem gesamten Team in der Piper-Fantasy-Redaktion, allen voran meiner Lektorin Friedel Wahren.

Meinem Webmaster Adrian für die gelungene Präsentation der Trilogie im Internet.

Allen Freundinnen und Freunden für konstruktive Kritik, Ratschläge und Inspiration, insbesondere Cécile, Angela und Inga.

Und natürlich allen Leserinnen und Lesern, die das Feenmädchen Lillia auf ihrem Weg über die Insel der Stürme begleitet haben.

PIPER
SEI UNSER
HELD!
PIPER FANTASY
Piper-Fantasy.de

Cecilia Dart-Thornton

Der Kampf des Rabenprinzen

Die Feenland-Chroniken 3. Aus dem australischen Englisch von Birgit Reß-Bohusch. 576 Seiten. Piper Taschenbuch

Als Einzige besitzt die magisch begabte Tahquil den Schlüssel zu den geheimen Toren zwischen dem Menschenreich und der Feenwelt. Einst konnte der dunkle Rabenprinz nicht rechtzeitig entkommen und lebt seitdem mit seinem Hofstaat im Exil. Als Anführer der Wilden Jagd verfolgt er Tahquil, um die Rückkehr ins Reich der Feen zu erzwingen und seinen Zwillingsbruder, den Hochkönig Angavar, zum tödlichen Zweikampf herauszufordern. Doch er ahnt nicht, dass die mutige Tahquil und Angavar ein Geheimnis teilen, das für ihn den Untergang bedeutet.

Der lang erwartete neue Roman der faszinierenden Feenland-Chroniken.

»Ein Sommernachtstraum der Fantasy«

Locus

05/2307/02/L

Sara Douglass

Die Erben der Götter

Tencendor – Im Zeichen der Sterne 1. Aus dem australischen Englisch von Hannes Riffel und Sara Schade. 336 Seiten. Piper Taschenbuch

Endlich herrscht Frieden in Tencendor. Die Himmelsgötter führen ein idyllisches Leben, und die alten Feindseligkeiten unter den Völkern scheinen vergessen. Bis plötzlich innere Unzufriedenheit das Reich zu entzweien droht. Aus der verarmten Provinz des Westens fliehen die Bewohner – ausgerechnet ins Herrschaftsgebiet ihrer ärgsten Widersacher. Auch dort breiten sich Unmut und Groll aus. Doch dann geschieht ein grausamer Mord. Und der Hauptverdächtige, Drago Sonnenflieger, verstrickt sich in einem Netz wahnwitziger Träume und heimtückischer Intrigen …

»Ein Feuerwerk an Action, Magie und Romantik.«

Locus

05/2229/02/R